汶水潍

第二卷

杜焕常 著

青岛出版社

目录

人心乱

公元一九六七年，农历丁未年。

这年的中秋之夜，天上看不到星星，月亮更是藏得严严实实。下午还只是一些浮云飘飘荡荡，傍晚过后，天空突然像有口铁锅扣在了大地上，四处都黑魆魆的，什么也看不清了。随后，电闪雷鸣，紧跟着那雨发了疯似的倾泻下来，无情地抽打着世间的一切。人们都没了过节的情趣，不少人心里纠结起了疙瘩。

这段时间是一年当中农活最多的时节。所有作物都要陆续收获，还需边收边往地里运肥，接着深耕细耙，秋分前后就要开耧播种小麦了。正常年份，这几天月光好，人们尽管白天累得够呛，晚饭后还要到坡里忙活一阵子。因为队干部为了加快生产进度，要专门安排一些适宜的活落晚上干，像收秸秆、灭茬子、运柴草……社员们也没意见，老俗话，“秋天弯弯腰，强过冬天转三遭”，这时候多出些力多流些汗，能够使家中粮囤满点，柴垛尖点。同时，种上一坡好麦子，明年夏季丰收就有了指望，心里踏实。今年可不是那么回事了，干部们没了干事的心思，社员们也随着疲疲沓沓，和往年同期相比，生产落下了一大截子。

关键还是人心乱了。大半年来，公社干部没一个下来的，村里也是今天一个批斗会，明天一个批斗会，大队干部们和“四类分子”成了一伙，每到会上，都一起站在前面挨批判。后来生产队长、会计也被叫上去站成一排，成了批斗对象。别看这些人算不上什么“官”，现在不得了了，都被戴上了“走资本主义道路的当权派”的帽子。后来学校里还真用报纸糊了一些高帽子，再开会就让他们戴在头上，会后还要游街示众，让他们在全村转一圈。学生们在雷老师的带领下，跟在后面喊口号。一伙年轻人也戴上了“红卫兵”袖章，随大溜帮腔吆喝。游街也好，罚站也好，这么多人搭伙，批来批去又批不出什么名堂，干部们大都当成了家常便饭，越来越不怎么当回事了。但是，毕竟对形势的发展都看不透，不知道下一步还会闹出什么幺蛾子，个别的甚至担心今后会不会真的成了被管制对象。因此，也就没有心思管工作了。虽然农业生产是不能违误农时的，那又怎么样？也只能靠队委会的其他成员咋呼咋呼，没几个认真抓了。当社员的谁还和歇着有仇？一看干部们这架势，不少人也没了平常的劲头。这样一来，农活就赶不上去了。

面对这一切，有些人急得火烧火燎。其实也是干着急，能有什么好法子！眼前又来了这么场暴雨，秋收、秋种肯定影响大了。

外面的雨哗啦啦下着，潘忠地躺在西屋里床上，脑子里乱糟糟的，胡乱琢磨起来。老天爷这是看着人们不是那个样子，发起威来专门进行捣乱了。“八月十五云遮月，正月十五雪打灯”，本来是丰收的兆头。元宵节前后下场雨雪，有利于小麦返青。中秋节前后阴阴天或者下场雨，不仅误不了多少农活，还能使地里墒情好，利于秋种。今年是生产进度太慢了，再赶上这么场大雨，又得耽误四五天没法整地。不行，无论如何也得想法把生产组织好，不然，明年的收成就成了大问题。他又想起了那篇社论。那是过了元宵节没几天，在大队办公室看到的，刊登在省报的“农村版”上，是转载的《解放日报》的社论，题目是“决不能把斗争矛头指向生产队干部”。看完后当时没拿起来，几天后红旗战斗队占了大队办公室，就再也没找着。当造反派斗争生产队干部时，他想说说这事，可手头没有依据，也就没多言。怎么再想法找到那份报纸呢？正翻来覆去想着，弟弟忠民在堂屋大声喊：“哥哥，快来吃饭了。”他答应着起身，戴上草帽，挽起裤脚，赤脚去了堂屋。刚进屋坐下，听到外面“扑扑哒哒”来了个人，定睛一看，原来是张发树，他来到门口停下，屋檐上流下来的水打在雨衣上沙沙地响，也没有进屋的意思，站在那里问道：“哟，大叔大婶，这是准备吃饭呀？”

忠地爹说：“发树啊，还站在那里干吗？快进来一块吃吧。今天过节，下着雨又不能干别的事了，咱爷俩喝两盅。”

张发树说：“我这样和落水鸡似的，进去就把屋里弄湿了。我不能陪你老人家了，以后吧。忠地也别吃了，抓紧走，有事。”

潘忠民在一旁大声说：“不是落水鸡，是落水狗！”

石榴听了“嘿嘿”地笑。

张发树说：“你个熊孩子还埋汰我，这些年恁哥哥还没敢给我胡闹过哩，看我抽空怎么收拾你！”

潘忠民正想再说什么，李春莲发话了：“下着这么大的雨恁还干什么去？还开批斗会呀！”

张发树说：“哪里！这样的天都窝在家里不出门了，谁还有闲工夫开会？是士金叔叫到他家里吃饭，向河已经去喊明尧叔和光恩大老爷去了。”

忠地爹听了这话，说：“恁士金叔一定是有事，忠地，披上蓑衣，赶紧去吧。”

潘忠地从屋门后边拿起蓑衣披身上，又戴上草帽，随张发树走了。

雨可着劲儿下，街上的水没过了小腿肚。张发树穿着双水靴子，里面也灌进去了水，“扑哧扑哧”，还不如潘忠地光着脚利索。正蹚着水往前走，他脚下不知被什么绊了一下，一个趔趄没站稳，仰八叉躺在了水里。潘忠地刚想笑，张发树急巴巴地说：“还不快把我拉起来！”潘忠地弯腰拉他，发现他两手抱在胸前不松劲，边用力架着他两个胳肢窝边说：“怎么着，哪里伤着了？”

张发树借着潘忠地的劲儿费力地站起来，吐了口流进嘴里的雨水，说：“什么伤着了，你没看见我抱着两瓶子酒啊？要不是顾护它我还能摔倒了！”

“你怎么还拿着酒啊？”

“士金叔说今天晚上喝点，他家里还有一斤多酒，不够，叫我再去打二斤。我是先到代销点打了酒才去喊的你。”

“来，我拿着。你可要走慢些，别再滑倒了。”

“算了吧，别再换手了，反正我身上快湿透了。”

潘士金的老婆早已炸好了一盆萝卜丸子，还煮了十几个咸鸡蛋，锅里炖上茄子，又开始切黄瓜。正切着喊儿子：“明子，别囚在屋里了，出来泡上茶，他们快来了。”

潘士金说：“你让他在里间屋看会儿书吧，我已经泡上了。”

潘忠明还是出来了。

潘忠明和潘忠民是同级同学，都在县城中学读高中。“文化大革命”开始后，他们也和其他学生一样，参加了红卫兵组织，还出去串联了二十多天。后来，上头要求“学校师生停止大串联，复课闹革命”，全校就又上了几天课。当时，学校里红卫兵已经分成了好几派，不同的派别都分别和工厂、机关同观点的造反派组织有了联系，于是整天上街贴大字报，进行大辩论，没黑没白打起了派仗，实在是没法上课了。面对这种形势，有些农村的学生陆续回了家，他两个一商量，也打起铺盖卷回来了。

潘忠明帮他爹刷茶碗，还没刷完，党支部的他们几个就先后进了屋。潘忠地摸起茶壶给大家倒茶，潘忠明说：“我倒吧。”潘士金说：“这里没你的事了，回里间屋学习去。”

大家坐下喝起了茶，潘士金说：“咱好长时间没能开个支部会了，今天是中秋节，又下着大雨，在大队办公室是开不成，所以把恁几个叫家来，有些事商量一下。让明子他娘炒几个菜，顺便一块过个节。”

潘忠地说："我去把秀菊姑叫来吧。"

潘士金说："别叫她了，她还得照看孩子。路上滑滑擦擦的，老太太也不放心她出来。咱定了事儿你明天去给她说说。"

潘士金老婆在一旁说："喝酒就喝酒呗，还开什么会？再开也是戴高帽子挨批斗，恁这一伙子还觉得是当家的呀！"

潘士金叱了她一句："你娘们家知道什么？我们的事少插嘴！"

张发树说："大婶子你这就不懂了，别看他们这几天吆吆喝喝的挺神气，全国还是共产党的天下，咱村里早晚还得党支部说了算。"

老婆子不吱声了，起身把拌好的一小盆黄瓜端到八仙桌上。

展明尧说："是得好好商量商量，再过五天就是秋分，生产进度快的生产队也就耕了三分之一，有的才耕了十几亩地，照这样下去，到霜降也难说能种完麦子，明年的产量还怎么保证？"

潘忠地说："别说生产队了，前天傍晚我到试验田看看，还有一多半玉米秸在地里站着，整好的地还不到十亩。往年这时候，差不多耕耙完光等着播种了。"

李光恩说："事是这么个事，可眼下这景况有什么办法？生产队长和会计跟咱一样，不是挨斗就是游街，还怎么叫他们抓生产？试验队忠国虽然不是批斗对象，您没发现，他没早没晚地往学校里跑，和那个雷道云黏糊到一块了。他还拉拢一伙子小青年戴上了红袖章，成立了'红旗战斗队'，哪还有工夫管试验田的事！"

张发树说："我早就看出来了，雷道云和李长路捣鼓的这些事，都是潘忠国给他们出的点子。别看他表面上不出头，战斗队队长让长路当，可他就是个黑参谋、黑头头。"

李向河说："这事都看得清清楚楚。长路初中毕业两年多了，回村后连个记工员也没当上，对大队、生产队是有些意见。不过，这孩子品质不坏，单凭他想不出什么歪主意，一定是受别人挑唆。"

李长路是李向河的叔伯侄子，所以想替他说句好话。

展明尧说：“真正出坏点子的还是雷道云。恁看‘破四旧’那阵子，不仅把各家各户的旧东西搜出来砸了烧了，还平了所有林地的祖坟砸了石碑，到潘家祠堂里不光清出了所有牌位，连供奉牌位的台子都拆了，气得孝彦大叔差一点昏过去，简直要跟他们拼命，要不是秀菊和忠地劝说，非出人命不可。这事如果不是雷道云领头，给潘忠国一百个胆子他也不敢，都乡里乡亲的，他就不怕兄弟爷们当真拾掇他？”

张发树说：“‘破四旧’我和忠地也参加了，公社开会部署过，要求青年、民兵带头。其他村也都搞，咱这里是雷道云挑头，早行动了两天，搞起来俺两个都当不了他的家了。”

潘士金说：“别说那些事了，说说下一步怎么办吧，不能老是这样乱腾下去。”

展明尧说：“要不咱开个队长会，或者分头给他们说说，晴了天得赶紧抓抓生产，把进度赶上去，怎么着也得把麦子种好。”

潘士金说：“你看这阵势，能让开成会吗？就算是分头去说，他们知道了也得说我们搞串联，订立攻守同盟什么的，到时候又成了一大罪状。”

潘忠地说：“我倒是有个想法，不知道能不能行。县里和公社的党委、政府都瘫痪了，可武装部和贫协组织都正常开展工作，并且还成立了贫下中农指挥部。我想，咱能不能让光恩大老爷和发树哥牵头，也成立个红卫兵组织，凡是响应的贫下中农和民兵都可以加入。他们那个战斗队抓他们的事，咱这个组织就‘抓革命，促生产’，尤其要把生产抓好，这样就名正言顺了，谁也不能干涉。”

展明尧当即表示赞成：“我看这个办法行。组织成立起来也先开个大批判会，除了四类分子，我和士金哥也站到前边去，恁几个和生产队干部就不上去了。不是说要揪出党内一小撮最大的走资派吗？咱村里俺两个职务最高，一个党支部书记，一个副书记兼大队长，就是那一小撮。忠地给我说过，报纸上提出，不能乱揪乱斗生产队干部与大队一般干部，以后恁都不用作为批斗对象。”

张发树说：“忠地还兼着团支部书记哩，成立这个组织可以让他当头，他考虑事情全面。”

潘忠地说：“我领头不好，毕竟还挂着个党支部副书记，别让他们抓小辫子。我琢磨，咱也不成立战斗队，外边有些红卫兵组织叫‘兵团’，咱就叫‘东风造反兵团’，光恩大老爷当团长，发树哥当副团长，各生产队贫协组长作为领导成员。贫下中农起来‘造反’，谁也不能站出来反对。”

张发树立即附和：“这个名称好，‘东风造反兵团’，不是说‘东风压倒西风’吗，咱一定能压倒他们！”

李光恩说：“还‘造反’？造谁的反？造咱自己的反呀！”

潘忠地说：“咱造资本主义、修正主义的反，造资产阶级反动路线的反，造走资派和地、富、反、坏、右的反，大方向不能错了。另外，抓革命也不能误了农活，要促进生产，争取年年增产增收。”

潘士金这阵子一个劲地吸烟，听到这里，他把烟掐灭，说：“我看这个主意不错。光恩叔和发树挑头，忠地也可以参加，就不要当头了，只是帮着出出点子。他们不是把战斗队的牌子挂到大队部门口了吗？办公室也占了，你们不要和他们发生冲突，把牌子挂到祠堂去，就在那里开会办公。明尧说得对，组织成立起来先开个批判会，然后再研究生产的事。”

潘忠明早就出来在一旁听着，这时候说：“不能只开个大批判会，还要写些大字报、大标语贴到街上，造造声势。向河哥你多买点纸和墨汁，我和忠民帮你写。在学校里俺都写过，这方面保证比他们战斗队强。”

李向河说：“没问题，明天停了雨我就办，咱到祠堂里去写。”

张发树说：“好了，喝酒吧，恁看大婶子拌的黄花菜都凉了。忠地，涮涮茶碗，别用小盅子了，用茶碗喝起来痛快。”

七八月的天气水分蒸发快，才晴了两天，被雨淋湿的墙壁就全干了。这天一大早，张发树安排熬了两桶糨糊，叫上几个青年，提桶的提桶，拿刷帚的拿刷帚，潘忠明和潘忠民一人抱着一大卷写好的大字报、大标语，从前街到后街，从东头到西头，半个早晨就把全村贴满了。李光恩一直跟在旁边，指挥着哪里该贴哪里不该贴，并打量着贴得正不正。很多人都围过来看，包括参加了红旗战斗队的一些年轻人。李长路也来了，他看了一会儿，二话没说，就急忙去了学校。

“雷老师，不好了，他们也成立了组织，正在街上贴大字报哩。”李长路进门就慌慌张张地说。

雷道云正撅着屁股在小炉子上做饭，听了没当回事，随口说：“好啊，这说明汶水滩的‘文化大革命’有新的发展了。成立的什么组织？谁牵头？”

李长路说：“大字报、大标语后面都是署名‘东风造反兵团’。谁牵头不清楚，张发树和李光恩都跟着。”

雷道云有些警觉了，问：“怎么？他两个都参加了？”

李长路说：“参加不参加不知道，反正他俩都在帮着贴标语。”

雷道云朝在一旁翻报纸的展春才说：“展老师，你去了解了解，到底怎么回事？”

学校里只有他两个教师了，因为展春旺是地主子弟，雷道云来了没几天就把他赶回了家。后来雷道云想把李长路弄进来当民办教师，可大队干部都被打倒了，没法研究，就拖了下来。展春才刚才一听到李长路说的情况，就想出去看个究竟，雷道云这么一说，他放下报纸就走了。

来到街上，一伙人还正忙活着，他偎到李光恩跟前，掏出烟包递过去，问：“大老爷，这是又成立红卫兵组织了？”

张发树挤过来，说：“是啊，我们成立了个‘东风造反兵团’，大老爷当团长，我当副团长。怎么样？这可是贫下中农和民兵的组织，不比恁那个战斗队差。”说着从李光恩手里要过烟包，从口袋里摸出张纸条子，卷了支烟。

展春才也卷了一支，点着吸了一口，说：“我早就想退出红旗战斗队了，这下好了，参加你们的组织。”

张发树说：“欢迎欢迎！等会儿咱一块回祠堂，有些事你也帮帮忙。”

展春才说：“没问题，学校里又上不成课，我没事。”

雷道云等了半天展春才也没回来，就对李长路说：“你先回去吧，吃完饭叫着忠国同志，一块来商量商量。”

雷道云还没吃完饭，潘忠国就来了。

“听说他们也行动起来了，到底是怎么回事？”雷道云没有起身，也没让座，边吃饭边问。

潘忠国拿过桌上放的半盒烟，抽出一支点着，说：“我打听清楚了，李光恩和张发树挑头，成立了个‘东风造反兵团’，就在潘家祠堂办公。昨天他们还开了个各生产队贫协组长会，发动贫下中农参加他们的组织。”

“就他两个啊？党支部里其他人没参加？”

“只有潘士金和展明尧没偎边，另外几个都去了，连潘忠地也靠在那里。别看潘士金和展明尧没出面，后台一定是他俩。”

“嗯，你分析得没错。”雷道云把碗筷泡到锅里，回头拿起烟，先抽出一支扔给潘忠国，自己也点着一支，深深吸了两口，接着说，“看来他们这个组织有问题，可以说是标准的‘保皇派’。”

“怎么算是保皇派？”

“保皇派就是打着‘造反’的旗号，专门保护走资派，保护资产阶级反动路线，是‘挂羊头卖狗肉’的假造反派。”

“那样就不能让他们成立组织，得赶紧想法制止。”

“先别慌，看看他们都干些什么再说。只要做了反对‘文化大革命’的事，我们就抓住不放，让他们自行解散。”

“我是担心夜长梦多，一旦他们成了气候，咱那个战斗队斗不过他们。

最好一开始就把他们压下去，让他们死了这个心。”

“那可不行。‘文化大革命’就是充分发动群众的运动，在农村，贫下中农是主体，他们让贫协主任挑头，组织贫下中农成立造反团，有什么理由制止他们？不过你放心，过会儿长路来了，也给他说说，只要我们注意细心观察，过不了多久，他们的狐狸尾巴就会暴露出来，到那时再整他们也不迟。”

尽管雷道云是胸有成竹的样子，而潘忠国却不这样想。

展春才帮着张发树，把“东风造反兵团”的大牌子挂到了祠堂大门楼外面的东墙上。回到屋里，李光恩说：“恁两个别忙活了，咱得赶紧商量一下大批判会怎么开法。”

潘忠明和潘忠民一听，扭身想走，张发树说：“干么去？以后恁两个就是我们造反团的骨干，写写画画的还得靠你们哩，一块听听。”

李向河说：“是啊，今天贴的这些大标语、大字报，有一半是他俩写的。”

潘忠明说：“你也写来呀，还有忠地哥。真正写得好的还是忠地哥。”

展春才说：“不只写字，方方面面都得跟恁忠地哥好好学。以后你们慢慢地就知道了，在农村要干好也不那么容易，学问大了！”

张发树说：“好了，说开会的事吧。这是咱兵团成立后召开的第一个大批判会，只能成功，不能失败。上午下通知，下午就开会，一定要多组织人，把声势搞大点。”

潘忠地说：“多通知人到会是一个方面，更重要的是把发言的安排好。另外，还要找几个领头呼口号的，我拟几个口号，誊清几份，让他们分头带着，到时候主动带头呼，别冷了场。”

潘秀菊说：“这还不好办，你和忠明、忠民都是有文化的，恁三个发言，让发树负责呼口号就行了，他嗓门高。”

潘忠地说：“那可不行！开会时还得把四类分子和士金叔、明尧叔作为批斗对象，忠明和忠民一个是大队书记的儿子，一个是副书记的弟弟，发言都不合适。我更不能发，你和向河也不能发，不能给别人落下把柄。”

李光恩说：“有道理，要搞就得像模像样，郑重其事，别让他们觉得咱是作假。忠地，把你的想法具体说说。”

潘忠地说：“我是这样考虑的，光恩大老爷主持会，发树哥第一个发言……”没等潘忠地说下去，张发树就急着说：“不行不行，我肚子里没点词儿，叫我发言，那不是出我的洋相啊？还第一个，保准一炮就打哑了。”

潘忠地接着说：“你别害怕，我上午给你写好稿子，也就五六页纸，中午你熟悉熟悉，到时候照着念就行了。”

张发树说：“要那样还差不多。”

潘忠地又说：“另外，向河和忠明、忠民再准备两三份发言稿，选几个青年上台发言。”

李向河说：“这种材料我可不会写，他两个在学校里弄过，肯定能行。”

展春才说：“发言算上我一个，材料也有现成的。”

潘秀菊说：“是呀，红旗战斗队开会时春才就发过言。不过，也不能再原样念那天的稿子。”

展春才说：“那是当然，我得重新改改。”

潘忠明说：“我从学校带回来一些大批判材料，可以拿来参考参考。”

潘忠地说：“那就更好了。这已经定下了两个发言人，再找两个就行，发树哥你负责安排。这种会不能时间太长了，最后光恩大老爷还得强调一下当前生产。还有一件事，就是前边站着的批斗对象要分开，四类分子站一边，士金叔和明尧叔站另一边。虽然都是被批斗，当权派和四类分子性质不一样，应该区别对待。”

李光恩说：“这样好，他两个只能说有错误，不属于阶级敌人。”

潘秀菊说：“干脆，别让他两个到前边站了。”

张发树说：“不站不行，那天都说了，他两个是咱村最大的走资派，不但批判的时候要点名，还得呼几个打倒他们的口号。”说到这里他看了看潘忠明，又说，“明子，呼打倒恁爹的口号时你也得举胳膊，声音还得大着点。”

潘忠明说：“没问题，我和你们是一个战壕里的，一定跟走资派划清界限。”

几个人都笑了。

李光恩说：“就这样吧，上午我和秀菊下通知，恁几个准备其他事。咱就在祠堂前边场子里开，地面湿，叫大伙都带个小凳子。”

李向河说：“还有件事，是不是咱也告诉社员，来参加会的都记工分，那样能到的人多点。”

张发树说：“得记。红旗战斗队开会都是让生产队记工，咱为什么不记！”

潘忠地思考了一下，说：“红旗战斗队开会让记工，开始队长们还顶着，后来就都记了。可是，出工干活的社员们意见很大。我看不如这样，散会时光恩大老爷说一句，这样的会也开不多，统一都不记工了。只要咱这个会不记，以后红旗那边开会再要求记，队长、会计们就有理由拒绝了。”

李向河说：“这个办法好，只要都不记工分，参加红旗战斗队活动的人一定会越来越少。”

李光恩说：“那好，就按忠地说的办，都抓紧回去吃饭吧。发树，会场的布置由你负责。”

张发树说：“这个好办，交给我和向河。”

秋天的午后，天空一碧万顷。刚下过一场大雨，空气清新，微微北风吹来，人们感到不冷不热，浑身惬意。

张发树让潘忠地写了个大横幅“东风造反兵团批判大会”，写好后却没地方贴了。因为场地后面是个土台子，不到两米高，贴到上面太低，不像个样子。台子北面是祠堂的门楼、院墙，又离会场较远，也不行。张发树打量半天，差人找来两根柱子，又从附近户家搬来两领秫秸箔，在土台台阶两侧埋好柱子，把箔扯开固定在柱子上，再把横幅贴上去。大伙一看，都说这样会场很像样子了。

横幅前边摆一张八仙桌，两条板凳，李光恩、张发树坐在那里。潘士金、展明尧站在桌子东边，几个四类分子站在西边，两边各有两个民兵，站在他们身后，算是看押。会前李光恩对四个民兵嘱咐过的，谁不老实可以呵斥他两句，但不要拳打脚踢，不能跟着红旗战斗队学。

参加会议的人员到得很多，几乎所有的整半劳力都来了，有些老人、孩子也来看热闹。学生们是展春才专门通知的，排好队坐在最东边。上午听到开会的消息后，李长路找雷道云，说是不是通知红旗战斗队的成员都不能参加他们的会。雷道云说："为什么不参加？都参加，我也去，看看他们搞什么名堂。"

李长路说："张发树他们要是不让参加怎么办？"

雷道云说："不会的。真要撵咱的人，他们就错了，那是不让革命群众参加大批判活动，就可以分析分析他们的动机了。"

会议还没开始，张发树看到雷道云来了，小声对李光恩说："雷道云在后边站着哩，是不是喊他过来坐下？"

李光恩说："别管他，咱开咱的会。"

张发树又说："我看着红旗战斗队的人也都来了。"

李光恩说："好啊，人越多越好，他们来了也是给咱助威。"

张发树发言还不到一半，公社武装部的刘部长和许干事推着自行车进了会场，李光恩赶紧迎上去，张发树也停下了。潘士金抬头看了看他俩，使个眼色算打了招呼，接着又低下头。展明尧想和他们说话，看到潘士金这样子，也就没开口。李光恩让他俩到前边坐下，说："我们正开大批判会，发树是头一个发言。"

刘部长说："恁继续开，我们没事，很长时间没下来了，今天过来转转，遇上恁开会，顺便听听。”

李光恩说：“那好。发树，你接着讲。”

有公社领导坐镇，会场的情绪更高涨。几个年轻人轮番领着呼口号，刘部长和许干事也跟着一起呼，大伙的劲头都很足。发言结束了，李光恩说：“刘部长，你给大家讲讲。”

刘部长说：“我没什么可讲的，你讲吧。”

李光恩讲得很简单，他说：“今天的大会开得很好，我们既批判资产阶级反动路线，又联系咱村的事，批判了四类分子和走资派。恁几个四类分子，还有士金、明尧，回去后要好好反省，不能有抵触情绪。因为眼下正是三秋大忙的时候，最近一段不能再开这样的会了，种上麦子我们再开。会后，各生产队要集中精力抓生产，保证在寒露前种足种好小麦。谁要是种不好，明年减了产，就是最大的犯罪，贫下中农坚决不答应。另外，今天参加会议的都不记工分，今后，只有参加劳动才记工，搞革命不能图报酬、要工分。散会！”

绝大多数人听了很兴奋，边走边议论纷纷。有的说：“这样就对了，咱老百姓种地是本分，咋呼得再多再响也不中用，多打粮食才是正办。”

有的说：“前几次的批判会都动手动脚的，那几个四类分子和干部们几乎都挨了揍，今天这会好，只呼呼口号发发言，让人服气。”

有的朝几个青年说：“别再跟着红旗战斗队闹腾了，恁看人家春才，一开始就说，退出红旗战斗队，参加东风造反兵团。”

这时李长久紧走几步，拍了拍潘忠良的肩膀，说：“爷们，今天怎么把你落下了？那几个会不是咱俩站一块来？”

潘忠良说：“你个熊秃子是坏分子，我是革命干部，怎么能和你站一块？”

李长久说：“还革命干部，那几回你不也戴着高帽子游街了？那次大会你就站在我旁边，中间还掏出烟来想卷一支，没卷成就挨了一脚，烟包都掉地上了，还是我帮你拾起来的。”

周围几个人都笑起来。

李长久自从那年因偷生产队的猪被戴上坏分子帽子，接受了教训，没再偷摸过，出工干活也比以前勤快多了，大伙也就逐渐对他改变了看法。虽然大队没宣布给他摘帽，也没把他和地、富分子一样对待，他自己也不再当回事。这一段造反派开批判会，才又把他也作为批斗对象叫到前边去。他看到那么多大、小队干部和他站到一起，也就没往心里去，散了会就跟别人嘻嘻哈哈地闹着玩。

李光恩、张发树领着刘部长和许干事去了祠堂，潘忠地、潘秀菊和李向河也跟了进来。潘忠地到东屋让潘孝彦泡壶茶，自己把茶碗洗了洗，又用开水烫了烫，先拿了过去。潘忠地刚摆好茶碗，潘孝彦就端着茶壶过来了，肩上还搭着一块脏乎乎的抹布，放下茶壶，就拿起个茶碗用抹布擦。潘忠地说：“大老爷，我用开水烫过了，不用擦了。”他嘴里说着“还是擦擦干净”，继续擦。这时候潘秀菊站起来要过抹布，说：“大叔，你上东屋歇着去吧，我来。”

等潘孝彦出去了，许干事才说：“你看这老大爷，本来忠地洗得挺干净了，他用这油渍麻花的布子一擦，又弄脏了。”

刘部长说：“老人家心是好的，这是对咱的尊重。”

李光恩说：“这个老头是个实诚人，就是脾气有点倔。”

潘秀菊说：“是啊，又不能驳他的面子，所以我把抹布要过来了。”

李向河又把潘孝彦擦过的那个茶碗涮了涮，开始倒茶。

刘部长说：“你们这个组织什么时候成立的？怎么在这里办公？”

李光恩说：“刚成立两三天，办公室被那伙造反派占了，大队的公章我们都让向河拿到家里去了。”

张发树说：“他们那个红旗战斗队整天开批斗会，连队长、会计都一块斗，搞得没人抓生产了。我们成立这个兵团，由大老爷和我俺两个当头，吸收贫下中农和民兵参加，就是为了跟他们对着干，既抓革命，又不能影响了生产。”

刘部长说：“最近不少大队都是这样，有的把所有大、小队干部都当成了批斗对象，生产基本瘫痪了。上头让成立革命委员会，也只有少数成立了。”

张发树说：“公社不是成立革命委员会了吗？听说柳新水书记当了主任，你是副主任，您得管管呀！”

许干事说：“你不了解情况。革委会成立没几天，造反派就咋呼要‘砸烂’，说那是走资派操纵成立的，弄得根本不能开展工作，柳书记成了他们的重点批判对象。因为他们不敢冲击武装部，所以不能对刘部长怎么样。”

潘忠地说：“春天我从报纸上看到过一篇文章，是转载的《解放日报》的社论，题目就是‘决不能把斗争矛头指向生产队干部’，后来那张报纸找不到了。”

刘部长说：“是吗？我没印象，老许回去找找，我们那里《解放日报》《文汇报》都有。虽然不是《人民日报》的社论，《解放日报》是上海市革命委员会直接管的报纸，传达的也是无产阶级司令部的声音。”

许干事问：“大体是几月份刊登的？”

潘忠地说：“应该是二月份。”

许干事说：“好办，我们办公室的报纸都存放着，找到后我就给恁捎过来。”

刘部长说：“不能光给汶水滩，可以翻印上几十份，每个大队都给他们一份。”刘部长停了停又说，“你们这个做法对，就是要坚持‘抓革命，促生产’。要把斗争的矛头对准地、富、反、坏分子和一小撮走资本主义道路的当权派，不能转移斗争大方向，对绝大多数干部还是要团结的。另外，要组织群众学好毛主席著作，用毛泽东思想指导革命，促好生产。你们村不是还

东风造反

有个造反组织吗？要注意团结他们，不要搞对立，更不能搞武斗。有的地方打派仗伤了人，出现那种情况就不好了。”

许干事说：“雷道云就是这里学校的，他可是公社机关造反派的主要头头之一，大活动都少不了他，恁可得注意他。”

张发树说：“俺村里前段出的这些事基本上都是他煽动的。不过，他在贫下中农面前没威信，没几个人听他的。今天的大会他也到场了，没敢插言。”

李光恩说：“刘部长你放心，我们一定按照您说的办，不能出任何问题。您要是能经常来指导指导就好了。”

刘部长说：“汶水滩原来就是公社党委的点，以后就作为我们武装部的点，只要有空我就过来。”

几个人听了都很高兴。

查账

当晚，各生产队都召开队委会，认真研究安排当前生产。人就这样，气不顺时身体就像瘪了的个皮球，软塌塌，用力拍也不动；一旦心气顺了，自然而然就鼓了起来，浑身充满了十足的劲头。队长、会计们认为，自己不再是批斗对象了，一下子恢复了尊严。大队里的干部除了书记、大队长也都没再挨斗，李光恩、张发树挑头成立造反组织，召开大批判会，这样的会以前都是那个姓雷的领头，今天他在会场上老老实实地听，连哼也没哼一声。看来是形势变了，可以放心大胆地抓抓生产了。特别是今天的大会又有公社领导参加，刘部长和许干事虽然没讲话，可来到后始终坐在那里，还随着大伙呼口号，一定是专门来表示支持的。领导都这样的态度，咱还怕什么？

三队队委会的成员都来到李光斗家，围坐在院子里的石桌周围，边喝茶边商量，如何把这一段的损失找补回来。潘忠良说："今年是人给找麻烦，老天爷也捣乱，这时候下这么大的雨，虽然露日头两天了，地里还是太湿，得再晒两天才能耕地。"

李庆祥说："不要紧，这场雨是坏事也是好事，别看耽误几天整地，可是底墒足了，就算是晚几天播种，麦子照常能丰收。"

狗剩说："跟往年相比农活是慢了一些，但是，和其他队比起来，咱收得比较快，再有两三天就能全部灭完茬了。就是运肥没跟上，现在大部分粗粪还堆在村里，等能够往地里运时也就能开犁了，一定会影响耕地。”

潘士宝说：“从明天起就得集中大车小辆运肥，地里进不去就先堆到地头上，到时候边往地里运边撒，接着耕地，不误事。”

狗剩说：“这是个好办法，多安排几个劳力，大车、小车、排子车都充分利用起来。这一摊子我负责，两班倒，歇人不歇马，饭时也不能停。”

李春莲说：“傍晚也可以运几趟。狗剩一个人太累，要不我也靠到运肥上，顶一班。”

潘忠良说：“你可别胡来了，好好歇着吧。你和光斗大老爷就管管场里，坡里的事我跟庆祥叔负责，运肥就交给狗剩和士宝叔，士宝叔管大车，狗剩管小车。你记住，累活千万不能伸手，多咱身子壮实了再甩开膀子干，到那时累得你吃不下饭俺也不管。”

李春莲自从生孩子难产，孩子没保住，她也落了一身病。加上心情一直不好，吃饭也不行。尽管一家人细心照顾，婆婆还先后给她炖了两只老母鸡吃，仍然脸上没点血色，整天病恹恹的。她曾经提出不当这个妇女队长了，潘忠良和李光斗他们不同意，说身体不好就少干点，就算只挂个名也行，妇女队长不能辞，因为现实也没有合适的人选。潘忠地认为让她多参加些队里的活动，可以分散下她的思想，减轻失掉孩子的痛苦，或许情绪能好得快些，所以也不同意她辞职。这几个月来，潘忠良和狗剩都是让她干些轻省活，社员们看她这个样子，也都理解，没人攀扯她。潘忠良这么一说，她知道是为自己好，也就不吭声了。

李光斗说：“今年夏季咱减了点产，虽然国家没少交，社员口粮也没少分，可仓库里少存了几千斤麦子。眼下想什么法也得种好小麦，争取明年多增点产。”

潘忠良说：“是啊，要是有几百斤尿素作种肥就好了，只要底肥足，苗子出来就壮，晚种几天也能保证盘好墩，多分蘖，明年丰收就有了把握。”

李光斗说:“尿素就别想了，上头那些人都在搞‘文化大革命’，谁还有工夫去采购化肥？我寻思，咱今年大豆收成不错，是不是给社员少分点，饲料也别留大豆了，多留点玉米、地瓜干，把大豆炒了，每亩地施上十来斤。如果现在多施上两千斤大豆，明年怎么着也得多打五千斤麦子。”

潘士宝说:“饲料不留一点大豆也不行，明年春天牲口要是不喂点豆子，返膘慢。”他最关心的还是自己饲养的那几头牲口。

潘忠良吸了一会儿烟，说:“就按大老爷的意见办吧。今年咱也不分花生了，到时候队里统一打成油，把油分给大家，饼粕队里全留下当饲料，多喂点满能顶大豆。”

潘士宝说:“这办法倒是行，群众会不会有意见？”

潘忠良说:“没事，给大伙说清楚，多分点玉米就行了。”

散会后李春莲回到家里，潘忠地也是刚进屋。潘忠地问她都研究了些什么，她把商量的几件事详细说了一遍。潘忠地说:“目前咱三队的进度就比其他队快点，这样抓下去，肯定没问题。明天我找光恩大老爷和发树哥说说，分头给各生产队打打招呼，都推广三队的做法，使劲抓抓，麦子一定还种不孬。”

李春莲说:“你说话做事可得小心点，前几天开批判会他们还叫你和士金叔、明尧叔一起站着，别让那些造反派抓住小辫子，再把你当成重点批斗对象。”

潘忠地说:“咳，你放心，我心里有数，咱一身清白，怕什么！快睡觉吧，天不早了。”

今晚生产队干部们都忙着安排生产的事，另外有些人也没闲着，正急着商量下一步如何整治干部。

展春才吃完晚饭就去了祠堂，张发树让他去学校看看姓雷的对今天大会是个什么态度，潘忠地嘱咐:“千万别和他顶牛，他说什么你听着就是。”展春才说："没事，我知道怎么对付他。"

到了学校，雷道云和潘忠国都在，进门潘忠国就说："春才，你怎么退出'红旗'参加他们'东风'了？这不成墙头草了吗！"

从打那次在潘忠地家里喝喜酒两个人吵了架，展春才一直不愿意搭理潘忠国，平常见面也不主动跟他说话。这段时间潘忠国经常到学校来，每次也是潘忠国先和他说话他才搭腔。他从心里看着潘忠国不顺眼，这也是他退出红旗战斗队的原因之一。听到潘忠国这几句话，他连看也没看他一眼，随口说："我参加哪个组织都是个小人物，无所谓。再说了，造反不分先后，也不分在什么组织，只要按革命路线办，不做昧良心的事，在哪边都一样。雷老师，你说对吧？"

雷道云说："那是。其实展老师参加他们的组织是件好事，作为我们的个联络员，可以把他们的情况掌握起来，及时给我们通报一下，也不影响参加这边的活动。"这话明显是想拉拢住展春才。

展春才心里话，你也别来那些假毛儿，我不会给你当"狗腿子"。于是说："通报情况可以，他们有什么好经验，我一定告诉恁，如果你们发现他们什么问题，也可以告诉我，我转告他们，好及时纠正。不过，你们的活动我就不参加了，不然我就成两面派了。"

潘忠国一听他这口气，站起来说："雷老师，咱去大队办公室吧，长路他们等着哩。"

雷道云说："走，有些事得商量商量。"

走到路上，潘忠国说："春才这个人靠不住，以后咱的事得避着他点。"

雷道云说："我知道，看来他是死心塌地跟着他们跑了。"

来到大队办公室，李长路和张义昌正在吸着烟说闲话，李长路边起身给他俩让座边说："雷老师，我们下步怎么办？"

雷道云说："是得好好研究一下。下午的大会恁也都听了，批判内容没什么毛病。关键是最后李光恩讲的那几句：一是当前都集中精力抓生产种麦子，暂时不能再开批判会了；二是参加会议的都不记工分了，这两条都是针对咱的。可是，他这个讲法也没什么毛病。”

李长路说：“批当权派他们只让书记和大队长上去，其他大队干部和队长、会计都没事了，潘忠地这个副书记也没上，那怎么能行？咱可是批过他们好几场了。”

潘忠国说：“刚才雷老师在学校就说了，批走资派只能对准一小撮，今后是不能把所有大队干部都捎带上。咱也得注意方式方法，重点打击个别的，拉住大多数。潘忠地虽然是副书记，可他当大队干部时间不长，又抓不着他什么大问题，也不好作为批判对象。”

李长路说：“那生产队的当权派也不批了？”

雷道云说：“不是不批，是要选准时机。另外，今后的批判也不能只放空炮，要找出他们的具体问题来。对四类分子，要看他们有什么破坏活动。对大队干部和小队干部，不论是谁，只要抓住他的错误，就可以狠狠批判。”

李长路说：“这可不好办，咱怎么找他们的错误？”

雷道云说：“群众的眼睛是雪亮的，只要依靠群众，充分发动群众，让大家起来揭发，他们的问题就包不住了。忠国同志，还有义昌同志，这方面恁两个可得多动动脑子。恁俩都当过干部，大队、生产队的事都了解一些，他们有些什么问题，你们心里该是清楚。”

张义昌是原党支部书记张义生的本家兄弟，张义生担任书记时，他三番五次找张义生，先是要求入党，入党以后又哭着闹着的要当队长，弄得张义生没办法，就和支部的同志商量，在生产队干部改选时让他当上了。可是，这个张义昌不是那块料，爱占集体的小便宜不说，还不懂生产，只知道整天嘴巴“呱呱”的，指手画脚摆架子，又不参加劳动，其他队干部都烦他，社员们意见更大，弄得各项工作都搞上不去。结果干了没一年，就让他下了台。从那，他再也没当过干部。这次成立红旗战斗队，潘忠国主动找他，动员他参加，并且说：“你要认清当前的形势，现有当权的大部分都要被打倒，只要积极参加运动，下一步就能到大队去干。”在潘忠国的鼓动下，他动了心，成了第一批起来造反的积极分子。这段时间，他老是觉得李长路太软弱，雷道云说一他就念个一，自己没点道道，呼个口号也和大姑娘似的，嘴巴都张不开，不像个造反派的头头。潘忠国又老是憷躲在后边不伸头，个人有劲也使不上。听了雷道云这些话，他来了精神，说：“找他们的问题还不容易？要是说谁搞女人来，咱没逮到他床上，不好硬安，可是，要查他们多吃多占甚至贪污的事儿，好办，哪个也跑不了。”

潘忠国本想接着雷道云的话头说几句，被张义昌抢了过去，又听到他说出“搞女人”三个字，戳到了他的软肋，就不言语了。

雷道云说：“多吃多占也得有事实根据，不然他们也不会认账。”

张义昌说：“事实明摆着，不用说别的，社员们谁家来了客，不少都是叫当干部的去陪，有些又不是本家房份近，人家一叫就两个肩膀扛着个嘴去了，吃喝完扑拉扑拉屁股就走，简直就是明着剥削贫下中农，这还不是多吃多占？另外，贪污不贪污，只要把大、小队的账目集中起来，仔细查一查就一清二楚了。”

潘忠国听出张义昌没有捎拉他的意思，说的这些也的确有道理，就附和道：“要说他们陪吃陪喝这件事好调查，吃了人家的捂不住，现成的我就能说出几次。”随后他说了春节后潘士金和展明尧陪客的几家，又说，“可以定个杠杠，五服以内的人家叫去陪不算多吃多占，到其他人家去吃的就得退赔，规定好吃一顿退多少粮食，咱组织人敲锣打鼓，让本人亲自给人家送回去。只要搞开个头，咱不知道的人家也会主动揭发了。查账的事儿说动手就得动手，免得他们听说后做手脚，明天上午就可以把会计集合起来，让他们回去立即把账本封好，交到大队来，我们找几个人慢慢查，大小问题都给他们找出来。”

雷道云说：“这样吧，从明天开始，咱就立即行动，这两件事同时进行。县里教育系统要重新成立造反指挥部，通知我明天去开会，你们几个就好好抓。只要把这两项工作搞起来，就能把东风造反兵团的气焰压下去。”

李长路说：“你走了可不行，我可不知道怎么个搞法。”

雷道云说：“你怕什么，有他两位给你撑腰，错不了。忠国同志，你也不要怕这怕那的了，公开站出来干吧。”

潘忠国也看出李长路办不成大事，自己又不想出头，就说：“我孬好还是个干部，应该避避嫌，公开站出来不好，反正商量什么事我都参加，决不会打退堂鼓。要不叫义昌当个战斗队副队长，帮着长路，有些事更好办了。”

雷道云说：“也行，长路经验少些，义昌同志你就放手干。”

张义昌本来是想直接当这个战斗队队长，只是不好开口。如果先当个副的也可以，慢慢地看出谁的本事大了，自然而然就能接替李长路了，所以就没推辞。李长路巴不能有个人协助他，也表示赞成。

雷道云说：“就这么定了，下次开会时长路宣布一下。”

第二天上午，李长路下通知，叫大队会计和各生产队会计到大队办公室开会。人到齐后，李长路说：“我们红旗战斗队经研究决定，要审查你们的账目，希望你们好好配合。回去后不准在账本上做手脚，要立即封起来，午饭前全部交到办公室来。如果发现谁搞小动作，我们不客气！”

有的问：“查什么账？是现金账、实物账，还是社员往来账？”

李长路当即答复：“全部查，有什么账交什么账。”

又有的问：“是只查今年的还是连以前的都查？”

一听这话李长路傻了眼，不知道怎么回答。张义昌赶紧说：“限定去年全年和今年的，到上个月为止，往年的以后再说。”

没人再提问题，李长路撵他们抓紧回去搬账目。人都走了，张义昌又让李长路去喊潘士金和展明尧。

他两个一块来了，进门后都站在那里。张义昌说：“坐下吧，今天不是开批斗会。”

他两个在靠墙的板凳上坐下，没有说话，想听听下文。张义昌看了眼李长路，意思让他发话。李长路干咳了一声，说："雷老师到县里开会去了，他安排把恁叫来，让恁好好交代一下个人多吃多占的问题。告诉恁，义昌老爷是我们战斗队的副队长了。"

展明尧听了差一点笑出声来，一看潘士金板着脸，也就低下了头。

张义昌说："这方面的问题是秃子头上的虱子——明摆着的，好好想想，要主动彻底地交代，争取宽大处理。如果等群众揭发出来，那性质就不一样了。"

潘士金说："以前是有些多吃多占、挪用公款的问题，社教运动时进行了清查处理，这两年都比较注意了，不仅俺两个，其他当干部的也不敢胡来了。"

张义昌一拍桌子，站起来呵斥道："潘士金你老实点！还不敢胡来？贫下中农家里来了客，叫你们去陪，一不沾亲，二不带故，不是多吃多占是什么？就这一条，累计起来还少啊！"

展明尧说："要说这方面的事是有。人家叫咱陪客，又不为什么事，也不好推托，就去了。"于是边想边数算，一气说出来五六家。

李长路认真记着。

张义昌说："潘士金，你有吗？"

潘士金说："有。"接着也说出了六七家。

张义昌说："都再好好想想，起码把这两年的都说清楚。"

两个人考虑一阵子，展明尧又说了一家，潘士金说"没有了"。

张义昌说："暂时就到这里吧，什么时候想起来再告诉我们。咱丑话说在头里，恁自己没说的要是被别人揭发出来，要加倍退赔。我们也不是不讲道理，五服以内算是近门，陪个客在情理之中，就不算多吃多占了。其他人家都得算上。"接着要过李长路记的底子，一家一家地数，数完又说，"这样就剩下不多了，潘士金还有三家，展明尧是两家，先按这个数退赔。"

展明尧说："怎么个退法？我们把喝的酒、吃的饭菜都退给人家去？"

张义昌说："那样也为难你们了，我们研究了个办法，陪一顿客退赔十斤玉米或二十斤地瓜干，你们也不吃亏，还减少麻烦。吃完中午饭你们就把粮食送到这里来，趁劳力还没下地咱给人家送去。要一份一个口袋，在家里分好。"

他两个起身走了。张义昌说："长路，抓紧去下通知，让咱的战斗队员饭后立即来大队集合，再通知部分学生，人越多越好，这里放着锣鼓，到时候敲打起来，显得声势大。我在这里等着会计们送账本。"

因为战斗队占了大队办公室，李向河把今年的账目也拿回家去了。他先到祠堂，见李光恩和张发树都在，就把情况说了说。张发树说："我知道这伙子浆不出好狗来。不能给他们，我去通知，生产队会计也不能交。"

李光恩说："他们也不能没点事干，交就交吧，那伙子谁是个明白人？不用怕，凭他几个查不出什么问题来。"

李向河回家把账本捆起来，第一个送了过去。张义昌说："就这些？"

李向河说："这只是今年的，去年的在这里里间屋存着。"说完进屋打开橱子，找了找拿了出来。

随后，各生产队的会计也都陆续拿来了。张义昌装模作样地看看，叫他们分别放到桌子上。

李长路下完通知就回家吃午饭，放下饭碗急忙来到大队办公室，这时别人还没来，他先把锣鼓家什拿到了院子里。等了老大会子才开始有人来，但三三两两，来的不多，最后，青年来了不到十个，学生来了有二十多个。张义昌说："响响家什，再等等人。"李长路就叫几个青年"咚咚呛呛"敲打起来。潘士金和展明尧早就背着几袋玉米来了，李长路让他们在西墙根等着。展明尧低声说："看这阵势是专门出咱的洋相了。"

潘士金说："别管他，高帽子都戴了，街也游了，还能再怎么着！"

又等了一阵子，除了几个孩子听到动静跑了来看热闹，成年人再没来一个。张义昌说："别等了，就这些人吧。"

前面是敲锣打鼓的，潘士金、展明尧背着口袋紧随其后，张义昌领着这伙大人孩子走在后边，李长路在一旁边走边呼口号：

"打倒走资派！"

"反对多吃多占！"

"不准剥削贫下中农！"

张义昌看到跟着呼的没几个人，稀稀拉拉没点劲头，就说："别咋呼了，快点走吧。"

被送去粮食的人家不知道怎么回事，问清情况，无论如何也不要。张义昌大声训斥："这是干什么？别不知好歹呵，是不是想和走资派站到一起挨斗啊！"一听他这口气，都只好接受了。

其实到了当天晚上，这几家没用人通知，又都悄悄把粮食送了回去。在潘士金家里，潘士金的老婆死活不干，坚决不让人家放口袋，还央求人家："恁千万拿回去，可别再给俺增加罪过！"

有个说："都是自己兄弟爷们，陪陪客是给俺长了脸，我们怎么能再要这十来斤玉米呢？"

另一个说："是啊，也就张义昌那几个人胡闹腾，别怕他。他们要是再这么办，俺连门也不让他进。"

还有一个说："叫街坊邻居说说也没这样的道理，谁家没找过陪客的？天底下没有这样的事，请人陪了客，还得叫人家退赔粮食，那不等于自己打自己的嘴呀，这能是人干的事吗？"

潘士金看他们这个样子，实在是诚心送回来的，就说："别让他几个作难了，放下吧。反正他们是吹着灰尘找裂纹，想着法子整治我，随他们的便吧。"

几个人悄没声地走了，还担心被红旗战斗队的人看见，真的再给潘士金惹麻烦。

展明尧在家里根本就没当回事，收下粮食，他还嘻嘻哈哈地给人家说：“记住，再来了客还得叫我，到时候我拿瓶酒带点菜过去，那样就不能算多吃多占了。”

送粮食的说：“那可不行，客还得陪，东西不能带，你要拿着东西去，那就是看不起俺了。”

“好吧，什么也不拿，大不了过后再退赔。”展明尧说笑着把他们送出了大门。

潘忠地听说红旗战斗队收账本的事后，先是找李向河问了问情况，晚饭前又去了李光斗家。老两口正准备吃饭，都让潘忠地一块吃，潘忠地说：“您吃吧，家里还等着我，我就过来坐一会儿，没什么事。”

李光斗知道他没事不会这时候来，就说：“你是不是听说他们收生产队账的事儿了？”

潘忠地说：“不光生产队的，刚才我问问向河，他说大队这两年的账也交给他们了。”

李光斗说：“收吧，也就是保管几天，如果丢失了，他们得负责任。”

潘忠地说：“我是担心万一有的生产队查出问题来，他们就可以斗争队干部。当前生产这么紧张，要是出现那样的情况，秋种就会受影响。”

李光斗说：“你放心，查不出来。那伙子人谁是懂账的？没一个。再说，再笨的人有贪污也不会写到账本上，单纯查账目一般找不出毛病。你记得社教时也叫清账目，明尧带着俺两三个老点的会计，费了一个多月的工夫，看了各队三年的账，没发现什么大问题，有个别的走账没按规矩，当时就叫他们作了纠正，后来都比较注意了。”

潘忠地说：“那所有的账本都让他们长期管着也不是个办法呀？”

李光斗说：“长不了。现在是阳历九月底，按理应该把这个月发生的现金和实物收支情况入账了。另外，下个月就要开始搞社员年终决分，家家户户的工分和分配都要入往来账。你可以给恁光恩大老爷说，让他过三两天去找他们，叫他给长路、义昌说明白，要耽误了这些事，那可得吃不了兜着走。”

潘忠地听了心里也就踏实了，说：“那行，明天我就找光恩大老爷说说。”

这天晚上，潘忠国、张义昌和李长路在大队办公室里，看着那一摞摞生产队和大队的账本，商量怎么个查法。张义昌说：“这么多要一笔笔都查一遍，可费大工夫了。”

潘忠国说：“重点查现金账。实物主要是库存的粮食，出入库一般不是一个人，出不了大问题。另外，社员往来账每年都要向大伙公布，也用不着查。”

李长路问：“让谁查呀？”

潘忠国说：“以你为主，再从咱战斗队骨干里边挑两个文化程度高点的，帮着你查。”

李长路说：“我可不行，又没干过会计，对账目的事一窍不通。”

张义昌说：“这有什么难的，看看他们收入多少钱，支出多少钱，对不起头来的就是问题，短了钱就一定是干部贪污了。”

潘忠国说：“对是肯定对起来了，每个月的账都要有收支平衡表，差一分不平也不行。关键是看看每笔支出的钱当不当，再就是查查干部有没有借款的，如果借款长期不还就可以视为贪污。”

李长路说：“那还叫谁参加呢？可得找两个牢靠的。”

几个人数算来数算去，半天才选出两个人，一个只上过三年学，一个上过四年学。

从第二天李长路他们三个着手查账了，认真翻了一天，个个头昏脑涨，也没查出一点名堂。傍晚，潘忠国、张义昌来了，李长路说：“查完大队和一、二队的了，还真没找出什么事来。”

潘忠国说："别慌，慢慢来，仔细地查，不会没一点毛病。"说着拿过大队的现金收支账，翻了几页，放下又说，"累了一天了，明天再接着查吧。"

第三天下午，李光恩来到了大队办公室，李长路放下账本，站起来说："老老爷来了，您坐下。"

李光恩一看他三个这样子，就说："怎么样？查出不少问题吧？"

李长路说："别提了，俺几个又不懂账目，查这几天没看出一点问题。"

实际上并不是一点"问题"没查出来，昨天下午就发现，有个生产队的副队长今年上半年就借过两次钱，第一次五块，第二次十块。当晚把这情况给潘忠国、张义昌一说，潘忠国表态："这不能算个问题，他老婆有病这还躺在床上，按理队里该给他救济，别再说他这事了。"所以李光恩问时李长路就没再提。

李光恩说："不可能有问题。'四清'才搞过去多长时间？那可是公社直接抓的，别说现金方面，包括仓库和社员工分账目，都认真清查了，发现的问题都作了处理。恁也不想想，经过那一次，谁还不接受教训？都得按规定办事，不会再给自己惹麻烦。"

他三个都支起耳朵仔细听着，李光恩又说："现在到入九月份账的时候了，马上也要搞社员分配，如果耽误了这些正常业务，追究起来就是恁几个的责任了。"说完也没管他三个什么态度，起身出了门，头也没回。

李光恩走后，李长路说："散了吧，咱也别费这个劲了。"

那两个说："俺回去吧。"

李长路说："先别走，恁去把忠国叔和义昌老爷叫来，商量商量怎么办再说。"

潘忠国和张义昌来了，李长路把刚才李光恩说的话原原本本学了一遍，然后说："我看也别再查了，已经查了一多半了，还真没查出问题来。"

张义昌说："还能就这样完了？那不白忙活了？他们要问起来咱怎么说？"

潘忠国皱起眉头想了想，说:“查不出问题来还能怎么办？我看这样吧，明天通知会计们，让他们把账本都拿回去，不要说没查出问题，就说还没查完，拿回去先治账，都听候通知，我们什么时候查就得立即送过来。”

就这样，风风火火查了几天账，也只能是不了了之，后来也没人再提起这事。

跳井

张义昌认为，查账没查出事儿来，问题出在李长路身上。心里想，不知道他是不认真还是揣着别的心眼，不然的话，带着两个人折腾了两三天，还能一点毛病也找不出来？大队会计是他的叔伯叔，他会不会身在曹营心在汉，包庇干部们？可是这想法又不能说，因为如果李长路提出让他查，那更不中用，他连村里人的名字都认不过来。不行，那也不能就这样便宜了这些干部，特别是队长。在他的心目中，别看队长官不大，可是"实权派"，管钱管物，管着百多口人，生产队大小事情说一不二，所以最眼馋的还是这个职位。琢磨半天，他对潘忠国说："陪客退赔这个问题对潘士金、展明尧打击不小，下一步咱是不是再搞搞队长们？"

李长路在一旁说："听说他们退赔的粮食个别户又送回去了。"

张义昌说："我也听说了，不好追查，咱又没亲眼看到，他们要是双方商量好死不承认，咱也没办法。送回去就送回去吧，反正叫他们丢人现眼了，灭灭这两个家伙的威风就可以了。"

潘忠国说："当队长的陪客也不少，不过，弄起来挺麻烦。他们人多，如果集合起来一个一个地交代，再一家一家地退赔，恐怕一天的时间也搞不完。眼下都在种麦子，耽误时间长了社员们会起来反对。"

张义昌说："那好办，咱晚上搞，先用一个晚上让他们交代，摸清底子以后，再凑个晚上开个批斗会，让他们在会上集中退赔，一样丢他们的人。"

李长路说："最好等等雷老师，听听他的意见再说。"

张义昌说："别张口闭口地雷老师，他又不是咱村的人，没有他咱就不搞'文化大革命'了？"

李长路心里不悦，可也没再吭声。潘忠国说："晚上搞可以，不是'抓革命，促生产'吗，咱就来个晚上抓革命，白天促生产。"

就在这天下午，公社武装部的许干事来了，他直接去了祠堂。潘忠地首先看见了他，许干事从车把上刚摘下黑提包，潘忠地就迎了出来，说："许干事来了，那张报纸找到了吗？"

"找到了。"许干事进屋从包里拿出两张报纸，递给潘忠地，接着说，"不仅《解放日报》的那篇社论找到了，还找到《文汇报》的一篇文章，题目是'把斗争生产队干部的歪风打下去！'要不早就给恁送来了，刘部长让我们把这两篇文章一块翻印了几十份，我们分头跑了跑，送到了各大队，看后都可高兴了，觉得这是保护农村干部的尚方宝剑，可以放心大胆地抓生产了。"

潘忠地先看了看《文汇报》，边看边小声道："'乱揪乱斗生产队干部与大队一般干部，是转移斗争目标……生产队干部一无党权，二无政权，打击了他们，就是打击了社会主义生产积极性。'太好了，和那篇社论的内容是完全一致的。"

潘秀菊说："别你自己看了，大声念念，都听听。"

张发树也说："对，咱先好好学学，领会领会精神。"

潘忠地把两篇文章原原本本读了一遍。几个人议论了一阵子，李光恩说："傍晚分头下通知，晚上开个队长会，给他们传达一下，让他们打消顾虑，扑下身子好好地干。"

潘忠地说："不仅让队长们知道，还得叫忠明和忠民用毛笔抄在大纸上，明天一早贴到大队办公室门口去，让红旗战斗队的他几个也学学。”

张发树说：“好啊，那样一宣传，全大队的人就都明白了。”

许干事说：“恁安排吧，我得回去了。”大伙留他吃了饭再走，他说：“今天不吃了，刘部长说过两天要来看看，还可能住几天，到时候我还得陪着他一块来。”

送走许干事，李向河说去叫忠明和忠民，顺便到代销点买几张纸。

李向河先找到了潘忠民，让他叫着忠明一块去祠堂，接着去买了十张纸。往回走的路上遇到了李长路，就问：“你这是干什么去了？”

李长路说：“下通知，晚上我们开队长会。”

李向河说：“恁开的什么队长会？告诉你呵，上头有新精神，不允许斗争生产队干部，恁要是再胡来，那要犯错误。”

李长路说：“我已经下完通知了，什么精神？”

李向河说：“下完也不能开，我们得开。什么精神？明天早晨你们就知道了。”走了几步，又回头说，“你个熊孩子别再跟着他们瞎胡闹了，回生产队干活去！”

李长路虽然摸不着头脑，可也有些不服气，又不能给当叔的顶嘴，只好悻悻地回家吃晚饭。

李向河回到祠堂，没放下纸就说：“不知道红旗战斗队又要捣鼓什么事儿，今天晚上也要开队长会，长路已经下完通知了。”

张发树一听就来了气，说：“怎么能由得了他们？我去找长路，不能让他开。”

李光恩说：“不用找他，现在干活的也该收工了，咱去下通知，给队长们讲清楚，今后再也不要参加他们的会了。只要队长都不去，他们还开得成！”

潘忠地说：“按大老爷说的办，把队长都集合到咱这里来，他们也就撒气了。”

秋天的傍晚，到处弥漫着收获的气息。家家户户院墙外垛满了柴草，屋顶上堆着还没晒干的粮食，院子里堆着刚掰下来的玉米棒子。有些人吃完饭开始剥棒子皮。细心的人家把棒子头上的“花线”都留出来，准备拧成绳，晒干后放起来，冬天点着当火绳用，吸烟点火省火柴。棒子皮也要分开存放，外面的老皮当烧柴，里面的薄皮另放着，以后有空用水滋润滋润，可以编铺墩，也可以编提篮，灵巧的还编些茶壶垫、小动物什么的，自己用不完还可以拿到集市上换几个零花钱。

李长路放下饭碗就要走，他娘说：“你白天不着家，吃完饭又要走，不知道忙的么，剥会儿棒子皮再走！”李长路理也没理娘的话，气哼哼地出了大门。大黄狗跟着他往外跑，他回头给了它一脚，狗受了委屈，“呜呜”着回到门里边趴下不动了。

来到大队办公室，张义昌一个人正坐在那里吸烟，看到李长路满脸不高兴的样子，说：“怎么了？通知没下好？”

李长路说：“通知是下好了，我都是找到本人说的，也都答应得很好。可他们不一定能来，弄不好咱这个会开不成。”

正说着潘忠国进来了，问：“怎么回事？”

李长路说：“临回家我遇上向河叔，他说晚上他们也开队长会。祠堂里要是开会，那些队长还能上咱这里来？”

张义昌说：“我不信就翻了天了！还是斗得他们轻，咱通知开会还敢不来，哪一个不来就狠狠地批斗他！”

李长路说：“你斗谁？向河叔还说，上头有了新精神，不允许斗争生产队干部。”

张义昌说：“哪里的精神？咱怎么没听说？”

李长路说：“他说明天早晨就知道了。”

潘忠国说：“今天下午许干事来过，可能送来了新文件，一准是晚上他们先传达，明天再给咱看。”

张义昌气得眼泡子都鼓出来了，在屋里瞎转悠。李长路坐在那里闷着头，不再说话。潘忠国接连卷了两支烟，吸完才说：“沉住气，等等队长们要是不来就算了，明天看看情况再说。”

等了半晚上也没一个人来，他三个只好回家睡觉去了。

潘忠明和潘忠民抄写完两篇文章才回家吃晚饭。这时候队长们陆续来了，大伙都夸他两个字写得好。等看完全文，更是说内容过瘾。第二天一大早，张发树、李向河就贴到了大队院子外边的东墙上。不少人围过来看，有的说：“又贴大字报呀！”张发树说：“不是大字报，是重要文章，这可是党中央的声音，都好好看看。”

李长路也来了，李向河说：“长路，这就是我说的新精神，认真看看吧。其实也不新，《解放日报》的社论是二月十三号的，《文汇报》的文章是二月十六号的，就是咱看得晚了点。”

张发树说：“长路，别光你一个人看，叫恁战斗队的其他人都好好学学。”

李长路不理他们，自己仔细看着。

人们都离去了，只剩下李长路。他从头至尾看完后，进了办公室。一会儿张义昌来了，进门就问：“外面贴的就是他们说的文件？”

“哪里的文件，报纸上的两篇文章，还都是二月份的。”

“那算什么上头精神？别管那一套，咱搞咱的，该斗还得斗他们。”

“别，上面说得可厉害了。如果揪斗生产队干部和大队一般干部，就是帮了走资派和地、富、反、坏、右分子的忙。咱可得牢牢把握斗争大方向，不能犯错误。”李长路本来就性格软弱，原来都是听雷道云的，这几天雷道云不在，一直担心惹出什么事来不好收拾。

张义昌除了“官迷”，再就是好沾点光，论到大事上，他也想不出什么点子。听李长路这么一说，也犯了犹豫，于是说：“饭后你把潘忠国叫来，咱再商量商量，想什么法子也不能叫他们得逞。汶水滩的造反是咱开的第一枪，决不能让他们东风造反兵团占了上风，无论如何也得压下他们去。”

他三个在办公室里商量半天没个头绪，潘忠国、张义昌不住地吸烟，李长路死皮塌眼不言语。正愁闷着，忽然听到外面自行车响，一看，是雷道云来了。李长路赶紧迎出去接过自行车，看到他后面还跟着个女的，车子上驮着被子和脸盆什么的，就问:“这位是……”

雷道云见他几个都出来迎接，说:“进屋再给恁介绍。”

张义昌跑过去，边接那个女人的自行车边说:“你们辛苦了，快到屋里休息。”这个女的抿嘴笑了笑，没说什么。

这是个看上去二十岁出头的女青年，个头不高，但模样儿周正。胖乎乎的苹果脸，细腻白嫩的皮肤，五官虽不出众，倒是都安排在恰当的位置。尤其那一双机灵的小眼睛，骨碌碌还算有神。草绿色军帽下面，露出两条齐耳的短辫。上身穿一件深蓝色大开领褂子，左胸前戴一枚二分硬币大小的毛主席像章。下身穿一件褪了色的军裤，脚穿一双军用胶鞋。这身打扮，在农村还从来没见过。她的出现，给这刚才还满是郁闷的房间里带来了生气。

张义昌搬过一个杌子，让她坐下，她又抿嘴笑了笑，说:“谢谢，不用客气。”

都坐下后，雷道云说:“我先给你们介绍一下，这位是孙风雷同志。原来的名字是凤凰的凤，花蕊的蕊，现在改成了‘五洲震荡风雷激’的‘风雷’，这是取的毛主席诗词上的两个字，是革命的名字。别看风雷同志年轻，是只比我低两级的师范毕业的高才生，算是我的同学，我们一成立造反团就是骨干，也可以说是我的老战友了。”

张义昌说:“厉害，一看就不是凡人，我们一定虚心向风雷同志学习。”

雷道云说:“学习是有机会的。风雷同志今天来了就不走了，接替我担任你们学校的负责人。”

李长路说：“怎么，雷老师您不在这里了？”

孙风雷说：“雷老师身上的担子可重起来了。县教育系统造反指挥部这次大改组，雷老师担任了副总指挥，今后不仅领导咱刘集公社，还要领导全县的‘文化大革命’。”

雷道云掏出烟，抽出两支递给潘忠国、张义昌，又抽出一支刚放嘴上，张义昌就把火伸过来给他点着了。雷道云吸了口烟，说：“风雷同志这话言重了，我们这个指挥部重点还是抓教育系统。但是，教育系统和机关、工厂等单位一样，也出现了分裂，拉出去了一伙保守派，也就是保皇派，所以我们进行了改组。虽然人少了些，但是，队伍更纯洁了，战斗力更强了。今后，我们既要和走资派斗争到底，又要和老保们斗，因此说，担子的确不轻。不过，我们不怕，因为我们有坚强的后盾和强大的队伍，后盾就是伟大领袖和无产阶级司令部，队伍就是全县各行各业革命造反派的战友们。工业系统造反司令部的总指挥李向东就亲自找我们，商量如何联合起来，统一行动。”

潘忠国说：“李向东？是不是煤矿上的那个？要是他就是这个村里的。”

雷道云说：“就是他。我知道，他也是师范的学生，赶上师范下马，回村后又到煤矿当的工人。因此说汶水滩了不起，是培养革命造反派的摇篮，这个阵地我们一定不能丢。我要离开这里了，决定派风雷同志来，就是为了这个目的。你们要继续走在前头，给全县的贫下中农做出榜样。”

李长路说：“雷老师，那你也得经常到我们汶水滩来检查指导工作，可不能丢下我们不管了。”

雷道云说：“怎么会呢，我只要有空就会来看看，风雷同志也会与我保持联系。风雷同志是个思想坚定、造反精神强、敢打敢冲的好同志，你们要相信她，依靠她。另外，在公社我们商量了，学校还空缺个民办教师，长路顶上，这事就这么定了，不用征求大队干部们的意见，以后给群众打个招呼就行了。长路，你要好好辅佐孙老师，展春才靠不住。”

李长路当然是个惊喜，按捺不住心里的高兴劲儿，忽地站起来说：“没问题，今后一切事我都听孙老师的，孙老师指到哪儿，我们就打到哪儿。”

雷道云挥挥手示意他坐下，继续说：“忠国同志，义昌同志，你们的情况在路上我就给风雷同志介绍了，恁两个都是老同志，斗争经验丰富，又熟悉汶水滩的情况，以后的工作还得靠恁多出主意。”

张义昌说：“雷老师你放心，我们一定要像对待你一样对待孙老师。”

潘忠国说：“雷老师，我们现在就遇到难题了。前几天我们对潘士金、展明尧多吃多占的问题搞了下退赔，效果很好。正准备抓抓生产队长们这方面的问题，他们贴出来两篇文章，上面明确提出不能斗争生产队干部和大队一般干部，您来时俺正商量这事，拿不定主意，不知道下一步该怎么办。”

孙风雷说：“刚才我们在门口看到了，那是《解放日报》的社论和《文汇报》的文章，这两家报纸都是上海市革命委员会直管的，是无产阶级司令部的声音，我们必须执行。今后我们斗争的目标，就是要对准大队党支部书记、大队长和地、富、反、坏、右分子。”

雷道云说：“对，重点是一小撮走资本主义道路的当权派，在县里就是县委书记和县长，公社就是党委书记和社长，开批斗会时让个别副职上台也是陪衬。”

潘忠国说：“你这一说我们明白了，今后就这么办。”

雷道云说：“走，去学校，把风雷同志安顿下，我的铺盖卷也该驮回去了。”

日头落尽，浓重的暮色悄悄地沉下来，笼罩了原野和村庄。天空的星星全被厚厚的云彩吞没了，到处都黑漆漆的。这时，大队办公室里两个电灯泡全亮着，照得墙角旮旯都通明。潘士金、展明尧和几个四类分子靠东山墙站成一排，二三十个红旗战斗队的成员和十几个孩子挤了一满屋。不属于他们组织的也来了一些人，包括潘忠明，但他们都没进屋，在外面听动静。会议开起来的时候，张发树也来了。

这是孙风雷来后召开的第一个批斗会。该来的都到了，李长路稳定下秩序，向大家介绍了孙风雷，让她开始发言。别看她矮矮的个子，粗短的脖子，一开口就腔调高亢，口齿伶俐。她先讲了一阵子当前“文化大革命”的形势，接着，从中国的赫鲁晓夫，到县里、公社里的走资派，一直批到汶水滩大队的一小撮走资派，口若悬河，一句也没打哏。虽然内容空洞，还是博得了满屋人的掌声。尤其是张义昌，一阵阵地领着大家呼口号。

张发树在门外吸着烟，问身边几个人：“恁说是脖子长的嗓门高还是脖子短的嗓门高？”

有个青年立即回答：“那还用说，当然是脖子长的，你看天鹅和大雁，叫得多响，就是因为脖子长。”

张发树说：“错！蛤蟆是头紧挨着肚子，基本上没脖子，叫得更响。”

周围几个人都笑了。另一个青年说：“噢，你是说屋里那个是蛤蟆！”人们笑得更厉害了。

从此，孙风雷得了个外号，“蛤蟆”。那是后话。

外面正说笑着，突然，屋里的灯灭了。停电了吗？不对，路南户家的电灯还亮着。屋内瞬间寂静，紧接着嚷嚷起来。正乱腾着，忽然听到潘士金大声喊：“有人用刀子伤人了！”

张发树听到喊声，不顾一切地挤到屋里，摸到电灯开关拉线一拉，立时亮堂起来。这时潘忠明已经挤到潘士金跟前，看到他爹左手面子上有血，回头抓着李长路的脖领子，大声质问：“李长路你说，为什么动刀子杀人？”

李长路结结巴巴地说：“你别赖我，不是我干的。”

张发树过去看看潘士金的手，有一指多长的个小口子，正渗着血。又看到有些人想走，便大声说：“都别动，除了孩子可以回去，其余的一个也不准走。”

这些孩子从来没见过这种阵势，已经吓得不知如何是好，听到这话，纷纷跑回家去了。其他人没有再走的。张发树又说：“忠明，和恁明尧叔一块，领着恁爹去卫生室，找李庆龙看看伤得怎么样，赶紧包扎包扎。”

他三个走了。张义昌忽地站起来，说：“张发树，这是我们红旗战斗队开批斗会，有你什么事？你也出去！”

张发树狠狠瞪了他一眼，说：“胡扯淡，恁这是开批斗会吗？蓄谋杀人！出了这样的案件，我就得管！”

张义昌也不示弱，急赤白脸地争辩：“你别血口喷人，怎么着蓄谋？说不定是哪个小孩子不小心划的他，是不是他自己划的也难说。”

张发树笑了笑，说：“还说不是蓄谋，为什么正开着会把灯拉灭了？小孩子，恁的孩子有这个胆量？叫来问问。要说是他自己划的，他和谁商量好的？谁是他的同谋？他在东北角站着，能过来拉灯吗？”

几句话问得张义昌哑口无言。

这期间孙风雷问了问身旁的潘忠国这人是谁，潘忠国告诉他是民兵连长，叫张发树。她看到张义昌没话说了，就说：“张连长说得对，一定是有人搞破坏。我们向来主张要文斗，不要武斗，出现这样的问题，就是故意制造混乱，转移我们的斗争目标。必须查清楚是谁干的，严肃处理。”

潘忠国扫了眼全屋的人，接着说：“是呀，谁带刀子来了？快拿出来，坦白从宽，抗拒从严，自己交代了可以不追究责任。”

满屋子没一个吱声的。

等了老大一会儿，张义昌说：“敢做不敢当是吧？来，咱翻一翻，看看谁身上有刀子。”他看了看那几个四类分子，又说，“先检查恁几个狗东西，有可能是你们搞的鬼。”

没有人反对，张义昌开始一个个地搜身。四类分子中有两个老太太，也抬起胳膊让他浑身摸了摸。潘忠国、孙风雷坐着不动，张发树卷了支烟吸着，看张义昌搜得是不是认真。搜完四类分子，张义昌回头看到李长路也坐在那里一动没动，就说：“长路，你这么老实呀，快动手，咱两个搜。”

李长路起来帮着搜。搜了一遍没结果，张义昌吆喝：“刚才有走的人吗？”有的说没有，有的说大人一个没走。他又对李长路说，“来，再搜一遍。”折腾大半个小时，也没找到谁有刀子。潘忠国说：“看看地上和墙角，是不是扔掉了。”他两个又全屋找了一遍，还是什么也没发现。

这时候已经快到半夜了，张发树说：“这更说明行凶的早有准备，已经把凶器藏起来了。这样吧，你们继续查，有什么情况告诉我。”说完起身要走。

孙风雷说：“张连长你回去休息吧，这事我们一定会查清楚，有了结果及时向你汇报。”

张发树直接去了潘士金家，一推外门，插上闩了。他敲了几下，又喊了两声，屋里灯亮了，潘忠明出来开了大门。进了堂屋，潘士金也起来了，张发树问：“怎么样，伤得厉害吗？”

潘士金说：“不打紧，就划破点皮，庆龙给我包上了。”

潘忠明问：“查清谁是凶手了吗？”

张发树说：“没有，搜了两遍身，屋里犄角旮旯也都找了，没找到刀子。这种事谁还敢自己承认！”

潘士金说：“算了，你别再管了，就这么点小伤，不是什么大事。”

张发树说：“那可不行，必须追查到底。要不是我赶紧进去拉开灯，很可能就出大事了。”

潘士金说：“这不是没出大事吗？叫你别管就别管了，不能因为这点事激化了矛盾。”

张发树犹豫一阵子，说：“那好，听你的，让他们自己查去吧。”

张发树走了以后，孙风雷提议让几个四类分子也回去了。剩下的人不多了，潘忠国说：“咱正开着会，是谁把电灯拉灭了？”

没人应答。他又说：“都回忆一下，当时谁离的开关拉线近？”

有一个青年说：“二愣子站在那里来。”

二愣子一看瞒不住了，说："我当时看到墙上耷拉着根细绳，不知道是电灯拉线，随手一拽灯就灭了。我想接着再拉着，人一挤就摸不到绳子了。"

张义昌过去给了他一脚，二愣子咋呼："你凭什么揍人，我又不是故意的！"

张义昌说："揍得你轻，你给惹多大事啊！"

潘忠国说："好了，还是查查谁动的刀子。现在全是咱自己的人了，最好主动说出来，这算是我们内部的事情，我们会保护的。"

屋里又静了下来，有些人开始吸烟，有的打起了哈欠。过了一会儿，孙风雷说："看来是查不出结果了，这事就到此为止。有几个问题我强调一下。"她清了清嗓子，接着说，"今天发生的事情是个教训，大家想一想，幸亏潘士金伤得不重，万一出现严重的后果，那是要承担责任的。对一小撮走资派和地、富、反、坏、右分子，我们是不能心慈手软，必须把他们斗倒斗臭，打翻在地，再踏上一只脚，让他们永世不得翻身。但是，具体行动要把握好分寸，批斗时动动拳脚没什么大不了的，可不能伤得太重，更不能死人。今天这事就算过去了，我们不再追究，大家也不要议论了，谁要追究就让他来查。散会，都回去休息吧。"

人们纷纷走了，几个头头没动。张义昌说："怎么办？咱计划连着斗他们几个晚上来，明天晚上是不是继续？"

潘忠国说："先停下来吧，别管潘士金伤得轻重，反正是伤着了，要是再接着批斗，群众会同情他。"

张义昌说："那也不能就这样没动静了，咱还得搞点别的活动。"

孙风雷想了想，说："恁两个说得对，对走资派可以暂时放一放，但是，也不能因为出这点事就停止斗争。你们排排，四类分子当中有没有搞现行破坏活动的？如果有，就作为重点，个别进行批斗，那样效果可能更好些。"

潘忠国吸了几口烟，说："这些地主、富农分子除了旧社会有罪恶，这几年还真比较老实，没有乱说乱动的。"

张义昌说:“有一个，就是秃子，前几年偷过集体的猪。”

孙风雷问:“秃子是谁？”

潘忠国说:“李长久，那年他伙同外村的汪继业偷过两个生产队的猪，破案后给他戴上了坏分子的帽子。批斗大会每次都有他，今天晚上那个站在最南边，个头不高，戴着个破帽子的就是。”

李长路半晚上一直没吱声，听到这里，说:“李长久家庭成分是贫农，定为坏分子以后还算能虚心接受改造，没再有偷摸行为。”

孙风雷说:“别管原来是什么成分，现在仍被管制，就可以批斗。就定他吧，先斗他两个晚上，看情况再说。”

张义昌问:“其他批斗对象还参加不？”

孙风雷说:“暂不参加了，战斗队的成员也别参加太多了，选一部分骨干，十几个人就行，小孩子一个也不要。”

张义昌说:“这个办法好，精干有力。长路，明天咱俩分头下通知。”

李长路“嗯”了一声。孙风雷说:“只要我们的斗争不间断，就能鼓舞同志们的士气。你们都要动动脑子，有什么好的建议提出来，我们商量着办。时候不早了，咱也回去休息吧。”

潘忠国说:“长路，天太晚了，你送送孙老师。”

张义昌说:“我送吧。”

李长路说:“不用，我送就行，顺路。”

走到半路上，孙风雷说:“李老师，你得打起精神，不要因为一点小挫折就影响了情绪。革命道路是曲折的，只有不气馁，敢打敢闯，才能取得最后的胜利。”

李长路说:“我知道，就是今天晚上发生了这种事，开始我觉得有些不好收场。你后来那么一讲，我就明白了。”

孙风雷说:“这不算什么大事，如果当时能查出来，我就想当场宣布把这个人开除出战斗队，不能影响咱的整体形象。可查了半天也没找出是谁干的，其实这个结果更好，不能轻易处理我们的战友，出点偏差不要紧，让大家以后注意就是了。要是张连长再问起来，咱就如实给他说查不到，他愿意查就让他查去。”

说着到了学校门口，李长路看着她进了大门，转身回家去了。

李长久和几个社员一块收工回来的路上，李长路截住他，说：“回去快点吃饭，晚上继续到大队办公室开会。”

李长久说：“还开呀？”

李长路说：“为什么不开？今天就只开你一个人的。”

别人听到了，说：“长久，你小子了不起啊，还专门提你的席！”

李长久说：“咱是谁呀，长路兄弟还能不高看咱一眼！”

李长路说：“别跐着鼻子上脸，还人五人六的，这是把你当成了重点批斗对象！”

李长久不说话了，加快了脚步，想：“我怎么成重点对象了？每次挨批斗的站队，我都是排最后一个。昨天晚上潘士金挨刀子，我也离得他老远，不能怀疑是我干的吧？再说，就两年前犯了那点事，又从来没再犯过，能批我什么？”进了家门也没想明白。想不明白就不想了，去他娘那个X，砍了脑袋碗大个疤，该吃吃该喝喝，不管它。摸过饭碗，就着咸菜，吃了两个煎饼，喝了两碗糊涂，抹抹嘴，拿过烟袋装上一锅子，吧嗒吧嗒吸完，这才慢腾腾起身出了门。

办公室里已经到了不少人，孙风雷也来了。李长久一只脚刚踏进门槛，张义昌就说：“你个秃子还是有功之臣啊，这才来，站到一边去！”

李长久老老实实地站到东墙根，一看，不仅潘士金、展明尧没来，其他四类分子也一个没来，真的是斗他自己了。他心里有些发怵。

又陆续来了几个人，孙风雷说：“可以了，开会吧。”

李长路站起来，干咳了一声，说：“大家肃静了，现在开会。今天的批斗会参加的人不多，战斗队成员只通知了我们这些骨干，批斗对象也只有李长久一个，目的就是要集中火力，批倒批臭这个坏分子。希望大家踊跃发言，揭发他的问题。”

潘忠国说：“先叫他交代交代自己的罪行，然后再发言。长久，说说吧。”

李长久看了一眼潘忠国，说：“我交代。大前年我偷过生产队的猪，大队给我戴上了坏分子的帽子，让我好好接受改造。这几年，我很听干部们的话，队长叫干什么就干什么，也没再偷过任何东西。”

张义昌上来给了他一拳，说：“你个熊秃子还不老实！仔细交代，都偷过什么，怎么偷的？”

李长久被他这一拳打得后退了半步，倚在了墙上，要不是挨着墙就倒了。张义昌拉他一把，让他站好。他定了定神，说：“我是偷过别的，偷过玉米棒子，也偷过花生，那年还从场院里偷过几斤刚打下来的湿豆子。可是，我偷的都是集体的，一回也没偷过大伙自留地里的。”

这时有个青年在后边咋呼：“说具体点，总共偷过几次，偷了多少？”

孙风雷看着也弄不出什么名堂，悄悄对李长路说：“我回学校有点事，恁继续开。”起身走了。

有个青年带头呼起了口号：

“无产阶级文化大革命万岁！”

“打倒坏分子李长久！”

“李长久不投降就叫他灭亡！”

大伙的呼声刚停，另一个青年又呼了一句：“打倒秃子！”

又都跟着呼了，有几个人还笑出了声。李长路说：“都严肃点，接着开会。”

张义昌突然提议：“大家静一静，让秃子领着呼几个口号。”

李长久愣了愣，举起右胳膊，少气无力地呼：“无产阶级文化大革命万岁！”

大伙也随着呼了，有人喊道：“你什么态度？声音大一点！”

李长久加大了力气，又重新呼：“无产阶级文化大革命万岁！”

呼完这句稍一停顿，大声咋呼了一句：“打倒……李长久。”前两个字声音很高，中间还停顿了一下，自己的名字就很低了。

这时有人站了起来，指着李长久说：“你真是个坏分子，这时候了还不老实呀！”

有的附和：“这小子不老实，揍他！”

一声喊“揍”不打紧，都是年轻气盛的，呼啦啦围上来好几个，一阵拳打脚踢，把个李长久打趴在地上了。开始他还叫喊，后来就没了动静，任凭他们怎么打，哼也不哼一声。李长路想制止，喊了几声“别打了”，没人听，并且是越打越上劲。十几分钟过去了，潘忠国说：“好了，让他觉着疼知道厉害就行了，别揍毁他了。”这才都停了手。

张义昌说：“快起来，别趴在那里装狗熊！”

李长久已经不知道是哪里疼了，费好大劲才爬起来，感到鼻子里往外流东西，一摸是血，随手满脸抹了一把，简直成了红脸关公。李长路看出他是鼻子破了，就拿了张报纸给他，说：“快擦擦，别这么吓人。”

潘忠国说：“叫他回去吧，好好想想，下次再彻底交代。”

李长久瘸着腿回到家，从水缸里舀出半脸盆水，洗了洗脸，进屋也没跟老婆孩子说话，钻到里间屋躺下了。

第二天下午，李长久正忍着疼痛，和其他社员一起在地里刨地瓜，听到李长路在地头喊：“长久，你过来！”他以为又叫着他去开批斗会，撂下镢头，朝相反的方向跑了。正巧在这里干活的有两个红旗战斗队的成员，李长路叫他两个去把李长久追回来。李长久在前面跑，两个青年在后面撵，李长路也往那边跑。附近的社员们都停下手中的活，直起腰看热闹。

由于昨天晚上挨那顿揍，李长久的腰、腿都还在疼，跑了一阵子脚步就慢了下来。眼看后边的两个青年快撵上他了，这时，他突然看到路旁的那眼井，两步拐过去，“扑通”跳了进去。

两个青年赶过来傻眼了，李长路过来一看，接着咋呼：“快来人呀，有人跳井了！”

很快跑来不少人，有的说：“快拿绳子，让他拽着绳子爬上来。”

还有的说：“不用慌，这井水不深，淹不死人。”

附近有拉车的、耕地的，有人解下绳子拿了来，把绳子垂到井里，朝下喊：“长久，赶紧抓住绳子，蹬着井壁上来。”

下边没动静。

一旁又有人喊：“长久，别憨了，水太凉，小心冻坏了，快上来吧。”

下边还是没动静。有人趴到井台上往下一看，惊讶地说：“不好了，他撅着个屁股，头还在水里呢，快下去救他。”

李长路拽着绳子下去了。水不到一米深，他两手抱着李长久，让他站了起来，可是，李长久浑身打软，脑袋也歪在了肩膀上。上面的人说：“用绳子拴住他的胸脯，你贴到一边，我们把他拉上来。”

几个人一起拉绳子，费好大劲才拉上来，然后让他平躺在地上。有人说：“快牵头牛来，给他控控水。”

有个年长的过去弯腰试了试他的鼻子，又翻翻他的眼皮看看，说：“不中用了，已经断气了。”

丧事

李光恩回到家里就半夜多了，又吸了两袋闷烟，这才上了床。躺下却一点困意也没有，辗转反侧，长吁短叹，把老太太惹醒了。“都什么时候了，还不赶紧睡一觉。”老太太嘟哝一句，翻个身又呼噜起来。

李光恩怎么也想不明白，李长久平常不认死理，像他这种性格的人，怎么会想不开跳井自杀呢？原来是有偷偷摸摸的毛病，自从给他戴上坏分子帽子，真是彻底改了。虽然帽子还戴着，大队、生产队也没再怎么着他，他自己也没当回事，整天嘻嘻哈哈，还好跟别人闹个笑话。要不是搞起“文化大革命”，开斗争会又叫上他，人们都把他这个“坏分子”的事儿忘了。就是这几次批斗会，也都是让他排四类分子的最后一个，更没人对他指名道姓，他也就嬉皮笑脸的，没事人一样。傍晚把李长路叫到祠堂问了问情况，据李长路说，今天是找他下通知，让他晚上继续参加批斗会，可刚喊了一声他就跑，跑着跑着就跳井了。能是这么简单吗？再说，井水不是很深，一般跳下去也淹不死。也有人怀疑是“他杀”，张发树还叫着李光恩，专门找了几个当时在附近干活的社员问了问，都说是看见他自己跳下去的。不过，有人议论，头天晚上在大队办公室打得他不轻。

这里边一定有蹊跷。李光恩迷迷糊糊，突然发现李长久站到了跟前，便问："长久啊，平常你心挺宽的，怎么这次就想不开了呢？不为别的你也得想想两个孩子吧，大的才七八岁，撇下他娘们今后怎么过啊！你到底遇上什么为难的事了？"

"老老爷你是不知道呀，头天晚上他们只开我一个人的批斗会，斗就斗吧，后来动起手来了，那几个年轻人没轻没重，一阵子揍了我个半死，脊梁骨差点被他们踩断了，到现在疼得没法直腰。我要是再参加他们的会，一定得叫他们揍死。"

"他们为什么打你？有仇啊？"

"揍我的没仇，可有仇的在后边指挥着哩！"

"谁呀？是长路？"

"和长路也没结什么仇，是张义昌和潘忠国。"

"他两个和你有什么仇？"

"恁怎么忘了呀，坏事都坏到我这个臭嘴上。那年张义昌当了队长，我笑话他，说'你这个熊样的还能当队长？看着吧，也就是那瓦上的露水、兔子的尾巴，长不了'。结果让我说中了，干了几个月就下台了，他能不记恨我？还有潘忠国，那年被撤了职，我给他闹着玩，说他'当着官还不好好管住自己的老二，怎么样，吃它的亏了吧！'从那，他见了我的面腔都不答。恁说这仇还能小了。为这事你还熊过我，说'打人不打脸，揭人不揭短'，说这样的话会把人家得罪透的。"

"你别胡猜疑，都这么长时间了，他们还能记在心里？就是为了这，也不至于照死里整你呀！再就是你跳的那井，水并不深，怎么下去就死了呢？"

"这不能怪别人，我也知道那眼井水不是很深，跳下去有水接住，摔不着，也淹不死，就是想吓唬吓唬他们。可当时后边他们快撵上我了，心里一慌，扑着身子就下去了。也是咱命里注定该去阎王爷那里报到了，一头栽下去钻到水里，一口气没上来，呛死了。"

“原来是这样。”

“老老爷，你可得给我主持公道呀！当年坏分子的帽子可是你给我戴上的。”

“胡闹，你这还怪罪我呀！”李光恩气得坐了起来，醒了。

原来是长久给我托梦来了。李光恩仔细回忆一遍，梦中说的那些事，有些是今天晚上在祠堂有人说过，有些是当年就听说的，也的确批评过他，叫他少胡咧咧，他当时龇龇牙就过去了。看来梦中李长久没胡编排。

几个月前红旗战斗队第一次召开批判大会时，李光恩看到李长久和其他四类分子一起被叫上台，当时还想，按这两年的表现，是该把他坏分子的帽子摘掉的时候了。其实这事很简单，党支部研究研究形成个决定就行。可后来又想，自己也成了批斗对象，这种形势下提出来恐怕有些不妥。现在人死了，还让他戴着这么个帽子，真有些对不住他，尤其对不住他的两个孩子。现在是几岁的孩子，他们无辜，如果长大了还作为坏分子子弟对待，太没道理了。要是李长久按正常病故处理，宣布给他摘掉帽子，也许能行得通。

窗棂上已经出现银白色，天要亮了。李光恩起来拿着烟袋，出了大门。青白的曙光和淡淡的晨雾交融在一起，点染着村庄、大地。来到村头，秋意瑟瑟的晓风带着清凉，使他禁不住打了个寒战。这时候还没人走出家门。几声鸡鸣，显得田野更加寂静。他从腰间抽出烟袋，装上一锅子，点着，围着村子转起来。转了一圈，来到祠堂门前，站到门台上回头一看，有的户家烟囱已冒出了袅袅轻烟，这是勤快的女人起来做饭了。他正要敲门，潘孝彦老汉抱着扫帚把大门打开了，便说道：“你怎么起这么早呀！”

潘孝彦没想到门外边站着个人，略微一惊，见是李光恩，说：“年纪大了醒得早，起来扫扫院子。你进去吧，我再扫扫大门外边。”

李光恩进去后，没大会儿大队的几个人都陆续来了。

“这是逼死人命，得让他们说个过来过去，不能轻易就没事了！”张发树觉得这是整整红旗战斗队那几个头头的机会，发狠地说。

潘秀菊说：“别光说气话，关键是先弄清楚李长久为什么死、怎么死的。”

李向河说：“昨天晚上我又到长路家里问问他，前天晚上他们是只开了李长久一个人的批斗会，参加的人也不多。开始叫他交代问题时，张义昌嫌他不老实，就给了他一拳。后来让他领着呼口号，当呼到‘打倒李长久’时，他声音很低，有些人说他不老实，几个年轻的就上去揍他。当时揍得不轻，鼻子都破了。他跳井时确实没怎么着他，长路喊他是想给他下通知，让他晚上继续去开会，可他听到喊声撒腿就跑，跑到井边就跳下去了。是长路下到井里捞的他，说是下去时喊他就不搭腔，弄上来就没气了，肚子也不涨，也没控出水来。”

潘秀菊说：“肯定是打得他太厉害了，他知道再参加会也没他的好果子吃，担心受不了那顿打，就自寻短见了。可他戴着坏分子帽子，算不算是畏罪自杀？”

潘忠地说：“不能说是畏罪自杀，因为前提是他够不上什么罪。虽然以前偷过东西，当年已经处理过了，并且也改造得不错，没再发现新的问题。现在批判他什么？还是原来那点事，按照政策，不应该上纲上线抓住不放，应重点看他的现实表现。他的问题算不上罪，所以就不能算是畏罪自杀。”

张发树说：“那就是他们逼死的。”

潘忠地说：“说逼死的也有点牵强。按长路说的，前天晚上他是挨过打，可也没打成重伤。要是打得过于厉害，他就去卫生室看了，第二天也就没法下地干活了。跳井前长路是想通知他去开会，这时候没人打他，也没给他够上话，不好说怎么逼他了。”

张发树说：“李长路的话也能信？他可是红旗战斗队的队长！”

李向河说：“我认为长路说的是实话。昨天晚上不仅我熊了他，他爹他娘都骂了他，他爹还摸起鞋底来想揍他，是我拉住的。后来他还说，坚决不当这个队长了，谁愿意当谁当，他要退出红旗战斗队。”

他们争论期间，李光恩一直认真听着琢磨着，听到这里磕了磕烟锅，说：“事儿基本上清楚了，不只是长路说的，还有那么多干活的社员都看到了，后边撵他的人还没到跟前，是他自己跳下去的。忠地分析得有道理，不能说他是畏罪自杀，也不好说是别人逼死的。虽然他们打人不对，可是，他不是挨了打接着跳的井。人家开会斗他也不算错，毕竟他还戴着坏分子的帽子。”

张发树抢过话头，说：“那就这样算了？李长久死得可是太冤了！”

李光恩说：“要说冤倒是真的。所以我想，能不能给他摘掉这个帽子，让他到阴间能落个清白身子。更重要的是两个孩子，如果长久戴着坏分子帽子走了，兄妹两个一辈子抬不起头来。”

大伙都不说话了。过了一会儿，潘忠地说：“我认为该这么办。给他摘掉帽子，按正常死亡对待，好好办办丧事。但是，现在连个党支部会都开不成，怎么研究决定？”

张发树说：“怎么开不成？把他俩叫来支部的人就全了，咱接着就可以商量。向河，你去喊明尧叔，我去喊士金叔。”

李光恩说：“这个办法行，恁俩快去吧，他们都得回家吃早饭了。”

他两个很快就来了。李光恩说了说意思，展明尧说：“该办，本来长久就死得冤枉，要是不解决这个事，咱对不住他。”

大家都看着潘士金。潘士金说：“在路上发树给我一说我就考虑，你们这个想法很好。但是，好事要办稳妥，不能再惹出别的麻烦。虽然咱党支部还存在，可我和明尧都被打倒了，再以党支部的名义作决定不太好，别让他们抓住这事胡纠缠。”

张发树说：“那就以我们东风造反兵团的名义。”

潘忠地说：“那更不行。如果以兵团的名义决定这样的大事，以后红旗战斗队也会跟着学，要是他们也决定这决定那，就乱套了。”

潘士金说：“要不让贫协出面。光恩叔，你召集贫协组长开个会，让他们讨论讨论，估计都会同意，定下来就宣布出去，谁也提不出意见。”

都觉得这个办法可行。李光恩说：“只能这样了，回去顺便下通知，饭后叫各生产队的贫协组长来，除了士金和明尧，恁几个也都来，咱一块开。”

贫协组长会开得简洁顺利，李光恩简单一说，都觉得合情合理，八个贫协组长几乎是异口同声，表示赞成。有的说：“长久出身是贫农，这也算是归队了。”还有的说：“在农村，‘文化大革命’也得依靠贫下中农，贫下中农决定一切，谁要出来反对，咱就和他斗争到底。”

李光恩对五队的贫协组长说：“你回去叫明顺和向清来一趟，我们商量一下发丧的事。再去给长久家里说说这个意思，先让她宽宽心。散会吧。”

李长久是五队的社员，展明顺是五队的队长，李向清是会计。

贫协组长们走了后，李光恩说：“发树，这样咱就可以和其他丧事一样办了，还是咱两个靠上，我是李家的长辈，你就得多受受累。长久他老婆不懂外面这些事，孩子又小，咱得好好帮帮。”

张发树说：“这没问题，大队、生产队该拿的粮食得拿，各队该出的人照常出。就是给他摘帽的事怎么宣布一下？”

潘秀菊说：“贫协组长们回去一说就都知道了，还用怎么宣布？”

李向河说：“是得有个说法，定他坏分子的时候是开的群众大会，现在不开会也得贴个告示。”

李光恩说：“为这么一件事不能开大会。可是，张贴告示能行吗？大队可从来没贴过这玩意儿。”

潘忠地说：“可以写个关于给他摘帽的决定，等发丧那天贴出去，等于是向群众公布了。”

张发树说：“我看这个法子行。忠地你负责写，我找人扎个大点的花圈，到时候别往墙上贴了，就贴到花圈上，既能让群众看，也算是告诉长久，让他可以瞑目了。”

潘秀菊说："就你臭点子多，花圈上还能贴这个？"

李光恩说："你别说，发树想得有道理，就算咱给长久送个花圈，也对得住他了。"

正说着，展明顺和李向清来了。他两个都知道大队决定给李长久摘帽了，展明顺进门就说："还是党支部英明，昨天晚上我们到长久家，他老婆领着两个孩子一个劲地哭，问她怎么发丧也说不出个道道。回去俺队委会又商量半天，也拿不定主意。这下好了，给他摘了帽子，那就可以跟普通群众一样对待，这个丧事就好办了。"

李光恩说："对外不要说是党支部的决定，因为士金和明尧暂时都不能主事了，是大队贫协决定的。叫恁两个来就是想商量一下，长久这个丧怎么发。恁也知道，他家里不是多宽裕，可突然出了这档子事，算是塌天了，生产队就得适当多照顾照顾，将就着把丧事办好。"

展明顺说："大叔你放心，恁说怎么办咱就怎么办，他家有什么困难生产队负责解决。"

潘忠地说："要注意做好群众的工作。"

展明顺说："没问题，除了几户姓展的、姓潘的，全队百分之八十多都是李姓，社员的工作好做。"

李光恩说："发丧先要垫支点钱，恁队里现在有钱吗？"

李向清说："有，保管那里还存着几十块。"

李光恩说："这样吧，向河你下个通知，让各队晚上去个人，议议事。发树，咱和明顺、向清这就到长久家里看看，有些事先定定，晚上好商量。"

来到李长久家里，李长久的两个内弟在里间屋和姐姐说话。兄弟俩老大叫王广生，是复员军人，还担任民兵排长；老二叫王广亮，一副老实相，少言寡语。他们那村离汶水滩不足五里路，两村之间亲戚不少，相互都认识。兄弟俩见他们几个来了，赶紧出来让座、倒水。都坐下后，李光恩说："正好恁兄弟俩都来了，恁姐夫这个事我们很重视，研究决定给他摘帽，丧事正常办，不能让他再有牵挂，以后对孩子们也没什么牵扯了。”

王广生说：“俺姐姐刚才就说这事了，虽然俺姐夫死得不明不白，可老少兄弟爷们对他这么操心，他也得知足了。我代表俺姐夫，谢谢各位了。梆子，你也过来。”说着拉过外甥一起跪下，给他们几位磕了个头，王广亮也随在后边跪下了。张发树、李向清立即过来拉起他们。

李光恩说：“别这样，都不是外人。士金和明尧虽说是被打倒了，这也是他俩同意让我们这么办的。治丧委员会的人晚上都过来，俺几个先来看看，有些急办的事先办着。”

李长久还在屋中央停放着，娘三个也都没戴孝，张发树说：“得抓紧去买几尺白布来，自己人和近亲来了戴上孝。再就是准备棺材，这时候的天虽不是很热，也不能停放时间太长了。”

李光恩问：“孙媳妇，家里还有布票和钱吗？”

李长久媳妇一直在流泪，听到问声抬起头来说：“钱还有几块，布票也有七八尺。”

李光恩说：“向清，你去安排个人，到刘集把布买来，有多少布票先买来用着，发丧用的再说。叫向河写个证明信，顺便到公社把户口销了，好领补助的布票。”

李长久媳妇到里间屋找出钱和布票，交给李向清。李向清接过去走了。

展明顺说：“棺材怎么办？他家里这两棵树也不够料，又没有现成的木头。”

李光恩说：“那就只能买了，问问谁家有存的棺材，别要太好的，忒贵，中等的就行。”

张发树说：“我知道，全村倒是有几家存着寿木的，可都是五寸以上的。再说，人家老人年龄大了，不一定舍得卖。”

展明顺说：“要不我派几个人到外村打听打听，看能不能买到。”

这时王广生看了看弟弟，说：“买现成的钱也是个问题。这样吧，俺家里春天杀了几棵树，解好板子了，准备冬天给俺爹俺娘打寿木的，我回去给爹说说，先拉些来，从咱村找几个木匠，现打也快当。”

张发树说：“找木匠我负责，多来几个，晚上加加班，不能耽误了明天傍黑入殓。”

李光恩说：“解好的板也得合计合计，别拉多了，够个四寸的满可以了。孙媳妇，你说呢？”

李长久媳妇说：“老老爷您是老族长，您怎么说怎么是，我听您的。”

王广生也说：“是啊，俺姐姐一个妇道人家，不懂这些事，听您老人家的就是了。我这就回去，叫个木匠量量算算，中午就送过来。”

李光恩说：“哪些亲戚需要送报丧帖，也先数算一下，晚上定下来，大队、生产队好根据帖的多少补助粮食，明天还得写好帖后天分头送出去。”

李长久媳妇说：“这个我也不明白，长久又没个亲兄弟，近门还有个叔伯叔，得问问他老人家。”

展明顺说：“他这一段身体不好，好长时间没出门了，我到他家里问他吧。”

李光恩说：“你去了就说我说的。另外，给近门那几个年轻的打声招呼，男的女的过来几个，帮着忙活忙活。”

李长路这两天没出门，孙风雷差人叫他去学校，正式担任民办教师，他也没去。这期间，潘忠地听说，雷道云说过让他当民办教师，就和李光恩商量：“自从春旺离开学校，还缺个民办老师。全村初中毕业的就长路一个，经过这个事，他决心不当红旗战斗队的队长了，并且退出组织，是不是就让他当民办老师。雷道云走了又来了个孙风雷，别看是个女的，和笑面虎似的，也是造反派，办不了正事。春才在那里，再叫长路过去，有两个人顶着，就不怕她再胡来了。”

李光恩说：“我看可以。你给士金和明尧通通气，他俩要同意再和发树、秀菊说说，定下来好好跟长路谈谈，让他心里有个数。”

潘忠地分别和他们几个一说，都同意。他叫着李向河，到李长路家里给他说了说。李长路低着头，过了老大一会儿才说：“谢谢恁对我的关心。可是，我干了一阵子战斗队，又惹出了这么些事，哪还有脸去当老师。”

长路爹也在场，听了他这话，一摔烟袋，说：“你看你那熊样，现在知道惹事了，早干么来？光恁向河叔说过你多少次，不叫你随着他们瞎胡闹，看看那几个人，别说姓雷的姓孙的了，就凭潘忠国、张义昌那样的人品，能干出什么好事！刚才恁忠地叔说的这些都是为你好，今后有什么事都得听恁忠地叔的。”

李向河说：“长路已经认识到不对了，接受教训就是了。抓紧去学校吧，教学的事好好向春才学习。”

李长路说：“昨天孙老师派人来叫我了，我说感冒，没去。”

潘忠地说：“去吧，我已经给春才说过了，恁两个要搞好团结，遇事多商量。”

当天下午李长路就去了学校，孙风雷、展春才都在。孙风雷问：“听说你感冒了，好了？”

李长路说：“差不多了，就是还有点头疼。”

展春才拾掇了一下对面的办公桌，说：“这是原来春旺用的办公用品和教材，大后天就开学了，你先看看，这两天得备备课。”

正说着张义昌进来了，没坐下就说：“孙老师，咱和长路到大队办公室商量点事，忠国在那里等着哩。”

李长路说：“恁去吧，从今天开始我退出红旗战斗队，不参加活动了。我得看看教材，好备课。”

孙风雷、张义昌都愣了。张义昌说：“你是战斗队队长，还能你自己说不干就不干了？得问问大伙同意不同意。”

展春才说：“你这话就不对了，参加组织是自愿的，退出也应该是自由的。人家自己决定了，关别人什么事？”

孙风雷说：“长路同志，你再认真考虑考虑，不要因为一时的挫折就打退堂鼓。”

李长路说：“我已经反复考虑过了。”

孙风雷说：“你当民办教师是因为你参加了造反组织，雷老师提议，公社教育造反团研究决定的，你想想，退出组织后这个教师还能当得成吗？”

张义昌说：“是啊，那样民办教师也不能叫你当。”

李长路说：“不当就不当。”

展春才笑了笑，说：“怎么当不成？民办教师大队有权决定。大队早就定了，是忠地告诉我的。”

张义昌说：“潘士金、展明尧已经被打倒了，大队谁决定的？决定了也白搭，我们贫下中农不答应。”

展春才说：“他两个被打倒了，可党支部没解散，还有副书记和其他委员哩，少数服从多数，没有他俩照常可以决定事情。再说，代表贫下中农的是大队贫协，你算老几？最多代表你自己！”几句话把他噎了回去。

张义昌憋得脸通红，没话说了。

孙风雷说：“走，咱去大队。”说完气呼呼地走了。

出去学校大门张义昌就说：“孙老师，你回公社说说，不能让他当这个民办教师。”

孙风雷说：“先等等，我个别做做他的工作再说。这是雷老师刚定的事，我才来这几天，不能就推翻了。”

来到大队办公室，张义昌对潘忠国说：“长路宣布退出战斗队了。”

潘忠国倒是没感到意外，说：“我早就看出这孩子不中用，退出是早晚的事。他这是看到李长久死了，怕担责任，害怕了。”

孙风雷说：“一个坏分子，又是他自己跳的井，死就死了呗，有什么可怕的。”

张义昌说："叫你来就是为了这事，他们决定给李长久摘帽了，按一般群众办丧事，大队治丧委员会那些人都偎上去了。"

孙风雷说："四类分子的帽子也不能说摘就摘呀，他们的胆量也太大了。就算是普通群众，死了还成立治丧委员会？搞什么名堂！"

潘忠国说："这是惯例，不论谁死了，都要由这伙人出面帮着办丧事。说是治丧委员会，其实还是老一套，有个总管事的大总理，还要有内柜、外柜，每个生产队还得参加个干部负责安排劳力，也就是'忙头'。死者本队的干部大部分得靠上。"

孙风雷问："牵头的是大队书记还是大队长？"

潘忠国说："这种事他两个不出面，一般都是贫协主任李光恩和民兵连长张发树。"

张义昌说："就这样依着他们？他们不是为了李长久，是做给咱看的。"

孙风雷说："是太嚣张了。他们追没追李长久死的事？"

潘忠国说："没有。那么多人都看得清清楚楚，是他自己跳的井，找不着咱的责任。"

孙风雷问："什么时候发丧？"

潘忠国说："农村都是一期丧，男的六天，应该是后天。"

孙风雷说："他们说给他摘帽咱不能承认，恁两个琢磨一下，不能让他们顺顺当当地办丧事。"

张义昌说："这个好办，我找几个人，到时候给他们搅和搅和，让他们发不成。"

潘忠国说："可要小心点，发丧是大事，一般是不为死的为活的，都是做给活人看的，面子也不是给死人的。别惹出大麻烦来，不好收场。"

张义昌说："不要紧，李长久没个亲兄弟，几个叔伯兄弟也没跟他走得近乎的，孩子又小，不会有人出来给咱作对。咱就是对着李光恩、张发树他们，不能让他们得逞。"

孙风雷说："既要谨慎，也不能畏首畏尾，革命造反派就得要敢闯敢干，敢于和歪风邪气作斗争。"

潘忠国不再说话了。

由于大家怀着一种特殊的心情前来帮忙，丧事准备得格外周全。发丧这天一大早，人们就在堂屋门口搭起了灵棚，还在大门对面的空地上搭起了候客的大棚。院子西墙根垒起了大锅，厨子和几个打下手的正忙着洗菜、切菜。四个吹鼓手早就到了，坐在大门里头右侧的方桌旁，一来到就吹打了一阵子，算是响响家伙。张发树拿来个大花圈，摆放在灵棚正中的供桌前，上面贴着大半张新闻纸，纸上用毛笔写着几行大字：根据李长久近几年的表现，经研究决定，摘掉坏分子帽子，恢复其贫农成分。后面的落款是：汶水滩大队贫下中农协会　某年某月某日

早饭后这一阵，是本村的人们前来吊唁的时间，有的拿着一卷子草纸，有的带着一毛钱或两毛钱，在大门口丧礼桌登记后，来到灵棚前跪拜祭奠。随后，外村的客人们也陆续来了。张发树一直忙活着，既迎接客人，又不断招呼孝子，给前来吊唁的人磕头致谢。

张义昌也来了，他胳肢窝夹着几张草纸，来到丧礼桌前扔下，记账的大声说："张义昌白平一刀！"随后给他记到丧礼簿上。这也是老规矩，吊唁的人不论拿多少纸，都记一刀，"白平"就是草纸的意思。如果是钱，就记上"礼"多少。要是既有纸又有钱，就记"白平"一刀、"礼"多少。近亲还有带"食盒"或花圈的，那就再记上"食盒"一架或花圈一个。张义昌记完账没说话，来到灵棚前祭奠，起身后看着供桌前花圈上的字，问："这是写的什么？"张发树说："不认字啊，给长久摘帽的决定！"张义昌"噢"了一声，转身走了。

中午候完客人，忙人们打了尖，随着三声炮响过，"起灵"了。先是把灵桌抬到了十字路口中间，那个大花圈摆在灵桌前，准备让客人进行第一轮

祭奠，也叫“路祭”。儿子梆子全身戴孝，拄着哀杖，跪在右侧。李长久的一些近门侄子，也戴着孝帽，在梆子后边跪了一片。李长久媳妇站在一边，已经哭成了个泪人儿，两个侄媳妇架着她，女儿小翠偎在她跟前。四周里三层外三层，男女老少围了很多人。都知道这是个不一般的丧事，前来看个热闹。张义昌听到炮声就赶来了，他约好了几个愣头青，准备闹事。

随着张发树的指挥，客人们按顺序开始祭奠。就在这时，张义昌蹿到灵桌前，把花圈上那张新闻纸扯了下来。张发树大声呵斥：“张义昌，你干什么？”

张义昌说：“你们凭什么给他摘帽？我们造反派不同意！”说着捋胳膊挽袖子，拉开了要打架的架势。张发树也不示弱，上去抓住了他的领子。

看到两个人撕扯起来，那几个愣头青挤过来了。王广生在一旁看得清楚，来到梆子跟前，从他手里抓过哀杖，朝那几个人抡了起来。李光恩在旁边喊：“李姓的还有人吗？上去揍他们！”听到喊声，后面跪着的那些孝子，还有周围一些李姓的年轻人，都围了上去。展明尧这时候也在人群里，意识到打起群架来很容易出大事，就站到附近一个土堆上，大声吆喝：“都住手！这是发丧，不许胡闹！”潘忠地也挤到里边制止他们。其实那几个愣头青已经往外退了，因为他们看到梆子的大舅拿起了哀杖，都知道老说法，挨了哀杖打是大不吉利，又看到姓李的上来这么多人，真打起来肯定吃亏。

孙风雷也来了，她一直站在后边，看到里边的人们住了手，便举起胳膊，呼了两嗓子：

“打倒坏分子！”

“不准搞四旧！”

周围没一个附和的。展春才正在她旁边，说：“孙老师，这里太乱了，你回去吧。”她也就就坡下驴，回身走了。

哑巴张发音也来了。原来说过，全村他最信服的三个人，一是张发树，其次是潘士金、潘忠地。起初他没看明白怎么回事，后来知道是张发树、潘忠地他们和张义昌一伙打架，就挤进去把张发树推到一边，对张义昌拳打脚踢起来，别人都住手了，他还继续打。潘忠地拉住他，比画着说：“发音，别打了，没事了，快到外边去。”他明白了意思，才松了手。张义昌也趁机溜出去走了。

人们都静了下来。李光恩说：“好了，继续路祭。”

吹鼓手重新吹打起来。

应对

孙风雷去了趟县城。她要向雷道云汇报汶水滩这一段发生的几件头疼事，请教下一步怎么办。就是没事她也想去见见他了，因为他已经走了半个多月，这大半年来，两个人还没隔过这么长时间不见面。来到县教育局，看到一伙人正在办公室开会，她不好进去打扰，就在窗外走动着，想等散了会再喊他。过了一会儿，雷道云发现了她，出来说：“你来了，先去招待所休息休息，我住在 218 房间，给你钥匙，过会儿我就回去。”

招待所有座三层楼，她住过一次。别看是只有六七十个房间的小筒子楼，这可是县城唯一的一座楼房。楼西面有两排平房，据说那是接待重要客人的，她不知道里面什么布置。那次是教育系统召开学习毛主席著作积极分子代表会议，她作为代表参加了，住在三楼，一个房间住了四个人。虽然会议只开了两天，楼层的情况是熟悉了。她把自行车放在楼门口，进去时服务室里一个姑娘打开窗口，问：“同志，你找谁？”她掏出钥匙朝姑娘晃了晃，说：“不找谁，去房间。”服务员没再管她。

218 是二楼靠东头朝南的房间。她开门进去，看到只有两张床，都顶着南墙，床中间有张单桌，桌上放着一个茶杯和几张报纸。看来雷道云是睡西边这张床，因为东边的床上乱七八糟放着些东西，除了两卷写大字报用的白纸，还有几件衣服，床边扔着双脏兮兮的袜子。门里边西侧还有张桌子，一把椅子，桌子上放着热水瓶、牙缸牙刷和两个碗一双筷子，旁边摆着一摞打印的材料。她拿起一页看看，是传单，就放下了。东面是个脸盆架，脸盆里存着半盆脏水。她想洗把脸，刚端起脸盆，又回身拿起那双脏袜子，拿着毛巾、肥皂，去了洗刷间。洗完回来，把袜子晾在椅子靠背上，关上门，拉严窗帘，躺在了西边床上。她并没感到累，只是想这个样子等雷道云回来。

正眯着眼想着甜蜜的事儿，雷道云进来了。她折身想起来，雷道云说：“别动，躺着吧。”随手关上门，把提包放到桌子上，过来趴下身子，两个人亲起嘴来。一阵子亲热过后，孙风雷推了推他，说：“你也不插上插销，别来了人。”

“没事，这个房间没人来。”他嘴里这样说着，还是起来把门上的插销插上了。那时候的门锁没有现在这么先进，在外面锁门必须用钥匙，要在里边锁门，那就只好用锁下边安的插销。他反身回来时，孙风雷已经解开了扣子。两个人没再言语，忙活起来。事情结束后，雷道云起来倒了杯开水，孙风雷躺着不想动。

雷道云点着烟，坐到东边的床沿上，说：“起来喝点水，说说这一段工作开展得怎么样？”

孙风雷起来整理下衣服，端起杯子喝了一口，说：“别提了，这几天老是出事，我都不知道该怎么办了。”

“出什么事？不会是死人了吧。”

“还真让你说对了，也伤了人，也死了人。”

“怎么回事？谁伤了谁死了？”雷道云一听站了起来，有些担心了。

“后果倒不是很严重。”孙风雷接着把潘士金被人刺伤，李长久跳井自杀，大队为他摘帽，以及发丧等情况，简单讲述一遍，最后说：“事情倒是都过去了，可下步我们怎么办？李长路胆子小，宣布退出红旗战斗队。张义昌粗粗拉拉，又没什么道道。你把我撂那里也不管了，我可作难了。”

雷道云吸着烟，来回走着，说："这不算什么事，革命的道路是不平坦的，难免出点小波折。潘士金是走资派，让他受点伤是好事，给他点颜色看看，打打他的嚣张气焰。李长久死了更无所谓，如果追究起来他就是畏罪自杀。人已经死了，摘帽不摘帽起不了什么作用，这还给大队那帮人增加了一条'包庇坏分子'的罪名。好了，到吃饭的时候了，我去买饭，你等着。"

"我帮你去端吧。"

"不用，我自己去就行。"雷道云说着从抽屉里拿出饭票，拿着两个碗出去了。

孙风雷洗了洗手，又端着脸盆去换了水，回来后把窗帘全拉开了。

雷道云端来两碗杂烩菜，上面各放着两个馒头，手里还夹着一双筷子。放下碗筷又拿起热水瓶，把里面半瓶热水倒到脸盆里，说："我再去打瓶开水。"

"让服务员去打呀，这房间也该让服务员及时来整理整理。"

"我交代过的，没有我的允许，不准随便到我房间里来。"

"噢，你是为了保密呀！"

雷道云"嘿嘿"两声打水去了。

回来后两个人边吃边聊起来。孙风雷说："你得经常到汶水滩看看，还说那是你的根据地，不能丢下我不管了啊！"

雷道云说："不是不想去，实在太忙了。你不知道，县革命委员会成立后，常委中的群众代表只有一个是我们真正的造反派，其余的都是些'老保'。别看只结合了原来的一个副书记、两个副县长，实际掌权的还是走资派。革命的根本问题是政权问题，这一段我们正准备联合全县的造反派，砸烂走资派操纵的黑班子，重新建立真正的革命委员会，把权从他们手里夺回来。"

"汶水滩还没建立革命委员会哩，现在基本上还是党支部那帮人说了算，是不是抓紧建起来，把他们的权也彻底夺过来？"

“别急，时机还不成熟。如果现在建，肯定结合进去的造反派少，因为东风那伙人目前还占优势，他们一成立造反团我就说过，别看打着造反的旗号，实际上就是老保。等到红旗这边把群众争取过来，占了大多数，事情就好办了。”

孙风雷叹了口气，说：“谈何容易！李长路就是当着红旗的队长，像个软面团似的，拽着不长揉着不圆，没多大号召力。他不干了，剩下个张义昌，倒是敢说敢干的，可是我发现，他的群众基础不太好，真正跟着他跑的多说有十几个年轻人。要想扩大队伍，必须得物色个好的领头人。”

“有道理。潘忠国倒是个比较合适的人选，可他的小心眼太多，既想参与些事，又不想挑头。回去好好做做他的工作，让他把这个担子担起来。适当的时候可以给他透个话，就说下一步我们要成立大队革命委员会，主任不能让现有党支部的成员担任，大队没有解放军代表，要从造反派当中出。他是明白人，这样一说就心领神会了。”

“试试吧，真要他公开站出来，再进一步发动一下，会有些拥护的人。”

“也不能单靠这么一个人，关键还得靠工作。一是要狠批走资派，把潘士金、展明尧彻底批臭，让他们在群众中威信扫地。二是要注意抓东风造反团的问题，特别是路线方面的问题，譬如包庇走资派、阶级路线不清等，只要发现这类事情，就要抓住不放，彻底搞垮他们的组织。那样一来，绝大部分群众就会站到红旗战斗队这边来了。”

“好啊，我一定牢记您的指示，回去认真落实。”孙风雷脸上露出了笑容。

“放手干吧，等着听我们的好消息，我也等着你给我送好消息来。”

孙风雷回来直接去了试验田找潘忠国。两个人在试验队办公室叽咕了半下午，最后算是达成了协议。开始潘忠国还是坚持不出面挑头，后来听说成立大队革命委员会的事，就动了心。孙风雷说：“你怕什么，有雷老师给咱撑腰，一定能够干出成绩。我到县里看看才知道，革命形势发展很快，要不了多久，各级的革命委员会都要由真正的造反派掌权。雷老师现在是教育系统造反指挥部的副总指挥，下一步肯定是县革委的成员，当不了常委起码也是委员。”

潘忠国说：“我当这个队长可以，不过，得做好义昌的工作，别看这个人本事不大，可官瘾不小，他早就想争长路这个位子了。”

孙风雷说：“正因为这样雷老师才建议让你干，如果让他当队长，红旗战斗队的实力永远也扩大不了。那样下去，建革命委员会时咱就没主动权了。他的工作好做，晚饭后我先找他谈谈，你到大队办公室等着，我叫着他一块去商量。”

趁大伙吃晚饭的时间，孙风雷出去找了个学生，把张义昌叫到了学校。她没有说给潘忠国谈话的事，装着从县城回来就先找的他。先说了说县里的形势，又说到红旗战斗队应该尽快扩大力量，准备迎接更加艰苦复杂的斗争。她故意把下步工作说得难度大些，让张义昌不敢争这个队长。果然不出她所料，张义昌开始是喜笑颜开，后来却慢慢皱起了眉头。孙风雷觉得时机成熟了，说：“李长路在这个节骨眼上撂挑子了，队长的位子可不能老是空着，你说咱怎么办好？”

张义昌没有犹豫就说：“李长路干着也是占着茅坑不拉屎，早就该换他了。不过，这么沉重的担子我可挑不起来。要不这样，你是咱学校的负责人，干脆你当红旗的队长，你也就是指挥指挥，跑前跑后是我的。”

孙风雷说：“那可不行，我虽然来这里工作，还不能算汶水滩的群众。给你们出出主意敲敲边鼓可以，当群众组织的头就名不正言不顺了。咱得注意一点，要抓东风他们的毛病，可千万不能让他们抓住咱的小辫子。”她略微停了停，然后又以试探的口味说，“你看让潘忠国同志当怎么样？”

张义昌说：“他倒是行。你也知道，他在大队干了多年，民兵连长、副书记、大队长都干过，后来是因为犯了错误下台的。我估计他不愿意挑头，还是因为当年那档子事儿，怕群众揪住不放。只要他能打消顾虑，大胆地干，还有我给他当助手，咱保证能干过东风。”

孙风雷问：“他当时是什么问题？贪污吗？”

张义昌说：“贪污倒是没有，可那事比贪污影响坏，是男女作风问题。”

孙风雷说：“和谁呀，改了吗？”

张义昌说：“他不想改也捞不着了。就是那个大胖娘们王桂兰，那时候她男人是煤矿工人，经常不在家，他就和人家黏糊上了。有一次被人逮着，闹得全村都知道了，当时公社的工作组在这里，他老婆还找到工作组去闹，公社领导一看事情闹大发了，这才处理了他。后来王桂兰她男人死了，又跟三队的队长潘忠良结了婚，潘忠国也就偎不上边了。”

孙风雷说：“原来是这样。事情过去这么长时间了，又改得比较好，不能老是抓住不放，他也不应该再背什么包袱。再说了，这种事绝不是一个人的问题，当时处理得可能太重了。好吧，咱去大队办公室，找他好好谈谈，让他轻装上阵，大干一场。你要向他表个态，表示全力支持他，也是给他鼓鼓劲。”

张义昌拍着胸脯说：“没问题，我听你的。”

潘忠国已经在大队办公室等着了，孙风雷进去先给他使了个眼色，然后说：“我今天到县城看看雷老师，他要求我们抓紧把战斗队的队长明确下来，便于进一步扩大队伍，开展工作。刚才我和义昌同志商量一下，忠国同志，你就把这个担子担起来吧。”

潘忠国假惺惺地说：“义昌干就行，我还是在后边给他出出点子。”

张义昌急火火地说：“你就别推了，我那点本事你又不是不知道，能行我早就干了。你放心，你当正的，我继续当副的，还有孙老师给咱撑腰掌舵，你们怎么说我就怎么干，保证维护您二位。”

孙风雷说：“是呀，刚才在学校一提这事，义昌同志就坚决拥护你干，你不能再怕这怕那的了。只要恁两个携起手来，绝对比东风那些人干得漂亮。”

潘忠国说：“我不是怕，因为试验队那边还有些事，牵扯我不少精力，一心不能二用，别耽误了战斗队的工作。恁两个这么说我就试试吧，试验队的事叫他们多管管。”

张义昌说：“试验队有什么事，麦子种完了，有李长友在那里就行，你就靠到战斗队来，抓好咱的革命工作。”

孙风雷说：“试验队也不能撂了，我发现那里全是些年轻人，要发动他们全都参加咱的组织。再就是排一排各生产队，起码争取半数以上的群众成为红旗战斗队的人。”

潘忠国说：“试验队也不可能全部，有个别人平时都不听我吆喝，大多数还行。生产队我考虑过，分两步走，每个队都有几个以前当过生产队干部的，这些人多数对党支部有意见，先找他们个别做做工作，然后再让他们动员群众。一个队只要有三两个领头的，就有人跟着跑了。年轻的好热闹，咱再多搞些活动，参加的人一定会越来越多。”

张义昌说：“这个办法行，咱俩分分工，一个一个地给他们谈，肯定一说就成。”

孙风雷说：“活动是必须搞，聚人气还得靠工作。过几天发动得差不多了，我们就开个批判会，重点是两个走资派，尤其是潘士金，要反复批反复斗，彻底把他搞臭。学校里也开学了，开会时让全体学生参加，别看都是些孩子，把他们发动起来还是有造反精神的。能不能把汶水滩的大权掌握到我们手里，就看你们两个的了。”

这天晚上展春才、李长路正在备课，孙风雷说：“明天上午咱停课，让学生们都参加大批判会。”

展春才说：“现在都复课闹革命了，还让他们参加啊？”

孙风雷说：“让学生参加大批判，经风雨，见世面，是培养无产阶级革命事业接班人的需要，为什么不让他们参加？”

李长路看看展春才，没说话。展春才低下头继续备课，过了一会儿又说：“明天俺两个都有课，得上课。”

孙风雷说：“影响不了恁俩的课，后天、大后天我的课调给恁上。”

展春才说：“那好吧，反正这一段你已经落下不少课了。”

孙风雷“哼”了一声，走了。

听着孙风雷出大门了，李长路说：“你怎么答应她了？”

展春才说：“孬好她还是负责人，如果闹顶了，她不叫孩子们上课了咱也没办法。你看她那个样子，哪里还有心思教书？开学这段时间她才上几次课？就是上课也没好好教，不是唱革命歌曲，就是让孩子们拿根棍子练刺杀，这几天又部署学生们造什么‘红缨枪’。别管她了，兄弟爷们把孩子交给咱，咱就得负起责任，不能误人子弟，尽咱的力，争取让孩子们多认几个字，多做几道算术题。”

李长路说：“你放心，我一定认真教。”

展春才说：“走，到祠堂看看去，发树他们可能还不知道红旗又要开批判会哩。”

李长路说：“你去吧，我又不是东风的人，去了人家也得把我撵出来。”

展春才说：“你去了说句‘参加东风’不就是了。”

李长路说：“可不行，那样就得有人说我是‘墙头草’、‘变色龙’了，以后我哪个组织也不参加，就当个中间派吧。”

展春才站起来，装作很生气的样子，说：“好你个臭小子，你这是说恁叔我成变色龙了。好吧，就算是长虫我也得拉上你，走！”

李长路知道他是装的，凭他的性格不会连这么一句话都承受不了，于是也站起来说：“这真是由了那句话了，‘瘸子面前别说短话，龟孙面前别说王八’，我忘了你原来也是红旗的了。信不信是你自己的事，天地良心，我可不是有意说你。”

展春才说："还没人说你胖就喘起来了，敢骂我，抽空再收拾你！快拾掇拾掇桌子，锁上门。"

两个人来到祠堂，几个人正在屋里商量事，展春才进门就说："刚才那个姓孙的说红旗明天又要开批判会，恁知道了吧？"

李光恩说："知道了，让他们开去吧，反正也没多少人参加。"

展春才说："她让我们停课，叫全体学生都参加。"

李向河说："报纸、广播都讲要复课闹革命，还不让孩子好好学习呀！"

潘忠地说："算了，让他们闹腾几天吧。最近他们没少做工作，忠国哥也到前台公开当队长了，生产队原来下台的那些人，还有一些平常干活偷懒，私心严重、对干部有意见的人，都被他们动员起来参加红旗战斗队了。"

潘秀菊说："就这样跟他们跑的人也多不了，不像一开始，都弄不清什么事，轰轰隆隆随着凑热闹。现在有咱东风了，你试试咱开个会，不叫学生参加也比他们的人多。"

李向河说："秀菊姑说得对，很多红旗的人都退出参加咱东风了，再发动跟随他们的也都是些歪瓜裂枣，没几个好人。"

展春才说："对了，长路退出了红旗，要参加东风造反兵团，这不也来了。"

李长路红着脸跟上一句："我参加能行吗？"

张发树说："怎么不行？我们举双手欢迎！叫他们发动去吧，他们的队长都辞了不干参加咱的组织，这就给了他们一闷棍。"

潘秀菊说："当头一棒！还闷棍哩。"

张发树说："反正就那个意思，闷棍比棒子还厉害。"几个人都笑了。

李光恩说："长路参加是好事，又增加了个文化人。好了，咱继续研究成立革命委员会的事吧。"

展春才说："那我们回去了，恁接着还开会。"

张发树说："不要紧，恁两个一块听听，有什么好意见也谈谈。"

展春才说："俺还得备课，孙风雷整天不把心思用在教学上，她是公办老师，又是负责人，咱不能管，也管不了，可俺两个不能再不务正业，得按规矩，认真备课认真教，让孩子们尽量多学点知识。"

潘忠地说："这个想法对头，恁忙去吧。"

展春才叫着李长路走了。

半晚上也没商量出个结果。关键是两个问题形不成一致意见。一是革委会主任由谁担任，再就是要有一两个群众代表参加，找不出合适人选。多数人提议让忠地当主任，潘忠地坚决不同意，他说："有的大队是原来的党支部书记当主任，咱还得叫士金叔当。"有人说："红旗那边还整天批斗他，叫他当肯定弄不成。"

潘忠地说："那就叫明尧叔当，再不就是光恩大老爷当。"

李光恩说："明尧和士金一个样，没法当。我更不行，年龄大了不说，又大字不识，忠地要不当还不如叫发树哩。"

张发树也是拧着劲推辞。

说到群众代表，潘秀菊说："光恩叔是贫协主任，就应该算是群众代表，不用再找别人。"

张发树说："有的大队是有一两个普通群众参加，咱也得弄上一个。"

于是又七嘴八舌数算了好几个年轻人，都觉得没一个理想。最后潘忠地说："时候不早了，别再商量了，明天我和发树哥到公社找领导请示一下，听听领导的意见回来再定。"

第二天吃过早饭，他两个骑上自行车，准备去公社。刚出村没多远，张发树在前头看到南边来了两个骑车子的，就下了车子，说："忠地，不用去了，你看看，刘部长和许干事来了。"潘忠地也停下，说："太好了，咱又少跑一趟。"

说话间他两个到了跟前，张发树迎上去，说："刘部长，人家说什么来着？山东人就是邪乎，想谁谁就亲自来了。”这句玩话本来是“想鳖王八到”，他觉得刘部长是领导，又从来没和他开过玩笑，话到嘴边就改了。

许干事说：“恁两个这是干什么去？”

潘忠地说：“俺正想到公社找领导请示几件事，这不刚走到这里，就看到恁二位来了。”

刘部长笑了笑说：“真像发树同志说的呀，我也是想来了解了解这一段你们大队的情况，咱想一块去了。走吧，回村里再说。”

去祠堂路过大队门口，快到跟前时听到里面呼口号，刘部长问：“这里边是干什么的？”

张发树说：“红旗战斗队开批判会，还是批斗四类分子和大队书记、大队长，老一套，批不出什么新花样。”

他们推着自行车，在门口朝里面瞧了瞧，除了一伙学生，成年人也就二三十个，稀稀落落坐在地上。他们没停，接着走了。许干事说：“我怎么看着在上面中间坐的那人像潘忠国呀？”

张发树说：“不是他是谁！现在了不起了，人家是红旗战斗队的队长了！”

许干事说：“他当上造反派头头了？他那些破事全村里谁不知道，还有脸造反？真是不知道丢人几个钱一斤！”

刘部长看他一眼，说：“快走吧，去喝杯水，有点渴了。”

许干事明白刘部长的意思，是不让他在街上咋呼，就没再说什么。张发树却接上了话：“你是没到跟前看呀，参加他们组织的大都是下台干部，没当过干部的也是些不好好干活的捣蛋鬼，没一个好东西。还是俗话说得好，‘驴配驴，马配马，骡子找个骗亲家’。”

潘忠地也理解刘部长刚才那句话的用意，就说：“好了，有什么事到祠堂再向部长汇报。俺先过去，你去叫叫光恩大老爷和秀菊姑他们。”

进了祠堂大门，潘忠地朝东屋喊：“大老爷，麻烦您烧壶开水，刘部长和许干事来了。”

潘孝彦回话：“有刚烧开的一壶，还有你上回拿来的茶叶，我泡上给恁端过去。”

潘忠地放下自行车，让他两位到堂屋坐，便到东屋帮着提暖水瓶端茶壶。潘孝彦随后拿来了茶碗，放下就出去了。刘部长说：“这个老大爷就住在这里呀，他家里没别人吗？”

潘忠地说：“没有，一直是光棍一人。解放前只有几分地，一间破土房，长年给地主扛活。后来潘姓人家看着他实诚，就叫他看祠堂，每年凑些粮食给他。公社化后他属于三队，因为三队多数是姓潘的，包了他的口粮也没人有意见。”

刘部长问：“恁村里其他姓还有祠堂吗？”

潘忠地说：“就潘家这一座，别的姓都没有。”

许干事说：“他这种情况算是‘五保户’了，应该大队管起来。”

潘忠地说：“三队管也没事。其实按三队的分配比大队管还强些哩，有困难也能及时照顾他。”

许干事说：“恁祖宗的牌位都没了，还让他住在这里看什么？”

潘忠地说：“这话可别让他听到了，提到牌位的事他就发火。破四旧时大伙来清理牌位，他拿把铁锨堵在这屋门口，谁动就跟谁拼命。当时还是发树哥俺几个把他拉到东屋，劝说了半天，气得他几乎死了过去。后来我和秀菊姑又来劝他几次，才慢慢好了。他家的那间房子早就拆了，只能继续住在这里，好在他已经习惯了，你看还喂着几只鸡，每天一早就把院子内外打扫得干干净净的，挺好的。”

正说着张发树和李光恩、潘秀菊、李向河一起进来了。都坐下后李光恩说：“上次许干事就说，过一段刘部长要来住几天，这回是不是要住下？我那房子许干事他们住过，床铺都还没动。”

刘部长说：“原来我是想到恁这里来住住，可给魏书记、陈社长他们一说，都不同意。”

许干事接过话去：“魏书记、陈社长和新水书记他们几个都算是被打倒了，造反派整天找他们的茬，不让工作，平时有什么事就靠刘部长出面了，的确抽不出身来。”

潘忠地说：“能抽空来看看我们就很高兴，遇上难事好请部长给我们出出路子。”

刘部长说：“恁今天去公社到底有什么事？”

潘忠地说：“让大老爷给您说说吧。”

李光恩说：“还是你说，我说起来丢三落四的。”

潘忠地就把准备成立大队革命委员会，能不能让潘士金当主任，要不要普通群众代表参加，以及是不是还要征求红旗战斗队的意见，都提了出来。刘部长听完后说：“我今天来也为这件事。前些时我们是想让各大队抓紧把革命委员会建立起来，因为有些大队的领导班子处在瘫痪半瘫痪状态，建起革委会来便于开展工作。根据目前的形势，还是缓一缓吧。前几天县里的几个造反组织联合起来，冲击县革委，说县革委是‘复旧’的产物，是走资派和老保掌权，必须砸烂重建。公社革委会也没法开展工作了，新水同志当了几天的革委会主任，现在成了造反派批斗的重点对象。下一步革委会怎么办，还说不清楚。你们这里虽然士金同志和明尧同志不好工作了，可恁几个照常干着，生产也没有耽误，所以就不要急着建革委会了，时机成熟再说。”他喝了口水，继续说，“我今天还想跟士金和明尧他两个见见面，让他们一定要沉住气，经受住考验。群众运动嘛，不要和群众顶牛，也不能急于站出来工作。”

张发树说：“那我们今后怎么搞法？是不是也跟红旗他们那样，整天开批判会？”

刘部长笑了笑，说：“你在路上不是说了，批不出什么新花样，次数多了群众就厌烦了。不过，可以搞些其他活动。有的地方用红磁漆在墙上写些大标语，还给贫下中农门上刷成红门对，再用黄磁漆刷上对联，称作‘红海洋’。另外，有的还建起了主席台，画上毛主席像，让群众在主席台前开展活动。这都是宣传毛泽东思想的形式，也是宣传群众、教育群众的措施。”

潘忠地说：“写标语和对联好办，画主席像就难了，俺可没这方面的人才。”

许干事说：“这个好办，公社武装部的侯干事画得可好了，他在部队是搞幻灯片的，公社院里那个主席台就是他画的。恁先把台子垒好，到时候我叫着他来。”

张发树说：“那太好了，咱把这些事搞起来，红旗那帮人又得傻眼。向河，下午咱两个去买磁漆。”

刘部长说：“恁小学里那个孙风雷可是响当当的造反派，在公社机关也是出了名的，一定要注意她。”

李光恩说：“俺汶水滩还是贫下中农掌权，她本事再大也翻不了天。”

潘忠地说：“学校里还有两个民办老师，都和她不一伙，她也就是依靠潘忠国和张义昌他们几个。”

许干事说：“凭他们那伙人成不了气候。”

刘部长说：“那就好。再就是不要只抓革命忽略了生产，你们的小麦种得不错，要及时浇水、追肥，农业丰收了才能证明‘文化大革命’的正确性。”

潘忠地说：“前天俺刚开了个生产队长会，把生产研究了一下。同时还安排交售粮油征购任务的事，再过十来天就能全面完成了。”

刘部长说：“不错。这样吧，恁去把士金和明尧同志叫来，我跟他两个谈谈。忠地，你别走，一块听听。”

其他几个人都走了。

批斗

十来天的时间，汶水滩就变成了“红海洋”。所有临街的石灰墙壁，凡显眼的地方，都刷上了鲜红的大标语。原来的标语都是用墨汁写在纸上，然后贴到墙上，灰头土脸不说，也经不住风吹雨淋，过不了几天，就像懒婆娘的裹脚布子，一条一块，四处飞扬。现在好了，红艳艳的仿宋体大字，闪亮夺目，风刮不跑，雨冲不掉，简直成了“永久性”的。张发树说：“这样一来红旗他们再贴标语就没好地方占了。”有个青年说：“他们要是把咱这标语盖上呢？”张发树说：“他敢！咱这可都是革命标语，谁覆盖谁就是反革命。”再就是除了四类分子，家家户户大门和堂屋门上都刷上了对联，红地黄字，鲜艳喜兴，比过年贴春联还齐整漂亮。

正因为写上这样的标语将长期存在，开始时潘忠地就犯了难。他想，原来用纸写好往墙上贴，只注意内容，不太讲究字的孬好。这是用磁漆，写上去至少能撑三年两年的，如果不写得工整些，自己人整天看着不顺眼，外人来看了更不好，人家会笑话。谁能行呢？以前宫老师的毛笔字写得最好，他已经被撵走了。再就是展春旺，可他是地主子弟，现在是敏感时期，也不能叫他写。于是到学校找展春才、李长路商量，展春才说：“你写还不行啊，这两年过春节你不是写过不少春联吗？”

潘忠地说："跟宫老师学了这几年，往纸上写个毛笔字还将就，这是直接用刷子往墙上写，我可不中用。发树哥和向河哥买磁漆回来说，在刘集见人家写的，是有人先用尺子、铅笔画出字形来，后边再照着刷漆。"

没想到李长路却说："那可能是写美术字，宋体或仿宋体。"

潘忠地说："大标语用那种字体当然好，向东要在家还行，可现实没人会写啊！"

展春才说："长路，你能行吗？"

李长路说："我在学校里搞黑板报倒是写过，写不好，也没写过这么大的字。"

展春才说："大小同理，这活就是你的了。"

潘忠地说："行啊，长路，发挥发挥你的长处。你在前面画，刷漆是我们的。"

李长路说："内容写什么？"

潘忠地说："我拟定了十几条，你看看，字数多少根据位置选。"说着从口袋里掏出来递给他。

李长路看了看，说："正好今天是星期天，咱先去试试。"说着拿起尺子和铅笔，三个人一起走了。

在学校附近选了一面墙，李长路量了量长度，选了一条比较好写的标语，又算算字与字之间占的距离，分成大格子，说："写仿宋体吧，笔画好掌握。"

潘忠地说："你看着办，怎么写都行。"

写了还没半个字，李长路突然停下来，说："这么长时间没写了，有些笔画还真忘了。我家里有本'怎样写美术字'，得拿来参考参考。"

展春才说："你写着，我去给你拿。"

李长路说："还是我去吧，你找不着。"说完转身跑着回去了。拿来认真翻看一阵子，才又动手写。没多大会儿，写完了两个字，回头问他两个："怎么样？”

潘忠地说：“太好了，你接着写，我去拿磁漆和刷子。”

展春才说：“这个腿我跑吧，找谁？”

潘忠地说：“找向河哥就行，他们都在祠堂，磁漆也在那里放着。”

张发树、李向河都随着展春才来了，来到一看，张发树说：“长路，怪不得光恩老爷说你是个人才，你还真有才哩，有这本事！”

李长路没停手，笑着说：“你可别讽刺我了，还不知道写出来怎么样哩。”

张发树说：“错不了，起码比我写得强。”

展春才说：“可别大狗熊戴草帽——充人了，还比你强，你会写字吗？就凭你那双手，和鸡爪子似的，写出来还不跟屎壳郎爬的似的！”

张发树说：“别说我，你也是个笨蛋，当这么几年民办老师了，不是也不能写？我要多上几年学能当老师，哪一样也不比你差。”

展春才说：“那是，你是大连长，我怎么敢跟你比！”

潘忠地说：“别贫嘴了，快起开漆桶，咱俩负责刷。”

李向河说：“得找两个碗或者小盆，少倒出点漆来，在桶里没法蘸刷子。我看刘集他们还准备了一瓶子汽油，说是漆太稠了可以掺点汽油或柴油。另外，刷子用完也得泡到油里，不然就干得没法用了。”

张发树说：“向河，你去拿碗，我到试验队找强子灌瓶子柴油来，咱俩当好他们的后勤，写不好责任就是他们的了。”

半上午一下午，写完了四条大标语，谁看了都说漂亮。临收工时李长路说：“明天上午我有课，下午再继续写。”

张发树说：“停两天课，先完成这个任务再说。”

展春才说：“不用停，长路的课我先代他上，上学期就都是我上的。”

潘忠地说：“这个办法可以，用不了几天就写完了。我看着长路越写越顺手，比开始快多了。向河哥，明天你再叫几个年轻点的会计，咱一块刷漆。”

李向河说：“这个活我也能干，行，明天叫两个来。”

潘忠地又对李长路说：“把你这本小册子给我，晚上我看看。”

李长路给了他，说：“好学，关键是掌握好基本笔画和间架结构，看看就会了。”

潘忠地放下饭碗就钻进西屋，趴到桌子上翻看起那本《怎样写美术字》来。他先是认真看了两遍说明，然后拿过三角板、铅笔和稿纸，照葫芦画瓢，先练笔画，慢慢再试着写完整的字。真的不是很难，横、竖、撇、捺好写，就是折、钩不太好把握。李春莲已经睡醒一觉了，他还在练。她知道，只要他想办成一件事，熬个大半夜甚至通宵是常事，所以也没管他。终于有几个字写得和书上差不多了，他才脱衣上床。

迷迷糊糊，他开始在墙上写了起来，并且感觉写得和书上差不多。李长路在一旁看了说：“忠地你真厉害，一动手就比我写得好！”围观的人很多，刘部长和许干事来了，还有魏书记，也挤在人群里，他们小声议论：“还是运动锻炼人，恁看忠地，也成写美术字的高手了。”又听到许干事在后面咋呼：“忠地，写大一点，威风！”他没有搭腔，却真的写了个大点的。嘿，也太大了，一个字就占了大半个屋山墙，站在跟前根本看不出是什么字。他来到远处一看，呀！这是什么字？上半部分不知怎么划拉上去的，笔画都不对。他说：“不行，得搬个梯子来，重写。”转眼间张发树把梯子搬来了，是个破梯子，中间用绳子捆着，他开始往上爬，晃晃悠悠，“咯吱”乱响，还没爬到顶，下面“咔嚓”一声，断了，他被摔了下来。醒了，出了一身冷汗。

第二天一早，他到代销点买了两支铅笔，又到试验队找来长尺子，准备跟李长路好好学学。

梦中写得挺顺溜，真正实践起来不行了，一个字他写了改，改了写，最后还是长路又修改了几处，才真正像那个样子。工夫不负有心人，在李长路的指导下，也就半天，他就上路了，基本上能够一遍成功，不用再改了。他两个在前面画，李向河和另外三个会计在后面刷漆，不到三天，全村凡能够写的位置都写上了。别看这么几十条红彤彤的标语，把整个村庄都衬托得焕然一新，有了生气。

下一步该写对联了。几个人在祠堂商量，首先是给谁家写的问题，一致的意见是四类分子家不写。张发树提出："凡是参加红旗战斗队的也不写。"

潘忠地说："那样不好，不利于团结。"

李光恩说："除了四类分子都写，除非本人不同意。"

张发树说："这个办法也行，今后来个外人，不用介绍就知道谁家是四类分子了。"至于写什么怎么写，没人能提出意见，都说由潘忠地负责了。

潘忠地早就考虑这个问题了，却一直拿不准。他找了一些春联，觉得都不太合适。字体不能再用仿宋体，得写正楷或行书。可是，用毛笔蘸着磁漆直接往门上写，很难写好，也太慢了，一个人恐怕半月二十天写不完。于是说："向河哥，你先带着人刷红漆，得等干了才能写。明天我到刘集去，看看人家写的什么，怎么写的。"

李向河说："刷可以，你得说好尺寸。"

潘忠地说："尺寸好掌握，门框、门板都按贴春联的长宽，相当于代替红纸。先打好格子，刷整齐就行。"

第二天潘忠地去了刘集，找到大队团支部书记郑成邦，说明来意，郑成邦说："这事好办，我们已经搞完了。我先领着你看几户，内容全是从毛主席诗词上选的。直接写不行，我们也是跟着别人学的，用牛皮纸刻出'版'来，再往门上刷漆，很快当。"

看了几户，确实不错。潘忠地问："你们用的'版'还有吗？"

郑成邦说："都在办公室放着，就是多数都坏了。刻也不难，先用毛笔写好，用刀子仔细把字刻下来，注意留好连接处，刷完时连接的空白再用毛笔描描就可以了。"

来到办公室，只挑出来两副还能用的，潘忠地说："这两副我拿着吧。"

郑成邦说："拿着吧，还有剩下的几张牛皮纸，我们用不着了，你一块拿着，省得再买。"

潘忠地连声道谢，全带回来了。

回到家里，他找出王士霜寄来的那本《毛泽东诗词》，选那些对偶的句子。从刘集带来的两副是："雄关漫道真如铁，而今迈步从头越"，"为有牺牲多壮志，敢教日月换新天"。他又选了几副，什么"春风杨柳万千条，六亿神州尽舜尧"，"四海翻腾云水怒，五洲震荡风雷激"……一共凑了十多副。横批简单，就按刘集写的，"万山红遍""层林尽染""斗私批修""大公无私"……他全部誊写到稿纸上，连同牛皮纸一块拿着，去了祠堂。

他让张发树帮忙，先裁好纸，拿过毛笔、墨汁，写成了一副副对联的形式。随后，用裁纸刀刻起来。弄了一阵子，很难刻，张发树说："你用的刀子不行，我去给你找个修脚的小刀来试试。"

张发树找来了，潘忠地一看，既锋利又有尖，一试，好用多了。就这样，用了一天多的时间，潘忠地刻成了十几副对联的"版"。

从第一生产队开始，挨户刷了起来。的确很简单，用图钉把"版"固定好，用刷子蘸上黄磁漆，轻轻地往上刷，一会儿的工夫就完成一户。大红的底子，金黄的字，比春节贴的对联强多了。老百姓不管内容，只喜欢个新鲜。开始只刷外门，有的户主提出，别只刷外门，能不能把堂屋门也给刷上。潘忠地说，这个意见好，统统都刷，也就是再买几桶磁漆的事儿。

当刷到张义昌家时，张义昌不让刷，潘忠地说："好吧，这事不强迫，自愿，谁不让刷就别刷。"

几天的时间全村就快刷完了，张义昌又跑来找潘忠地，说："忠地，我那里还是刷上吧。"

李向河在一旁说："你不是不叫刷吗，怎么又变卦了？"

张义昌说："各家各户都刷了，就剩下四类分子，我要是不刷那不跟四类分子一样了。”

大伙都笑了。张义昌红了脸，不再说什么。

潘忠地说：“你同意就行，让向河哥先带人去刷上红漆，等干了再去给你刷上字。”

写大标语和对联，算是东风造反兵团搞的项大活动，潘忠国、张义昌有些沉不住气了。他两个找孙风雷，说咱也得搞点什么事儿，要不然风头都让他们占了。孙风雷说：“我看到有的地方家家户户门口都挂了个小牌子，用红漆刷的，黄漆写的字，内容是‘毫不利己’‘专门利人’‘斗私批修’‘大公无私’，等等，恁可以搞搞，给每户挂上一个。”

张义昌说：“这个好办，叫木匠弄牌子。咱要弄就弄大一点，挂上显眼。”

孙风雷说：“太大了不好看，也就七八公分宽，三十公分长。”

潘忠国说：“那就和烈属、军属挂的光荣牌差不多。这事我安排，试验队有木头，再派人买点磁漆来。”

木匠是在大队院里解的木头，整好木板潘忠国又让木匠把红漆刷上。准备妥当，他叫张义昌到学校喊孙风雷来往上写字。张义昌到了学校一说，孙风雷就拒绝了，她说：“我可摸不动毛笔，另找个人写。”

张义昌说：“就那么个小板子，还不好写。你要不写，咱红旗更没人能写了。”

孙风雷说：“别看字不多，挂到群众门口是个门面，写得歪七扭八的可不行。别管是不是战斗队的人，只要写得好就可以。”

展春才和李长路都在备课，没搭他们的茬儿。张义昌吸了两口烟，看着他两个说：“要不恁两位受受累，去给写写？就百多个小板子，一个板子四个字，好写。”

展春才说：“好写你写呀！我可没写过毛笔字。”

李长路也说："我也没写过。"

张义昌说："长路你才是大睁着两眼说瞎话哩，墙上那些大标语不都是你和忠地写的？"

李长路头也没抬，说："那是美术字，你懂什么！"

张义昌挨了个窝脖，心里话，你小子平常三脚踢不出个屁来，觉得求着你了，张口就噎人。没你这泡狗屎照样攒粪，你想写还不用你哩。他看了看孙风雷，说："有个人能行，是全村写毛笔字最好的，就是家庭成分高点。"

孙风雷问："谁呀，什么成分？"

张义昌说："展春旺，地主成分，他不是分子，算是地主子弟。"

孙风雷说："子弟可以用，这本身就是对他进行教育。我列出内容来，叫他照着写。"

张义昌找到展春旺，展春旺不敢回绝，跟着他去了大队办公室。潘忠国一看孙风雷没来，问："孙老师呢？"

张义昌说："孙老师说没写过毛笔字，她同意让春旺写。"说着拿出孙风雷给他写好的那张纸，对展春旺说，"就按这几条，一个板子上写一条，可得写仔细，不能错了。也得把字写漂亮点，这可是挂到各家各户大门上的。"

展春旺答应着，动起手来。磁漆不同于墨汁，写起来有些拉不动笔。展春旺小心翼翼，写了一下午完成还不到一半。该回家吃晚饭了，张义昌说晚上继续写，写不完不能回家睡觉。

展春旺放下饭碗又回来接着写。开始潘忠国和张义昌都盯着，没大会儿潘忠国就回家了。半夜多了，展春旺手有些不听使唤，想歇一会儿，张义昌说不能停，他却坐到一边打起盹来。鸡叫两遍了，终于写完了最后一个。展春旺叫醒张义昌，说写完了。张义昌眯着眼看看，说："好了，回去吧。"

第二天上午，潘忠国让张义昌找两把锤子，去代销点买来铁钉，又叫着两个青年，用筐抬着所有的牌子，挨家挨户挂。潘忠国说："除了四类分子，每家都挂上一个。内容不一样，挑一挑，凡是咱红旗战斗队的，都挂'大公无私’，其余的随便挂。”

说来也巧，当给潘忠国大门口挂上时，有个青年说：“不对呀！”

张义昌说：“怎么不对？”

这个青年说：“怎么是‘大私无公’呀？”

潘忠国也看出来了，说：“这个写错了，另换一个。”

张义昌拿着这个“大私无公”的牌子，掂量半天，说：“一定是春旺这小子故意搞破坏，如果咱没看出来挂在你门上，那算怎么回事？孙老师还说这是对他进行教育，看来他是不好好接受教育。”

潘忠国说：“接着挂，注意看看还有没有错的，挂完再找他算账！”

到最后也没再发现有错的。张义昌问潘忠国：“怎么办，把春旺叫来熊他一顿？”

潘忠国说：“你去跟孙老师说说，问问她怎么处理。”

张义昌拿着牌子去了学校，给孙风雷说你看这样写多反动呀！并且说正好是挂到潘忠国大门上。展春才和李长路在一旁听了偷偷笑。孙风雷说：“这个问题很严重，别看颠倒了两个字，意思就反过来了。刘集完小有个教师，是和我们一起起来造反的，但是，在一次写大字报时，他把‘共产党万岁’的‘万’字丢了，后面还是个大惊叹号。‘岁’‘碎’同音，多恶毒！我们一调查，发现他这样做是有原因的，起初的造反也是假象，因为他爹曾经被劳教过，全家人一直对共产党不满。于是，我们给他戴上了‘黑帮’的帽子，把他的头发剪了个大‘十’字，并且批斗了好几场。展春旺是地主成分，肯定不会拥护社会主义，还要分析一下，他有没有其他原因。”

张义昌说：“原因当然有，他爹他娘都经常挨批斗，后来又撤了他的民办老师，他能不记恨着！”

孙风雷问：“他当过民办教师？”

张义昌说：“是呀，雷老师来了才把他撵回家的。”

孙风雷说：“这就对上茬了，他一定是有意的。你想想，他爹娘被管制，本人又当不成民办教师了，从骨子里就仇视我们，抓住这么个机会就会搞破坏。你和忠国同志商量一下，必须狠狠地批斗他。”

展春才听不下去了，说：“这肯定是笔下误，还能抓住这么点事儿不放啊！”

张义昌这回觉得抓着了理儿，说：“你和他是没出五服的兄弟，说这话什么意思？你小心点，这是阶级路线不清，包庇坏人！”

展春才也来了劲儿，说：“我阶级路线不清？你们要是阶级路线清为什么叫他写？汶水滩没有贫下中农了？”

孙风雷怕张义昌争不过展春才，说：“好了，义昌同志你抓紧去找忠国，看看怎么办。”

中午，展春才找到展春旺，给他透个信儿，并问他是怎么弄的。展春旺一听就愣了，觉得很冤枉，说：“我认认真真写了一下午一晚上，熬得眼都快睁不开了，他们也不让歇歇。可能是一时疏忽写错了，怎么能说是故意搞破坏呢？这才是出力不讨好哩，卸了磨就杀驴呀！”

展春才说：“我知道他们这是小题大做。可你想想，没事他们还千方百计找事整人，这回抓着这么个把柄，还能放过你？你心里一定要有个数，撑住劲，坚决不能承认是有意的。”

展春旺说：“我就不是有意的，揍死也不会承认！”

下午，张义昌把展春旺叫到了大队办公室，潘忠国已经在那里等着，后面陆续来了几个红旗战斗队的年轻人。进屋张义昌就说：“坐下，我给你理理发。”

展春旺不知道他们要怎么拾掇他，老老实实地坐到了板凳上。当时农村年轻人时兴留分头，他也是留的分头，张义昌从口袋里掏出剪子，先把他的长头发胡乱剪短了些，又从头顶剪了个“十”字，露出了头皮，然后说：“好了，起来吧。”

展春旺起身摸了摸头，感到头发参差不齐，可屋里没有镜子，弄不清给剪成了什么样子，这才问一句："你这是干什么？"

张义昌说："干什么？你自己该是明白。我们叫你来写牌子，是看得起你，也是为了让你接受教育，可你反动的心不死，专门写错，今天就要你的好看！"

几个年轻人看着他哈哈大笑。他反驳道："我全是按你给我的那张纸照着写的，怎么就错了？"

潘忠国拿起桌子上那个写错的牌子，朝他晃了晃，说："你瞧瞧，这是不是你写的？写成什么意思了？是不是故意捣蛋？"

展春旺看到的确是颠倒了两个字，还是争辩道："我不是故意的，可能当时累了，一马虎写错了。"

张义昌说："不用强调理由，事实在这里摆着，你就是骨子里反动，借这个机会搞破坏。"说着拿起上面歪歪扭扭写着"黑帮"两个大字的大纸牌子，挂到他脖子上，又说，"走，游街去！"

潘忠国把那个"大私无公"的牌子也穿上了绳子，对张义昌说："把这个也给他挂上。"

那几个年轻人敲起了锣鼓家什，张义昌让他跟着，一起上了街。在村里转了一圈，张义昌说："劳力们都下地了，再到坡里游游。"

整个下午没停脚，游遍了村里和田间。开始一些人跑到跟前看个究竟，弄清怎么个事了，有的为展春旺惋惜，有的说是张义昌他们瞎胡闹，也就各自干各自的活去了。临结束张义昌嘱咐展春旺："回去快点吃饭，晚上去大队接受批斗。"

晚上的批斗会也没搞出什么名堂。让展春旺检讨，他就四个字："我写错了。"一伙人这个说两句，那个说两句，再就是呼几个口号，就为这么一件事，翻过来覆过去，没大会儿有些人就烦了。潘忠国一看这阵势，就宣布散会了。中间孙风雷来待了一瞬，临走对潘忠国说："他不是当过民办教师吗？明天叫他去学校，让学生们斗他一场。”

第二天上午，张义昌叫着展春旺去了学校。展春才和李长路都在上课，孙风雷一个人在办公室。展春旺胸前还是挂着那两个牌子，进了办公室也没说话，低着头站在一边。张义昌说：“孙老师，我把‘黑帮’给你送来了，同学们批斗完是不是派两个学生把他押送到大队去？”

孙风雷说：“你别管了，忙去吧。”

张义昌前脚走，孙风雷接着到两个教室，吆喝着停课，都到操场集合。学生们以为又去练刺杀，拿起红缨枪纷纷往外跑。展春才、李长路摸不着头脑，只好拿着教材回办公室。一看到展春旺那个样子，就明白是怎么回事了。孙风雷说：“展春旺搞破坏活动，被揪出来了，我们组织学生开个批斗会，既是对他进行批判，也是对全体师生的一次教育，等会儿恁两个都要作批判发言。”

展春才说：“你讲讲就行了，俺两个又没准备，不发了。”

孙风雷说：“我当然要讲。事情的经过都清楚，还用什么准备？必须发，这也是对我们的考验。”说完就出去组织学生排队去了。

展春才说：“走吧，她愿意怎么批就怎么批。”

展春旺小声说：“我没事，恁两个该发言就发，怎么发都行，别让她再抓恁的小辫子。”说着随他俩去了操场。

学生们排好了队，随着孙风雷一句“坐下”，就都席地而坐下了。当展春旺跟着展春才、李长路出来站到前面时，下面叽叽喳喳乱了起来。展春旺当老师期间，可谓是兢兢业业，对孩子们关心爱护，认真教学。谁落下课了，他抽空到家里去补，个别孩子调皮捣蛋了，他也是循循善诱，从不大声训斥。他还经常家访，通报学生的学习情况，有个别调皮的学生，让家长配合，教育好孩子。所以绝大多数学生对他都很尊敬。看到他挂着两个牌子，头发还弄成那个样子，都有些惊奇。孙风雷大声说：“肃静！不许乱说话！”吆喝了两遍下面才静下来。孙风雷接着上纲上线，把展春旺数落了一通，并要求同学们要与他划清界限。随后，她让展春才发言。

展春才往中间站了站，说："孙老师让我发言，我就说几句。春旺，你是地主子弟，红旗战斗队叫你去写牌子，是看得起你，也是对你的考验，可是，你竟然写错了一个。这是政治任务呀，你怎么这么马虎呢？同学们一定要接受他的教训，做什么事都要细心，尤其是在学习的时候，不论是做作业还是考试，不仅要认真做，完了还要再仔细检查一下，这样才能出好成绩。我就说这些。"

这个发言孙风雷当然不满意，可当着学生的面也不好说什么，于是让李长路接着发言。

李长路说："刚才展老师的发言也代表我了，我没什么可讲的了。"

孙风雷更是有气，又不好发作，恶狠狠剜了他一眼，只好让学生自由发言。

下面鸦雀无声。孙风雷又鼓动一阵子，忽地有个学生站了起来，说："展春旺是个大坏蛋，他跑到俺家里告我的状，俺爹听了很生气，他刚走就揍了我一顿。"说完坐下了。

有几个学生笑了。孙风雷大声呵斥："静一静！继续发言。"那几个学生板起了脸。

接着又有个学生站了起来，说："那次俺好几个同学打架，我是最后一个下的手，他却第一个把我叫到了办公室。"说完也坐下了。

再没有站起来的了。等了一会儿，孙风雷宣布散会，然后喊过两个大点的学生，叫他俩拿着红缨枪把展春旺押送到大队去。

走到半路，展春旺说："恁回去吧，我自己去就行。"两个孩子迟疑了一下，展春旺又说，"已经上课了，快回去吧，我又跑不了。"两个孩子这才回头走了。

展春旺慢慢往前走，看到两个孩子拐弯了，就赶紧回了家。回到家里，摘下牌子，摸了个草帽戴上，接着出了门。他没有去大队，而是想找人把头剃了。可又一想，这时候都下地了，在村里不好找人，如果到坡里去找，被红旗的人发现又剃不成了。于是他绕到村后，抄小道向刘集奔去。

已近中午，张义昌发现没把展春旺送回来，就到学校去问。孙风雷说："早散了，我差两个学生把他押送回去的。"

张义昌说："没有，我一上午在大队办公室没挪窝。"

孙风雷把那两个学生叫来一问，学生如实说了。孙风雷很生气，批评他两个。张义昌说："算了，他们是上展春旺的当了，我去找他。"

张义昌先是来到展春旺家，一看大门上着锁，就以为他可能干活去了，于是到坡里去。刚走到村头，看到展春旺回来了，便叫着他去了大队。进了办公室，张义昌问："老实交代，你把两个学生骗回去，干什么去了？"

展春旺一直用草帽遮着额头，唯唯诺诺地说："我去了趟刘集，买点东西。"

"买的什么？拿出来我看看。"

展春旺拿不出来，低着头不说话。张义昌上前一巴掌把他的草帽打掉了，看到他把头剃了个精光，便接着给了他一拳，恶狠狠地说："好啊，你小子心眼还挺多的，看我怎么整你！"回头看到墙角放的磁漆桶，又找了把刷子，蘸上红磁漆，在他头上画了个大"十"字。

这时潘忠国进来了，问怎么回事？张义昌简单说了几句，还气呼呼的样子。潘忠国说："春旺你先回去吧，下午再说。"

展春旺走了。潘忠国说："磁漆刷到头上，干了会把头皮挣破，弄不好会感染成疮的。"

张义昌说："管他呢，不老实就得狠整整他。"

退赔

“快来人呀，春旺上吊了！”展春旺的老婆扯着嗓子，鬼哭狼嚎般咋呼着从家里跑了出来。大门槛绊了她一跤，摔倒在地上，没等爬起来又接着喊。正巧潘忠良路过，老远听到喊声，急忙跑过来，问：“在哪里？”

“在南屋。”展春旺老婆起来跟着潘忠良往家去。

潘忠良三步两步进了南屋，赶紧扶起展春旺脚下的杌子，跐上去先用左手紧紧抱住他的腰，右手伸上去把绳套解开，对展春旺老婆说：“扶着我，我好慢慢把他放下。”

这时邻居家几个老头、老太婆也跑来了。有个老头偎上前，说：“忠良，你抱紧他的腰，捂严实他的屁眼儿，千万别松手，慢慢放下，我掐掐他的‘人中’。”

潘忠良说着“我知道”，把展春旺放倒在地上。老头边大声喊着展春旺的名字，边用力掐他的“人中”穴。过了一会儿，展春旺长出了一口气，老头说：“可回过这口气来了，没事了。幸亏发现得早，晚了就不行了。”

另一个老头说：“也亏了忠良懂，如果松他时不先抱结实腰，让他放了屁，就难说了。俗话讲‘吊没吊死，松死了’，就说的这个意思。”

潘忠良这才松开手站起来，说：“春旺，你个熊东西忒憨了，有什么过

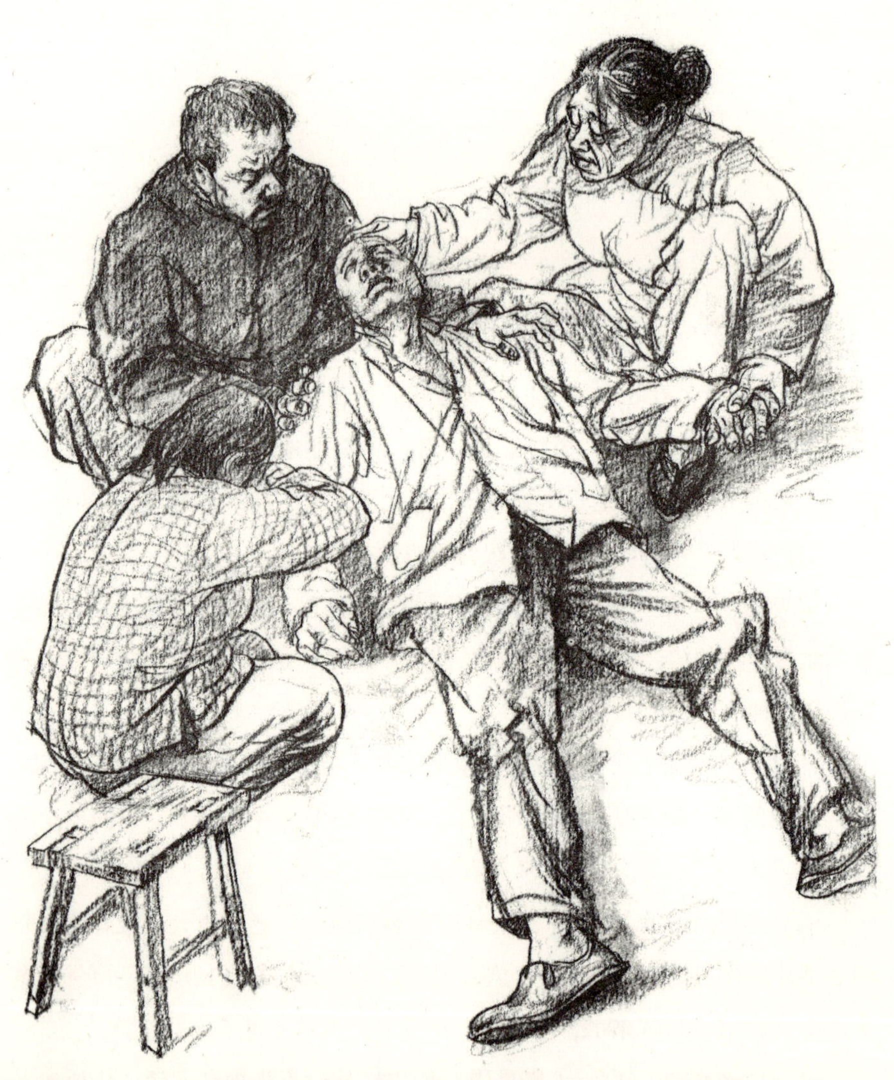

不去的坎儿，用得着寻死吗？”

展春旺感到胳膊软软的，腿软软的，全身没点力气，连说句话的劲儿也没有了。他勉强睁开眼睛，看了看身边众人，接着又闭上了，两行热泪流了出来。

潘忠良这时发现他头上用磁漆画的‘十’字，说：“头上是谁给弄的？这不是败坏人吗？”

展春旺老婆站在一边啜泣，不吱声。

后面有人说：“还能是谁？一定是潘忠国、张义昌那一伙子坏熊干的！”

又有人接上说：“真是‘马善被人骑，人善被人欺’，多老实的人呀，整天就知道出工干活，从不多事，怎么还弄着人家游街批斗啊？”

有个老头说：“别说了，都回去吧，让春旺躺床上歇歇。”

人们都散了。潘忠良帮着春旺老婆把展春旺架起来，扶到床上，说：“千万别想不开，‘好死不如赖活着’，你这上有老下有小的，还得过日子哩。再说，汶水滩也不能他们一手遮天。好好躺会儿吧。”说完也走了。

午饭前展春旺从大队回来，没和爹娘说话就一头钻进南屋，甩掉草帽躺到了床上。该吃午饭了，孩子过来喊他，他没动。后来老婆又来喊他，他心烦意乱，没好气地说：“恁吃去吧，我不吃了！”他老婆知道他这几天挨斗气不顺，说：“那就给你留到锅里，你愿意什么时候吃就起来热热吃。”展春旺大睁着两眼一动没动，感觉好像掉进了冰窟窿，浑身软绵绵的，眼前一片荒凉，心中充满了一股凄酸。使劲想想这些年，自己从未做过什么亏心事。当然，出身不好，可这是能选择的吗？也正因为这一点，平时为人处事都是格外小心谨慎，不敢越雷池一步。自己感觉，口碑坏不到哪里去，不然的话，大队也不会让他当民办教师。雷道云来了不让他当了，他也知道，这不是党支部的意见。不当就不当，无所谓，从小出力惯了，干活照常记工分。现在情况变了，想当个好社员也当不成，只是写错了两个字，又不是故意的，就这么没完没了地糟蹋人，以后还怎么能在人前抬起头来？受人侮辱的日子是没头了。越想越心灰意懒，万念俱灭，觉得实在是没有活下去的勇气了。后来听到孩子上学走了，爹、娘和老婆也下地了，折身起来，关上门，寻了根绳子，搬过杌子，踩着杌子把绳子搭到屋梁上，下面系了个扣，然后把脖子伸进去，一脚蹬倒了杌子，脑子立时变成了一片空白。

“人的命，天注定。”也是展春旺命不该死，几乎就在他蹬倒杌子的同时，老婆推门进来了。原来他老婆洗刷完碗筷又喂了猪、鸡，出门时走得慌张，忘记带没纳完的鞋底了。这在当时形成了习惯，女人们下地干活，都是带着点针线活儿，休息时男人们聚一块吸烟聊天，或是下下土棋，她们就围在一起做针线。出了村头想起这事，就急着回来拿。推开屋门，突然看到男人吊在屋梁上，一时吓得手足无措，稍微一愣回过神来，赶紧叫喊着跑了出去。

这种事儿传得快，当天就几乎传了个家喻户晓。张义昌听说后，找到潘忠国，说：“看来这小子是反动透顶了，还想以死吓唬咱！不行，还得弄他来狠狠地斗。”

潘忠国说：“等等再说吧，这是没死成，真要死了就是个麻烦事儿，群众也得同情他。”

潘忠良从展春旺家出来去了祠堂，李光恩他们几个正在商量建主席台的事，他不管不顾，进门就比画着说：“恁说这是什么事儿？简直是逼人太甚了，春旺那样的老实人也让他们欺负得上了吊。”

几个人一听都惊呆了，潘秀菊急着问：“怎么样？人救过来了吗？”

潘忠良说：“幸亏我没下地，想来找向河写个介绍信，去买点柴油，过几天好开起抽水机来浇麦子，还没到他家门口就听到他老婆喊，跑进去松下来，已经没气了，救了半天才醒过来。要是晚上一步这个人就完了。”

李光恩说：“没死就好。他们真是折腾到头了，再这么闹下去，不知道还会惹出什么事来。”

张发树说："不能让他们再胡闹腾了，得想法制止他们。"

李向河说："你怎么制止？昨天晚上长路给我说，春旺的确是写错了个牌子，让他们抓着理了。尽管他们是无限上纲，可毕竟出这么个事儿，咱也不好干涉。另外，出坏点子的是那个孙风雷，她是公办老师，咱更没法管。"

张发树说："咱不管什么公办老师私办老师，她要不好好教学生就发动群众撵走她。再说，公开挑头的是潘忠国和张义昌，他两个是汶水滩的社员，不行就叫来熊他们一顿。"

潘忠地说："你这个说法行不通，孙风雷不能撵，她是公社派来的，公社里现在又是他们造反派说了算，咱别自找麻烦。对潘忠国、张义昌，要想整治他们，也必须抓住有真凭实据的问题。"

张发树说："一个个滑得和泥鳅似的，怎么抓？"

潘忠地说："前几天长友找我说，潘忠国当了试验队队长后，没少占小便宜，集体的东西随意往家拿，大伙对他意见挺大。当时我只是劝长友和他搞好团结，有些事迁就着点。下一步可以叫长友把他的问题整理一下，看是不是严重，根据情况再研究怎么处理。"

李向河说："这个事好办，他们不是查过大队、生产队的账目吗？咱就把长友叫来，查查试验队的账，有什么问题一看就明白了。"

李光恩说："光查账不行，还得找试验队的人了解了解，把他的问题都弄清楚。"

张发树说："还有张义昌，他曾经当过大半年的队长，连他当队长期间的账一块查。"

潘忠地说："还是先查试验队的吧，张义昌当队长毕竟是三四年前的事了，一是时间太长了，翻腾起来影响不好。二是也没有他贪污多占的反映，就当了那么几个月的队长，账目上不会有什么问题。如果折腾半天找不出毛病，那样就更助长他的威风了。"

李光恩说："忠地说的有道理，就这么办。只要把潘忠国的事儿抖搂出来，张义昌也就不神气了。向河，你这就去找长友，叫他下午带着账本来，你和他一起查。”

这阵子潘忠良在一旁只是听着，没插言，看到李向河起身要走，连忙说：“别走啊，我的事还没办哩。”

“不就是写个买柴油的介绍信吗？给你写了我再去。”李向河说着打开抽屉，拿出稿纸和公章，又问，“买多少？”

潘忠良说：“四十斤就行，买多了存着也没用。”

李向河、潘忠良出门后，潘忠地对李光恩说：“大老爷，咱分分工吧，你和向河负责清账的事，我和发树哥、秀菊姑建主席台。另外，今年小麦苗情不错，底墒好，过几天开个队长会，安排冬前一定施遍肥，浇遍水，确保麦苗安全越冬。”

李光恩说：“行，试验队那点儿账好查，弄清情况后咱再商量。”

张发树说：“主席台建在哪里好呢？我刚才说在村南头，恁都不同意，反正不能建在祠堂前边吧？”

潘秀菊说：“村头不冲路，祠堂这里更不行，我觉得建在村当中十字路口好，东北角上有点空地，坐北朝南，前边也宽敞。”

商量一阵子，大家都认为这个意见比较合适。

张发树说：“建多高多宽？有了尺寸才能让泥瓦匠合计合计，好准备砖头、石灰。”

潘忠地说：“我那天去刘集看到公社大院里建了一个，迎着大门，就在那眼水井东边。下午你叫着泥瓦匠去看看，量量尺寸，再根据咱的地方算算账，一样大也行，稍大点稍小点也可以，根据地方来。”

张发树说：“那行，我让发田大哥赶着车一块去，拐拐弯把砖和石灰买回来。”

李光恩说：“大队还有点钱，一会儿向河回来让他给你。”

潘忠国虽然没有很大的事儿，凑起来问题也不算少。从账目上发现，他多次到刘集为试验队买化肥、柴油、种子，回来还报销差旅费，合计起来四十多元。李光恩问："怎么都是他去呀，有他不去的时候吗？"

李长友说："自从他当了队长，只要试验队买、卖东西，基本上他都亲自去，还得再带上人干活，他就光跟着，不管早晚都要到饭店吃顿饭，每次还买盒烟吸。有一次买柴油，他家里来客人，让我和强子去的，回来还不到吃饭的时候，所以也没报差旅费，强子还说，'跟你来是吃亏了，既不管顿饭，也不给买盒烟，工分也只能记半天的。'他第一次找我报销时我就说过，'按财务规定，出差够一天才能报差旅费，公社以内是三毛，公社以外是五毛。'他却说，'这是给公家办事，就得实报实销。'"

李向河说："这些都应该算他贪污。"

李光恩说："算了吧，只要是去一趟，别管够不够一天，就按一天的标准算，超出标准多报的部分算他贪污。"

李长友说："别人和他一块去的是不是也扣出来？"

李光恩说："对，只算他一个人的，每次去几个人都给他们平均分开。"

就这么一算，他还贪污十四元七角。

李向河说："这样可是太便宜他了。"

李光恩说："让他意识到咱是照顾他了，他才好接受，也让群众看出咱是对事不对人。"

李长友又说："这笔账恁看看。今年春天，因为强子开抽水机晚上老是加班，说是给他买个手电筒，结果报销了两个的钱，加上电池共花了四块多，只给了强子一个，另一个他拿回家去自己用了。后来他又买过两次电池，每次都是买四节，给强子两节。他是借腿搓麻线，不仅多买了个手电筒，连现在的电池也是让公家买了。"

李光恩说："这个不用看，花公家钱买的个人用，又不是为公事，明显的就是贪污。"

李长友说："还有一件事，去年麦季他说生产队分粮食，家里没口袋，让我给他找条麻袋，我从仓库里找了条新的给他，这都一年多了也没还回来，成他家的了。"

李向河说："这是占用集体财物，也得算是贪污。"

李光恩说："咱去试验队再找几个人座谈一下，听听还有没有其他问题，最后再一起算。"

到了试验队，他们把饲养员、使役员，还有开抽水机的强子和另外几个青年叫到办公室，李光恩说明来意，然后让大家发言。他的话音刚落，就有个青年说："咱种的韭菜虽然是分给大伙吃，可每次他都多要，就是人家忠地来当队长那段时间是完全按人头平均分的，忠地没沾过一点光。忠地不干了以后，他又和原来一样了，割茬韭菜他至少多拿三斤二斤的，这些年算下来，少说他也得多占百儿八十斤的。"

饲养员李庆江说："要说他这方面的事多了。哪次分柴火他不多捆点？还有那次下小雨，回家时他到饲养棚找我要个披头，我给他拿了条干净麻袋，结果是肉包子打狗，有去无回，披家去再也没拿回来，我也没好意思跟他要。"

使役员张发田说："去年秋天我找他说耕套坏了要换麻绳，他叫着我一块去集上买的，本来我说四根就行，他非要买五根，回来时我才明白，原来他拿了一根回家用去了。"

……

大伙七嘴八舌，谈得热烈。还有人说："他整天什么活也不干，就是个甩手掌柜，末了还记全工，这才是最大的多占哩。"

又有人说："这样的人就不能叫他当干部，两条腿的狗不好找，两条腿的人有的是，换成谁当这个队长也比他强。"

李向河、李长友分别认真地记录着。

最后李光恩说："大家谈的这些问题要形成个正式材料，都摁上个手印。

对他如何处理，得党支部研究后再决定。”

结束后李光恩叫着李向河，先去找到潘士金，简要说了说潘忠国的问题，想让他和展明尧参加召开个支部会，商量一下怎么办。潘士金说：“是得要严肃处理，如果任其发展下去，不仅群众有意见，他本人也会犯更大的错误。但是，这个会我和明尧就别参加了，忠地是副书记，还有恁几个委员，党支部七个人缺我们两个，你们完全可以决定问题。我和明尧通通气，让他知道这事，你们怎么定怎么是。”

开会讨论时，张发树提议：“不论是柴火、韭菜和贪污的其他物件，还有不干活得的工分，都给他折成钱，让他一块退赔。”

潘忠地说：“不干活只是个工作作风问题，算成贪污不太合适。”

潘秀菊说：“就是，咱不能和他们那样，是事不是事地乱凑合，咱定的处理意见得让他心服口服，让群众也找不出毛病来。”

李光恩说：“我的想法是几个方面分开说，他多占的钱就退钱，多占的物就退物。至于柴火、韭菜那些小儿末器的就算了，对这种人不能太计较。当然，给他谈话的时候这些问题都必须说清楚，让他心里服气。”

大家都同意这个意见。

商量到采取什么方式让他退赔时，有的提出要召开个群众大会，既叫他当众退赔，同时也要组织几个人进行批判。还有的说要撤销他的试验队队长，让李长友先负起责来。潘忠地听完他们的发言，说：“我看这样吧，他的错误是在试验队犯的，就到试验队开个会，让他在会上做个检讨，该退赔的现场退赔，也不再搞什么批判了。他的职暂时也不能撤，看看他的认错态度再说。”

张发树说：“什么时候得叫他来谈谈？咱还用都参加呀？”

潘忠地说：“先给士金叔、明尧叔汇报一下，听听他俩的意见。然后再到公社找找纪检委员老栗同志，因为潘忠国是党员，如何处理让他给咱拿拿主意。回来后再给他本人见面，如果他接受了就接着通知试验队开全体人员会。这几天我和大老爷、向河哥抓抓这件事，你和秀菊姑抓紧建主席台，我们去公社时顺便找找侯干事，请他过几天来给咱画主席像。”

张发树说：“没问题，主席台今天就能垒完了，明天抹石灰，这时候干得快，三四天后就能画。”

潘士金、展明尧同意他们商量的意见。公社老栗听了他们的汇报后，又翻了翻材料，说：“我记得这个人原来还有过男女作风问题？”

李光恩说：“是啊，你去给他谈的话。当时他是副书记兼大队长，就因为那事免的职，隔了几年才又让他当的试验队队长。”

老栗说：“从你们现在落实的材料看，贪污的钱、物算起来接近三十元，问题不轻，如果是正常时期，再考虑到他原来的错误，应该给予党纪处分。但是，目前党委的日常工作都难以开展，就按你们的想法先处理吧。不过，他这个材料要保存好，等党委恢复正常工作后，你们再报来，到时候再作研究。”

当把潘忠国叫到祠堂给他谈话时，李光恩刚说了几句，他就蹦了起来，大瞪着两眼，拍桌子砸板凳，吆喝道：“你们这是打击报复！我要是不当红旗战斗队的队长，我们要是不斗展春旺，你们会查我的问题吗？展春旺是地主子弟，不老实，这次又犯了政治错误，我们批斗他是正确的。你们为他泄私愤，是跟谁坐到一条板凳上了？是在为谁做事、为谁说话？这是阶级路线问题！”

潘忠地也站起来，但没有发火，却是平心静气地说：“大哥你别咋呼，解决你的问题和你们批斗展春旺扯不上任何关系。等大老爷把话说完，你觉得属实就承认，没有的就别接受。你是共产党员，首先要端正态度，有则改之，无则加勉。不论是哪个党员、干部，群众反映他有问题，党组织都有权力和责任进行调查处理。”

几句话把潘忠国说得劲头儿小了，潘忠地坐下，他也随着坐下，说：

“什么党组织？潘士金、展明尧都靠边站了，就凭你们三个？”

潘忠地说：“他两个虽然被批斗，但没有免职。再说，党支部是七个人组成，除了他俩还有我们五个，我们集体研究的，也征求了他两个的意见，完全符合组织程序。另外，对你的问题我们专门向公社党委领导作了汇报，绝不只是我们三个决定的。你说我们打击报复也好，阶级路线有问题也好，你一个人说了不算，得听听贫下中农的声音，让广大群众评判。”

潘忠国没话说了，掏出烟包卷了支烟，点着吸起来。

李光恩说：“向河，你把汇总的材料一条条念给他听听。”

李向河念一条问他一句：“这事有吗？”潘忠国既不点头也不摇头，闷着头不吱声。

李光恩说：“接着念，念完再让他解释。”

几页材料全念完了，李光恩说：“你说说吧，哪一条不对我们再核实。”

潘忠国说：“报销差旅费那都是给公家办事，哪次也不是我一个人去的，钱也不是我一个人花的，有人证明，并且我是按规定办的。”

李向河说：“你按的什么规定？财务制度定得很明确，出差一天才有补助，半天的没有补助。同样的事别人去是半天赶回来，你却每次都到饭店吃顿饭，还买烟吸，这符合规定吗？你别心里没数，这样算已经是照顾你了，都是给你按一天算的，超出规定多报的才算你贪污。”

潘忠国说：“你说的那些物件是我临时借用的，邻里之间还借家伙用用哩，怎么也成贪污了？”

李光恩说：“忠国你是明白人，确实，相互借东西是常有的事，可都是有借有还，你拿家去这么长时间了为什么不还回去？说良心话你想过还吗？你也当过大队主要干部，这些年咱谁用公家钱买过手电筒自己用？你倒好，连电池都报销。根据群众的揭发，有些事没给你列上，分柴火你多要，分韭菜你多拿，你以为大伙看不出来？你当个队长就一点活不干，试验队总共二十来个人，日常事务又不多，忠地在那里是怎么干的？人们都看得一清二楚，对你能没意见吗？”

潘忠国泄了气，闷了一阵子，说：“要想治人什么理由都好找，恁看着办吧，愿意怎么处理就怎么处理！”说完起身要走。潘忠地说：“你下午把应该退赔的钱和物都带上，我们到试验队开个会。”

潘忠国撂下一句：“随恁的便！”走了。

回到家里，潘忠国左思右想，觉得他们查的自己这些事都不虚，比批判潘士金、展明尧那些事儿结实多了。虽然给他两个戴的帽子不小，什么走资本主义道路了，阶级路线有问题了，不执行毛主席革命路线了，那都是随意上纲上线，是空对空，没一点实际内容。就为陪了几家的客，还让他们作了退赔。这次让他们抓着的这几件事，都是板上钉钉，丝毫不冤，不退赔恐怕是扛不过去了。不是下午就开会吗？一定是召集人批斗我，老子提前就把钱、物退了，看你们还怎么批。于是找出十四块七毛钱，又把麻袋、麻绳、手电筒什么的都抱上，趁中午都收工回来了，就直接去了李长友家。来到李长友家门口，把他喊出来，说：“这是这几年我多报的差旅费，咱不能多占，全退了，你点点，给我打个收条。还有我借用的这几样东西，没来得及还，你一块捎到试验队去，别再说是我贪污了。”

李长友明白怎么回事儿，说：“家来坐坐吧，我接着给你写收条。”

“不坐了，你去写吧，我在这里站站就行。”

李长友回家写了个收到条，出来交给他，说：“刚才向河叔告诉我，下午他们去开个全体人员会，你参加不？”

“我是队长，为什么不参加！其他人你下通知吧。”潘忠国说完气哼哼地走了。

会议开得还算成功。潘忠地主持会，先让李光恩说了说潘忠国的问题，又叫潘忠国作了检讨。虽然他拐弯抹角强调理由，总算把问题都点到了，并且表示今后一定注意，不多占集体一丝一毫东西。就在他将要坐下时，有个青年带头呼起了口号：

“打倒贪污犯潘忠国！”

很多人都跟着呼起来。潘忠地立即制止，说：“大家一定要注意，不要动不动就说打倒谁，要弄明白两类不同性质的矛盾。在阶级斗争、路线斗争问题上，也要严格按政策办事，分清敌我。是阶级敌人才要打倒，一般同志犯了错误，算不上阶级敌人，仍然是教育、团结的对象。忠国哥已经把贪占的钱、物全部退赔了，刚才又作了检讨，承认了错误，表明了今后改正的态度，我们就应该欢迎。另外，他现在仍然是试验队队长，大家要继续服从他的领导。”

下面安静下来。忽然又有个青年提出：“跟着他一块下饭店多吃多占的不退赔吗？”

李光恩说：“我们研究了，因为别人都是随着沾点小光，不负主要责任，量也不大，就不退了。”

潘忠地接着说：“虽然不退赔了，并不是说沾光是对的。今后再遇上类似的情况，只要不合规定，就要抵制，不能随大溜做错事。不论是干部还是普通社员，都得清清白白做人，不要贪占集体的便宜，被大伙看不起。谁还有话要说？”

都不言语了。潘忠地于是宣布：“事情到此为止，散会，都干活去吧。”

散了后人们纷纷议论，有的说，这样的人怎么还让他继续当队长？也有的说，就该批斗他几场，让他威信扫地！

第二天早晨，大街上突然出现了几条白纸写的大标语：

潘忠国是大贪污犯！

揪出贪污犯潘忠国！

坚决和贪污犯斗争到底！

潘忠地看到时，张发树正和几个人围在那里议论。张发树说：“谁是好人坏人，群众的眼睛是雪亮的，这才是见真事哩。”

潘忠地过去说："什么真事假事，别瞎起哄了。"说着随手把标语撕了下来。

张发树一看潘忠地这架势，也跟着撕，并且说："那边还有两张，都撕了吗？"

潘忠地说："你去撕了，回头去祠堂，咱商量事儿。"

"忠地你这是唱的哪出？好不容易把潘忠国揭发出来了，有人贴了他几张大标语，开始我还以为是你安排的来，怎么又让撕了？"张发树回到祠堂，有些不解地问。

潘忠地说："哪里是我安排的？你没看那字，像是长友写的，一定是试验队那伙人，对他意见大，昨天夜里捣鼓的。刚才我们正说着这事，纯是胡闹。"

李光恩说："还是忠地考虑得周全，咱要是对他又贴标语又批斗的，把红旗那帮人的对立情绪激起来，不知道会想出什么邪门歪道来拾掇士金和明尧。向河你去找长友说说，别再给咱惹事了。"

张发树还是有些想不通，说："这样忒不解恨了，怎么着也得让全村的社员都了解他的问题，省得他再人五人六的。"

潘忠地解释道："试验队里各生产队的人都有，不用专门布置叫他们宣传，用不了一天全村人就都知道了。更重要的是他本人觉得自己的问题公开了，今后做事就会谨慎些，不再出坏点子了。现在需要的是稳定，要想法引导大伙集中精力搞生产。"

李向河也说："起初我也寻思应该斗他几场，仔细一琢磨，还是忠地想得深远。这样一来，既灭了他们的气焰，又不至于引起更大的矛盾。"

潘忠地说："别再议论这事了，都注意听听有什么反映再说。明天侯干事就来了，估计得四五天才能画完，他的生活咱得安排好。"

李光恩说："住宿好办，工作组用过的床铺都现成，把被子抱出来晒晒就行了。就是吃饭，不能让人家一个人做着吃吧？"

潘秀菊说:“就他一个人，可不能在工作组那里做，还缺这少那的。这样吧，叫他到俺家里吃，反正俺也人不多。”

李光恩说:“要那样别上你家去了，叫他跟着我去吃，也就是让恁大婶子多做一个人的饭，累不着她。”

潘忠地也觉得一个男同志到潘秀菊家里吃不好，就同意了李光恩的意见。

主席台

在老百姓心目中，画伟人像可是件既神圣又神秘的事儿。当人们早饭后正要下地时，看到潘忠地、张发树领着侯干事去了十字路口，就都跟过来想看个究竟。张发树问侯干事："动手前是不是放挂炮仗，庆贺庆贺？"

"这又不是老百姓盖屋上梁，用不着，真庆贺也得等到画完以后。"侯干事说着目测了下主席台的尺寸，随后让人搬来两个梯子，又搬来一张桌子和一个凳子，把梯子倚在主席台两侧，桌子放在正中。他先是在两侧每隔五公分点上个点儿，又叫潘忠地、张发树分别上到梯子上，扯起皮尺，他上到桌子上，又踩着凳子，顺着扯紧的皮尺用铅笔轻轻画横杠儿，从上到下，依次画了几十条。接着，他又在最上和最下两条横线上点了点儿，说："歇会儿再画竖线。"

有些人看了一会儿就走了，这时还有几个年轻人围在这里，张发树说："看什么？恁又搭不上手，还不快干活去。"这才都陆续散了。有个青年临走朝着张发树说："别狗黑子夹着半刀火纸——充有文化的了，你能搭上什么手？也就拽拽皮尺，换个三岁的小孩也比你拽得直。"

张发树说："别贫嘴，再不走小心我揍你！"

那个青年笑着也走了。

侯干事掏出烟，递给张发树一支，张发树接过烟赶紧拿出火，给侯干事先点着。吸完这支烟，侯干事说："恁两个要有个人扯上头，另一个扯下头。"

张发树说："忠地，你身子轻，爬梯子稳当，我在下边。"

"怎么着都行。"潘忠地说着上了梯子。

画了还不到一半，张发树说："忠地咱得换换，老是蹲着还不停地挪窝，忒难受了。你小子拣了个便宜就不下来了，光叫我干累活。"

潘忠地"嘿嘿"着下来，说："刚才可是你挑的，在上头也不轻省啊！要说真累还是侯干事，你看画每根线都得上去下来的，咱是光摁着皮尺头不用动。侯干事，要不我替你一会儿？"

侯干事说："没事，很快就完了。"

说是很快，大半上午才结束。侯干事说："就到这里吧，我回去准备准备，下午开始画。留下一个梯子和桌、凳，恁也不用都来了，有一个人给我帮帮忙就行。"

张发树说："梯子都先放这里吧，傍黑天一块搬到邻家去，明天需用什么再搬出来。"

回到祠堂，李向河正在那里治账，见他三个进来，赶紧收拾起账本，说："大老爷刚才烧好水了，我给恁泡茶。"

张发树说："你早就该泡上，不知道在外边干活的渴呀！"

李向河说："早泡上不就凉了！你要渴得厉害先去东屋舀瓢凉水灌下去。"

侯干事说："发树同志，我怎么发现大伙儿都愿意和你开玩笑啊。"

张发树说："别提了，吃柿子都拣软的捏，他们是欺负我这个老实人呗！"

李向河说："你才真老实哩，睡了觉说着梦话还打二踢脚。"

几个人都笑了。侯干事拿出带来的那张"毛主席去安源"画像，说："恁都看看，咱就画这张怎么样？"

他三个看了看，都说“好”。潘忠地说：“光在报纸上看到介绍这张画像了，这还是第一次见到，真的不错。”

“前天书店才进来，我去买了几张，看了都抢，我就留起来两张，你要喜欢我回去时把那张给你捎来。”侯干事说着拿起尺子，量了量画像的尺寸，计算了一下，又在上面画格子。

张发树说：“你就剩一张啊，书店里还有吗？”

侯干事说：“我听说他们又去进了，你想要就得抓紧去问问，晚了可能又卖光了。”

张发树说：“忠地，下午你给侯干事帮忙，我去刘集买画像，要是多咱就给每户都买一张。”

“行，你去吧。”潘忠地看着侯干事，又说，“这上面也画上小方格子？”

候干事说：“要和主席台上画得一样多，也就是说，格子和格子是成比例的，这样比着画轮廓就方便了，也不至于出现大的差错。”

潘忠地点了点头，说：“原来是这样画。用什么颜色？让发树哥下午一块买来吧。”

侯干事说：“得用油画颜料。不用买了，公社院里画时买得多，没用完，我带来了，估计能够用的。”

张发树说：“那我顺便买点菜，买瓶酒来，晚上咱陪侯干事喝两盅。”

潘忠地说：“好啊，你先给光恩大老爷说一声，让大奶奶有个数。”

侯干事说：“我酒量不行，喝什么酒啊。”

潘忠地说：“你酒量不行有行的，让他跟着沾沾光解解馋。”

张发树说：“你就知道揭我的老底儿，让侯干事认为我多没出息似的。”

侯干事又笑了。

张发树车子后座驮着一大卷毛主席像，车把上一边挂着两三斤猪肉，另一边挂着一个大包，里面是豆芽、豆腐皮，还有一把粉条子和两瓶酒。回到村里他直接去了李光恩家，进了大门就吆喝：“大奶奶，我买菜来了，快洗洗手切肉吧。”

李光恩从堂屋出来，说：“别咋呼了，您大奶奶在厨屋炖鸡哩，把菜拿过去吧。”

张发树说：“我知道您家里有喂的几只公鸡，琢磨着你得杀一只，所以就没再买。”

“就你会琢磨，快放下过来喝茶，我刚泡上。哟，主席像买来了，多少张？”

“一百六十四张，我想要二百张，人家说就这些了，过几天还进，我就全买来了。如果不发给红旗战斗队的，足够。”

“那不行。除了四类分子，每户一张，要是不够干部先不要。”李光恩从车子上解下来，抱到屋里。

“反正我跑的腿，我得先留下一张。”张发树说着把菜送到厨屋，回到堂屋刚开始倒茶，李向河进了门。张发树说：“来早不如来巧，这头一碗还没倒完你就进来了，算你有口福。”

李向河要接茶壶，说：“我来是为了替你倒水的，你一边歇着去吧。”

张发树说：“这个活不用你，快上厨屋给大奶奶帮忙去。”

“那我也得喝碗茶再去。”李向河说着把第一碗递给李光恩。

三个人正喝着茶，潘秀菊用瓢子端着二十多个鸡蛋来了。李光恩说：“你怎么又拿鸡蛋来了？家里有。”

潘秀菊说：“人家侯干事多次到俺家里来看俺娘，这又是来给咱画主席像，听说晚上恁还要喝酒，俺娘叫我拿来的。”

张发树说：“拿来就放下吧，叫大奶奶多炒几个，向河快接过来拿到厨屋去。”

李光恩说：“我早就拿过去了，先放到西间墙根罐子里吧，留着给侯干事吃。”

李向河接过瓢子，说：“我不光有口福，还有懒福哩，这就不用我去帮忙了。”

潘秀菊问：“帮什么忙？”

张发树说：“帮大奶奶做菜呀，还不快点过去。”

潘秀菊说：“这还用你说，我来就是帮她老人家干活的。”

李光恩说：“不用慌，先喝碗茶。”

“我不干渴，恁喝吧。”潘秀菊去了厨屋。

潘忠地和侯干事回来了，让侯干事先喝着水，几个人开始拉桌子、搬凳子，接着去端菜。潘秀菊端来一盆鸡炖土豆放到桌子上，回身拿起瓢子，说：“侯干事，恁喝吧，我不能陪你了。”李光恩留她吃了饭再走，她说：“不行，志国那孩子这几天不好好吃饭，他奶奶管不了他，我得回去看看。”

张发树说：“大姑又不会喝酒，在这里也是白占个座位，让她走吧。”

“我不会喝有你替呀，我走了恁也让他喝两人的。”潘秀菊说着走了。

张发树拿过酒瓶，边启瓶盖边说：“侯干事，我可是专门买了两瓶老白干，你得多喝点。”

侯干事说：“我本来酒量就不大，这个酒度数高，更不中用，一两下去就醉了。”

李光恩说：“酒凭量饮，随便喝。”

潘忠地洗筷子和酒盅，张发树说：“别用小盅子了，倒酒麻烦，用茶碗。”

李向河摆好茶碗，张发树倒酒，先给侯干事倒，侯干事说：“给我少倒点。”

“可没那说法，第一轮都得倒满，喝不了我替你。”张发树不管不顾，拿起茶碗就倒。侯干事起来夺茶碗，勉强要了少半碗，不到一两。

李光恩要得更少，潘忠地一点儿不要，到李向河了，他说：“我也得少点，最多半茶碗。”

“能的你，我拿着壶你当家呀！这次倒满，下次可以少点。”张发树边说边拿起茶碗给他倒满了，最后自己也倒了满满一碗。

喝过三气，侯干事的酒基本没下，李向河喝得也不多，张发树说：“这样不行，大老爷喝多少咱不管，恁两个不该喝这么慢，这样就剩我一个人喝了！忠地拿两个小盅子，各人倒各人茶碗里的，咱划拳，谁输了谁喝，一气一盅子。侯干事，咱俩先来。”

侯干事说：“我可不会，从来没划过这玩意儿。”

“那就伸手指头，压指儿，大压小，小指头压大拇指，这个总得会吧？”张发树不依不饶。

侯干事挠了挠头皮，有些为难似的，说：“压指头也有个问题，我的食指和无名指伸不出来。”

张发树说：“不要紧，伸不出来的攥拳头。”

两个人开始了，张发树接连输了三拳，喝了三盅。潘忠地看出了门道，说：“算了吧，往下你还得输给侯干事。”

张发树说：“不见得，我怎么也得赢几拳。”

侯干事说：“好，继续来。”

又压了六拳，侯干事输一次，喝了一盅。张发树又输了五次，李向河给他倒上的第二茶碗已下去一半，他摇了摇头，说：“今天奇了怪了，丢人丢到公社领导手里了。”

几个人都笑了。侯干事说：“告诉你吧，这是个孬门儿，我这样和谁压也是赢多输少。你想想，拳头能顶这两个手指头，我是攥拳头的时候多，只要稍一用心，一般输不了。”

张发树一琢磨，也明白了这个理儿，说：“你这人喝酒不厚道，怎么想出这么个法子来糊弄我？”

侯干事说：“这个办法不是我想的，是跟着老家我侄子学的。”

李向河问：“你侄子多大了？酒量还不小啊！”

侯干事说："年龄不大，才上三年级，一滴酒也没喝过，就是调皮。春天我有次回家，大队党支部的几个人都过去了，留下他们吃饭，支部书记酒量大，拳也好，大伙儿划拳都输给他。后来又压指儿，还是他赢。我侄子在一边看了，说要和他压，书记没把他放在眼里，就答应了。他当时就提出这两个指头伸不出来，书记就说攥拳头顶，结果输给了个孩子。其实都看出是怎么回事来了，就笑话书记，'你再能，让个小孩子给耍了吧。'书记当然也明白了，就说，'我认输，要不是这孩子我就捞不着喝酒了。'刚才我就是用他这个法子赢的。"

张发树说："原来是小孩子的伎俩，不跟你压了。向河，让他看看咱俩的。"

李向河说："我不跟你压，你好耍赖。这样吧，就算我输给你了，我喝一大口。"

张发树说："一口不行，你得喝到一半，我都快喝两茶碗了。"

李向河说："好，我喝一半。"于是一口到了中央。

主席像画完了，谁看了都说好。侯干事说："如果用清漆刷一遍，能多保持三两年。"

潘忠地说："这好办，过两天我们就去买清漆。"

张发树买来挂炮仗，用竿子挑起来就要点，说是庆祝庆祝。潘忠地说："你先别放，要庆祝咱就搞个仪式，隆重一点。"

张发树说："怎么个隆重法？"

潘忠地说："得商量个议程，明天早晨出工以前，把附近这几个队的劳力往这集合一下，开个简短的庆祝会。"

侯干事说："不要太复杂，把人集合起来，先向主席像三鞠躬，然后放炮仗，最后再带领大伙唱几首革命歌曲就行了。"

潘忠地说："那就这么三项，唱《东方红》和《大海航行靠舵手》，这两首歌都会。发树哥，你主持。”

张发树说：“还是你主持，领着唱歌我打拍子打不准，他们都笑话我，召集人算我的。”

潘忠地说：“好吧，我主持。侯干事，到时候你得讲几句呀！”

侯干事说：“我就不参加了，今天得回公社，来了已经是第五天了。过会儿我到光恩同志家里，感谢一下老太太，这几天在她家里吃饭，老人家可热情了。”

三个人去了李光恩家，侯干事向老太太说了些感谢的话，然后掏出两块五毛钱，五斤粮票，说：“这是我的伙食费，大娘你收下。我知道太少，按规定是交这些，我也不多留了，只能算是这么点意思。”

张发树伸手接过去，说：“侯干事你这就见外了，你来给我们干活，又不给你工钱，俺还能连顿饭管不起你？你真要留，就等于打大老爷和俺几个的脸了。”说着掖到他口袋里。

侯干事又往外掏，潘忠地上去摁住他的口袋，说：“用不着，这不是在别的地方。”

老太太也在一旁说：“侯同志，你要留钱就是嫌我的饭食不好了，以后再来你就不进俺的家门了？”

人家把话说到这个份上，侯干事只好作罢。

第二天一早，张发树挨生产队下了通知，劳力们几乎都来了，把十字路口的场地挤得满满的。仪式简单、庄重，结束后，队长们吆喝着社员下地，张义昌在旁边，叫着潘忠国去了大队办公室。进门张义昌就说：“你看他们神气的，不就建了个主席台嘛，我们也得建一个。”

潘忠国自从在试验队作了退赔，知道全村人很快都传开了，这下子威信丢尽，就连红旗战斗队那帮人也不会信服自己了。所以这一段基本没掺和什么活动，也很少到大队办公室来。尽管孙风雷找他谈了一次，让他放下包袱，轻装上阵，继续革命，他也当面表态不会影响战斗队的工作。可他心里有数，出头露面的事不能干了，还是先收敛一些好，免得他们“新账老账一起算”，再抓他的小辫子。听了张义昌刚才的话，倒也赞成，于是说：“是该建一个。不过，这事我就别插手了，你看着办吧。”

张义昌一听沉不住气了，说：“你怕什么，那点事儿就把你吓着了？都已经退赔了，他们还能怎么着？你要害怕就算了，只要定下建，具体事儿我负责。”

潘忠国说：“我不是怕，这段时间试验队的确比较忙。这样吧，把孙老师叫来一块商量商量，看看在哪里建好，建多大。”

孙风雷随张义昌来了，三个人商量一阵子，首先是孙风雷同意建，并且说建完后她到城里找雷道云，让他叫文化馆的同志来给画像，一定比侯干事画得好。张义昌说要建就得建大一点，起码超过他们建的这个。至于建在什么位置，议论半天也没找着个合适的地方。后来还是潘忠国提议：“就建在大槐树那里，把树刨了，场地也宽绰。”

张义昌说：“恐怕不行，要刨那棵槐树三队的人肯定反对，他们把它当神供着，逢年过节还烧香上供，‘大跃进’时有人想刨都没刨成。真要刨了就把那几十户人家的风水破了，特别是恁潘姓人家，绝对不会同意。”

潘忠国说：“正因为这样才该刨。当年刨树是为办食堂当烧柴，人们也都有迷信思想，个别人一挡就没人敢动手了。现在是为了建主席台，谁敢不同意？再说，咱也不相信那一套。我们讲清楚，谁不让刨就是反对毛主席，想继续搞封建迷信。”

孙风雷听明白了，说：“这是个好主意，刨掉‘神树’，修建主席台，既宣传了毛泽东思想，又破除了迷信，一举两得，就这么定了。”

张义昌说：“干起来他们真要是阻止怎么办？”

潘忠国说：“好办，就趁劳力都下地以后再动手。多选几个年轻力壮的，如果有老人出来干涉，就把他们拉开。其他人加紧刨，只要把树撂倒他们就干瞪眼了。咱紧接着垒砌主席台，看谁还站出来反对！”

张义昌立马来了精神，说这就去喊人，如果抓紧，半上午差不多，等干活的收工时就刨倒了，下午就去拉砖来开始建。

张义昌到坡里转了一圈，叫来了十几个青年，多数都是愣头青。他没从第三生产队叫人，因为三队也没一个参加红旗战斗队的。在路上他什么事也没说，进了村才安排，让他们分头去拿锯、大镢和铁锨，赶快到大槐树集合，刨树建主席台。他先来到树下等着，人很快就到齐了，立即让两个人爬到树上，用锯锯树杈子，其余的在下面刨树根。刚开始行动，就被个老头发现了，大声咋呼着跑过来，让他们停下。张义昌点化一个青年把他拉到一边，指挥这边的人继续干。

没大会儿，又来了七八个老头老太太，由于有几个青年拦着，都到不了树跟前。有的骂他们“作孽”，有的提着张义昌的名字骂他“不得好死”。张义昌不管这些，吆喝着大伙加快速度。几个年轻人才不管这些哩，不怕事情闹大，骂得越厉害干得越带劲了。

有一个老头一看这阵势，扭头走了，他没有回家，而是急匆匆去了田间，找到潘忠良，气喘吁吁地说明了情况。潘忠良一听来气了，喊着三队干活的人们，跑着回了村。这些人手里都拿着家伙，气冲冲的，刨树的一看都怯了场，上面的锯不响了，下面一伙人也停了。张义昌还咋呼“别怕，接着干”，被潘忠良上去抓住他的领子，拉到一边，几个人围上来，一阵拳打脚踢，揍得他“嗷嗷”叫娘。有几个愣头青想上前帮助张义昌，看到他们人多势众，没敢伸手。幸亏这时候潘忠地和张发树赶来了，上去拉开，人们才住了手。

张发树问：“怎么回事，张义昌你们这是想干什么？”

张义昌哭咧咧地说：“我们要在这里建主席台，谁阻止就是反对毛主席！”

后面有人骂道：“胡扯，建主席台就得刨树啊！”

潘忠地看到，树上的大杈子已经锯下来一多半，下面的树根也差不多全刨断了，看来这树是保不住了，就对张发树说：“走，叫着他去祠堂，到那里再说。”

张义昌担心在这里还得挨揍，就跟着他俩走了。树上的两个已经下来，和刨树的几个人一齐散了。围着的人们一个个很气愤，都说不能饶过张义昌这小子。潘忠良看看快要刨倒的大树，一脸怒气，什么话没说，蹲下卷了支烟，狠狠地几口吸完，起来去了祠堂。

李光恩和李向河正说着话，见他三个进来，张义昌还鼻青脸肿的，有些吃惊。李光恩问：“这是怎么搞的，打架了？”

张义昌说：“我们红旗也要建个主席台，潘忠良不让建，还打人，太反动了，你们得处理他。”

张发树扯开嗓门说：“先处理了你再说！谁反对你建主席台了？他们揍你是因为你刨树，那是恁家的树呀，你说刨就刨。”

李光恩又问：“刨的哪里的树？”

潘忠地说：“就是那棵大槐树。”

李光恩觉得张义昌这回把事惹大了，说：“义昌，你没脑子呀，那棵树是村里的集体财产，老辈子留下的，是咱汶水滩的一景，别说三队的人不同意，全村老少爷们都会反对你。你怎么独主意敢随便刨呢？”

李向河也说：“忒胡闹了，经过那么多运动这棵树都保留下来了，你这不是太岁头上动土吗？”

张义昌也意识到这事非同小可，就想推脱责任：“不是我的主意，是潘忠国和孙老师让刨的。”

张发树说：“你是三岁小孩呀，他们叫你吃屎你也下嘴？”

正说着潘忠良进来了，气呼呼地说：“别听他胡扯淡，他带着人刨的我们就找他。你去把锯下来的树杈子给我接上，把树根埋上，弄活了算没你的事，活不了这事没完！”

张义昌说:“我又不是神仙，吹哈气呀，都快刨倒的树怎么弄活它?”

潘忠良站起来捋胳膊卷袖子，朝张义昌大声说:“你想怎么办?叫大伙再揍你一顿?”

张义昌不说话了。

静了一会儿，潘忠地说:“你们办的这事的确欠妥当，大老爷说了，那是集体财产，群众都很关心，真需要刨也该打声招呼研究一下，听听群众的意见。事已至此，树是弄不活了，这样吧，你们得作认真检讨，在群众大会上检讨也行，或者写到大纸上贴出来，不论哪种形式，都要深刻，得能够让大伙满意。另外，那棵树你们就刨完吧，树干树枝都拉到这里来，不许弄到个人家去。主席台可以在那里建，但是，必须建好，建起来也不属于哪个群众组织，是全体贫下中农的。”

张义昌说:“他们要是再揍人怎么办?恁都看到了，今天打的我这样，就没事了?”说完恶狠狠瞪了潘忠良一眼。

潘忠良说:“揍得你轻，不信出去再试试!”

李光恩说:“好了，挨打是因为你惹起了众怒，又没打出硬伤，别计较了。你回去吧，和他们商量一下，就按忠地说的办，如果不同意，再出了事我们可不负责。”

张义昌灰溜溜地走了。潘忠良说:“不该轻易饶了这小子。”

张发树说:“还是忠地想得周全，反正那树是保不住了，还能怎么办?真要把他打残废了，事情就难处理了。”

李光恩说:“忠良你回去也做做社员们的思想工作，不能太冲动，千万别再动手打人，万一打起群架来，后果就严重了，这个时候不能惹出大事来。”

潘忠良说:“行，我听您的。”

孙风雷认为反正把树刨倒了，写个检讨让群众消消气也无所谓，就同意以红旗战斗队的名义写了个检讨，承认刨树是错误的，表示向贫下中农低头认错，然后用大纸抄好，让人贴到了大队办公室门口。但是，这些天张义昌耳朵里还是灌满了人们的骂声、谴责声，他也不敢还嘴，只好装作没听见，憋足劲儿加快建主席台。

买什么物料都需要钱，他们又不好找李向河要，只能由潘忠国从试验队支。李长友找到潘忠地，问怎么办？潘忠地说："你先把钱给他，这是建主席台，不是胡乱开支，我们得支持。你把单据留好，过一段再让向河给你报。"

七八天工夫就建起来了，比先前那个还高了二十公分。泥上石灰干了后，还真从县文化馆请来了个搞绘画的，画的是毛主席正面标准像，确实画得挺好。完成的第二天，孙风雷带着全体学生，也搞了个落成仪式。

事情就这么凑巧。当天夜里下了场大雨，足有五十毫米，地里都滋润透了。第二天阳光普照，没影响人们下地干活。早饭后，来了个货郎，摇着拨浪鼓来到主席台前，放下了挑子，抬头看了看画像，又摇起他的拨浪鼓。一阵子过后，有几个老太太陆续出了大门，有的手里拿着些旧鞋底烂鞋帮，有的拿团烂绳头，还有的拿着窝乱头发，无非想换些针头线脑。她们还没偎到货郎挑子跟前，有一个突然说："恁看看，主席台怎么歪了？"几个老太太都看到了，主席台正往前倾斜，都不由自主地往后退，其中一个还喊："货郎快跑，墙倒了！"这货郎还没弄清怎么回事儿，"扑通"一声，整个主席台倒了过来，好在他一愣怔倒在了一侧，砖头只埋住了他的小腿下部，可挑子全被盖住了。老太太们呼喊着过来救货郎，有的搬压在他腿上的砖头，有的拉他的身子。货郎坐起来捋起裤腿看看，擦破点皮，没有大碍，随后呼天抢地地咋呼起来："我的挑子，我是昨天才到刘集进的货，都砸到里边了。"

这时跑过来不少人，帮着他把挑子清理出来。有的说："这主席台刚垒起来几天，好好的怎么说倒就倒了？"

有的说："看来是大槐树显灵了，垒得再好也待不住。"

货郎的挑子全散架了，他边整理货物，边拉着哭腔说："谁是大队干部？恁可得包赔我损失。”

李光恩、张发树和李向河已经赶过来了，张发树说：“包赔你个屁？你不瞧瞧这是在什么地方，谁砸的你？是主席台砸的你。一定是你做过对毛主席不忠的事，惹他老人家生气了，要不为什么早不倒晚不倒，偏偏你来了就倒了？”

货郎可怜巴巴地说：“我是老贫农，就串串乡也挣不了几个钱，从来没干过坏事，三里五村的都认识，不行恁打听打听。这些货还不打紧，货架子可全完了。”

李光恩看着有些同情，对李向河说：“你有带的钱吗？要是没有回去拿两块来，给他让他走。”

李向河回去拿来两块钱给货郎，货郎十分感激，朝周围的人鞠了个躬，拾掇好东西走了。

张义昌听到动静没敢过来看，几天里躲在家里不出门，想不明白为什么刚刚建起来的主席台就倒了？难道那棵树真的有灵气，不让在那里建？真要是那样，今后还会有倒霉的事。他老婆也一个劲地抱怨，更让他心里忐忑不安。

其实道理很简单，刨树时挖的坑很大，深的地方有一米半还多，他们就在树坑上垒的墙，当时没打好地基，填进土去只夯了几下，地基两旁连夯也没夯，一场大雨过后，土开始慢慢往下陷，墙也随着倾斜，到一定程度就倒塌了。

潘忠地、李光恩他们几个在现场一看就明白了。于是他们商量，必须组织人抓紧重新建起来。张发树提议还是让张义昌他们建，潘忠地说：“算了，叫他们建质量还是没保证，咱两个负责建吧，找几个在行的泥瓦工。”

就这样，半个月过后，一个新的主席台又呈现在人们面前。主席像还是让侯干事来画的，正面标准像，不比县文化馆那人画得差。

宣传队

椿树、槐树还有榆树的叶子，前些日子就纷纷落地了，这两天又连续刮北风，连柳树那浓密的金色叶片也坚持不住了，一夜之间飘洒得四处都是。蓝湛湛的天空没一丝云彩，日头普照大地，温和中也略带寒意。田野、村庄都开始清凉起来。人们意识到，秋天将要过去，冬天就要到了。

吃过早饭，潘忠地叫着李向河，分头通知党支部的几个人，来到祠堂，商量当前生产的事。李光恩说："今年的麦田好管理了，有前几天那场大雨，地里比浇了越冬水还湿润。"

潘忠地说："是啊，这遍水算是省下了。可是，秋种的时候比较急火，为了赶进度，有些地块底肥施得不多。当前麦田管理要抓好两件事，一是要全部进行锄耧，既锄掉杂草，又能保墒，还能提高地温，有利于麦苗安全越冬。再就是多准备些土杂肥，争取冬天把所有麦田普盖一遍。"

张发树说："这两年咱都是封冻前把春地耕起来，现在也该动手了。"

潘忠地说："这件事也不能拖，上了大冻就耕不动了。春地冬前耕比春天耕有好处，大家都认可。"

潘秀菊说："那得赶紧开个队长会，好好强调一下，有些队长这一段没事似的，想歇歇了。"

李光恩说：“是该开个会了，上级没人抓咱得抓，各项生产还是不能松劲。”

正说着，刘部长和许干事、侯干事来了。李向河到东屋提来暖水瓶，潘秀菊接着去拿茶壶茶碗，回来说：“大叔说没茶叶了，我回家去拿点。”

刘部长说：“别去了，我包里有。永和，你去拿过来。”

许干事出去从车把上摘下刘部长的提包，回屋从里面找出个信封，装着大半信封茶叶。张发树说：“领导就是领导，包里都不断茶叶。以后也给咱拿盒烟来。”说着伸手接过信封，打开闻了闻，说：“好茶，还有茉莉花香味哩。”

侯干事说：“比你叫我到恁家里喝的大干烘强吧？你还那么热情，下了一大把，那茶水和烟油似的。”

张发树说：“那是当然，小老百姓家里哪里有这么好的茶叶？刘部长不仅带的茶叶好，带来的人也不孬。领导嘛，庙里不会有赖和尚。”

许干事说：“你那庙里也不能只有赖尼姑啊！”

张发树说：“姓许的你太坏了，转着圈骂我。你得跟侯干事好好学学，看人家说话做事多正经！”

侯干事说：“你也别打一个拉一个，我和你也成不了一个战壕里的。”

潘秀菊正在洗茶碗，笑着说：“发树你再能！二月二打簸箕，看看怎么为（围）的吧，谁也不愿意和你一伙。”

张发树说：“我才不稀罕他们哩，只要和大姑你咱俩一伙就行了。”

潘秀菊转身想给他一拳，张发树龇着牙躲开了。

刘部长笑了笑，说：“恁刚才在开会吗？”

潘忠地说：“我们商量一下入冬后的生产，想近期开个队长会，把当前工作安排安排。”

刘部长说：“好啊，我来也是有几件事给恁说说。进入冬季，农业生产不是太忙了，在抓好常规生产的同时，还要把其他活动搞起来，做到革命、生产两不误。最近我到县武装部开会，领导也提出要求，一是要集中一段时间，搞搞民兵训练；再就是有条件的要成立毛泽东思想宣传队，既宣传毛泽东思想，又活跃群众文化生活，这也是进一步落实毛主席的‘五·七’指示。‘五·七’指示你们知道吗？”

潘忠地说：“知道，前段时间我同学寄来的学习材料中有，报纸、广播也陆续报道过。这个最高指示大概是1966年5月7日作出的，对各行各业都讲到了。文字挺长，背不过。”

刘部长从提包里拿出份领导讲话，翻到一页，念道：“毛主席在这个指示中指出，无论是解放军指战员、工人、农民、学生，还是商业、服务行业、党政机关的工作人员，都要学政治、学军事、学文化，都要批判资产阶级，都要以本业为主，兼做别样，都要培养成为具有无产阶级政治觉悟的，全面发展的共产主义新人。”读完这一段，他又翻了几页，说，“整个指示是太长了，我们主要是落实关于农民的这部分。‘公社农民以农为主（包括林、牧、副、渔），也要兼学军事、政治、文化。在有条件的时候，也要由集体办些小工厂，也要批判资产阶级。’这一段不仅要背过，还要宣传好，让广大群众都知道。作为当干部的，更应该领会精神实质，抓好落实。”

潘忠地说：“学习宣传好办，我们找几处石灰墙，用红漆写上这段‘语录’。再就是以生产队为单位，组织贫下中农学习，并且叫青年们都能背下来。你说的那两项工作可不好弄，宣传队我们没搞过，以前逢年过节搞过些文艺活动，都是‘四旧’的东西，不适用了。民兵训练也有困难，我们这帮人没一个当过兵的，就是发树哥还参加过武装部的集训，只能指望他了。”

张发树急忙说：“我可不中用，连个正步都走不好，许干事知道，集训时我老是挨批评。咱虽然是武装民兵连，那几支步枪领回来我就锁到仓库里了，从来没让民兵摸过。”

刘部长说：“这不是给你们带教员来了嘛！他两位今天就不走了，住下来帮你们抓抓这几件事。老许负责民兵训练，老侯帮着组建宣传队。其实搞宣传队也没什么难的，县剧团现在也改为‘毛泽东思想文艺宣传团’了，我看过他们的一场演出，就是些舞蹈、歌曲、小演唱，没有多复杂的节目。有必要的话你们可以派两个人去学学，也可以让他们派人来作些指导，他们团的党支部书记是我的老战友，到时候我给恁写封信直接去找他。”

张发树说：“有这两位大将坐镇我们就不怕了。不过刘部长，我还想提个要求，我们是只有枪没子弹，能不能给我们部分子弹，训练时也让基干民兵放两枪，搞搞实弹射击。”

许干事说：“部长早安排了，开始除了一般训练外，我们再让大家掌握执枪姿势和射击要领，差不多了再去领子弹，有你打的。”

张发树说：“那行，到时候可得让我多放几枪，集训时我都没过足瘾。”

李光恩说：“好了，他两位要是住下，我得去拾掇拾掇房子，晒晒被子。另外，中午都到我家里吃饭吧，秀菊，你去帮恁婶子准备饭。”

刘部长问：“被子有现成的吗？”

李光恩说：“有，还是省里陈厅长来时县招待所送来的，平常没人动。”

许干事说：“吃饭也不用去恁家了，你看看，俺车子后边带来两大包，肉、青菜，还有馒头、面条，够我们吃几天的，我们在原来工作组那里自己做就行。”

潘秀菊说：“那我也得提前去洗洗涮涮，锅碗瓢盆的倒是不缺，可有大半年没用了。”

刘部长说：“那好吧，我们一块到那边看看。”

在去工作组的路上，许干事对潘忠地说：“煤矿上的那个李向东是你的同学吧？前天被公安局抓起来了，你听说了吗？”

“没听说，为什么呀？他是我从小学到初中的同学。”潘忠地有些吃惊。

许干事说：“前段县里两派搞武斗，打死了个农具厂的工人，据说你这个老同学是死者对立面的总指挥，武斗时一直冲锋在前，抓他一定与打死人有关。不只他，据说还抓了一个。他家里还不知道吗？”

潘忠地说：“可能不知道，这两年他很少回来。夏天他爹去找过他，因为他和老婆闹离婚的事，去了也没做下工作来，气得他爹回来好几天没出门。”

张发树在一旁听着，靠过来说：“那事全村人都知道，不是他主动给人家离，是媳妇把他蹬了。这个人忒没良心了，他要不是有那个当煤炭局长的岳父，也爬不这么快，下井没几个月就从井下调上来，还成了以工代干，后来又当上了办公室副主任。他倒好，成了造反派就不知道自己几斤几两了，忘恩负义，六亲不认，不仅领着人把矿长、书记斗得很厉害，还把煤炭局的几个领导弄到矿上去斗，包括他岳父，有人说他还亲手打过他岳父。这样的人人家还能跟他？不光老婆没了，一岁多的儿子也判给女方了。”

许干事说：“这事倒没听说，只知道他是响当当的造反派，煤矿斗走资派，闹停工停产，都是他领头干的，不然也当不了县工人造反指挥部的总指挥。看来这人政治上不厚道，属于投机钻营的那一类，不去当工人在村里也干不好。”

张发树说：“我早就说过，当时要是让忠地去矿上，绝对出不了这些事，说不定现在成矿级领导了。”

潘忠地说：“别胡扯了，你还是想想安排哪些人参加民兵训练吧。”

李光恩已经在前面领着刘部长进了工作组，他几个也就没再说什么。其实他们谈论的这些话，都被走在后面的潘秀菊听了个一清二楚。

几个人齐下手，很快将屋内和做饭的家伙整理妥当了。李光恩从家里提来瓶开水，泡上茶，潘秀菊帮着许干事做饭。炒了两个菜，又把面条下到锅里，潘秀菊说：“行了，我们回去吧。”

刘部长说：“都在这里一块吃吧。”

张发树说：“咳，这点饭菜可不够这么多人吃的，我们还是回家吃去吧。”

出了大门，潘秀菊悄悄对潘忠地说："走，跟着我，有事问你。"

潘忠地没吱声，随着潘秀菊去了她家。一进家门，小志国就迎上来拉住潘忠地的手，摇晃着说："大哥哥，你上回给我掏的那个小麻雀死了，你得再给我掏一个。"

潘忠地边往屋走边说："没问题。可是现在天冷了，鸟儿都不抱窝了，等明年春天吧，到时候咱也不掏麻雀了，我上树给你掏个斑鸠，喂大了炒炒吃。"

小志国说："你得掏两个，俺小冬哥也想要。"

潘忠地说："他都上二年级了，还玩这个啊！行，咱掏两个，也给他一个。"

"你这孩子，恁大哥哥一来你就缠着不放，快别闹了，叫他坐下歇歇。"老太太正忙着和面，直起身又对潘忠地说："这孩子除了你，就是跟小冬合群。小冬也不像他娘，怪懂事，经常领着志国玩，有什么好吃的就偷偷拿来给志国。志国这孩子也是，有什么好东西也给他哥哥留着。"

潘秀菊边洗手边说："志国，一边玩去，我和恁哥哥说事。"

小志国"哼"了声，不情愿地到院子里摆弄他的铁环去了。

老太太对潘秀菊说："我和好面了，中午烙个盐饼吃，一会儿你擀出来，我去拾掇鏊子。"说着去了厨屋。

潘秀菊答应着端过面盆，撂倒面桌，揉着面问："我听许干事好像说向东被逮起来了，是不是？"

"是，他们搞武斗打死了个人，可能受牵扯，抓了他们两个。"

"原来是这样，活该！"潘秀菊停了停又问，"在祠堂里跟刘部长说话时，你说恁同学给你寄学习材料来，哪个同学，是王士霜吧？"

"嗯。快一个月了，寄来一本她们编印的《毛主席最新指示》，都是《语录》本上没有的。"

"你们还经常联系？"

“不经常。这两年她们不是串联就是下农村，在学校里也是搞‘文化大革命’，上不成课，偶尔来封信。”

“我说过多少次了，你就是不听，还跟她藕断丝连的。你看看春莲那样子，身体越来越不好了，今年还不如去年，她要是知道了能不生气吗？你可得注意点。”

“不要紧，每次王士霜来的信和我给她回的信，都让春莲看看，她知道我们就是同学关系，没别的事，有时候给她她也不看，从来不生气。”

“你是不了解女人的心，别看她表面上不反对，心里一定不受用。和那个王士霜一刀两断吧，好好照顾春莲，让她身子壮起来，你们还得要个孩子哩。”

潘忠地明白潘秀菊是好意，说：“姑，你放心，我一定把握好分寸，不会有事的。”

潘秀菊已经擀好了饼，要送到厨屋去，就说：“你在这里吃饭不？要是回去吃就走吧，省得家里等着你。”

潘忠地说了声“回去吃”，起身走了。

真是“说曹操曹操到”，就在当天下午，王士友领着王士霜来了，一块来的还有她两个同学。三个女青年都穿着黄褂子，戴着黄军帽，一样的短辫露在耳朵后边，胸前还别着毛主席像章，真有点“飒爽英姿”的味儿，谁见了都想多看一眼，所以不少人都主动过去给王士友说话，王士友一一给人们打招呼。他们直接去了工作组，正好许干事、侯干事和大队的他们几个都在。王士友进去就说：“都在呀，我给你们送来三个大学生，要在这里住几天。这个是我妹妹士霜，这个是小董，这个是小彭，都是士霜的同学。”接着又向她三个介绍，“这是许干事，这是侯干事，其余的都是大队党支部成员，这是副书记潘忠地，士霜中学的同学，那位是民兵连长张发树，那是贫协李主任，那是大队会计李向河，这是妇女主任潘秀菊。”

他的话音还没落，潘秀菊就过来拉着王士霜的手，说："士霜，恁怎么来了，不上学了？"

王士友赶忙解释："他们学校里分裂成两大派，另一派的头头当上了地区革命委员会副主任，士霜她们的组织被打成了'黑老保'，造反派那些人仗着有后台，整天找她们的麻烦，今天上午她三个就坐公共汽车来了。士霜想在公社住几天，我找妇联高主任，她说公社那帮子造反派也正闹腾得厉害，不如去汶水滩，让秀菊同志给她们安排个住处，吃饭就在工作组，许干事和侯干事上午刚去了。出门遇上刘部长回公社，我给他一说，他也很赞成，我就带她三个来了。"

张发树说："好啊，王站长也很长时间没来了，这一来就送来三个美女大学生，我们欢迎！"

侯干事说："我们刚才在商量成立宣传队的事，正愁没人辅导，这下好了，不用去县剧团请人了。"

王士霜说："这件事可没问题，小彭就是我们学校文艺宣传队的骨干，唱歌、跳舞都没得说。"

小彭说："小董也参加过一段时间宣传队，真讲唱歌她比我强。"

潘忠地说："我们对外就说是从县里请来的人，不要暴露她们的真实身份，学校的孙老师不断与县里的造反派联系，别让她给惹事。"

张发树说："她敢！这是我们的客人，谁也管不着。"

李光恩说："还是小心点好，咱都别说她们是大学里来的。"

潘秀菊又多了个心眼，说："这样咱的分工也再调整一下，宣传队有侯干事和她们三个，我和向河给他们跑跑腿，忠地你就帮着发树负责民兵训练吧。"

潘忠地说："民兵训练的事还有许干事，也不用我参加，我和大老爷就负责生产好了。"

张发树说："不行，你也是基干民兵，也应该参加训练，起码得学学打枪。”

潘忠地说：“我也真想学学打枪。这样吧，平时我就管生产，你们学射击的时候我再参加，具体事还是你的。这几天我得先把墙上的语录写好，还想多写几处。”

侯干事说：“这活算咱俩的，写美术字我还能行。”

潘秀菊听他们这么一说，心里舒坦了些。因为她一看到王士霜来心里就结了疙瘩，想了想也明白过来了，不是潘忠地叫她们来的，来了也不好接着撵她走，但是，得想法让她与潘忠地少接触。只要潘忠地不再分管宣传队，他们见面的机会就不多了。如果再能抽空个别开导开导王士霜，也许就不打紧了。于是对王士霜说：“恁三个就住在我家里吧，孩子平时跟他奶奶睡，要是挤挤就不用再安床了，一个和我一块，家里还闲着一张床，高主任原来用过。要是觉得不方便想一人一张床，那就从这里抬过两张去。恁三个吃饭在我家里也行，我给恁做。”

王士友说：“吃饭就不用了，你看我驮来一袋子面，在这里和许干事、侯干事一块吃吧，过几天我再送点菜来。”

许干事说：“就是，正好有帮我们做饭的了。”

王士霜说：“只要你不嫌挤，就别再加床了，我跟你睡一铺，她两个一张床也行，俺出去串联时三四个人还挤过一张床哩。”

侯干事说：“老王你也别回去了，你不是能拉拉二胡吗？留下来给我们搞伴奏。”

张发树说：“哟，王站长还会这个，在这里住那么长时间怎么没露一手呀？”

王士友说：“你别听老侯的，那是什么时候的事呀。在学校里拉过，刚分配工作那半年有时还拉两下，这几年早撂下不拉了，二胡都扔了。”

王士霜说：“他的二胡在老家东屋墙上挂着，我回去给他拿来。”她也是巴不得哥哥住在这里，那样就方便多了。

王士友说："你别瞎掺和。"他从许永和手里要过支烟，点着吸了一口，又说，"我也真想来住几天，可是，那几个造反派知道了又会这事那事的，弄不好会给领导们惹麻烦。"

侯干事说："你既不是走资派，也没参加他们的组织，怕什么！"

许干事也说："他就是个逍遥派，谁也管不着他。"

王士友说："你们才是逍遥派哩，仗着武装部这个招牌，都不敢找恁的茬儿。我们可是机关上的多数派，是支持魏书记、柳书记和刘部长他们的。"

小彭听了乐了，说："王站长，你也属于老保派呀，怪不得对我们这么热情，我还以为是因为士霜这层关系，原来咱观点是一致的！"

许干事说："不只是他，要论对'文化大革命'的态度，屋里这些人全都是一个观点，包括汶水滩的绝大多数贫下中农，您就放心吧。"

大伙都笑了。

王士友说："别管什么派了，反正到汶水滩来也是闹革命，回去我问问刘部长，他要同意我接着回来。"

王士霜说："那我明天回家给你拿二胡去？"

王士友说："不用，办公室有个好的，在橱子里放着，我带来就是了。"

第二天一早，潘秀菊和李向河去了学校，学生们正上晨读，三个老师都在办公室。孙风雷开始挺热情，主动给他们让座。潘秀菊说："不坐了，我们找春才有个事，一会儿就走。"孙风雷听说不是找她，拉着脸去了教室。

李长路也想出去，李向河说："长路你别走，一块听听。"

展春才说："什么事啊，恁两个还亲自来。"

潘秀菊说："我们要成立个毛泽东思想宣传队，这些年春节搞文艺活动，都少不了你张罗，想听听你的意见，哪些人参加合适？"

展春才说："成立宣传队？都是搞些什么？"

潘秀菊说："主要是唱歌、跳舞，或者是说说快板，搞个小演唱什么的。”

展春才挠着头皮，说：“唱歌好办，其他方面咱可是没弄过。”

李向河说：“侯干事帮着咱搞，还从县剧团请来三个辅导的，王站长还来给咱拉二胡搞伴奏。咱就是挑选部分队员，最好是有点基础的。”

展春才说：“那太好了，不过，原来那些演戏的多数不行，这得找年轻的。另外，要女的多男的少，因为跳舞主要是需要女的。大体需要多少人？”

潘秀菊说：“开始可以多点，二十多个吧，排练几天看看，选十五六个好的留下。”

展春才说：“我先想想，列个单子，中午再找恁一块商量。可是，伴奏的也不能只一个人，咱那两个拉弦的没拉过歌曲，也叫他们跟着试试，不行再说。敲打锣鼓的好办，我负责就行了。”

李长路说：“可以算上我一个，我能吹笛子，在中学里演出时也搞过伴奏。”

李向河说：“你什么时候学的，怎么没听你吹过？”

李长路说：“原来我听忠地叔吹过，觉得怪好听，上了中学就开始学，音乐老师教的，现在一般歌曲还能吹下来。回来干活了就没再好意思吹。”

潘秀菊说：“好啊，组织起人来就抓紧排节目。恁两个别耽误上课，下午或晚上的参加就行。”

出了学校，李向河说：“咱到大队办公室把锣鼓家什拿祠堂去，开始就用着了。”

潘秀菊说：“你叫着个人去吧，他们几个都去祠堂了，我去看看。”

“还是咱俩去吧，张义昌不好说话。”李向河担心张义昌不让拿。

潘秀菊说：“那又不是他家的东西，走，一块去。”

潘忠国和张义昌都在办公室，进门潘秀菊就说：“我们来拿锣鼓家什，在哪里放着？”

张义昌说:“恁拿那个干什么? 我们还得用。”

潘秀菊说:“公社领导来帮着我们成立个毛泽东思想宣传队,县里来了辅导员,在祠堂那边排节目,恁用的时候再说。”

潘忠国知道没理由挡,还不如立马答应了送个人情,就说:“在里间屋放着,向河,你去拾掇出来。”

大小六七件,他两个一趟拿不了。潘忠国朝张义昌使了个眼色,说:“你帮他们拿过去。”意思是让他顺便去看看情况。

张义昌回来,潘忠国问:“怎么样,有什么动静?”

“倒是没看见什么宣传队,不过,许干事、侯干事都在,还有三个女孩子,个顶个都很漂亮,可能就是从县里来的。我出来时遇上王站长也骑着车子来了,还带着个二胡。”

“看来他们没说瞎话。这帮人是越闹越大发了,这样下去,群众就都被他们笼络过去了。”潘忠国有些无可奈何。他这些天之所以有些收敛,就是想尽量在群众中保留个较好的印象,争取进革命委员会时大伙能通得过,就算是当不了主任,当个副主任也可以。如果照此下去,到时候群众都听他们的,他们说了算,恐怕连个委员也当不成了。

张义昌却没想这么远。自从建的主席台出了事,他觉得不仅群众不支持,神灵也不保佑,如果再领头闹腾,说不定还会摊上什么更倒霉的事。于是说:“是啊,你得领着我们大干一场,不能让他们这么耀武扬威的。他们有公社里的人支持,咱让孙老师去找找雷老师,听说他是县革命委员会的常委了,他得支持咱。”

“是得给孙老师说说,最好让雷老师来一趟,给咱出出点子,搞出点名堂,还得想法超过他们。”

两个人去了小学。

几天后人们发现,教唱歌跳舞的那三个女孩子,每天早晨都到十字路口

主席台前，一字儿排开，每人右手拿本小红书，捂在胸口，很虔诚地嘟念一阵子，最后还要一起唱《东方红》。傍晚她们还是来这么一套，只是唱的歌换成了《大海航行靠舵手》。特别是三队的社员，大都看到了，虽然很好奇，但没人好意思到跟前问她们是干什么。潘忠良把这事告诉了许永和。吃晚饭的时候，许永和说："恁三个一早一晚都去主席台那里，搞什么名堂？还有秘密呀！"

王士霜笑了笑，说："对阶级敌人来讲，是秘密，可对你许干事就没什么保密的了。我们是做'四个首先'，或者说是'早请示，晚汇报'。"

许干事问："具体什么内容？"

王士霜把程序和内容详细说了说。

许干事说："那不能光恁三个做呀，从明天早晨开始，参加训练的基干民兵也要和你们一块做，完了再去搞训练。"

侯干事说："还有宣传队的这二十来个人，也一块参加。"

王士霜说："好啊，每个人都带上本《毛主席语录》。开始我先领着，以后你们再领头。"

侯干事说："多数人没有《语录》本呀，恁昨天还说演节目得用，我让向河同志去买一部分，不知道买来没有。"

王站长说："买来了，今天你和忠地去写《语录》，没过去，傍黑天向河才回来，是跑到县书店买到的，买了三十本，都发给队员了，剩下的分给大队干部。我那本也没带来，这是给他要的。"说着从口袋里掏出来，递给侯干事看。

许干事说："我倒是带来了，可民兵们没有啊。"

王士霜说："没有的拿本《毛主席著作》单行本也行，都没有也不要紧，只要把右手放到胸前，表示那个意思就可以了。"

第二天一早，许干事、侯干事分别把两伙人带到主席台前面，横着排成四队。王士霜她们三个已经提前到了，站在前边，王士霜先面向大家讲了一遍，然后转过身，说：“都要听从我的指挥，照着小彭和小董的样子做。现在开始，右手拿着红宝书，胳膊弯曲九十度，放在胸前。没书的也要作出这个姿势。”她回头看了看，都准备好了，大声说：“首先，敬祝伟大领袖毛主席万寿无疆！”

大伙高呼：“万寿无疆！万寿无疆！”

她说：“敬祝林副主席身体健康！”

大伙高呼：“永远健康！永远健康！”

她说：“下面随我朗诵最高指示，我念一句大家念一句。‘下定决心，……”

大伙跟着一句句念。一段念完了，她说：“现在向毛主席他老人家‘早请示’，就是说说自己今天要干什么，能不能干好。在心里说就行，不用出声。”

静了几分钟，她又说：“这是‘早请示’，傍晚作‘晚汇报’，把当天做得不对或不好的事情告诉毛主席，并且要表示怎么改正，形式和现在一样。最后我们齐唱《东方红》。”她领了个头，都跟着一起唱起来。

这伙人搞了两天，潘忠良看明白了，就吆喝三队的全体社员一齐随着做。可是人太多了，挤得不成个队形，后面还有人叽叽喳喳，显得乱乱腾腾。王士霜对潘忠良说：“队长，恁不一定凑在这个时间，可以在午饭前和晚饭前做，反正内容都一样。你要是没记住程序，我可以来帮恁几次。”

潘忠良说：“听你的，不凑你们热闹了，你也不用来，我领着他们做就行。”

就这样，每天上午和下午收工回来，潘忠良就带着大伙来做“四个首先”，结束后才各自回家吃饭。

这天是星期天，王桂兰娘家的侄子小华来了，还提着一包点心。桃花随大人下地干活去了，大宝、二宝和套子在家，小华和大宝同岁，生日大几个月，都上三年级。几个孩子一见面，都很热乎。大宝说：“华子哥，你在家里先玩着，我去喊俺娘。”

大宝到坡里先看到了潘忠良，给他一说，潘忠良说：“你回去吧，我到搂麦子的那边叫恁娘回家做饭。”

潘忠良来到那边地里，一伙妇女正搂到地中央，他过去要过王桂兰手里的钉耙，说：“来，我替你搂，小华来了，你回去多炒几个菜，这孩子轻易不来的。”

王桂兰说：“炒什么菜，小孩子又不会喝酒，家里有昨天买的韭菜，包扁食吃。”

潘忠良说：“那叫桃花回去帮你包。”

王桂兰说：“不用，天早着哩，大宝能擀皮。”

王桂兰还没走出地头，有个当嫂子的直起腰，大声说：“忠良，你不能偏心眼儿，等会儿替替我，我也回家歇歇。”

王桂兰回头说：“忠良，你替咱嫂子干吧，完了就跟着她吃住去。”

嫂子说：“行啊，忠良算俺的人了，桂兰你可别吃醋啊！”

引得人们都哈哈起来，你一言我一语，开潘忠良的玩笑。桃花在一旁只顾低头搂麦子，一声不吭。

王桂兰回到家里，问了小华几句他家的情况，就开始做馅、和面。准备好了，让大宝帮着擀皮，小华说他也会，就都洗洗手帮起忙来。

水饺包完了，王桂兰到院子里看看日头，知道干活的快收工了，就到厨屋里点火烧锅。水开了，她朝堂屋喊：“大宝，过来烧着火，我下扁食。”大宝过来了，小华也跟了过来。她刚把水饺下到锅里，狗剩在大门口喊：“嫂子，该做‘四个首先’了，忠良哥叫你快点去。”

王桂兰答应着盖上锅盖，说：“恁两个看着锅里点，煮两滚就行，韭菜馅的好熟。”随后拍打拍打手跑出去了。

两个孩子都没有煮过水饺，不知道还需要及时搅几遍。大宝烧火，小华看着锅。一会儿锅里冒的热气大了，小华掀开锅盖，说：“行了，已经开锅了。”大宝说：“再烧两把，别不熟了。”于是又慢慢添了两把柴。停了火，大宝好像很懂似的，说：“捂一会儿吧，俺娘回来再盛。”

王桂兰回来看到几个孩子都在堂屋，说：“怎么还没盛呀？”

大宝说：“刚停火一瞬儿，等着您哩。”

“哎呀，那还不都泡坏了！”王桂兰慌慌张张来到厨屋，掀锅一看，岂止是坏了，全黏成一锅疙瘩了。她一看急了，说：“这还怎么吃呀！”

潘忠良在院子里听到了，进来问：“怎么了？”

王桂兰说：“都怨你，叫我去做的什么‘首先’？我那时刚把扁食下到锅里，你看两个孩子煮的，成一锅粥了！”

潘忠良看看说：“不要紧，使劲搅搅，喝片儿汤，有油有盐的，多好！”

没办法，只好这么吃了。王桂兰盛到碗里，潘忠良喊孩子们过来端，几个孩子看了也都傻了眼。

大人孩子默声不响地吃着，潘忠良为了打破沉默，说：“华子，多吃一碗，回去恁娘要是问你吃的什么饭，你就说恁姑给你包的扁食，韭菜馅的，可好吃了。”

小华“嗯”了一声，继续吃。

待了一会儿，桃花突然说：“娘，你在坡里别跟他们说笑话。”

王桂兰愣了一愣，说：“噢，你是说恁那个大娘吧，我要不给她一句堵上她的嘴，她给恁爹闹得更厉害。”

潘忠良说：“可别提了，你引起那个头就都闹起来没完了。这些人也真是，明明知道桃花在跟前，也不避讳着点。”

王桂兰说：“那还不都是你惯的，平时别管婶子、嫂子，也不论个老少，你没一个不给人家瞎胡闹的，她们肯定是专门当着桃花的面要你的难看！”

潘忠良没话说了。

学校更名

冉冉升起的朝阳，把村庄染成了胭脂色，同时也给村头场院洒上了一层金辉。田埂及田间道路上覆盖的薄霜，眼看着就要消失。村内屋顶冒出的炊烟，轻轻地直窜天空，老高才渐渐弥散开来，消失了。这又是一个风和日丽的好天气。场院里，二十多个基干民兵正在训练。因为只有八支步枪，只好轮流持真枪，其余的都是拿着自制的木头红缨枪，一起随着张发树的口令，练习刺杀。许干事站在旁边看着，及时纠正个别人不规范的动作。两只大黄狗，趴在场角的麦秸垛旁，耷拉着耳朵，瞪着双眼，死死地盯着场上的人们。

“发树，给你们送‘宝书’来了，每人一本。”张义昌抱着一摞书，站在场边咋呼。

张发树突然听到喊声，回头看了看，不想搭理他。又一想，他说拿的是毛主席著作，就犹豫了一下，说：“用不着，我们都有，你拿回去吧！”

许干事问：“什么书啊？”

张义昌说：“全是‘老三篇’。”

许干事说：“先放那里吧，过会儿休息时我们好学习。”

张义昌把书放到跟前一个立着的碌碡上，回身走了，嘴里还嘟囔着：

“还不想要？这可是对待毛主席的态度问题！”

许干事见他走远了，对张发树说：“一定是孙老师让他送来的。昨天晚上孙风雷去工作组了，说是她那里有部分毛主席著作单行本，想送给宣传队队员和咱这里搞训练的。这是好事，你怎么说不要呢？”

张发树说：“他们几个都是一肚子坏杂碎，办什么事也不会安好心！”

许干事说：“别管他们安什么心，送来的是毛主席的书，不能不要，也省得咱再跑腿花钱买了。等一会儿每人发一本。”

张发树继续喊起了口令。

原来这是孙风雷从县里带回来的。

昨天孙风雷去了趟县城，到招待所找着雷道云，两个人先亲热一阵子以后，她说：“这一段汶水滩可热闹了，公社里许干事他们几个住在那里，既搞民兵训练，又成立了毛泽东思想宣传队，还组织社员做起了‘四个首先’。侯干事和潘忠地又在墙上写‘语录’，有几处写的是‘五·七指示’。红旗战斗队真是不中用了，参加的人越来越少，什么活动也搞不起来。

“潘忠国这个人的确在群众中威信不高，张义昌又缺乏领导能力，顶不起来。看来在汶水滩要想团结住大多数贫下中农，还得依靠潘忠地他们。”雷道云对汶水滩一些人的情况还是了解的。

“‘东风’他们的手段也多，做什么事对红旗战斗队的成员都一视同仁。用红漆刷门上的对联时，除了四类分子一户没落。前几天他们又买了部分‘毛主席去安源’的画像，又是每户一张。要讲笼络人心，那伙人还真是有一套。”

“你回去也不要单纯依靠潘忠国、张义昌了，要想法接近潘忠地他们几个。现在提倡搞革命大联合，农村不同于机关，群众对造反派和老保的界限也分不了那么清，只要不公开反对我们就行。另外，只有主动往他们那边靠靠，团结住大多数，说话才有分量。时间一长，如果能让他们完全转变成咱的力量就更好了。”

“这可不好办，平时他们对我都是待理不理的。我不是不想团结他们，是他们不团结咱。”孙风雷感到为难。

“要有耐心。你先找潘忠地，就向他汇报如何组织学生落实‘五·七指示’的问题。他们不是在抓这件事吗？‘五·七指示’中也有关于学校的一段，学生‘以学为主，兼学别样，即不但学文，也要学工、学农、学军，也要批判资产阶级。学制要缩短，教育要革命，资产阶级知识分子统治我们学校的现象，再也不能继续下去了’。可以让他出出主意，并且要求他们派人到学校帮你工作。他觉得你依靠他了，就会改变对你的看法。另外，李光恩那个老头儿也不会有什么主见，他是贫协主任，你找他就直接提出让他去学校负责，反正他什么也不懂，去了还得听你的，却能赚个让贫下中农管理学校的名声。只要拉住他两个，其他人就无所谓了。别看那个张发树整天咋咋呼呼的，他就是杆枪，好点子坏点子都想不出来。”

雷道云心里明白，最近上头有精神，各行各业都要落实“五·七指示”，学校的管理体制要改变，要派工人、贫下中农去管理学校，农村小学也就是找个出身好的社员去管。如果汶水滩能先行一步，对孙风雷和他本人都有好处。

孙风雷琢磨一阵子，说：“就按你说的试试吧。”回头看到门里边桌子上放着两大摞“老三篇”单行本，又说，“这么多毛主席著作啊，我拿一部分，回去送给他们。”

雷道云说：“这是指挥部买了送给工厂造反派的，剩下不到二百本了，你都带着吧。另外，工作组的人也不能得罪，多给他们套套近乎。”

就这样，孙风雷回来当晚就去了工作组，第二天一早让张义昌拿一部分到民兵训练和宣传队那里去送书，她自己拿着剩下的一百多本，直接去找潘忠地。

祠堂外面的场地上，一伙年轻人正在排练节目，多数人在跟着小董学唱歌，小彭领着七八个女青年学跳舞。张义昌刚放下书走了，孙风雷又抱着一捆书来了，李向河看到迎上去，说："孙老师，你又给我们拿书来了？"

孙风雷说："你们的我让义昌同志送来了，我找忠地同志，这些让他发给团员青年们学习。"

李向河说："他和大老爷刚去了祠堂，你去吧。"

孙风雷进屋放下书，说："恁两位都在呀！我昨天进城买来部分毛主席著作，宣传队和民兵训练的那里都送去了，还有一百来本，忠地同志，你看着发吧。"

潘忠地解开看看，说："好啊，现在有毛主席著作的是太少，我正想去买部分单行本，让青年们带头学，也同时组织社员在田间地头学。这就不用买了，谢谢你！"

"谢什么，为贫下中农的学习出点力，是应该的。"孙风雷有些得意扬扬。

潘忠地说："你坐下吧，我还想找你商量点事来。这几天我全面学了几遍毛主席的'五·七指示'，觉得学校也要抓抓落实。你们……"

没等他说完，孙风雷抢过了他的话头，说："我也正为这事要找恁汇报。按照毛主席的指示，学生也不能只学文化知识，也要学工、学农、学军。学工不好办，咱没有工厂。学农太有条件了，田间就是课堂，贫下中农都是老师。学军也问题不大，咱那些基干民兵经过训练，也都能当老师了。具体怎么安排，我还真拿不定主意。为了更好地落实毛主席的指示，搞好学校的革命，我建议请李主任到我们学校当负责人，帮助我管管学校。"

李光恩听她开始讲的是一头雾水，最后这句算是听明白了，是想让他到学校当头，便立即反对："这不是胡闹吗？我这个老头子大字不识一个，去学校负责，还不叫人们笑掉大牙啊！"

孙风雷说完就两个眼珠滴溜溜转着看李光恩，知道他说的是实话，还是坚持说："可不能这么讲，我们这些小知识分子，或多或少的都有些资产阶级情调，必须在运动中接受贫下中农的再教育。您是老贫农，又当了多年的贫协主任，阶级觉悟高，当我们的领导正合适。再说，也不是让您去给学生上文化课，主要是给我们掌掌舵，出出路子，以便我们全面落实‘五·七指示’。您放心，我们三个绝对服从您的领导。”

潘忠地也一时想不明白她为什么这样说。自从她来到汶水滩，从来没跟党支部的几个人一个心眼过，平时和展春才、李长路他俩也很别扭，今天怎么突然来了个一百八十度大转弯呢？不过，既然主动提出来了，就是个机会，如果能让光恩大老爷去负责，对她就能是个制约，于是说：“孙老师这个提议有一定道理。但是，这是件大事，我们还得研究一下。”

孙风雷说：“那行，我等恁的信儿。”说完起身走了。

孙风雷走了以后，李光恩说：“不知道这个女人又要出什么幺蛾子，叫我去负的什么责？”

潘忠地说：“别管她出于什么目的，你去管管学校不是坏事。春才说过不止一次了，她的心思根本没用在教书上，平常不是往城里跑，就是跟红旗他们几个搅和在一起，做什么事全是听雷老师的，春才和长路想干的事也弄不成，没办法。你要是去了，起码她不敢胡来了。”

李光恩说：“我这样就能管住她了？要去也得别人，叫发树或向河去。”

潘忠地说：“吃过早饭叫他们几个来商量商量，我也和许干事他们通个气，听听工作组的意见。她既然提出来了，咱就抓紧办，免得过几天又变卦。”

工作组的三个人都同意让李光恩去管管学校。党支部几个人讨论时，却出现了分歧。潘秀菊第一个反对，说：“去给她掺和什么？你看她那个样儿，一身臭毛病，还人模狗样的，平常我都不稀搭理她。”

张发树也说：“是啊，她是雷道云的人，不能让她牵着咱的鼻子走，她让咱怎么办咱就怎么办啊？咱也不用怕她，学校里有春才、长路他们两个，满能拿住她了。”

潘忠地说："这不是谁怕谁的问题。另外，我们也不能把人看死了，人都是可以变化的。现在她能提这个要求，说明她的思想已经和原来不完全一样了。早晨说这件事时不像耍心眼，态度很诚恳，表示愿意接受大老爷的领导。再说，目前她是学校负责人，春才和长路必须听她的，还有潘忠国和张义昌，也是受她挑唆，如果大老爷去负责，再有什么事她就会收敛收敛。全村几十个孩子都在那里，影响了孩子们的成长可是大事。"

张发树说："要这样就让大老爷去呗。"

李光恩说："我倒是同意派个人去，可我不行。恁不想想，咱几个里边就数我没文化，那不是饲养棚，是学堂，教孩子念书的地方，叫我去负责，恁是想看我的笑话啊！我觉得发树或向河去比较合适。"

张发树说："我可不去跟那个娘们缠，还是抓我的民兵训练吧。"

潘忠地说："别胡说，人家还是个姑娘哩。"

李向河说："我也不行，平时弄账目事多不说，长路在那里，不能俺爷俩都去教书吧。"

潘忠地说："大老爷，还是你去吧，工作组的他们三个也是这个意见。其实也不用担心，你去了不用管具体事，主要是帮着他们拿拿主意，关键时候说句话。你也不能靠在那里，大队的事还得管，每天一早一晚到那里站站就行。遇到什么大事咱一块商量，还有春才，他当老师时间长，可以多依靠他。另外，你不是代表党支部去的，是代表贫下中农去的，这样谁也提不出意见来。"

张发树说："大老爷，你去了就当个桃木棍，能辟邪就行！"

李光恩瞪了他一眼。

潘秀菊说："忠地这一说我也明白了，大叔你就得去，这也是替咱那些孩子着想。不过，去了就得当家，不能依着孙风雷。"

李光恩说："恁都同意我就试试吧。丑话说到前头，要是不行我就不管了，还得再换人。"

潘忠地说："怎么会不行呢。下午咱两个一块过去，我宣布一下，春才和长路一定都高兴。"

邮递员直接给学校送来个包裹，给孙风雷的。她收到后简直是眉飞色舞，嘴都合不上了，立即回到宿舍，把包裹打开。里面是两件黄褂子，两条黄裤子，一顶黄军帽，中间还夹着一封信。她先看了看信，其中一段说，"因为部队里女装很少，搞不到，我是买了布找人做的。你放心，完全是按军装的标准。做了两身，其中一身稍肥点，冬天罩棉衣穿。帽子是我新领的，你头发多，估计能合适……"她没看完信就脱下衣服，换上了那身瘦点的黄褂子黄裤子，戴上军帽，对着镜子前后左右地照，非常合身，心里那个美呀！她把另一身叠好放到包里，乐滋滋地回了办公室。

刚才她一出门李长路就说："那个当兵的也真够意思，三天两头给她来信，这又不知道寄来了什么好东西。"

展春才说："这两年'全国学人民解放军'，女孩子找对象当兵的也成了'热门'，本事小点的找个一般战士，像她这样吃国库粮，又当学校负责人，当然得找个军官。两个人是才子配佳人，又处在恋爱期，都在兴头上，还能联系少了？"

李长路说："还才子佳人？"

展春才说："说错了，他们算不上才子佳人，是王八瞧上了绿豆粒儿，对了眼了。"

两个人都笑了起来。

其实这衣帽是孙风雷主动给未婚夫姚德广要的。前些天她看到王士霜她们三个的穿戴，有些眼馋，当天就给姚德广写信，叫他一定给自己弄身黄军装，包括帽子。这才十来天就寄来了，她怎么能不高兴呢！回到办公室，对他二人说："看看怎么样，我穿这身衣服合身吗？"

展春才故意打量一阵子，说："太漂亮了！这样和那个大军官就更是天生的一对了。”

孙风雷不无自豪地说：“什么大军官，就是个小指导员，还是副的。”

李长路说：“那也了不起，俺村里连个排长还没出过哩。”

三个人正说着话，潘忠地和李光恩来了。孙风雷一看就知道是为早晨她说的那事来的，这说明他们对她的意见是重视的，真是好事儿接连来了，乐得满面生辉，忙着又是让座又是倒水。因为中午潘忠地找展春才先透了透，展春才心里已经有了数，所以也没感到惊奇。只有李长路不清楚他两个为什么突然来了，有些疑惑。

李光恩见她换上了一身黄军装，一看就觉得不顺眼，哼也没哼，坐下拿出烟袋，装上一锅子独自吸起来。

都坐下以后潘忠地说：“孙老师提出，让大老爷来帮着管管学校，我们认真作了研究，都赞成这个意见。大老爷是贫协主任，代表全村的贫下中农，今后对学校里的事情帮着参谋参谋。但是，因为大队的工作比较多，他还得兼顾着点，所以也不能整天蹲在这里，学校里的具体事务主要还是靠你们，你们既要维护大老爷，又要主动做好工作。孙老师，你该负责的还得负责。”

孙风雷说：“你放心，李主任来就是对学校工作的支持，他怎么说我们就怎么干。当然，日常工作还是由我们来做，并且要比以前做得更好。有李主任坐镇，我们一定要把汶水滩小学办成贯彻执行‘五·七指示’的红色学校。”

展春才说：“干脆，咱改成‘五·七’学校算了。”他实际上是对孙风雷这几天张口合口的“五·七指示”不满。没想到他这么一句玩笑话，使得汶水滩在一段时间里十分地红火起来，这是后话。

孙风雷却以为展春才是顺着她的话说的，是对她的支持，于是接着说：“好啊，把咱大门口的牌子换了，就改成汶水滩‘五·七’小学。”

潘忠地说：“名称不是主要的，关键看内容。小学不是中学、大学，还得让孩子们多学文化知识，培养他们全面发展。”

孙风雷说：“忠地同志说得好，我们就是要把所有的孩子都培养成无产阶级革命事业的红色接班人！”

她是把雷道云的话记在心中了，要千方百计套潘忠地的近乎，所以要按他的思路说。当然，潘忠地也不傻，尽管她说得天花乱坠，他还有他的一定之规。

这些日子，潘忠地的确在反复思考如何贯彻落实“五·七指示”的问题。农民也要学军事、学政治、学文化，这些好办，正像刘部长来安排的，利用农闲时间，搞搞民兵训练就应该算是学军了。至于学政治、学文化，以前也抓过，利用夜校、田间地头，让识字的青年带领着，以学习毛主席著作为主，再学些报纸上的重要文章，还不就既学了政治，又学了文化！组织宣传队宣传毛泽东思想，也是活跃农村文化生活。这些事影响不了生产。可是，学校具体该怎么办呢？十岁八岁的孩子，最高的班才是四年级，正是学知识打基础的时候，怎么能用全部时间去学农、学军呢？再说，种地的事儿这些孩子还用专门学吗？生在农村长在农村，耳濡目染，长大后哪一个不会干庄稼活？如果适当地搞一点，对孩子今后的发展也许没有坏处。

潘忠地没有想到，一旦这些活动成了“正事”“主事”，不仅影响了学生的学习，连地里的庄稼也受到了严重的影响。当然，这也是后话。

学校大门上的牌子真的换了。第二天，孙风雷就让李长路摘下牌子，找木匠把字刮了去，回来重新写上了“汶水滩‘五·七’小学”。原来的牌子是宫老师写的，正楷字，很漂亮，但是，是用墨汁写的。这次李长路划上格子，写的是仿宋体，并且到祠堂找来红磁漆，写好后挂上去，谁看了都称赞。

教学内容也有了改变。孙风雷费了番脑子，亲自拟定了个教学计划，然后把李光恩叫来，说是开会研究一下。她首先念了一遍，大体内容是，全体学生都要集中时间和精力学习毛主席著作，一、二年级学“语录”（她选了二十条，全部读了读），三、四年级学“老三篇”。不论是语录还是三篇文章，都要达到会读、会写、会背。体育课的内容改为学军事，请个基干民兵来指导。每天下午全体师生都要下地，跟着老农学农活。再就是，每周集中搞一次大批判。她念完后，问李光恩这个计划行不行。

李光恩说：“春才，你觉得怎么样？先说说。”

展春才想了想，说：“孙老师这个计划很好，完全符合‘五·七指示’的精神。我提两点建议，不知道对不对。一是语文课现有内容都是符合毛泽东思想的，像一年级课本第一课，就是‘毛主席万岁’，接着就是‘我爱北京天安门’，是不是原来的内容照常学，再加上‘语录’和‘老三篇’。再就是算术课，我认为还得继续上，不能初小毕业了连个加、减、乘、除都不会。还有美术、音乐，咱还是得培养学生全面发展。”

孙风雷争辩说：“我没说这些内容不学，我是说集中一段时间学‘语录’和‘老三篇’。”

展春才说：“噢，那是我刚才没听明白，如果这样我同意。”

李光恩又问李长路，李长路说没意见。李光恩说：“上课的事儿我不懂，恁认为怎么合适就怎么办。就是学生们下地的事儿，眼下坡里没他们能干的活，现在除了运肥、耕地，就是耧麦子，其实耧这遍麦子有些队也快结束了。是不是等到农忙的时候，像麦秋两季，坡里活也多，有不少活可以叫他们干，到那时让他们整天下地也行。”

孙风雷一是觉得李光恩说的有一定道理，再就是考虑到这是第一次让他参加商量事，不能顶了牛，所以不好过分地坚持自己的意见，也就表示同意了。

李光恩回到祠堂，把这事给潘忠地说了说，潘忠地一听就笑了，说：“大老爷你行啊！你那说法其实既支持了春才的意见，又把孙老师的意见给否了，她还找不出反驳的理由。”

李光恩说："春才说的那些她也同意，我又弄不明白，只说了说孩子们干活的事儿，又没说不让学生参加劳动，怎么否的她呀？"

潘忠地说："其实春才说的那两条她可能起初就没想到，也可能是有意漏下的，就是想取消那些课。可春才说的在理，等于对她计划的补充完善，所以她只能同意。她提出让老师、学生每天下午都下地干活，你说麦秋两季再叫他们干，原来到了麦秋大忙的时候，上级也是统一要求小学都放农忙假，实际上等于是否了她的意见，只是你说得比较婉转，她不能不接受。"

李光恩说："谁知道什么'玩不玩转不转的'，我就知道学生们得好好上课认字，当老师的得好好教。"

潘忠地说："就是啊，你把握的这点很对。如果不是你在场，光他三个商量这事，结果就不一样了，肯定得完全按她的意思办，春才的意见她也不会采纳。不过，她的计划倒是给我一个提示，我们也应该组织团员青年开展起学'毛著'的活动。晚上我得开个团小组长会，安排安排。"

李光恩说："行啊，你看着抓吧，反正这一段生产上也没多少事儿。"

在召集团支部成员和团小组长开会时，潘忠地提出，不仅要组织全体青年认真学习，各团小组之间还要展开竞赛。除了参加学习的人数要多，再就是看看学的成果。一是看背诵的情况。具有高小文化程度的都要背"老三篇"，三篇文章都背下来更好，起码也要会背"为人民服务"。识字少的也要背诵毛主席语录，看谁背的条数多。二是看落实在行动上的情况。学习毛主席著作必须学用结合，学了就要用，既要积极参加生产劳动，又要主动搞些活动，包括开展大批判，监督抵制坏人坏事，组织些义务劳动。现已入冬了，要帮助烈、军属及五保户多做些家务活。

年轻人争强好胜，听了都热情很高，纷纷表示，一定认真抓好。有的问参加基干民兵训练和文艺宣传队的怎么办，潘忠地说："那些人团小组就别管了，我给许干事、侯干事他们说说，让他们单独组织学习。"

第二天吃早饭的时候，潘忠地到工作组说了说，都异口同声，表示赞成。王士霜还说："老同学你真了不起，这样一来，汶水滩真成了'毛泽东思想大学校'了。我们三个也参加，学好了就申请当你们的社员，你们接受吗？"

王士友说："你别瞎起哄了，过几天赶紧回去上你们的学去！"

小彭说："王站长你才是起哄哩，士霜姐说得对，我第一个同意留下当社员。"

许干事说："忠地，抓紧栽梧桐树。没几棵像样的梧桐树，可落不下这几个金凤凰！"

所有人都笑了。

潘忠地深知"打铁先得本身硬"的道理，号召大家学，自己首先要学好。每天晚上，他都认真背诵"老三篇"。李春莲躺在床上眯盹一会儿了，翻身看到他还在聚精会神地背书，说："你整天嘟念的什么？累一老天了，还不早点睡觉。"潘忠地把团支部开展的学习活动给她简单介绍了一下，说："让他们背，我得先会背才行。"

李春莲叹了声气，说："我是不能参加你们的活动了。"

潘忠地说："你现在就是要好好养身体，身体强壮起来再参加也不迟。"

李春莲闭上眼不说话了。

自从生孩子落下病根，李春莲的身体是一天不如一天，公社医院、县医院都去看过，也吃了不少药，就是不见好。她心里清楚，要不是全家人照顾得好，早就起不来床了。大队卫生室的李庆龙说她得的是产褥热，需要慢慢调理，这一段吃他开的中药，也是好几天歹几天，有时喂喂猪喂喂鸡也上气不接下气的。她早就辞去了团小组长，后来连妇女队长也坚决不挂名了，换成了秀花。潘秀菊不止一次跟她说，什么事也别管，就是好好保养身体，等身子壮了再要个孩子。她何尝不是这样想的，可有什么办法呢？这已经十多天没下地了，听到出工的钟声都心里难受，还想参加什么青年的活动！如果

汶水滩五·七小学
毛主席万岁
无

不是潘忠地劝说，中药她也不吃了。

很多事情往往都是当事者迷。对李春莲的病，潘忠地就从来没想过会治不好。尽管李庆龙给他说过，她这种病不好办，要有个思想准备，他理解为可能要治疗时间长一些。他也多次提出带她到地区医院看看，李春莲坚决不去。他现在还想，过几天再劝劝她，不信大医院没有好办法。

李春莲睡了，他继续背。《为人民服务》《纪念白求恩》两篇已经熟练地背下来了，《愚公移山》也差不多背过一半了，再有两个晚上，三篇就能全背过了。

几天以后，潘忠地提议搞个背诵毛主席著作的比赛，除了全体团员青年，让大队干部、生产队长都参加。许干事说："不如让宣传队出几个节目，基干民兵也搞搞演练，让大家检阅一下。我回去给刘部长汇报汇报，请他也来看看。"

事情就这么定下了。孙风雷听说后，要求学校师生也参加，并且说要选几个学生加入比赛。潘忠地和李光恩都认为挺好，就同意了。

这天上午，人都集合到祠堂前边的场地上，学生在东边，青年们在西边，整齐地排着队坐下。北面留出来一块地方，一阵锣鼓过后，先是基干民兵在张发树的引领下，演练了几个课目，接着由小彭指挥着表演舞蹈，最后是小董指挥着表演小合唱，博得了下面一阵阵热烈的掌声。随后，张发树招呼几个民兵把桌子、凳子抬到前边，刘部长坐到中间，工作组的其他同志和党支部的几个人坐到两边，开始进行比赛。潘忠地主持，先让小学生背诵。孙风雷带着四个学生上来了，每个年级一个，从小的开始，一、二年级的两个各背了几条语录，三年级那个孩子背《为人民服务》，起初有些害怕，哏哏哧哧，后半截才顺溜了。四年级那个孩子背得熟，接连把《为人民服务》和《纪念白求恩》全背了下来，又是一阵掌声。下面该青年了，各团小组分别推出一个代表，依次上来背诵，要求是至少背一篇，多的可以背三篇。九个青年表现都很好，每人都背过了《为人民服务》，其中有两个还又加背了

《纪念白求恩》。就在最后一个背完时，不知道是谁在下面起哄，吆喝道：“叫忠地给咱背一篇！”

不少人都跟着咋呼：“对，听听忠地背的！”

潘忠地看了看刘部长，刘部长说：“怎么样？能行就背给大伙听听。”

潘忠地清了清嗓子，说：“刚才没有背《愚公移山》的，我就先背这篇吧。”说完，熟练地背完了这一篇。下面长时间鼓掌。潘忠地接着又背诵了《纪念白求恩》和《为人民服务》，从头至尾没打一个哏。台上台下都惊呆了，随后是一片“啧啧”赞叹声。

就在潘忠地沉浸在兴奋中，想让刘部长总结几句再散会时，王桂兰慌慌张张跑了来，拉着潘忠地说是有急事，让他回家。潘忠地只好对张发树说：“发树哥，请刘部长给咱讲讲，最后你宣布散会吧。”

刘部长说：“好啊，我说几句，你赶紧回家看看去。”

潘忠地随着王桂兰走了。

人们都不知道出了什么事，疑惑地看着潘忠地的背影。

潘忠地也万万没有料到，塌天大祸正朝他的头上落来。

丧妻

潘忠地回到家里，一看就蒙了。他爹和春莲的爹蹲在西屋门口，拉着脸不说话，只是一个劲儿“吧嗒吧嗒”吸烟，看到他回来了，也没搭他的腔。他随王桂兰进了屋，他娘和春莲的娘都在，还有几个婶子大娘，都挤在床前。王桂兰扒拉开别人，让他到跟前去。这时李庆龙还坐在床边凳子上给李春莲号着脉，看了他一眼，没说什么，起身站到了一边。

潘忠地趴到床头，只见李春莲两眼紧闭，呼吸微弱，便轻轻握住她的手，低声说：“春莲，你感觉怎么样？”

李春莲微微睁开眼，有气无力断断续续地说：“忠地，我对不起你，对不起咱爹咱娘，我……”话没说完又阖上了眼皮，两行清泪慢慢地流了出来。

潘忠地轻轻给她擦了擦泪，说：“没事，别胡思乱想的，好好休息一会儿，叫庆龙叔再给你开药，明天咱就到地区医院看去。”

李春莲嘴唇动了动，像是要说话的样子，潘忠地赶紧把耳朵凑到她嘴边。但是，只听到她喉咙里传出微弱的“呼噜”声，没有别的声音。过了一瞬儿，感到她攥着的手松开了，抬起头一看，发现她的头歪向了一边。李庆龙上前又给她号号脉，再翻开眼皮瞧瞧，起身说：“不行了。”

一屋人立时啜泣起来。春莲爹听到动静也跑了进来，往床前挤。忠地爹知道儿媳可能不行了，可当公爹的又不能进去，在门外搓着双手转圈圈。潘忠地一时间感到天旋地转，站不住了，趴过去抱着李春莲的头，撕心摘肺地叫着："春莲，春莲，你不能这样就走了啊！咱不是说好还得再……"这时王桂兰上前把他拉起来，看到他已是泪人一般，就对李庆龙说："你把他架着，还有大叔，恁都到堂屋去，俺给春莲穿衣裳。"回头又对忠地娘说，"婶子，你把春莲的新衣裳找出来，趁好穿咱给她穿上。"

春莲爹也拉着潘忠地，出门和忠地爹一块去了堂屋。

忠地娘流着泪打开衣柜，边找衣裳边说："都怪我是个没福的人，这么好的媳妇，怎么就不叫她多侍候我几年呢？老天爷也不开开眼，我都这么大年纪了，让我替她走也行啊！"

春莲娘也帮着找衣裳，听到这话就说："恁已经为她费了心了，还是她没福气，多好的公公婆婆呀，全家人对她都这么好，只能怪她没有享福的命。"

一身棉衣、一身单衣都找出来了，忠地娘说："这身单衣是春上做的，还没穿过，可这棉裤、棉袄是上过身的，该给她做身新的。"

春莲娘说："还做什么新的？她撇下咱说走就走了，又没给咱留准备的空儿，这是拆洗过的，也不算旧，蛮不错了。"

王桂兰正在脱春莲身上的旧褂子，回头说："婶子，她有不带红花的浅色衬衣吗？身上这件有些红碎花，得换下来。有新鞋吗？要是没有我回去拿，我有新做的一双，她穿能合脚。"

这是老辈子传下来的说法，年轻女人死了，穿的衣裳不能沾红带绿，不然，到了阴曹地府会认为妖冶轻佻，受处罚。另外，必须穿双新鞋，因为旧鞋等同于"破鞋"，是绝对不行的。

忠地娘说："有她夏天穿的件白衬衣，新鞋也有，我见她前些日子刚做完，那不，在下边床板上放着。"

一旁有个老太太说："看来这孩子对自己的身子有数，是早有准备了。"

这时潘秀菊和潘忠良来了，进门一看，潘忠良扭身去了堂屋。潘秀菊上前拿起准备给李春莲换的衣裳看了看，说："这棉衣是穿过的呀？那怎么行！"

忠地娘说："哪里想到这孩子说不行就不行了，什么也没预备，再做恐怕来不及了。"

这也是当地习俗，人死了起码要穿三身衣裳，里外各一层单，中间一层棉。外边作为套装的这身单衣要新的，棉衣也要三表新，哪怕布的质量差一些、棉花用得少一些也可以。所以多数老年人都是提前做好了寿衣放着，等到快咽气的时候穿。如果是年轻人死了，特别是突然死亡的，就不那么讲究了，有的随身穿着什么就是什么，不会有人说闲话。当然，有条件还是穿新的好。

潘秀菊说："先等一会儿，我家里有身新棉衣，里子是灰的，表是蓝的，我这就去拿。"

春莲娘说："她这身和新的差不多，怎么能叫她穿你的呢？"

潘秀菊说："穿我的怎么了？我是她姑，俺娘俩一直投脾气，临走穿我身衣裳有什么不应该？"说着就出去了。

潘忠良来到堂屋，几个人都默坐着，潘忠地的眼泪哗哗地往下流。潘忠良问："去喊忠地时她就不行了？"

李庆龙说："不是。当时我摸着她的脉搏很弱了，知道快不行了，就叫桂兰去喊的他。春莲实际上是强撑着等忠地回来见最后一面，和他说了几句话才咽的那口气。"

潘忠良说："春莲是好样的，有股子犟劲。这才几天不下地干活呀！这些年在生产队里也出力了，老的少的没人说个'不'字。唉，真是好人不长寿！"

忠地爹抹了把泪，说："是呀，在家里也没的说，对俺老两口，对她弟弟妹妹，都那么好，你说怎么就走了呢？”

李庆龙说：“她这个病还是月子里落下的，现时到大医院也没好办法，这得算撑的时间不短。”

春莲爹说：“人就是个命呀，按说嫁过来这日子多好，可她没这个福，偏偏得了这么个病。她这是到该走的时候了，谁也拉不住。”

潘忠良说：“事儿已经这样了，忠地，你也别太难过了，咱得商量商量怎么发丧。”

春莲爹说：“发什么丧！上有两个老人，下又没有子女，不能发丧，打个薄皮匣子，凑三天埋了就算了。”

忠地爹说：“那可不行！亲家你说的那是旧理儿，咱不能按那一套办，我和忠地他娘也不忌讳那些事。春莲进这个门也两年多了，为这个家没少出了力，得给她打个四寸的棺材，也得正经八百地发一期丧，还得雇班子吹鼓手，好好地发送她。”

潘忠良说：“俺叔说得对，这事他老人家就当家了。这样吧，抓紧找木匠打棺材，我先去想法准备木料。”

正说着潘士金进来了，都起来给他让座。

“你这么快就听说了？”忠地爹把座位让给他，边递烟笸边说。

潘士金说：“知道春莲病病恹恹的，怎么也想不到这就不行了。我刚从坡里回来，遇上秀菊，她告诉我的。”

潘忠良说：“您先坐一会儿，大叔说给春莲打个四寸的棺材，我出去打听打听谁家有木料，咱买也行，借也行。”

潘士金卷了支烟点着，吸了一口，说：“别去了，猛不丁的也不好打听。我院子东边那棵椿树都几十年了，搂把粗，你叫木匠看看，差不多能够了，刨了去吧。”

潘忠良看着忠地他爷俩，想让他们表态。忠地爹说：“这样最好了。士金，咱把话说在前头，过几天再叫忠地给你送过钱去。”

潘士金说："咳，咱这还是外人啊，这不是急用吗？什么钱不钱的，先过去事再说。"

几天的时间，潘忠地憔悴了许多。发丧所有的事情，都是父亲和潘忠良、张发树他们操办的，他什么事也不管。他的泪似乎流干了，整天两眼直勾勾地发愣，木头人似的，别人给他说话也只是听着，没有回话。他只有后悔，后悔没能带春莲到上头大医院看病，把她的病耽误了。后悔这些天老是在外面忙活，没有在家里好好照顾她，以至于临死连想说的话都没能说完……他简直悔青了肠子。可是，天底下哪有卖后悔药的！石榴看着哥哥的样子，偷偷给娘说："娘，你看俺大哥哥这样，别成神经病了！"娘叹了声气，说："不要紧，过几天就好了。"

这期间工作组的几个人一块来看望潘忠地和两位老人，因为张发树、潘秀菊他们都在这里，许干事临出门时说："民兵训练和宣传队都暂停几天吧，我们也回公社看看，过几天再回来。"

王士霜她们三个也来了一趟，但是，由于屋里院子里到处是忙丧事的人，只能和潘忠地说几句宽慰的话，连坐也没坐就回去了。这天晚上，潘秀菊对她三个说："王站长他们回公社了，你们来的时间也不短了，还不回学校啊？"

王士霜说："我们回去也没事干，不知道那伙造反派闹腾到什么程度了，待两天再说吧。"其实她心里想的，是要等李春莲丧事过去以后，好好跟潘忠地谈谈心再走。

潘秀菊想的和她正好翻个个儿，她是不愿意看到王士霜再和潘忠地到一块儿黏糊。可这话又不能明说，只好找个别的理由，于是说："天气渐渐冷了，你们又没带毛衣绒衣的，万一刮场北风变了天，我也没这么多衣裳给恁穿，那怎么行？"

小董和小彭看到公社的他三个都回去了，也听出潘秀菊话里有话，是想撵她们走的意思，就不想再待下去了，都说该回学校看看情况，王士霜也只好答应了。

就在李春莲丧事过去的第三天晚上，潘忠地刚插上大门闩去了西屋，突然听到了敲门声。从前天晚上就没有来串门的了，都是想让他一家人好好歇歇，这么晚了还有人来，难道有什么急事？正纳闷着，大门又响了一阵子，他赶紧出去，答应着“来了”，把大门打开，吃了一惊。原来是许干事、王站长，推着自行车站在门外，后面还站着个人，仔细一看，是魏书记。潘忠地说：“哎呀，黑更半夜的您怎么来了？”

“进屋再说。”许干事说着推车进了门，王站长和魏书记跟了进来，许干事回头又说，“忠地，把门关上。”

堂屋里还亮着灯，两个老人还没休息，听到动静，忠地爹开门迎了出来，看到是他们三个，让到屋里，叫忠地赶紧泡茶。魏书记对两位老人说：“家里出了这样的事，我也没能来看看，您二位身体还好吧？”

忠地爹说：“让书记挂心了。庄稼人过日子，哪有不摊事的？就是春莲这孩子走得太早了，怪让人心疼。唉，人都有个寿数，没法子，我和忠地他娘能想得开，没事。许干事、王站长他们都来过了，您那么忙还再亲自跑一趟！”

许干事对潘忠地说：“忠地，让他们在这里喝水，咱到西屋说点事。”

两个人来到西屋，许干事说：“今天上午公社里开批斗会，机关上几个别有用心的人，从部分大队调集了一伙子造反派，有一些就是愣头青、打手，正批判着有人上去动起手来，接着不少人围过去，一阵拳打脚踢，把魏书记打得鼻子出了血，陈社长的胳膊断了，我们当即把他俩送到了医院。傍晚刘部长过去和我们商量，让医生出面提出，叫陈社长在医院多住几天。再就是找个地方，叫魏书记躲一躲。眼下造反派气势正盛，别再让他两个挨打，过过这阵子风头再说。俺几个商量半天，都认为还是到你们这里来稳妥一些，所以趁黑天就把他送来了。开始他本人还不愿意来，刘部长做了阵子工作他才同意。为了不被别人发现，也没叫他回机关骑自行车，我把他驮来的。”

“不是‘要文斗不要武斗’吗？怎么能动手打人？”潘忠地有些气愤，接着说，“没问题，就住在我们这里，看谁敢动他一指头！”

“不过还是得注意，在你们村里不会出问题，但是，如果有人把消息传出去，那伙造反派很可能再纠集一些人把他弄回去，那样会把他斗得更厉害。所以刘部长说一定要保密，让他悄悄住下来，知道的人越少越好。”

潘忠地有些为难了，考虑一会儿才说：“要这样也不能住到工作组那里，我去找光恩大老爷商量商量，看住哪里好。”

“行，你去吧，抓紧点，我和王站长还得回去，免得他们发现了。”

潘忠地出去了，许干事去了堂屋。

过了没大会儿，潘忠地就和李光恩一块来了，进门李光恩就说：“忠地都给我说了，魏书记，咱走，你到我家里去。家里就俺老两口，平常也没外人去，你就放心，住多长时间都行。”

魏书记几乎和许干事同时说：“那就给你添麻烦了。”

李光恩说：“别说麻烦的事，都不是外人。战争年代群众保护革命同志的事多了，现在这形势还能比那严重！”

魏书记又跟忠地爹、忠地娘说了几句客套话，随李光恩走了。潘忠地给爹、娘说去陪陪魏书记，晚上不回来了，就跟了出去。许干事、王站长也骑车回了公社。

李光恩堂屋西间就有张现成的床，到家后拾掇拾掇，又把新房子那边的钥匙给潘忠地，叫他到工作组那里搬套铺盖来。都弄停当后，李光恩说：“魏书记，你得累了，早点休息吧。”

“不累，说会儿话再睡。”说着又抽出一支烟，因为李光恩不吸烟卷，吸烟筐里的旱烟，就自己点着吸起来。

“那就再喝壶茶。忠地，你拿过暖瓶来烫烫茶壶。”李光恩到里间屋拿出包茶叶。

倒上水，潘忠地说：“这‘文化大革命’到底是怎么回事？搞起来就没个头了？还越闹越厉害，城里起了武斗，出了人命，公社的批判会也动手打人了，怎么就没人管呢？”

魏书记说：“咱县算是闹得轻的，有的地方都动枪了。听说地区那边也挺严重，有人调动工厂里的造反派，去围攻学校等单位，不仅对走资派，对不同观点的群众也是往死里整，有的学校就有学生被整死了。这些做法肯定都是违背毛主席指示的，一定会得到纠正。这是场史无前例的群众运动，举国上下都发动起来了，个别地方难免出现些偏差，解决起来也需要有个过程。”

李光恩说：“群众当中也不一定没坏人，这是个别人平时对领导有意见，借着运动出出气。如果光批判批判还不打紧，打人就不对了。老实人就算办不成多少好事，也不会作恶，哪有轻易动手打人的啊？”

魏书记说：“得承认我们以往的工作有缺点、错误，有时候工作方法也欠妥当，群众有意见是自然的。运动来了，有人想发泄发泄，也是可以理解的。群众运动嘛，当领导的就应该触及灵魂，认真反思，不能计较他们的方式方法。”

潘忠地说：“触及灵魂可以，他们这是触及皮肉了！再说，从上到下，一直到大队，只要是主要负责人都得靠边站，挨批斗，难道都成走资本主义道路的了？我就不信这一点，不能说当领导的就没一个革命的。就像俺大队的士金叔、明尧叔，从‘文化大革命’开始就翻过来覆过去一场场地批斗，也没找出他们实质性的问题来，可至今还不让他们工作，这算怎么回事？对了，俺村里批斗他两个时还有人动过刀子，把士金叔的手刺破了。”

魏书记说：“还发生过这种事？要了解清楚是谁干的，对这种人必须严加注意，避免惹出大事。”

李光恩说："怎么了解呀？就个别下台干部领头，纠集了一伙子捣蛋虫，晚上开会出的事，他们相互包庇，找不出来。我怎么觉着这场运动就是专门整治干部呀，把四类分子都撂一边了，开始连生产队干部和我们这帮人都批斗，还能满眼里没一个好人了？"

魏书记说："要相信群众中绝大多数是好的，干部中绝大多数也是好的。现在正处在运动高潮中，当领导的就应该普遍接受教育。只要在运动中别再犯错误，经受住考验，以后还得照常工作。当然，也不是说都再恢复原职，可总不能老是这样，不安排工作，起码得让做些有益的事。其实革命工作干什么都一样，只是个分工不同。"

李光恩说："那不行，领导也不是一天两天成长起来的，党培养多年了，好好的就不让干了？"

魏书记说："看看运动如何发展再说吧，眼下很多事情还真吃不准。"细想起这些问题来，他心里还真是没点数。

潘忠地说："别管以后怎么样了，您在这里多住一段时间，先不挨他们打再说。"

魏书记说："刘部长他们是好意，恁的想法也是对我好，但是，我不能长时间住在这里，明天就得回公社。"

潘忠地说："可不能回去，许干事说了，回去他们会斗得您更厉害。他还让我们保密，绝不能把消息传出去，说这都是刘部长交代的。您放心，我和大老爷说过了，就俺两个知道，不再给其他人讲。"

李光恩也说："急着回去干吗？暂时又不让你工作，回去也是让他们批斗。是不是担心我管不起你饭啊？别看家里人不多，住三个月两个月的饿不着你。"

魏书记说："不是这意思。我是党委书记，是公社最大的当权派，如果跑一边躲起来算怎么回事？作为一名共产党员，不能逃避运动，更不能害怕群众。再说了，多数群众还是掌握政策的，特别是机关上，支持动手打人的是极个别的。这次又把老陈打伤了，他们得接受教训，不会动不动就来武的。今天我本来是不想来的，刘部长他们那么坚持，我就想，来一趟吧，很长时间没下来了，顺便看看你们，也了解了解情况。在路上他两个都给我介绍了，你们抓得不错，生产没耽误，还搞起了民兵训练，组织了宣传队，学习毛主席著作的活动也开展得轰轰烈烈，这很好。虽然士金同志和明尧同志还没能工作，恁几个就应该顶起来，该干么干么，别误了事。”

潘忠地说：“都是刘部长他们安排的，眼下生产不是很忙，搞搞这些活动群众也高兴。”

魏书记说：“一定要坚持‘抓革命，促生产’。有些大队班子瘫痪了，生产也没人抓了，结果减了产，征购任务完不成，社员口粮也下降，今年小麦种得又不太好，这可是个大问题。农村的主要任务还是种好地，只有保证增产，才能对国家多作贡献，也才能让群众的生活不受影响。”

李光恩说：“俺今年秋种前期也慢了不少，幸亏忠地点子多，想了些门道，刘部长又来了一趟，后期赶了赶，总算没违误农时，都种上了。现在看苗情还可以，冬天再盖遍粗肥，开春跟上管理，产量差不了。”

一壶茶水喝得快成“白开”了，外面的公鸡叫了起来，魏书记说：“哎呀，快明天了，休息一会儿吧。忠地，你既要自己放宽心，赶紧从悲痛中走出来，正常搞好工作，又要照顾好两位老人，让他们保重身体。你回去吧，不用管我的事了，明天一早我就走。”

潘忠地说：“我不走了，和你一块躺躺就行，明天我用大老爷的自行车送你回去。”

魏书记说：“不用送，就十来里路，我走着回去。”

李光恩说：“走着不行，叫忠地送你。也不能起来就走，再急慌也得吃了早饭。”

魏书记说：“那好，吃了早饭再走，都歇会儿吧。”

来到刘集村头，魏书记下了车子，让潘忠地回去。潘忠地明白，这是魏书记怕让人看见，又说三道四。可又觉得应该到公社找找许干事，向他解释一下，就说："我得去看看许干事、王站长，如果他们有空，好再去帮我们搞搞那几项活动。"魏书记叫他骑上车子先走，他在后面走着回机关。

潘忠地直接去了武装部，把自行车放在门口，进去一看，刘部长和几个干事都在，就把魏书记坚持回来的情况说了说。刘部长说："这个老魏就是死心眼儿，躲几天怕什么，家里有我应付着。"

许干事说："幸亏你考虑周到。一早我们几个凑凑头，按你说的，都密切关注着机关上那几个造反派的行踪，只要他们再捣鼓事儿，我们就集合起来，跟他们对着干，让他们什么活动也搞不成。吃过饭老王和老高就给大家打招呼去了，都在家里学习，不出去了。"

潘忠地没听明白他说的什么事，也没好意思问。这时王站长和妇联高主任进来了，就说："王站长，你和许干事、侯干事什么时候去啊？咱那个宣传队和民兵训练不能老是停着。"

王站长说："最近一段去不成了，我和老高刚分头下完通知，这几天只要没特殊事，俺这伙人都不能离开机关。机关上真正的造反派没几个人，多数和我们是相同观点的，只要我们统一思想，他们再想胡闹也闹腾不起来，如果我们不在家就不好说了。"

潘忠地这才弄清刚才许干事那话的意思，说："那我们只能暂时停一停了。"

刘部长说："不仅不能停，还要搞得更好。前天我到县武装部开会，把你们的活动情况汇报了，县武装部的部长、政委听了都很感兴趣，并且表示近期要亲自来看看。"

潘忠地说："俺原来倒是想搞一个冬天，还想到春节的时候搭台子叫宣传队演一场。就是节目太单了，现在只会唱唱歌跳跳舞，没有其他内容。"

高主任说："刘集大队文艺活动搞得不错，前几天我去看过，不仅有舞蹈，还有山东快书、数来宝、戏曲清唱什么的，他们是团支部和妇联一起抓的，请了完小的崔老师去辅导的。最近他们整天在大队院子里排练，这里近，我和你一块去看看，你学学，也可以叫他们帮帮恁。”

侯干事说：“那个崔老师是教音乐的，多才多艺，能让他去指导指导就好了。我和他熟，要不我和恁一块去。”

刘部长说：“宣传队要抓，学习毛主席著作的活动也要深入开展，不能只停留在青年和学生中，要组织全体贫下中农学。”

许干事也说：“民兵训练也不能停，叫发树同志继续抓，就是子弹要先保存好，多数民兵都没真正打过枪，别出事，等过几天我去了再搞实弹射击。”

潘忠地一一答应着，然后和高主任、侯干事去了刘集大队。

出公社大门不远就是刘集大队的办公室，刘集的团支部书记郑成邦本来就和潘忠地熟悉，又看到是和高主任、侯干事一块来的，见面格外热情。他们说明来意后，郑成邦说：“欢迎，欢迎，请多提宝贵意见！忠地，咱得相互交流一下，汶水滩以前可是唱过大戏的，比我们有基础。过春节你们到俺大队来演一场，我们也到恁那里演一场。”

潘忠地说：“好啊，就是我们现在排练的节目太少了。以前都是唱旧戏，那些东西不行了，所以想请恁帮我们搞几个新节目，现在是一场演出的内容也凑不够，拿不出手来。”

侯干事说：“崔老师，你到汶水滩待几天，帮帮忠地他们。”

崔老师说：“我早听说了，你和王站长一直住在那里，肯定弄不孬，不用我去。”

侯干事说：“咳，可别提了，我最多会唱几首歌，其他的一窍不通。王站长也只会拉拉二胡，还不如村里那几个老人拉得好。再说，我们回来七八天了，最近也没空再去。你是多面手，是这方面的行家，去辅导几天，这也是刘部长的意思，也算是给我们帮帮忙。”

崔老师有些犹豫，说："汶水滩我还真没去过，我一个人去好吗？"

侯干事看了看潘忠地，又看看高主任，说："老高，要不我陪崔老师去？反正许干事他们都在家，我去住几天也不要紧。"

潘忠地说："崔老师，我们是真诚地请你，一回生二回熟，去了我们就熟悉了。如果侯干事能一块去就更好了。"

高主任说："侯干事能不能去我可当不了家，得回去请示刘部长，他同意才行。"

侯干事说："估计问题不大，刘部长说过，近期县武装部的首长要到汶水滩来看看，我们算是先去做做准备，他一定得支持。"

潘忠地说："最好今天就去，我看会儿他们的节目就回去，提前下好通知，下午就把人集合起来。"

侯干事说："我这就去找刘部长，崔老师，你也回学校准备一下，午饭后咱一块走。"

郑成邦一听急眼了，说："那不行，崔老师走了我们怎么办？"

高主任说："没事，让崔老师多受受累，来回跑着点，到汶水滩待两天，再回你们这里来待两天。"

郑成邦不吱声了。

潘忠地回到村里，先到李光恩家里放下自行车，一看只有老太太在家，就直接去了祠堂。大队的他们几个都在，就说了说情况，大伙听了都很高兴。潘秀菊说："要这样宣传队这边光我和向河不行，忠地你得靠上，咱好搞出台像样的节目来。"

张发树说："我也得参加。恁不记得了，'大跃进'的时候我还说过快板哩！那套竹板还在家里放着，得找出来发挥发挥作用。"

潘忠地说："许干事让你继续抓抓民兵训练，县武装部的领导来了肯定要看。"

张发树说："看就看呗，就那几套基本动作，都很熟练了，我安排个排长，让他们再好好练几天。"

李光恩说："他就是好凑热闹，疥药里少不了硫黄，没有他这台子戏还成啊！"

潘秀菊说："还硫黄哩，他就是泡臭狗屎，只要积肥就少不了他。"

张发树说："我是臭狗屎，你是小孩子屙的巴巴，连肥料都当不成，接着叫狗吃了。"

李向河说："这下好了，恁两个一个半斤，一个八两，分不出高低来。"

潘秀菊说："你个熊孩子也跟他一伙，想学坏呀！"

李向河说："我可是一碗水端平，不偏向哪一个。"

潘忠地说："别闹了，咱分头下通知去吧，让大家下午早点来集合。"

潘秀菊说："通知的事恁别管了，我和向河去下就行。"

下午集合起人来没大会儿，侯干事和崔老师就来了。崔老师提议让宣传队员表演几个节目看看，侯干事指挥着先跳了两个舞蹈，又分别按大合唱、小合唱、独唱的形式演唱了几首歌曲。崔老师说："不错，比刘集大队那伙人强多了。这舞蹈是谁编排的？挺有水平。"

侯干事说："这些基本上都是农学院来的几个学生指导的，她们在大学宣传队待过，会的东西不少。"

崔老师问："人呢？没在这里吗？"

潘秀菊说："就待了几天，回去了。"

崔老师说："叫队员们先散了吧，咱得定定下一步都是搞些什么节目，明天再让他们来。"

潘忠地大声宣布："大家都回去吧，明天按时集合。春才哥、长路，恁两个别走，一块听听。"

进了祠堂，侯干事说："崔老师，先说说你的想法，大家再讨论讨论。"

崔老师说："他们的基础真是挺好，问题就像忠地同志说的，节目单调些。要想组织一台子两台子的演出，不能只有唱歌、跳舞，那样群众就看烦了，必须形式多样，内容丰富一些。这里以前唱过大戏，可以来几段戏曲唱段。另外，像快板、数来宝、山东快书，都可以。‘三句半’也不错，是种新形式，虽然简单些，可便于表演，又热闹。”

潘秀菊说：“说快板我们有人，发树以前就说过。”

张发树说：“那是什么时候的事啊，我也就只会说段‘武松大闹东岳庙’，词早都忘光了。”

崔老师说：“那不是快板，是标准的山东快书。关键还不是什么形式，是演唱的内容。现在提倡自编自演，多演些身边的人、自己的事，要根据你们汶水滩的实际情况，把你们的先进事迹、好人好事编写出来，虽然是用旧形式，但内容要新。”

张发树说：“这好办，我们有大秀才，忠地写的材料省里的领导都表扬过，编点这样的东西还不是小菜一碟！”

潘忠地说：“你懂什么！典型材料和这类东西不是一回事。崔老师，还是得请你受受累，帮我们弄弄。”

崔老师说：“我对你们村的情况不了解，乱编可不行。这样吧，你们先搞出些初稿来，咱再一块商量修改。我带来部分这方面的资料，你们可以参考参考。”

潘忠地说：“就按崔老师说的，春才，长路，这个任务就是咱三个的了，争取今天晚上都写出个来，写什么形式的都行，先试一试，明天让崔老师看看再说。”

侯干事说：“我自告奋勇也写一个，就把群众学毛著的事编个快板，让发树同志说。”

张发树说：“你可得编得短点，太长了我可背不过，要不就得让别人说。”

李向河说：“别谦虚了，这个差事可是你自己争取到的，不能临上套了又往后挣缰绳。”

侯干事笑着说：“那我就尽量写长点，试试发树同志的脚力。”

张发树说：“侯干事，我可是你的亲兵啊，你别专门出我的洋相！”

崔老师从提包里拿出几份资料，递给潘忠地，说：“这都是我从刊物或宣传材料上剪的，恁分头看看，有些东西可以借鉴一下。”

潘忠地接过去给了展春才，说：“你先拿着，晚上过来咱一块商量。”

酝酿

这天吃过早饭，潘忠地来到祠堂前的场地上，组织大伙排练节目。有跳的，有唱的，有敲的，有吹的，有拉的，有说的，十分热闹。侯干事、崔老师在一旁指导，张发树一个人躲到一边打着竹板练快板。这时许干事来了，没放自行车就把潘忠地喊过来，说是县武装部的领导明天要来汶水滩，刘部长叫他提前来打个招呼，做做准备。潘忠地说："那得抓紧开个会，你看看都是需要谁参加？"

许干事说："就你们党支部的几个，还有侯干事、崔老师，先商量商量再说。"

张发树过来了，听说要开会，就要去下通知。潘忠地说："你别去了，叫个人去找找光恩大老爷和向河哥就行，他两个去南坡了。秀菊姑刚回家，一会儿就回来。"

张发树接着安排了个青年去找人，潘忠地对大伙交代了几句，就叫着侯干事、崔老师一起去了祠堂。

李光恩、李向河和潘秀菊一块到了。许干事说："昨天晚上县武装部来电话，通知我们做好准备，明天贾政委、程副部长等几个首长来检查民兵连的工作，指名要到汶水滩来。时间就一上午，他们一早直接往这里赶，中午回公社吃饭。刘部长机关上还有些事，下午赶过来，晚上住这里，明天等着陪他们。刘部长的意思，咱各方面的工作都要靠到民兵连上来，你们还没成立革命委员会，日常工作就算是民兵连和贫协组织抓的，也完全讲得过去。他们来了肯定是既要听又要看，总体上要体现如何落实‘五·七指示’。看的内容好说，先看看民兵训练，再让宣传队演几个节目，另外就是群众学毛著的情况，如果时间来得及就到坡里走一遭，看一下社员田间地头学习的场面。听汇报就是个事了，发树同志，你是民兵连长，得好好准备一下，能不能汇报好就看你的了。”

张发树立时急了，说：“怎么看我的？我一不会写，二不能说，凭什么也轮不着我汇报呀！”

侯干事说：“首长这是来看民兵连的工作，你是一连之长，轮不着你轮谁？”

潘秀菊也说：“是呀，平时你那嘴和鸭子似的，整天‘呱呱’的，比谁都能叫唤，到真事上不行了？你不是本事怪大吗？”

张发树说：“你别看见人掉井里就往里扔石头，本事再大也有不行的事，我还不能生孩子哩！”

一屋人都笑了。

李光恩说：“说正经的，这事还真有点难为他了，这些年他从来没正式给领导汇报过工作，要是汇报砸了，那可不是光丢他自己的人。”

张发树说：“就是，还是大老爷明事理，既站得高，又看得远，还体谅人！”

许干事说：“那怎么办？这可是刘部长定的，不能只让他们看不听汇报呀！”

张发树说：“不汇报不行，咱做这么多工作就得说给领导听听。还是叫忠地汇报吧。”

潘忠地说：“别胡闹了，我在民兵连又没职务，可不能汇报。我可以给你写个提纲，简单点，你提前多看两遍，到时候还得你说，名正言顺。”

张发树说：“没职务好办，我把连长让给你两天，他们来了就说你是连长，走了以后你再还给我。”

侯干事说：“可别小看你这个连长，这不是随便能让的，县武装部有备案，他们来之前一定会查查名单，来到就得先找你。”

张发树挠了挠头皮，说：“要这样是不太好办，要不俺两个连姓名都换了？反正他们也不认识俺。再不行还有个办法，委屈一下忠地，先当两天的副连长，好歹把这事糊弄过去。”

许干事说：“那也不妥当，人家看到有连长在场，不会让副连长汇报，肯定直接点你的名。”

张发树说：“要那样明天我装病，就说感冒发烧，不能参加陪领导了。”

许干事说：“你还真有鬼点子。这事先别定了，忠地同志你先准备个材料，到底让谁汇报等下午刘部长来了再说。”

潘忠地说：“我中午就写，下午老早就完了。其他方面咱还得明确下分工。贾政委是第一次来，刘部长又给咱吹出去了，可别出漏洞。”

许干事说：“好办，民兵训练我和发树同志负责，宣传队侯干事、崔老师和秀菊同志负责，群众学毛著有光恩同志、向河同志抓抓，各准备各的就是。”

潘忠地说：“还要不要开个队长会安排一下？”

李光恩说：“别开了，我和向河分头给他们说说。就是地头学习不好办，眼下有运肥的、撒粪的、耕地的，搂麦子的都不多了，干活的分散，集中不到一起。”

许干事说：“不要紧，只要安排几个骨干带上书，休息的时候就近朝一块凑凑，也就是这么个形式。”

侯干事说：“他们从县城赶来，中午还要回公社，在这里最多也待不了三个小时。来到先喝点水听听汇报，至少得半个多小时。再去看看民兵训练的，回来再看演出，咱多准备几个节目，他们高兴就让他们多看一会儿，一晃就得个多小时。到时候一看时间，就不可能再到坡里转去了。要为了体现学毛著的成果，可以提前找几个青年来预备着，如果问到这方面的情况，叫到跟前背两篇毛主席著作就行了。”

许干事说：“这个办法也可以。不过，还是得两手准备，万一他们要到田间去看，也不能没看头。”

潘忠地说：“该准备还得准备，不看不要紧。包括出工的劳力，也要发动发动，尽量多一些。”

李光恩说：“那行，让队长们安排好，就打领导看的谱。”

刘部长下午来到时快落太阳了。他转了一圈看看，就叫着他们几个去了工作组。许干事把上午商量的情况说了说，潘忠地把写好的材料交给刘部长。刘部长看完材料说：“写得不错，挺全面，文字也不长。看的内容就按你们准备的，不上坡里去了，这时候坡里农活没什么看头，时间也来不及。”

许干事说：“叫谁汇报呢？发树同志说没汇报过，想让忠地同志汇报。”

刘部长犹豫了一下，说：“按道理还是得连长汇报。发树，就几页纸，你先看看，如果能把内容大体记住，到时候就别念材料，直接说。真要记不住，念念也行。做什么事都有头一回，锻炼嘛！”

张发树说：“可别，字我都认不下来，念起来也不顺溜。大老爷都说了，汇报砸了可不光丢我的人，恁也跟着难看。”

潘秀菊正在一旁帮着做饭，回头说：“还当连长哩，部长都发话了还推三阻四的。”

刘部长说：“来，你先念一遍我们听听，有不认识的字让忠地告诉你，在一边注上个别的同音字。”

“还真赶鸭子上架啊！”张发树嘟囔着拿过材料，吭吭哧哧念了一遍，倒真是没有不认识的字。

刘部长说：“这不挺好吗，回家多熟悉几遍，明天汇报就是你的了。也不用怕，我和忠地几个人都在场，真要是领导问的问题你答不上来了，可以给你解解围。”

潘忠地又问：“明天他们来了在哪里听汇报？去祠堂吗？”

刘部长说：“去祠堂不大好，还是去大队办公室，或者是到工作组来也行。”

李光恩说：“别去办公室，我们很长时间没用了，红旗他们在里面弄得乱七八糟的，还得现拾掇，不如在这里，也就是再搬几个凳子来。”

刘部长说：“可以。明天陪同的人也不要太多，大队有光恩同志、忠地和发树就行，其他人都靠在现场上。”

许干事说：“我得在民兵训练的那边，也不能陪。”

刘部长说：“你和老侯都得跟着，大队先去个同志在训练的那里招呼招呼，看的时候还得发树指挥。”

张发树说：“叫向河过去，宣传队这边有崔老师和秀菊姑。”

刘部长说：“晚饭后你和忠地同志再过来，都考虑考虑还有什么事，尽量准备充分些，别出纰漏。”

吃过早饭，刘部长就叫着他们几个，来到村头等候迎接。先是议论了一阵子当前生产的情况，张发树在一旁也不掺和，好像一直嘟念着什么。过了会儿潘忠地问：“他们知道路吗？”

许干事说：“知道，电话上说了，程副部长和司机来过。”

正说着，从南面来了辆吉普车，快到村头时他们迎了上去。车上下来三个人，贾政委，程副部长，政工科刘干事，刘部长上前一一握手，随后把他们三位和大队的他几个分别作了介绍。贾政委说：“咱先转转看看？”

刘部长说：“还是先到村里喝点水，让连长简要汇报下工作，首长有个大体印象再看。”

贾政委开玩笑似的说：“服从你的安排，那就先听听。”

许干事说："请首长还是上车吧。"

贾政委说："坐了大半个小时的车了，一块走走，让司机在后面跟着。"

进村路过学校门口，贾政委看到大门垛子上的牌子，停了停脚，没说什么接着走了。

茶壶茶碗一早就洗好了，开水也烧下了两暖瓶，潘忠地、张发树进门就忙着泡茶、倒茶，刘部长说："发树你别忙活了，坐下，汇报汇报你们的情况，让首长喝着茶听听。简单点，过会儿还得看。"

"就我这水平想复杂也复杂不了。"张发树"嘿嘿"着从口袋里掏出那几页材料，接着说："俺有准备的个材料，我就不念了，随口说说吧。"

贾政委说："好啊，不用念材料，你们怎么干的就怎么说，随便一点，比大会发言念稿子那样强。你把材料给刘干事，他是搞通讯报道的，准备给你们写篇新闻稿宣传宣传，让他参考一下。"

张发树把材料给了刘干事，坐下汇报起来，奄眯着眼，谁也不看的样子。看来昨天晚上他是下功夫了，十多分钟的汇报，基本上按材料的路子，全讲了一遍，没增添什么东西，也没有遗漏的，一气呵成。虽然抑扬顿挫分不大清，可也没给别人留插话的机会。他停下来了，刘部长又问潘忠地、李光恩还有没有补充，都说没有了。

程副部长笑了笑，说："我怎么听着发树同志像背书似的？"

张发树红着脸解释："给领导说实话吧，材料是忠地兄弟写的，要是他汇报就好了，俺刘部长非让我汇报，我要是念起来怎么着也打哏。没法，昨天背了大半晚上，才到这个程度。幸亏您没给我打岔，一打岔肯定就把下边的忘了。刘部长，我没落下大事吧？"

刘部长也笑了，说："没有。你昨天还说我是赶鸭子上架，这不上去了吗？"

贾政委说："挺好，介绍得比较全面。汇报是一个方面，关键还是你们干得好。围绕着贯彻落实'五·七指示'，你们的确做了大量的工作。我看到你们小学的牌子都换了，叫汶水滩‘五・七’小学，这名字改得好，下一步你们要把全大队办成个‘五・七’毛泽东思想大学校。你们的革委会主任是谁？”

刘部长赶紧解释：“他们还没成立革命委员会，日常工作都是以民兵连和贫协组织的名义抓的，再就是青年、妇女组织。发树同志是民兵连长，光恩同志是贫协主任，忠地同志是党支部副书记兼团支部书记。还有妇女主任潘秀菊同志没过来，在宣传队那里。”

程副部长说：“潘秀菊就是那个烈属吧，她还干着？她丈夫牺牲时我去过她家。”

刘部长说：“还干着，并且干得不错。”

贾政委说：“要抓紧把革命委员会建立起来，同时要把这几个方面的组织规范一下。现在是全国都学解放军，大队也可以按部队的建制，总的设民兵连，生产队改为民兵排，生产小组就是班。这样便于统一指挥，步调一致。”

刘部长说：“我们一定认真研究，按政委的要求办。”

贾政委说：“走，出去看看。”

来到民兵训练的场地，张发树来了精神，他大声喊着口令，指挥二十多个基干民兵进行操练。虽然个别人有些动作不是很规范，总体上还算整齐，贾政委表扬了几句。程副部长说：“最好再选部分女民兵参加，毛主席不是提出‘中华儿女多奇志，不爱红装爱武装’吗？不能只抓男民兵。”

刘部长说：“发树，听到了吗？不要只让男的参加，也组织部分女民兵一块训练。”

张发树说：“没问题，下午我们就找几个女基干民兵过来。”

来到祠堂前，程副部长先过去给潘秀菊握了握手，问了问她孩子及老人的情况，又把她介绍给了贾政委。刘部长说：“让他们表演几个小节目？”

贾政委说：“可以。”

潘忠地开始指挥，先敲打了一阵子锣鼓家什，接着弦子、笛子响了起来。两首歌曲大合唱过后，紧跟着是舞蹈表演，潘忠地看着几位领导高兴，就安排多跳了一个。最后上场的是“三句半”，题目是“夸夸俺们汶水滩”，四个男青年，第一个胸前挂着鼓，第二个提着锣，第三个拿着镲，第四个扮成老头模样，手拿小锣。“咚咚咚咚锵，咚咚咚咚锵，咚锵、咚锵、咚咚咚咚锵……”四个人敲打着先转了一圈，然后排成一行，每人一句，逐个道白，前三人说的是五个字或七个字，最后一个人说的是两个字或三个字，每次说完还做个鬼脸，这样循环往复十几圈，惹得人们一阵阵大笑。演出结束了，刘部长抬起左手看看表，说:“政委，快十二点了，咱还得回公社，他们学毛著的情况就不看了吧。”

贾政委也是兴奋了，说:“不慌，他们不是有不少人能背诵‘老三篇’吗？找两个人来背背。”

潘忠地听了这话，立即喊过来三个青年。贾政委问:“恁几个都能背过吗？”

他三个异口同声回答:“能。”

贾政委说:“那就每人背一篇。”

潘忠地逐个点名，每人熟练地背了一篇。

贾政委一个劲地夸赞:“了不起，是真功夫！”

程副部长跟上说:“文艺节目水平也不低，农村有人才啊！”

潘忠地说:“大部分节目都是崔老师帮我们编排的。”

侯干事听了这话把崔老师叫到跟前，介绍说:“这是刘集完小的崔老师，他住在这里指导了他们几天。”

贾政委和崔老师握了握手，说:“好啊，知识分子深入下来，既帮助了基层的工作，又接受贫下中农的教育，提高了自己，一举两得，应该提倡。我们今天也开了眼界，受益良多。就到这里吧，让大家休息，我们也该回去了。”

刘部长挤了挤上了吉普车，一起回了公社。

昨天刘部长就把贾政委他们要来的事情跟魏书记、柳书记打了招呼，问他两个中午还陪不陪吃饭，魏书记说你陪吧，我们都别参加了，生活的事让江秘书安排一下，叫通讯员小陶过去帮帮忙。他们回到武装部办公室时，小陶已经拾掇好了桌凳，桌子上还放着两瓶兰陵大曲。刘部长说："小陶，去看看吴师傅准备好了没有，快一点，首长都饿了，抓紧上菜。"

小陶说："我刚到伙房看了，都准备好了，这就上吗？"

刘部长说："你去端吧，我倒酒。叫上司机，让他到伙房先吃饭。"

"酒盅子和茶碗我都洗好了。"小陶说着出去了。

程副部长说："别喝酒了，现在肚子里缺的是馒头。"

贾政委说："老刘预备了就喝点呗，反正我一点不喝，和小刘恁三个喝。"

刘干事说："我也不能喝。"

刘部长知道程副部长的酒量大，说："少喝点，咱俩包一瓶，让程副部长解决那一瓶。"

刘干事动手摆酒盅，程副部长说："别用那个了，拿茶碗，省事。"

小陶一托盘端来五个菜，一个芹菜炒肉丝，一个芫荽炒豆腐皮，一个炒豆芽，一个炸鱼块，还有一盘油炸花生米。后面老吴进来了，放桌上满满一盆子肴肉，猪心、猪肝、猪肚、猪耳朵，用葱丝拌了拌，上面还滴了几滴香油，让人一看就想动筷子。程副部长说："有这一盆就行了，还炒那么多菜，吃不了浪费。"

老吴立正姿势站在一旁，说："首长轻易不来，领导安排一定要搞丰盛点，我们就这么个条件，请首长将就用吧。"

程副部长说："我听你说话像当过兵的，什么时候回来的？"

老吴说："首长好眼力，我当了四年兵，一直在炊事班，复员后就到公社伙房来了，已经五年多了。”

程副部长说：“那我们是同行了，今天让你受累了，谢谢你。”

“我水平有限，只要首长吃着可口我就算完成任务了，请您慢用。”老吴出去了。

贾政委说：“小陶，你给我先拿个馒头来，让他们喝酒，我先吃。”

刘部长说：“别呀，政委你多少喝点，光我们喝多不好。”

贾政委说：“你个老刘又不是不知道，我向来滴酒不沾。好吧，给我来杯开水，陪陪你们。”

小陶问：“那等会儿再烧鸡蛋汤？吴师傅把馒头放在锅里馏着哩。”

“不慌，喝个差不多再烧，别提前烧开凉了。”刘部长说着启开酒瓶，先给程副部长倒上了满满一茶碗。

贾政委说：“都肚子空了，先吃点菜，垫垫底再喝。”

吃着喝着，又谈起了汶水滩的情况。程副部长说：“老刘，你们抓的这个典型不错，在全县也数得着。要坚持抓下去，今后也作为县武装部的个点，我们一块抓，并且要在全县好好推广一下他们的做法。”

贾政委说：“老程这个意见很好，要把汶水滩当成我们两级武装部抓的点，真正搞出点名堂来。革命委员会尽快建立起来，那个民兵连长群众威信怎么样？让他当革委会主任行吗？”

刘部长稍一犹豫，说：“他的群众基础倒是可以，工作泼泼辣辣，干什么事都有股子热情，就是能力稍微弱一些。原来大队党支部的工作就比较全面，几任党委书记都蹲这个点，许干事一直跟着，我是最近几个月才去了几趟。党支部书记和大队长都还没出来工作，其实那两个人也没什么大问题。另外，那个兼团支部书记的副书记也挺好，别看年轻，论能力水平应该说是最强的一个。”

刘干事说：“汇报材料就是他写的吧？我看过了，文字水平不低。”

程副部长又问：“他们村的红卫兵组织怎么样？头头有像样的吗？”

刘部长说："村里有两个组织，一个是'红旗战斗队'，成立得比较早，不过参加的人很少，两个当头的，一个担任过大队长，多年前因男女作风问题免的职，现在是大队试验队队长。另一个是下台的生产队队长。再就是张发树他们这个组织了，叫'东风造反兵团'，贫协主任李光恩当团长，张发树的副团长。他们这个组织人多，多数贫下中农都是他们的成员。"

贾政委说："老刘，组建革委会要注意两点：一是要打破党支部的界限，人选不能老是考虑原来是什么职务，一定要发现培养新生力量；二是要注意实现红卫兵组织的联合，不管是多数派还是少数派，都要有人进革委会，不然，很可能造成局面混乱。革委会成立后，工作重点还是贯彻落实'五·七'指示，把学解放军的活动全面深入地开展起来。所以我建议，让民兵连长兼革委会主任，便于实行一元化领导。至于原党支部书记和大队长能不能结合进来，要慎重考虑。大队长如果没什么问题，可以先进班子当个副主任或委员，党支部书记得放一放，今后开展大批判批什么？不能老是只批那几个四类分子，还要有个新靶子。当支部书记多年，又一直是党委的点，肯定执行过一些错误路线，群众意见也小不了，不能轻易地下结论说是没问题。你说的那个潘忠地也可以当个副主任，如果他能有个正确态度，就不会争当这个主任，并且会维护连长工作的。"

刘部长听了有些想不通，可又不好反驳，只能是边听边点头，最后说："请政委放心，我们一定按您说的去做工作。"他当然不知道，贾政委马上要当县革命委员会的一把手了。

第二天一早刘部长回到汶水滩，先把贾政委的意思给许干事、候干事说了说，许干事当即表示反对。他说："贾政委这两条意见都不行，一是发树同志不能当主任，可以让他当个副的。主任的最佳人选是潘忠地，不然让潘士金或展明尧当也行。发树这个人也不坏，就是能力太弱，大事小事没什么主见。再就是潘忠国、张义昌这两个人，都不能进革委会。他俩虽然都当过干部，可身上都有污点，在群众中没威信。如果因为造了几天反就得当干部，群众会是什么看法？‘没有调查就没有发言权’，贾政委根本不了解汶水滩的情况。”

刘部长说：“也不能说他没有调查，昨天不是来过了吗？”

许干事说：“什么调查，他是下车伊始，蜻蜓点水，就待那半上午，又没找干部和贫下中农座谈这方面的事情，能掌握什么真实情况？”

侯干事也说：“其他方面我不太清楚，就这段时间我观察，忠地当主任挺合适。你看现有班子里这几个人，商量事情都依靠他，生产队干部们也都尊重他，别看回村时间不是很长，农村工作经验并不差，威信也高，有凝聚力。”

刘部长说：“其实我跟恁两个的看法完全一致。但是，贾政委、程副部长是我们的直接领导，他们发话了，还讲得那么具体，我怎么反对？另外，这个点不光是我们的了，今后也成了县武装部的，不按他们的意思办能交代过去吗？这事先议到这里，我个别和忠地、光恩同志谈谈再说，恁现在就去叫他两个到工作组来。”

他两个来了刘部长谈得就不能这么直接了，开始只说是贾政委要求我们抓紧成立革命委员会，人选问题先听听恁俩的想法。李光恩说得却很直接，他建议还是党支部原班人马，书记当主任，两个副书记当副主任，其他都是委员。刘部长说潘士金和展明尧还不能都安排，暂时只能让明尧同志参加。李光恩就说那好办，叫明尧当主任，或者是忠地当主任也行。刘部长又问潘忠地是怎么想的，潘忠地说要这样就让明尧叔当主任，大老爷和发树哥当副主任，我当个委员就行。

刘部长吸了一阵子烟，才把贾政委的意见和盘托出，并且说这是昨天在公社和程副部长一块商量的。李光恩一听就火了，说：“真是瞎胡闹！这能是贫下中农的意见吗？如果说让发树当主任还将就，这个人本事大小不好说，起码本质不坏，只要有我们这帮人维护着，出不了什么大问题。潘忠国、张义昌是什么样的人？刘部长你心里也清楚，要让他两个进班子，那可就没真事了！”

潘忠地也说：“忠国叔原来的毛病不说，这两年在试验队又有贪污的问题，前段时间我们查清后，向公社的老栗同志作了汇报，老栗说他这种情况要放在平时，就得给予党纪处分。这只是叫他作了退赔。”

刘部长说：“群众组织搞联合是大方向，不论哪一级哪个单位，只要形成多派的，建立革委会之前必须联合起来，革委会人选既要有原来的领导成员，又要吸收各红卫兵组织的代表，这样才能体现大团结。红旗战斗队除了他两个，还有合适的人吗？”

潘忠地说：“出头露面的就他俩，其余更没成器的，基本上是些在生产队不好好干活，整天调皮捣蛋的。”

刘部长考虑一会儿，又问：“如果在他两个里挑一个，谁合适一些？”

李光恩说：“潘忠国是不中用，搞完退赔还不到两个月，全村没有不知道的，再让他到大队来工作，别说群众怎么议论了，他自己那个脸往哪放？张义昌也是成事不足败事有余，连个生产队长都当不明白。那年还是义生担任党支部书记，他俩是叔伯兄弟，叫他当了队长，结果怎么样？不到一年就干不下去了，半路里撤了他的职，你说这样的还能当大队干部？真要听听贫下中农的意见，不只这两个人不行，他们那个战斗队也算不上什么群众组织，一伙子什么人呀！”

刘部长说：“光恩同志，你也是老同志了，咱不能抬杠。你说他们不算是群众组织，算什么？反革命组织？虽然他们人数少一些，有些人平时表现不太好，可也都是些普通群众。再说，他们那个组织不是比恁这个造反团成立还早吗？”

潘忠地意识到，红旗战斗队是必须参加个人了，就说：“就目前状况他两个比较起来，张义昌还算稍好一些。反正进来也只能是个陪衬，干不了事。”

刘部长说:“对，结合他们也就是个陪衬，这是大政策，不能不执行。具体工作不能指望他们，还得靠你们几个。”

李光恩气得哼哼的，不说话了。

过了一会儿，刘部长说:“这样吧，我下午回去给魏书记、柳书记通通气，他俩对汶水滩的情况都熟悉，征求一下他两个的意见咱再定。”

让刘部长没想到的是，张发树的意见很大，并且态度很坚决。那是中午吃饭的时候，刘部长说了说潘忠地、李光恩的态度，许干事说最好再跟张发树谈谈。饭后就把张发树叫了来，几个人都在场，刘部长只说了个大概，张发树就沉不住气了，急巴巴地说:“刘部长你别说了，其他人谁参加我不管，反正这个主任我不能当。有多粗多长我自己知道，放着能力水平强的不让他们干，叫我充这个人，不是耍我的猴吗?”

刘部长说:“你也别想得太多了，这是组织的重用，是贾政委、程副部长一块商量的。”

张发树说:“谁定的也不行，大不了我连这个连长也不干了，当社员去，反正开除不了我的社员籍!”

许干事一看僵起来了，就说:“发树同志别上火，领导之所以有这么个想法，是看得起你，绝不是什么恶意。你回去再好好想想，以后再说。”

“我不用想。”张发树丢下这么一句，气呼呼地起身走了。

刘部长也很生气，说:“这个人怎么这样说话!”

许干事说:“他就是个直肠子，心地不坏。真要是定了让他干，问题也不大，不过要看谁做他的工作，到时候让忠地和光恩同志给他谈谈，保准能让他接受。”

刘部长说:“这个事难就难在公社当不了家，其他大队的革委会都是公社决定，这里成县武装部的点了，我还得到县里找贾政委汇报，他同意了才行。”

建立革委会

汶水滩要建立革命委员会了。孙风雷从雷道云那里听到了这个消息。

最近县革命委员会的主要领导作了调整。原主任是‘文化大革命’前的县委副书记，上台才大半年，被指责为“当主任后继续执行资产阶级反动路线”，重新被打倒并到县农场进行“劳动改造”去了。县武装部政委贾思萌作为军方代表，担任了主任。在革委会全体成员会议上，当他讲到要在全县进一步贯彻落实“五·七指示”的问题时，举例介绍了汶水滩的情况，并且说那是县武装部和公社武装部共同抓的点，等近期建立起大队革命委员会，就让他们作为试点，全面推行军事化管理，革委会和民兵连实行一元化领导，大队、生产队都改为部队的序列建制。雷道云把这话记在了心里，孙风雷来时就问她知道不知道这事。孙风雷说只知道前段时间县武装部去人了，具体情况不清楚。雷道云交代她，回去后一定要积极参与他们的活动，再就是让潘忠国、张义昌好好争取一下，虽然他两个当主任都没指望，能有一个当副主任也可以，真不行也得争取个委员，因为红旗战斗队毕竟是较早成立的造反组织，半年多以后东风造反团才成立，不能让东风那伙人一派掌了大权。

孙风雷回村后，立即找到他两个，把雷道云的意思讲了讲。潘忠国听着只顾吸烟，一言不发。张义昌倒是急落落的，说：“这种事我们怎么争取？得让雷老师在上头帮俺做做工作，可不能去了县里就不管咱的事了。”

孙风雷说：“他可是一直关心着我们，要不也不会提供这么重要的信息，并且还一再嘱咐我，回来后赶紧告诉你们。组建革委会是公社说了算，这里又成了武装部的点，这几天许干事、侯干事他们都在，恁先找找他两个，如果有机会见到刘部长，向他表表态更好。看来这事刘部长能当百分之八十的家。”

潘忠国还是不吭气。他心里有老主意，因为听孙风雷那意思，只要建革委会，就得两派组织联合起来，两边都得有代表进去，他认为现在是红旗的队长，结合一个也得是他。如果现在去找，就和伸手要官似的，反而给领导留下不好的印象。你张义昌爱找不找，你能不能进革委会对别人也没什么大碍。

张义昌却对他说：“怎么办？咱两个一块去找找？”

潘忠国说：“别都去了，你先去一趟，摸摸情况咱再商量。”

张义昌一琢磨，认为潘忠国刚作了退赔，可能觉得自己进班子的希望不大，去了也没面子，所以不愿意去。那好，你不去我去，如果只能是结合一个人，那就没你的事了。

趁中午都回家吃饭的时候，张义昌去了工作组。今天基干民兵搞实弹射击，许干事回来晚，侯干事和崔老师正忙着做饭，两个人都不认识他。张义昌自来熟似的，进门就说：“哎哟，领导还亲自做饭啊！”

侯干事问：“你是谁呀？有事吗？”

张义昌并不感到尴尬，说：“侯干事，你不认识我？这不能怪领导，怪我们没经常向领导请示汇报工作。我叫张义昌，红旗战斗队的。怎么许干事不在呀？”

侯干事听说过他的情况，不愿意和他多扯，就说：“你找许干事啊，他快回来了，先坐下等等吧。”

张义昌刚坐下，许干事进门了，看到他就说："吆嗨，义昌同志怎么来了？你可是稀客。"

张义昌连忙起身，说："我来请示个事儿。听说咱要建立革命委员会了，是不是真的？"

许干事让他坐下，并递给他一支烟，问："你听谁说的？"

张义昌也不客气，接过烟，擦着火柴，想给许干事点，许干事已经用打火机点着了，他就点着自己的吸了一口，然后说："这样的大事还能瞒着群众了？学校的孙老师都知道了。"

许干事明白了，他一定是为参加革委会的事来的，也不想跟他胡扯淡，快点打发他走算了，就说："倒是听领导提起过这事，具体怎么建法我们也不清楚。"

张义昌说："得吸收群众组织的代表参加吧？"

许干事说："我说了，具体情况我不知道。不过要按其他大队的做法，是有群众组织代表参加的，可有前提条件，如果村里有两派组织，必须实现大联合，多数贫下中农的意见一致起来才行。"

张义昌说："联合我们同意啊，现在就可以联合。你给发树他们说说，叫他们别在祠堂里办公了，搬到大队办公室去。"

许干事说："那是你们自己的事，我们不能说。"回头看到侯干事盛面条了，又说："你在这里一块吃饭吧？"

张义昌知道是撵他走了，就撒了句谎，说："我已经吃过了，恁吃吧，我回去了。"

虽然张义昌饿着肚子，却没有回家，接着去了学校找孙风雷。孙风雷刚放下饭碗，问他去没去工作组，什么结果。他把许干事的话学了个大概。孙风雷说："你去给忠国同志说说，听听他的想法，看下一步怎么办。"他又到了潘忠国家，潘忠国正要出门去试验队，不想让他在家里咧咧，就叫着他去了大队办公室。

来到办公室，潘忠国说："探听到什么了？他们有实话吗？"

张义昌又把许干事说的学了一遍，潘忠国思考一阵子，说："看来事是真的，他说不了解具体情况可能也是实情。别急，咱不能主动找他们联合，先等等，找咱的时候再说，反正建革委会不是一个组织的事，他们不敢偷偷摸摸地办。"张义昌也想不出别的主意，只好回家吃饭去了。

张义昌前脚刚走，崔老师就说："这些造反派都是削尖了脑袋的，官迷，就凭这一点也不能叫他们进班子。"

许干事问："你了解这个人？"

崔老师说："我根本不认识他，听刚才和你说的那些话就明白了。"

侯干事说："这些人消息也真灵通，党支部几个人还不是都知道，他们听谁说的？"

许干事说："听他的口气，是那个孙老师告诉他的。她是怎么知道的呢？这事还真有点蹊跷。"

崔老师说："你是说孙风雷吧？教育上都传，她跟雷道云走得很近，甚至有人说他们都上床了，雷道云当上了县革委委员，贾政委当了主任，是不是从这个渠道传出来的？"

侯干事说："还真有可能。老许，你得把这个情况向刘部长汇报一下，让他心里有个数。"

许干事说："实弹射击还有一下午，我不敢离开，要不你回去一趟吧。"

侯干事回公社给刘部长一说，刘部长说："他们知道了也没事，近几天我们就得公开，还得进一步听听贫下中农的意见。要说是从雷道云那里透露的消息也有可能，昨天我去找贾政委汇报，他说在县革委全委会上把汶水滩的情况讲了，叫我们抓紧工作，快点把革委会建起来。雷道云一定是在会上听说的。"

侯干事问："人员定了？"

刘部长说："基本定了，他还是坚持让张发树当主任。不过，他也不同意潘忠国进班子，只强调红旗战斗队必须有人参加，那就只能是张义昌了。除了潘士金暂时不能进，原党支部的其他成员都可以结合进去。"

侯干事问："你什么时候回去？"

刘部长说："我还想再听听魏书记、柳书记的意见，他们情况熟，看让谁当副主任合适。这样吧，晚上我找他俩商量商量，明天咱一块去。"

魏书记虽然也不赞成这个方案，但考虑到是贾政委的意见，只能服从。当刘部长问他副主任人选时，他提议，如果让展明尧、潘忠地当副主任，这个班子还出不了大问题。柳新水也觉得只能这样。

潘忠地这几天也一直为这事思虑。他怎么也想不明白，即便是全国号召学解放军，农村的男女老少还能都跟着学？学什么？怎么学？就算是学，还非得让民兵连长当革委会主任？党支部书记又没犯原则性错误，特别是这些年工作那么出色，领导、群众都是有目共睹，为什么老是不让出来工作，还继续批斗呢？自己是真心不想当这个主任，真要是从工作考虑，不让潘士金当也该让展明尧当，如果让张发树当，凭他那脾气性格，他本人也不一定乐意接受。这天晚上他去了潘士金家，把自己的想法全都给潘士金说了说。潘士金说："昨天发树来找我了，你分析得对，他是死活不想当这个主任，我还劝说了他一阵子。"

"你认为他当合适？"

"不是合适不合适的问题。忠地呀，你还年轻，经历的运动少，很多事看不明白。当年统购统销，'大跃进'时'拔白旗'反右倾，还有面上的'四清'，哪场运动不是先撤几个支部书记？结果怎样？过后大部分都又恢复原职了。'文化大革命'开始就是统统打倒，这次建立起革命委员会也很难说能维持多长时间，公社柳新水书记起初当了主任，还不是也被打倒了？我听说县里的主任也换了，这不正常。要相信一点，共产党不会垮，总有一天还得按党的规矩办，胡来的事长久不了。"别看潘士金没出来工作，他脑子可没闲着，考虑问题还更深远些。

“发树哥要真不同意，那怎么办？”

“你和恁光恩老爷要好好做他的工作，这是大局，是为了全村的老百姓。革委会必须快点建，不能老是没个正头，现在恁几个做工作也可以说是名不正、言不顺。叫谁干？潘忠国倒是有这个想法，能让给他？如果发树当了主任，有恁几个维护着，汶水滩就不要紧。”

“大老爷本人就反对这个意见，他不会做发树哥的工作。”

“你先找他谈谈，不行就叫他抽空到我这里来，我给他说，他要是想不通可不行。他是贫协主任，还得叫他出面做贫下中农的工作哩。还有秀菊和向河，你也得个别给他们拉拉，恁几个首先要统一思想。”

“听刘部长的意思，这回明尧叔能进班子，暂时还不让你进。”

“没事，我心里有数，运动高潮还没过去，我还得准备着挨几场批斗。”

“今后你可要小心，不少地方都动手打人了。公社里开批判会把魏书记、陈社长打得不轻，陈社长胳膊都断了。魏书记来住了一晚上，让他多住几天他不干。”

“这事我知道，恁光恩老爷来给我说的。你放心，咱汶水滩起码现在还到不了那程度，还没人敢动手。”

“可别这么说，那次不是有人用刀子伤了你吗？”

潘士金笑了笑，说：“你不知道真实情况，那次用小刀划我手的不是别人，是恁明尧叔。”

潘忠地很惊讶，问：“他为什么动刀子？到底怎么回事？”

潘士金意识到不该说出这事，可泼出去的水收不回来了，只好向他讲清楚，于是说：“那天晚上的批斗会俺俩挨在一起站着，都看见了发树他们在门外。突然间电灯灭了，当时他口袋里正好有个小刀，是下午给孩子削铅笔忘放下，顺手放进去的。也是一时的主意，抓着我的手就轻轻划了一下。他的目的很明白，觉得弄出这么个事儿，都得认为是那伙人干的，发树他们几个在现场，定会不依不饶，即便找不出具体人，也给他们制造点麻烦，灭灭他们的气焰，以后也就不可能再这么没完没了地斗我们了。事后他亲口告诉我实情时，我就说过，这事不能向任何人透露了。你知道了也一定要烂在肚子里，再不能跟其他人讲了。”

“我明白。你当时就知道是他划的？”

“我哪里知道？乍灭灯两眼乌黑，什么也看不见，只觉得突然有人拉着我的手，接着划了一刀子，虽然没感到很疼，也挺害怕，就大声咋呼起来，发树他们立时进来把灯拉亮了。当晚我从卫生室包扎后，他跟家来把小明子支派到一边去才给我说的。所以后来我给发树说，伤得又不重，查又查不出个结果，让他们接受教训就行，别追究了。”

“怪不得发树哥说所有人的身上都翻了个遍，屋里也都找了，就是没找到刀子，也没人敢承认。”

“人家没干怎么承认？他早把刀子放口袋里了，并且和我一块出来去了卫生室，他们上哪里找去？”

潘忠地觉得有些不可思议。展明尧怎么能想出这么个点子？大小是个刀子啊，万一伤重了怎么办？

回到家里，躺在床上脑子里还转悠着这事。真是人心隔肚皮，平时一直觉得展明尧老实实在，没有多少花花肠子，关键时候却想出这么个歪主意，是不是早有准备，“周瑜打黄盖”，两个人预谋好的？可灭灯是突然的，潘士金也说事前不知道，他的话不会有假，那就是展明尧临时的主意了？要真是像他说的出于那样的目的，刺他自己的手也行啊，为什么伤别人？也许是怕疼对自己下不了手，对别人就下得了手？难道还有别的原因？如果是对潘士金有意见，想借机搞他一下，怎么又紧接着说出实情呢？平常也没看出他两个有矛盾呀？潘忠地想得头都要炸了，也理不出个头绪。人啊，真是复杂的动物，不知道什么时候就会弄出点意想不到的事来。

刘部长回来后，先把展明尧、潘忠地叫到工作组，把建立革委会及人选的想法全面说了说，并一再强调，这个意见是县里贾政委提出的，也跟魏书记、柳书记通了气。说完后就让他两个谈谈个人的想法。展明尧是第一次听说，不明白具体是怎么回事，就不想急于表态。他看着潘忠地，示意让他先说。潘忠地已是心中有数，就说："领导考虑得很周全，这样定了我们认真执行就是了。按目前的大形势，发树哥当主任比较妥当。刘部长你放心，我们一定支持他的工作。"

展明尧接着说："我不当副主任也行，只要叫我出来工作就很高兴，感谢领导的信任。不过我还有个想法，不一定对，就是士金哥，党支部的其他成员都进来了，还能把他老放着？"

刘部长说："士金同志是你们大队最大的当权派，暂时还不能结合进来。另外，你们虽然没说，对张义昌可能有些看法，这是从群众组织大联合的角度考虑的。县里和公社革委会，都吸收了群众组织的代表。要让红旗战斗队出个人，潘忠国的错误明摆着，不合适，只能是他了。今后你们还得要团结他，尽量发挥他的作用，他毕竟代表着部分群众。"

潘忠地说："这没问题。上次我说他进来也就是个陪衬，那是为了做大老爷的工作，真当了委员就得正确对待他，让他和其他人一样，分工一些事情。"

刘部长说："光恩同志的思想距离还不小，还有发树同志，前几天我给他谈时，他一口咬定不当主任。这两个人的工作得靠恁俩去做了，并且一定要让他们想通，一旦宣布了班子，就得服从大局，团结一致干事，再不能出现杂音，更不允许撂挑子。"

展明尧说："这个发树怎么想的？让他当主任还不干，是好事啊！"

潘忠地说："他是觉得自己能力弱些，怕顶不起来误事，是真心的。不过，这两天我们跟他谈过，他基本上算是接受了。大老爷也想通了，俺两个还一块找过发树哥。还有秀菊姑、向河哥，我们都通气了，他们也同意。"

刘部长临来时还考虑，如果按许干事说的，让李光恩和潘忠地做张发树的思想工作，李光恩本身就不通，那怎么行？不如把这任务交给展明尧和潘忠地，他俩出面也许能解决问题。没想到潘忠地把工作做到前头了，而且全面细致，立时松了一大口气。当然，他不知道这里边潘士金发挥了关键作用。于是高兴地说："太好了，我就知道这些同志还是能顾全大局的，都是党员，又是多年的干部，组织观念是强的。这样吧，把他们几个一块叫来开个会，把事情讲开。"

潘忠地说："也把义昌叔叫来？"

刘部长说："先别叫他，我得个别跟他谈，对他单独提提要求。"

这个会开得很顺利，刘部长讲完就让大家都表表态。李光恩第一个发言，表示完全拥护，并且说不仅要支持发树干好，如果个别群众有意见，他负责做工作。其他同志也都顺着说同意。只有张发树最后一个发言，还是吞吞吐吐，说："这是真叫我干呀！咱丑话说在前头，我要是干砸了，或者是半路上干不下去了，恁可不能抱怨我，这可不是我愿意干的。"

潘秀菊说："你真是稀屎糊不到南墙上！大伙都拥护你支持你，还打什么退堂鼓？"

张发树瞪了她两眼，没接话。

展明尧说："发树，放心大胆地干吧，有俺几个给你撑腰，晾不了台。"

刘部长说："发树，别再说三道四的了，他们几个都支持你，还怕什么？我相信你们这个班子只会干好，不会干坏。光恩同志，你召集开个贫协组长会，统一统一大家的思想。明天咱就开群众大会，宣布一下，汶水滩革命委员会算是正式建立起来了。"

李光恩说："我召集开个会可以，你得去给大伙讲讲吧？"

刘部长说："我得找义昌谈谈，不去了。要不让明尧同志和忠地同志参加，恁三个开。"

潘忠地说："干脆把队长们都叫上，有什么话让大家讲出来，我们再慢慢解释，保证做好工作就是。”

展明尧说：“那也别光咱三个开，支部的几个人都参加更好一些。”

张发树说：“我不能参加，人家当着我的面有意见也不好意思说了。”

展明尧说：“这是上级领导定的方案，你别推托，人家要是对我们有意见，不也是当面吗？如果个别人真有意见也不要紧，咱先把道理讲清楚，又看到咱几个都同意了，可能就没事了。最后再敲打几句，谁有话说在当面，不许背后乱说。”

刘部长说：“就按这个思路进行，恁去开会吧。忠地同志，你差个人找找张义昌，叫他到工作组来。许干事和侯干事在宣传队那里，叫他俩也一块回来。”

其实队长和贫协组长们没几个对这事真上心的，李光恩、展明尧和潘忠地分别讲了后，让大家发表意见，只有个别人说了几句牢骚话。一个说：“看来是‘造反有功’啊，张义昌当几天红旗战斗队的头就到大队来当干部了，怎么不把潘忠国也弄进来？”另一个说：“别操闲心了，管好咱生产队的事就行，管那么多干么！”潘忠良也冒了一句：“就是啊，只要不是四类分子，叫谁当都一样。”展明尧大声叱了一句：“有意见好好提，说正经的，别胡啰啰！”再没有吭声的了，直到散会。

为了准备革委会的大牌子，群众大会是第二天下午召开的。会议由潘忠地主持，正式开会前，先让宣传队表演了几个小节目，也是等人的工夫。会议议程不多，开始是刘部长宣布革委会成员名单及职务安排，接着提了几点要求。随后是张发树个人表态，他三言两语就讲完了。最后展明尧代表新成立的革委会讲话，讲了也不过十几分钟。散会时许干事说：“这个会简短，总共也就半个小时。”

李光恩说：“短点好，天气冷呵呵的，时间长了下边待不住。你看今天的会，秩序不孬，没有乱说话的，也没提前走的。”

李向河说:“怎么没提前走的?刘部长还没讲完就走了一个。”

李光恩问:“谁啊?我怎么没看到?”

张义昌说:“还能是谁,潘忠国呗,来了他就躲在后头,走的时候我看见了。”

张发树说:“别管他那些事了,走,咱把牌子挂上去。”

刘部长说:“恁去挂吧,俺几个回公社了,过几天再回来。”

牌子是用的原来的旧牌子,昨天下午叫木匠刮去一层,刷上白漆,今天一早让李长路开始写的,半上午才写完。虽然只有“汶水滩大队革命委员会”几个字,由于写的是仿宋体,先用铅笔画好,再描红磁漆,费了些时间。会前送到会场时,字还没完全干好。张发树一说去挂牌子,张义昌就扛了起来。展明尧又喊过那几个敲锣鼓的,让他们在前面敲打着家什,全体革委会成员紧随在后面,还跟了一帮看热闹的孩子,前呼后拥去了大队办公室。上午他们几个就把大队院子和办公室整理清扫了一遍,到处都干净利索,大门口再挂上新牌子,的确给人一种清新的感觉。

潘忠国这几天靠在试验队,没去大队办公室,也没见张义昌的面。早晨接到开会的通知,听说是建立革命委员会,就断定没自己的事了。他明白,就算是让他当个委员,也应该提前打声招呼。都是让谁干呢?估计孙风雷、张义昌也摸不清情况,没必要去问他们,看看再说吧。如果只是东风那几个人,这事不能算完。完全出乎他意料的是,张发树当了主任,展明尧出来当了副主任,张义昌还当了委员。他一听这个名单就蒙了,当场又不好发作,气得扭身离开了会场。回到家里,吸了一阵子烟,脑子里依然乱哄哄的,不知道下一步该怎么办。他老婆刘玉兰也去参加会了,散会回来看到他那个样子,气呼呼地说:“看看你混的,张义昌都当委员了,你整天瞎忙活的什么!”

“一个鸡巴委员有什么了不起,叫我干我还不干哩!”

刘玉兰鼻子一耸,“哼”了一声,说:“别吃不着葡萄说葡萄酸,想当主任人家得让你当啊！”

潘忠国知道跟这娘们说不到一家去，没再搭她的茬，起身出了大门。他来到试验队，日头快落山了。因为人们都去参加大会，散会后没人再来，四野很清静，只有李庆江正往棚里牵牲口。两个人平时就不投脾气，李庆江看见也没搭理他，他也没往前偎。一个人在田里转了一圈，这时刮起了小北风，身上一阵凉飕飕的，只好转悠着回家了。

走到村头，正好看见李向道从家里出来。李向道从小死了娘，有个姐姐也出嫁了，和他爹爷俩过日子。他爹倒是老实人，只知道对这棵独苗一味娇惯，不懂得管教，使李向道从小养成了天不怕、地不怕，好惹是生非的性子。附近的孩子常挨他欺负，没人敢和他一伙。上学了，逃学的时间比在学校的时间还长，上了三年还是一年级。老师管不了，他爹更没法，只好任马由缰了。大了后也不知道孝顺，在生产队干活也是调皮捣蛋，队干部安排他个活都怵头，社员们更是没人招惹他。这种状况，谁还给他介绍个对象？二十四五了还是光棍一条。‘文化大革命’开始后，他是第一拨参加红旗战斗队的，成了他们这伙的“骨干”力量。

潘忠国老远喊了他一声，问他干什么去，他说老头子做饭哩，连点咸菜都没有，到朱茂泉家买斤豆腐，回来炖炖吃。潘忠国说：“别去了，跟着我，叫恁大嫂炒几个鸡蛋，我家里还有半斤多酒，咱兄弟俩喝两盅。”他高兴得不得了。

刘玉兰这一点算是通情达理，如果来了客人，或是潘忠国约了人来家吃饭，她不论事前情绪如何，见了外人都是挺热情。一听潘忠国说要和李向道喝酒，还真炒了几个鸡蛋，又炖了碗白菜粉皮，让他两个在堂屋喝起来，她叫着孩子到厨屋吃饭去了。

潘忠国正倒着酒，李向道就说：“大哥，怎么弄的？张义昌都当委员了，不叫你当主任也该当个副主任啊！这倒好，连边也没让你沾上。”

“来，先喝一盅。”潘忠国端起盅子，喝了少半盅，接着说，“我当不当不打紧，问题是他们这个搞法不行。你看看，七个人只有咱红旗的一个，其余全是他们东风的。别看义昌进去了，也是聋子的耳朵——虚摆设！要让他们得逞，咱红旗这些人今后就没出头的日子了。”

“我看也是，办公室又让他们抢了去，革委会的牌子都挂到大队门上了。”

“什么时候挂的？”

“散会就挂上了，张义昌还人模狗样的，亲自扛着牌子。你说得对，以后不会有他的好果子吃，他也就高兴这一瞬儿，肯定是猫咬尿脬——干喜欢一场！”

“也别怪义昌，他就是个猪脑子，别人几句好话就把他糊弄住了。等过几天革委会完蛋了，他也就明白过来了。”

两个人边说边喝，李向道喝两盅潘忠国才喝一盅，没大会儿李向道就有些醉意了。潘忠国不想让他喝醉，就劝他喝慢点。李向道放下盅子，说：“你这话我有些不明白，革委会刚建起来怎么就完蛋啊？不会吧！”

“完不完蛋那得看我们的。你想想，他们这种做法算不算一派掌权？红旗战斗队是汶水滩正儿八经的造反组织，只结合义昌一个人，还排在最后边，也就是做做样子。那六个都是原党支部的黑班底，明眼人不用说也清楚，这一定是走资派一手操纵的。这样的革委会还不该砸烂啊！”

“我更不明白了，今天开会公社的人参加了好几个，还是刘部长宣布的名单，不像是潘士金搞的呀！再说，这革委会怎么砸烂？是砸人还是砸房子、牌子？”

潘忠国又叫他喝了一盅，接着给他倒上，说：“这点事你就不懂了，走资派不只是潘士金，上头各级都有，并且一级比一级厉害，大队革委会就是公社里的走资派定的，上下他们都穿一条裤子。砸烂就是想法弄得他们不能工作，让班子瘫痪了。不是砸人，也不是砸房子，那样犯法。当然，牌子可以让他们挂不成。”

一听干这样的事李向道来了精神，说："大哥你安排，我听你的，干什么我也给你打头阵。那个牌子好办，今天晚上我就摘下来扛家去劈劈当柴烧！"

"这事不用慌，也不能让第二个人知道，你自己瞅准个机会悄悄地办就行。也不能劈了当柴烧，那样就被恁爹发现了，要找个地方藏好，让他们谁也找不到。吃完饭你去把展春方叫来，咱商量商量，明天恁两个带上十来个人，到公社闹一场。"

"怎么个闹法？"

"人也不用多了，恁去贴张大字报，就写上'走资派操纵汶水滩建了个黑革委会，贫下中农不答应，必须砸烂！'然后再呼几个口号。如果看到魏鹏程或柳新水，就揪住他们，说带他们到汶水滩来批斗。他两个都来住过队，恁认识。他们肯定不会来，你们也别太强了，闹出个阵势来就行，也就是让他们知道，汶水滩不能他们说了算，还得听听我们的意见。只要公社里不敢支持他们就好办了，村里的事下一步再说，反正不能让那几个人干素静了。"

"那行，我去叫他，你再给他说说，他多少识几个字，得让他领头呼口号。"李向道说完喝了那盅酒，把盅子推到一边，吃了两个煎饼，起身要走。

潘忠国又嘱咐："注意着点，恁看着街上没人的时候再家来。"

李向道说："我知道。"

失窃

进了腊月的午夜，寒风刺骨。人们早就钻进被窝进入了梦乡，就连各家的看家狗也蜷缩在门楼里边，耷拉下了耳朵。街上黑咕隆咚，死一般沉寂。天空云隙中稀稀拉拉露出几颗星星，闪射着清冷的微光，窥察着人世间那些见不得人的行踪，安排着让他们如何得到应得的报应。

李向道鬼鬼祟祟，溜着墙根儿，蹑手蹑脚来到大队门口。毕竟是做贼心虚，朝周围张望了一阵子，发现的确没什么动静，才摘下牌子，扛在肩上，悄悄地回了家。放下牌子，回身关上大门，想，藏到哪里好呢？按潘忠国说的，不能被任何人发现，屋里那个老头子也不行。于是进了厨屋，放到门后边，用草苫子挡了挡。出来又觉得不妥，回去搬出来，把南墙根儿的柴火垛扒开，把牌子塞进去，然后拉两个秫秸捆盖严实，算是放下了心，这才回堂屋西间上床睡觉。东间里他爹早就醒了，听到院子里呼呼啦啦的响声，不知道那个浑账小子又作腾什么，懒得理他，翻个身睡了。

第二天李向道急火火吃完早饭，老早出了村，独自向刘集方向走去。这是昨天晚上在潘忠国家里定好了的，他和展春方每人约好五六个人，并且叫展春方写好大字报带着，今天各走各的，到半道上集合。这帮人出村的时间差不多，很快就凑齐了。李向道对大伙说："今天咱是一次重要的行动，大家一定要听从指挥。进了公社先贴大字报，然后就呼口号，都要跟着春方用劲呼。如果找到魏鹏程、柳新水，看我的眼色，上去揪扯住他们，就说带他们回咱汶水滩批斗。也不是真弄他们来，但也不能轻易放手，要做做样子给他们看。到时候谁要是不老实，就揍他两下，既灭灭他们的威风，咱也出出气。"

展春方说："忠国哥说了，揍人也得会揍，千万别打出硬伤来了，更不能出人命。"

李向道问他："你拿大字报来了吗？"

展春方掀开棉袄，拍拍里边褂子口袋，说："在这里放着，就一张大纸，昨天回去我就写好了。对了，还忘带糨子哩。"

李向道说："不要紧，咱去了先到供销社买瓶糨糊。谁有带的钱？回来叫忠国哥报销。"

有个说："我口袋里有五毛钱，够吗？"

展春方说："用不了那么多，毛把钱就够了。"

十几个愣小子进了公社大院，不管三七二十一，把大字报贴到了党委办公室门口，随后展春方就领着呼起了口号。机关上有些人围过来看，有几个拥护造反派观点的，在一旁大声咋呼："好样的！你们是革命行动，我们全力支持！"这更助长了这伙人的气焰，劲头更足了。就在这时，柳新水走了过来，李向道一吆喝，几个人上去扯住了他。刚过一会儿，李向道又看到魏鹏程在远处站着，就指挥几个人，把他也围上了。先是柳新水不让他们拉扯，被一阵拳打脚踢，接着魏书记跟前那几个也动起了手。

刘部长听到外面的动静后，叫许干事出去看看。许干事对他们几个大都认识，看到墙上的大字报，上去一把撕了下来。他们只顾围攻魏书记、柳新水，没管这边。当他们动起手来时，那几个机关上的造反派站在一旁看热闹，其他一些同志纷纷上前制止，院子里乱成了一锅粥。这时通讯员小陶跑到伙房，对老吴说："不好了，汶水滩来了一伙子人，要揪魏书记、柳书记回村里批斗，都动手打起来了。”

老吴正在择菜，起身摸起菜刀，说：“走，看看去！”

小陶一看他这架势，害怕了，说：“你怎么拿刀啊，砍着人可不行！”

老吴说：“还能真砍啊，也就吓唬吓唬他们。”

小陶明白了，也随手拿起根棍子，跟了出去。老吴没到跟前就吆喝：“哪里来的些野种？敢在公社大院里撒泼，来，老子跟你们比试比试！”

展春方首先看到了他两个手里的家伙，喊了声“走了”，就撒手往外跑，其余的都随他出了大院。来到街上，有人问：“这就算完了？”李向道说：“闹腾他们一阵儿就可以了，回去，不行明天再来。”

出刘集不远，迎面遇上张发树、张义昌骑着自行车来了，李向道在前面加快了脚步。他两个看到这一伙子，下了车子，张义昌问：“恁几个这是干什么去来？”

“去赶集呀，怎么着，犯法啊！”李向道脖子一拧，撂下句话接着走了。

其他人也没停下。

他两个又骑上车子，继续往刘集赶。走了没大会儿，张义昌说：“不对呀，今天刘集不是集日，他们赶哪里的集？不知道这伙小子搞什么鬼。难道咱那牌子是让他们摘去了？不会送公社里去吧？”

张发树说：“别管他们，已经来到这里了，咱给刘部长汇报汇报再说。”

昨天晚上全体革委会成员在办公室开会，散得不早。下午挂完牌子，潘忠地对张发树说，晚上研究下分工吧，便于抓紧开展工作。张发树同意了，当即给大家打了招呼。当了一把手，就得操一把手的心，张发树回到家里，琢磨，其他人的分工好说，张义昌干什么好呢？按他那德行，分哪一块都不合适，可是，也不能不给他分点事啊！还是先听听潘忠地的意见吧。于是，放下饭碗先到潘忠地家里，问怎么办好。潘忠地考虑一会儿，说：“必须正式分给他一摊，这也是刘部长交代过的。要不这样，叫他管管治安，最好把大老爷的治安主任也让给他。”

张发树说：“大老爷本来对张义昌就没点好看法，他能同意啊？干脆，我把民兵连长让给他算了。”

潘忠地说：“那才不行哩，革委会主任、民兵连长必须一人兼，这是贾政委的意见，刘部长都不敢违背，你说句‘算了’中用啊！大老爷那里问题不大，我先去给他拉拉，不仅让他同意，还得争取叫他到会上主动提出来。”

会议开始，张发树只说了几句开场白，就让展明尧先发言。展明尧说：“分工好办，发树负责全面工作，其他人原来干什么还干什么。我闲了这么长时间了，别的事情也摸不上头，还是抓抓生产就行了。”他这话明显是把张义昌撂在一边了。

张义昌一听拉下了脸，其他人也都不吱声。张发树又让潘忠地说说，潘忠地说：“明尧叔说的这个办法基本可以，就是义昌叔，也得分管一个方面的事情。大老爷，您说是吧？”说完看了看李光恩。

因为会前潘忠地到李光恩家里，两个人商量好了。当时李光恩听了潘忠地的想法，觉得比较妥当，既然叫他当委员了，还能不分给他点活干？要是分工别的，还真怕他弄不好误事，起码不能让他惹事，只能是这样了。刚才展明尧的发言肯定是没把张义昌当回事，潘忠地才这么提出来，并且是叫他表态了，就说：“义昌也是委员了，不能没有分工的事。不如这样，我管着贫协，还帮着管生产，事太多，就让义昌当治安主任，把全大队的治安抓起来，我也好轻快轻快。”

其实张义昌心里没点数，不知道自己分工什么好，听李光恩这么一说，赶忙接上话：“可不行，我帮着你管管治安可以，治安主任还得大叔你当，有事你安排我干就是。”

张发树说：“大老爷都说了，这样挺好，你别再推了。”

李向河说：“就是啊，你以后也是主任了。”

张义昌说：“我算什么主任，真正的主任是发树。”

李向河说："怎么不是？大老爷还是贫协主任，秀菊姑是妇女主任，你是治安主任，恁几个和发树哥都是正主任，明尧叔和忠地才是个副主任哩，就剩下我挂不上个主任了。"

潘秀菊说："那好办，给你挂上个妇女副主任，帮着我管管娘们生孩子的事儿。"

满屋人都哈哈大笑起来。定下分工，又讨论了半天年前这段的工作，这才散会。

今天早晨，张发树第一个来到大队，到门口就发现，大门上的牌子不见了，当时还以为是谁摘到屋里去了。打开办公室门四处看了看，没有。又一想，昨天大伙是一块走的，没人说摘牌子呀，那是谁摘去了呢？正在纳闷，展明尧他们进来了。其实他几个在门口已经议论了一阵子，展明尧进门就说："一定是个别人对革命委员会有意见，搞破坏，给偷走了。"

李向河说："这下好了，义昌叔新官上任，就来了个艰巨任务，你可得负责尽快找回来，不然，一定惹人们说闲话。"

张义昌摩拳擦掌，说："他奶奶的，胆子也忒大了！放心，我带上几个人，挨家挨户翻，这么大个牌子，不是针头线脑，不信找不出来！"

李光恩说："这个办法不行。昨天咱散会就不早了，肯定是下半夜干的，偷了去就不会放到明处，这么兴师动众地翻，万一找不到，影响更不好。还是分析一下，看谁最有可能办这种事，划定个范围，也不要急于动手，先找周围的人了解了解，有了线索再翻。墙垒再高也没有不透风的，不论是几个人干的，一定会露出些马脚。"

潘秀菊说："这可不是小问题，虽然牌子不值几个钱，政治影响大。"

李向河也说："是啊，革委会代表的是基层政权，偷革委会的牌子，就是破坏大队的权力机构。这也是对着咱这伙人来的，先给个下马威看看。"

潘忠地开始就意识到了这个问题的严重性，一直认真思考着，听了大家的发言，才说："对这件事我们是得高度重视，不能当成一般的偷摸行为，我认为应该向上级领导汇报一下。发树哥，最好是你和义昌叔到公社去一趟，找刘部长说说情况，听听他的意见，回来咱再决定怎么办。”

大伙都同意这个办法。

就这样，他两个去了公社武装部。正赶上刘部长他们议论那几个人来闹事的事，张发树把少牌子的情况一说，刘部长更生气了，说：“这伙人太嚣张了，偷了牌子还来公社闹事，两件事肯定是有联系的，简直是无法无天了！”

张义昌说：“他们来闹事了？在半路遇上他们几个，还不搭理俺，我就分析牌子也一定是他们偷的。”

许干事说：“这几个人都是愣头青，后面一定有主谋。潘忠国露面了吗？还有那个孙风雷，是不是他们的点子？”

张发树说：“我们来时看到潘忠国在试验田里，那个孙风雷好几天了都没在学校，听春才说，她身体不好，请假回家了。”

刘部长说：“永和，你去派出所把洪所长叫来，我给他交代一下，恁一块去汶水滩，抓紧把这个案子破了。不然，这伙人的气焰打不下去。”

骑自行车就是比步行快得多。离汶水滩还老远，他四个就超过了李向道那伙子。来到大队办公室，洪所长让大家详细说说情况。大家正说着，李向道的爹扛着牌子，上气不接下气地进来了。张义昌上去接过牌子，问：“大哥，这是怎么回事？你怎么把牌子扛来了？”

老汉长出口气，把过程简单讲了一遍。原来是刚才他要抱柴火做饭，发现靠南墙那边柴火垛有点乱，想起昨天晚上听到的动静，不知道李向道捣鼓的什么，就扒拉开看看，结果是藏了个大牌子。他昨天也参加大会了，知道这是大队的新牌子，这不是惹大事了吗？于是赶紧扛了来。最后还说：“恁一定好好修理修理这个熊孩子，我是管不了他了。要再依着他闹下去，还不知道以后会惹出什么更出格的事来。”

许干事说："大叔，你回去吧，我们是得教育教育他。"

老头说："恁别说是我扛来的，要不他得给我闹。"

张发树说："你放心吧，我们就说在恁家里翻出来的。"

李向道的爹一出门，李光恩说："真是'娇养无孝子'，这老头也够可怜的。"

洪所长说："去把老头那个儿子叫来，先审审他，看看有没有同伙。"

许干事说："到公社闹事领头的就是他，估计现在还到不了家。"

张义昌说："他们走不了这么快，到不了。我这就去村头等着，截住就把他叫来。"

许干事说："如果他没进家，就别告诉他什么事，看他自己能不能承认。"

张义昌答应着走了。许干事又说："先把牌子放里间屋，别让他来到就看见了。"

当李向道他们看到四个人一块骑着车子来了时，因为都认识许干事，大部分不认识洪所长，就有人问那个人是谁。认识的就说是派出所的所长。有人说："派出所所长来干什么？别再是为今天这事来找咱的麻烦吧！"

展春方说："怕什么？咱这是革命行动，在公社院里没听见呀，机关干部还有支持咱的哩！"

李向道只顾走自己的，不搭他们的话。因为他心里清楚，他们一定是为牌子的事来的。他在想，谁来也不要紧，只要我坚决不说藏在哪里，恁谁也找不着，又没有任何人看见，拿不出证据赖不到我头上。正想着来到村头，看到张义昌一个人在路旁吸烟，就不想理他，继续往村里走。张义昌喊住他，说："向道，先别回家了，跟我到大队去。"

李向道瞪着眼，说："去大队有什么事？我又不是当官的。"

张义昌说："别管干么事，去了就知道了。"

李向道说："不说清楚我不去，回家还有事哩。"

展春方以为很可能是为去公社的事，就说:“去就去，没什么大不了的，走，我和你一块去。”

又有几个人附和:“去，看看他们能对咱怎么着！”

李向道随张义昌走，后边的人都跟上了。张义昌回头说:“都跟着干什么？又没恁的事，回家吧。”

多数人就散了，只有三四个人跟了来。

来到大队，张义昌叫李向道进了办公室，展春方他们几个也想进，张发树拦在门口，说:“有恁什么事？不能进来。”他们只好在门外站着听动静。

洪所长、许干事和大队的几个人都在屋里坐着，李向道进来也没让他坐，许干事说:“向道，这是派出所的洪所长，今天专门为你的事来的，认识吗？”

李向道看了洪所长一眼，说:“不认识。”

洪所长说:“不认识也没关系，我就问你几件事，你要老实回答。大队革委会的牌子昨天下午刚挂上，夜里就被人偷走了，是不是你干的？是你一个人还是有其他同伙？”

李向道一听急了，大瞪着两眼说:“全大队八九百口子人，挂牌子的事都知道，为什么说是我偷的？你可不能诬赖好人！”

洪所长说:“我们的政策是‘坦白从宽，抗拒从严’，你抵赖也没用，没有确凿的证据我不会这么问你。”

李向道争辩道:“什么证据？谁看见我偷来？叫证人来咱当面对质！”

张义昌说:“牌子就藏在恁家柴火垛里，你还嘴硬？”

李向道一听这话知道露馅了，但仍不认账，说:“藏哪里我也不知道，要是你偷了藏到俺家去呢？那是故意给我栽赃！”

这时张发树从里间屋把牌子搬出来，说:“向道，这是从恁家里找出来的，老实交代吧，为什么干这种事？谁叫你干的？”

李向道是死猪不怕开水烫了，说:“你从哪里找出来的我不管，反正不是我偷的，恁谁抓着我的手脖子了？凭什么说是我干的？”

这真是遇上硬茬了。洪所长掏出手枪往桌上一放，又从提包里拿出手铐，说：“看来你是不想在这里交代了，那好，戴上铐子，随我去趟公安局。先告诉你，到那里怎么收拾你我就不当家了。另外，不说你今天带头到公社闹事，也不用调查你其他问题，就偷牌子这一件事，也够判你个三年五年的。你不懂吗？汶水滩大队革委会是经县和公社批准建立的，是红色革命政权，你的行为已经构成犯罪，如果态度不老实，那就是罪上加罪！”

展春方在外面听到是这么回事，悄悄叫着那几个人走了。

洪所长起身要给他戴铐子，张义昌过去抓住他两个胳膊。

李向道一看动真格的了，一下子软了下来，说：“别戴，我都交代。”随后从潘忠国叫他喝酒，怎么说的偷牌子，又怎么把展春方叫去一块商量，让他俩带着十几个人去公社，去了以后干什么，一五一十吐露了个详细。最后还说，“点子都是潘忠国出的，我就是个跑腿的。”

张发树说：“你是三岁的孩子呀，他叫你吃屎你就吃屎，叫你杀人你也杀人？”

许干事也说：“向道，你怎么没点脑子呢？潘忠国拿你当枪使，他自己为什么不出面？他懂得法律，知道办这种事是违法的，这是让你替他顶罪，明白不？”

李向道说：“潘忠国是个大混蛋，要逮恁得逮他。我就偷了个牌子，还是他叫我干的，以前我可从来没偷过东西。潘忠国可是一贯的坏，贪污、搞女人，还有红旗战斗队办的那些事，都是他的主谋，这不义昌叔在，他最清楚。”

许干事偷着笑了笑，朝洪所长使了个眼色。洪所长放下钢笔，让李向道过来在记录的内容下面写上名字，他说不会写，洪所长说：“我替你写上，你光摁个手印吧。”接着又说，“鉴于你是初犯，暂时先不逮你，关键要看你今后的具体表现。先回去好好想想，还有些什么问题没有交代，想起来就到

大队里来说说。近期不许你离开汶水滩，在生产队好好劳动，我们有事再找你，要随叫随到。”

李向道看了看张发树，张发树说：“听所长的，回去吧。”他这才走了。

展春方他们几个出了大队部，各自回家了。展春方走到家门口，又觉得该把李向道这事告诉潘忠国一声，就转身去了潘忠国家。刘玉兰在厨屋做饭，潘忠国一个人在堂屋吸烟，展春方进门潘忠国就问：“回来了？到公社这趟怎么样？”

“去了弄得动静不小，还有几个机关干部喊着支持咱。就是回来时碰上张发树、张义昌，他们把许干事、洪所长叫来了。”展春方接过潘忠国递给他的纸条子，拿过烟筐卷了支烟，又说，“俺没进村张义昌就把李向道叫大队去了。”

潘忠国说：“我在试验田看到他们几个来了。别怕，他们就是担心恁再去闹，来吓唬吓唬恁。有这一场就行，咱不再去了。”

展春方说：“不是，我去大队听了听，他们说李向道把大队的牌子偷家去了，正在审问他。”

潘忠国意识到这事可能要惹麻烦了，就装作不知道，说：“他怎么干这种事，承认了吗？”

展春方说：“没有。可是，他们说牌子是在他家里找出来的。”

潘忠国吸了几口烟，说：“你别管，这是他个人的事，和其他人没关系，你回去吧。”展春方走到门口他又嘱咐一句，“要是有人问去公社的事，你就说是向道叫你去的，千万别说咱昨天晚上商量过。”

展春方一愣怔，没有应声，走了。

大队办公室里他们还在商量如何处理这件事，有的说，李向道从小就不是个好东西，虽然没犯过大错，可整天横儿八叽，没人管得了他，就该弄公安局劳改两年，改改他的性子。张义昌极力拥护这么办。李光恩不同意，说："还是别正式逮他，那样对咱村影响不好。他的后台是潘忠国，要叫他带头揭发潘忠国的问题，把潘忠国整一整。只要潘忠国服了软，以后就没人再挑动事了。"

张发树说："对，召开个群众大会，发动群众，把他批倒批臭！"

展明尧看着张义昌，说："义昌，恁可是一个战壕里的，你觉得怎么样？"

张义昌说："我早就看不惯他那作为了，斗他，我举双手赞成，到时候我带头批判。"

潘忠地说："最好先把他叫来谈谈，看看他的态度再决定开不开群众大会。"

许干事说："可以，抓紧把他喊来，咱一块跟他谈。"

潘秀菊说："这都到吃饭的时候了，所长和许干事怎么吃？我回家做饭去吧？"

许干事说："俺还是到工作组吃去吧，那里还有面条。不用慌，晚吃一会儿不要紧。"

张发树说："向河，你去点缀点菜，和秀菊姑先去做饭，所长轻易不来，中午得喝点酒。"

许干事说："算了，下午要开大会就不能喝酒。"

张发树说："那就光炒两个菜，让他俩吃，不喝酒咱不去陪了。"

潘秀菊向许干事要过钥匙，叫着李向河去准备饭，张义昌去喊潘忠国。

潘忠国正要吃饭，听到张义昌在院子里喊他，出来问："有事啊？"

张义昌说："洪所长、许干事叫你。"

潘忠国知道可能是为李向道偷牌子的事，没犹豫跟着他出来了，走出大门就跟张义昌套近乎，说："咱可不是一天的爷们了，你给我透个底儿，他们叫我干吗？"

张义昌说："给你说吧，李向道全都交代了。"

潘忠国说："咳，那个熊孩子你还不知道，说话做事没点准头，别信他的。"

张义昌没再吭声，在前面走得更快了。

到了办公室，许干事先说了说，意思是告诉潘忠国，李向道从昨天晚上到今天上午，连续干了几件坏事，问他知不知情。潘忠国一口咬定什么也不知道。洪所长点给他一句："李向道说昨天傍晚你叫他去恁家里喝的酒？"

潘忠国说："那是他自己去的。我在试验田干了一天活，累了，正要喝几盅，他赶上坐下就不走了，我还能撵他？"

洪所长进一步说："据李向道交代，他干的事都是你安排的。"

潘忠国急了，大声反驳："李向道是什么人谁不知道，他就是条疯狗，爱咬谁咬谁，他说的也只是一面之词，恁就信啊？"

洪所长不动声色，说："老潘，你也是多年的老党员、老干部了，说话是要负责任的！"

潘忠国说："我向来说话落地砸坑，我说的当然我负责。"

张发树说："大哥呀，你办的这些事忒不靠谱了，叫大伙猜猜也猜个八九不离十，别再嘴硬了。咱开个群众大会，让他们揭发揭发，看你还狡辩不狡辩！"

潘忠国说："随你的便，恁就是开全公社的大会我也是这样，我没干的事硬安不到我身上！"

许干事一看他这样子，站起来说："好了，你回去吧，下午一定要参加大会呵！"

"参加就参加，有什么了不起！"潘忠国嘟囔一句，起身就走，他心里其实已经打怵了。

潘忠国走了后，张发树说："咱中午下通知，下午开群众大会吧？"

许干事说："开！这个人就是茅坑里的石头，又臭又硬，我不信在事实面前他还不低头！不过，还得去给李向道谈谈，再给他鼓鼓劲，叫他第一个揭发，别到时候冷了场。”

张义昌说：“这事交给我，我去找他。”

洪所长说：“下午的会我就别参加了。”

许干事说：“那不行，你到场一坐，对那帮人就是个震慑。”

洪所长说：“好吧，开完会我再走。吃饭去吧，肚子里都叫唤了。”

许干事领洪所长去吃饭，其他人先分头下通知去了。

张义昌下完两个生产队的通知，接着去了李向道家。李向道爷俩正要吃饭，见他进来就停下了。张义昌告诉李向道，下午就开群众大会，批判潘忠国，让他一定第一个站出来揭发。并且说：“这算是给你一个戴罪立功的机会，只要把潘忠国的问题都揭出来，证结实他，你的问题就不再追究了。但是，也要当着群众的面表个态，今后决不能受他的挑唆办坏事了，也不能再跟着他跑了。”

老头说：“听见了吗？一定听恁大叔的话，可别再惹事了。”

李向道剜了他爹一眼，说：“不听大叔的听你的呀！”又对张义昌说，“放心吧，我把他那些见不得人的事都抖搂出来，他要不认账我撕他的嘴！”

张义昌正要走，展春方进来了。张义昌问他怎么这时候来了，有事吗？展春方说：“刘玉兰刚才去俺家了，说潘忠国叫她去的，让我来给向道说说，下午大会上别说他知道的那些事，别人要追问就说跟他没关系。还叫我也别承认参与商量去公社闹事，都推到向道身上，让向道先一个人扛着，最后他再想法保向道，涉及的人多了就不好办了。”

李向道立时来了火气，骂道：“这个狗娘养的，都是他叫干的，出事了又全都赖到我身上，他倒想撇清了，把我弄公安局去他还怎么保我？”

展春方问：“大队那个牌子的事他也知道？”

李向道说：“那是昨天傍晚在他家喝酒的时候说的，他还说叫我自己办，不能让别人知道。喝完酒我才去喊的你。”

展春方说："我从大队里出来去给他说，他说是你自己弄的事，并且叫我把去公社也说成是你约着我们去的。我当时一听就觉得这个人太不厚道了，没理他。"

张义昌说："向道你听听，他鬼心眼子太多了，到了真事上一推六二五，把自己洗干净身子了。"

李向道说："春方，咱不能听他的，下午我先说，你再说，咱得把他的老底都揭出来。"

展春方说："咱两个想一块去了。反正我办的事决不推给你，咱都是受人指使，咱的错咱承担。要是按他说的，责任全是咱的，他倒成好人了。有一回错不能犯二回错，可不能再上他的当了。"

张义昌一看这情况，更放心了，说："恁两个商量一下怎么揭发他，别再给他留面子。我得回去吃饭了，下午都早一点去会场。"

潘忠国两口子都来参加会了，就是没到前边去，悄悄躲在后面，也不和别人结伙。有不少人都知道是要批判潘忠国，看见他也没人和他搭腔。

大会由张发树主持，开始时他讲道："这两天我们村里发生了几件大事，有好事也有坏事。我们成立了大队革命委员会，这是大伙都高兴的好事。但是，有的人心里不满，就千方百计搞破坏。怎么破坏呢？一是指使人把革委会的牌子偷了去，二是安排人到公社闹事，不仅张贴反动的大字报，还动手打了人。到底是怎么回事呢？大家听听就清楚了。下面先让李向道发言。"

李向道憋着一股子劲儿，腾腾腾跑到前面，扯着嗓子说："发树哥说的这两件坏事我都参与了，昨天晚上半夜多我去偷的牌子，藏到了俺家的柴火垛里。去公社是我和春方约的人，打人也是我带的头。我错了，我有罪，向老少爷们检讨。可是，办这些事都不是我的主意，是潘忠国这个大坏蛋叫我干的。"下面一阵"嗡嗡"声。李向道接着说，"昨天晚上他叫我到他家里喝酒，灌了我不少，喝着酒给我说的。后来又让我去叫展春方，俺三个在他家里开的黑会，俺两个都是按他的意思办的。我要有一句瞎话，天打五雷轰，不信问问春方。”

展春方站起来刚想上去发言，有人呼起了口号：

“打倒潘忠国！”

“把潘忠国揪到台上来！”

有几个民兵早就预备好了，看到张发树一打手势，过去把潘忠国拉扯到了前边。

这时刘玉兰跟了过来，潘忠国那边还没站好，她上去扯住了李向道，咋呼道：“你个没良心的，吃了喝了俺的来这一套呀！你还不如条狗哩，狗吃了还围着主人转两圈哩，你倒咬起人来了！”

李向道一把把她推了个趔趄，她干脆坐到地上，呼天抢地地骂起来。张义昌上前拉她，她又骂张义昌。

张发树问许干事怎么办，许干事给洪所长使了个眼色，洪所长站起来使劲一拍桌子，大声说：“哪里来的个泼妇，敢闹大会呀！去拿根绳子，把她捆起来！”

潘忠国朝她瞪了一眼，说：“快滚家去，这里没你的事。”

刘玉兰没再吭声，起来扑拉扑拉腚走了。

会场稳定下来，继续开会。展春方上来又把昨天晚上在潘忠国家里如何商量的情况说了一遍，并且说：“那张大字报是他叫我写的，写什么都是他交代的。”接着又有两个青年上来发言，其中有个是试验队的，把他在试验田整天指手画脚，一点活不干，还贪污钱物的情况数落了一通。张义昌想说几句，张发树制止了他，说：“今天的会议就到这里，下次大会继续批判，同时让潘忠国作深刻检讨。”

有个青年又跑了过来，手里拿着张单据，拉着潘忠国说：“去公社贴大字报是用我的钱买的糨糊，花了一毛六，你得给我报销。”

潘忠国不说话，也不接单据。潘忠地给李向河嘀咕了一句，李向河过去说：“别叫他给你报了，把单据给我，跟着我去拿钱。”

罪有应得

孙风雷十多天没来汶水滩了。她那天早晨给展春才、李长路说：“我昨天到医院看看病，需要回家吃几天药，我的课恁两个给我代代。”他两个确实也看着她这一段像生病的样子，整天愁眉苦脸、少气无力的，有时候连饭也懒得做，随便吃口了事。展春才听她说要去治病，就说：“你放心去吧，好彻底再回来，有俺俩，误不了学生的课。”

实际上她没有生病，而是出了件大事。也正因为这事，让她再也抬不起头来了。后悔、怨恨都没用，一失足成千古恨，自己没管住自己，惹了事能怨谁呢？

原来是前些日子她忽然发现，近两个月没来例假了。回忆一下这段时间的身体状况，意识到不好，担心是不是怀孕了。心里立时像堵上了一团棉絮，怎么也打不起精神来了。几天里万分焦虑，吃不甜睡不香。后来也想，可能不是怀孕，是得病了。于是到公社医院找到她中学的同学，说了说情况，想查查到底是怎么回事。她这个同学是卫校毕业，在病房当护士，听了后就领她到妇产科找大夫。检查后大夫问她，结婚多长时间了？她红着脸说订婚了，还没办结婚手续。大夫给她开玩笑，说恁也太心急了，还没过门怎么就要孩子呢？赶紧登记去，别让外人知道了笑话。出来后她同学又个别问她，想不想要这个孩子？如果不想要趁早到别的医院流了，不能在咱这个医院，都认识你，容易招闲话。她随口说，我跟他商量商量再说吧。她同学当然以为是和她未婚夫商量，也没往其他方面想。

她自己心里再清楚不过。虽然和姚德广没断书信来往，但是，从订婚到现在，两人只见过一次面。那还是去年秋天，一块去的县城，到照相馆拍了个合影照，逛百货公司买了几样东西，在饭店吃了顿饭，交谈时间不短，也很投机，只是说的话多些，可根本没有肌肤之亲。按当地的习俗，连个手都没握，就正式定下来了。一年多了他没再回来，她也没去过部队。和雷道云发生关系是从今年春天开始的，一时也记不清多少次了，肚子里的孩子就是他的。事是他造成的，得叫他拿主意。于是给展春才他们编了个瞎话，就去了县城。到招待所找到雷道云，把实情给他讲了，问他怎么办。

雷道云的老婆在老家务农，孩子已经两岁多了。自从和孙风雷好上，他也曾想过，如果这两个女人比较一下，不论从哪个方面分析，都是一个天上，一个地下。以后找个理由跟家里那个离了，和孙风雷结婚，将来不仅两个人的生活会充满情趣，生了孩子也能是非农业户口。可没有料到，她这么快就怀孕了，太突然了。现在要提出离婚绝对不行，离成离不成先不说，眼下正是关键时期，无论如何不能出岔子。已经当上了县革委委员，又是教育系统的唯一代表，如果顺利，下一步有可能进常委，当个副主任也不是没有希望。离婚可不是小事，尤其在乡下，要是女方出了毛病还好说，如果是男的无故提出和老婆离，特别是在外面有了工作的，街坊邻居都会指你的脊梁骨，骂你是“陈世美”。这就成了一个人的道德问题。这个时候可不能办这种事，传扬出去影响太大，说不定就毁了前程。他接连吸了几支烟，脑子里急速转悠着，觉得必须悄悄处理，最好的办法就是劝她偷偷把孩子打掉。他正思考着怎么委婉些把这个想法说出来，孙风雷沉不住气了，说：“你倒是说话呀，这孩子可是你的，到底怎么办？”

“怎么办？事已至此，只能不要这个孩子了。为了我们的将来，现在必须忍痛割爱。不过这事千万要注意保密，要做得神不知鬼不觉，也不能让你家人知道。回医院做了，在家多休息几天。”

“公社医院很多人都认识我，怎么保密？”

雷道云又点了支烟，想了想说：“县医院你有认识的人吗？”

“没有。”

“那就去县医院，挂号时也不要用你的名字，考虑个假名。”

“我去了给人家大夫怎么说？”

“那还不好说，你已经订婚了，有名有姓的，就说是和他没注意怀上了，暂时还不想要孩子。”

“要那样叫我姐姐领着我去，反正她就是个农村妇女，不懂这些事。”

“也行。最好快一点，时间一长容易被别人看出来。”雷道云说着掏出几十块钱，递给孙风雷，“这点钱你拿着，买点补品，养养身子。”

孙风雷没有接，说：“我有钱。你不用担心，这件事就是你知我知，其他人谁也不知道，明天我就去做。”

第二天一早她去了姐姐家，说是和姚德广发生了那事，怀上了，叫姐姐陪她到县医院做流产。姐姐是过来人，知道他两个一年多没见面了，孩子一定是别人的，就数落了她一顿，但也没逼问这男人是谁。毕竟是亲姊妹，应该为她遮掩着，就和她一块去了。到了县医院很顺利，她用姐姐的名字挂的号，到妇产科说了说情况，大夫边给她检查边问她未婚夫是干什么的，她说当兵的。问她在哪个部队，她如实回答了。又问她男的姓什么，她说姓姚。话出了口她忽然想到，不应该说实话，就琢磨给姚德广编个假名字。可是大夫没再问下去，她姐姐去交了钱拿回手续，就开始给她做。没用多长时间，就完事了。

回到姐姐家里住了三四天，她就想回学校上班。姐姐不让，说是坐“小月子”和正式坐月子一样，不出满月不担事，得多休息几天。就这样，她又住了八九天，说是身体确实没点事了，姐姐才让她走。

到了学校，展春才问她身体怎么样了。她说好了，并且解释，不是什么大病，就是平时吃饭不注意，引起胃不好，吃了十来服中药，没事了。展春才又把这几天村里发生的事情介绍了一下，特别是张义昌当了革委会委员，潘忠国挑动人闹事被批斗，说得比较详细。她也没怎么上心听，问问学生的课程，就开始上课去了。

事情算是过去了，她也慢慢地放下心来。几天后就放寒假了，她没有回家，和展春才他们一起，靠到大队宣传队忙活起来。目的很明确，就是想尽快得到大队他们几个的信任。

往往有些事就是凑巧。临近春节，姚德广回家探亲来了。他自从当兵这些年，春节期间还没回来过。进了腊月不久，突然有了这个想法，并且想同时把婚事办了，因为家中老人也多次写信催促。当他给孙凤雷写信说明这个意思时，孙凤雷回信不同意，道理讲得很明白，说是现在都还很年轻，正是干事业的大好时光，她当学校负责人时间不长，必须集中精力抓好工作，争取新的进步。如果现在结婚，接着要养孩子，两个人又不在一块，家务事要由她一个人承担，工作肯定会受影响。能不能晚个一年半载的，明年下半年再说。其实当时她刚回学校才两天，觉得这时候结婚很容易会露馅，于是编造理由，拒绝了。姚德广当然不知道实情，看了信不仅理解，而且挺高兴，觉得这人思想进步，有发展前途，就答应了。但是，春节探亲的事已经跟首长打了招呼，就请了半月的假，腊月二十七回来了。

从县城长途汽车站下了车，已是中午饭时，就买了两包点心直接去了县医院。他准备到表姐家吃顿饭，顺便看看表姐一家，把给小侄女买的玩具和糖果留下，下午骑表姐夫的自行车回家。表姐两口子都是县医院的大夫，刚下班，看到他来了，都很高兴，表姐忙着做菜做饭，专门多炒了两个菜，让他和表姐夫喝了几盅。吃饭期间，表姐问他，这次回来是不是结婚。他说先不结，女方为了求进步，想晚一年。表姐又问他女的姓什么，是干什么的。

他说姓孙，公办教师，在汶水滩小学当负责人。表姐没再说什么。

吃完饭喝了杯水，他要走，表姐夫把自行车给他推出来，表姐和他一块出了门。来到宿舍院外边，表姐说:“你随我到办公室来一趟，我有话给你说。”

他也没问什么事，跟着去了。

表姐是妇产科副主任，那次给孙风雷做流产的就是她。本来当时问孙风雷那些话是无意的，可当孙风雷说到未婚夫的部队地址，又说到姓姚时，引起了她的注意。回家立即找出表弟来信的信封一对，正是这个地址，回去就把孙风雷的手续放到了抽屉里。来到妇产科办公室，她从抽屉里找出手续，边看边问:“你找的这个对象是不是叫孙凤花？”他说:“不是，叫孙风雷，这是后来改的名，以前叫孙凤蕊。对了，她姐姐叫孙凤花，怎么了？”

表姐考虑一会儿，说:“是她姐妹俩来的，不过，做流产的是妹妹，姐姐是陪她的。”

他一听就蒙了，问:“有这种事？什么时候？”

“做了快一个月了，当时怀孕也就三个月左右。”

“能确定是她吗？”

“也不能百分之百确定，因为名字不对。你说她姐姐叫这个名字，可重名重姓的有的是。”表姐又把这个女人的长相描述了一番，接着说，“当时我问她对象是干什么的，姓什么，她说出了你所在的部队，姓姚，我就留意了。反正临时不结婚，你再进一步了解了解，真要不是她就好了。”

本来姚德广从起身回来，一路上满心喜悦，听了表姐这番话，好像脑袋上挨了一棍子，高兴劲儿一下子出了窍，心里纠起了一个疙瘩，木头人一样，什么话也没有了。

表姐说:“再有两天就过年了，恁姐夫的车子不用送回来，有事叫他骑我那辆，你临回部队时骑来就行。刚才说的那事一定要稳妥处理，不要让别人知道了，免得说三道四的，更不能冤枉了人家。”

姚德广说了声“我知道”，闷闷不乐地骑上车子走了。

自行车是八成新的，平时表姐夫保养得也很好，可姚德广蹬起来老觉着链条缺油似的，有些吃力。表姐的话一直在耳边响着，难道真的是她吗？订婚一年多来，半月二十天就通次信，相互间简直是无话不谈，孙风雷不仅从来没透露过别的情绪，而是让人感到很亲密，怎么会发生这种事呢？但愿是表姐多疑弄错了。可表姐说的那个人的样子和她很相似呀，再加上说的其他几点，在同一个部队当兵的倒是还有几个老乡，但他们都不姓姚。至于用的名字，也可能是为了掩人耳目，故意用她姐姐的。这几个方面凑起来，是她确凿无疑了。男方是谁呢？他们好起来是在和我订婚之前还是在以后呢？不会是在前，如果他们原来就已经到了发生关系的程度，她就不会再答应和我订婚。这样分析，那个小子就是中间插进来，破坏我们的婚姻了。怎么办呢？直接和孙风雷提出分手算了，也不说什么理由，给她保全个面子。走了一段路又考虑，不行，不能便宜了那个不知名的浑账小子。可是，怎么从孙风雷嘴里掏出实情呢？他费了心思。

第二天吃过早饭他就去了孙风雷家，她父母说放了假没回来，在汶水滩帮着排练文艺节目。他连水没喝就去了汶水滩。

为了准备正月初三到刘集演出，汶水滩宣传队正在大队院里加紧排节目。他进村后没有打听，循着锣鼓家什的动静，直接去了大队。进去大门人们就发现了他，孙风雷迎上去，接过自行车，领着他去了学校。大伙在后面议论：“孙老师真有眼力，找了这么个帅气军官！”她装着没听见，心里却乐滋滋的。

姚德广是空着手来的。从部队临来时，他给她买了两双尼龙袜，一条丝巾，但今天没有带。孙风雷进门就忙着朝脸盆里倒上热水，让他先擦把脸，接着又泡上茶。姚德广说：“别忙了，坐下歇歇吧。我来得急，也没能给你带东西。”

"咳，带什么东西，只要见了人就很高兴。"孙风雷说着朝他笑了笑，又问了一句，"你什么时候回来的？"

"昨天下午到的家。"

"怎么找这里来了？"

"我先去的恁家，大爷、大娘说你放了寒假没回去，我就来了。你怎么这么忙呀，放了假也不休息几天？春节不回家过了？"

"你是不知道，汶水滩现在成了县和公社武装部的点，正在全面落实'五·七'指示，大队成立了毛泽东思想宣传队，春节后还要到其他大队演出。学校里那两个民办老师都是宣传队里的骨干，我要不掺和掺和，人家不有看法？大队革委会的领导也劝我回去，说好了，今天下午我就回家，吃了饭咱一块走就行了。"

姚德广曾考虑，那个男的会不会是大队干部，或者是一块教书的教师？于是就想试探一下，说："大队的同志不错呀，挺关心你的。"

"那可是，你看，昨天试验队杀猪分肉，还给我送来几斤，说是让我带着回家过年的。不过我心里清楚，那帮人对我一直有成见，因为大都是原来的党支部成员，我刚来时带领学生支持造反派，和他们顶了牛。最近我尽量多参加大队的一些活动，也是为了改变一下他们对我的看法。"孙风雷说着想准备做饭，看到猪肉，又说，"对了，我割下一块肉来剁剁，少放点白菜，中午包水饺吃。"

"算了吧，怪麻烦的，随便吃点就行。"

"不麻烦，你喝着水的工夫我就弄好了。"

孙风雷拌好馅，和好面，姚德广帮她一起包。包了快一半了，姚德广说："不是还有两个民办教师吗？叫他们来一块吃吧，我也认识认识。"

"不叫他们，都是老土，跟咱没共同语言。馅子也不多，也就够咱俩吃的。"孙风雷有些不屑地说。

姚德广有些纳闷了。是那个人就在他们其中，她为了避嫌，故意说他们的坏话，还是另有其人呢？

两个人吃起水饺，孙风雷问味道怎么样？他嘴里说着“挺好”，可实际上根本没吃出什么味道来。孙风雷又给他介绍汶水滩‘文化大革命’的情况，他随口“嗯嗯”着，什么也没听进去。他一直在想，怎么办呢？这样试探是不会有结果的。最后下了决心，干脆，一不做二不休，跟她挑明了，看她怎么解释。

当吃完饭孙风雷洗刷完坐下喝水时，姚德广突然问：“前些日子你和你姐姐去县医院了？”

孙风雷愣了愣，立即说：“县医院？没有啊！”尽管回答得很坚决，可她的脸立时红透了。

姚德广一看她这表情，知道事情是错不了了，接着说：“这种事还能忘了？去的妇产科，登记用的恁姐姐的名字。有的事能瞒得了一时，可瞒不了一世，有的事一时也瞒不住。你可能忽视了，县医院也有认识你的。”

看来这事他已经了解得一清二楚了，不承认也不行了，事已至此，只能由他了。孙风雷两行泪“哗哗”地流了下来，啜泣了一阵子，说：“实在对不起你，我错了。”

姚德广喝了两口水，说：“这事也不能完全怪你。一个女同志独立在外面工作，不小心上了别人的当，只要今后注意了是可以原谅的。不过，要真正接受教训，这种事万一传出去，影响太坏了。男的是谁啊？只要和他一刀两断，保证别再发生类似的事，过去就算了，我也不是那种好计较的人。”

孙风雷听他这口气，不像是抓住不放，还有挽回的余地，就抹着眼泪把雷道云的情况如实说了。

姚德广说：“行了，不用再说了，他是有妇之夫，你们发展下去也不会有什么结果。到此为止，再也别跟他联系了，如果他主动找你，你就坚决推掉他，必须把握住自已。也不要跟他说我知道了，我回来探亲的事也别告诉他。马上到年了，过年我还得串串亲戚，恁家里我就不再去了，临回去前咱再见次面吧。”

孙风雷止住了泪，说：“你真是个好人，自从出了这事我就担心你不会原谅我，你是大人大量。我听你的，过年期间就在家里，哪里也不去，今后也决不再跟他见面。我要是再管不住自己，那就不是人了，到时候任凭你处置。”

姚德广打起了官腔，说：“承认了错误就是改正的开始，咱结识时间也不短了，我相信你。快拾掇拾掇东西，咱一块走，到恁村头再分手。”

一路上尽管孙风雷心事重重，少言寡语，姚德广心里却挺痛快，主动和她搭讪，扯了些家长里短的闲篇。

姚德广没想到这一趟就达到了目的，没用费多少口舌便弄清了真相，还把孙风雷稳住了。下一步怎么办呢？必须找公安局，告雷道云那个小子，赶紧把这事了结了，不能没结婚就戴上顶“绿帽子”。

第二天早饭后，他给父母说要进城看个同学，骑上车子就走了。他直接去了县公安局，进门打听局长的办公室，人家一看是个当兵的，就告诉他局长不在家，副局长在，并指给他副局长的办公室（虽然公安局也成立了革委会，人们还习惯把主任、副主任称作局长、副局长）。敲开副局长的门，正好副局长一个人在屋里，他掏出证件递过去，说我是回来探亲的，有件私事，想向局领导请示一下。副局长看了看证件，是个军官，说：“不用客气，你坐下，喝杯水，有什么事慢慢说，需要帮助的我们一定尽力。”

姚德广接过水杯，坐到一旁的椅子上，把和孙风雷订婚，以及回来后在县医院听说她流过产，她本人承认男的叫雷道云等情况，简单地讲述一遍，最后说：“我知道这事只有公安局能处理，所以来找您，请领导费心。”

副局长说：“你放心，你反映的这个问题我们一定认真对待，一经查实，可以定性为‘破坏军婚’，是要判刑的。这个雷道云我认识，是教育系统响当当的造反派，在县里也小有名气，现在是县革委委员。”

姚德广说：“正因为他是县革委班子成员，我才觉得问题严重，不好办。请您相信，我讲的全是事实，如果有一句虚假，我愿负一切责任。”

副局长说：“这我相信。你也要相信，法律面前人人平等，不论是天王老子还是平民百姓，只要犯了法就得依法严惩。不过，我们还得按程序办。首先你要写个控告书，然后我们根据你提供的情况，找相关人员进行核实，包括医院妇产科，还有女方本人，取证完了再依据事实决定怎么处理。有件事请你注意，目前县里两派斗争很激烈，公安局也不是平静的绿洲，有伙子造反派，整天跟外面的人搅和在一起胡闹腾，如果他们知道了你告的是他们的‘战友’，说不定会包庇他，甚至阻挠办案。所以你不要再找别人了，我就分管这方面的工作，一定亲自安排可靠的同志去办。”

姚德广说：“我就依靠您了。能不能快一点，在我回部队以前结案？”

副局长问：“你什么时候回去？”

姚德广说：“年后初十左右。”

副局长说：“那你得抓紧把材料交给我。”

姚德广说：“我现在就写行吗？”

“可以。你在我办公室里写吧，我出去办点事，半个多小时就回来。我把门带上，没人打扰你。”副局长说着把稿纸和钢笔给他拿出来，走了。

姚德广写好等了一会儿，副局长才回来。他把材料递过去，说：“请您看看这样写行吗？给她做流产的大夫的名字，还有孙风雷的住址，都附在后面了。”

副局长看完他写的材料，说：“挺好，问题写清楚就行了。这样吧，明天就是春节了，还是星期天，我刚才找几个同志商量了一下，组织了个办案小组，四个人，先让他们休息两天，初二就分头行动。特事特办，查清楚我们立即研究。案情不复杂，如果顺利的话，初三就可以抓人。”

姚德广说：“谢谢您了，我回去吧。”

“你在材料上摁个手印。”副局长拿出印泥，让他摁好，接着说，“行了，你回去安心过年吧，最后的处理情况我会让公社派出所的同志去告诉你。”

姚德广一身轻松地往家赶，感到这个结果太理想了。把那个姓雷的抓起来，解了心头之恨，那个孙风雷也不能要了。他边走边想，回去就给她写封信，一年多的联系就此终结，从此和她没什么瓜葛了。又一想，不能急着告诉她，如果她知道这个情况后反悔了，将会影响公安局的同志找她取证。万一她再给雷道云通了气，就更不好办了。可以先把信写好，等把雷道云抓起来再想法给她。

本来去县城的路上姚德广还担心，马上过年了，如果公安局的同志引不起重视怎么办？只能再去县武装部，请求首长给予支持。这下好了，这位副局长那么热情，办事那么果断、利落，还表示要亲自抓这个案子，真可谓雷厉风行，这样的领导让人佩服！

姚德广当然不知道，正常情况下，这样的案子副局长过问一下是可能的，但不会亲自靠上，又是在过年期间，更不会安排这么急。原因很简单，犯案的是造反派头头，不仅这位副局长，公安局多数同志对造反派都是反感的。姚德广虽然没去武装部，可他前脚刚走，副局长就到武装部找贾政委去了。因为现实局里的一把手是造反派，这位副局长是多年的老副局长了，对一把手的做派很看不惯，虽然让他分管这方面的工作，可这个案子涉及的是敏感人物，万一一把手过问就不好办了。尽管机关上议论起来都看不出贾政委是支持老保派还是支持造反派，但要立一个县革委委员的案，还是得给主任打个招呼，听听他的意见。更重要的是，只要贾政委表态同意了，其他人就不能挡了。贾政委听了副局长的汇报，又看了看姚德广的控告材料，非常气愤，当即要求抓紧办案，并且说：“别管他是什么派的代表，犯了法该抓就抓，决不能姑息。”副局长一听政委这态度，心里踏实了。

按照约定，初三上午汶水滩大队宣传队到刘集演出，初五刘集的宣传队再到汶水滩演出。一大早，张发树和潘忠地就把人集合到大队，他两个要亲自带队去。提前下了通知，有自行车的都骑来，没有的只要会骑就得借一辆，一下子集中了二十多辆。有的驮锣鼓家什，有的驮服装道具，有的后座上带个人，浩浩荡荡，三十多名队员一起出了村。刘集准备也很充分，早就搭好了戏台，昨天晚上还先演了一场。还安排了一帮人，早饭后就分头准备，有的负责场地，有的烧水，还有几个人开始蒸馒头、擀面条。因为演出结束，要留大伙吃顿饭。

大过年的，生产队不安排农活。吃过早饭，除了有些人去走亲戚，全村男女老少，扶老携幼，带着凳子，很快挤满了场子。张发树他们一到，孩子们就围了上去，咋咋呼呼地起哄。刘集的村干部把他们撵到一边，让演员们化装，准备演出。

机关上过春节放假三天，从年三十到初二。个别离家远的都是提前向领导请个假，晚来两天，多数是初三一早赶回来。其实上了班也没多少具体事，也就是相互拜拜年，聊聊天。当听说刘集有文艺演出时，就都吆喝着去看热闹了，大部分办公室锁上了门。这时有两个办公室里正忙着。一是教育办公室，雷道云昨天就联系好了，今天要来帮着研究办教师学习班的事，因为开班时要让全县各公社教育上的负责人来列席，回去效仿，各办各的。春节后开学前这一段，他要集中抓这件事。二是武装部办公室，洪所长正找刘部长汇报。他接到县公安局通知，雷道云犯了破坏军婚罪，今天要正式抓捕他。局里的同志已了解清楚，雷道云今天上午到刘集来开会，局里安排两位同志来执行，马上就赶到。刘部长问雷道云来了吗，许干事说来了，刚才就看到他去教育办公室了。刘部长说："老洪你安排好，让老许盯着，别让雷道云走了。"

洪所长说："刘集正在演节目，是不是到那里宣布一下，对那伙造反派也是个震慑。"

刘部长说："你跟公安局的同志商量着办吧。"

洪所长说："那得叫许干事、侯干事去帮我们维持下秩序。"

许干事说："这没问题。让老侯弄个牌子，到时候给他戴上。"

侯干事问："牌子上写什么？"

洪所长说："准备个牌子好，写上'流氓犯'三个大字就行。"

公安局的同志来到后，在派出所商量了一下，洪所长就要去把雷道云喊过来，一位警察说："他们不是在开小会吗？"

许干事说："就三四个人，他正在讲着。"

警察说："走，直接到那屋抓他。"

他们几个一起来到教育办公室，雷道云穿着黄大衣，正讲得嘴角吐沫，一位警察走到他跟前，说："雷道云，你破坏军婚，已构成犯罪，今天正式逮捕你，这是逮捕证。"说着把逮捕证放到他面前，让他签字。

雷道云站起来，两手哆嗦着签上名字。另一位警察过去，"咔嚓"一声，给他戴上了手铐。屋里其他几个人面面相觑，但心里都有底了，因为他和孙风雷的关系暧昧早都看出来了。

他们押着雷道云出了门，侯干事想把牌子给他戴上，洪所长说："先别戴，等我宣布完，把他绑起来的时候再戴。"

台子上正表演大合唱，他们直接去了后台。由于雷道云穿着大衣，两手插在袖筒里，人们看不到他手上的铐子，都以为这是来看节目的，就没在意。许干事把张发树叫到一边，说明情况，让他宣布演出先停一停。张发树上去给乐队和演员打了打手势，都立即停下了。台上台下一片愕然。

这时洪所长走到台上，大声讲道："雷道云大家认识吗？就是原来在汶水滩教书，后来带头在咱公社造反，又到县里造反的那人。这个家伙道德败坏，违法乱纪，破坏军婚，经县公安局批准，今天正式逮捕！我宣布，把雷道云押上来！"

两名警察一边一个，押着雷道云上来了，其中一位拿出绳子，先搭到他脖子后边，接着分开，从他两个胳膊上麻利地缠了几圈，又在他后背上打了个扣儿。侯干事上来给他挂上了牌子。张发树在一旁带头高呼："打倒流氓犯雷道云！"

全场众人跟着高呼。

雷道云被押走了。

台上继续演出，场内老大会儿才静了下来。

下毒

雷道云被抓走的第三天，县公安局通知洪所长，让他直接到副局长办公室去。他放下电话，立即骑上车子去了。副局长给他安排了两件事。因为昨天就提审了雷道云，没费多大工夫就审理完了，案子很快就要转到法院，所以让他去向姚德广说说案子进展情况，也算是对原告一个回复。如果姚德广要想了解最后的判决结果，让他本人与法院联系。再就是抓紧向公社领导汇报一下案情，建议公社对孙风雷给予处分。

洪所长接受了任务没回公社，先去找的姚德广。来到村头他忽然想，正是过年的时候，不知道人家家里有没有客人，到家里说这种事不好，于是就去了大队，让大队干部把姚德广叫到了办公室。姚德广听说洪所长找他，知道是什么事，把给孙风雷写好的信带上，随大队干部去了。听了洪所长的介绍后，姚德广说："感谢所长，您还亲自跑一趟。也感谢公安局领导和干警同志们，他们春节都没能过好，案子结得这么快，都操心受累了，请你一定代我向他们表达谢意。另外，有封信麻烦您转交给孙风雷，我没有封，内容也没什么可保密的，就是和她断绝关系，您直接给她也行，要是不方便让别人转给她也可以。"

洪所长接过信，说："放心吧，你说的这两件事我一定都办好。"起身又对大队干部说，“天不早了，我得回去了。”

大队干部说：“快到吃午饭的时候了，吃了再走吧。”

洪所长说：“不了，你们都忙，我回去也有事。”

回到公社，伙房里已经开过饭封了炉。老吴问他干什么去了，怎么才来吃饭。他说了说上午办的事，老吴笑着说：“你这两天抓雷道云那小子有功，想吃什么？我给你做。”

洪所长说：“我有什么功啊，是人家县公安局直接办的案，最后了我只协助一下。有剩菜剩饭的热热就行，都快两点了。”

“今天中午炸鱼了，还有剩的，我给你放点白菜烩一碗，再煎两个馒头的馒头片，够了不？”老吴说着已经动了手。

“足够。真是过年了，吃这么好啊。”洪所长帮着捅开了炉子。

放下饭碗他就去找刘部长，把副局长的意思全面说了说。刘部长考虑一会儿，说：“孙风雷属于教育上管理的人，你去教育组说说，让他们看着办吧。”

教育系统是全公社最早起来造反的，当时还是雷道云挑头，开始就停了原文教助理员的职，让他到完小教书去了。后来雷道云要到县里造反去了，便宣布成立了个“领导小组”，明确了组长、副组长，还又从下边学校抽上来一名工作人员，现在他几个掌了全公社教育系统的大权。洪所长知道他们对雷道云、孙风雷案子的情况大体清楚，去了只简要说了下审理雷道云的进度，然后说：“县局建议要给孙风雷处分，刘部长的意见，具体怎么处分由你们决定。”

他三个本来都是和雷道云、孙风雷一块造反起家的，不能说没有感情。但出了这样的问题，对雷道云想保也无能为力了，组长一听说让他们决定如何处分孙风雷，觉得应该尽量照顾她，对雷道云也算是个报答，于是说：“行啊，我们一定认真研究，商量个初步意见再向刘部长汇报。”

洪所长又掏出姚德广的信放到桌子上，说：“这是孙风雷的未婚夫给她的信，你们转给她本人吧。”

组长拿起来看了看，接着放抽屉里了。

洪所长走了后，他三个却作了难。他们商量，给孙风雷定个什么处分好呢？看来不处分应付不过去，可也不能太重了，把这个权力交给咱了，就得从轻处理。她又不是党员，只能给予个政纪处分。但是，对政纪处分包括几个档次，具体是些什么内容，他三个没一人能说得清。那位工作人员说去问问纪检委员老栗，组长说：“那是走资派跟前的红人，他们执行的那套都是错误路线，不能听他的。”副组长当过多年的小学校长，也年长一些，毕竟有些经验，说：“孙风雷本来是个不错的同志，可出了这种事，瞒也瞒不住了，处分是小事，问题是下一步她的工作怎么安排。女同志一旦作风方面有了事，人就丢大了，她自己也得感到没脸见人了，还怎么能够当老师？我看不如这样，把她调离教育战线，最好安排到供销社去当个会计、保管什么的，待遇不比当老师差，却很少和外人打交道，面子上也能好看些。这也可以算是个处分，对外能讲得过去，对她本人也是个保护。”没有更好的办法，就都同意了这个意见。

组长、副组长两个人去找刘部长，刘部长听了他们的想法后，只说了句原则话：“这是你们管理的人，你们怎么定怎么是。要想调到别的单位，也得你们去联系。”其实刘部长不是不负责任的人，听了洪所长的汇报他就认真思考了，眼下这种状况怎么处理人？党委瘫痪了，组织、纪检等部门都已无法正常开展工作，革委会也处在半瘫痪状态，他成了机关上主事的，按规矩可没法处理人。这时候却出了这么件事，教育上又是几个造反派把持大权，只好由他们办去了。

他两个又去找供销社负责人，当然是打着刘部长的旗号。供销社的同志开始有些不乐意接受，但碍着刘部长的面子，又不想得罪造反派们，就勉强答应了。不过，会计方面不缺人，只能让她到生资仓库给保管员帮帮忙。

孙风雷自从警察来找她了解情况，心里一切都清楚了，知道姚德广到公安局告了，雷道云得被抓，自己也不会有好下场。几天里一直躲在家中，门也不出。两个组长来找她时，她的眼还肿着。他们叫着她去了村里小学，给她谈了谈。她听了处理意见，意识到这是照顾她，也没提别的想法。当看到姚德广的信时，她禁不住又哭了起来。组长说："这种人无情无义，断了也好。"

孙风雷说："这事不能怪他，只能怨我，搁谁身上也得这么办。"

他二人没再说什么。

几天过后，孙风雷叫她弟弟到汶水滩找到展春才，把自己的东西都驮了回来，随后就到供销社上班去了。就这样，堂堂一个师范毕业生，到供销社仓库当了个打杂的，头也抬不起来了。

洪所长从教育组出来，回到派出所刚倒上杯水，想休息会儿，张义昌风风火火地进来了，进门就咋呼："所长，快跟我走，俺村里有人投毒，你得去破案。"

洪所长说："你先坐下详细说说情况，到底怎么回事？"

张义昌坐到所长对面，说："今天中午我和几个民兵一块吃的饭，下午有四个人先后说肚子疼，接着有的又吐起来，到卫生室让李庆龙看看，他说好像是食物中毒。我们在大队办公室吃的馍馍，喝的开水，饭前饭后没一个离开的，你说这还不是有人专门在馍馍里下的毒吗？"

"恁从哪里买的馒头？"

"咳，不是买的，我们为了过革命化春节，不允许群众再走亲戚磕头了，村外所有路口都有民兵把守，发现有带着礼物走亲戚的，一律没收，然后拿到大队里集体吃。你知道，这时候没人拿别的东西，也就一篮子馍馍，我们吃的就是没收来的。"

洪所长笑了笑，说："那几个人没大碍吧？"

"李庆龙说不大要紧，他给每人打了一针，又准备给他们熬绿豆汤喝。"

张义昌看着所长不急，又说，“这案子好破，今天上午我们就没收了三家的馍馍，吃剩下的还在办公室放着，我没让任何人再动，好调查。”

洪所长说：“老张，你们这样做是不是太不近人情了？平时人们都忙，借过年的空儿走个亲戚看看老人，有什么不好？再说了，不带点礼物还能空手去啊？恁怎么好意思没收人家的呢！”

“这是破‘四旧’，是解决落后群众的封建迷信思想，必须采取革命行动！”张义昌觉得蛮有理儿，说得理直气壮。

“别是事不是事的就打‘革命’的旗号，老百姓拜拜年走个亲戚算什么‘四旧’？又怎么是封建迷信了？”洪所长看不惯他们这做法，一本正经地说。

张义昌说：“先别扯这个了，你还是赶紧去给俺破案吧。”

洪所长刚想说事情多没工夫去，张发树又进门了。张义昌站起来说：“你怎么来了？”

张发树说：“我还想问你呢，所长工作这么忙，你跑来给所长添什么麻烦？”

张义昌说：“你不知道呀？咱村里有四个民兵中毒了，我来叫所长去破案。”

张发树说：“破什么案，他们就是吃凉馍馍吃的，天这么冷，再吃得多点，还能不肚子疼？快回去吧，早没事了，每人喝了两碗热绿豆汤就回家了。”

洪所长说：“发树同志说得有道理，也许就是这么回事，不用我去。要是怀疑中毒，你们先自己查查，如果发现真是有人投毒再来找我。”

他两个走了，出门后洪所长又把张发树喊回来，说：“发树，你们这个弄法太过分了，群众过年走个亲戚都不允许，这算什么革命化？大伙的意见肯定小不了。你现在是一把手了，可得注意工作方法，办什么事也不能不顾忌多数群众的意愿。”

张发树争辩道："不是我安排的，都是张义昌胡捣鼓，其实大家都不同意他这么做。行，我回去就开个会，立即制止住，不能再这么弄了。"

回到大队，大队干部们都在办公室，展明尧也是从家里刚回来。张义昌说："都在呀，洪所长让咱查查谁下的毒，都说说怎么查吧，反正就三家的馍馍，其中还有明尧哥的一份。反正明尧哥家的不会有问题，剩下的还有两家。"

张发树说："查什么查？你凭什么说就是下毒呀？"

李光恩也说："都是大过年走亲戚，自己蒸的干粮，哪里来的毒？"

展明尧说："这好办，有毒没毒吃了试试就知道了，刚才我拿回去几个，想晚上馏馏尝尝，看有没有事儿。这不还有几十个，分了拿回去，咱每家都吃几个，一验证就明白了。"

李向河说："要真有问题呢？吃了那不都跟着挨折腾啊！"

展明尧说："能有什么问题？你看看，一个个白生生的，又没变颜色，决不会有毒。你要不拿算了，其他人分，恁要都害怕我自己全部拿回去。"

张发树说："先别说这事了，咱研究一下，从明天开始，不能再查老百姓走亲戚了，更不准没收人家的东西。这几天社员们愿意上哪就上哪，想带什么就带什么，大队坚决不能管了，再这么弄下去，群众得反了咱！"

潘秀菊说："发树说得对，群众对这事意见忒大了。"

李向河紧跟上说："那可是，恁是没听到，没有不骂的，有的说'办这种事的将来生个孩子也没屁眼'！"

都知道，在农村这可是骂人最狠的话。

张义昌狠狠剜了李向河两眼，没再吭声。

展明尧说："这事本来就不该办，谁没个本家长辈亲朋老人？不让磕头也就算了，还不让登门看看，那连点人情味儿也没有了，于理不通。"

李光恩说："做什么事也不能忘了根本丢了祖宗。老辈子传下来的习惯，不能说都是坏的，过年过节去看望老人，是对老人的尊敬，有什么不对？我前天就给发树说，咱不能把群众都得罪了。”

张发树说：“这事就这么定了。义昌叔，通知那几个民兵，该干么干么去，干点正经事，别老是捣鼓些下三烂的玩意儿。”

潘忠地一直没有发言。他不是不赞成制止这种做法，而是脑子里在思考着另外的事儿。

当地习俗，一年当中有两次集中走亲戚。一是麦收后秋收前那段时间，夏苗追上肥整好畦浇了头遍水，俗话说“挂锄钩了”，农活不那么紧张了，借这个时机，亲朋间走动走动，小辈的要看长辈，长辈也要到小辈家坐坐。再就是春节后这几天，只有小辈到长辈家去，一般也不说是走亲戚，叫做“给某某磕头去”。拿礼物也有讲究。夏季这次比较杂乱，有拿点心、水果的，也有拿几斤烧饼、馒头的。春节后这次就不行了，如果是“新亲戚”，必须年前“下礼”，最少四样，多的六样、八样，一般临近春节先差个小辈的送去，讲究的有用礼盒抬着去的。不管是几样，一是要双数，二是必须有鸡、鱼、肉。其中还有样东西不能少了，就是粉条，没有粉条的可以用山药代替，多少无所谓，因为不能收下，必须压回来，意思是两家的来往不能断了头，要长久下去（粉条连接不断头儿，山药掰断有丝，也有连绵不断之意）。年后去磕头时也不能空着手，还要再带上一篮子馒头。所谓“新亲戚”，指的是结婚后前三年，女婿带着媳妇去看岳父、岳母。老亲戚就简单了，临去时拿着礼物就行，多数都是六斤馒头，条件好的也有再加一块肉或两包点心的。那时候大都生活不太好，客人拿来的馒头舍不得吃，除了客人回去不能空篮子，要压上一斤，其余的留下，第二天再凑上一斤另走个亲戚。有的一篮子馒头不知要串多少家，几天后馒头干了不好看，那就馏馏，馏出来赶紧盖好，不然容易裂皮。要是用麦子到馒头房去换，要一斤二两半麦子换一斤，多数人家为了省点麦子，都是自己蒸。

今年怎么突然不允许群众走亲戚了呢？这还得从年前大队干部们分工

说起。临近春节，革委会成员开了个会，商量过年期间的工作。生产的事暂时停一停，困难群众的生活安排及烈军属照顾，张发树、展明尧、李光恩负责，宣传队的活动潘忠地、潘秀菊、李向河负责，社会治安就由张义昌负责了。分完工又都说了说具体怎么办，潘忠地还提出，宣传队除了在本村演出几场外，还要到刘集演一场，到时候让张发树一块带队去，张发树当时就答应了。张义昌虽然是最后一个发言，可说起来啰里啰嗦，他说今年要过一个革命化的春节，不能再搞请家堂、磕头拜年那一套，治安也不能出任何问题，所以得组织几个民兵，轮流值班，黑白在全村进行巡逻，凡是搞封建迷信的一律制止……没等他说完张发树就截住了，说："行了，不用啰啰那么多，按照各自分工，想怎么抓就怎么抓，只要别出问题就行。"张义昌以为这方面的权力交给他了，就绞尽脑汁，想出了些歪道道。

他选了六个青年，都是愣儿吧唧的那种，把他们集合到大队，从年三十下午开始，轮班在村里转悠。遇上请家堂的，串门磕头的，还有到十字路口泼汤的，就把人家撵回去。从初二就在村头路口查走亲戚的，开始只是不让人家去，后来发现有强去的，张义昌就说谁不听就把礼物没收了，拿到大队里去，值班的吃。

就这样折腾了几天，群众意见虽大，但多数不愿意惹他们那个茬儿，就不再走亲戚去了。只有个别的，想侥幸闯一闯，被查着就算了，也不和他们争辩，免得把馒头给收了，所以三四天才总共没收了两篮子馒头。今天一下子查着三个，其中还有展明尧的儿子，并且挺强硬，其余两个也跟着争吵，结果被他们把三篮子馒头都没收了。他们一个个来了精神，看着一大筐子馒头，差不多够两天吃的。中午吃了后竟出现"中毒"这事儿，这是出乎预料的，没肚子疼的那几个也蔫了。

潘忠地听说有人中毒后，立即去了卫生室，他看到四个人都抱着肚子坐在一边，一脸的难受状，就问李庆龙什么情况。李庆龙说几个人一起吃的饭，症状又一样，很可能是食物中毒，不过很轻，打了一针，又熬上绿豆汤了，叫他们都喝点，解解毒。潘忠地又问义昌叔怎么样。李庆龙说他没事儿，去公社派出所报案去了。潘忠地又问那几个人都是吃的什么，他们说没收的馍馍。潘忠地问吃的谁家的，他们说三家的，都混在一块了，分不清吃的是哪家的，并且说出了三家的姓名。潘忠地就想，连同张义昌是七个人一块吃的，那三个人没事，如果馒头有问题的话，很可能只是一家的。难道这又是展明尧设的局儿？

没大会儿张发树也跑来了。李庆龙正让那几个人喝绿豆汤，还嘱咐多喝点，喝完就可以回家了，如果还肚子疼再来找他。他几个拼命地抢着喝，一人喝了两大碗多，只喝得锅里一口不剩，然后打着饱嗝走了。

他们一出门，潘忠地说："义昌叔去派出所了，本来事不大，如果把所长叫来一嚷嚷，就弄大发了，大过年的，传扬出去可不好。"

张发树说："他就是瞎胡闹腾。去多长时间了？"

李庆龙说："差不多到半路了。"

张发树说："我去把他撵回来，可不能让所长来了。忠地，你去通知明尧叔他们几个，我回来咱开个会，再商量怎么处理。"

张发树去了公社，潘忠地叫着另外几个革委会委员去了办公室。展明尧进屋后，到了桌子跟前，把筐子里那堆馒头拨拉着看了一遍，开始挑出来两个，后来又拿起两三个，说："这馍馍都挺好的，怎么会有毒呢？我把这几个拿家去，让娘们做饭时馏上，我吃了看看有没有问题。"说着装兜里走了。潘忠地站在他身旁仔细看着，发现了门道，想，这事是他弄的没错了。可自己的想法又不能说出来，就反复琢磨着，他为什么这样做呢？在馒头里下毒也太危险了，放进去的什么东西呢？万一出了人命那还了得！所以直到张发树他们回来，一直到开完会，他都在思考着这件事。

临散会，展明尧说咱不把馍馍分开拿着？张发树说："别分了，让秀菊姑捎到祠堂去，叫孝彦大老爷吃。"

潘秀菊说："这馍馍真没问题呀？"

潘忠地这才说了句话:“不会有问题，给老人家拿去吧。”

散会后潘忠地到家里一站，接着出去了。他到了展明尧家，展明尧一个人在堂屋，潘忠地进门就问:“大叔，你拿回来的馍馍呢？都吃了啊。”

“没吃，恁婶子忘了给我馏上，那不还在筐子里放着哩。”展明尧指了指小桌上的筐子。

潘忠地过去看了看，说:“你一开始拣出来的那两个呢，怎么没有了？”

展明尧稍微一愣，接着笑了，说:“你个熊孩子看出事来了？”

潘忠地说:“我能看出什么事啊，就是看着你先拿出来的那两个馍馍顶上的红印都偏到一边去了。”

展明尧吸了两口烟，说:“就你脑瓜子机灵，实话给你说吧，就是我弄的。”

“你真下毒了？”

“放进去一点点老鼠药。”

“那可了不得，老鼠药那么厉害，弄不好就把人药死了。”潘忠地担惊受怕的样子。

“没事，放得很少，六个馍馍叫一个人吃下去也死不了，药死个老鼠还差不多。我就是想治治那几个小子，让他们收敛点儿，别再这么胡闹了。”

“我看着不像全部有问题，就六个啊？”

展明尧意识到潘忠地都清楚了，就把过程详细说了说。

琢磨这点子展明尧也是费了心思的。昨天下午，他让老婆和面蒸锅馒头，说是叫儿子给他姥爷、姥娘磕头去。老婆还说不是不让走亲戚吗？他说明天就初六了，查得不紧了。过年蒸馒头，为了图个喜兴，都是在顶上印个红印儿。做起来也很简单，用五六根麦莛儿绑成把，一头剪齐，馒头刚出笼时，蘸上红颜色，印在馒头顶上，一洇，像朵梅花似的，很好看。颜料一般都是从货郎担上买的，用个茶碗融化很少一点就足够了。他老婆把馒头拾到筐里后，展明尧开始做这事儿，当最后剩下六个馒头时，他把事前准备好的老鼠药倒进颜料碗里一点，拌匀，先用一根麦莛儿蘸了，从馒头顶的一侧插进去，拔出来再印上花，把插的那个眼儿盖住，这样既把药弄了进去，也是记了个记号，因为别的馒头花都印在了正中间，这六个偏到了一边。今天早饭后他嘱咐儿子，要是查住就给他们讲讲道理，真要没收就把馒头给他们。他心里有数，只要儿子稍微一争辩，他们肯定没收，因为张义昌对他一直有成见。万一不没收也不要紧，拿回来把那几个挑出来扔掉就是了。当他听说只有四个人中毒，情况又差不多时，就想，是不是还有两个有毒的没人吃啊？于是到大队办公室后立即把剩下的馒头翻了一遍，结果找着了两个，为了打马虎眼，又多拿了三个，说是回家吃了试试。实际上他回来后，就把那两个搓碎扔到茅坑里了。

潘忠地边听边琢磨，觉得这事办得有些太出格了。不论放了多少老鼠药，性质就是投毒，并且是故意伤害别人，这能是闹着玩的吗？等展明尧讲完，就说道："可不该这么弄法，要是义昌叔把派出所所长叫来，追查起来就成大事了。虽然后果不是很严重，可这种行为是下毒，较起真来就是犯罪。"

展明尧说："哪里想到他们能没收三家的呀，如果就只有我这几斤，他六七个一顿就吃光了，有人查也找不着物证。再说了，除了我没别人知道，恁婶子和面蒸的，我弄时她洗笼布去了，也没看见，只要我不承认，他们能有什么办法？"

"如果当成案子来破，就算是有毒的让他们都吃下去了，也好定性，把他们吐出来的东西拿到公安局一化验，就清楚了。没收的要单是你家的，那不更好查？现在这种情况，要查就得找恁三家，你不承认，那还得连累人家那两家！"

"这么一说还真是个事儿。我当初想得太简单了，说书唱戏不是讲'两军对战，兵不厌诈'，靠计谋取胜吗？我当时只是想，用这么个办法整一下那几个张狂行子，放的药又很少，够不上犯罪，至多是个错。这样呵，这事你全都知道了，可不准再对外人讲了，连发树也不能告诉他，他那个嘴不严。”

“我知道深浅。开始我就怀疑可能是你弄的，但对谁也没说。不过，以后可别出这样的点子了，太危险，万一别人知道了，或者是惹出大事，后悔也晚了。”

展明尧心里服了潘忠地，但还是认为自己的点子多，并且又成功了，说：“你把心放肚子里吧，恁叔做事还有分寸，决不会给大家惹麻烦。”

潘忠地没再说什么，回家吃饭去了。

这事就算是过去了。张义昌虽然心里窝火，还专门到祠堂看了看，见潘孝彦老汉吃了那些馒头也没事，就没再提起。其他人更没有议论的，群众只知道又允许走亲戚了，都赶紧走开了。因为按常规晚了几天，去了还得向老人们解释一番。

再过七八天就要开学了。展春才到大队办公室找张发树，让他到公社找找教育上的负责人，抓紧给派个公办老师来。这时大队的几个干部都在，展明尧说：“春才你了解情况，挑选个人，咱去提提要求，别再给弄个雷道云、孙风雷那样的来。”

展春才皱了皱眉头，说：“全公社那么多公办老师，我熟悉的也不少，觉得大多数都不孬，真要叫我说谁合适，我可提不出来。”

潘秀菊说：“我看宫老师就挺老实实在的，叫他再回来就行。”

潘忠地说：“恐怕不行，他毕竟家庭成分不好，咱现在是两级武装部抓的点，又是来当学校负责人，就怕领导不同意。”

张发树说：“那好办，咱直接去找刘部长说说想法，让他给定，保准错不了。忠地，咱两个一块去一趟。”

当天下午他两个去找了刘部长，说明意思后，刘部长说：“老师们的情况我还真不太了解，原来是新水同志分管这一块，恁去问问他，让他给恁推荐一个。这事完了恁再回来，我还有别的事跟恁说。”

他们去找到柳新水，柳新水说：“原来在恁村的那个宫老师就挺好，人品没问题，教学也认真。但是，这事得教育组说了算，他们同意才行。”

张发树说：“宫老师在俺村里威信不低，就是家庭成分高点。”

柳新水说：“再高也只是个子弟，对待四类分子子弟主要是看表现，只要能给家庭划清界限，工作积极上进，我们就应该团结他，大胆使用他。”

潘忠地说：“教育组那几个都是造反派，宫老师就是他们调出来的，他们很可能不同意。要不你再给我们考虑个人选，找他们时我们提两个名单，别管定哪个就放心了。”

柳新水琢磨一阵子，又提出了个老师的名字，并且说：“恁别直接去找教育组，先给刘部长汇报一下，他同意了恁再去。去了也别说是我提的，就说是刘部长的意见，那样可能就办成了。”

按照柳新水的交代，他们又回到武装部，刘部长没有不同意见。出乎意料的是，到了教育组也是那么顺利。张发树一说完，组长就说：“恁两个不来我们也要去征求一下你们的意见，马上就开学了，这个人必须提前到位。恁亲自来说说就更好了，老宫在那里待过几年，他情况熟，你们对他也了解，那就叫他去吧，明后天我们就通知他，让他尽快报到。”他两个一出门那个工作人员就问：“怎么又让老宫回去呢？”组长说：“这你就不懂了吧，你没听到他们说是刘部长的意见吗？好啊，武装部在那里蹲点，咱那么多根正苗红的教师不要，偏要个出身不好的，这不等于给咱留了个可抓的小辫子吗！其实今天多亏了他们来，孙风雷走了再派谁去，我还真没考虑哩。”副组长听了也没再说什么。

这帮人之所以就像草尖上的露水，只能存在一时，长久不了，就因为他们没有正道心眼。心术不正，能成什么气候！

张发树、潘忠地返回武装部，先说了说教育组的态度，刘部长说：“这么定了就行了。另外还有件事，你们回去要做做准备。昨天我去县里，贾政委给我说，县里要组织个工作组，到你们大队蹲下来，过了灯节就来。”

张发树问：“县武装部的人吗？来几个？”

刘部长说：“从县革委那边抽，具体几个，都是谁，现在还没定，听那意思可能四五个人。县里的人都来了，到时候公社里也得去几个。”

潘忠地说：“都一块吃住能行吗？”

刘部长说：“可以，就担心原来工作组那里住不开。”

张发树说：“我们回去再商量商量，一定安排好。”

回去的路上两个人商量，还真没有空房子多的人家。潘忠地提议：“不行咱就再回祠堂办公，把大队办公室腾出来，院子也大，在西边盖两间伙房就行了。”

张发树说：“这也是个办法，回去听听大伙的意见再说吧。”

工作组进驻

正月十四下午，天上起初是出现了一些灰蒙蒙的云片，悠闲地飘浮着，后来越聚越多，一层盖一层变厚起来，并且慢慢地遮蔽了整个天空。到了傍晚，玉屑似的雪末儿便飘洒起来，打到人脸上成了水珠，冰凉冰凉的。立春已过去五六天了，大地已开始回暖，微弱的雪花落到地面上也存不住，即刻不见了踪影。这雪不紧不慢下了大半夜。到了深夜，地温逐渐降了下来，雪也就暂时保存住了。第二天早上，人们开门一看，四野皑皑银装，因为一夜没刮风，尽管雪层很薄，但铺撒得均匀严密，被东方的霞光一照，格外耀眼。这雪不用扫，雪后天晴，日头出来用不大会儿就晒没了。准备出工的劳力们聚拢起来，议论开了，有的说，今天才是灯节，昨晚下了算不算“雪打灯”？有的说，怎么不算？按老辈子的说法，从十三到十六，只要这几天下了都算。那个又说，看来今年的麦子又能大丰收了。有人反驳道，那不见得，世道变了，天象也跟着变了，说不定该有灾的还是有灾，再说了，没有灾也不一定能丰收，不记得“大跃进”那年了？庄稼长得那么好，结果收成不行，不少地瓜、花生都烂到了地里，那叫“丰产不丰收”。队长在一旁吆喝，别操那些闲心了，老天的家咱当不了，多出力种好地才是咱的正事儿，走，干活去。有人嘟囔，人的家你也当不了，开大会批斗恁的时候，你啥门儿都没有，站在那里比谁都老实。队长在前面装作没听见，不声不响领着大伙下地了。

大队院里一帮人正忙活着。明天县和公社工作组的同志就要到了，靠西墙两间平房已经盖了起来，里边的锅灶也垒好了。这点雪不影响干活，张发树指挥着一伙人，和泥的和泥，拌石灰的拌石灰。今天上午要把墙皮全部泥好，下午还得再把房子、院子清扫一遍，整理利索。办公室四间屋也拾掇差不多了，总共放了十张床，桌椅板凳留下了一部分，再擦擦灰尘就行了。李光恩新房子那边，也就是原来工作组住的地方，仍然留了两张床，这是潘忠地提出来的，他说如果有女同志来就住那里，别再到秀菊姑家里住去了。

大伙齐动手干了一阵子，潘忠地对张发树说："咱原来定的明天晚上宣传队还有最后一场演出，工作组他们来了还演不演？"

张发树说："怎么不演？不光照常演，还要演得更好，让他们看看咱的水平！"

潘忠地说："那我得和秀菊姑、长友去安排一下，选一部分节目，再排练排练，不能演砸了。"

张发树说："去吧，这里有我和明尧叔俺几个就行了。"

就这样兵分两路，张发树一伙继续做迎接工作组的准备工作，潘忠地他们又把宣传队集合起来，在祠堂那边排练。

下午，张发树也去了祠堂，在院子里正和潘忠地看着节目，展明尧领着许干事、王站长来了。他两个迎上去，张发树说："大十五的恁两个怎么来了？工作组不是明天才来吗？"

许干事说："是明天来，刘部长让俺俩先来看看你们准备得怎么样了？这次来的人多，别明天人到了住不下吃不好的。"

张发树说："我刚从大队那边过来，走，恁去看看行不，哪里不行咱再弄。别的好办，就是铺盖不够。"

展明尧说："不用去了，他们一来就去了大队，都看了。"

王站长说："不错，吃饭住宿都没什么问题了。床用不完，总共九个人，县里来五个，公社俺四个。铺盖也不用再弄了，县里通知说了，被褥他们自己带。"

张发树说："恁俩都来呀，公社还有谁啊？"

许干事说："基本上原班人马，还有林业站老曲，水利站老胡，就是高主任不来了。"

张发树又问："县里来的有女同志吗？"

王站长说："没有，清一色，全是男的。县里要有个女的，肯定得让老高来陪着。"

潘忠地说："别站在这里说话了，到屋里喝壶茶吧，大老爷有烧好的开水。"

许干事说："不喝了，今天是元宵节，恁还忙，俺回去明天和他们一块来。"

张发树说："别不喝呀，要不跟我回家喝去，今天晚上就在我家里过节，恁两个还没在我家里吃过饭哩。"

王站长说："算了吧，明天就回来了，以后有的是机会，今天还得回去给刘部长说说情况。"

张发树说："那不行，今天是趁着还有过年剩下的点肉、鱼，过了今日连丸子渣也吃没了。咱早开始，月亮地儿，吃完再走没问题。忠地和明尧叔恁俩都去，咱三个合起伙来对他俩，我就不信大队喝不过公社！"

潘忠地说："我就不去了，这里还没完事。"

展明尧说："都去吧，发树轻易不出血，难得有这个心。恁先走，我回家说一声就过去。"

张发树笑着说："要不咱到明尧叔家里吃去吧？好让他出出血。"

展明尧说："别，还是去恁家，好不容易给你个表现的机会，我不能再抢了去。"

张发树说："我知道你当不了俺婶子的家，不提前给婶子商量你不敢答应。忠地，你过一会儿去也行，我先回去叫恁嫂子做饭，俺喝着水等你，别太晚了。"说完叫着他两个走了。

展明尧回家拿了几样菜，接着就去了。

潘忠地安排完宣传队的事才去。他回家给娘打了声招呼，拿了两个瓶子，顺便到代销点打了两斤酒。张发树说："你还又拿酒来，家里有一斤多，我又差孩子打来两斤，喝不着你再提回去。"

展明尧说："哪有再提回去的道理？拿来就喝呗，让许干事、王站长多喝点。"

王站长说："可不能多喝，还得回去，喝多了到路上不摔骨碌呀！"

张发树说："随意喝，喝足不喝醉，不能让领导喝晕了。"

喝起酒来展明尧问："县里来的那几个都是谁呀，你们熟悉不？"

许干事说："不是很熟悉，都是从县革委办公室和生产指挥部办公室抽的。县革委办公室两个，一个是郭志明，原县委办公室副主任，他带队；另一个是原来团县委的小刘。生产指挥部办公室三个，都是原来农口的，王站长和他们熟。"

王站长接着说："有农业局的小冯，是技术推广站副站长，我和他熟。另外还有林业局的小孟，水利局的小钟，他两个是最近几年才从学校分配来的，都是技术员，老曲、老胡认识他们。我听说这几个人都是造反派，许干事，咱能不能和他们分开住啊？让他们住大队，咱四个还是住到原来那边去。"

许干事说："能下来的肯定都是些造反派，因为县机关老保派的大都没安排工作，大部分进学习班学习去了。郭主任是个例外，据刘部长说，他原来是搞文字工作的，写材料可棒了，人老实巴交，'文化大革命'开始后哪派也没参与。当然不可能没点倾向性，都知道，县委办公室那些老人都是保几个书记的。县革委叫他过去就是看中他的文字水平了，可能与那些造反派也弄不到一家去，所以这次叫他下来了。这事得等他们来了听听郭主任的意见再说，他要不同意分开就得住一块，无所谓。”

张发树说：“别管他什么派，只要有恁几个在我们就不怕。在县里造反咱管不了，到了汶水滩就不能允许他们胡来，得让他们听咱的。”

展明尧说：“你也就喝了两盅酒说说大话吧，怎么能叫他们听你的？人家来了就是管咱的，他们想搞什么事咱可当不了家。”

张发树说：“那就叫他们闹，闹半天也不会有什么好下场。恁看看咱知道的这几个造反派，雷道云、孙风雷，还有咱村的那个李向东，再就是潘忠国，哪一个闹出好结果来了？”

潘忠地说：“你这话今天说说行，等工作组的同志们来了，可千万不能流露出来。不论这派那派，包括学校里社会上，要相信多数人都是好的，都是响应毛主席的号召起来闹革命的。至于具体办了些什么事，哪是对的哪是错的，咱只是站在咱大队的角度看问题，眼界有限，说不明白。你刚才说的那几个出问题的，都是个人违法乱纪，可以说是罪有应得。就算是不搞‘文化大革命’，照常有人犯罪犯错误。”

许干事说：“忠地说得对，有些人站错了队，也是一时看不准，跟错了人，本质不一定坏。发树，今后你是得注意，别忘了他们是贾政委带着来蹲点的，说话做事都要讲究方式方法。别问他什么观点，只要对汶水滩的工作有利就得支持，万一胡来咱也不能公开和他们顶牛，可以向领导反映。”

张发树说：“我知道，也就是守着恁两个说说，他们来了还能说这个？平常我工作的事就是靠明尧叔和忠地他们，下一步有恁在这里，多给我提醒着点，更没问题了。不行，光顾说话忘喝酒了，咱分头喝吧，明尧叔，你先跟许干事喝，我敬王站长，别用小盅子了，用茶碗。”随后拿过茶碗，让潘忠地都倒满。

许干事和展明尧都一口喝下去了，王站长坚决不端，张发树说：“人家他俩都喝了，咱不能丢人呀，先喝为敬，看我的。”说着站起来一口干了。

王站长还是不喝，张发树站到他跟前，要给他端起来，他两手捂着茶碗，坚决不让端。张发树说：“你这不成挡头了啊，你不喝下边我还怎么敬许干事？”

许干事也劝道：“老王喝了吧，往下你少喝点。”

王站长觉得再不喝不行了，说：“你回去坐下，我一定喝，不过得分两口，我要是一口下去，这一茶碗就完蛋了。”

张发树说：“几口都可以，只要喝干就行，我等着你。”

王站长说：“别等我，你和许干事喝，我喝干了再和明尧同志喝。”

就这么你和我喝，我跟你干，除了潘忠地一直用小盅子喝得少点，一阵子他四个喝下去两瓶多。王站长说：“可不能再喝了，头都有点晕了。发树，赶紧让弟妹下水饺去，吃了我们好走。”

展明尧说：“还有件事，锅碗瓢盆的都预备好了，恁八九个人都来了，头两顿饭怎么吃？要不要明天上午我们先派人买点干粮和菜来？再就是还用安排个人平时给你们做饭不？”

许干事说：“都不用，我们商量好了，从粮所买点面、面条，再从公社伙房买点菜和馒头，来的时候一块带来。做饭我们轮流就行，不能再耽误个整劳力。”

第二天上午，全体革委会成员都来到办公室，等着迎接工作组。张发树让李向河到代销点买斤茶叶，李向河很快买了回来，说：“咱这里没好茶叶，就是大干烘。”展明尧说：“孬好是茶叶就行，也就表示咱的点心意，人家喝好茶惯了，自己都得有带的茶叶。”正说着刘部长进了大门，几个人都迎了出去。

“哎呀，部长也来了，您也住下？”张发树上去接过了刘部长的自行车。

刘部长说：“我今天是来送他们的，这几天正好有些事，等过两天我再来。”

接着县里的五个人进来了，公社的他们四个跟在最后边。其他几个革委会成员都分别接他们的自行车，支好车子又帮着卸行李。张发树回头与县里来的一一握手。刘部长说：“到屋里我再给大家介绍吧。”

进了屋里，李向河、张义昌忙着泡茶，刘部长说：“别泡恁那大干烘了，我包里有炒青，下那个。”

郭主任说：“我带来斤玉兰花茶，恁尝尝怎么样？小刘，在我提包里，去拿过来。”

刘部长说：“那就喝主任的好茶。”

都坐下后，刘部长把大队的几个人一一作了介绍，郭主任把县里来的也介绍了一遍，刘部长接着说：“公社里他几个就不用介绍了，相互都认识。我们这个工作组今天就算到齐了，郭主任是我们的组长，不论县里的还是公社里的，工作组凑在一起就是个整体，按郭主任的意思，大家在一块吃住，以后工作起来便于听从郭主任的指挥。”

郭主任赶紧抢过话头，说：“唉，可别这么说，有事大家商量着办。另外，咱这个工作组是县革委、县武装部和公社共同派来的，贾政委直接挂帅指挥，是当然的组长，我和刘部长是副组长，平时贾政委来不了，我和刘部长俺两个负责。”

刘部长说：“你就别谦虚了，明确你是组长，我算是个挂名的副组长。贾政委那么忙，来不多；我下午就得回去，以后也很难靠得住，还是得主任多受累了。”

郭主任说：“说到这里有件事得先说下，咱两个万一都有事回去，他们还得有牵头的。县里就是小刘了，公社他几个也得指定个人。”

刘部长说：“好办，就老许吧，他能靠得死点。”

郭主任又说：“另外，还有一点要说清楚，我们工作组是来帮助工作的，日常的事情还是大队革委会负责。希望大队的同志不要有依赖思想，要和以往一样，主动开展工作。”

张发树说：“我们听工作组的。主任，什么时候汇报下大队的情况？”

郭主任说：“不用慌，下午咱先到村里和田间转转，让大家先熟悉熟悉村情地貌。你们可以把大队的基本情况写一写，还有大队干部的分工和生产队干部名单，给我们拿来看看。今天晚上如果恁有空，主任、副主任过来咱先扯扯。”

张发树说：“材料有现成的，前几天忠地兄弟就写好了。”说着从口袋里掏出来递给了郭主任，又说，“俺的分工和生产队干部名单叫向河回去写写，马上就送过来。不过，晚上不能安排事了，大队宣传队有演出，请领导们都去看看。”

郭主任说：“那不好，不能因为我们来专门搞什么演出。”

张发树赶忙解释：“这不是专门为恁安排的，年前我们就定好了，春节后一共演三场，今天是最后一场，明天就拆戏台，也算是过完年了。恁来了是凑巧，顺便看看好给我们提提意见。”

郭主任说：“好啊，要那样咱就看吧。下午你们不用都参加了，有人给我们带路就行。”

张发树说：“忠地他们还得安排演出的事，我和明尧叔、光恩大老爷过来。忠地，在场子前边放好几个凳子，别让孩子们把好地方都占了。”

张义昌抢着说：“这事包在我身上，保证准备好。”

李光恩说：“你们刚来到，还不知道锅灶好用不好用，让秀菊帮着恁做饭去吧。”

许永和说：“不用，厨房里昨天我和王站长就看过了，什么都不缺。有带来的馒头、面条，还有猪肉、白菜、豆腐皮、绿豆芽，等会儿我们做就行。”

郭主任说：“按说工作组下来蹲点要和贫下中农实行‘三同’，就是同吃、同住、同劳动，我们到胶东搞社教时就是分到户家去吃。为了不给群众添麻烦，贾政委同意我们自己起火。贾政委还交代，这次来了要实行新的‘三同’，就是和贫下中农同学习，同劳动，一同参加革命大批判。这方面能不能做好，还请大队的同志们监督。本来今天想给你们带二百本《毛主席语录》来，精装的，小刘到书店里看看，不够了，让他们抓紧联系去进，过两天就能送来。”

张发树说：“好啊，这可是给我们送精神粮食来了，我们一定组织群众好好学习。”

小刘几个人在一旁偷偷笑。潘忠地拽了拽张发树的棉袄，小声给他纠正：“是精神食粮，不是粮食。”

张发树大声抢白道：“食粮、粮食一回事，都一样。”

郭主任说：“发树同志说得对，食粮就是粮食的意思，只是在习惯用法上有点区别。”

张发树盯了眼潘忠地，说：“怎么样？还是主任学问大吧！”

满屋人都笑了。

午饭后刘部长接着回公社了。其他人休息了一会儿，等张发树他们三个来了，就一块出去了。他们先在村里转了一圈，也是因为过节的缘故，虽然没有专门安排，大街小巷都干干净净。大部分人家在节前把门板、门框都擦洗过，红地黄字的对联和新的一样，到处都给人一种清新熨帖的感觉。看了两个主席台，小刘说：“农村就是有人才，恁看这主席像画得多标准！”

郭主任说：“墙上的标语、毛主席语录，还有各家各户的对联，都写得很漂亮，农村很少有写得这么规整的。”

张发树得意地说：“全是忠地弄的，学校里两个民办老师帮了帮忙。就是主席像是公社武装部的侯干事来帮俺画的。”

郭主任说：“你给我的那个材料就是忠地同志写的吧？字写得潇洒清秀，文字也很通顺。”

张发树说：“就是他，除了他俺全大队没人能写那个样。”

王站长说：“忠地的材料挺棒，原来他写的‘小麦施用磷肥试验报告’县委办公室转发过，那年省农业厅陈厅长来，叫他写工作总结，看了后一个劲地夸奖。”

郭主任点了点头。

要出村到坡里去了，许干事说：“晚上还要看节目，晚饭得早吃一会儿，我和王站长提前做饭去吧。”

郭主任说：“行啊，你们原来就在这里蹲点，情况熟悉，不用看了。晚饭简单点，熬点糊涂，吃馒头，炖一个菜就行，吃咸菜也可以。”

张发树说：“不用太早了，到时候我去叫您，早去了孩子们乱乱腾腾的，烦人。”

坡里多数劳力在搂麦子，各生产队的牲口犋子也动起来了，开始耕耙春地。郭主任说：“咱去看看恁那年改造的那片沙地，当时在全县影响不小，我几次想来都没来成。”

张发树说：“好啊，现在已经和南坡的庄稼没什么区别了，翻了地，打了井，这几年养过来了，大都种上了麦子。去年大队又在那边打了两眼机井，买了部抽水机，重点保那一片。”

从西坡转到北坡，到汶河大堤就快落太阳了。干活的社员已陆续收工，他们也就回村了。

吃过晚饭，张发树先到戏台那里看了看。演员们都提前吃饭集合到了后台，潘秀菊帮着几个女孩子化妆，李向河大声宣布节目演出顺序。有些大人已在场子里坐下吸烟、说闲话，一群孩子往后台里边挤着看演员干什么，张义昌拿根树条子抽打着撵他们。张发树说：“把那树条子扔一边去，晚上维持秩序也得文明点，不能骂骂咧咧的。”

张义昌说：“我知道，这不是工作组他们还没来吗！凳子我摆好了，能坐十来个人，一把椅子，四条板凳，你看行不？”

张发树说:“要那一把椅子干吗,让谁坐啊?”

张义昌说:“叫郭主任坐。”

张发树说:“他年龄还不如许干事他们大,能好意思坐呀?撤了去。”

潘忠地说:“刚才我就说,要么都坐椅子,要么都坐板凳,不用准备两样座位。”

张发树说:“都坐板凳就行,四条足够。”

张义昌没再反驳,很扫兴的样子,把椅子搬走了。

潘忠地又说:“以往演出你都是先讲几句,今天还得说说。”

张发树说:“今天我可不能讲了,得你讲,我说话颠三倒四的,那伙人都是有学问的,别让他们笑话。”

潘忠地说:“没事,原来那讲法就挺好,今天也就是开头加上句欢迎工作组的话,还是别讲时间长了,简单明了的几句,接着宣布演出开始就可以了。”

张发树“吧嗒”着吸了两口烟,说:“好吧,那就我说两句。演起来后咱俩和明尧叔坐到他们那里去,便于说说话。”

潘忠地说:“恁俩陪着就行,我后台还有些事。你这就喊他们去吧,人到得差不多了,我马上安排敲打起锣鼓来,过不大会儿人就齐了。”

张发树刚要走,潘忠地又说:“对了,你那个快板还说不?”

张发树说:“可不能说,上次是只说给咱村里的人听,今天既有县里的又有公社的,我站到台上腿肚子一哆嗦就把词儿忘光了,赚丢人啊!”

潘忠地说:“你不说就算了,反正咱准备的节目不少。”

演出非常成功,节目都不长,很紧凑,一气演了近两个小时。台上一结束,潘忠地就来到工作组他们跟前,郭主任拉着他的手说:“不错,没想到你们演出的水平这么高,我看跟县宣传队相比也差不了多少。你们这个宣传队什么时候成立的?”

潘忠地说:“成立三四个月了,是刘部长让我们搞的。开始有农学院的几个学生帮助我们排了部分节目，后来又请刘集完小的崔老师来指导了一段时间。我专门去看过县里的演出，俺比人家差远了。”

张发树说：“这场准备得充分，比上两场好，和在刘集演的那场差不多。”

小刘说：“你们还到公社演出了？”

潘忠地说：“那是俺和刘集大队约定的，初三那天我们到他们那里演了一场，初四他们又到俺村来演了一场。”

这时候群众快走光了，郭主任说：“你们抓紧拾掇拾掇，好回去休息。我们也回去了，明天咱再交谈。”

回到工作组，人们喝着水又议论起今晚的演出。有的说，几个清唱不错，既有革命歌曲，又有用山东梆子演唱的本大队的好人好事，虽然唱词简单点，那唱腔挺好，有板有眼的，红头、花旦都挺是那个味儿。有的说，那几个舞蹈也很好，动作整齐，有些动作还有一定难度，就是服装不太新鲜。有的说，服装是他们凑合的，没法跟正式剧团比，这些舞蹈也都是从《东方红》里边演变来的，作为个农村的宣传队，水平不算低。

郭主任说：“那是，包括县里和地区来演出的，所有的舞蹈都是参照大型舞蹈史诗《东方红》编排的。当然，演出水平谁也超过不了，那是周总理亲自组织指挥的，代表了目前全国歌曲和舞蹈的最高水平。就像古装戏，只要看了《红娘》，再看其他丫环戏就好像没大意思了，因为都脱不开它那套路。”

胡站长也是第一次看他们的演出，一晚上看得很认真，他接着说：“我看最好的节目是那个‘三句半’，演员多活泼啊，特别是走在最后的那个小矮子，还一瘸一拐的，说完那半句就闹个鬼脸，惹得下边一阵阵大笑。内容也好，把他们学大寨以来的工作全编进去了，打井修渠，植树造林，架桥修路，科学种田……一样也没落下，比大会上发言介绍强多了。”

许干事说："你说的那个小矮子并不矮，就是三队的瓦子，他是专门弓着腿装的，像个丑角，专门闹洋相。"

小钟说："我赞成胡站长的观点，这个节目群众肯定喜欢，因为它内容贴近实际，形式也新颖，既热闹，又有教育意义。"

小刘说："我觉得今天晚上的节目最大的缺陷，就是没演唱几首语录歌曲。最近报纸、杂志上发表了不少语录歌，我已经收集了十几首，全国都大唱起来了，应该加上这方面的内容。"

小孟说："看来他们就是大队一级的水平，见识迟，抓得慢，我们得提提。"

郭主任说："大队能搞到这么个水平就很了不起了。明天上午我们要把主任、副主任叫来谈谈，近期我们重点抓些什么，到时候大家都说说。定下几项主要工作后，再召开个全体大队干部和生产队长会议，全面发动一下。"

小刘说："我认为首要的是搞好革命大批判，不仅要开个批判大会，还要在田间地头开展批判，真正把群众全面发动起来。再就是文艺活动，也要搞到田间地头去。"

小孟说："学习毛主席著作的活动也要形成高潮，识字的带头，男女老少都要学。"

小冯说："生产的事也得抓，眼下麦田管理主要是锄耧保墒，提高地温。很快就要浇返青水了，有些地块得同时追肥，要检查一下提水工具和肥料的准备情况。再就是春种准备工作，尤其是地瓜育苗，现在就要着手建炕，保证惊蛰前后能育上苗。"

小钟说："咱就负责抓好革命，促生产的事让大队他们抓就行了。"

这一阵子就是县里来的几个人在说，公社的四个没人吭声。

郭主任说："好了，都休息吧，有什么想法明天再说。"

第二天上午开会，郭主任简单讲了几句，然后让大家发言，基本上采取讨论的形式。当有人说到学习毛主席著作时，张发树说："这个事我们早就抓了，有不少青年都能把‘老三篇’背下来，还背给贾政委、程副部长听过，俺几个里边忠地就能行。另外，主席台建起来后附近的社员都去做‘四个首先’，不能去那里的就在家里做……”

没等他说完小孟接了过去，说：“今天早晨我和冯站长出去转了一圈，没看到有做‘四个首先’的呀？”

张发树解释：“这是因为过年才停下来的。”

许干事看了他两眼，意思是让他别乱插话。张发树不再吱声了。

下午就召开了全体大队干部和生产队长会。郭主任先把县里来的几个人介绍了一下，讲了讲工作组的任务，随后就接着讲当前大队的工作。他基本上根据工作组议论的意见，全面说了说，最后点了一句，要坚持抓革命促生产，把春季生产搞好。然后就让大家讨论。潘忠良第一个嘟囔道：“要是在地头上又唱歌、又学习、又批判的，那活还怎么干？”

小刘听到了，站起来说：“你这个同志的说法就不对了，只有抓好革命，调动起群众的积极性，才能促进生产，怎么会影响干活呢？”

张发树赶紧打圆场：“咳，你别听他的，他这个人和我差不多，嘴上没有把门的，好胡咧咧，不能跟他一般见识。”

后面几个人忍不住“嘿嘿”起来。

郭主任说：“不要紧，大家畅所欲言，怎么想的就怎么说。”

但是，再也没有人发言了。闷了半天缸，许永和说：“这样吧，回去以后都要好好领会郭主任的讲话精神，认真抓好落实。”

张发树跟上说：“对，咱就得要抓落实，不许走样。大队的人再分下工，要包各生产队，谁搞不好也不行。”

就这样散会了。

田间地头

阳光和煦，草木青青。绿油油的麦苗儿开始拔节，新播种的谷子、高粱、玉米、大豆，争先恐后地拱出了嫩芽，眼看着蹿个儿。虽说“春雨贵如油”，这场雨淅淅沥沥足足下了一天一夜，算不上很大，也透地了。雨过天晴，不仅大地滋润，庄稼、树木、野草都格外精神，也让人们的心里感到清新、舒畅。真是春风春雨润心田啊！

这天上午，郭主任和小刘、张发树、潘忠地来到试验田，刚看了几方地，从南边来了辆大汽车。像是搞宣传的彩车，车厢两边贴着红色大标语，绑着八杆彩旗，刚进汶水滩地界，便放缓了速度，车上也锣鼓喧天响了起来。张发树问：“这是来干什么的？”郭主任说：“不知道，过去看看。”

四个人去了路边，汽车来到他们跟前停下了，锣鼓家什也住了。县新华书店的桑主任从驾驶室里跳了下来，握着郭主任的手，讨好地说：“郭主任，我们给汶水滩贫下中农送红宝书来了！”

郭主任不喜欢他这做派，说：“不就二百本《毛主席语录》嘛，我们回城时捎来就行了，你还亲自来，这么兴师动众的，还用辆大汽车！”

桑主任说：“这样显得隆重点，我们自己的锣鼓队，雇了辆运输公司的汽车，装饰了一下。送来了二百五十本《毛主席语录》，全是精装的，另外还有两套《毛泽东选集》。”

小刘说：“给贾政委汇报时定的就是二百本《毛主席语录》，钱我还没给恁哩。”

桑主任说：“你看刘干事说的，怎么还提钱呢？那天你走了后业务科他们就赶紧向我汇报了，我们书店革委会立即认真作了研究，一致认为，必须当成一项政治任务，保证完成好。县革委派你们来蹲点，听说贾政委还亲自挂帅，我们怎么也得作点贡献吧。所以决定在你说的数上再增加五十本《毛主席语录》和两套《毛泽东选集》，全部免费，算我们赠送，并且要敲锣打鼓地送来，也算是我们对县革委的个态度，同时也是对你们工作组的支持。”

张发树一旁听了非常高兴，说：“别在这里说话了，咱到村里去喝水吧。”

小刘说：“你看忘了介绍了，这是新华书店的桑主任。”又指着张发树、潘忠地说，“这是大队革委会主任张发树同志，这是副主任潘忠地同志。”

桑主任分别与他俩握了握手。

郭主任说：“走吧，回村里休息一会儿。发树，别去你们办公的那里了，直接去大队办公室，工作组有早晨烧好的开水，你上车领着桑主任他们前头走。”

桑主任说：“咱一块走着，让车跟在后面开慢点。”说完朝车上挥了挥手，锣鼓又敲了起来。

附近一些干活的年轻人都跑过来看，张发树吆喝：“这是新华书店给我们送红宝书来了，不用看，会发给你们的，都干活去吧。”

汽车直接开进了大队院里，工作组的其他人听到动静都回来了，展明尧、李向河也跟了来。桑主任指挥着车上的人往下搬书，一捆捆递下来，下面的人接着搬到屋里放到桌子上。十几包书都用红绸布条捆扎着，上面还有张红纸条，写着“新华书店赠”。小刘和许干事已经泡上了茶，张发树喊车上的人都下来喝水。挤了挤坐了一满屋，茶碗少，书店的人每人一碗后还剩三碗，李向河给郭主任一碗，其余两碗放桌子上没再动。郭主任说：“感谢书店的同志们，从县城把书送了来，都喝碗水休息休息。”

桑主任说：“不用感谢，这是我们应该做的。”

这时潘忠地看了看张发树，示意他说几句。张发树没领会，还以为是让他起来倒茶，抬头一看李向河正在倒着，就瞪了一眼潘忠地，没动弹。潘忠地没法了，只好站起来，说：“发树哥让我说一句，工作组来帮助我们工作群众就很高兴了，今天新华书店又送来了红宝书，这是对我们更大的鼓舞，一定会进一步激发全体干部、群众抓革命促生产的积极性。在这里，大队革委会我们几个，代表全村贫下中农，向桑主任和书店的同志们表示衷心的感谢！”说完向桑主任他们鞠了个躬。小刘带头鼓起了掌，屋里响起了一阵掌声。

桑主任也站起来，边鼓掌边说：“不用客气，不用客气！”

张发树这才理解了潘忠地刚才看他的意思，想，这话本来该他说的，要不是潘忠地替他说了，这场合就失礼了。为了弥补一下，也站了起来，说：“虽然俺革委会成员到得不全，刚才忠地就是代表全体革委成员说的，我们是真心感谢。这样吧，向河你抓紧去准备菜，中午得请桑主任和同志们喝一盅。”

桑主任说：“可不行，我们来的人多，家里值班的都忙不过来了，得赶紧回去。郭主任，您也挺忙的，我们回去吧。”说着起身要走。

张发树说：“我那不成撵您了？怎么也得再喝碗水呀！”

这时同来的其他人已经出去上车了，司机也发动起了汽车。郭主任心里不想留他们，就说：“他们工作忙，让他们走吧。”

都来到院子里，桑主任和大家一一握手后才上了车。汽车出了大门，他们到大门外又招了一阵子手。

回到屋里，小刘说：“人家这么重视，咱要举行个接收仪式就好了。”

郭主任说：“他们又没提前打个招呼，还急着回去，来不及搞什么仪式。

这就挺圆满，忠地那几句话把意思都表达了。”

潘忠地赶紧解释：“当时没法商量，我想让发树哥说几句，他非让我说。”

张发树说：“我哪里是让你说？你给我使眼色，我根本就没理解了，还以为是叫我起来倒水呢。幸亏你机灵，要不这个场咱就丢人了。你说完我才明白怎么回事，所以又补充那两句。”

许干事说：“看来你也够机灵的，还知道补充几句。”

张发树说：“你还以为我实憨呀，起码够半吊！”

小刘他们几个笑了。郭主任说：“恁几个谁说都一样，这样就很好。算计一下，看看这些书怎么分法，下午让各生产队来个人，抓紧发下去。我们安排这一段主要是学习毛主席著作，我看到群众手里《毛主席语录》很少，大都是‘老三篇’，有这些语录本就更好了，和原来有的搭配一下，除了大、小队干部人手一册，争取每户都能有一本。”

张发树说：“四类分子也给吗？”

郭主任说：“给，得要求他们更加好好学习。”

张发树又说：“那也得给士金叔一本了。”

郭主任说：“不让人家学习怎么让人家改造思想！”

小刘说：“这两套《毛泽东选集》咱留一套，平时学习用，那一套让发树同志拿着吧。”

郭主任说：“可以。”

张发树说：“我又识不了几个字，给忠地。”

潘忠地说：“我有，从学校回来时班主任送给我一套，还是你要吧。”

张发树没再推让。

上次生产队长会潘忠良说了那句话，倒是引起了郭主任的重视。但是，当着那么多人的面，他也不好驳小刘的面子。队长们散了后，他提议留下大队干部再商量商量。他说:“三队队长说的有一定道理，如果学习、文艺宣传、大批判一起在地头搞起来，占用时间太多，势必影响社员干活。我们是不是分阶段，几项活动轮流搞。最近一个时期先把学习抓起来，听发树同志说这项活动原来就有基础，那就更好发动了。”工作组的多数同志都说这个办法好，大队的几个人也都表示同意。

小刘说:“发树同志说的做‘四个首先’是什么意思?我们还没做过哩。”

潘忠地说:“那是农学院的几个学生先做起来的，很简单，一次也就十来分钟。后来我们跟着学了学，并且在全大队推开了。”随后把程序介绍了一下。

小刘说:“好啊，应该再恢复起来，做的时候我们也参加。”

张发树说:“这个好办，下个通知就行了。”

就这样，这段时间每天两次做“四个首先”，下地后每到休息的时候，人们都围在一起，听一个人读毛主席的著作。其实天天不是《为人民服务》，就是《纪念白求恩》或《愚公移山》，读的人烦了，听的人更没了兴趣。这下好了，有了语录本，要求下坡时都带着，每次选上几条，一个人领读，让大家跟着念。当然不可能都听招呼，有的小声嘟囔，个别的连嘴也不张，只有年轻的大声念。有的青年说:“这么简单好背，用不了几天就能背过十几条。”

几天后又研究包生产队的问题，工作组和大队干部统一搭配，分别包每个生产队。工作组九个人，这样郭主任不用包，其他人每队一个正好。可大队革委会只有七个人，不好分，潘忠地说:“别让发树哥包了，平时好陪着郭主任全面看看，我和明尧叔每人包两个队，其他人每人包一个就行了。”

展明尧说:“还有试验队呢?我看着忠国在那里情绪也不高，该有人包才好。”

张发树说:“忠地对试验田熟，叫忠地兼顾一下。”

潘忠地说："也让王站长多受点累，原来试验田的项目都是他帮着搞的，俺两个包吧。"

王士友说："那把冯站长也加上，他在县农业局一直是搞技术的。"

小冯说："算上我可以，不过，我觉得那里的领导得调整一下。前天我和王站长去了一趟，潘忠国基本上什么也不懂，一问摇头三不知，还不如那个会计哩。这样的人当领导怎么能搞好试验？回来的路上听王站长说，这个人问题还不少。"

张发树说："这人也就是占着个茅坑不拉屎，早就该撤了。"接着把潘忠国的问题说了说。

小刘说："那怎么还能让他当干部呢？原来就一身臭毛病，大队革命委员会建立后还有不满情绪，并指使人搞破坏，这可是严重的政治问题。对这种人就得新账老账一起算，不仅要撤职，还应该作为批斗对象，交给群众管制起来。"

张义昌说："是该狠狠批斗他。"

展明尧剜了张义昌一眼，小声说："你是看着墙要倒了就跟着推，鼓破了就帮着锤，恁原来可是战友啊！"其实他对潘忠国也没好看法，只是觉得张义昌这种两面派、随风倒更叫人厌恶，所以给他这么一句。

张义昌争辩道："谁和他是战友？我们早就和'东风'搞起大联合了，他现在连个红卫兵也不是。原来红旗战斗队他也只是在后面出出坏点子，当时斗您搞的那些事，都是他的主意。"

郭主任听着以为他们有分歧，就说："从这个人的问题来看，是不适宜再当干部了。不过，具体怎么处理，还是由大队革委会决定。"

张发树说："行，我们抓紧研究，定了意见再向工作组汇报。"

就这样，大队革委会当天下午就开会进行了讨论，一致的意见是撤了潘忠国，让李长友当队长。还要同时定个人接替李长友的会计，大家数算了半天，觉得现有试验队找不出一个合适的来，虽然青年不少，连上过四年级的都没有。潘忠地考虑了一阵子，说：“能不能从生产队调一个？”

张发树说：“你看着谁行啊？”

潘忠地说：“展春方就可以。这个人平时老实巴交的，还上过高小，试验队的账目不多，主要任务是平时给大家记记工，能认真负责就行。再说，有长友在那里管着，出不了事。”

张义昌说：“他可不行，前些天到公社闹事的就有他，还是他写的大字报，怎么能用他呢？”

展明尧说：“你应该第一个表示赞成才对。”

张义昌说：“你是又想说他是红旗战斗队的，跟着我干过吧？我可是公事公办，对事不对人，绝没有偏向。”

都不是小孩子了，什么眉高眼低的事儿看不明白？知道张义昌这么说是为了表白，以遮掩自己过去的过错。

潘忠地说：“那次去公社他是受别人挑唆，包括领头的李向道，做法是不对，可后来都认识了错误，还主动揭发潘忠国的问题，咱不能老抓住他们这件事不放。”

李光恩说：“忠地说得有道理。原来参加红旗战斗队的那些青年，论个人品质没几个坏的，个别的做了些错事也是不明事理跟着瞎跑，责任不应该算在他们身上。‘跟着好人学好人，跟着巫婆学下神’，‘文化大革命’开始后，成立了那么多群众组织，有的就是坏人跳出来当头领着些人闹事，时间一长，误了多少年轻人啊！”

张发树说：“对，今后不能再分谁是‘红旗’的谁是‘东风’的了，现在咱就是一个组织，都在大队革命委员会领导下。看人就得看本质，谁身上没点毛病呀？别刚提起裤子来就充好人。”

张义昌听出这几个人的话都指向了他，可又无法争辩，只好耷拉着眼皮坐在那里不吭声了。潘秀菊、李向河也表示同意让展春方去当会计，就这么定下了。

当晚他三个主任去向工作组汇报，也没人提出别的意见。郭主任最后说:“在宣布之前你们要找潘忠国谈谈话，做做他的思想工作，不能让他再胡闹。给他讲清楚，如果不接受教训，改正错误，以后党籍都是个问题。”

张发树说:“给他谈话时工作组也参加个人吧？”

郭主任说:“工作组就不参加了，你们几个主任和他谈就行。”

自从那次群众大会挨了批判，潘忠国回试验队再也不问事了，每天去了就是一个人闲逛逛，既不劳动也不跟别人说话。有人问他什么事，他也是推给李长友。后来又听说雷道云、孙风雷出事了，就琢磨这个队长是干不长了。当张发树他们三个把他叫到祠堂谈话时，他情绪还算正常，听张发树说完，就接着说:“不用说工作组让撤我的职，就是工作组不来，恁不找我谈，我也准备提出来，不能再干了。这样我也别在试验队了，那里全是些年轻的，我这么一把年纪了，和他们弄不到一起去，还是回生产队干活去吧。”

张发树说:“好啊，回去给队委会他们出出主意，帮着把队里的各项工作都搞上去。”

潘忠国没再搭腔，起身走了。

他一出门展明尧就说:“你怎么还叫他帮生产队工作？他这熊样的能帮出什么好事来！”

张发树说:“我也就是给他句好话听听，你以为人家能让他帮啊？没门儿！回去也不会有人搭理他，他老婆不给他分家过就好！”

学习活动进行了二十来天，又组织青年搞了次比赛。有的青年背“老三篇”，有的青年背《毛主席语录》，个别的能一气背过三四十条语录，工作组的同志们都很满意。于是商量，开始转向文艺宣传阶段。宣传队成员已扩充到三十多个，现在都回各生产队了，虽然每个队抽的人不是很平均，可起码各队都有，少的也两三个，这些人就成了各队的骨干。但是，舞蹈、三句半等节目在一个生产队是凑不起来的。再说，要想让群众都参与，也只能是唱唱歌。小刘早就提议应该大唱“语录歌”，张发树让潘忠地排了十几个青年，各生产队和试验队至少有一个，集中到祠堂，先学了两天，然后回去教。这样，每到干活休息的时候，满坡都是嘹亮的歌声。

这天上午，刘部长和贾政委来了。刘部长骑着自行车先到，当时工作组他们刚吃完早饭还没出去。他说昨天晚上接到通知，今天贾政委要来，所以一早吃点东西就赶来了，好提前打声招呼。郭主任说：“那就赶紧分头下个通知，让大队干部和各生产队有所准备。生产照常安排，田间活动照常搞，要组织得好一些。另外，让大队的三个主任都过来，和刘部长我们一块去迎政委。”

工作组的同志们都按所包的生产队安排去了。

郭主任他们还没走到边界，贾政委的吉普车就到了。他们几个迎上去，贾政委下来让司机开车去大队，说先在坡里看看。社员们正在地里干活，离得近的生产队看到吉普车来了，就宣布休息，把大伙集中在地头学唱歌。转了几个生产队，贾政委发现工作组的同志都在田里，就说：“不再看了，让工作组的都回去，咱座谈下情况。”

回到大队，郭主任把这一个多月的工作和下步打算作了全面汇报，然后让工作组的其他同志再作补充。小刘又把书店送书的事说了说，跟贾政委来的刘干事在一旁插话：“这事应该写篇新闻稿，让广播站报道一下。”

贾政委说：“不仅这件事，开展群众性的学毛著活动，还有文艺宣传和将要开展的大批判活动，都可以总结成稿子，有的还可以投给地区报社和省报。”

郭主任说：“这一点我们忽视了。其实有条件，忠地同志的文笔就不错，有些工作我们及时总结一下，写成稿子寄给新闻单位，一旦被采用，不仅对汶水滩的群众是个鼓舞，对面上也能起到指导作用。”接着看了眼潘忠地，又说，“忠地，先把新华书店这件事写篇稿子，抓紧送广播站去。”

潘忠地说：“我能行吗？还是让工作组的同志写吧。”

郭主任说："怎么不行，你先写出来，然后我再看看。"

刘部长说："郭主任是咱县里的大笔杆子，有他给你把关，不用担心。再说，这也是跟郭主任学习的好机会呀！"

潘忠地没再推辞。

贾政委又问其他人还有说的吗？见没人吱声，就叫大队的同志也说说。

展明尧和潘忠地都看张发树，张发树说："工作组的同志们可好了，来到以后就没黑没白地帮助我们干事，广大贫下中农'抓革命、促生产'的劲头可大了。"就这么几句便没了下文。

贾政委一看这情况，就进行总结。他首先肯定了几句这一段的工作，重点对下一步怎么办讲了意见。他说，工作组虽然来的时间不长，很快进入了角色，工作打开了局面。目前组织开展的这些活动都不错，群众也充分发动起来了，干部、群众的精神面貌也有了新的变化。但是，要善于总结，不断提高，关键是要上升到贯彻落实"五·七"指示上来。当然，贯彻落实最高指示要全面，对"五·七"指示，必须一句一句地学习，一句一句地领会精神实质，一句一句地照办，不能有遗漏，更不能出偏差。田间地头不能只是唱唱歌、学学毛著，还要学军事，开展大批判。另外，我上次来就看到小学门口挂上了"五·七小学"的牌子，你们大队门口也要挂个"汶水滩'五·七'毛泽东思想大学校"的牌子，和革命委员会的牌子并列起来。挂上个牌子不是目的，而是要把全大队真正办成落实"五·七"指示的大学校，让干部、群众都能把"五·七"指示融化在血液中，落实到行动上。过一段我再来看看，如果做得好，县革委就发个通知，让各公社都组织来参观学习。

工作组的人都认真记录着。大队的他三个只有潘忠地掏出小本子，一条条记了下来。

贾政委讲完后，郭主任说："政委给我们作的指示很重要，为我们下一步的工作指明了方向，我们一定和大队革委会的同志一块认真研究，一条一

条地抓好落实。”

贾政委说：“不要把我的话说成是指示，伟大领袖的话才是指示，而且是最高指示。”

张发树说：“请政委放心，您说的那个大牌子明天我们就挂上。”

贾政委说：“好啊，这才是雷厉风行！”

小刘说：“是不是让各生产队做几面红旗，干活时插到坡里，那样满坡红旗招展，才显得更有生气。”

展明尧说：“红旗原来倒是都有一两面，就是旧了，打出去也不好看。如果现买，有的生产队既缺钱也缺布票，大队统一解决也有困难，特别是布票不好弄。”

贾政委说：“小刘这个建议很好，红旗象征着革命，象征着胜利，应该有一些。不是有批的买《毛主席语录》的钱吗？人家书店赠送《毛主席语录》了，就用那钱买红旗。我回去让县革委办公室的同志给百货公司领导打个招呼，布票叫他们免了。要多买点红布，留出一部分做大标语用，将来上级领导要是来检查工作，就写上欢迎的标语挂到村头或路口。”

小刘说：“我明天就去买。”

贾政委吃了午饭就回去了。刘部长说住几天，没有走。

张发树中午就安排木匠打牌子，又到学校交代李长路做好准备，牌子打出来接着写，和革委会的牌子一样，底子用白磁漆，字用红磁漆，明天下午保证挂上。

潘忠地回到家里就开始写稿子，千儿八百字的好写，饭前就写出了初稿。饭后又认真看了一遍，个别地方作了修改，随后誊清，拿着去了大队办公室。郭主任和刘部长、张发树正在说话，潘忠地进去把稿子递给郭主任，郭主任边看边说挺好，随手拿起笔，改了两个地方。潘忠地说再回去誊誊，明天送广播站去。郭主任说：“不用誊了，广播站的编辑认识我的字，他们一看我改过了，一定会全文照播。也不用专门去送了，明天小刘回去买红布，叫他捎着就行。”

潘忠地起身要走，刘部长说：“别走，咱一块商量商量下一步的工作。”

张发树说：“刚才说了一阵子了，要按贾政委要求的，那些事都在地头上一起弄起来，社员可真是没法干活了。”

刘部长说：“其实现在这办法就很好，几项工作分开阶段，轮换着搞，凑休息的空儿，又占用不了太长时间，不影响农活。”

郭主任说：“领导讲了就得执行啊。但是，我们还得根据具体情况作具体分析，研究个既符合领导要求，又符合实际的做法。贾政委虽然说他的话不是最高指示，可我们不办不行，就看怎么领会，怎么个办法，要考虑些灵活措施。”

潘忠地说：“贾政委也没说让每个生产队同时都做这几件事，能不能还是采取轮流的办法？八个生产队分成四组，有学政治、学文化的，有搞宣传的，有学军事的，也有搞大批判的。每隔十天左右作次调整，一两个月轮一遍。这样每天搞什么的都有了，领导不论什么时候来看都没问题。”

刘部长说：“这个想法好，这么办既符合贾政委讲的意见，生产队也好接受。有工作组和大队的同志帮着，分别组织好，还便于总结经验，有利于相互学习，相互提高。”

郭主任说：“就这么办，晚上工作组和全体大队干部再一块议议，明天就开会部署下去。另外，贾政委要我们一句一句地落实‘五·七’指示，里面有句话，‘在有条件的时候，也要由集体办些小工厂’，你们考虑考虑，大队或生产队能搞点什么项目？”

张发树说：“能搞什么？全村有数的就两三个铁匠，四五个木匠，还有几个泥瓦匠还是二把刀，什么工厂也办不成。”

潘忠地说：“这事我倒是想过，可以先把那几个铁匠集合起来，让他们带两个徒弟，成立个铁工组，由大队管理，不叫他们干农活了，就打些农用工具，生产队和社员有需要的，按统一价格收钱。另外，西南坡和外村土地交界的地方，有个废弃的砖瓦窑，一直荒废着，要是能恢复起来，虽然算不上什么工厂，起码也是个副业项目。”

张发树说：“成立铁工组可以，就在试验队那里，支上两挂炉，叫长友管起来，大队出点钱，先买些原料。恢复烧窑可不行，忠地你是不知道，那是解放前地主家的个砖瓦窑，土改时就停了，那片地归了集体。‘大跃进’那年咱烧过一次，还是请来的窑匠，结果只烧了一窑，出来的全是二青砖，窑匠也偷偷跑了，从那时再也没动过。老辈子的说法，砖瓦窑废了就和河里的船废了一样，不能拆，只能让它自己慢慢毁掉，所以一直荒着。烧窑可不是简单事，那是技术活，咱村里没有那样的人才。”

刘部长说：“恁那次请的可能不是正儿八经的窑匠，是个骗子。姜庄公社的天将大队窑匠多，出来给别的村烧窑的不少，该到那里去请。”

张发树说：“当时就是从那里请的。都知道，那个村里成年人大都会烧窑。传说当年朱元璋造反，被官兵追得无路可逃了，跑进这个村子，老百姓把他藏了起来，官兵把村庄围了一天一夜，还烧了些房子杀了些人，最后也没找到朱元璋，就撤了。朱元璋得救后，为了感恩，就对老百姓说，我以后要是坐了皇位，让恁村多出些天兵天将。从此村名也改成了‘天将村’。后来朱元璋确实当了皇帝，但这个村里的人没大本事，成不了天兵天将，于是朱元璋就让他们多出了些窑匠，窑匠也算是‘将’吧。”

刘部长说：“哟，你知道的还不少哩，听谁胡编的！什么天兵天将，人家那是从老辈传下来的手艺，会的人多点就是了。”

郭主任说：“这么说就好办了，工作组的小孟就是天将大队的，让他回去给请个技术水平高的来，这事不成问题。如果把铁工组也抓紧组建起来，就算是有了两个小工厂，将来大队也有了副业收入。”

潘忠地说：“我这就去把孟技术员喊回来，也把明尧叔叫来，咱一块定定。”

刘部长说："让发树同志去喊吧，我还有个事给你说说。"

张发树走了后，刘部长深深吸了几口烟，说："前天我和魏书记交谈，说到汶水滩的情况，忠地，他对你个人的问题很关心。他知道恁对象因病去世时间不短了，叫我来的时候问问你，是不是又定人了？什么时候结婚？"

潘忠地一听脸有些发烧，迟疑了一瞬儿才说："还没定，不慌。"

郭主任说："你看我这人，来这么些天了，要不是刘部长说我还不了解这情况哩。那天我还想问你对象是谁，见面好认识认识，差点闹出笑话。"

刘部长说："怎么还没定？没有给介绍的吗？"

潘忠地说："介绍的倒是有几个，我觉得急着再娶对不起春莲。"

刘部长说："不能老是拖着了，得抓紧定一个，到时候我和郭主任喝你的喜酒。"

郭主任说："是啊，趁年轻，得赶紧找一个。"

潘忠地脸更红了。他心里不是没装着这事，只是有些想法怎么能向领导讲呢？于是低下头，不说话了。

郭主任看出来他有些不好意思，就改了话题，问刘部长："老刘，老魏他对咱这里的工作提什么想法了吗？"

刘部长说："他倒没说别的，就是提出无论如何要抓好生产，千万别减了产。不管怎么搞活动，如果产量下降了，对外不好说，对贫下中农也没法交代。"

郭主任说："有道理，我也正为这事担心呢。"

……

谈起生产的事，也就给潘忠地解了围。

潘忠地回到家里，心里一直放不下刘部长提起的那事儿。说实话，这大半年里，除非实在忙起来，只要稍有空闲，他脑子里就思虑这个问题。刚发完丧那段时间，李春莲的影子几乎是时时在眼前晃荡，甚至有时候吃着饭、干着事，也不由自主地走神儿，直到三四个月以后才逐渐好了些。后来他发现，只要是和潘秀菊在一起，心里就感到敞亮许多，哪怕是开着会，两个人相互不能说话，也感觉不那么憋闷了。如果能单独说会儿话，无论谈点什么，都能觉得满心舒展。他知道这是暂时的，但仍乐于这样。晚上躺下睡不着觉的时候，眼前不再只有李春莲了，偶尔出现的是王士霜，出现次数最多的还是潘秀菊。即便在梦中，往往也是这种情况，甚至曾经模模糊糊地做出那种见不得人的事情，醒来后让他心惊，想想十分懊悔。

发完丧还没过去一个月，就有媒人登门提亲。这也是当地习俗，像他这个年龄的死了媳妇，只要过了“五七”就可以再娶，叫“热婚”，外人不会说三道四。当时他还处在极度悲痛之中，当然是当即回绝了。后来又陆续有几个来说媒的，介绍的女方条件都不错，有个是大队妇女主任，有两个是生产队妇女队长，还有一个是大队团支部书记，并且都是没结过婚的大姑娘。但是，他一个也没应，都是接着把媒人打发走了。他娘曾经劝说过他几次，叫他抓紧选个合适的定下来，说是时间一长这事儿就会冷下去，人家就没人给介绍了。他也只是随口答应着，并没放在心上。当娘的知道儿子的心事，他还为春莲伤心着，这时候强压也不好，没办法，只能在没人的时候独自唉声叹气。有一次潘忠民还对他说，哥哥，反正俺嫂子走了，你得赶紧再找一个，好帮着咱娘干活呀。他大声叱了弟弟一句："孩子家懂什么，不用你操心！"弟弟讨了个没趣，红着脸不再理他。过后他意识到弟弟是好意，当时不该那种态度，就想方设法地亲近弟弟。潘忠民也就没当回事。

今天刘部长提起来了，并且还说是魏书记让问的，潘忠地想，魏书记都关心起他这事了，是不是应该考虑考虑了？吃完晚饭回到西屋，坐到桌子前，没有心思看书了。拉开抽屉，又拿出王士霜的那两封信，认真看起来。其实他也记不清看过多少遍了，每看一次都引得心里如滚滚春潮，动荡不已……第一封信是她回学校后接着写来的，内容无非是劝他不要过于悲伤，一定要保重身体，多看看书，好好工作，同时还介绍了学校"文化大革命"的一些情况。他当时就回了信，也就是表表态，让她放心。过了没两个月，又收到她的第二封信。这次的内容和以往任何一次来信都不同了，没有拐弯抹角的话，直接就说这些年来她是一直爱着他的，可以说每时每刻都在想念他。只是因为他那么早就结婚了，为了不干预他的生活，尤其是不忍心伤害李春莲，所以只能藏在心里，没有明确讲出来。现在好了，春莲走了，这虽然是件让人痛心的事，可也许是老天的安排，给了她这个机会。按常规她半年前就该毕业离校了，但是，"文化大革命"以来没搞毕业分配，都留校参加"文化大革命"，据说还得再拖一段时间。不论拖多久，让他一定耐心等着，只要一毕业，她就来找他，登记结婚。当时看了这封信，他脑子里一下子乱套了，觉得心里是既有些甜蜜，又有些苦涩，酸甜苦辣到底是什么滋味儿，自己也说不清。琢磨半天，不知道该怎么回答她。对王士霜，当然是心仪已久。和李春莲成婚以前王士霜就透露出这样的意思，可是她已经是大学生了，就像秀菊姑那时说的，上了大学，毕了业就是国家干部，怎么能跟一个社员成家过日子呢？当时之所以急于和春莲结婚，原因之一就是想彻底打消她这种念头。虽然现在春莲走了，可两个人的基本情况并没发生变化，怎么能答应她呢？她也可能就是看着我目前的状况，一时心血来潮，产生了怜悯之心，才说了这样的话，说不定过段时间明白过来，又会反悔。干脆，不回信了，从此也不再跟她联系了。几个月过去了，他虽然没少翻看王士霜的信，却一直没有回信。王士霜呢？也没有再来信。

魏书记是一位永远值得尊敬和信赖的老师、领导，按他的意思，是要抓紧定个人了。答应王士霜绝对不行。可如果定了别人，怎么对王士霜解释呢？不行，还是得跟秀菊姑商量一下。于是他悄悄关上房门，又悄悄打开大门出去了。不知什么时候开始下起了小雨，不过，雨丝很细，和蝉儿尿尿似的，仰起脸来才感觉得到，所以用不着披雨衣或戴草帽。

街上很静，没有人走动，路过谁家的门口狗也不叫一声。他来到潘秀菊大门前，从门缝往里瞧了瞧，看到她的房间还亮着灯，她婆婆和志国的房间已经没灯光了，于是就想敲门。刚抬起手又犹豫了，见了她怎么说呢？是只说说魏书记的意思，还是把王士霜来信的情况也告诉她？她听了会怎么表态？再说，天这么晚了，大奶奶肯定睡觉了，老人都睡觉灵醒，他要是坐上一大会儿，深更半夜孤男寡女的，老人家会不会产生别的想法？另外，万一临走被外人看见了，定会落闲话。当年张义生就是因为遇上这种情况，闹得满城风雨，最后被调整了工作。自己当然不怕什么，可不能给秀菊姑惹麻烦。就在这时，从东边闪过来一道亮光，他仔细一看，好像有两个人往这边走来。他怕被发现了，赶紧倚到门楼下的墙角蹲了下来。快到跟前时两个人说话了，原来是六队的队长和会计，大概两个人在办公室完事了，一块回家。队长走在前面，会计在后边打着手电筒照路。队长说算了，别照了，回你的家吧，我自己走就行。会计说黑乎乎的看不清路，我送到你门口。队长说不用，几步就到了，又不是路不熟，绊不倒。随后两个人就分开走了。

潘忠地蹲在那里没有起来，反复思考起以往潘秀菊对他的好，过去的那些事儿，一幕幕在脑子里闪现出来。回村这些年，不论是在生产队、试验队，还是到了大队，周围的人绝大部分对自己都很关心，可真正体贴入微格外亲近的，也只有士金叔和秀菊姑，特别是秀菊姑。家里没吃的了，她亲自送粮食来；爷爷奶奶有病，包括去世，她都跑前跑后，爷爷住院时她还带着钱去医院；和春莲结婚，实际上就是她操心促成的；工作上就更不用说了，无论面对什么问题，她都是站到自己这一边。在为人行事上，两个人简直是心有灵犀一点通。她失去了亲人，和一老一小居家过日子，再困难也没说另找个主儿，她到底怎么想的？她平时对自己那么好，会不会有那种意思？这是想哪去了？按本家辈分，她是当姑的。细心体会起来，她的关爱，实际就是一种母爱，不然，在她跟前不会感到和小时候躺到母亲怀里一样的舒服。忽然刮来一阵风，凉飕飕的，他不禁打了个寒战。站起来又往院子里瞧瞧，潘秀菊屋里的灯光也灭了。他觉得像是被严霜打了的芦苇，塌了架，丢了魂。又过了一会儿，定了定神，才迈动沉重的步子，悻悻而回。蒙蒙细雨，还在悄然飘洒着。

其实这两天潘秀菊也因王士霜的信而烦恼着。虽然潘忠地没有给她说王士霜来信的事，可她已经知道了具体情况。

那是前天中午，她从坡里回来，快到家时李长友截住她，说是有她的一封信，邮递员上午送来的。她接过去一看，地址是农学院，就猜想可能是王士霜写来的。她们同学三个回学校这么长时间了，怎么这时候又突然来信了呢？回到家里立即拆开，果然是，信的内容也很明白，就是让她做做潘忠地的工作，答应两个人的婚事。信的开头就说，从上初中两人相互就有好感，潘忠地上了农校和回村以后，都一直没断通信联系，她还亲自到汶水滩来看过潘忠地。鉴于潘忠地老早就结婚了，她那几年也只好把自己的想法埋在心底，没向任何人透过，包括潘忠地。上次她和几个同学来汶水滩，当看到李春莲身体那个样子时，心里非常难受。后来李春莲去世了，回校后考虑再三，觉得应该和潘忠地讲清楚，她仍然爱着他，并且决定毕业后就来和他办理结婚手续，于是在两个多月前给他写信表明了态度。可是，潘忠地至今没有回信，不知道他是什么想法。信中还说，“在汶水滩住的那段时间，我看到，忠地对你十分尊敬，很多事他都听你的。因此，想请你帮帮这个忙，务必给忠地好好谈谈，让他理解并答应我”。后面又说，“如果今后有机会，就让忠地也出来工作，不能当国家干部当个工人也可以。即便是没有这种可能，忠地在家当一辈子社员，我也一定好好对他，关心疼爱他一辈子，绝不反悔”。

潘秀菊看完信，心里一阵烦乱，不知如何是好。

自己也有埋藏在心底的事，这些年了，一直缠绕在心里，从没在别人面前表露出来。那还是潘忠地从学校回来不久，不知道怎么着引起的，她感到对潘忠地产生了一种说不清道不明的心情。是喜欢，还不同于一般的喜欢，只是觉得需要他，而且是非常需要他，永远需要他。那段时间她总愿意和他在一块儿，可到了一块又不敢太亲近。也曾经有过趁没别人时亲昵他一下的想法，又突然意识到那样做对不起丈夫张义明，也怕被潘忠地看不起，就控制住自己了。尽管这样，她还是经常想单独跟他待一会儿，哪怕只是见见面也好。如果隔几天不见，她心里就像钻进去二十五只小老鼠，百爪挠心，坐立不安。她慢慢发现，好像潘忠地对她也有同样的意思，甚至把她当成了个依靠，于是，对他的喜欢更加深了一层。有一次地区生资公司想要潘忠地，公社王站长也想要他，她一听就坚决反对。公开的理由是因为都是去当临时工，不是正式干部或职工。当然还有说不出来的原因，那是私心，她不愿意让潘忠地离开汶水滩，如果离开就很难见到他了。那次王士霜突然来找潘忠地，是被她第一个遇上的。她当时反复思考，开始有些犹豫，结果还是狠狠地把潘忠地数落了一顿。那是绝对为潘忠地考虑的，因为她认为，王士霜现在正上着高中，将来很可能考上大学，又知道王士霜的哥哥就是王站长，按农村通常说法，人家那样的个人和家庭条件，潘忠地根本配不上，要是两个人处下去，不会有好下场。当她发现李春莲对潘忠地有些亲近时，就用心观察了一阵子，还试探了一下潘忠地，觉得潘忠地对李春莲也有好感。在她心目中，春莲这姑娘各方面都不错，如果他们成了家，潘忠地和王士霜的关系就能断了。于是，想方设法把他两个促成了。

当看到潘忠地和李春莲成亲后，小两口恩恩爱爱，并且都对她很好，她也就心满意足，踏实了许多。真是世事难料，丈夫张义明突然牺牲了，那阵子她无限悲痛，想死的念头都有，就是潘忠地、李春莲来劝她，她也打不起精神来了。面对近七十的老人和不懂事的儿子，还有那些关心自己的人，慢慢意识到不能就这么倒下去，还得好好过日子。当冷静下来以后，她担心再跟潘忠地像以前那样那么近乎，会在群众中造成不好的影响，就有意疏远他。可这时候心里更复杂了，想得更多了。但有一条是坚定的，就是不再找人了，有儿子志国在跟前，又有暗恋着的一个人能经常见见面，这样过一辈子也知足了。

难道每个人的命运都早有安排？到底是谁安排的？如果是老天爷，为什么这么不近人情？女人谁不生孩子啊，李春莲那么年轻，原来身子那么结实，偏偏她坐月子出了事儿，不仅孩子没保住，大人也落下了病根，并且是吃药打针都无效，捱了几个月还是走了。潘秀菊既心疼李春莲，也心疼潘忠地。过了一段时间，她突然想，这是不是天意？莫非这一切都是上天有意这么做的？先让走了个张义明，又让走了个李春莲，就是为了把潘忠地赐给她？假如和忠地走到一起，将来的日子肯定差不了。现在有小志国，这孩子从小就跟忠地投缘，以后再生一个，不论男孩女孩，都能组成个美满的家庭。她心里越想越热乎。

可是，心里的热乎劲儿几乎是一闪而过，接着就像从头顶浇下一瓢凉水，很快就冷下来了。因为她又想，天意归天意，村俗民风也是不能违的。同宗通婚，那可是大逆不道的事情，汶水滩自古以来还没有过。况且两人还不是一个辈分，别说本家人反对了，外人的唾沫也会把你淹死。几年前听说东边赵家庄出过这种事，两个青年是同宗，既是同辈又出了五服，私下订婚后还是惹起了大乱子，双方家庭坚决反对，分别把二人狠狠打了一顿，外人不仅没一个出面讲情的，还都背后甚至当面说他们的坏话。据说后来两个人偷偷到公社领了结婚证，没回家就逃到关外去了，从此再也没有音信。如果和忠地办成这事，今后还怎么在这村里过啊？志国懂事以后怎么办？特别是忠地，现在群众威信很高，就目前情况看，以后当个大队党支部书记是没问题的。这么一来，那不把他彻底毁了吗？这事万万办不得。

猛然间王士霜又来了这封信，真是半截里插进来一杠子，这可让潘秀菊为难了。看来王士霜是真心的，但是，毕竟还是个学生，社会经验太少了，处事只想到眼前，不考虑后果。如果两个人结了婚，一个在机关，一个在农村，将来怎么过日子？地位差别这么大，况且是女高男低，天长日久怎么能处好呢？假如支持他们成了这门婚事，万一以后两个人过不到一块去，整天别别扭扭甚至成了冤家，那不是造孽吗？真要出现那种情况，自己看着也是干瞪眼，帮不上任何忙，对他们两个来说也只能是遭罪。王士霜说已经给潘忠地来信说明了，这么长时间潘忠地一点口风都没透，他到底是怎么想的？是坚决不同意还是有些犹豫？不行，还是得先放一放，看看潘忠地什么态度再说。

她既没问潘忠地，也没有给王士霜回信。

这一段还有一个人对王士霜提出的事情费了心思，这人就是公社农技站站长王士友。前天回公社，他看到了王士霜的信。王士霜给哥哥的信和给潘秀菊的信，是一块发出的，内容也差不多。王士霜认为，凭哥哥和潘秀菊两个人与潘忠地的关系，只要他们同时出面做工作，潘忠地就是有些别的想法也得答应下来。王士霜不知道哥哥又到汶水滩蹲点了，所以信上说让他抽空跑一趟，去找找潘忠地。信中还说，只要当哥哥的出马，这事一定能成。

王站长对潘忠地当然是十分了解的，并且是从心眼里喜欢这个年轻人。

论人品和办事能力，别说在农村是出类拔萃的，就是机关上，不少人与他相比也差远了。人世间的事情就这样，一个人的命运自己无法把握，而是被命运支配着。像潘忠地这样的，就是没赶上好年代，读书到了半路就回来当社员了，并且很可能一干就是一辈子。要不是农校下马，他早就毕业成国家正式干部了，还会干得很出色。要论今后的发展前途，说不定能当个公社领导。但是，现实没给他这么个机会。在农村，就算干得再好，提拔重用也就是个大队干部，至多当个党支部书记。当了书记又怎么样？还不依然是个农业户口社员身份！其实在农村，有些人个人素质很不错，由于多方面的原因，有的上学少或没能上学，个别的或是因为出身成分高，都没有办法离开家乡，本事再大，也只能一生和土坷垃打交道。当然还有个出路，那就是当兵，因为当了兵也算是跳出了农门。可是，每年征兵数量有限，好了每个大队分一个两个的指标，弄不好还可能是空白，有机会当兵的才几个？即使当了兵，能提干的也是微乎其微，绝大多数还是吃几年部队的饭又复员回来了，照常务农。有极个别招工出去的，那种机会更少，并且没有好工种，像下煤窑什么的，危险性大，机关上的孩子没人去，才能轮到农村的青年。目前这样的大环境，埋没了多少人才啊！说是解决城乡差别，那也就是个口号，大概永远办不到。

现实就是现实，没人能改变得了。

他心里早就明白，妹妹从上中学时就看中了潘忠地，这说明她眼力不错。假如潘忠地能从农校正常毕业，尽管两人的学历有差距，他也会满心支持。可是，士霜啊，你想得太天真了，婚姻是一辈子的大事，你马上就大学毕业了，他却在农村，就算现在两个人感情再好，如果成了家，过起日子来会遇到很多具体问题，生活中整天是麻烦事，能幸福吗？到那时感情破裂了，再后悔也晚了。这可不是小孩子过家家，好一霎歹一霎无所谓，必须往长远考虑。现在大学生很稀罕，女大学生更少，毕业后分配工作一定差不了，起码得留到县农业局，你怎么就一棵树上吊死，非要跟他结婚呢？难道还愁找不上个好对象吗？真不知道你是怎么想的！

思来想去，认为潘忠地的工作不能做，而是要做做妹妹的工作，让她赶紧死了这个心。他当即给王士霜写了回信，苦口婆心讲了一大番道理。他觉得，妹妹能听他的话，特别这种关系到终身的大事上，她不会那么轻率的。

妹妹的脾气性格他清楚。他们姊妹四个，上边有两个姐姐，就士霜这一个妹妹。也怪了，王士霜从小不跟姐姐们入伙，就喜欢整天围着哥哥转，别说是在家里，就是他到外面玩耍或是下地割草拾柴，她总像个小尾巴，寸步不离。有时候别人叫她干点什么事，她拧头抹耳不动弹，只要哥哥一说，她乖乖地听。后来大了，跟得不那么紧了，但是，遇上自己不好决定的事情，她不和爹娘、姐姐说，还是跟哥哥商量。不仅兄妹两个近乎，王士友结婚生了孩子，王士霜和嫂子也很合得来，对小侄子那更是关心备至。所以王士友以为，他的话她还是能够听的。

潘忠地那边也必须处理好。士霜信上说，她已经给潘忠地写信表明态度了，虽然潘忠地没给她回信，可是，这种事潘忠地不可能撂在脑后，一定还在心里纠结着。这次又参加工作组到他们村蹲点，整天低头不见抬头见的，怎么和他解释？万一王士霜给他去信说哥哥不同意挡下了，那样他脸面上就更不好看了，到一起时潘忠地也会觉得难为情。不过，潘忠地不是不通情达理的那种人，他之所以不给她回信，很可能不赞成士霜的想法，又不好明说，只好以这种方式表示拒绝。如果那样就好办了，要么说开，要么都当作没有过这回事，时间一长就正常了。还是观察一下潘忠地的态度再说吧。

回到工作组，他和往常一样，该干什么还干什么，只是格外留心潘忠地。几天过去，他看到，潘忠地见了他和原来也没什么两样，说话做事没一点不对劲的地方。这下他放心了，想，可能潘忠地不知道王士霜给他来信的事，或许妹妹听了他的劝告，也没再与潘忠地联系，要真是这种情况，就没必要主动和潘忠地谈这个问题了。如果以后潘忠地找他说起这事，再推心置腹说说心里话，相信潘忠地是能接受他的建议的。如果潘忠地不提，自己就当作不知道算了。

他万万没有想到，王士霜这次是拿定了主意，坚决不听哥哥的话了。

王士霜看了哥哥的回信，有些苦恼，也有些气愤。潘忠地不回信，潘秀菊也不回信，哥哥回了信，却是劝她放弃。她知道哥哥是为她好，说的那些道理她也明白，可是，个人感情的事别人是无法理解的。如果再去信给哥哥解释，估计他也不会同意了。以前什么事都是听哥哥的，看来这次是不能听了，惹他生回气吧。也不能指望别人帮着做工作了，自己的事还得自己做主，只能靠自己解决了。于是，王士霜又给潘忠地写了封信。

这么长时间了，王士霜没有动静，潘忠地以为，可能她改变了想法。如果以后她也不再提起，这事就算是了结了。至于近期是不是订婚结婚，这段时间也没有给介绍的，还是顺其自然，等有机会再说吧。不过，得抽空去看看魏书记，对他的关心表示下感谢。

就在潘忠地心态平静集中精力抓工作的时候，王士霜的信又来了。这次的信很简单，还不到半页纸。话虽然不多，却很结实。信中说，“忠地，告诉你，我是铁了心了，这一辈子非你不嫁。你也不用回信，就等着我吧。如果你要是再跟别人结婚，看我怎么去给你闹！到时候你可别怪我不给你留面子。”

这可怎么办啊！潘忠地真是玩戏法的跪下，想不出法子了。看来给她回信也没用了，不回信就这样按她说的，等着？那也不是个办法。和李春莲结婚时，王士霜曾经来信说要参加他们的婚礼，当时是担心她来了胡闹，影响不好，万般无奈才找王站长，请他做做士霜的工作。结果不错，王站长很干脆，一句话的事就把问题解决了。这次还能再找王站长吗？现在的情况不一样了，自己成了单身，有些理由又说不出口，况且是王士霜主动提出的，再让当哥哥的出面好吗？潘忠地简直像热锅上的蚂蚁，六神无主。

在家里满脸愁容，出了门可不能表现出来。潘忠地尽量控制自己的情绪，照常参加大队的活动。那天在工作组商量完事儿，大队的几个人起身要走了，许永和突然悄悄对潘忠地说："你先别走，我有个事给你说说。"

张发树、展明尧走了，因为工作组的人都在，许永和叫着潘忠地出去，来到院子西南角，说："是这么回事，那天孙风雷跑到我宿舍，开始检讨了几句，又说了说现在的工作情况，我正摸不着头脑，她却话题一转，提出让我给她当个媒人。她知道恁对象走了时间不短了，意思是叫我给你谈谈，想和你成亲。你知道，我不是当媒人的那块料，起初没答应，可她在我那里哭得鼻涕一把泪一把的，实在没办法，我就说只能是给你捎个话，成与不成我就不能管了。我想，反正恁两个的情况相互都了解，你也不用立时表态，先考虑考虑，这是终身大事，行与不行你自己决定。你放心，同意不同意都无所谓，这事我不会对任何人讲。"

俗话说隔墙有耳。他两个都没注意，张发树没有走，从屋里出来进厕所了，墙外边许永和的话被他听了个一清二楚。潘忠地还没吱声，他系着腰带就出来了，急火火地说："忠地，不能答应，许干事说媒也不行。她那些破事谁不知道？不能没进门就让你戴上绿帽子。都说是'宁吃鲜桃一口，不啃烂杏一筐'，好女人有的是，坚决不能要这样的。"

潘忠地说："你胡咧咧些什么！什么鲜桃烂杏的，人家毕竟在咱村当过老师，别在背后说人家的坏话。"

张发树急了，瞪着眼说："这么说你是同意了？"

潘忠地说："谁同意了？我早就定了人了，还能答应几个！这不还没来得及给许干事说，你就跑来瞎咋呼。"

许永和一听潘忠地已经定人了，就说："那行，我回去照实给她回个话。发树，这事到此为止，就算没有过这事儿，你也别再跟别人胡说了。"

张发树说："没问题，算你没说，也算我什么也没听见。"

许永和回屋了，他两个出了大门。张发树问："你真定人了？怎么不给我说一声，我好帮你操办操办呀！"

潘忠地说："哪里定来，要是定了瞒谁也不能瞒你啊。"

张发树说："我明白了，还是你小子心眼多，这样说好推托，也让许干事面子上过得去。"

潘忠地心里话，亏了你过来一搅和，不然，还真不可能用这么个理由当场回绝许干事。因为在听许永和说的过程中，他还真没想出个回绝的理由。

回家后潘忠地想，孙风雷应该算是受害者。如果不是参加造反派组织，她不可能与雷道云走到一起，更不可能上当受骗，犯这样的错误，还真让人有些同情。可是，张发树说得也有道理，她的问题全村人几乎都知道，真要和她结了婚，准会成为大伙的笑柄。所以，回绝了是对的，这样说许干事也不会有别的想法。

麻烦的还是王士霜那里，到底该怎么办呢？想得头都疼了，也没理出个头绪。最后还是想到了魏书记，对，有机会去找找魏书记，把实情给他说说，让他帮着拿个主意。

请窑匠

工作组的小孟回家一趟，就把聘请窑匠的事办妥了。天将大队属于偏远山区村庄，位于三个公社交界处，“文化大革命”没怎么闹腾起来，大队革命委员会倒是建立了，基本上还是党支部原班人马，书记担任革委会主任。主任也姓孟，比小孟长一辈。他回去先找到主任，说了说郭主任交代的意思，主任接着就满口答应了，并且说：“咱村里有别的本事的不多，要说会烧窑的匠人真不少，在咱那两处窑场干活的几十口子，差不多都能当窑匠，还有被聘出去的四五个，一年能给大队挣几千块钱。县里的工作组在那里蹲点，这事我们得全力支持。你放心，我一定选个最好的，也不用讲什么钱了，让汶水滩大队管个饭就行，咱给他记大队工，这样也显得你脸上有光。你回去让他们准备一下，需要什么时候去捎个信来。”

小孟觉得完成了一项重大任务，第二天就高高兴兴地回来向郭主任他们作了汇报。刘部长说抓紧开个大队干部会，研究一下动工的问题。会上一听小孟说的情况，张发树就来了情绪，说：“这下好了，只要来个明白匠人，这事就没问题了。管饭是当然的，别说人家不让咱拿钱，就是要钱，咱也得好菜好饭侍候。”

展明尧说：“人家是看着小孟同志的面子说不要钱，咱可不能那样办。

这种事还是大队和大队说话，得去和人家立个字据，按月算或是按烧成的窑数算，咱把钱给他们大队，他们给匠人记工也好，发钱也好，咱就不管了。”

刘部长说：“是这么个理儿，又不是一个公社，其他方面也给人家帮不上忙，得从钱上有个说法。请的是技术人员，即便是管吃管住，起码也得按国家规定的临时工工资标准算账，一天一块二毛五。”

小孟说：“俺村里在外面当窑匠的好几个哩，都是通过大队派出去的，真要给他们钱，就按原来他们定的标准就行。”

郭主任说：“等做好准备，大队去两个人，再详细给人家商量一下。现在急需做的工作一是赶紧调人，再就是看看哪些活能够提前干。”

张发树说：“人好办，先从每个生产队调两个人，主要是磕砖坯和给烧窑的打杂，到时候人不够再抽。现在能干的活不多，也就是清清场地，修补窑体得等窑匠来了指挥着干。”

展明尧说：“需要准备的事可不少，要找木匠打砖坯模子，还要从生产队抽调部分草苫子，遇上下雨盖砖坯用，那里有眼井也是多年不用了，得修一下，还要买挂水车，买几副水桶。这些倒是好办，难的是烧窑的煤炭，至少也得先准备两吨。”

李光恩说：“是啊，以前烧窑是用柴火，别说现在柴草不多，就是多也没人用了，都是用煤，既省事又火势旺，烧得还匀。”

张义昌说：“煤好弄，先从各家各户凑凑。”

展明尧说：“各家生活用煤多的一年也就二百来斤，早就用光了，恁家里还有啊？再说，咱也不是只烧个一窑两窑。”

张义昌一想是这么回事儿，就不吭声了。

潘忠地说：“不仅烧窑需用煤，铁匠组那里也得用，试验队还有烧地瓜炕剩下的二百多斤，昨天让他们先开炉了。我问了一下，他们说正常干起来一个月得用五百来斤，这样一年也得两三吨。”

大伙都不言语了。过了一会儿，刘部长说：“其他事情你们先着手办着，煤的事再说。明天我回公社，问问还有没有生产用煤指标，有的话就给恁解决点。如果没有了，就得两个办法了，一是请郭主任给县生产指挥部打个招呼，先批给一部分用着，再就是公社正式给县里打个报告，争取给列个副业用煤专项计划。”

郭主任说：“这个办法行，刘部长先回去看看，解决不了我再回县里一趟。”

张发树说：“我就知道有领导在没有解决不了的困难。好了，我们下午就开个生产队长会，明天就上人动工。”

展明尧说：“这是件大事，咱也得分下工，明确个人靠上抓。”

张义昌抢着说：“我靠上，保证干好。”

潘秀菊说：“你靠上就行了？这可不是闹着玩的。”

李光恩接着说：“治安这摊子事也不少，义昌，你还得靠到这方面。咱没有亲自经手过烧窑的人，都不懂行，得当个大事来抓。现在忠地负责铁匠组，就得明尧具体管了。”

潘秀菊、李光恩是不想让张义昌胡掺和，可张义昌还是想争取一下，就说：“叫明尧哥负责最好了。平时治安没什么事，我就过去帮帮忙，当个劳力使呗。”

张发树说：“我看可以，明尧叔，你全面负责，让义昌叔给你当当帮手。刚开始事情多，咱得全力以赴，我没事也靠那里。”

展明尧说：“怎么着都行，反正大事得集体研究。不过，下午开会抽人时咱不能依着生产队给谁算谁，那些调皮捣蛋的坚决不能要，得挑老实肯干的。还得选两个学技术的，从开头就跟上窑匠，争取尽快学成手。咱不能老是依靠外边的匠人，要有长远打算，培养出自己的人来。”

刘部长说：“这个想法好，你们就这么安排吧。明天谁跟我去公社？”

张发树说：“我想明天就和明尧叔去天将大队，早一点把一些事给人家定好，也让窑匠快点来，好按匠人的要求干。要不叫向河跟你去？”

李向河说："我去好吗？"

张发树说："忠地还有铁匠组那摊子事儿，你去有什么不好？刘部长又不是外人。"

潘忠地说："铁匠组已经干起来了，明天一早我再安排安排，还是我去吧。"

刘部长说："谁去都行，如果有指标，你们就接着把手续办回来。"

潘忠地之所以想去，是另有目的，就是顺便去找找魏书记。

第二天分头行动，张义昌先领着抽起来的十几个人去整理场地，张发树、展明尧叫着小孟去天将村，潘忠地跟着刘部长去了公社。

到了公社，刘部长让潘忠地先在武装部办公室喝水，他要去生产指挥部办公室，找工作人员问问，还有没有生产用煤指标。潘忠地说很长时间没见到魏书记了，去他那里坐一会儿。侯干事说他可能在宿舍里，我领你去。潘忠地说不用，我去过，知道地方。

魏书记正在看报纸，见潘忠地进来了，似乎有些惊讶，站起来说："忠地呀，你怎么来了？快坐下。"说着泡了杯茶递给潘忠地。

潘忠地看到魏书记憔悴的面色，有些动情，差点流出泪来。他没有坐，赶紧接过杯子，说："我早就想来看看您了，工作组在那里抓得挺紧，一直没抽出空来。今天也是跟刘部长来办事。老师，您瘦了。"这些年来，当着其他人的面，潘忠地都是称"魏书记"，只要是没别人在场，他就叫"老师"。

魏书记笑了笑，叫他坐下后说："哪里瘦来，我除了参加参加他们的批斗会，整天也就是翻翻报纸看看书，没别的事干，又累不着，我还担心胖起来呢！刘部长这几天不是住在你们村吗，回来什么事？"

潘忠地把准备烧窑需要煤炭的事情说了说，接着又把工作组进村后这几个月的工作全面汇报了一下。魏书记认真听着，等潘忠地一气说完，就接上话："挺好，上这两个副业项目，既方便群众，也能增加集体收入。今年的小麦长势怎么样？我已经老长时间没出门了，眼下麦子快抽穗了，真想到坡里转转。”

“目前看麦子的生长情况还不错，只要不出现特殊灾害，能比去年增产，就是不知道能不能丰收到手。”

“小麦后期管理也很重要，一是要注意观察，发现病虫害及时防治。二是浇好麦黄水，预防干热风。”

“到时候能不能及时收打也是个关键。”

潘忠地想的不仅是自然灾害，他还担心人为因素。魏书记也听出了他的意思，说：“争麦夺秋，这个道理都懂，不会出什么问题。”

“您是不知道，县里来的那几个人就是整天吆喝抓革命，让生产队在田间地头也得搞练武、大批判，说是利用休息时间，可一搞起来占用的时间就长了，能不影响生产！有些队干部私下里有意见也不敢明说。贾政委来过两趟，每次只是强调如何落实‘五·七’指示，生产的事基本不提。如果到了麦收的时候还这样，那就难办了。”

魏书记沉思了一会儿，说：“县里老郭那个人不错，说话做事很正派，也有水平，可能农业生产的事不是很熟悉，有些事可以多和他通通气。另外，工作组不是还有公社里的几个人吗？他们恁都了解，不会胡来，也可以找他几个商量。”

“幸亏有郭主任在，队长们的意见他还能听得进去，这次上副业项目也是他提出的。许干事、王站长他们都是组员，平常不好提不同意见，只能随着。”

“不要紧，麦收前我个别给刘部长说说，三夏、三秋是农村生产最紧张的时期，让他去住一段时间，靠上抓抓，收、种都不能违误了农时。”

潘忠地听魏书记这么一说，心里顿时舒畅了许多，随口问：“老师，这‘文化大革命’还得搞多长时间？”

魏书记愣了愣，说：“这可说不准。前几天我收到同学一封信，他毕业后就分到省农业厅工作，后来调到省政府办公厅，还当了个秘书科科长，现在成了‘逍遥派’。他主要是想了解一下当前农村的形势，顺便说，中央很可能在今年年底或明年上半年召开党的‘九大’。真要那样就好了，目前各级党组织基本上都瘫痪了，党代会开过后，就会把党的组织恢复起来，即便‘文化大革命’不结束，也不会是眼下这种样子了。”

“就是呢！我老是想不通，党中央发动搞‘文化大革命’，怎么不让党委、党支部管事了？不论大小单位都建立革命委员会，革委会代替了一切，还能长期这样？”

“这个问题不明白的人多了，我也说不清楚，注意学习就是了。不是有句话吗？‘理解的要执行，不理解的也要执行’。”魏书记“哈哈”笑了起来，接着说，“还是多动动脑子好，虽然有些话不能随便对外讲，起码自己心里不能糊涂。”

潘忠地知道老师给他说的都是知己话，感到浑身轻松。觉得坐的会儿不小了，就起身说：“我得到刘部长那里去了，老师，您还有别的事吗？”

“哎，上次我让刘部长去了问问你个人的事儿，他没问吗？”

这句话把潘忠地提醒了。原来想见魏书记，不就是为了请他在这个问题上替自己出出主意吗？怎么说起话来一兴奋就忘了。于是红着脸又坐下，说：“问来，我还没急着定人，这事想听听您的意见。”

“怎么还没定啊？没人给介绍吗？”

“介绍的倒是有几个，不过，那时候春莲刚走，我都没答应。最近我一个同学来信主动提出，说她毕业后就来和我登记。可是，我觉得和她条件差别太大了，所以没答应，连信也没回。”

“她在哪个学校里上学？什么条件啊？”

潘忠地把王士霜的情况详细说了说。魏书记听着一会儿皱眉头，一会儿笑吟吟的，连着吸了两支烟，潘忠地说完他又考虑一会儿，才说：“这种情况你拿不定主意是可以理解的，但是，不给人家回信就不对了。你们从初中是同班同学，这些年又没断联系，说明两个人相互是十分了解的。这是她主动提出的，你就得相信人家的诚意，不要顾虑太多。另外，中间还有王站长，他对你可是很器重，曾经说过想让你跟他干，估计他会支持你们的。当然，她大学毕业后就会到机关上工作，你在农村里，生活起来是有些不方便。可你们还都年轻，事在人为，有困难也是能克服的。再说，你也不一定永远在农村干，有机会时可以出来工作。如果你们成了家，时间长了，组织上也会考虑照顾你，当不了脱产干部先当个工人也行啊！婚姻就是讲个缘分，只要两个人脾气性格合得来，其他问题都是次要的。”

魏书记这番话是经过深思熟虑的。他根据潘忠地的介绍，仔细分析，觉得这姑娘有主见，人品随她哥哥也错不了，值得信赖。如果他两个结了婚，一定想法给潘忠地在外面安排个事做。但这话不能说明了，更不能打包票。

潘忠地听了老师的话，心里热乎乎的，特别是让他出来工作那句话，以前从来没说过。可是，就眼下这形势，哪有那样的机会？所以仍然有些犹豫，又不好反驳，只好说：“我再考虑考虑吧。”

“行啊，回去再好好想想，我的话也只是个参考。你去刘部长那里吧，办完事再回我这里来吃饭。”

“不用了，我得赶紧回去，家里还有些事。”潘忠地出了门。

来到武装部办公室，刘部长说：“还不错，就还有六吨煤的指标，都给恁吧。”说着把介绍信给了潘忠地。

潘忠地说：“那太好了，明天我们就派人去拉。”

刘部长又说：“开始启动花钱的地方不少，估计大队也不可能有很多钱，刚才我给信用社主任要了个电话，让他们贷给恁几百块，年底前还上。”

潘忠地一听更高兴了，说：“还是部长替我们想得周到，我回去让向河带着公章来信用社办手续。”

刘部长、侯干事也留他吃饭，他坚辞回去了。

小孟领着张发树、展明尧直接去了天将大队办公室，正巧大队革委会主任和会计都在，小孟把他们相互作了介绍。孟主任说："恁还亲自跑一趟干么，前天我就给小孟说好了。他是我本家的侄子，跟着领导在恁村驻队，他回来说说就行了。人我已经找好了，叫何繁东，多年了在俺窑上看火，技术恁放心，绝对没问题。昨天下午我给他谈了，他乐意去。这就让会计把他叫来，恁先见个面。"

张发树说："谢谢孟主任了。我们来一是想给您定定钱的事，您派技术人员去给俺帮忙，一点钱不要可不行。另外，我们想尽量早点动工，看看匠人能不能抓紧时间去。"

孟主任说："这话可就见外了，县革委的主任都亲自抓恁大队，俺侄子还在那里，这点小事用着我们了，怎么能提钱呢！一会儿繁东来了恁看看，要是相中了，什么时候去都行。"

展明尧说："咱还是公事公办的好，来恁大队请窑匠的不只俺村，以前有，以后还可能有，不能破了例。你无论如何得说个数，多少我们听恁的。"

张发树又掏出烟给孟主任一支，孟主任点着吸了两口，说："要这样我就给恁交个实底。这些年确实没断有来请窑匠的，自从我当了大队书记，为了保证出去的能干好，不给俺天将村丢人，都是大队统一选派。开始我们定的每人每年六百元，从前年改成了八百，钱是集体和集体说话，一年一结账，大队收钱，给出去的人按大队干部标准记个全工。恁把话说到这份儿上了，看来我们一点不要是不行了。这样吧，还是得看出点远近高低来，恁每年给俺五百块钱就行了。"

张发树说："那太少了，咱还是按八百。"

小孟说："俺叔说五百就五百吧，别变了。"

展明尧说："也别五百，也别八百了，还是恁原来那个数，六百，这样孟主任对其他人也好解释。"

孟主任说："好，就按六百。我可是说过一分不要的，这就显得我这个人说话不算数似的了。”

张发树说：“咱都是为群众办事，公对公，俺又不是掏自己腰包，你也不是掖自己腰包，你的高姿态我们心领了，这样我们还少拿二百哩。咱是不是写个合同，也算立个字据？”

孟主任说：“立什么字据？咱老百姓说话掉地上砸个坑，用不着那一套。以前和别的大队也没立过，当面说开就行了。”

展明尧想把话题岔开，就问：“一年能烧几窑砖啊？”

孟主任说：“这个账好算，装窑得占一天到一天半，才开始大伙不熟练，可能慢点，烧上几窑就好了。点火后要烧三天三夜，再上水洇三天三夜，还得晾三天才能出窑，出窑也得一天半到两天。要是急了晾两天也行，就是出窑时热点，干活的遭点罪。如果坯子跟趟，一个月烧两窑宽裕，一年怎么着也能烧二十来窑。秋天要多上劳力，准备下冬天烧的砖坯，因为一上冻砖坯就晒不成了。”

张发树又问：“一窑能挣多少钱？”

孟主任说：“这里边学问就大了，关键看匠人能不能上心。所以派出去的人我都嘱咐，一定尽心尽力，不能给人家胡来。再早有过，有个别的被人家请去了，和人家关系搞不好，不是嫌这就是嫌那，结果干起活来使小心眼，别说挣钱了，不让人家赔钱就不孬。像装窑吧，他指挥着摆砖坯，既要装足数，还得保证处处过火，边边旯旯都得能烧匀。再就是把握好火候，洇好，不能烧成琉璃头，也不能出了二青砖。要是匠人捣蛋，别说全窑烧坏了，就是出上三分之一的次品，还怎么能赚钱？另外，恁现在是只烧砖，不烧瓦，过一段可以把瓦也上去，因为瓦的利润高。按目前行情，烧好了一块砖也就赚四厘钱，一片瓦能赚一分二。如果带上三分之一的瓦，一窑怎么也得挣它二三百块。如果窑匠勤快些，一人能看两座窑，交叉烧。恁想建几座窑？”

张发树说：“俺原来有座废窑，想修修先烧起来。”

孟主任说：“等繁东去了可以让他帮恁再盘一座，俺现在两处窑场，每处都是两座窑。”

小孟说：“我听说西南乡发明了一种‘转窑’，一座窑多个窑门，轮流装轮流出，一年到头不停地烧。”

孟主任说：“我也听说了，打听了一下，他们是只烧不洇，那个办法烧出来的是红砖。咱这里老百姓不认，还是习惯用青砖青瓦，所以没去学。”

正说着会计领着何繁东进来了。这人也就四十多岁，个头虽然不高，可粗壮结实，古铜色的四方脸膛，一双炯炯有神但精气又不外露的大眼睛，嘴角上翘略带笑意，一看就是个既能出力又容易结交的人。张发树急忙站起来给他握手，倒弄得他有些不好意思了。孟主任说：“繁东，你这可了不起了，人家汶水滩两个主要领导来请你，你可别不知好歹，去了一定得好好干。”

何繁东说：“大哥你放心，我和在咱家里一样干就是了。”

孟主任说：“不是一样，要干得更好。你要知道，县里的贾政委带着人在那里蹲点，你要干好了，不仅是你个人的事，也给咱天将大队在县里扬扬名。”

小孟说：“不用你嘱咐了，俺繁东大叔是有名的实在人，论烧窑的技术在全村也是数一数二的，给你丢不了人。”

张发树一看就满心乐意，说：“何师傅，这得让你去受累了。你不去俺没法开工，昨天晚上我安排木匠打砖模子，他们都不知道尺寸。你什么时候能去啊？”

何繁东说：“今天明天的都行，我家里都说好了，没事。砖模子好办，一会儿我到窑上拿个现成的，让他们比着打就是。”

展明尧说：“今天也行，我们用自行车驮着你，省得明天再来人接你。”

何繁东说：“不用接，我有车子，也知道路，就带个铺盖卷。”

张发树说：“不用带铺盖，大队有原来工作组用的，还闲着几套。住也有地方，你愿意和现在工作组他们住一块也行，住原来工作组那里也可以，都有现成的床。你也别今天了，明天去吧，我们也回去准备准备。”

何繁东说：“那行，我明天一早去。住的地方不用安排，得住窑上，点起火来不能离窝。我这就去拿个砖模子，恁先捎着。”

回去路上，张发树说：“我看给咱找的这个师傅不孬，起码技术上没问题。”

小孟说：“我了解，这人的活没说的，就是有个犟脾气，要是顺着他，要头他也会伸出脑袋，谁要戗起他的火来，那就成了死对头。”

展明尧说：“一分脾气一分活，如果和面瓜似的，干事也不中用。”

潘忠地从公社回来先找到李向河，叫他下午去办贷款。李向河说吃了饭就去，老早就回来了。下午，大队的其他人都陆续到了祠堂，张发树叫来了木匠，让他们开始打砖模子。展明尧说还得打几条板凳，和模子配套，磕坯子用。有个老木匠说这样的板凳要多用些木料，面子得宽点、厚点，腿也得壮一些。

张发树指着西墙根那棵槐树身子，说：“没问题，先打十五六套，这棵老槐树足够。”

这时潘孝彦在一旁听到了，说：“发树，这可是神树呵，动它行吗？”

张发树说：“神树好啊，用它打窑场的工具，一定能保佑咱烧好窑。要不留下给您老人家打副棺材？”

潘孝彦说：“我可不敢占，等我死了恁给我打个薄皮匣子，只要黄土砸不着脸就行。你说的在理儿，反正那起子孬种把它杀了，闲着也是闲着，让它保佑咱的窑场去吧。”

这时潘忠地来了，把买煤炭的介绍信给张发树，张发树说：“叫向河赶紧准备钱，明天就去拉。”

潘忠地说：“刘部长给咱联系贷点款，我让向河去信用社了。”

展明尧说：“要是能贷给几百块钱，什么问题都解决了。”

潘忠地说："刘部长给信用社主任打招呼就是说的几百块，我叫向河去了给人家好好商量商量，争取多贷点，反正年底前咱保证还上。"

张发树说："有二百块钱就能应急，咱可能还得有百来块钱。走，到窑场看看去。"

包括李光恩、潘秀菊，他们几个一块去了窑场。走到一看，十几个人正在拔草，大半天拔了还不到一半。张义昌在一旁站着，张发树把他喊过来一起转了转。场地到处坑坑洼洼，窑体坍了几个豁子，窑里边一大堆破砖烂泥，窑门和连着的窑屋也都塌了。张发树对张义昌说："明天窑匠就来了，得加把劲，抓紧把这些乱七八糟的东西清理好。"

张义昌说："这些活太费事了，人又不多，恐怕三天两天的弄不完。"

潘忠地说："我晚上给长友说说，让他明天派七八个人来，帮两天忙。咱几个这几天没别的事，也来干一阵子。"

张发树说："这个办法行，明天都带着家伙来。"

展明尧说："还得赶紧准备木料，把窑屋棚起来。"

张发树说："好办，叫几个人到北河里刨几棵树。你得带着去，找密的地方刨，别让他们刨乱了。我回去让木匠也先分成两伙，一伙打模子，一伙来合计木料。"

正说着李向河兴冲冲地来了，张发树问："怎么样，贷给多少？"

李向河拍了拍包说："这下解决大问题了，三百。"

张发树说："你回去把钱放下，然后安排几辆大车，明天就带着他们去拉煤。"

李向河说："行，派几队的车？"

展明尧说："都派，六吨煤一趟就全拉来了。给队长们说，以后咱就轮着让他们出车。"

潘忠地说："拉来卸试验队一车吧，铁匠炉好用。"

张发树说："行，也得过过秤，好有个数。向河，窑上的账你先记着，别和大队的账混了，要单独立账，以后咱再配个专门会计。”

潘忠地说：“煤矿上每辆车都得过秤，回来不用称了，向河你叫向林记着数就行。”

李向河答应着走了。展明尧也叫着几个青年刨树去了。

第二天上午，大队干部们都带着铁锨来了，李长友也领来了十二三个青年，除了展明尧叫着两个青年帮木匠截木头，其余的都动起手平整场地，张义昌也不好意思当甩手掌柜了，一起干了起来。

大伙正起劲干着，何繁东到了。张发树迎上去，把大队干部喊过来，一一作了介绍，然后说：“何师傅，我先领你回村里喝点水休息休息。”

何繁东说：“不用，我先看看。”

张发树叫着潘忠地，随他围着场地转了一圈，何繁东说：“这地方没问题，土质很适合烧砖。就是这窑废得时间太长了，得好好修补，要用一千多块砖。不用买，恁先借借，咱烧出来就还他们。”

展明尧过来说：“何师傅，你先看看盖窑屋的檩条尺寸行不？”

何繁东说：“这个我就不如人家木匠在行了，叫他们看着办吧。不过，得找铁匠打好炉条，垒窑门时就用。”

潘忠地说：“咱有铁匠组，你说个尺寸，我安排他们抓紧打。”

何繁东朝那边看了看潘秀菊，说：“张主任，干活的怎么还有个女的？”

张发树说：“我刚才给你介绍了，那是大队妇女主任，这几天全体大队干部都来参加劳动，以后就不来了。怎么，还有什么说法吗？”

何繁东说：“窑场干活不能要女的。特别是点起火来，任何女人都不能偎边，要是女人踩了火就麻烦了。”

张发树说：“光知道过年蒸馍馍不能让外边的女人来串门，说是踩了火馍馍就不发了，烧窑还有这讲究？”

何繁东说：“烧窑讲究更大。也不一定真是这么回事，可老辈里传下来的，都这么做。”

张发树说："那咱也得这么做，下午我就不让她来了。"

潘忠地说："你别给秀菊姑说这意思，就让她去干点别的事。"

张发树说："我知道。"临收工时，他对潘秀菊说，"秀菊姑，你下午不用来了，在祠堂看家吧，万一有事找咱没个人不行。"

潘秀菊笑了笑，说："你是怕把我累着了啊！行，我在家里值班。"

张发树又对张义昌说："你下午到各家看看，谁家有砖头咱先借来，得凑够一千五百块。给人家说，烧出第一窑来就还他们。"

何繁东说："下午得带几副水挑子来，在平整好的那边先洇几堆土，后天打出几个模子来就开始打坯子。因为坯子上了摞还得晾晒五六天，干了才能装窑。咱得算计着，争取修好窑就能点火。"

张发树说："行，一切都听你指挥，你说怎么干就怎么干。走，先跟着我回家吃饭去。"

何繁东说："我随便吃点就行，不上你家去了。"

展明尧说："让何师傅去祠堂和孝彦叔一块吃吧。秀菊，你去帮着做做饭，我回家拿过点菜去。"

张发树说："那就先凑合一顿，下午派人去买点菜来。"

潘秀菊说："这事恁别管了，我回去给向河说，何师傅吃饭的问题交给俺俩。"

麦收

随着一阵阵热腾腾南风的吹拂，麦子开始黄梢了。谷子、高粱、春玉米还都在急着长个儿，枝叶浓绿，密密匝匝。地瓜、花生的秧子已经遮严了地，稀稀拉拉几棵花簪草、三棱草、莠草直挺挺冒了出来，像值勤的卫士，精神抖擞。社员们拿着工具，扛着红旗，年轻人还带着红缨枪，来到坡里，干上一阵子活儿，有的就开始练刺杀，也有的开批判会或唱几首歌。前几天工作组的几个小青年出了个点子，让各生产队都用谷草、秫秸绑几个草人，作为练刺杀的靶子，刺杀时还要高呼着口号：“打倒帝国主义——杀！”“打倒修正主义——杀！”“打倒走资派——杀！”

这一阵可忙坏了潘士金和几个四类分子，他们被排好了班，每天至少要挨两场批斗，除了正常干活，别人休息时就得赶紧往召开批判会的生产队地头上跑。因为大批判也必须有“活靶子”。起初有人提议，让潘忠国和潘士金一样，也要跟着挨批斗。还是郭主任说了句话，“算了，他既不是四类分子，也不是走资派，最多算是个犯了错误的下台干部，跟那伙人还是有些区别，不能同样对待。”一句话保下了潘忠国。

满坡红旗招展，到处是歌声、口号声，显得很有生气。有些年长的厌恶了这一套，可又不能说，只好随着凑在一起吸闷烟。年轻人不行，多数喜欢热闹，越闹腾兴致越高。他们又不操心农活的事儿，还赚个轻快。

人们再怎么胡闹，庄稼们才不管呢，它们按自己的脾性生长着，吃饱喝足了就有精神，渴了饿了就蔫头耷脑，给人黄病脸子看。到了该收的时候不收，就算是烂到地里也不会自动跑到场里、仓里去。

潘士金找了个机会对潘忠地说："你给发树和明尧说说，马上要收麦了，得抓紧安排安排，有些准备工作要早动手，千万别影响了三夏生产。"潘忠地说："过几天刘部长可能来住一段时间，他来了就好了。"

全村倒是有一处地方清静，就是窑场。几十口子人整天干得热火朝天，只忙着修窑、拓砖坯，没搞什么刺杀、大批判，连个歌也没唱过，整个场地也没杆红旗。张发树是忽略了，这二十来天里没黑没白，一门心思听窑匠的吩咐，争取早一天把砖烧出来。这几天已经一切走向正规了，除了从各生产队抽调的十几个人，试验队来帮忙的又留下了两个，其他人都不再来了。因为张发树和展明尧商量，觉得李长安、潘忠新跟着窑匠学烧窑比较合适，就没再让他两个回试验队。窑体、窑屋都修好了，窑匠领着潘忠新、李长安垒窑门，别的人都开始拓砖坯。

拓砖坯也是个技术活，要头一天洇好土，水不能太多也不能少了，必须正好把土滋润透。第二天一早和泥，至少要和三遍，不能留一个土疙瘩，更不能有石子儿。因为近处的山都是石灰岩，地里有块小石头就是石灰石，如果混在了砖坯里，等砖烧好时它也变成了石灰，不用大了，哪怕有核桃大小的一块，这块砖就废了。泥和好了接着是拓坯，把泥盛在模子里，盛满压实，再用一个铁丝做弦的弓子把多余的泥刮掉，拓到撒了细沙的平地上晾起来。上午必须拓完，再晾晒半天，傍黑好上摞。摞坯子也有学问，和打土坯一样，"不怕左右摇摆，就怕前仰后合"，倒了摞就前功尽弃了。第一层摆正，第二层斜着压缝，依次一层层摞起来，稳当。起初都只敢摞两三层，窑匠说慢慢来，能摞到六七层就成高手了。这套程序都是各干各的，便于检查数量和质量。几天下来，一个人一天还磕不了二百块坯子，有的人还咋呼："累得腰都直不起来了。”

张发树看了说：“何师傅，这个活太慢了，那得多长时间够装一个窑啊？”

何繁东说：“开始都不熟练，这一模子两块坯，十多斤重，弯腰直腰的是不轻快，过几天就好了。俺那里拓砖坯都是按包工，正常四百块一个工，多数人一天能完成五六百块，个别的有磕到八百块的，那要起早摸黑。”

张发树说：“以后咱也搞包工，这些天是让大队会计给他们记的天工，等配上个会计就好了，每天给他们点点数。”

何繁东说：“不用天天点，装窑的时候点就行。是得有个专门的会计，装窑、出窑最好都按每人背的数量记工。另外，现金账也不能少，开始卖砖以后，一份一份地收钱记账，有的是现钱，有的是赊账，还有的用煤票换，挺麻烦。”

张发树说：“怎么还用煤票换呀？”

何繁东说：“煤稀罕呀，没指标买不到。社员家里每年都分点煤票，两斤煤票顶一块砖钱，两合算。所以有的户需要买砖了，就亲戚邻居地借煤票，也有的集体单位用砖，数量大，就批个指标，一份就是几吨，这样就把烧窑的煤炭解决了。”

张发树说：“这个办法好，以后咱也这么办。会计的事还真得抓紧定，晚上我们研究研究。”

当天晚上就召开了大队干部会，商量窑场会计的事。张发树让大家提提人选，李光恩说：“这个人不好找，既要给大伙记好工，还得把账整明白。别看那账一收一支直来直去的，事也不少，记不清楚可不行。”

大伙把生产队的记工员数落了个遍，都觉得不太合适。

展明尧说：“要不调个生产队的会计过去。”

张发树说：“那是拆了东墙补西墙，生产队再选个会计更难，那才不行哩。”

李向河说："不用犯愁，有现成的人，前天我见忠民回来了，让他干就行。"

潘秀菊说："他不是还上着学吗？又没毕业，怎么能当会计？"

潘忠地说："算是毕业了，就是没领毕业证，学校说以后给寄来，不用他们回校了。我看叫忠明去干吧，他和小民一块回来的。"

张义昌说："小明不行，他是走资派的儿子，怎么能安排他呢？"

潘秀菊说："走资派的儿子怎么了？四类分子子弟还要正确对待呢，他爹是走资派他又不是！"

都不说话了。过了一会儿，展明尧说："按理说忠明不影响使用，但是，我估计士金不一定同意让他干，还是让忠民去吧。另外，也得给忠明安排个适当的活儿。"

潘忠地说："展春方前几天找我，他不愿意在试验队当会计，想去学烧窑，不行让忠明去接他的会计。"

张发树说："正好，李长安找我说不想在窑场干了，想回去，当时我还熊了他一顿。这样就叫他回试验队，让展春方去学烧窑，小明去试验队当会计，小民去窑场当会计，两个高中生就一块都安排了。"

大家都同意这个意见。

明天就要点火烧砖了。中午，何繁东把张发树、展明尧叫到一边，说："下午老早就能装完窑，明天出太阳以前点火，今天晚上得祭窑神。"

张发树问："怎么祭法？"

何繁东说："和祭别的神一样，在窑门前摆上供，烧香、奠酒、磕头。"

展明尧问："得准备几样菜？还用在这里干活的都参加吗？"

何繁东说："一般要有鸡、鱼、肉，其他菜多两样少两样无所谓。也不用都参加，恁几个领导愿意来就来，不来也可以，我和忠新、春方俺三个必须磕头。"

张发树说："那好，下午就差人去买东西，晚上恁三个办，俺就不来了。"

这些天里小孟到窑场看过何繁东两趟，工作组的其他人都没来过。听说今天开始烧第一窑砖，吃过早饭，郭主任叫着大伙一块来了。老远就看到窑顶上冒出几股浓烟，升至半空才弥散开来。小刘说："看来是已经点火了，恁看那烟。"

小孟说："一般都是傍天明点火，特别是第一窑。"

来到窑场，张发树领着他们进了窑屋，把何繁东介绍给大家。何繁东刚添完炭，放下锨，从腰里抽出烟包让烟，郭主任也掏出烟，抽出一支给他，说："来，吸我的。"

何繁东说："旱烟有劲儿，我吸不惯那个。"

张发树说："这是主任的好烟，有劲没劲得吸一支。"

何繁东不好意思地接过去了。这时，小刘看到一旁的矮桌上放着大半瓶酒，一把香，还摆着几碗菜，整鸡整鱼的，都没动头，就问："这么多菜呀，恁还没吃饭？"

展春方说："这是昨天晚上我们祭窑神摆的供，何师傅说中午让大伙一块吃。"

小刘说："烧个窑还祭什么神啊？"

小孟说："这是老规矩，新窑点火和每年的第一窑，都要祭窑神。俺繁东叔是老匠人了，讲究这个。"

小刘说："什么神呀鬼呀的，都什么年代了还搞这一套，这是封建迷信，应该破除！"

何繁东瞪了他一眼，没吭声。

郭主任知道，各行有各行的规矩，特别是当匠人的，你说他是迷信也对，你说他是一种心理寄托也行，没什么大碍，更没必要当面指责他，争辩下去弄个不痛快就不好了，就说："何师傅你忙着，不耽误你的事了，我们到外面看看。”

何繁东把他们送到窑屋外边，张发树领着他们去看拓砖坯的。转了一圈，郭主任说：“发树，你们这一段抓得不错，不到一个月就都走向正规了。”

张发树说：“还是您的决定好，咱上的这两个副业项目，群众可拥护了，不仅给大伙带来了方便，大队每年还能收入个千儿八百的。我们跟何师傅商量了，等烧完两窑，让他指挥着再盘座新窑，两座窑交替着烧，下一步安排烧瓦，那样收入就更高了。”

郭主任说：“走，到试验队看看铁匠组，我还没去看过哩。”

潘忠地正和几个青年在种子田里去除杂麦穗，看到他们过来了，就叫着李长友迎了过去。大柳树底下两个铁匠炉炉火正旺，五六个人腰里都扎着块破油布，在打镰刀，发现工作组的来了，师傅的小锤“叮叮当、叮叮当、叮当叮当叮叮当”地敲出了花样，抡大锤的也更有了劲头，甩到肩上，举过头顶，再狠狠砸到砧子上。郭主任从地上拿起一个打好的镰刀，仔细看了看，说：“这活儿没说的，看来师傅的手艺不赖。”

张发树说：“俺这三个铁匠在附近三里五村也数得着，别说打这些小物件了，以前装大车、打水车都行，连土枪都会造。”

潘忠地说：“成立铁匠组后他们又带了三个徒弟，前一段打了些镢头、锄头，因为快收麦了，这几天重点打镰刀。”

郭主任说：“好啊，都是社员需用的工具，质量又好，群众一定满意。怎么分给社员？”

潘忠地说：“不分，有需要的来买，我们定了价格，比供销社贱两成，要是拿废铁来换更便宜，两作价，都合算。”

郭主任说：“这个思路好，让社员们省点钱，还解决了原料问题。”

潘忠地说：“就是有废铁的太少了，下一步原料的供应还真是个难题。咱打的这些东西拿到集市上，和供销社一样的价格都争着买。只要原料充足，以后我们可以到集市上卖一部分，保证能赚钱。”他前些日子就考虑过，麦收后在饲养棚附近搭个敞棚，把炉子挪到里边，支三座炉，三个铁匠一人一摊，再增加几个学徒，长年不停地干，既满足本村的需要，还能卖给外边，增加集体的收入。前天他安排两个人拿着部分货到集市上试了试，很抢手，带去十多件半上午就卖光了。听郭主任说到原料，就想借这个机会让郭主任给想想办法。

张发树说："谁家还有多少废铁呀？'大跃进'炼钢铁时，公社分给了交废铁的任务，有的生产队凑不够，把户家做饭的锅都揭了去，还有的把门鼻子都拧了下来顶任务。"

郭主任说："你们可以到县废品收购公司联系一下，他们有收的废钢废铁，让他们卖给恁点。"

潘忠地说："公社收购站也有收的，我打听了，他们有任务指标，只上交，对外不卖。"

小钟说："不用去那里，县水利局打井队就有些废钢铁，断了的钻杆子，秃了的钢钎子，乱七八糟的在院子里堆着不少，我领着恁去，找领导说说，拉点来。"

有个铁匠听到了，说："钢钎子可是好东西，打菜刀、镰刀的作刃，比普通钢材强多了。"

郭主任说："那行，明天让小钟和恁去一趟。也别白要人家的，多少的支点钱。"

潘忠地说："钱好说，可以按收购站的价格。"

他们又围着麦田看了看，郭主任看到那几个人采麦穗，问："这是干什么？"

潘忠地解释："这十几亩是我们引进的新品种，各项性能表现不错，想明年推广一下，收打后分给各生产队。但是，种子不是很纯，出现些杂穗子，如果收割的时候再去就不好弄了，这样提前搞一搞，保证种子的纯度。"

小刘说："杂穗子还真不少哩，这还不到成熟的时候，收了不就败坏了？”

李长友说：“杂种大都个头比较高，猛一看挺显眼，实际不多，一亩地收不了几斤。现在麦粒都灌完浆了，瞎不了，喂牲口顶饲料。”

郭主任说：“只要别浪费了就行。”

潘忠地说：“郭主任，眼看麦子就熟了，该开个生产队长会，部署一下三夏生产的事。”

郭主任说：“好啊，你们革委会谁负责生产？先考虑个具体意见。”

张发树说：“原来定的是以明尧叔为主，这一段窑场不能离人，咱调一调，忠地，咱俩管，再加上光恩老爷、秀菊姑。”

潘忠地说：“王站长对农业生产熟悉，让他也靠上帮帮俺。”

郭主任说：“可以，老王，还有小冯，恁两个是农业专家，这段时间就靠到三夏生产上。开会的时候我们工作组全体成员都参加。”

潘忠地听了很高兴。

就在召开生产队长会议的第二天，贾政委来了。他这次不是从县城来的，在军分区开了两天会，昨天下午散的会，今天早饭后往回赶，是顺路来看看。工作组有几个同志很明白，老远看到吉普车来了，本来不到休息的时候，赶紧让社员停下手中的活，集中到地头练刺杀、开批斗会。有两个生产队一开头，其他队都跟着学起来。贾政委坐着车在坡里转了一圈，越看越高兴，郭主任和张发树迎上去时，就让他两个通知工作组的同志和大队的三个主任，回村里座谈情况。

贾政委首先把大伙表扬了一通，说是你们的工作很有成效，真正把群众发动起来了，较好地落实了“五·七”指示，抓了革命，促了生产。从田间的情况看，社员们热气高，干劲大，形势一片大好。这样做完全符合这次地区会议的精神，要坚持抓下去，并且要不断深入。不仅汶水滩这样搞，要号召全县都向你们学习，争取在全县形成这种大好局面。你们做好准备，我回县里明天就召开各公社负责人会议，让他们组织各大队来参观。当郭主任汇报说最近上了砖窑和铁匠组两个副业项目，不仅能服务本大队群众，还能对外销售增加集体收入时，贾政委说：“这方面你们要注意，不要偏离了大方向，不能只考虑赚钱的事，那样就又回到资本主义的老路上去了。在执行什么路线、走什么道路的问题上，千万要分清是非。”其他人都没再说什么，他起身走了。

送走贾政委，他们回头商量如何迎接参观的事。小刘说：“得把准备的那两幅红布用起来，写上欢迎的大标语，挂到村外去。另外，地头的活动人要多，劳力不能太分散，每个生产队一伙，零星干活的都要集中过去。”

小钟说：“窑场那边是个死角，既没有红旗，也没搞活动，得抓紧动起来。”

小刘说：“政委担心走资本主义的老路，看来这个窑不能烧长了，本村社员才用多少砖？再说，请来的这个窑匠也有问题，来了就搞封建迷信，还烧香磕头的祭什么窑神。另外，他的名字就是个事，小孟，他叫什么？是‘反动’还是‘反东’？”

小孟说：“是‘繁重’的‘繁’，‘东方’的‘东’。人家按辈分起的这么个名字，有什么问题？俺村里姓何的人家不多，听老人们讲，他们的辈是按姓孟的辈排的，字都一样。”

小刘说：“谐音‘繁’就是‘反’，‘反动’不行，‘反东’问题更严重，反谁呀？叫这样的名字骨子里就有问题。”

小孟还想争辩，郭主任说：“好了，下午开个生产队长会，把贾政委的意见讲下去，别的事以后再说。发树，窑场是该弄两面红旗插上，干活休息的时候也要适当搞搞活动。”

张发树说：“这个问题是我的责任，这些天光顾着尽快点火烧窑了，把革命活动忽略了。好办，明尧叔，咱立即纠正，下午就落实好。”

展明尧没吭声。

其实郭主任对贾政委讲的那一套是有看法的。眼看就要开镰收麦了，这时节让全县来参观，来的人无所谓，一个大队来一两个，影响不了家里的生产。可汶水滩怎么办？整天捣鼓那些形式的东西，能不耽误农活？另外，发展副业项目，增加大队收入，怎么就会回到资本主义老路上去呢？前几年割资本主义尾巴，那是指的家庭副业、个人经营，现在是集体搞的，有质的区别。再说，这也不违背“五·七”指示呀！刚才小刘说的那些他更不赞同了，难道费这么大劲儿刚搞起来的窑场接着停了？还拿人家的名字乱上纲，充那有学问的，还谐音，简直是胡闹！

不只郭主任，许干事他们几个和展明尧、潘忠地听了都觉得不顺耳，只是不好当面说就是了。只有张发树稀里糊涂的，认为贾政委那样的大领导讲什么都是对的，没有认真去想。

生产队长会议开过后，队长们可就犯难了。昨天的会议刚安排了三夏生产，今天又要求集中抓好那几项“革命活动”，特别是小刘还提出，搞活动时各生产队都要把劳力集合到一块，那样才显得有气势。怎么个集合法？为了做好三夏准备，劳力比较分散，有整理打麦场院的，有往地头运肥的，有浇水的，还有在春庄稼地里治虫的……要是一天集中搞几场刺杀或批斗会，还怎么干活？散了会还没走出大门，就都嘟嘟囔囔，怨声载道起来。

小刘找到李向河，叫他买几张红纸，写两幅大标语贴到红布上，挂到路口显眼的地方。李向河说红纸好买，代销点就有，写字得找学校的宫老师或李长路，他们写得好。小刘说行，你买了纸咱一块去找他们。

来到学校，宫老师问写什么内容，小刘说一幅写“热烈欢迎各级领导来汶水滩检查指导工作”，另一幅写“全面贯彻落实‘五·七’指示”。宫老师说这样的大标语还是美术字好看，让长路老师写吧。李长路没有推辞，立即动起手来，第二天就写好了。

小刘让李向河叫着两个人，搬着梯子，来到坡里，选了两个路口，用绳子把标语拉起来，挂到了树上。风一刮，横幅“呼呼啦啦”摆动，李向河说："看来这字撑不了几天，很容易刮坏。"小刘说："不要紧，坏了另写。"

汶水滩这下子又热闹起来了。县里散会过了没几天，就开始有人来参观了。公社先是集中组织大队革委会主任和机关干部，接着是全体大队干部。大队干部回去，又都带着生产队干部来。陆续还有些组织部分青年民兵来的，整天络绎不绝。人家来了就得有人领着看，还得不断地介绍情况。头几天张发树兴致挺高，叫着潘忠地，送走一伙迎来一伙，大半天不得停脚，工作组小刘只是跟着。三天过去，他有些烦了，对潘忠地说："这个样子不行，咱整天光弄这一套，还得干点别的吧？"

潘忠地说："是呀，咱去给郭主任说说，让小刘他们几个负责接待，咱两个还是管管生产。"

他两个给郭主任一说，郭主任就同意了，说让小刘和小钟靠上，他们对情况也熟悉，参观、介绍都由他两个负责，如果来的人多忙不过来，再叫小冯和小孟参加，大队的同志就别参与这事了。小刘他们愉快地接受了，特别是小刘，他巴不得要干这个差事哩。

有些地块麦子已经成熟，可社员们为了迎接参观，不断头地搞表演，一天干不了半天的活。潘忠良不管这些，有两次参观的来了，他照常指挥着社员干活，没往地头集中，被小刘训斥了一顿。展明尧一直靠在窑场，只是插上了两面红旗，根本没搞什么活动。因为这里偏僻，参观的过不来，工作组的人也没再来过问。

张发树、潘忠地他们心急火燎，就找许干事、王站长，让他们给郭主任说说，能不能把其他事停下来，集中一段时间收收麦子。许干事说郭主任也不敢当家，因为这是贾政委交代让这么办的。正在他们愁得没有办法时，刘部长来了。潘忠地看到他像是见了救星，见面就说："刘部长，麦子该开镰了，你看这每天都有好几拨人来，社员们只好放下手中的活应付参观的，再这样下去可就误大事了。"

刘部长说："别急，我跟郭主任商量商量，麦子必须抓紧收。"

刘部长找到郭主任，郭主任说："这个事前天许干事个别给我说过，我也觉得的确是个问题。可是，来参观是县里统一部署的，人家来了咱又不能只搞生产，那样就违背贾政委的要求了。"

刘部长说："能不能让参观的停几天，等收打完麦子再来？"

郭主任说："这事咱说了不算呀，除非县里下个通知。"

刘部长说："也倒是，县里的会我也参加了，贾政委强调，各公社都必须分期分批来参观学习，既要组织大、小队干部来，还要组织民兵积极分子来，把汶水滩的经验在全县推广开。可是，麦熟一晌，庄稼不等人，咱也不能因抓革命耽误了生产呀！"

郭主任停了停，说："咱两个一块到县里去一趟，向贾政委汇报一下，最好能让县革委办公室给各公社打个招呼，暂停参观，起码让群众先收收麦子。"

他两个到了贾政委办公室，郭主任先简要汇报了汶水滩当前的情况，又说了说和刘部长商量的想法。贾政委思考了一阵子，说："参观的人多是好事，这说明全县很快就要发动起来了。可是，大好形势刚要出现，就通知停下来有些不妥，那样容易让一些人产生误解，难道抓革命还分季节？那不成'以生产压革命'了吗！当然，生产受些影响是可以理解的，为了带动全县落实'五·七'指示，汶水滩适当作出些牺牲也是应该的，典型嘛！"

郭主任听着这话本身就有些文理不通，但又不能反驳，气呼呼地摸出烟自己吸起来。刘部长说："别的农活耽误点不打紧，早晚找补回来就行，麦子熟了不及时收割可是个问题。"

贾政委当然也懂得这个道理，可他考虑的是全县尽快形成落实"五·七"指示的大好局面，于是说："能不能考虑派人支援一下汶水滩，帮他们收收麦子？"

刘部长说："这期间各大队劳力都很紧张，不太好组织人去支援。"

贾政委又思考了一阵子，说：“这样吧，县里正集中了一部分机关干部在‘五·七’干校学习班学习，让他们去收几天麦子，对他们本身也是个锻炼。群众活动不仅要正常搞，还要搞得更好，也让这些机关上的人开开眼界受受教育。我去作个动员，后天就组织他们去。”

刘部长说：“这些人去了吃、住和准备工具都是个问题。”

贾政委说：“不要紧，都自带镰刀，从工厂找几辆汽车，一早拉他们去，傍晚回来住，只在那里吃一顿午饭。现在他们中午都不回家，集体在干校食堂吃，让干校食堂每天早一点蒸干粮，送到汶水滩去，生产队烧点开水就行。”

事情就这么定下来了。他两个走了后，贾政委把办公室的人叫来，安排了两件事：一是告诉干校，他下午去作动员；二是再给各公社下个通知，凡是按要求没组织完去汶水滩参观的，要继续组织，三夏期间也不能停，要通过学习汶水滩，促进三夏工作。

“轰隆隆”四辆大卡车开进了汶水滩，车上有男有女，都挤得满满的。一百多人下来，个个头戴草帽，手拿镰刀，乍一看很像是干活的架势。每辆车上还都有两个带队的，当然，他们是学习班上的负责人，都是些造反派。下车后分了分，每个生产队一组，随后让工作组的同志带着去了各生产队。队长们昨天晚上就接到了通知，除了安排两个女劳力烧开水，到时候送到地里，再就是选好地块，不要让这些人和社员们掺和到一块干，人一到接着动手，有个队干部领着就行。

这些人虽然长期在机关工作，有的在农村干过活，没干过的大部分每年也参加几天麦收，对割麦子并不生疏。但是，毕竟平时不参加劳动，还有个别的身体不太好，刚开始劲头还可以，割了没半个小时，就有人腰疼了，割不两把就得直直腰。也有的手上磨起了水泡，不注意挤破了，疼得钻心。只有少数人基本上还像那个样子，但也是割得麦茬越来越高，还丢三落四的，落到地里很多麦穗。那边来了参观的，社员们就都集合到地头，搞起了表演。带队的不让他们偎过去，但也都直起腰来看热闹，相当于休息了。

日头快落山时，都上了汽车回去了，队长们便叫着些社员来捆他们割倒的麦子。看到这种情况，有的队长说："指望这伙子人干活真不中用，三个人顶不了咱一个劳力。割得快慢不说，麦茬留这么高，得损失多少麦秸？铺子还放得乱七八糟，地里落下了这么多，捆麦子、拾麦子更耽误咱的工夫。"还有的说："这哪是支援啊，简直是给添乱来了。"张发树听到后，瞪着眼熊他们："别胡咧咧，不知道好歹，要不是领导发话，能来这么多人给咱干活呀！这些人是干什么的？都是坐办公室的，如果县里不抓咱这个点，别说来割麦子了，想见见人家的面都难。"

郭主任、刘部长也发现了这个问题，吃晚饭的时候郭主任说："这些人割的质量是不行，明天我们工作组的靠上他们，强调一下，一定要保证质量，哪怕割得慢一点。"

刘部长说："让他们分分工，别都割，那些身体不行的和女同志可以捆麦子，也可以在后边拾麦子，这样收一块成一块，质量问题也解决了。"

就这样，从第二天开始，的确质量上去了，但是，进度实在太慢了。别看像模像样的一百五六十口子人，赶不上一个生产队的劳力干的。

潘忠地这几天靠在试验队，他给李长友说："咱抓抓紧，快一点收完，然后留下少部分人打轧，其余的去支援生产队。"

李长友说："县里来那么多人，各生产队都有，还用咱再帮忙啊？"

潘忠地说："你看看这两天的情况，有的生产队收得太慢了，眼下所有地块都成熟了，必须帮他们加快进度。"

李长友说："没问题，再有两天咱这里就割完了，到时候我带着他们，你说上哪个生产队就上哪个生产队。"

雹灾

真是天有不测风云，下午还是晴空万里，没到半夜突然狂风大作，随后，闪电一次连着一次划破长空，炸雷一个跟着一个震天动地，紧接着暴雨倾盆而下。潘忠地起来了，听到外面还噼里啪啦的，趁着电光朝外一看，不好了，满院子白花花的，雹子下了一层，已经盖严了地，个别大的跟小孩子拳头似的。堂屋里老两口都起来了，他娘把菜刀、镰刀都扔到了天井里，他爹摸起铜脸盆，站在屋门口拼命地敲。其实村里不止他老两口，大部分老人听到下雹子了，都赶紧起来，有的还把年轻人也喊起来，搞这一套。没有铜盆的就敲铁锨头或其他家什，反正是响声越大越好。祠堂里那个潘孝彦老汉也起来了，他头顶锅盖，跑到大队干部办公的那屋，从墙角里找到大铜锣，站到屋檐下台阶上，“嘡嘡嘡”使劲敲起来，要不是雷声遮掩，他弄出的动静全村都能听到。潘忠地听老人们讲过，冰雹这东西是妖魔鬼怪带来的，下雹子时往外扔凶器、弄响声，都是为了吓唬妖魔鬼怪，只有把妖魔鬼怪赶走，雹子才能停下来。这纯粹是迷信，管什么用？尽管老人们使出浑身解数，那冰雹仍旧是劈头盖脸地下着，足足下了十几分钟才变成了雨。

雨没有停的意思。潘忠地在门口看着，过了老大会儿，那些雹子才被雨淋没了。他一个人在屋里来回走着，急得团团转。从小还没见过下冰雹，这可怎么办呢？除了试验队的麦子刚刚收完，生产队收得快的还剩下近三分之一，有的队收了才一半稍多点，这不全都砸到地里了吗？社员们大半年的心血眼看着白费了。还有那些春庄稼，枝叶正嫩，还不都砸坏了！后来躺到床上再也没合眼，急得心里火辣辣的，却是一筹莫展。

风住了，雨停了，窗户发白了，潘忠地起来，踩着泥泞的道路出了村。老远看到地头上有个人影，还忽闪忽闪冒着吸烟的火星，近前一看，原来是李光恩。

“大老爷，你早就来了？”

“早来晚来的顶什么用！你看看，全完了，凡是没割的麦子颗粒无收了。”

“还能抢收点不？”

“怎么收啊？麦穗大都被砸碎落在了地里，麦秆子都砸烂了半截，雨还这么大，麦粒子和泥巴混在了一起，扫也扫不起来了，再收也只能是收点麦秸。”

“春庄稼也不中用了吧？”

“谁知道呢，走，去看看。”

两个人到西坡转了几块地，到处是一片惨象。高秆作物的叶子全都变得条条绺绺，无精打采地披散着。地瓜、花生的叶子几乎全烂在了地里，有些秧子也被砸丝绺了。好在是狂风过后才下起了冰雹、大雨，后来没再刮风，玉米、谷子、高粱的倒伏并不严重。潘忠地说：“看来都得再翻种了。”

李光恩“吧嗒”了几口烟，说：“等两天看看再说吧，谷子、高粱也许不打紧，只要心叶没砸烂，还能发。春玉米怕是不行了，刚喇叭口，不抗砸。地瓜、花生没事儿，都能在根部发新芽，花生还没开头茬花，影响点产量也问题不大。”

“本来今年的麦子还能增产，这样一来就得减产了。”

“减大发了！古来说‘争麦夺秋’，为什么说争？就是因为这时节天气多变，早半天割了就算是到手了，晚半天就可能白搭了，虎口夺粮呀！”

东方出现了橘红色，日头快出来了。潘忠地说：“咱到工作组看看去吧。”

李光恩气呼呼地说：“我不去！要不是他们整天抓什么革命，这麦子该收个差不多了，叫他们再闹腾去！”

大、小队干部们都到地里来了，有些社员也出来了，一个个愁眉苦脸，长吁短叹。有人说：“咱这一带几十年没下过雹子了，怎么今年就摊上了呢？”

另一个跟上说：“这是老天爷看着咱练刺杀、大批判搞得好，专门为咱祝贺了！”

张发树听到了，知道这是气话，可让工作组的人听到就不好了，大声朝这人说道：“别胡说！人人都会生病，天灾也是年年有，只是不一定哪里赶上。老天爷公平，轮着来。再说了，这雹子也不会光砸咱汶水滩。”

这时就有人反驳他：“不光砸咱也不会砸太多的村，雹灾不像旱涝灾害，要是遇上大旱大涝，那就是几个公社甚至全县受灾，下雹子只是一小片，摊上的多说也就三五个村子。”

张发树还想再说什么，潘忠地过来了，叫着他去工作组。张发树说：“有人看见郭主任、刘部长他们到南边去了，我正想去找他们，走，咱一块去。”

他两个去了南坡，工作组的人都在，张发树过去说：“这可怎么办？凡是没割的麦子只剩下个别半截麦穗和下边藏着的小穗头，暂时也没法收了，雨还下这么大，地里太湿，暂时进不去人，就是想抢收点也没门儿。”

刘部长说：“没收的麦子是基本绝产了，春庄稼也是个问题，都得砸坏了。”

潘忠地说：“刚才我和光恩大老爷去看了，砸得是不轻，不过大部分不用翻种。”

郭主任说："你们抓紧下个通知，咱开个大队干部和生产队长会，一块研究一下抗灾的问题。"

刘部长说："恁开吧，我得回公社，了解一下受灾的有多少大队，组织机关干部赶紧分头下去救灾。"

许干事说："你吃了早饭再回去吧，现在路上也没法骑车子。"

刘部长说："回去吃吧，这雨算是下透地了，要能骑车子得等到什么时候？我走着回去，开个会安排安排，完了就找个人送回我来。"

雨过天晴，空气也显得格外清新。可是，眼瞅着村里村外路旁落满了烂树叶、断树枝，田里的庄稼被砸得一塌糊涂，人们怎么也打不起精神来了。

参加会议的大小队干部们如丧考妣，平常爱说笑话的那几个脸上也没点喜兴意思。抗灾，怎么抗？他们这个年龄段的人，还没经历过这么严重的雹灾。工作组和大队的同志们议论半天，也没人说出个好主意。队长们一个个耷拉着眼皮，一言不发，虽有一肚子怨气也不好发作。展明尧一早去了窑场，接通知晚，来迟了，进门郭主任就问："明尧同志，窑上怎么样？损失大吗？"

展明尧说："不大，这一窑已经烧了两天，封着顶没事，就是砖坯受点损失。幸亏何师傅是明白人，他们正烧着窑，听到雷声就叫着两个青年出来，用草苫子把砖坯摞都盖上了，刚盖好就下起来了，除了低洼地方的两摞砖坯因为底部存水，洇湿后倒了，其余的都完好无损。我看着没割的麦子是不行了，割倒没运到场里的麦个子也得抓紧立起来，雨下得这么大，靠土的麦穗半天就会发芽。"

张发树说："现在晴天了，看看只要地里能进去人，没割的还得抓紧割，虽然没砸烂的麦穗不多了，也不能再毁到地里，能收几斤算几斤。"

潘忠地说："抢收是第一位的，趁墒情好，也要分出部分劳力抢种，争取麦季的损失秋季能补回来。"

其他人也没再讲出什么意见，就散会了。

县“五·七”干校的人照常来了，看到这突如其来的灾害，都傻了眼。来了也没法干活，只好在地头休息。过了没大会儿，贾政委也来了。他下了车，郭主任、张发树领着，看了几片地。他让张发树通知县里来的几个带队的和工作组的同志回去，开个会商量一下。张发树问大队干部还参加不，贾政委说恁几个主任来吧。

会上贾政委说：“刘集公社一早就向县里汇报了灾情，县革委办公室又电话问了问其他公社，都没有受灾，只有刘集这一个地方，并且雹子下的面也不大，就集中在汶水滩周围几个大队。最严重的是汶水滩，其他几个大队比较轻，都是砸了一部分地块，没全部摊上。我临来安排人通知一中，让中学里组织部分师生也来帮助抗灾。”

郭主任说：“现在人多人少不是关键，问题是砸到地里的麦子收不起来了。”

贾政委说：“我看了，站着的还有些麦穗有粒子，要抢时间割。另外，砸到地里的麦粒也要尽量拣，多抢一粒是一粒，争取把灾害造成的损失降到最低限度。”

张发树说：“生产队的劳力都开始整理场间和地里割倒的麦子了，天气这么好，过去半晌午地里就能进人。”

贾政委说：“要黑白突击，包括一中来的师生，晚上都不能回去，搞搞夜战，抢收必须加快进度。”

展明尧说：“这几天正好夜里没有月亮，晚上干活可能不行。”

贾政委说：“挑灯干。许干事，过会儿你随我回公社，让供销社送部分马灯来，再把生产队和社员家里有的都利用起来，集中干一晚上，争取明天全部收完。”

张发树说：“户家没有马灯，生产队都有两三个。我们马上开个队长会，让他们安排好，全体社员都得参加夜战。”

贾政委对张发树的态度挺满意，说："对，就得全力以赴，并且要给大家鼓鼓劲，灾害面前斗志不能减，必须保持良好的精神状态。从明天开始，各项活动还得搞起来。今天坡里一面红旗也没有，这不行，下午就都插出去。不能因为下这点雹子就把干部群众的革命斗志砸没了，还得打起精神，坚持抓革命、促抗灾，革命、抗灾都要开展得轰轰烈烈。"

贾政委和许干事一起走了，其他人也准备再下地。出了大门张发树对展明尧、潘忠地说："咱分别去下通知，叫队长们到祠堂再开个会。"

潘忠地说："别再开会了，他们都在地里忙着，不如咱分头找他们说说，反正就这点事儿。"

展明尧也说："是不能再开了，让他们干点正事吧。还拣麦粒、搞夜战，纯粹瞎指挥，又不是花生、大豆，麦粒这么小，还都粘了泥，很快就发芽，怎么拣？晚上黑咕隆咚的，三五个人一盏马灯也干不成活。"

张发树说："别管那些了，领导怎么说咱就怎么办，出了问题也不是咱的责任。"

潘忠地说："中学的学生快到了，他们来了怎么弄法？"

张发树说："你和秀菊姑、向河去迎迎人家，来的人肯定少不了，还是分到各生产队，让队里多烧点开水就是了。"

展明尧说："那得叫会计或副队长的靠上，还有老师们，大老远的来了，能不能干活咱都得热情点。"

张发树说："那行，一块告诉队长们，让他们也派个人去边界迎接。我去一、二、三队，忠地你去四、五、六队，叫明尧叔去七、八队。"

潘忠地找三个队长安排完，就叫着潘秀菊、李向河，准备去迎接一中来的老师和学生。这时小刘来了，说："向河同志，咱去学校找找长路老师，那两幅欢迎的大标语都让雨把纸淋坏了，叫他赶紧重新写写，说不定明后天就有来参观的。"

李向河说："现在学校里没人，这几天放假，老师们都带着学生下地拾麦子了。”

小刘问：“他去几队了？”

李向河说：“三个老师分三伙，都是去支援进度慢的，他可能在五队，我去喊他过来，你给他说说。”

潘忠地说：“干脆用黄磁漆把字印到布上，就像印红袖章似的，那样就不怕风不怕雨了，也不用再一遍一遍地写了。”

小刘说：“这个办法好，你该早说呀！向河同志，别去喊长路老师了，找人把布扯下来，搭个地方晒干，我叫县里来的人捎回去给印上。”

接近正午，一中的十几位老师带着一百多个学生，排着队，打着旗，唱着歌，雄赳赳气昂昂地步行来了。潘忠地他们迎上去，有几个老师潘忠地还认识。学生们都是些十几岁的孩子，又没带镰刀，能干什么？潘忠地说：“老师们同学们跑了二十多里路，先休息一下吧。”

带队的老师说：“不用休息了，恁说说怎么干，让大家抓紧行动。”

潘忠地说：“俺村共八个生产队，各队的干部都过来了，同学们可以分成八组，让他们领着去。我们也没准备这么多镰刀，叫同学们拾拾麦子吧。”

有个副队长说：“没镰用手拔也行，反正没多少麦穗了。”

另一个副队长说：“拔了还得铡麦根，更费事，不如叫他们拾。”

潘忠地说：“各队看着安排吧，别累着同学们。”

老师们开始分派学生，分了八伙，分别走了。

潘忠地刚想和潘秀菊到试验队看看，柳新水和刘部长从南边来了，他两个迎上去，潘忠地说：“柳书记，你可是老长时间没来了。”

柳新水说：“是啊。我不是不想来，刘部长知道，这大半年不是挨批斗就是在家里反省，人家不让随便出门，大前天才通知我说是可以工作了。”

潘忠地说：“我们都知道。听说你当了革委会主任大家很高兴，可是没过几天就听说又被打倒了，又都为你抱不平。”

柳新水说："有什么不平的？魏书记到现在还没能出来工作，和他比起来，我没什么冤屈。"

刘部长说："别说那些事了，咱转转看看吧。刚才那是一中的学生？"

潘忠地说："是，贾政委安排的，来了一百多，都分到各生产队去了。贾政委来开了个小会就回去了，还捎着许干事去联系马灯，说是晚上搞夜战。"

柳新水说："我们遇上他们了，说了几句话。"

潘忠地接过柳新水的自行车，准备领他两个转转。潘秀菊说："刘部长，你怎么没骑车子呀？"

刘部长说："我的车子在这里，早晨跑着回去的。这样多好啊，还雇了个不花钱的司机，驮着我来的。"

柳新水说："可别提了，他那么胖，跟驮个肥猪似的，让他驮我一会儿他都不干。"

几个人都笑了。

原来昨天夜里下雨的时候，柳新水起来发现外面稀稀拉拉下了几个冰雹，就披着雨衣去了办公室，接着魏书记也过来了。魏书记说："看来这场雨不是好雨，听这阵势，弄不好就有下雹子的地方。"

柳新水说："是呀，刚才就下了几个，不大，一瞬儿就停了。"

魏书记说："我也是听到像有雹子才起来的，看到这里亮着灯，估计是你，就过来了。但愿其他地方也别下大了，麦子还没收完，摊上雹灾就坏了。"

柳新水说："雨还正下着，也没法派人出去查看，傍天明我就跟管理区联系，让他们分头下去，抓紧把情况摸上来。"

还没到吃早饭的时候，各管理区就把了解的情况通过电话向公社作了汇报。汶水滩的灾情是刘部长回来说的，他回来的路上遇到管理区的同志，就说你们不用去了，我刚从那里来，受灾很严重，现在就是回公社研究下救灾的事。

弄清了灾情，柳新水和刘部长简单议了议，立即安排办公室的人向县革委报告，并召集在家的全体机关干部开会，除留下值班的，分成几组，分别到受灾的几个大队帮助救灾。因为汶水滩有工作组，就不再去人了。大伙走了后，刘部长说："我得回汶水滩，车子还在那里，叫小陶送我去。"

柳新水说："别叫小陶去了，我很长时间没去汶水滩了，咱一块去，我驮着你。"

就这样，他两个一起来了。

他们看了两个生产队，张发树跟了上来，说："郭主任他们在西边割麦子哩。"

柳新水说："走，咱也过去干一会儿。"

郭主任看到他们过来了，就和柳新水打招呼。柳新水说："看来汶水滩灾情最重。受灾的还有几个大队，刘部长回去后，我们召集公社机关上的同志开了个会，分了分组，都到那几个大队去了，这里没再来。郭主任，您在这里辛苦了。来，我替你割几把。"说着要过郭主任手里的镰刀。

郭主任说："辛苦什么，就是眼看着灾情这么严重，没什么好办法。你也别割了，咱回工作组商量商量。"

潘秀菊在一旁对潘忠地说："恁去吧，我不去了。"

潘忠地说："老师说过会儿学校食堂就给学生送干粮来，你到各生产队看看，开水准备得怎么样？"

到了工作组，柳新水看着张发树、潘忠地说："这几天我跑了部分大队，看麦收的进度，你们不算快。"

"是不快，就是试验队收完了，三队稍微快点，还剩下接近二十亩没割，最慢的是五队、七队，收了还不到百分之六十。"张发树实话实说。

"按正常都应该收到八九成了。"潘忠地也跟上说。

刘部长觉得当着郭主任的面说这些不好，就想截断他们："别管前期快慢了，关键是根据眼前的情况，研究研究下一步怎么办。”

郭主任说：“不能不管，这是教训，很值得我们汲取。从麦子刚要成熟的时候，大队的几位同志就说，应该集中劳力收收麦子。老刘，咱两个不是还为这事专门去县里了吗？可领导的态度那么坚决，麦收开始了还让各公社来参观，社员们还必须应付好，能不耽误农活？虽然县里来了些人帮助收麦，可是，那些人干活根本不顶用，百多口子顶不上二三十个劳力，所以影响了进度。从早晨我就听到大伙的一些议论，不能怪群众有意见，这是领导的决策失误。我在这里当这个工作组组长，主要责任在我。”

刘部长说：“怎么能是你的责任呢？这一段我一直靠在这里，如果说起领导责任，起码我也有一份。”

潘忠地说：“大队里我和发树哥分管抓麦收，主要责任是俺两个的。”

柳新水当然也知道实情，认为责任不在他们，可又不能说是县里领导不懂生产，就说：“别说责任的事了，都是老天给咱惹的祸。面对这样的灾情，群众有些抱怨情绪可以理解，发树同志你们注意一下，要正确引导干部群众，不要老是怨天尤人，必须统一思想抗灾救灾。另外，你们抓紧摸摸底，实事求是地分析分析，各生产队减产多少，首先要保好种子，再就是社员口粮，除此之外，看看还能上交多少征购任务。弄清情况后报到公社，到时候我们再研究，需要减免任务的就给你们减免。一定要本着‘任务服从政策’的原则，社员的口粮不能低于上年，如果个别生产队口粮都保不住，公社再从救济粮中解决。”

张发树说：“柳书记您放心，我们一定实事求是，把数字统计起来就去给您汇报。”

这时候许干事进来了，后面还有供销社的一个同志，许干事说：“他们仓库里总共还有六十二个马灯，全拉来了。”

供销社的同志说：“俺领导说了，要是不够俺马上联系进货，明天就能进来。”

张发树说："差不多了，加上现有的，每个生产队十来个了。"

潘忠地说："多少钱？我去叫会计拿钱来。"

供销社的同志说："俺领导说了，不要钱，算是对恁的支援。"

张发树叫着潘忠地，出去从排子车上把马灯卸了下来。让供销社的同志进屋喝水，他说不干渴，接着拉起车子回去了。

他两个回到屋里，张发树说："来的这个人真实在，一口一个'俺领导说了'，让他喝碗水也坚决不喝。"

许干事说："就是个看仓库的，老实人，一路上连句话也没有。"

柳新水说："郭主任，你们忙吧，我到其他几个受灾的大队看看去。"

他几个都留他吃了午饭再走，他说不吃了，过几天再来，到时候和大家好好喝两盅。

"五·七"干校和一中食堂都又送来了晚饭，大人孩子趁着夕阳的余晖，在路边上就着咸菜啃馒头。吵吵嚷嚷吃完，围在地头上休息。学生们已经没有了来时的兴奋劲儿，干了半天活累了不说，又让在这里搞夜战，不知道什么时候才能回去，一个个像刚吃了败仗的士兵，灰头土脸，唉声叹气。

社员们也回家吃晚饭了，队干部们吆喝："吃完饭都赶紧回来，晚上搞夜战，要打谱干一晚上。"

晚霞已悄悄消失，漫天的灰暗色，挟着习习凉风，飘然而至。各生产队都把十几盏马灯加满了油，带到了地里。每个生产队分成了几伙，县里的干部、一中的师生、本队的劳力，在不同的地块各干各的。说起来十几盏灯不算少，可一分到三处，要想照亮几十个人干活的场地，根本不可能。把灯放到地上不行，灯光照低不照高，要有个人高高地提着，那样也只能照亮两三米远。灯上虽有玻璃罩子，可风一吹，灯头还是忽闪忽闪的，照着的地方也是影影绰绰。能干的活只有割麦子，反正没多少麦穗，孬好割倒算完。这种活大人们还能勉强干点，学生们没镰刀，白天有的生产队让他们拔麦子，拔了没几把就有人把手拉破了，只好都拾麦子。借着这微弱的灯光再一齐拾麦子是不行了，一盏灯能照几个人拾？老师们想了个办法，四个人一组，一人提灯，三个人拾，其余的休息，轮班干。

眼下这种景况，白天都干得没有劲头，晚上是个什么场面就可想而知了。“五·七”干校来的那些人只能是应付，割得了了。社员们议论纷纷，有的说怪话：“看看这满坡的灯光，跟元宵节上灯差不多。”有的说：“正月十五上灯坡里都是在坟地上，连片的，哪像这，零零星星和鬼火似的。”多数人都说搞夜战是瞎胡闹，所以干起来也是磨磨蹭蹭。学生们那边又显得热闹些，都不愿意坐在地头上休息，因为天气凉了，虽然干着的也拾不了几穗麦子，可活动起来暖和，都争着干。潘忠地和潘秀菊、李向河到各队看看师生们的情况，发现不少学生只穿个褂头，在地头上挤着说冷，潘秀菊说：“这些孩子怪可怜的，又干不多少活，不如叫他们回去算了。”有的老师听到了，说：“这是县里领导部署的，再坚持一会儿吧。”

潘忠地把他两个叫到一边，说：“恁两个去通知各生产队，让他们借户家点面，抓紧烧锅咸汤，多放些姜，送来叫同学们喝了暖暖身子。我去找郭主任、刘部长，问问能不能让一中的师生回去。”

郭主任、刘部长和张发树在一起，潘忠地找到他们说了说想法，刘部长说：“是得让他们回去了，都是些孩子，也干不了什么活，别在这里熬了。”

郭主任说：“包括县里来的其他人都该回去，社员们也该回家休息，这不是搞形式主义吗？还不如让大家白天多干点哩。”

张发树说：“这可是贾政委安排的，不干一晚上行吗？”

潘忠地说：“虽然有马灯照着也看不大清，割的麦子也是乱七八糟，明天拾掇更麻烦，真不如让大家白天加把劲，多干点。”

刘部长说：“要不叫学生们先走，过会儿再让干校的走，社员们多干一会儿。”

郭主任说：“可以，傍晚那几辆汽车来了，让司机先把学生送回去，回

来再拉干校的同志。”

他们找到干校带队的和司机，一说，都同意。张发树和潘忠地分头去喊老师们同学们，挤了挤全上了四辆汽车。带队的老师问明天还回来吗，郭主任说不用了，你们该上课上课吧。

学生们走了没大瞬儿，有的生产队就送咸汤来了。张发树问：“怎么黑更半夜的又送水来了？”

潘忠地说：“不是开水，是咸汤。这时候的天气中午热，一早一晚凉，社员还有披着棉袄来的，同学们穿得单薄，刚才就有些学生咋呼冷，我安排让各队烧点姜汤，叫他们喝了好暖和暖和。现在学生走了，就让县里来的同志们喝吧。”

刘部长说：“好，让他们喝了休息休息，别再干了，汽车回来就都回去。”

这么一折腾，干校的人走了社员们才收工，工作组的同志最后回的村，到了住处差不多半夜了。小刘一进门就问：“不是说干一夜吗？怎么老早地就让他们走了？”

刘部长说：“晚上黑乎乎的，干不了多少活，都累了一天了，让他们早点回去休息，再急也不差这半晚上。”

小钟说：“锯响就有末，干一点少一点，只要干就能加快些进度。”

郭主任说：“懂什么？三三得九不如二五得十，把大家的积极性整没了，熬得时间越长越没好效果。‘大跃进’的时候少搞夜战了？那年秋天还不是烂到地里那么多地瓜、花生！”

都不再吱声了。过了一会儿小刘又问：“明天他们接着来吗？”

刘部长说：“一中的学生不再来了。”

小刘说：“贾政委可没说不让他们来。”

郭主任没好气地说：“别张口合口的贾政委，我决定的，出了问题我承担责任。还有，明天社员们必须集中精力干活，其他活动暂停几天，抢收抢种完了再说。”

许干事、王站长他们满心赞成郭主任的意见。小刘还想争辩，许干事说：“天不早了，咱赶紧睡觉吧，明天还得下地哩。”

第二天小刘说有事回了趟县城。他找到贾政委，说是汇报下汶水滩的情况，实际上是告状了，把郭主任说的话添油加醋地学了一遍。贾政委听了很生气，说：“这个老郭就是一根筋，不讲政治，不懂得革命大形势。你先回去，过两天把他调回来，下一步你就在那里负责，好好干！”

小刘心里有了底，高高兴兴地回了汶水滩。当然，他回来什么也没说，只是干什么都是喜形于色，劲头更足了。他要等着郭主任离开，接替这个工作组组长的职位了。

游街

贾政委这次来安排了两件事，一是说过段时间军分区首长要来县里视察工作，到时候请他来汶水滩看看，从现在起就要着手准备。群众的革命活动要上水平，体现出大灾面前革命热情不减，抓革命促生产的劲头更足。还要写个汇报材料，不要太长，因为首长还兼任地区革命委员会主任，工作忙，只待半天，来这里最多不能过一个小时，汇报别超过十分钟，重点把干部群众全面落实“五·七”指示的做法讲出来就行。二是说机关上最近事情太多，让郭主任回去，由小刘担任组长。刘部长说能不能让郭主任晚走几天，把汇报材料写出来。贾政委说不用了，有小刘他们在这里，叫他们写。

贾政委前脚刚走，郭主任就把铺盖卷捆到自行车上，要回县城。大伙把他送到大门外，刘部长说也回公社一趟，骑上车子和他一块走了。路上，两个人边走边谈，拉了不少知心话。刘部长说：“看来领导还是离不了你，真要说起搞材料，机关上那几个比你差远了。”

郭主任说：“你说错了，写材料思想认识是第一位的，咱思想跟不上趟，写出的东西领导也相不中。”

“政委说因为机关上忙才叫你回去，肯定是有重要任务让你去做。”

郭主任笑了笑，说：“你更错了，锣鼓听声，听话听音，只说是让我回去，哪里说什么任务了？当初让我来工作组，就是因为我在办公室处理一些事情和他们观点不一致，碍他们的眼。这次突然叫我回去，也是因为在这里影响工作组的工作了。”

“那不对，我们相处得好好的，怎么就影响工作了？”

“你是只看表面现象，没发现有些年轻人很有心机？我们这些人要是不靠边站，就耽误他们上进了。咱得有自知之明，不能当他们的绊脚石。”

“你是说小刘？”

“是呀。你对他不了解，他原来名字叫刘向喜，‘文化大革命’开始后改成了刘向延，在机关上造反是小有名气的。平心而论，这类人不光是年轻的，有的工作大半辈子了，运动一来就跟着胡闹，公社机关上大概也有吧？”

“你说的这种人是有，不过，他们的群众基础都不怎么样。可是，他改那名字什么意思？”

“‘喜’、‘西’同音，起初有人给他闹着玩，说他心向‘西安’，改成‘延’字不就心向‘延安’了？”郭主任说完又笑了笑。

“怪不得老许说他还想让人家窑匠改名，原来是改出经验来了。”刘部长也笑了两声，接着说，“我还是觉得你回去一定会更忙起来，各单位缺的就是笔杆子。”

郭主任叹了口气，说：“放心吧，我回去就清闲起来了，不让我进干校就不孬。”

这话还真让他说中了，回去没几天，他就成了“五·七”干校的一名新学员。

两个人说着拉着，来到了公社门口，就都下了车子，刘部长说：“来吧，吃了午饭再走。”

郭主任本来是想给他再招呼一声就走，说：“忙你的去吧，我回去吃饭也不晚。”

刘部长见他要上车子，就伸手拉着他，说：“你以为我真是回来有事啊？我就是想留你一块吃顿饭。看看新水同志在家不，要是在家咱一起喝两盅。”

郭主任只好随他进了公社，去了武装部办公室。侯干事忙着泡上茶，刘部长说：“这里你别管了，我倒水就行，你先去喊喊柳书记，叫他过来喝水。再到伙房给吴师傅说，让他给咱炒几个菜，中午和郭主任喝点。”

柳新水很快就过来了，几个人喝着水，扯了些闲话。这时小陶拿着两瓶景芝白干进来了，刘部长问：“你怎么拿酒来了？侯干事呢？”

小陶说：“我没见他，柳书记让我去买的。”

柳新水说：“老侯告诉我郭主任来了，我就赶紧叫小陶去买两瓶好酒，今天得放开喝。”

郭主任说：“把鹏程同志叫过来，我好长时间没和他见面了，让他来说说话。”

刘部长说：“让他参加好吗？”

郭主任说：“有什么不好的！他又不是反革命，我认为连走资派也算不上，就是个当权派。我都不怕，恁怕什么？”

柳新水说：“小陶，去把魏书记叫来。”

魏书记来了没大会儿，侯干事和老吴每人端着两个盘子进来了，侯干事口袋里还揣着两瓶兰陵大曲，刘部长说：“老吴啊，今天喝的全是好酒，你可是得把菜给咱整好点。”

“放心吧，按侯干事的安排，六个菜，保准都合口，还有炖的个鸡，我再炸盘子鱼，做好就给恁送过来。”老吴说着转身就走。

柳新水说：“你别来回跑了，叫小陶端来就行了。”

五个人边说话边喝酒，侯干事负责倒酒，还喝得少点，不知不觉下去了三瓶半。郭主任喝得有些显酒了，说话开始走样，魏书记说：“别喝了，郭主任还得回去。”

郭主任说:“没事，今天喝得高兴，把那半瓶喝出来，醉了也不要紧，我在老刘这里住下，反正我是个闲人了。”

刘部长一看劝不住，就主动和柳新水多喝了点，最后郭主任还是站不起来了。简单吃了点饭，几个人把他扶到里间屋侯干事床上，让他睡了。直到傍晚他才醒了，起来后无论如何要走，刘部长看着他上车子还不是很稳当，担心他路上出问题，只好让侯干事和小陶一块骑着车子送送他。快到县城了，郭主任说:“恁回去吧，我这一路子不是骑得很好吗?”他两个这才回来。

这几天刘部长没回汶水滩。小刘觉得成了组长，便趾高气扬起来，且踌躇满志，决心要大干一番了。他提议开个工作组的全体成员和大队三个主任参加的会议，会上一开始他就提出，为了落实贾政委的指示，做好迎接军分区首长的准备工作，必须重新分下工。生产的事明尧同志和光恩同志两个人抓就行，大队革委会的其他同志和工作组的全体同志，要全部靠到抓革命方面来。现在坡里的红旗太少，加上这一段停了活动，显得死气沉沉，除了立即恢复各项活动，每个生产队要至少再增加两面红旗。另外，学校的师生也不能只在教室里上课，要让他们杀向社会，经风雨，见世面，和社员们一起参加生产劳动和革命活动。

他的话音一落，张发树就表示反对，说:“明尧叔在窑场负责，那里几十个劳力干活，刚刚走向正轨，暂时还离不了他，生产的事还是我和忠地抓吧。学校里那些孩子不让他们念书识字怎么行?咱又不是大学、中学，大点的也过不了十岁，干不了什么活。”

展明尧低着头吸烟，不表态。潘忠地说:“要不我管管生产，明尧叔还是管窑场。生产队再做两面红旗可以，学生们天天参加劳动是没必要，最多一周参加一天半天的。”

许干事说:“我看可以，发树同志负责全面，主要精力放在革命活动上，明尧同志负责窑场，让忠地同志抓生产。咱工作组也应该分两条线，起码让王站长和忠地同志一起管管生产。至于学生是不是整天和社员一样下地，最好征求一下老师们的意见。”

王站长关心的是农业生产，说：“麦季受灾减产，多数生产队的征购任务都拖到了秋季，目前夏种夏管正是关键时期，可不能有丝毫马虎。如果秋季再减了产，别说完成征购任务了，社员口粮也保不住。咱这么多人在这里驻队，不能让社员再靠救济粮过日子，那样对上对下都没法交代。”

小刘说：“抓革命促生产，任何时候都得把革命工作放在第一位，只要革命搞好了，生产自然而然就上去了。我说的这个分工，是为了体现我们对革命工作的重视，便于总结经验，对领导也好汇报。再说，抓革命也不是对生产不管不问，生产方面的事都还可以管，只是有所侧重，分工明确后出了问题便于追究责任。学生的事也不用征求老师的意见，现在是贫下中农管理学校，他们在大队革委会的领导下，咱怎么定怎么是。”

小孟对窑场的事一直比较关心，因为窑匠是他请来的，生怕展明尧不管了出问题，到时候他面子上过不去，可又不想直接提出来，就说：“这样不好，分了工就得按分工办，如果咱表面上分工是一套，实际干的是另一套，那不成两面派了？咱不能光为了总结经验，欺骗领导，还是要实事求是。”

展明尧也接着说：“要是追究责任我就不能分管生产，这么重要的任务我可承担不起。”

许干事说：“追究什么责任？像今年这场雹灾，追究谁？问题是农业、副业都是生产，都得要有人管。既然汶水滩是典型单位，哪项工作也不能忽视，必须全面发展，都要搞好。”

就在这时候，哑巴张发音突然跑进来了，急得要哭的样子，进来就“哇啦哇啦”拉着张发树往外走，出去门又“哇啦哇啦”地比画了一阵子，都没弄明白什么意思。过会儿张发树回来了，许干事问：“怎么了？出什么事了吗？”

张发树说：“他在北河滩看树，可能是昨天晚上被人偷去了几棵大树，非得拉着我去看看。我叫他在大门外等着，开完会再去。看来得叫义昌叔从窑场回来抓抓治安了，明尧叔更不能离开，那里没个干部不行。”

小刘刚才已经意识到他的意见很难通过，觉得刚当组长就和大家弄僵了也不好，听了张发树这话就说：“那好吧，就让明尧同志还是负责窑场，忠地同志，你和光恩同志，还有王站长，你们负责农业生产。我在这里讲清楚，咱绝不是搞两面派，只是分工不分家，都要坚持抓革命、促生产，争取革命、生产双胜利。生产队做红旗的事你们抓紧安排，学校师生暂定每星期参加一天劳动。但是，如果上级领导来检查工作，学校就得停课，还要发动老年人也下地，到时候满坡要形成人山人海、红旗招展的大好局面。”

王站长他们几个偷着笑了笑，没吭声。张发树说：“这样行。忠地，铁匠组那边你还得管着。”

潘忠地说：“没问题。”

许干事说：“好了，没别的事散会吧，哑巴还在外面等着。”

张发树说：“许干事，你和我一块去一趟，看看是不是阶级敌人搞破坏。明尧叔，你给义昌叔捎个信，叫他也抓紧去河滩。”

他两个跟着哑巴去河堤，路上，张发树说：“怎么叫小刘当组长呀？我看这人太没工作经验了，考虑问题欠妥当。就说刚才研究分工吧，也不事前通通气。”

许干事说：“他在县里是造反派的小头头，贾政委大概相中他了。这个人工作热情是有，就是想出出风头，显示一下自己。”

张发树说：“做农村工作光能造反有热情可不行，得懂农业生产。要这样下去就坏事了，开会的时候曲站长、胡站长一言不发，王站长发言也很少，如果大事小事都让他决定，今后咱的工作就难办了。”

许干事说：“先别管他，过几天刘部长回来再说。”

来到河滩上，哑巴领着他俩进了树林。在林子中间，的确少了三棵槐树，并且是挨在一块的。从锯倒的茬口和留在地上的树枝看，证明昨天晚上被偷的。他两个认真查看一番，发现附近至少有三个人的脚印。张发树说："这几个小子真会找地方，在这里锯树，别说是夜里，就是白天在大堤上也听不到动静。这几棵树都够檩条了，偷去一定是盖房子用，藏不住，让义昌叔带两个人挨家挨户翻翻，肯定能找出来。"

许干事说："也不一定是汶水滩的人偷的，咱顺着脚印到堤上看看朝哪个方向去了。"

从树林到河堤，脚印很清楚。但是，上了大堤就分不清了，因为堤上路面硬，加之过往的人比较多，根本找不出这几个人的脚印。张发树说："回去叫义昌叔抓紧翻，不难破案。"

许干事说："这事最好别声张，到各户去翻影响也不好，还是先排查一下，大体有个目标再说。偷树的也可能是自家用，也可能是为了卖钱，不论什么目的，一定会露出些马脚。另外，如果他们以为没被发现，说不定还会再来偷，所以要组织人晚上进行巡逻，别管是哪个村里的，能抓个现行就好办了。"

张发树比画着对哑巴说："我们回去找偷树的，你留在这里吧。今后注意晚上也来转转，再有来偷的就逮着他，送到大队去，大队严肃处理。"

哑巴点点头，好像听懂了他的意思。

两个人走到村头就遇上了张义昌，张义昌说是展明尧告诉他的，让他赶快到北河滩去。张发树说现场我们看了，你不用去了，咱到祠堂那边商量商量怎么办。

商量的结果：一是个别了解一下，看看谁家要盖房子缺木料，或者是谁赶集卖木头了；二是让张义昌抽四五个民兵，晚上轮流值班，在村里和河滩巡逻。临走张发树又嘱咐张义昌："这件事就咱两个负责，不让其他人过问了，你要注意方法，不能咋咋呼呼的，别打草惊了长虫。"

张义昌这一段在窑场没什么事干，整天瞎转，不是进窑屋和窑匠说两句闲话，就是到砖坯场蹭袋烟吸，没人和他套近乎，谁有什么事也是找展明尧，都没把他放在眼里。他也感觉到大伙对他的冷落，曾经想找张发树提出不在窑场了，又觉得这是自己要求来的，不好开这个口。这下好了，得感谢那几个偷树的，让他借这个机会离开窑场。所以接受这个任务非常高兴，并一再保证，既要尽快把这三棵树找回来，又不能再出现偷盗现象。当天下午，他就个别通知了四个民兵，让他们晚饭后到祠堂集合，说是有紧急任务，具体什么事到了再说。

傍晚，几个人都到齐了，张发树也来了。张义昌把他们分成两组，一组在村里，一组去河堤，两天一轮换，并要求必须彻夜不停地转，他会随时检查。张发树说："不用彻夜转，刚黑了天到处是人，傍天明也有起得早的，小偷怕遇上人，都会算计着时间，趁人们睡熟的时候动手。现在你们可以先睡会儿觉，接近半夜的时候再去转悠。"

张义昌说："发树说得有道理，就按他说的办，十点多咱开始。你们可以在这里打个盹儿，也可以回家睡一会儿，千万不能误了事。"

接连巡逻了两晚上，没发现任何问题。就在第三天，张义昌晚饭后先在家里睡了一觉，起来就在村里转着找那两个民兵，突然发现前面有个人影，就悄悄跟了上去。后来看清了，原来是潘忠国，心里想，肯定是这家伙搞破坏，不知道又拉拢谁去偷树，先不能惊扰他，等他叫上人去了河滩动手时再抓他们。可是，跟了一阵子看到他在李向彬家门口停下了，还左右瞧了瞧，见四处没人才开始敲门。敲了几下，没人开门，停了一会儿他又敲，还是没开，就转身走了。张义昌一直跟着他，见他进了自己家，轻轻关上大门，进屋也没开灯，估计是睡了。

张义昌这下子糊涂了。李向彬因病去世三四年了，妻子文翠萍和两个儿子过日子，大孩子才刚上小学，孩子那么小不会干坏事。文翠萍曾经当过妇女队长，一直老实巴交，丈夫死了这几年，更是不多言不多语的，为人处事稳稳当当，绝不会跟着他去偷偷摸摸。如果潘忠国是约人去偷树，应该叫别人呀，怎么敲她家的门呢？琢磨半天，明白了，一定是和文翠萍两个人私通了，这是没提前约好，所以没给他留门。他又没敢用劲敲，文翠萍睡了根本听不到。好你个潘忠国，真是狗改不了吃屎，等着瞧吧，这几天我就候着你，“捉贼见赃，捉奸要双”，多咱恁两个进了被窝，我再喊着人去抓你，看你的脸往哪放。

第二天晚上，张义昌和四个民兵见见面，让他们分头去巡逻，然后就独自藏在文翠萍家附近，两眼直勾勾地盯着。也就十一点左右，潘忠国真的又来了。但是，门还是闩着的，他敲了敲里边照常没动静，就从旁边搬了块石头，放到门楼一侧的墙根处，踩着石头要爬墙了。说来凑巧，就在潘忠国刚刚爬上墙头时，那两个巡逻的民兵过来了，张义昌怕他两个惊动了潘忠国，就赶紧出来，想制止他们别往前去。他两个哪里知道张义昌躲在这里，正往前走着，猛然间从暗处窜出个人来，能不大吃一惊？于是不约而同大声问了句：“谁呀？”有一个还又跟上一句：“干什么的？”没等张义昌解释，却让墙头上的潘忠国听到了，他以为这两个人是喊的他，就想下来逃走。也是太急慌了，跳下来时踩滑了石头，把脚崴了一下，歪倒在地上。两个民兵先是看清了张义昌，接着又听到那边“扑通”一声，立即打开手电筒跑了过去。近前一看，是潘忠国，张义昌装着惊讶的样子，说：“哎呀，这么晚了你这是干什么来了？”

潘忠国赶紧站起来，说：“我躺下睡不着，出来逛逛，没想到这里有块石头，不小心绊倒了。”

张义昌说：“快回去吧，黑更半夜的，又看不清路，别逛了。”

潘忠国“唉”了声走了，边走边想，听张义昌的口气，好像没看见自己怎么摔倒的，心里也就没当回事。张义昌却发现，开始他还正常走了几步，后来就有些瘸了，并且是扶着墙走的，心里话：可能是把腿摔伤了。

见他走远了，有个民兵说：“难道潘忠国是偷树的？要不这么晚了他跑出来干么？”

张义昌说：“他不是偷树，是‘偷人’来了，恁没看见他是从墙头上掉下来的？”

那个民兵说：“没看见，就光听到‘扑通’一声。”

张义昌用手电筒照了照墙上，又照照墙根的石头，说：“看清了吗？墙头上的土都被他抓下来两块，这石头原来也不在这里，是他搬过来的。恁两个听好了，这事一定要保密，对谁也不能讲。走吧，快巡逻去。”

张义昌不让两个民兵对别人讲，他却第二天就想去告诉张发树，觉得虽然还没找着偷树的，逮着潘忠国和寡妇通奸也是大功一件。又一想，张发树原来和潘忠国在一起当大队干部，没听说他俩公开闹什么矛盾，要是张发树有意包庇他，叫把这事按下，这两天就白费力了。不行，得去找工作组，给那个小刘说说。来到工作组，见其他人都不在，只有小刘一个人趴在桌子上写材料，进门就说：“刘组长，我有个重要情况向你汇报。”小刘抬起头，让他说，他就把昨天晚上的事情绘声绘色讲了一遍。

小刘问：“是你亲眼看到的？”

张义昌说：“不只是我，还有两个民兵，我们三个逮住的他，那里还有他爬墙的痕迹。”

小刘也是出于好奇，放下笔，把材料收起来，说：“走，到现场看看去。”

文翠萍家的院墙是用土坯垒的，墙头用麦秸泥泥了个半圆顶，由于常年失修，裂牙露齿的，不结实。近前一看，的确有掉下来的泥块。张义昌又指着跟前那块足有五六十斤重的石头说：“这石头是他从西边墙角搬过来的，你去瞧瞧，那里还有原先放石头的印儿。”

小刘看清楚了，张义昌说得没假，就说：“咱去找他谈谈，看他承认不承认。”

两个人来到潘忠国家门口，大门锁着，张义昌说可能干活去了，还找他吗？小刘说找。到了坡里没看到潘忠国，见他老婆刘玉兰正在干活，张义昌走过去问："侄媳妇，忠国呢？"

刘玉兰头也没抬，说："他今天早晨把脚崴了，找人驮着到东村看脚去了。"

两个人扭头走了。走没多远张义昌说："怎么样？昨天晚上我就知道他摔伤了，往回走时一瘸一拐的。东村有个会捏把的，一定是找人治疗去了。"正说着，看到潘忠国被一个青年用自行车驮着，从东边来了，又说，"你看，那不是回来了。"他两个便迎了上去。

潘忠国看到他两个过来了，见有小刘，就让青年停下，他也下了车子。张义昌说："怎么样，伤得不轻吧？"

潘忠国说："没大碍，就是脚脖子有点错环，捏捏就好了。"

小刘说："跟我们去工作组吧，有事找你谈谈。"

潘忠国没问什么事，因为看到张义昌在，估计可能是他把昨天晚上的事告诉小刘了。想，反正你就是见我在街上逛，被墙根儿的石头绊倒了，又没抓住我什么错，还能怎么着？于是叫那个青年自己回去，瘸瘸巴巴跟着他俩走了。

到了工作组，小刘直截了当，问："你昨天夜里爬人家寡妇的墙了？"

潘忠国一听先是心里一惊，接着火冒三丈，两眼瞪着张义昌，说："这是哪个浑蛋给我栽赃？我就是在街上走走，黑咕隆咚的看不清，被石头绊了一跤。张义昌，你是看见了的。"

张义昌说："我当然看见了，不光我，还有两个民兵。但是，你不是绊倒的，是从人家墙头上摔下来的。前天晚上你就去敲人家的门，还敲了两遍，人家没给你开。昨天晚上你又去了，先是敲了一阵子门，后来又从西边墙角搬过来一块大石头，踩着石头爬上去的。我们是怕你跳进去办成了坏事，犯大错误，所以才喊的你。你不用犟了，那块石头还在，墙头上还有你爬的记号，刘组长都去看了。”

潘忠国说：“说不定那是你弄的，诬赖我呀！”

张义昌说：“你不用血口喷人，证人不光我一个，他两个都在场，看得一清二楚，抵赖也没用。”

潘忠国不吱声了，低下头，心里恶狠狠地骂张义昌。

小刘说：“还是党员哩，干这种丢人现眼的事。好了，回去写个检讨，好好查查思想根源。”

潘忠国走了，到了门口又嘟囔一句：“反正我和文翠萍没什么事，不信恁去问问她。”

看着他出了大门，张义昌说：“咱还找文翠萍问问不？”

小刘说：“别问了，看来不一定成事实，不然，用不着他爬墙。正像你说的，如果不被恁发现，他进去了也是强奸，那样性质就更严重了。你去把许干事和张发树叫来，商量一下怎么处理。”

张义昌没再说什么，起身去叫人了。

他两个来到听了听情况，张发树说：“文翠萍这人挺老实，丈夫死了这些年，没听到对她有什么闲言。一定是潘忠国发坏，想占人家的便宜。这事可得处理好，不能无辜给文翠萍抹黑，更不能让她知道了，别惹出大乱子。”

张义昌说：“也不一定，人心隔肚皮，说不定他两个人已经有真事了。”

张发树说：“要有了真事还用他跳墙啊？”

小刘说：“发树同志说得有道理。不过，潘忠国这个人态度很差劲，义昌同志把事实都摆那里了，还死不认账。我叫他回去写个检讨，临走还嘟嘟囔囔的。”

张义昌说：“对这种人不能手软了，得开个群众大会批斗他，或者是弄着他游游街，把他搞臭！”

张发树说：“这种事怎么批斗？叫谁大会上发言？”

许干事说：“看看他检讨深刻不深刻再说吧。”

这事就这么定了。

就在这天晚上，两个民兵和哑巴在河滩上逮着三个偷树的。半夜时分，他们发现从西边过来三个人，还拿着锯和大锛，进到林子刚要下手时，他几个过去了，其中一个跑得快，没抓住，他们把其余两个和作案的工具一块带到了祠堂。张义昌和在村里巡逻的两个民兵都来了，开始就把两个小偷揍了一顿，然后开始审问，没费大劲就问清楚了。原来这三个人都是下游几个村看河里树木的治安员，他们一块喝酒，说起汶水滩河滩上的树多，想来偷几棵，卖了换个酒钱。前几天晚上偷去三棵，昨天下午又来了个人看看情况，村里没什么动静，觉得没被人发现，就商量着再来偷几棵，一块弄到集市上卖，结果就被逮着了。

张义昌让民兵先看着小偷，出去把张发树喊起来，说了说情况，问怎么处理。张发树说："又不是咱村里的人，还得照顾兄弟大队的关系，先叫他们回去，明天让他三个把树送回来，每人再交两块钱的罚款，让他们扛着木头游游街就算了。"

张义昌回到祠堂，对两个小偷说："我向领导汇报了，鉴于邻村都亲戚里道的，不送你们去公安局了。但是，明天上午你们三个得把偷去的树扛回来，特别是跑了的那个小子，必须得来，同时每个人要带五块钱的罚款来。"

其中一个小偷说："感谢大哥对我们从宽处理，我们一定把树送来，是不是别罚款了？"

张义昌说："还讨价还价呀，进了公安局不用罚款，那得劳动改造几年。"

另一个小偷说："别，罚款我们交，就是多点。恁也明白，一棵树也就值个三块两块的，俺还把树都送回来，还再罚那么多呀！再说，我们手头也没多少钱，明天可凑不够。"

张义昌沉默了一会儿，说："五块钱可是领导定的，这样吧，我再给领导说说，每人三块钱，明天上午一定带来。”

两个小偷没再争讲，走了。

第二天一早，张义昌到代销点找了几块纸板，弄了三个牌子，又让李向河分别写上“偷树贼”三个字，拿着去了工作组。工作组的人正准备吃饭，他进去就说昨天晚上把偷树的逮着了，都是西边村里的，今天叫他们来游街示众。小刘把他表扬了几句。他又把小刘叫到门外边，问：“潘忠国检讨得怎么样？”

小刘说：“根本没交检讨来，他那个态度不可能写。”

张义昌说：“要不今天弄着他一块游游街？”

小刘说：“你看着办吧。”

张义昌回去又弄了个牌子，叫李向河写上“大流氓”。李向河问这是给谁戴的？他说你不用管，到时候就知道了。

吃过早饭，张义昌又把那几个民兵叫来，还又喊来几个敲锣打鼓的，然后安排，去两个人把潘忠国叫到祠堂来，再去两个人村头等着，小偷来了先到祠堂集合，一块行动。李向河一看没自己的事，随着几个民兵出去了。

人到齐了，张义昌先让小偷拿出九元钱的罚款，又给他们戴上牌子，叫他们扛起木头，然后给潘忠国戴牌子。潘忠国拧眉立目不让戴，张义昌招呼两个民兵抓住他两个胳膊，勉强戴上了。几个人敲锣打鼓，前面引路，民兵们押着他四个上街了。在村里转了一圈，又到坡里去转。田里的劳力都停下手中的活，到地头看热闹。几个偷树的一看就明白，怎么还有潘忠国呢？还戴着个“大流氓”的牌子，人们议论纷纷。张发树过来看了，气呼呼地呵斥张义昌：“你这是胡捣鼓的什么？快散了，让他们回去吧。”

张义昌只好招呼他们都回村了。

展明尧被整

潘忠地正在试验队和李长友商量着玉米追肥的事情，有几个青年听到锣鼓声跑去看了看，他们回来潘忠地问那是干什么的，有个青年说游街的，逮着三个偷树的，全是外村人，还有潘忠国，给他戴了个“大流氓”的牌子。李长友说就该治治这小子。潘忠地没吭声，立即去找张发树，问为什么突然叫潘忠国游街。

张发树见附近有干活的社员，两个人说话他们能听得见，就不想扯潘忠国爬墙的事，说：“处理那几个偷树的我知道，让潘忠国游街义昌叔没说，不知道他搞的什么名堂，所以我过来就让他们赶紧结束回村了。”

这时候李光恩、潘秀菊也来了，都问是怎么回事，张发树说：“全是义昌叔的主意，本来是说弄着那几个偷树的游游街，他却把潘忠国也拉扯上了。”

潘秀菊说：“他也忒大胆了，这种事不给你说一声就敢一个人做主？”

张发树以为潘秀菊不相信他的话，就说：“叫潘忠国游街他真没给我说。昨天晚上他们逮着三个偷树的，都是西边村里的，找我时我是说让他们游游街，丢丢他们的人，每人再交上两块钱的罚款就算了，谁知道他把潘忠国也弄上了！不行，下午咱开个会，问问他怎么捣鼓的。”

张义昌根本没想到大伙不赞成他的做法，兴冲冲来到祠堂，看到其他人都来了，进门就掏出六块钱给张发树，说这是那三个人的罚款。实际上罚了人家九块钱，他心里算计，张发树是让每人罚两块，其他人更不知道实情，多的那三块自己掖起来算了。张发树没接钱，说："给向河，叫他入账。你快点坐下，给大家好好说说上午的事。"

张义昌以为是立了大功，张发树是叫他显摆显摆，便添油加醋把如何抓住的小偷，如何审问的，以及找张发树问的处理意见，详细说了一遍。张发树问他潘忠国游街是怎么回事。他接着又把两晚上看到的潘忠国到文翠萍家敲门、爬墙的情况讲了一通，并且说第二天我也向刘组长、许干事和发树汇报了。张发树说："这事你是先找的小刘，我和许干事后来才知道的。不是定的让他写个检讨再说吗？你怎么独主意叫他游街了？"

张义昌说："不是我个人的主意，今天一早我请示了刘组长，他同意的。"

展明尧听了有些生气，说："别拿着那个小刘当挡箭牌，有些事我们还不知道你怎么就找他呢？你是他的治安主任还是咱大队的治安主任？"

李光恩说："这事你办得是有点荒唐。潘忠国是混账，可没成事实，听意思文翠萍也并不知情，你这样一搞要传到她耳朵里，那还不出大事呀！遇到事情得动动脑子，怎么着也得给发树说一声，咱先商量商量，不能动不动就去找工作组。惹出乱子来小刘能给你承担责任？再说，咱本乡本土的，你这个搞法大伙对你怎么看？真要是出了事你吃不了也得兜着走！"

潘秀菊也说："文翠萍可不是那样的人，你叫潘忠国一游街，还给他挂上个那样的牌子，都得追根问底，这不等于往她身上泼脏水吗？她要是寻死觅活出了问题谁负责？"

张义昌不服气，说："她死活和我什么关系？我又没动她一手指头，死了也赖不着我。要这样说，潘忠国还成好人了！"

潘秀菊说："怎么赖不着你？出了事是因为你处理不当造成的，你能脱了干系？潘忠国是好人坏人大家心里都有数，需要处理也得集体研究决定，不能一个人想怎么办就怎么办，你是看着村里事少想惹乱子呀？”

张义昌还想争辩，这时刘玉兰气呼呼地跑来了，到了门口就大声咋呼：“领导们都在呀，恁可得给我做主，潘忠国这是又和谁搞上了？恁给我说清楚，反正我也不想和他过了，就是死也得死个明白。”

张发树怕事情越闹越大，想先糊弄着她，说：“嫂子你别生气，进来慢慢说。俺忠国哥没再犯那毛病，还是原来那点事，都知道。”

刘玉兰进屋两眼盯着张义昌，说：“原来那点事我清楚，人家王桂兰早就和他断了，恁为么又掀腾起来了？张义昌，不是你逮着的潘忠国吗？女的是谁呀？你告诉我，我去找那个人问个明白。再说，要游街也得奸夫淫妇一块，你凭么叫他一个人游？那个女的是你的姐姐妹妹还是你娘呀？你为什么护着她？”

张义昌憋得脸通红，忽地站起来，捋胳膊卷袖子，说：“你嘴里再不干不净的我揍你！”

张发树起来拉住张义昌，呵斥道：“你坐下，还嫌事小啊！”回头又对刘玉兰说，“嫂子，这就是你的不对了，有事说事，怎么能骂人呢！”

李光恩接着说：“玉兰，你也是个明白人，风不来树不响，虱子不咬不觉痒，谁也不能拿个屎盆子乱往人头上扣。凡事都有个起因，处理起来必须分清谁的错。出了事大队就得管，如果你要一插手，我们就不好管了，你可得想想后果。”

展明尧也说：“是啊，听恁大老爷的，这又不是什么光宗耀祖的事，你就别火上浇油了。回去吧，不论问题大小，我们一定处理好，到时候也给你个交代。”

“行，我听恁的。恁可不能光听个别坏蛋的。有的人一肚子坏蛆，屙不出好主意来！”刘玉兰说着又剜了张义昌一眼，走了。

原来，在坡里刘玉兰看到潘忠国戴着个“大流氓”的牌子和那几个小偷一起游街，就以为他一定是又乱搞女人了，气得撂下手中的活就回了家。当潘忠国回去后，两个人就吵了起来。刘玉兰非要让潘忠国说清楚又和谁搞上了，潘忠国一口咬定说没有的事，就是因为在文翠萍家门口路过，被张义昌遇上了，这小子专门使坏，就胡说八道。刘玉兰说寡妇门前是非多，你上她家门口干什么去了？潘忠国说我还能不走路呀，张义昌处心积虑地想整我，他这是没事找我的事。刘玉兰说我去找文翠萍问问，到底恁两个有事没事。潘忠国说你不用去问她，直接去找张义昌，问问他到底抓住我和谁胡搞了。刘玉兰说那行，我这就去找张义昌，他要是说不出女的是谁来，我和他没完！就这样，刘玉兰去找张义昌，潘忠国在家里心里倒是安稳了些，甚至有些乐滋滋的。

把刘玉兰打发走以后，张发树说："你看看这事弄的，怎么办？说不定刘玉兰还得闹腾。"

潘忠地说："必须得抓紧处理好，最近地区领导要来，咱可不能出些乱七八糟的事。"

展明尧说："这事就此打住，都不许再提了。发树，你去给潘忠国谈谈，就说对他的问题咱集体没研究，个别人弄的，叫他有则改之无则加勉，以后注意点就是了。也让他做做刘玉兰的工作，别胡闹腾，闹大了都不好。秀菊你抽空去见见文翠萍，听听她的口气，她如果不知道这回事就算了，要是听说了就好好劝劝她，告诉她，我们都相信她是好人，就算是有人栽赃也安不到身上。另外，以后都得注意，不经过集体研究谁也不能乱来，谁再惹了麻烦谁负责，没人跟着在后面给他擦腚。"

张发树说："就这么办吧。义昌叔，你可得接受教训，千万别再胡来了。"

张义昌红着脸一声不吭。

张发树找潘忠国谈了谈，潘忠国因为自己心里有鬼，只是骂了几句张义昌，没再说什么。张发树嘱咐他：“可别让玉兰嫂子找这个找那个的了，咋咋呼呼的影响不好。”潘忠国说：“这娘们就是多事，你放心，我得熊她一顿，不能让她再胡闹了。”

潘秀菊到文翠萍家里，说了会儿闲话，听出她根本不知道牵扯自己什么事，和她拉了拉家常就算没事了。

人们见大队没再对潘忠国怎么着，又都不知道他爬墙的事，议论了几天也就没人再提了。

工作组的同志多数以为让小偷和潘忠国游街是大队安排的，又不知底细，都没过问。发生这事的第二天刘部长来了，说是接到通知，后天军分区首长要来，就都按分工忙活起来。小刘原来还想过问一下潘忠国的事，因为一门心思要在领导面前好好表现表现，便集中精力做准备工作，尤其是那个汇报材料，还没写完，必须抓紧写出来，别的事情也就丢在了脑后。

小刘是县师范毕业，先是分到完小，担任少先队辅导员，两年后调到团县委当干事。“文化大革命”开始他就积极参加了机关造反团，贴大字报，呼口号，大批判会发言，样样都十分踊跃，有人看中了，把他抽调到县革委办公室。其实这些年来，他从来没写过正经八百的材料。这次准备向军分区首长汇报的材料，贾政委没让郭主任写而安排他写，他觉得这是领导重用，尽管开始有些打怵，还是铆足了劲头，决心完成好。这不，憋屈了三四天，扒拉了不少参考资料，终于写出了十几页纸，又精心修改两遍，自己感到比较满意了，才让刘部长看。刘部长接过去简单翻了翻，说：“把大队的同志们叫来通一通，让他们提提修改意见。”

小刘随口说：“他们又不懂材料，你看看要是能行，到时候叫发树同志念就是了。”

刘部长一听觉得他这话不对头，心里话，你也太目中无人，忠地那文字水平比你强多了，于是说：“别小看农村这些干部，他们并不都是大老粗。明尧当过多年的大队会计，向河大概也是老高小生，忠地就更不用说了，他当试验队队长时写的总结，县委办公室的简报都全文转载过。那年省农业厅的领导来蹲点，对他写的材料也是大加赞扬。”

小刘说：“那就叫大队革委会的都来？”

刘部长说：“不用都来，三个主任和会计来就行。另外，工作组的同志最好一块听听。”

小刘勉强同意了。

人到齐后，小刘把材料念了一遍，然后说：“大家有什么补充、修改意见都提提，我好抓紧改，明天领导就来了，时间很紧。”

除了张发树听不出个所以然，多数人都感到这个材料太空，通篇的大话套话空话，没多少实际内容。但是，没人带头发言。过了一会儿，刘部长说：“怎么样？有什么想法都说说。忠地，你先开个头。”

潘忠地说：“哪能我先说呀，让工作组的领导们先说。”

刘部长说：“别论那个了，你说了他们再说。”

潘忠地说：“那我就先说两句，不一定对。材料写得挺好，我感觉就是‘语录’引用得太多，‘五·七’指示的内容也有些重复。另外，我们的具体做法写得少了点。”

小刘立即接上说：“汇报本身就是谈学习体会，最高指示就得多讲、反复讲，这样能体现出我们学得好，领会深透。至于具体做法，不用说多了，领导来到一看就明白。我认为只要把抓革命、促生产的思路理清楚，其他都是次要的。”

大伙一看小刘这种态度，都不再说什么了。刘部长挨个问了一遍，都说是没意见。刘部长说：“大家都没意见就这样，让发树看看熟悉一下，明天好汇报。”

张发树说：“那可不行，当着那么大领导的面，这么长的材料我可念不下来，特别是‘语录’，要是念错了丢人不说，还得犯错误。”

刘部长说：“你要觉得不行就让明尧汇报。”

展明尧说："有发树轮不着我汇报。再说，我整天蹲在窑场，情况也不大了解。"

这时候许干事说话了，他本心是认为这材料就应该叫潘忠地写，也让潘忠地汇报最合适，可是，看到小刘这么自负，有意戏弄他一下，就说："谁写的材料谁汇报最好，心中有数，到时候不用看稿子也漏不了。"

小孟说："大队的工作让工作组长汇报好吗？"

许干事说："怎么不好，咱工作组完全可以代表大队！"

小刘却没听出个好歹，心里美滋滋的，说："那行，恁也别推了，明天我汇报。我要是有什么遗漏的大伙再补充。"

工作组的其他同志见他这争强好胜不知轻重的样子，都不好再说什么了。刘部长本来还想坚持让大队的同志汇报，又想到：他现在以为是组长就了不起了，听不进不同意见，由他去吧，不管了。只有张发树显得有些兴奋，说了一句："那太好了，有刘同志出马，一个能顶俺仨。"

昨天晚上大队全体干部又到工作组开了个会，小刘对各方面的事情进一步作了明确。他和刘部长、张发树负责接待，其他同志按原分工，靠到各生产队和试验队，既要发动男女老少尽量全出工，更要认真组织好各项活动。还提出，只要看到领导的车辆一进入汶水滩地界，所有社员都要停下手中的活，开始搞活动。其中两个生产队搞大批判，三个生产队学毛著，三个生产队练刺杀。不论搞什么的，都要把毛主席著作带在身边。试验队有场地，再从生产队抽调十来个宣传队员，把锣鼓家什也拿去，到时候演几个小节目。另外，工作组一早烧好几壶开水，如果领导们需要到村里休息，就到这里来，不能去祠堂。

今天学校也停了课，学生都分到了各生产队。一些多年没能下地的老头、老太太，也全都动员了出来，不能干活就在地头上歇着，到时候好帮帮人场。除了树上扯着的那两条红布大标语，小刘又安排李向河买了几张红纸，写了两幅欢迎的标语，分别贴在了村头墙上和南坡机井屋东墙上。各生产队的农活适当集中了一下，大都安排在南坡，几十面红旗全带了出来，插在地头，“呼啦啦”迎风飘扬，很有一番喜庆的意思。

早饭后，小刘叫上刘部长、张发树，先满坡查看了一遍，然后在试验队附近等着迎接领导。接近正午，终于看到两辆吉普车来了，小刘赶紧和附近地里的人打招呼，这个生产队的人一往地头集中，另外几个生产队都看到了，纷纷把所有干活的不干活的老的少的，陆续集合到地头，按原计划装模作样地搞起了活动。小刘他三个迎上去，车停下了，车上的人下来，贾政委把他三个介绍给了军分区首长，然后步行看了三四个生产队。首长边看边问了一些情况，小刘紧跟在首长身边，及时作了回答。这时节庄稼苗子还没有长很高，远处的人群也能看得一清二楚，贾政委也是发现首长不想再看了，就说：“首长一上午了都没来得及休息，还得回县里，那边的几个生产队都能看到，不再过去了。”

跟随首长的同志说：“可以，回县城吧。”

小刘说：“到村里休息一会儿吧，我们也全面汇报下工作。”

首长说：“不用汇报了，刚才你介绍得不少，情况大体清楚了。”首长又看着贾政委说，“不错，汶水滩是个好典型，落实‘五·七’指示全面深入，群众充分发动起来了，整个大队的革命、生产形势一片大好。工作组的同志们在这里帮助工作，抓得也很扎实。我听得出来，小刘同志对村里的情况很熟悉。蹲点就要这样，不能像井里的葫芦，表面看下去了，实际还浮在上面，必须身子深入心也深入，从思想上把自己当成一名普通社员，真正融入贫下中农当中去。”

小刘刚听到不让汇报时，心里凉了半截。又听了后面这些话，立时像一股电流通遍全身，兴奋得哪里痒都分辨不出来了，简直不知道如何是好。这时试验队那边一阵锣鼓喧天，首长说：“那是干什么的？过去看看。”

小刘说：“那是试验队，青年比较集中，休息的时候他们就演些文艺节目。”说着领他们去了。

潘忠地看到他们到试验队来了，就让锣鼓停下，指挥着先唱了两首“语录歌”，又表演了一段关于颂扬“五·七”指示的“三句半”。首长看了很高兴，夸赞了几句，上车走了。

送走领导，小刘对潘忠地说：“忠地同志，你安排得太好了，这几个节目短小精悍，形式好，内容更好，首长看了非常满意。”

潘忠地说：“这是按你的意图办的，那还能错了。”

小刘说：“是啊，只要我们思想行动一致，就没有做不好的事情。”

刘部长和张发树都不说话，小刘又说：“发树同志，你和忠地同志抓紧去喊喊工作组的人，都回去开个会，我们得迅速传达一下刚才首长的讲话精神。”

张发树问：“大队干部也都参加吗？”

小刘说：“不用，恁两个去就行，下午你们再召集大队干部和生产队长，我去讲一讲。”

都回到工作组，小刘让刘部长讲，刘部长说：“我离得首长远，有些话没听清，还是你传达吧。”

小刘没再推辞，就把首长讲的内容，掺杂上个人的理解，讲了一阵子。大伙听得晕头转向，弄不清哪是首长的话，哪是他的意思。他最后说：“首长要求我们驻队的同志，既要身入，又要心入，必须把自己当成一名普通社员，融入贫下中农当中。所以我建议，我们每个人都要写份申请，让大队革委会研究一下，正式接纳我们为汶水滩的社员。”

他说完没一个表态的。过了一会儿，许干事说：“我看这申请不用每个人都写，组长写了代表我们全体就行了。”

小刘说：“我代表可不行，可以写一份，我起个草，写完后都得签上名。”

张发树说：“咳，你们都别写了，也不用签什么名，这样的好事也不用研究，只要你们有这个态度，我代表大队革委会和全体贫下中农举双手欢迎。忠地，你说是吧？”

潘忠地没吱声。

其他人没把这事当回事，都认为是瞎胡闹。小冯也是觉得有些荒唐，就想开个玩笑，说：“这不就行了，从现在开始，咱都是汶水滩的正式社员了，今后每天早晨也得让队长给咱派活。另外，还得抓紧回机关把户口转来吧？”

王站长说：“好了，是不是该做饭了？这都过了饭时了，恁肚子不饿呀！”

张发树说：“恁准备做饭吧，我们也好回去下通知。下午在祠堂开大队干部和生产队长会。刘组长，集合好人我们就来叫你。”

小刘说：“不用叫，下午我直接过去。”

人还没有到齐小刘就来了。他这是第一次进这个院子，进了大门先在外边寻觅了一阵子，张发树出来他才随着一块进屋。屋里的人都起身表示迎接，他也没和大家打声招呼，就一屁股坐在张发树让给他的正面上手椅子上，接着问了一句：“恁村里还有几处祠堂？”

张发树说：“就这一处潘家祠堂。俺村只有潘姓是大族，占了总人口的一半还多，其他几个姓户数比较少，都没有祠堂。”

小刘又问：“这个祠堂建得年数不少了吧？”

张发树说：“老人们都不记得是哪一年建的，少说也得上百年了。”

小刘说：“你们在这里办公可不大好，什么时候搬进来的？”

张发树说：“原来我们在你们现在住的那边办公，那是大队的正式办公室。这次工作组来的人多，集中住不好找地方，我们就把大队办公室腾了出来，当时还急着建了两间伙房。这房子宽敞，原来满屋全是牌位，破‘四旧’时都清理出去烧了，放牌位的台子也一并拆了，一直没人住，看祠堂的孝彦大老爷住在东屋，我们就搬过来了。”

小刘说：“你们破‘四旧’太不彻底了。你看屋脊、屋檐上，那些乱七八糟的砖雕，全是封、资、修的黑货，这房子本身就是‘四旧’，应该拆掉，更不应该做办公室用。”

张发树不吭声了。

潘忠良在一旁沉不住气了，说：“咱没去过北京，听说那里有个大城楼子叫天安门，是以前皇上建的，顶上也不可能只有瓦片，不知道多少百年了，现在不仅好好保留着，毛主席不是还站在上面检阅红卫兵吗？怎么没拆了啊？”

展明尧说：“你个忠良就是好胡说，咱这小村里的老房子，怎么能跟京城的天安门比呢？”

潘忠良说：“大小是同一个理儿，要是这样的老房子就是‘四旧’，全国各地多了去了，中央也没下令叫全都拆了呀？”

小刘也不吭声了，其他人没一个说话的。这期间又来了几个人，张发树说：“人全了，咱开会吧。上午地区和县里的领导检查我们的工作，讲了很多重要意见，下面请刘组长给我们传达领导指示。”说完鼓了几下掌，跟着鼓的不超过三五个人，掌声也就显得稀稀拉拉。

由于刚才潘忠良戗了那几句，再加上这极不热烈的掌声，小刘的情绪一落千丈，再也提不起来了。他只简单讲了讲首长肯定的一些话，最后说：“总起来看，首长对我们汶水滩的工作非常满意，给予了充分肯定，希望大家一定要戒骄戒躁，继续努力。今后我们工作组的全体同志就是汶水滩的社员了，我们决心和大家一道，同心协力，抓好革命，促好生产，共同夺取各项工作的新胜利。我就说这些，上午发树同志也一直跟着，我有漏下的让他再给你们传达。工作组那边还有事，我先回去了。”说完起身就走，张发树、潘忠地把他送到门外。

小刘一出门，人们就议论开了。有的说：“县里来的同志怎么就这样的水平？二话不说就叫拆祠堂，还抓革命促生产，他来这些天哪里问过生产的事？”

有的说：“这几年咱这里也没断过工作组，省里的厅长都来过，从来没像现在这样，老人孩子的都赶到坡里去，这不是做样子欺骗领导吗！”

有的说：“就是，工作组其他人也没像他这么弄的，你看郭主任在的时候，说话做事多稳当，那才像个领导哩，人家见了社员也是主动给说话，那么平易近人。”

李向河说：“郭主任调回去不再来了，现在他是组长，连刘部长都得听他的。”

展明尧说：“什么鸟组长，就是个毛蛋孩子，啥事不懂，光知道瞎吆喝。”

张发树说：“都别胡扯了，这些话也就是在这屋里说说，出去门就不能讲了，更不能守着工作组的同志讲。别管小刘年龄大小，人家是代表县革委来的，贾政委亲自抓咱这个点，叫他当组长就说明他称职，他的话咱就得服从。”

潘忠良追问一句：“服从？那样咱就把祠堂拆了？”

李光恩说：“拆什么拆，他就随口一说，又不是最高指示。再说了，他就是真让拆，也得听听群众意见，问问贫下中农答应不答应。”

张发树也没好气，接上说：“拆了咱上哪里办公去？他给咱找地方呀！”

潘忠地说：“别再议论这事了，说说回去怎么干吧。”

张发树说：“回去该干什么干什么，老人们不再下坡了，学校里也继续上课。散会。”

其实下午老人和学生都没再下地。因为原来安排时就说了，只是为了迎接军分区领导检查。中午展春才找潘忠地，问学生是不是继续去干活，潘忠地就答应他不用了。虽然没给各生产队下通知，也没有再组织老人出去的。

下午大伙议论的事都没再放到心里。只有张义昌，思来想去，觉得这又是在工作组面前表现一下的好机会，于是想找小刘说说，特别要告展明尧一状。

吃过晚饭，张义昌悄悄去了工作组，看到工作组的同志都在，就把小刘叫到外边，把几个人议论的情况说了一遍，只是没把骂人的原话讲出来。小刘问他们除了不同意拆祠堂，还说了些什么？张义昌说："展明尧不是个好东西，他不仅看不起你，说你是不懂事的孩子，还骂了你一些脏活，我不能给你当面学就是了。这个人就是目无领导，你得想法好好整整他！"

小刘说："我知道了，你回去吧，以后有什么事你直接找我。"

小刘晚上睡不着觉，反复考虑，也意识到下午说拆祠堂的那些话有些欠妥当。但是，展明尧这个人是有些问题，这些天安排什么事他都不配合，参加个会也鼻子不是鼻子脸不是脸的，从来不好好发个言，好像有意跟工作组顶撞。不行，得找机会狠狠搞他一下，不能让他这么嚣张！

小刘暗暗下了决心。

夜赴武装部

事情往往就这么凑巧。小刘这段时间正愁找不着整展明尧的机会，窑场却出了件大事，几乎成了全村人议论的中心。小刘嘴里不说，心里高兴极了，暗暗地想，你不是老愿意在窑场负责吗？这回你的责任是脱不了了，看我怎么拾掇你！

这几个月窑场连续烧出了四窑砖，都很顺利，几乎没出残次品。砖的销路也很好，出了窑三两天就卖光了，没有存货。不仅本村修房盖屋的社员争相购买，邻村有些人也来买，有的来到没砖了，就提前交上定金，争取下一窑保证拉回去。就在第五窑点火刚刚烧了半天的时候，何繁东家里突然来人，说他母亲病了，很严重，叫他赶紧回去。这人本来就是孝子，一听到信儿就沉不住气了。他立即向展明尧请假，又交代展春方、潘忠新，让他两个好好看火，认真烧，特别是晚上，千万不能偷懒，一定及时加煤，并且要添匀，再就是要经常到窑顶看看烟囱，是不是冒烟匀实。展春方说："师父，你放心走吧，俺两个跟你学这么长时间了，问题不大，一定按你说的，仔细烧。"

展明尧也说："老人有病是大事，何师傅你抓紧回去，这也算是让他俩试试活的个机会。你随我从村里走，我找向河拿点钱你带着。"

何繁东说：“不用，我有钱，回去看看再说，要是她老人家不打紧我就接着回来。”

何繁东回去的第二天，他母亲就去世了。按照当地习俗，老人去世要发“一七”丧，接着还要在第三天烧“圆坟”纸，这样起码要十天后才能回去，于是让侄子去汶水滩找展明尧说了说。展明尧听了后，叫上张发树赶去吊唁，顺便带去几十块钱。何繁东很感激，并且说：“老人家走得真不凑巧，早两天或晚两天也好啊，这窑砖烧了不到一天我就回来了，不知道他两个能不能烧好。”

展明尧说：“何师傅你就别挂心了，这几天我黑白靠在那里，那两个小青年很听话，也很上心。你什么时候把家里的事处理好了再回去，等你去了咱再装下一窑。”

展春方、潘忠新两个的确很认真，也格外小心，他们吃住在窑屋，晚上轮流睡觉，一个上半夜，一个下半夜。看着窑堂里的火势一弱，就赶紧加煤，每一锨都尽量撒均匀。还多次到窑顶察看，所有烟囱冒烟都正常。展明尧晚上也住在这里，看到他两个比何师傅在的时候还勤快，也就放了心。烧了三天三夜，接着洇了三天，又晾了两天，开始出窑。扒开外面的窑门一看，人们都傻眼了。以往几窑，挨着窑门就是上好的青砖，这次看到的半青不青，有的大半个砖头还是土黄色，拿出来一摔，简直和砖坯的硬度差不多。展春方急得抓耳挠腮，说：“不对呀，比前几窑还多烧了一百多斤煤哩，怎么没烧透呢？”潘忠新蹲到一旁不吭气。有人说：“是不是封上窑门再烧烧？”展明尧说：“哪里有烧两遍的？蒸干粮落了火再烧还不中用呢，何况一大窑砖。出吧，看看里边怎么样。”

往里倒是好了些，进去五六层，基本上全是好砖了，展明尧心里宽绰了点。可是，中间底部又不行了，不是没烧透，而是烧过了，几乎都成了琉璃头。全部出完一数算，可坏了，成色好的不足一半。张发树听说后跑来了，其他大队干部也陆续来了，都问是怎么回事。展春方说：“我们是跟师父在时一样烧的，谁知道怎么弄的，成这样了！”

张发树说：“恁两个是不是偷懒了？煤又没少用，何师傅烧出来的差不多块块都是好砖，恁却烧成了这个熊样子。”

李光恩说：“别责备他们了，他两个也不是成心的，还是没学成手，技术上没掌握好。隔行如隔山，这就是本事。”

潘忠地也说：“就算是交点学费吧，何师傅回来再帮着分析分析原因，找着门道就好了。”

在窑场干活的各生产队都有，这情况很快在全村传开了。传来传去就离了谱，有的说一整窑没出一块好砖，几千斤煤白搭进去了。也有的说这是没侍候好窑匠，人家专门使心眼，一离窝儿就叫你们烧不成。还有的说八成是展明尧看管不严，有女人去窑场“踩了火”。

工作组的人们也知道了，小刘叫着小孟去看了看。他两个来到窑场，展明尧领着他们围着出的砖看了一圈，小孟说：“俺村里也出现过这种情况，肯定是烧火的技术问题。匠人的水平高低关键在看火上，繁东叔要在就没事了。”

展明尧说：“是啊，看来学成个匠人不是那么容易，铁匠木匠都是三年出师，烧窑也得学个三年两年的。”

小孟说：“我听说以前正式拜了师，要学到能独立看火，至少也要两年。”

展明尧说：“这还是个事哩，虽然安排春方和忠新跟着何师傅学，并没正式拜师，等何师傅回来得把这件事补上。”

小孟说：“没必要走那个形式，现在不时兴那一套了。繁东叔也不是上讲究的那种人，只要给他说开，他肯定能实心实意地教他们。”

小刘一句话也没说，脑子里却没有闲着。

当天晚上，小刘差人把张发树叫到了工作组，问：“你们具体计算了吗？烧坏的这窑砖，得损失多少钱？”

张发树皱着眉头想了想，说：“还真没仔细算哩，正常一窑能赚二三百块，这一窑怎么也得赔个一二百块。”

小刘说：“这不就算出来了，一反一正，加起来就是四五百块钱。这可不是个小数目，必须得有个说法。”

刘部长前天回公社了，工作组的其他人都在，没一个吱声的。张发树吸了几口烟，说：“何师傅在这里点的火，因为老母亲去世才回去的，这事不能怪人家。春方、忠新两个人才跟着学了这么短的时间，技术上还没弄明白，也不是成心烧坏的，再熊他们也没用。”

小刘说：“不是有负责人吗？给集体造成这么大的损失，就得追究领导的责任。当领导的不能有了成绩就往身上揽，出了问题就没事了，功、过都得承担。”

张发树说：“窑匠一走明尧叔也很上心，我知道，烧窑那几天他都没回家睡觉。”

小刘说：“那是表面现象，任何事情都不能只看过程，要看结果。出了这么大的问题，你作为大队革委会主任，要立场坚定，大公无私，敢于公正处理，绝不能存有私心偏袒任何一个人。”

许干事听不下去了，说：“这件事的确是个特殊情况，展明尧至多承担个领导责任。至于怎么处理，还是让大队革委会决定去吧，咱就别管了。”

小刘说：“那好，发树同志，你们明天上午就开个革委成员会，让大家讨论讨论，我去参加听听。”

当天晚上张发树就到展明尧家里，把小刘的意思说了说，并且说看样子是他一个人的意见，工作组其他人都没说什么。展明尧听了很气愤，说那就开会讨论吧，他来参加更好，让他看看大伙的态度，看他能怎么着。

大队干部会上的发言可想而知。张发树只说了句这窑砖烧坏了，大家商量一下怎么处理。展明尧立时来了气，忽地站起来，说：“怎么处理？不用商量，窑匠回家发丧，两个年轻的还没学成手，我在那里负责，责任我一个人承担，爱怎么处理就怎么处理，大不了撤我的职，再和士金一块挨批斗去！”

大伙不知道他这话是对着小刘来的，都蒙了。小刘说：“明尧同志你不用上火，有话坐下慢慢说。问题出了，给大队造成那么大的损失，追查一下责任是有必要的。至于怎么处理，你个人说了不算，得听听大家的意见。”

展明尧“哼”了一声坐下了。

张义昌说：“刘组长说得对，出了这么大的事不能没个说法，是得查查责任。”

李光恩气呼呼地说：“别光跟着打顺风旗，查什么责任？按理说烧坏窑责任就是窑匠的，可人家他娘死了回去发丧，没能在这里，怎么找人家的责任？谁家死了老人不办丧事？要是爹娘死了不去奔丧，那还算是个人吗！”

张义昌不言语了。

潘忠地说：“何师傅不在，春方和忠新也都不是捣蛋的那种人，看着砖烧坏了都很痛心。有这次教训，也许以后他们就能学得快一些。这是他们头一回独自烧，我看就别抱怨他们了。”

李向河说：“是啊，又不是成心搞破坏，追查什么。”

小刘说：“不要两眼只盯着普通群众，要从领导方面找原因。”

潘秀菊说：“领导原因好说啊，要是不恢复窑场就出不了这种事，恢复烧窑是集体决定的，工作组的领导们也是同意的，要查责任，我们都有份儿。再说了，群众也都支持烧窑，不行让群众说说怎么办？”

小刘说：“好啊，群众是真正的英雄，我们做任何事情都得要依靠群众，充分发动群众，明天上午或下午就召开个群众大会，让群众展开讨论，评评集体损失这么大是不是就可以没事了。”

潘忠地说：“眼下正是夏苗追肥、浇水、锄草的关键时期，农活很紧张，群众大会是不是晚上开？”

小刘说："这是全村男女老少都要参加的会议，晚上开效果不好，必须白天开。希望同志们统一下思想，生产再紧张也不如革命工作重要，我们是'宁要社会主义的草，不要资本主义的苗'，绝不能以生产压革命！"

大伙听他这口气，没有了商量的余地，都不再吭声了。张发树也觉得再跟他犟没用，就说："定在明天下午开吧，回去都按自己包的生产队下好通知。散会。"

"工作组那边我回去说，让大家明天都参加。"小刘说着起身走了，张义昌紧随其后。出了大门，小刘回头看看其他人还没出来，对张义昌说："老张，你是汶水滩造反派的代表，就要保持旺盛的革命斗志，在保守势力面前不能软弱，更不能退缩。看来这是两条路线的斗争，我们必须站在正确路线一边，坚持斗争到底！"

张义昌说："刘组长我听你的，你指向哪我就打向哪。"

小刘说："光你一个人不行，要培养发展革命力量。你抓紧找部分贫下中农，特别是年轻人，个别做做工作，让他们在明天的大会上主动发言，揭发展明尧的问题。我就不信，他当了这么多年的干部，就能一点问题没有？可以新账老账一起算，不要局限于这次窑场的损失。"

张义昌感到是遇上了真正的靠山，可以大显身手了，兴奋地说："你放心，绝对没问题，我一定发动部分革命群众，把展明尧斗垮批臭，看他还怎么神气！"

他两个走了后，其他人都没离开。张发树说："好了，咱商量一下明天的会怎么开吧。"

李光恩还没消气，说："真是瞎胡闹，这事是明摆着的，谁的责任也找不着，开什么群众大会？"

张发树说："他是工作组组长，刘部长又不在这里，他说让咱开就得开。"

潘忠地说："开也用不了多长时间。发树哥先大体讲讲，再找几个生产队的干部发发言，咱提前给他们打打招呼，力巴不了。”

展明尧说：“开就开吧，没什么了不起，反正他不能把我打成四类分子。发树，你说几句就让我检讨，我检讨完了再让他们发言。”

潘秀菊说：“你又没什么错，检讨什么？”

展明尧说：“你没看姓刘的那架势，我不检讨两句他能完事？”

潘忠地说：“让明尧叔说几句吧，不过，别说过分的话。”

展明尧说：“我心里有数。”

刚吃过午饭这阵儿，毒辣辣的日头当空照着，树上的枝叶纹丝不动，这是一天中最热的时候。人们知道下午要开大会，不用再下地了，都想好好歇息歇息。有人拉个席片，找个通风背阴处躺下凉快一会儿。也有人围在树阴下，找些石子儿草棒儿，下起了土棋。有一伙正下在兴头上，对弈的两人聚精会神互不相让，围观的人们咋咋呼呼指手画脚，突然张义昌过来了，还没到跟前就吆喝：“别下了别下了，走，开会去！”

大伙头都没抬，下的照下，看的照看。他又跟上一句：“没听见呀？不是早就下通知今天下午开群众大会吗？都快点去吧。”

有个说：“慌什么，这刚放下饭碗，怎么也得消消食呀。”

另一个说：“这会儿日头正毒，会场上连棵树都没有，又不是晒人干，集合这么早干么！”

又有个说：“真是吃饱了撑的，才多大个官，吆五喝六的，吓唬谁？也不知道丢人几个钱一斤！”

张义昌装作没听见，灰溜溜地走了。他也没有直接去会场，而是又找昨天晚上联络的那几个人，进一步给他们鼓鼓劲，让他们一定要放开胆子，狠狠揭发展明尧。

会场还是设在祠堂前面的场地上。日头偏西了，人们才陆续到齐。会场前边摆了一张桌子，一条凳子，小刘和张发树坐在那里，工作组和大队的其他同志都坐在下面。张发树问小刘开始开会吧，小刘点点头，说开吧。张发树站起来，先干咳两声，清了清嗓子，讲道："大伙可能都听说了，前几天咱窑场出了点事。何师傅他娘去世了，回去发丧，可是这窑砖已经点火了，只好让咱自己的人烧。春方和忠新没那个本事呀，煤没少用，力没少下，结果大半窑的砖都烧坏了，给大队造成了几百块钱的损失。明尧叔是在那里负责的，这事不能说一点责任没有，今天开这个大会，就是叫他作个检讨。下面就让他说说。"

下面一阵"嗡嗡"声。

展明尧起身来到桌子前，说："各位老少爷们，姊妹娘们，刚才发树说了，今天这个会就是专门为我召开的，工作组的领导说要追查我的责任，我就好好向大家检讨检讨，认识不到的地方，请大家批评。都知道，为了落实毛主席的指示，发展副业生产，咱恢复了窑场，工作组的小孟同志还帮咱请来了窑匠。何师傅是个好人，不只人品好，技术好，责任心也强，从修窑开始，一直靠在这里。这才几个月，咱卖的砖扣除煤钱和匠人工钱，已经赚了一千多块钱。可是，最近这窑砖赔了，我算算，至少得赔二百块。怎么赔了呢？因为烧坏了，一多半烧成了废品。也许有人说烧坏窑是匠人的责任，我告诉大家，不能怨匠人，全是我一个人的责任。为什么呢？我说说恁就清楚了。这一窑点火刚大半天，何师傅家里来人叫他，说他娘病重，他回去的第二天老太太就不行了。人家得接着发丧啊，虽然心里还惦记着咱这窑砖，也不能回来呀。没办法，咱自己烧，春方、忠新他两个也是笨了点，跟着师傅学了几窑，没成手，尽管很认真很勤快，熬了几天几夜，还是烧坏了。怨谁呢？怨我，那几天我也是黑白靠在那里，我又是负责的，恁说不怨我怨谁？也不能怨两个小青年吧？开始有人说是我的责任，我还有些不服气，现在想通了，不仅我要承担责任，要是追根寻底，得怨俺娘，她老人家要是健在，我一定问问她，怎么生下俺来不教会俺烧窑看火的本事呢！……"

没等他再讲下去，小刘站起来朝张义昌打了个手势，张义昌推了推他跟前的一个小青年，那个青年接着站起来，大声说："展明尧不老实！"

随后有人咋呼道："你当干部这些年没有贪污吗？办过别的坏事吗？一块儿交代交代！"

紧跟着有人领头呼起了口号："打倒展明尧！"

"展明尧不投降就叫他灭亡！"

"和展明尧坚决斗争到底！"

……

多数人没有张口，只有一些凑热闹的小青年随着喊了几嗓子。

小刘朝下面摆摆手，制止了大家，说："都静一静，我说几句。展明尧同志的问题是严重的，刚才虽然作了个检讨，但是，态度极不诚恳，根本没从思想上找根源，所以引起了大伙的不满，这是必然的，同时也说明贫下中农同志们的路线觉悟是高的。根据他本人的态度和群众的要求，应该让他停职反省，大家同意吗？"

张义昌第一个站起来，举着手说："同意！"

后面有少数几个人跟着吆喝："同意！"

会场上立时乱了，很多人都感到愕然，纷纷议论起来。小刘对张发树说："宣布散会吧。"

张发树也不知道怎么办好了，只好大声宣布："散会了！"

人都走了，展明尧也随着回家了。张义昌跟在小刘屁股后面问："刘组长，下一步怎么办？"小刘没好气地说："你说怎么办？看看情况再说吧！"

大队的其他干部都没有走。另外，潘忠地把许干事、王站长也留下了。潘忠地和李向河抬着桌子，张发树搬着凳子，几个人一起进了祠堂。张发树进屋就说："他这一句话就让明尧叔停了职，这算怎么回事？"

许干事问："事前他没和你们商量吗？"

张发树说："哪里商量来？昨天他就说开个群众大会，让大伙讨论一下这事怎么处理，今天还没让别人发言呀，几个人一起哄他就表态了。"

王站长说:“这个弄法可不行，在工作组也没说过，他虽然是组长，也不能想停谁的职就停谁的职，要那样以后大队的工作还怎么开展？老许，这个事回去你得给他拉拉。”

“他几个都是县里派来的，这话我说不好。”许干事想了想，接着说，“这样吧，发树，你和忠地到公社去找刘部长汇报一下，看他是什么意见。”

“那行，这时候天黑得晚，忠地，咱这就去。”张发树说着就起身往外走。

刘部长刚从办公室出来，准备去伙房吃饭，看到张发树、潘忠地慌慌张张地来了，就叫着他俩又回了办公室，问有什么事。他两个把事情经过详细说了说，刘部长听着直皱眉头。寻思了老大一会儿，才说:“小刘这种做法肯定是不对的。不过，工作组是以县里的同志为主，郭主任回去后明确他为组长，我虽然是个副组长，这几天又没在那里，也不好去阻止他。我看恁两个到县里去一趟，直接向贾政委汇报汇报，看看他的态度再说。”

张发树说:“行，俺明天一早就去。”

潘忠地说:“咱这就去吧，明天贾政委要是开着会，去了也得等着。晚上他可能下班在家里，咱直接去武装部，估计好找。”

刘部长说:“对，他就住在县武装部大院里，恁去了叫值班的喊喊他。走，咱先到伙房吃饭，吃了恁再去。”

他两个也没推辞，随刘部长去了伙房。刘部长给他俩每人要了一碗杂烩菜，两个馒头，十几分钟就吃下去了，然后骑上车子，去了县城。

武装部大门口有个战士站岗，把他两个拦住了。张发树说:“俺是刘集公社汶水滩大队的，来找贾政委有事。”

战士问:“你们提前预约了吗？”

张发树说:“没有。”

战士说:“那恁明天再来吧，首长下班后一般不接见客人。”

张发树说："俺二三十里路跑来了，有急事，黑更半夜的上哪里等到明天去？"

潘忠地说："同志，这是俺大队的革委会主任。贾政委在俺大队蹲点，他说过，叫我们有事及时来向他汇报，今天是公社的刘部长叫俺来的。"

战士还犹豫着，这时刘干事过来了。他跟贾政委去过几次汶水滩，相互都认识。他看到他们两个，立即上前边握手边问："恁两个怎么这时候来了？"

张发树说："俺从刘部长那里来的，向贾政委汇报个事儿。"

刘干事说："走，先到值班室喝水，我去喊政委。正好今天我值班，这是想到门口买盒烟来。"转身拿出五毛钱，给那战士，说，"小庞，你到小卖部给我买盒烟送值班室去。"

小庞接过钱，问："买什么牌子的？"

刘干事说："有客人来了得吸盒好的，买盒黑金鹿吧。"

来到值班室，张发树说："门口站岗的这个小战士还真认真哩，他非要叫俺明天再来，要不是遇上你，俺就进不来了。"

刘干事拿起暖水瓶给他俩倒水，笑了笑说："不能怪他，恁要是说找我就让您进了。原来也不这样，这两年社会上闹腾得厉害，别管是造反派还是老保派，有事无事的就来找首长，有时候折腾到大半夜，弄得首长没法休息。所以我们安排值班站岗的，晚上只要是来找首长的，没特殊情况一律不让进门，如果是找我们这些人就无所谓了。恁先喝着水等等，我去看看政委。"

刘干事刚走没大会儿，那个战士进来了，把烟和剩的一毛九分钱放到桌子上，说："对不起，我不认识恁，刚才没让恁进。"

张发树说："没事，以后认识了就好了。再说，这是你们的规定，你认真负责，该受表扬。"

这时贾政委和刘干事进了门，战士回头站岗去了。贾政委问他两个怎么白天不来这时候才来。张发树就把这几天发生的事和今天下午的过程一五一十地说了一遍，最后说：“下午散了会俺两个就到公社找刘部长，刘部长回公社好几天了，一听觉得不是个小事，就让俺抓紧来向您汇报。”

贾政委说：“这个小刘也是太较真了，要按恁说的，烧坏窑责任不在展明尧，那还追查什么责任？再说了，革委会建立时间不长，不能动不动就停职，这样做不仅会影响你们大队的工作，对其他大队也会带来不良影响。恁回去告诉他，就说这事到此为止，不要再追究了，展明尧也要正常工作。”

潘忠地说：“俺回去给他说不好吧，政委能不能去一趟？”

贾政委说：“这几天县革委事情多，我去不了。这样吧，我给刘部长说说，让他明天过去。刘干事，你给刘集武装部要电话，我给刘部长讲。”

电话上贾政委讲明了个人的态度，要求刘部长亲自到汶水滩处理下这事，并且说要好好做做小刘的工作，也不要过多地责备他，让他明白道理就行了。另外，也要给明尧同志谈谈，让他放下包袱，大胆工作，继续抓好窑场的事情。刘部长听到贾政委态度这么明确，很高兴，说明天上午定了个会，开完就去。

张发树、潘忠地在一旁听着当然也很高兴。贾政委放下电话，说：“让刘干事领恁到招待所住下吧，明天再走。”

潘忠地说：“俺不住了，明天村里还有事，骑车子快，个把小时就到家了。”

刘干事说：“天太晚了，再快到家也十二点多了，走夜路政委也不放心，还是住下明天一早走。”

张发树说：“没事，平常我们睡觉也差不多得半夜，这时候骑车子还凉快哩。”

贾政委说：“也好，那就抓紧回去吧，两个人搭伴没问题，路上慢一点。”

月牙儿早就坠入西山，满天星斗争相闪烁，露水滋润了大地，让人感到一片凉意。田野静悄悄，鸟儿、青蛙、虫子都歇息了，公路两旁的村庄也睡熟了。张发树在前面，走了没大会儿，突然摁起了车铃，“哐琅琅”响了一大阵子。潘忠地紧跟在后面，还以为他是发现了前边有人或是狗什么的，仔细看看什么也没有，说：“你搞什么鬼？”

“吓唬吓唬兔子，要是跑出一个来咱好逮着回去当下酒菜。”

“别做梦娶媳妇了，真有兔子也叫你吓跑了。再说，又不是月亮地儿，就算兔子趴在路上，你看都看不清，还逮哩。是不是躁得慌了？”

“还真是太清静了。以前我最怕走夜路，老人们讲，那些在井里、河里、湾坑里淹死的鬼，半夜里就出来找替身，遇上人就搞迷魂阵，把人引过去，只要有了新鬼它就能托生，不然，就永远是鬼了。”

“那都是吓唬小孩的，你这么大个人还信？我听说以前不敢走夜路，是怕遇上劫道的。”

“咳，现在劫道的是没有了，别说拦路抢劫，就是小偷小摸也很少了。你看这几年治安状况多好啊，真是夜不闭户，路不拾遗。像咱村少那几棵树，不用找派出所，几个民兵就把案子破了。”

“你说起这事我还想起个事哩，听人反映，义昌叔罚了那几个偷树的九块钱，那天只给你六块，剩下的三块很可能他掖起来了。另外，小偷扛回来的那三根木料他也叫民兵弄他家去了。”

“有这事？明天找他，让他退回来。”

“先别慌，我再了解了解，落实好了再说。”

“也行，你抓紧了解，不能便宜了他。你发现没有，他整天就靠上小刘，小刘放个屁他都觉得是香的。这个人忒没料了，明尧叔这个事要不是他起哄到不了这个程度。”张发树停了停又说，“忠地，你说当领导的是不是心眼都太多了？你看王站长让许干事找小刘谈，许干事就叫咱去找刘部长，刘部长又叫咱去找贾政委，贾政委也不来处理，又推给了刘部长。他们都不想得罪人，推来推去的就是不愿意亲自处理。”

“什么心眼太多了，这就叫水平，是工作方法。你想想，许干事要是直接找小刘谈，两个人肯定得争执起来，他也说不服小刘。刘部长即便来了也不好办，他是公社的领导，小刘是县里来的，又是工作组的组长，他能说什么？如果弄犟了更不好办了。这样咱去一找贾政委，贾政委有了具体意见，刘部长来了就可以打着贾政委的旗号给小刘谈，小刘就不会再坚持了，事情也就解决了。”

“是这么个理儿。咱明天就等着刘部长吧。”

两个人说着拉着，不知不觉到了村头。

展明尧回到家里，根本没当回事，进了堂屋摸起暖水瓶，涮了涮茶壶，泡上茶，又卷了根烟，坐在椅子上吸起来。他老婆也去参加会了，路上走得慢，进门就问：“你这算唱的哪一出？干了还不到一年，又得挨批斗了？”

“你懂什么！放心吧，这回打不倒我。”展明尧说着倒茶喝茶。

第二天一早，张发树来告诉他：“昨天晚上我和忠地去县武装部了，找到了贾政委，他说小刘做得不对，要让你继续工作。他当着俺的面给刘部长要了电话，叫刘部长来处理。刘部长答应今天就来。”

展明尧说：“我知道这事大不了哪去，别看小刘张牙舞爪的，他也不能一手遮天，还有能管着他的。我在家里等着吧，刘部长来了再说。”

正吃着早饭，张义昌来了，站在屋门口说：“今天上午你到五队干活的地里去，参加他们的批判会。”

展明尧端着碗没搭腔，继续低着头吃饭。张义昌转身就走。展明尧老婆说了一句：“你不坐坐了？”张义昌也没哼一声，走了。

这是早晨小刘找张义昌安排的，说是从今天开始，让展明尧和潘士金一起接受批判。张义昌说轮到五队搞批判了。小刘说那就叫他去五队，你通知他。

展明尧放下饭碗，就真的转悠着去了五队地里。队长展明顺虽然和展明尧出了五服，可毕竟是本家兄弟，两人平常的关系也处得不错，说："饭前张义昌找我，说是让你和士金哥一块来参加批判会，还有几个四类分子，我还以为你不可能来哩。"

展明尧笑了笑，说："我为什么不来？又没犯什么错，还怕恁批呀！"

会计李向清说："那倒是，昨天一散会就都议论，砖烧坏了怎么能怨你呢？停你的职太不应该了。这还叫你参加批判会，能有什么批头？来了也就是凑凑热闹。不过你来得也太早了，得干上一阵子活休息的时候才开会。干脆，你和明顺叔转转看看咱的庄稼去吧。"

展明尧说："好啊，这几个月一直在窑场，还真没仔细瞧瞧庄稼哩。明顺，走，转一圈再回来。"

两个人看了几块玉米。有些社员看到他两个，叽叽咕咕，展明尧也没理。来到三队抽水机浇地的地方，潘士金正和两个社员拿着铁锨在看水，展明顺掏出烟包，让潘士金吸烟。潘士金摸出两张纸条子，递给展明尧一张，边卷烟边说："今后你注意点，别和工作组的人顶顶撞撞的，得罪他们干么！有些事没必要太较劲，顺着就是。"

展明尧点着烟吸了一口，说："这事你知道了？"

潘士金说："刚才发树和忠地都给我说了，虽然贾政委说没事了，可是，你也要通过这件事接受教训，不能没事惹事，自找麻烦。"

展明尧"嘿嘿"两声，说："我还寻思着你整天一场接一场地挨批，怪孤单的，好再陪陪你，看来又陪不成了。"

这时潘忠良过来了，打趣说："是啊，我也觉得你和士金叔是一样的'走资派'，要是轮到俺三队开批判会，得好好批批你，听发树那意思又叫你逃脱了。"

展明尧说："不要紧，你打斤酒，叫桂兰炒几个好菜，我去恁家里，咱爷俩吃着喝着，你使劲批。"

几个人都笑了。

潘忠良说：“你想得倒美，让我请你呀，没门！得你打酒请我到恁家里去，那样才算你态度老实。”

潘士金说：“别胡闹了，明顺，咱走，他们通知我今天上午参加恁的会。”

潘忠良说：“整天捣鼓这一套，你也不烦？”

潘士金说：“烦什么，已经习惯了，就是在那里站一会儿，时间不长，也没什么实际内容。”

展明尧说：“咱一块去吧，义昌叫我今天得陪你。”

潘士金说：“怎么他们还不知道贾政委的意见？就算是领导没态度，也用不着批斗你呀？”

展明尧说：“别管那些了，我陪你一瞬是一瞬，张义昌一定是奉了小刘的旨意通知我的。”

潘忠良说：“张义昌算哪个林里的鸟？原来就整天屁颠屁颠地跟着个破鞋娘们，现在又靠上个小刘，狗拉耩子似的没个大样，当上个委员就觉得了不起了，不会有好下场！”

三个人一起来到五队地头，李向清吆喝社员们集合过来。这时，张义昌和小刘也一前一后来了。几个四类分子早已经在路边站好，潘士金挨在了他们旁边，展明尧也就站在了潘士金一旁。李向清问展明顺开始开会吧。展明顺说开吧。李向清说：“今天又轮着咱开批判会了，被批的对象都已到齐，现在开始发言，谁有想说的抓紧说。”

这种会开了不是一次两次了，没什么新鲜。虽然今天多了个展明尧，也都知道怎么回事，所以有的吸烟，有的悄悄拉呱，没人抢先发言。过了一会儿，展明尧说：“我先带头呼几个口号吧。”接着举起胳膊呼起来：

“文化大革命万岁！”

“战无不胜的毛泽东思想万岁！”

“伟大领袖毛主席万岁！”

“打倒四类分子！”

“打倒走资派潘士金！”

“打倒我自己！”

他每呼一句下面都跟着高呼，包括张义昌，小刘虽然嘴里没动静，也不停地举胳膊。只是到了最后这一句，有个别反应快的小青年，只喊出“打倒”两个字，后面几个字没喊出口就放下了胳膊。张义昌也随着大多数人全喊了，但是，喊完后立即发现了问题，于是大声呵斥道：“展明尧你不老实！”

展明尧说：“我怎么不老实了？呼几个口号还有错呀！”

张义昌说：“你为什么叫大家都打倒自己？”

展明尧说：“我多咱叫你打倒自己了？我的意思是说我先把我自己打倒，然后好让大家展开批判。”

张义昌还想争辩下去，张发树来了，说：“谁让这么搞的？明尧叔没被停职，不仅不能被批判，还得继续工作。”

小刘一听蒙了，说：“你什么意思？这是你个人的意见还是你们集体研究的？”

张发树说：“不是我的意见，也不是我们集体研究的，昨天晚上我和忠地去了县武装部，请示了贾政委，是他这么说的。”

小刘一听火了，说：“张发树你了不起呀，到县里找领导为什么不给我说一声？”

张发树也来劲儿了，说：“谁规定的我们找领导反映情况得先向你请示？”

小刘气得肚子鼓鼓的，走了。张义昌也跟着走了。他两个一走，张发树说：“散了吧，都干活去！”

潘士金本来想和张发树交代几句话，一看这么多人在场，就回三队去了。

回到工作组，张义昌急忙给小刘倒上水，说：“刘组长你别生气，像展明尧这样的不用怕他，咱还得寻个机会狠狠地整他，让他躲过初一躲不过十五。另外，张发树他们是恶人先告状，昨天下午散会接着就去县城了。你也得去找找贾政委，只要你去了一说，领导肯定得相信你的，不会相信他们的一面之词。”

小刘说：“这次怪我考虑不周，该事前给贾政委打个招呼。这让他们抢先了一步，我再去汇报也没用了。”

两个人正说着，听到外面自行车响，一看是刘部长来了，小刘朝张义昌使了个眼色，说你先回去吧。张义昌赶紧出去，和刘部长打了声招呼，接过自行车放好，走了。

刘部长进了屋，小刘边给他倒水边问：“公社里忙完了？”

刘部长接过水，说：“早饭后开了个小会，散了我就来了。”坐下喝了口水，接着说，“昨天晚上贾政委给我要了个电话，说是窑场这个事别再追究了，展明尧也就是负个领导责任，不好停职，还是叫他继续工作。”

“我知道了，刚才在五队张发树给我说了，是他和潘忠地去给政委反映的。行啊，领导定了就按领导的意见办呗！”小刘很不高兴的样子。

刘部长说：“咱去找明尧谈谈，让他别背思想包袱。”

小刘说：“你去吧，我还有别的事。”

刘部长只好自己出去了。他来到坡里，潘忠地老远看见迎了过来，说：“昨天夜里我们回来太晚了，路过公社门口时快半夜了，没再进去给您汇报。”

刘部长说：“贾政委电话上都给我讲了，我还以为恁两个得今天回来哩，接着就回来了？”

潘忠地说：“贾政委是让刘干事领俺到招待所住下，家里还这么多事，两个人又不害怕，就连夜赶回来了。”

刘部长说：“明尧呢？你找找他和发树，咱一块和他谈谈。”

潘忠地说：“他两个都在五队那边，顺路叫着他们回村就行。”

到了五队社员干活的那里，一看他两个都不在，潘忠地就喊展明顺，问他们去哪里了？展明顺来到地头，说他俩去祠堂了，接着把刚才开批判会的情况讲了一遍，说到大伙都跟着展明尧呼“打倒我自己”的时候，惹得刘部长和潘忠地都笑了起来。

张发树、展明尧正和潘孝彦说闲话，刘部长一进来，潘孝彦就退了出去。刘部长进门一本正经地说：“明尧，看来你这个态度还真成问题哩，在窑场犯了那么大的错误，本来停了职让你反省一段时间就算了，你倒好，开个会你引导着贫下中农都咋呼打倒自己。我看汶水滩是批不了你了，不行我让他们组织全公社革命群众开你个批斗会，看你老实不老实。”

张发树不知道刘部长是开玩笑，就急着想解释，刚要开口，潘忠地使眼色制止了他。展明尧却看出来了，说：“你这么个大领导还和俺这小老百姓闹着玩啊？要是胆小的就让你吓着了。我知道，贾政委是叫你来做我的工作，让我继续好好干。放心吧，我一点思想负担没有，饭照常吃，觉照常睡，活照常干。从开始我就知道，也就是那个小刘和张义昌处心积虑想整我，全村跟着他们跑的没几个人，不仅大多数群众不同意他们这么做，恁这些当领导的也不会同意。”

潘忠地说：“你怎么半路里想起呼那么个口号？”

展明尧说：“恁是没在现场，他们开批判会，小刘和张义昌都在，向清宣布让大家发言了，半天没个哼声的。我觉得还有工作组的领导在，不能冷场呀，就说带头呼几个口号。呼完打倒潘士金了，就得接着呼打倒我吧，这有什么错？可我不好喊自己的名字呀，只好呼‘打倒我自己’。大伙应该呼‘打倒展明尧’才对，谁知道他们脑子也不转悠转悠，不会转弯，都随着我呼开了，这不能怨我呀！”

刘部长说：“你还真成精了！怎么样？那个窑匠回来了吗？你还得靠到窑场好好抓。我听说已经赚了千把块钱了，这可是个好项目，不能因为烧坏这一窑就停了。”

张发树说：“可不能停，这才刚开个头。”

展明尧说：“明后天何师傅就回来，来了就装窑。过几天就动工再盘个新窑，我想多准备些砖坯，冬天也得烧几窑。”

刘部长说：“好啊，我就知道你不会因这点事影响了工作。你也要好好总结一下，想想到底是怎么回事，为什么小刘单独对你有成见？”

张发树说：“不只对明尧叔，他对我和忠地，对整个大队的工作，都有意见。”

潘忠地说：“这个人的工作思路是有些问题。他满脑子就是‘抓革命’，只要一提到生产的事他就不高兴。”

展明尧说：“小刘是一个方面，还有张义昌那个东西，跟在后面使坏，没起好作用。昨天上午开大会，领头起哄的就是他，随着他咋呼的也就是原来红旗战斗队那几个人。”

刘部长说：“张义昌没什么群众基础，也没什么能力，不用跟他一般见识。但是，你们也要注意，群众中别管原来是哪个组织的，都要正确对待，一定要团结大多数。只要广大贫下中农不随着他跑，他就是想挑头也成了光杆司令，再也闹腾不起来了。”

张发树说：“这一点没问题，原来参加他们组织的绝大多数都转变观点了，现在还跟着跑的多说也就十来个人。凭张义昌那本事，使不动风。”

潘忠地说：“这个人私心也太重。刚才我又找几个人落实了一下，前一段小偷送回来的那三棵树，他都弄自己家去了，并且翻修猪圈棚已经用上了。另外，罚了小偷每人三块钱，总共九块，他只交给大队六块，剩下的三块他自己掖起来了。”

张发树说：“那四个民兵你都问过了？”

潘忠地说："都问了，刘部长来时我刚问完。"

张发树说："那好，不仅叫他退赔，还得开大会批斗他两场，看他还怎么充人！"

刘部长说："别动不动就批斗人。他就是贪污了这点钱几根木料，也只是个错误，算不上阶级敌人，还是要以批评教育为主。"

展明尧说："咱革委会成员开个会，叫他把贪污的钱、物退回来，再检讨检讨就行了，那也能灭灭他的威风。"

张发树说："也行，咱下午就开会。刘部长，你也参加吧？"

刘部长说："算了，我不参加了。工作组的其他人也不用参加，恁自己开更好一些。"

张发树说："还用给小刘说声不？"

刘部长说："这是你们班子内部的事，等处理完了再给他说。"

张义昌怎么也没想到，几根木料几块钱成了把柄，落在了别人手里，再也抬不起头来了。

人到齐了，张发树说："今天开个会，先给大家通报一下，贾政委不同意停明尧叔的职，窑场的事也不要再追究了，刘部长今天就是为传达贾政委的意见来的。"稍微一停接着说，"另外还有件事情，大家研究一下怎么处理。义昌叔，你先说说，最近你办了些什么错事？"

这样说是潘忠地事前出的主意，目的是想看看张义昌的态度。如果能主动交代，说明他态度还可以，不必过分批评。如果他死不认账，那就是另一回事了。

张义昌起初还以为张发树指的是批斗展明尧的事，就理直气壮地说："我办什么错事了？停明尧哥的职，批斗他，那都是工作组决定的，叫我给他下通知的也是刘组长，责任还能在我啊？"

张发树听他这话是没朝贪污方面想，就想引导引导他，说："这件事不用说了，虽然主要责任不在你，可你做的那套也不能说对，不能遇事不考虑对错就跟在后面瞎哄哄，你的做法大家都看在眼里了。你再想想，除此之外还有没有别的问题？例如贪污什么的。”

张义昌有些急了，说：“我贪哪里的污？我又不是会计、保管，一不管钱二不管物，恁只让我分管治安，想贪污也没那个机会。”

张发树觉得他是不想坦白了，就说：“先别嘴硬，你是不见棺材不落泪，事实面前不承认也不行。忠地，你给大家介绍介绍了解到的情况。”

潘忠地说：“据那几天夜里值勤的四个民兵讲，几个小偷游完街以后，你让他们把木头扛到恁家去了，还有的说你已经用它盖猪圈棚了。另外，罚了小偷每人三块钱，你交到大队几块？剩下的钱呢？”

李向河说：“交来六块，我已经入账了。”

张义昌没话说了，停了一会儿狡辩道：“是有剩的三块钱，我是觉得他四个夜里巡逻挺辛苦的，想抽空买点菜打斤酒让他们吃喝一顿。”

潘秀菊说：“还吃喝一顿，这都多长时间了？你是请他们吃了还是喝了？”

张义昌说：“不是还没抽出空来嘛！”

李光恩说：“按规定，罚没的钱必须全部交集体，就是再花也得经过研究批准。再说了，那几棵树是集体财产，你怎么能随便占用呢？”

张义昌说：“我那猪圈棚要塌了，翻盖没木料，我是先借用一下，以后再还上。只用了两根，还有一根在家里放着，过会儿我就扛回来。”

展明尧说：“别无理争三分了！你也当过干部，应该明白，这种行为就是贪污，是谁讲过来？‘贪污就是犯罪’。至于怎么处理，不用我们说你心里也有数。”

潘忠地说：“毛主席讲的，‘贪污和浪费是极大的犯罪’。”

张义昌低下头不吱声了。

潘秀菊说：“这种事好处理，游街示众，全部退赔，再不就召开群众大会批斗，或送到公社让派出所看着办。”

她和李向河挨着坐在一条凳子上，李向河用胳膊捣了捣她。她朝李向河笑了笑，努了努嘴。李向河明白了，这是敲打敲打他，就接着说：“秀菊姑说得对，做人不能属手电筒的，光照别人不照自己。别人有事没事的都抓住不放，自己犯了错误也得接受处理。义昌叔，你说是这么个理儿不？”

张义昌朝李向河白了白眼，没说话。

张发树又接上一句：“不能屎壳郎趴到猪腚上，光看到人家黑了不知道自己也是黑的，自己又不擦屁股，还老是说别人腚上脏。”

李光恩说：“义昌是革委会成员，这事的确做得不对，可是，要折腾大了对咱革委会影响不好。叫我说，退赔是必须的，别再游街或交给群众批斗了，更不能交公社处理了。”

展明尧说：“我倒同意这个意见，不过，那得看义昌的态度了。”

张发树说：“怎么样？说说你的态度吧。”

张义昌吭哧了一阵子，说：“我是有严重错误，不该贪占集体的木头和钱。我愿意接受大家的批评，也一定退赔，那三块钱我回家就拿来。木头还有剩的一根，我也扛回来。用了的那两根不能再拆下来吧？恁也都知道，现实我家里、外头也没有棵成材的树，不过，去年我在自留地地头上栽了几棵小杨树，等长成材我就刨了交给大队。”

展明尧说：“有你这样退赔的吗？还得留个尾巴。你那小树还没擀面杖粗，猴年马月能长成材？我看还是你这态度有问题。”

李向河说：“要想赚个好态度，就得一次性全部退赔。我以为可以采取两种办法，要么把那两根木头拆下来，要么到集市上买两根差不多的木头顶替。”

潘秀菊说：“不拆、不买也行，那也得折算成钱一块退。”

张义昌问了一句：“算多少钱？”

张发树说：“咱那几棵树都够檩条了，一根木头怎么也得卖六七块钱。”

李光恩正好吸完一袋烟，在鞋底上磕了磕烟袋锅，说：“我看这么着，除了扛回那根木头，那三块钱加上两根木头，总共再退十块钱吧。”

张发树说：“这个数可以了吧？这可是照顾你了。”

张义昌抬起头勉强说：“就按光恩叔说的办吧，我借借钱，明天一准退回来。”

当天晚上张发树到了工作组，当着全体成员的面，把这事详细地说了说。小冯说：“这个人才当几天干部？怎么这样呢！”

许干事说：“他原来当了大半年队长，就是因为爱占小便宜，被群众赶下台的。”

小孟说：“这样的人就不配进革委会。”

小刘在一旁沉默着，一句话也没说。

这天贾政委来了。小刘、刘部长和张发树陪着他，在坡里转了半上午，还到窑场看了看。在窑场，询问了一些烧窑和砖的销售情况，对展明尧和何师傅说了些鼓励的话。回到工作组，正赶上王站长做饭。工作组的成员是轮流在家做饭，今天轮着他了。刘部长问有没有新烧的开水，王站长说两个暖瓶里都是。小刘泡上了茶，张发树用开水烫茶碗。王站长问：“政委在这里吃饭吧？”

因为以往贾政委每次来都是赶回城里吃饭，小刘和刘部长以为这次他还是不在这里吃，反正是坐吉普车，喝会儿水再走也不晚，所以都没问这句话。没想到贾政委却说：“今天体验体验你们的生活，吃了饭再回去。”

小刘赶紧问王站长：“老王，今天吃什么饭？”

王站长说：“饭倒是没问题，面条、馒头，蛮够吃的，就是菜太少了。”

刘部长问：“什么菜呀？”

王站长说：“还有半斤多猪肉，炖茄子，再用大蒜凉拌个黄瓜，就这么两个菜。对了，还有粉皮、豆角哩，要不我再用豆角炖个粉皮？”

张发树说：“我到集上买点菜去吧。”

刘部长说：“太晚了，来不及。你去看看谁家有鸡蛋，买十来个，炒盘鸡蛋吃。”说着掏出两块钱给张发树。

张发树说：“不用你掏钱。还打酒不？”

贾政委说：“我可是一点酒不喝。”

刘部长说：“拿着钱。政委不喝就别买酒了，光买鸡蛋。”

张发树接过钱走了。

刘部长说：“我们都知道政委不喝酒，可听说田部长酒量挺大，是真的吗？”

贾政委说：“他酒量也不是很大，一次最多喝七八两，就是平时好喝点。因为他战时负过几次伤，至今身上还有两块弹片，喝点酒能舒筋活血，对身体有好处。全地区武装部的部长政委，他算是资格比较老的，军分区首长也知道他这个嗜好，去分区开会吃饭时都是单独让他喝点酒。”

刘部长说：“有的说开会的时候他茶缸里不倒水，事前倒上半缸子酒端着，边开边喝。会开完了，酒也喝光了。”

贾政委笑了笑，说：“偶尔有这种情况。那次在县礼堂召开县直机关全体干部大会，传达关于‘大联合’的最新指示，我主持会，让他讲话，临上讲台他就从行军壶里倒了几两酒，端着上去了。县革委办公室的通讯员不知道呀，他讲了没大会儿，就提着暖水瓶过来倒水，一看缸子里‘水’不多了，就给他倒。他正讲着，一口还没喝，当发现通讯员倒水时已经晚了，给他倒满了，他又不能说别的，气得当时就端起缸子泼地上了。那个通讯员不知道为什么，也没敢再给他倒。其实这事他要不说别人也不会知道。散会后去了办公室，他还没消气，一直嘟囔通讯员没眼色，有人问他怎么了？他说我那缸子里是二两白干，叫那孩子倒上了一满缸子开水，还怎么喝？惹得人们笑了一阵子。从此这事就传开了。”

刘部长说：“还真有这么回事呀。有次俺这伙公社武装部长去开会，议论起来都将信将疑，知道他脾气暴躁，也没人敢直接问他。”

贾政委说：“恁问他也不要紧，他不会生气。别看他整天绷着脸和瘟神似的，这人性格挺随和，为人处事也热情，平常倒是好说个笑话。”

说着拉着，张发树回来了，不仅买来二十多个鸡蛋，还买来几斤豆腐。小刘一看问道：“这村里还有做豆腐的？”

张发树说：“有，后街朱茂泉家。”

小刘又问：“他家庭什么成分？”

张发树说：“论起来算是贫农。他是在丈人门上落户，不知道他老家什么成分。据说他这手艺是祖辈传下来的，这些年了一直在做，做的豆腐不错，谁家来了客人都去买。”

小刘说：“那可赚了不少钱了。他家很富裕吧？”

张发树说：“也不是很富，比一般户稍强点。这种小买卖赚不了几个钱，正常情况每天晚上做一包，最多十斤豆子，也不出去卖，不耽误白天干活。他老岳母在家里，有来要的她给称。人们大都是拿豆子换，一斤豆子二斤半豆腐，也就是赚个豆腐渣。豆腐渣喂猪好，一年能养四五头肥猪。猪粪质量也好，生产队按头等粗肥给他记工分。”

贾政委问：“村里还有做别的买卖的吗？”

张发树说：“还有个代销点，那是供销社批准的，有执照，全是从供销社进货，货物价格也和供销社一样。再就是村东头的老奶奶，泡豆芽卖。”

小刘说：“老奶奶？恁本家呀？”

张发树说：“不是，她是潘家门里的人。她辈分高，比孝字辈还长两辈，又快八十岁了，所以全村人都叫她老奶奶。她丈夫死得早，一辈子守寡，没有儿女，是五保户。别看她这么大岁数了，身体很好，闲不着，整天侍弄豆芽，量也不大，一茬五六斤绿豆。她卖豆芽更奇怪，谁来买了，放下钱或绿豆，让你自己称，她也不看秤。越是这样越没人沾她的光，该多少称多少。她把绿豆皮晒起来，晒干后就送给邻居们，说是凉性的，给小孩子装枕头能败火。有的人家生了孩子，她就专门给人家送去。”

小刘说：“你别说了，不论怎么讲这都属于资本主义尾巴，这说明你们批判资本主义割除资本主义尾巴不彻底。”

贾政委说：“是啊，看来农村还是存在滋生资本主义的土壤，想根除难呀！”

张发树不说话了。刘部长在一旁听着也没插言。小刘可把这话记在了心里。

借窑场事故整展明尧这事，的确让小刘丢了面子。因为事前他没和工作组的同志们商量，也没让大队革委会研究，算得上独断专行。结果呢，被贾政委给否了。尽管贾政委来了也没提出批评，其他人也没再说起过，可他自己觉得窝囊，并且感到周围的人对他也和以前不一样了，显得很冷淡。原本是想通过整整展明尧，既报复他本人一下，同时也树树自己的权威，万万没想到，没逮着狐狸却惹了一身臊。但是，他并没有因此而消沉下来，这段时间一直琢磨，怎么也得干几件露脸的事，让大伙改变对自己的看法。朝哪使劲呢？正愁找不着具体方向，贾政委一句话给他提了个醒。从汶水滩的现实看，的确还存在着滋生资本主义的土壤，那做豆腐的，泡豆芽的，就是资本主义的尾巴，必须彻底铲除。

要解决好这件事，并通过这事教育大家，就必须充分发动群众。怎么发动呢？本来张义昌可以利用，张发树又说揭发出他贪污，让他作了退赔，看来靠这个人是不行了，还是得依靠大队革委会。

小刘先是找张发树谈了谈，张发树没态度，不说行也不说不行，对他的话好像听不进去，变着法地打岔。他又找潘忠地，潘忠地态度很明确，说："这能算作是搞资本主义吗？做豆腐也好，泡豆芽也好，都是靠自身劳动，小打小闹的，不仅没有赚多少钱，而且还方便了群众。”

没办法了，小刘只好再找张义昌。张义昌也不是笨蛋，自从作了退赔就考虑清楚了，以后不能再跟着小刘跑，不然，恐怕连这个治安主任也当不成了。当小刘差人叫他时，就推托有事，连面也不给小刘见了。

这都是些资本主义的残渣余孽，一些资产阶级的东西在他们脑子里是根深蒂固了。想当绊脚石不是？那好，踢开你们照常干革命。越是困难的时候越不能退缩，要亲自上阵，这样更能显示出我的决心和水平。小刘是王八吃秤砣，铁了心了。

这天上午，小刘先在村里转了一圈。劳力们都下地了，街上冷冷清清。他看到有个老太婆在推碾子，就过去打听卖豆腐的在哪里，卖豆芽的在哪里。老太婆认出这是工作组的人，就停下来一一指给了他。他先去了朱茂泉家，朱茂泉的岳母在，问他是不是买豆腐，他说：“我不买豆腐。我是工作组的，姓刘。我今天专门来告诉你，做豆腐卖是搞资本主义，今后不能再做了。要是不听，就得进行处罚，恁女婿也得挨批斗。”老人家害怕了，她虽然不懂得什么主义，但听到挨罚、挨批斗，说这话的又是工作组的人，觉得这可能不是小事，就说：“等他两口子回来我给他们说，俺再也不做了。”

小刘很高兴，觉得自己的话还是很管用的。于是，没停脚又去了老奶奶家。老奶奶正在给豆芽换水，见来人了，一看不认识，以为又是外村买豆芽的，放下盆子，问：“你是哪村的？头一回来买豆芽吗？”

小刘说：“我是县里来的，姓刘，在恁村蹲点。”

“噢，工作组的，你买豆芽呀？”

“我不买豆芽。老奶奶，你知道不？泡豆芽卖可不对呀，这是在搞资本主义。”

“管它什么主义不主义的，我泡豆芽能活动活动筋骨，他们来要了拿回家能炒炒当菜吃，还能待客。”老奶奶又继续忙她的。

“活动筋骨可以干点别的，做买卖赚钱性质就变了，是走资本主义道路，今后可不能再泡了。”

“我都这把年纪了，还能干什么？这是我多年的营生，撂不下了，多咱不能动了就不泡了。”

小刘想，看来她是有老主意，不行，得说句硬话吓唬吓唬她：“你是想坚持泡下去了？那好吧，我派几个人来把你的盆子都没收了，看你还怎么泡！”

“敢！你试试，谁要动我的盆子我掐他的狗爪子。”老奶奶也放了狠话。

老奶奶泡豆芽是一茬一茬的，每茬也就三四斤绿豆，不用瓮，用泥盆，总共有七八个盆子，一溜儿摆在台子上。她不理小刘那一套，仍倒腾着盆里的豆芽。小刘一看来硬的不中用了，就想换换法子，跟她套套近乎，再劝说劝说。他走到台子跟前，说：“我看看这豆芽长到什么程度了？”说着掀开了一个盆子的盖板。老奶奶已经生他的气了，不想让他看，气呼呼走过去，要把盆子端到一边去。小刘刚刚掀起盖板，她就端起了盆子，小刘就想把盖板盖上，结果把她的手碰了一下，手滑了，盆子摔到了地上，坏成了好几半儿。那些刚冒出白芽的绿豆，一粒粒哭泣的样子，滚了一地。老奶奶不干了，扯住他的褂子，说：“你是哪里蹦出来的个混账小子，跑我家里来撒野啊？好了，你赔我盆子，还我绿豆！”

“是你自己掉地上摔的，怎么赖我呀？”

“不赖你赖谁？这么多年了，我没弄坏过一个盆子，要不是你故意碰我，我就能摔了？”

“你这不是不讲理吗？好吧，就算是我摔的，你能怎么样？”小刘说着挣脱开来，扭头往大门外边走。

“别走，你不是讲理吗？毁坏了我的东西就得赔，说好了再走。”老奶奶也跟了出来。

小刘担心她再纠缠，加快了脚步。老奶奶两只小脚，加之年龄大了，走起路来摇摇摆摆，根本跑不动，哪里能撵得上他。撵了一会儿，想，大队干部们不是都到祠堂办公去了吗，找找他们，让他们再帮着去找这个姓刘的。

进了祠堂大门她就可着嗓子咋呼：“士金呢？快出来，有人欺负恁老奶奶了，你得管管！”

潘孝彦听到动静从东屋出来了，说：“哎呀，是恁老人家呀，我还以为哪里来的个疯婆子哩。什么事啊？士金早不干了，你找他干吗？”

老奶奶说：“你看我这脑子，叫那个熊孩子气糊涂了。想起来了，士金让他们斗着玩呢。他被打倒了，还有忠地呀，他不是还在大队管事吗？我找他。”

潘孝彦说：“现在当主任的是发树，忠地是个副的，他们都在，有什么事给他们说说。”

张发树、展明尧和潘忠地正在商量事，这时也都出来了。张发树说：“老奶奶，你这么大年纪有事吱一声就行，怎么还跑来了？先屋去坐下，有什么事慢慢说。”

潘忠地过来扶着她，一起去了屋里。展明尧给她倒了碗水，她接过去坐到椅子上，没喝，把茶碗放到桌子上，带着气把刚才发生的事儿一五一十讲述了一遍。展明尧说：“又是这个小刘头脑发热，这不是没事找事吗？泡个豆芽碍着他什么了？”

张发树说：“就是，他找我时还说叫我们发动群众，我没理他，他这是赤膊上阵了。”

潘忠地觉得还是别把事闹大了，得熄熄火，让老人家消消气，就说：“老奶奶，恁别生气，人家刘同志可能也是好意，是看着你岁数大了，怕你累着了。”

老奶奶说：“他是什么同志？那年新四军住到俺家里，都抢着给俺担水、劈柴、扫院子，那才都是些同志哩！他不是同志，是混蛋！还好意，好意能说没收我的盆子？”

展明尧说：“他就是没怀好意，看着您老人家跟前没人，专门欺负你。

这是吃柿子专拣软的捏！”

张发树也觉得不能再火上浇油，就说：“老奶奶你放心，这事交给俺三个，一定给你处理好，让他给你赔，他真要不赔我给你买。千万别气坏了身子，回去吧。”

潘忠地也说：“老奶奶回去吧，快到饭时了，恁该回去做饭了。”说着过来架起了她。

老奶奶走了，到了门口还嘟囔：“你买不行，就得叫他赔！”

老奶奶长年粗茶淡饭，不讲究。平常，蒸上一锅窝头或贴上一锅饼子，就能吃好几天。每顿再烧两碗糊涂，切一碟咸菜，偶尔有客人来了才炒碗菜。夏天更简单，糊涂也不烧，门口有眼吃水井，她有个狗头小罐，临吃饭打罐子新水，倒上一大碗，拿过醋瓶，加上点醋，这就是汤了。干粮是发面卷子，吃上两个卷子，喝一碗醋凉水，一顿饭就打发了。她是一年到头不断醋，因为咸菜也要用醋拌。她牙好，到现在还能啃生萝卜。别看这种吃喝，身体格外好，从来不记得闹过肚子，头疼脑热也很少。刚守寡那几年，也有些馋猫似的男人想占她的便宜，她就装出一副泼妇相，破口大骂：“我是恁老奶奶，你想欺世灭祖呀，小心我把你裤裆里那家伙割下来喂猫！”胡闹的人见她那说得出做得到的样子，也就不敢朝她动手动脚了。天长日久，她养成了泼泼辣辣的性格。平常给她说句笑话闹着玩也可以，可是，她总有恶话应对。譬如有人说：“你个老妈子怎么还不死呀？死了也给生产队省点粮食。”她便说：“恁爹恁娘还没死呢，就盼着我死呀！放心吧，我得熬得你进了棺材才死哩。”真要有人惹恼她了，她是天不怕地不怕，非把你弄服气不可。

她回到家里，边吃卷子边想：明尧说得有理，那个姓刘的就是看着我是孤寡老婆子，好欺负，要是大家大户的他不敢。别看我没儿没女，潘家门里有的是人，过年过节谁不给我送点好吃的？谁不来给我磕头？就是不用他们出面，我老婆子也能给你缠到底。不行，得找他去。她知道工作组的人都在

大队办公室吃住，喝完那碗水就带着气去了。

工作组里正准备吃饭，突然听到院子里有个老太婆喊："姓刘的，你给我出来！"

许干事说："这个老人找姓刘的，部长，是找你的吧？"

刘部长出来了，说："老人家，你找我有事啊？"

老奶奶一看不是小刘，就知道姓刘的可能不是一个，就说："不是你，我找那个年轻的王八羔子。"

刘部长见她很生气的样子，就想给她拉几句，让她消消气，还没等他开口，她已经进屋了。屋里几个人有的在盛面条，有的在盛菜，见她进来都停了手。小刘躲在饭桌后边，不说话。老奶奶指着他说："就是他！他跑到我家里欺负人，摔坏了我的盆子，把我泡的豆芽撒了一地，回来充没事人了？"

小刘觉得当着大伙的面，不制服她太丢面子了，就大声说："你胆子不小啊，搞资本主义还有理了？要不是为着你这么大年纪，早就组织群众狠狠地批斗你了！"还边说边捋胳膊挽袖子。

老奶奶看他那神气劲儿，火气更大了，说："批斗我，还想打我不成？别仗着你是公家人就敢骑在老百姓头上屙屎，今天我就教训教训你个兔崽子！"说着看到屋门后边放着把扫帚，随手摸起来，朝小刘砸了过去。小刘用胳膊一挡，扫帚落在了饭桌上，把两碗面条弄翻了，碗滚到了地上，其中一个碗坏成了两半，扫帚头伸到了面条盆里，好端端一盆面条也没法吃了。老奶奶并没就此罢休，还要过去撕扯小刘，王站长、曲站长他们赶紧拉住了她。刘部长把她扶到椅子旁，让她坐下，说："老人家您别生气，我早就听说您是个讲道理的人，有什么大不了的事啊？你好好说说，咱该怎么办就怎么办。"

王站长说："这是咱公社的刘部长，有事你给他说。"

老奶奶坐下了，气还没消，两眼上下打量着刘部长，说："公社里的，你能管着他了？他还说是县里来的哩，县里来的怎么了？县太爷来了也得拉理！我知道恁这些人都是当官的，穿着连裆裤我也不怕，恁能把我怎么着？明告诉恁吧，这是在俺汶水滩，好汉打不出村去！”

刘部长看这情况是难以劝她回去了，回头对许干事悄悄说了一句，叫他去喊大队的人来。

潘秀菊的儿子志国在外面玩耍，到了吃饭的时候还没回家，潘秀菊做好饭出来找他，正巧遇上许干事。许干事问她干什么去？她说找找孩子回家吃饭。许干事说你先到工作组看看，有个老太太在那里闹事哩。潘秀菊问什么样的个老太太？许干事说年纪不小了，听意思好像是泡豆芽的，你先去劝劝她，我再喊发树去。潘秀菊一听知道是老奶奶，就说别去叫发树了，你把忠地喊来，老奶奶听他的，我先过去看看。

潘秀菊走到一看，几个人都在屋里站着，小刘靠在西墙，脸红脖子粗的，也不说话。饭桌上乱七八糟，扫帚头还在面条盆里泡着。老奶奶坐在椅子上，还气得双颊抽搐，刘部长、王站长在她跟前劝说着。老奶奶看见潘秀菊进来了，说：“闺女，别害怕，我一人做事一人当，没恁的事儿。”

潘秀菊说：“您老人家胡说些什么？你疯了呀，跑到这里来胡闹，人家这些同志是来帮助咱工作的，怎么能这样对待人家？走，快跟我回家。”

老奶奶坐在那里一动不动，说：“我管他干什么的，谁摔坏我的盆子我就和谁没完！”

潘秀菊不了解起因，这时候又不能问，说：“不就坏了个盆子吗？谁又不是故意的，俺家里大盆小盆好几个，你说要什么样的，我回家给你拿。”

老奶奶说：“谁说他不是故意的？他还说都给我没收了哩，我就看看他敢不敢没收！”

这时潘忠地和许干事进来了，潘忠地走到她跟前，晃着她的膀子说：“老奶奶，不是给你说过了？刘同志真是成心为你好，怕你整天泡那些豆芽累坏了身子，你怎么就不知道个好歹呢？还生这么大的气，你要气死了到过年的时候我给谁磕头去？快回家吧，你要闹出个三长两短来，那可是丢咱全村的人哩！”说着架起她一根胳膊，又示意潘秀菊架她另一根胳膊，两个人把她架了起来。

老奶奶也是觉得刚才不应该扔那扫帚，可又不能示弱，忠地来了正好是个台阶，就站起来，说：“就你这孩子孝顺，还怕我死了，可是有人想让我早死哩。不要紧，我一时半会儿死不了，还有你的头磕。”边说边随他两个出了门，还又回头大声说，“等着瞧吧，谁要想欺负我我就和他没完！”

走到半路潘秀菊说：“你个老不死的去跟人家闹腾什么？弄得人家连饭都吃不成了。”

老奶奶说：“他不让我泡豆芽，我就让他吃不成饭！要不是恁两个去，我一直闹到他天黑。”

潘忠地说：“你不让人家吃饭，你也没法吃，你自己不饿呀？”

老奶奶笑了，说：“你寻思着恁老奶奶憨呀，我早吃过了，我是吃饱了才去给他们闹的。”

两个人把她送到家里，潘秀菊说：“我看看坏的什么样的盆子，给你拿一个去。”

老奶奶说：“咳，屋里还有好几个哩，不用你拿。我是给那个姓刘的治治劲儿。恁忙去吧，我没事了。”

潘忠地说：“您老人家可别再生气了，这豆芽以后也少泡点，真的别累着。”

老奶奶说：“我早没气了。我心里有数，这都比前些年泡的少多了。”

工作组里几个人忙活着重新烧锅下面条。小刘还气得脸上红一阵白一阵，口里喘着粗气。刘部长说：“还生气啊？在农村工作和一般群众就不能生真气。得接受教训，轻易不能惹这些老人，万一有个好歹，麻烦大了。”

小刘说：“简直就是个泼妇，倚老卖老。”

许干事说：“你没听说呀，村里潘家门里男人们孝字辈最大了，孝字辈的还得叫她奶奶，这是全村的个老奶奶，没人敢得罪她。”

小刘说：“辈分大也不能不讲理呀！”

刘部长说：“她懂得讲什么理？对待这种人只能敬着，不能戗她。这样性格的人有的是，若是敬奉她，和她投了脾气，怎么着都行。如果得罪了她，她什么也不顾忌，给你闹起来没完没了，甚至会记恨你很长时间。”

许干事说：“部长说得有道理。我本来是想去叫发树，出门遇上了秀菊，她让我去喊忠地，说这老太太听忠地的。路上我问潘忠地，怎么样，她能听你的吗？潘忠地说能听，因为他经常组织些青年帮她干活，过年过节就更不用说了，平常就是没事他也常到她家里看看。他对她尊重，凡事她也就听他的了。果不其然，潘忠地几句话她就乖乖地跟着走了。”

小刘说：“潘忠地的思想就有问题，他认为做豆腐、泡豆芽不是搞资本主义。张发树也不行，根本不把这当回事。之所以有些人敢明目张胆地走资本主义道路，关键还是有干部给他们撑腰。”

刘部长说：“算了，这不是什么大事，就个别普通群众弄，影响不了大局。类似的情况各村都有，不好解决。”

小刘说：“不解决可不行，这是关系到走什么路的问题。贾政委说了，凡是资本主义的东西都必须铲除。实践证明，一切反动的东西都很顽固，你不打它就不倒！”

许干事看着两个人又要争论起来，就说：“吃饭吧，面条又煮出来了。”

事情过去后，工作组的其他人当着小刘的面没人再提这事，可背后都议论，有人说他这是放着西瓜不抓，逮着芝麻粒大的事儿却当真了。也有的说他是吃饱了瞎琢磨，自找没趣。总之，没一个人赞成他的做法。

小刘却不这么想，他认为，不是“真理往往掌握在少数人手里”吗？眼下这事充分说明了这一点。你们不支持就算，我一定坚持到底，看看最后的胜利属于谁。他同时意识到，必须改变工作方法。老奶奶来闹了这一场，更不会停下来，还得继续泡，那就先不管她，本着先易后难的原则，解决了做豆腐的再说。

第二天傍晚，小刘又去了朱茂泉家，想查看一下是不是还再做。其实从这天开始，朱茂泉没再做。昨天中午从地里回来，听岳母一说，他就问今天的豆子泡上了吗？岳母说早晨就泡上了。朱茂泉说那得再做这一包，要不这几斤豆子就败坏了，从明天不做了，咱惹不起那个麻烦。小刘来时，一家人刚吃完饭，妻子在厨屋刷锅刷碗，朱茂泉在院子里喂猪。小刘虽然不认识朱茂泉，可朱茂泉和其他社员一样，认识工作组里的人们。看见小刘进了门，立即喊大孩子过来看着猪，迎上去，把小刘让到屋里，接着拿茶壶想泡茶。小刘说："你别忙活了，刚放下饭碗，不渴。晚上我也不喝茶，喝了睡不着觉。"

朱茂泉还是给他倒了碗开水，放下后说："领导昨天来说了，做豆腐不对，俺听话，接着就停了。"

小刘很高兴，就想和他拉拉家常，说："这就对了。作为贫下中农，绝不能走资本主义道路。以前不知道是错，也没人给你提出来，这不能怪你。现在明白了就及时改正，这说明你的思想觉悟还不低嘛！"

朱茂泉说："领导放心，俺一定走社会主义道路。"

小刘说："社会主义是集体致富，如果只顾着自己赚钱发财，那就是搞资本主义，走到斜路上去了，性质是严重的。"

朱茂泉说："其实做豆腐也赚不几个钱，要知道这么回事，开始俺就不做。"

小刘说："听你的口音不像是汶水滩人，老家是什么地方的？来这村安家几年了？"

朱茂泉说："俺老家是城南王店公社朱家庙大队，那是咱县最边上的村，离这里七八十里路。那年俺要饭来到这里，经人介绍，和李玉真成了亲。玉真她爹去世早，有个姐姐出嫁了，就她娘俩过日子。当时说俺要同意必须在这里落户，不算倒插门，也不用改名改姓，能够给她娘养老送终就行。俺觉得合适，就答应了。真快呀，转眼就七八年了，大孩子明年就得上学了。”

小刘说：“这么说咱还是一个公社哩，算是老乡了。恁那村里我还有个亲戚，俺姑奶奶家就是那个村，姓陈，有好几年我没去过了。”

朱茂泉说：“俺村里是有姓陈的，不多，就十来户。没想到和领导还是老乡哩。”

小刘说：“你老家还有什么人？常回去吗？家庭什么成分？”

朱茂泉立时脸红了，吭吭哧哧地说：“父母都在，还有两个哥哥，侄子、侄女好几个，一大家子人。有哥嫂们侍候老人，我，我很少回去。”

对朱茂泉的突然不正常，小刘看在了眼里，想，难道这个人因为在老家有问题跑出来的？他不说成分，是不是家庭成分高，来这里随他妻子成贫农了，不敢说真实情况？或者是在村里惹过什么事，待不下去了？到底有什么隐情呢？可又不好直接问，就起身说：“我坐的会儿不小了，得回去了。一定要记住，好好参加集体劳动，不能再做豆腐卖了。”

朱茂泉答应着，把他送到了大门外。

这天小钟回县城有事，回来对小刘说：“昨天恁家里有人到县里找你，说是恁父亲身体不太好，叫你回去一趟。本来办公室想给公社要电话，让公社里的人来告诉你，见我回去了，就让我给你捎信来。”

小刘一听，赶紧收拾东西，骑上自行车去了刘集，把自行车放到公社团委办公室，坐上公共汽车，到县汽车站又改乘了去王店的班车。他家离公路很近，三里多路，路口有个停车点，下了汽车步行不到二十分钟就到家了。家去一看，父亲躺在床上，脸色发乌，很不好看。大队卫生室的医生在，医生说您爹可能是心脏有点问题，最好去公社医院看看，做个心电图查查，需要住院就住几天，治疗一段时间就好了。小刘在家里排行老大，妹妹在县城上中学，弟弟在本村上小学，所以这主意要他拿。听了医生的话，小刘说：“要去就抓紧吧，我去队里找个排子车。”他父亲说：“不用排子车，你去借恁二叔的自行车来，驮着我就行，这样快当。”

到了王店医院一查，医生说倒没大碍，就是心脏供血不足，如果发展下去，很可能引起心梗，最好输几天液。这样，只好住院了。就在第三天，家里来人对小刘父亲说，朱家庙报丧来了，向延的姑奶奶去世了，后天发丧。小刘父亲说：“我觉着好多了，身上有劲了，胸口也不憋闷了，明天出院，后天好去吊丧。”

当时医生在场，说：“还是再打两天针，后天再做个心电图复查一下，没什么大问题就给你开点药带着，回去吃一段时间。”

小刘说：“得听医生的，多住两天。就是出了院你也不能去，刚好了不能再累着，我去吧。”

父亲说：“也行，你跟着恁叔，一切听他的。”

死者娘家的人来吊丧，必须参加完全过程，下午棺材下葬后才能回去。中午吃饭的时候，小刘问表叔：“这个村里有个叫朱茂泉的吗？”

表叔说：“有啊，朱景堂家的老三，多年没回来了，都说在北乡成亲落户了，也有的说跑东北当盲流去了。”

小刘又问：“这个人在村里做过出格的事吗？”

表叔说：“这孩子倒是老实，从来不惹事。就是家庭成分不好，地主，他爹他娘整天挨斗，弟兄几个都抬不起头来。问他干什么？你见过他？”

小刘说：“我听别人说起过他，也就随便问问。”

说是随便问问，他可是有目的的。那天一听说姑奶奶死了，他就想，本来是要等父亲的病好了专门去一趟，了解一下朱茂泉老家的情况，这下好了，借这次吊丧的机会，顺便把事情弄清楚。

父亲出院后小刘接着回了汶水滩。回来后他先找到张发树，问：“朱茂泉结婚的时候你是大队干部了吗？”

张发树说：“是呀，我那时就是民兵连长了。”

小刘问：“他结婚的时候没从他大队写介绍信来吗？”

张发树说："好像是回去写了，不然，公社里不会给他登记。"

小刘问："他的家庭成分恁知道吗？"

张发树说："咳，介绍信只证明年龄，不写家庭成分。因为他是在这里落户，就随了他丈人家的成分。"

小刘问："当时是谁的党支部书记？"

张发树说："那时候是义生叔的书记，明尧叔的会计，潘忠国的大队长。士金叔还只是三队的队长。"

小刘说："你们的阶级觉悟太成问题了。别看这个朱茂泉表面装得挺好，对社会主义一定是恨之入骨的。"

张发树说："没事呀，这么多年了，他一直积极参加生产队劳动，做豆腐也是一早一晚自己在家里干，没耽误过集体的活，更没搞过什么破坏。"

小刘说："你们是被他的假象迷惑了！你清楚他的家庭出身吗？"

张发树说："不清楚。"

小刘说："我基本弄清楚了。他家是王店公社朱家庙大队，他爹叫朱景堂，是当地的大地主，现在还被管制。"

张发树很惊讶，说："是这样啊，不行，我这就找他问问。"

小刘说："先别找他，按程序办。你们派人去搞个外调，让朱家庙大队写个证明，不只家庭成分，包括他上一辈的罪恶，都了解清楚，回来咱再商量怎么处理。"

张发树说："那行，我明天就让向河去。"

小刘说："搞外调要两个人，别让他一个人去。"

这天是星期日。李向河叫上展春才，一块去了朱家庙。展春才开始不想去，李向河说我从来没干过这种事，发树哥和忠地都说你办事明白，和我做个伴，去吧。展春才说我也不懂得什么外调，不就找人家写个证明吗？走，反正今天我也没事。到了朱家庙大队，李向河拿出介绍信，又说了说来的目的，大队革委会主任是原来干了多年的党支部书记，当年朱茂泉的结婚证明、户口转移手续，都是他经手办的，一听说来搞证明材料，怀疑朱茂泉可能是出事了，就问："茂泉是不是犯错误了？"并且说，"要是没什么大错，你们教育教育他，叫他们回来安家也行。"李向河说："他是我本家的姐夫，挺好的。俺村里有县里和公社联合派的工作组，是工作组的同志听说他家庭成分是地主，叫我们来取个证明，同时了解一下他父亲有什么罪恶。"主任说："他父亲没多大民愤，旧社会他家田地多点，雇过工，土改时划成了地主。这些年老实接受改造，也没违过法。当然，地主分子嘛，接受训话是少不了的。"

展春才说："那就照实写呗。"

主任就让会计写了，盖上公章。展春才说最好请主任也签个字。主任就签上了自己的名字，还按上了手印。他两个拿了证明，到王店供销社饭店吃了午饭，到县城时已经没有去刘集的班车了，只好到招待所住了一晚上。第二天回到刘集，又到公社民政办公室找找陈助理员，然后才赶回来。

朱茂泉家六七天没做豆腐了。这天晚上，他老婆李玉真说：“这豆腐咱还得做，娘，明天你就泡上豆子。”

朱茂泉说：“可别，工作组那个姓刘的来过两趟了，不让做。”

李玉真说：“怕什么？他还不让老奶奶泡豆芽哩，我听说老奶奶去工作组闹了一场，回家该怎么泡还怎么泡，也没人再管。鬼怕恶人，不行我也给他闹去。”

她娘说：“你可不能惹事，咱又不是非做不可，不做豆腐了恁两个还轻省点。”

李玉真说：“光图轻省怎么喂猪？你看看咱圈里那两头猪，都百多斤了，不喂豆腐渣眼看着跌膘。”

朱茂泉说：“那倒是，要不咱就做，如果工作组还叫咱停咱再停下来。你可记住，千万别去跟人家闹，咱和老奶奶不一样，她年长辈分大，潘家又是大姓，人家会照顾她。我在这里算是单门独户，不担事儿。”话是这样说，可心里却勾起了家庭成分的事儿。

就这样，朱茂泉家的豆腐又做起来了。也是巧了，那几天小刘正好回老家侍候他父亲，工作组其他人都没过问这事，大队干部们更没人管了。

张发树听小刘说了朱茂泉老家的成分后，先去安排了李向河，又接着找到潘忠地，说：“小刘回来了，找我说朱茂泉家庭成分是地主，叫咱派人再去核实一下，同时问问他爹的情况，取个证明来。”

潘忠地说：“这事准吗？”

张发树说：“看来他是打听准了，说得有鼻子有眼的，是王店公社朱家庙大队，连茂泉他爹的名字都知道，说是叫朱景堂。”

潘忠地说：“那就抓紧派个人去，弄清楚再说。”

张发树说：“我说了，叫向河明天就去。小刘说得去两个人，向河愿意叫着春才去，就叫他两个去吧。”

潘忠地说：“这么说小刘是想整朱茂泉了。人家是个外乡人，平常表现又不错，咱得注意着点。对了，我听说他又做起豆腐来了，得告诉他，让他赶紧停下来，别让小刘抓着小辫子。”

张发树说：“是啊，你去给他说一声。”

潘忠地说：“咱俩都别去，省得让小刘生疑心。叫向河去，按本家他得叫朱茂泉姐夫，去了好说话。再说，真要有人追究起来，可以说因为要去朱家庙，不知道路，找他打听打听。”

张发树说：“这个办法行，咱去给向河说说。”

两个人来到祠堂，正好李光恩、潘秀菊、李向河都在，张发树把事情一说，李光恩就来气了，说：“这不是脱了裤子放屁专门找麻烦吗？不用去核实，我知道，他那头是地主，这头是贫农，随的这头，这也不是咱大队决定给他改的。当年他两个结婚时是我领着他们去的公社，茂泉不仅开来了结婚证明，把户口也一块办来了。他那户口卡片上就是地主成分，当时民政助理员老陈说，像他这种情况和倒插门差不多，既然户口落在他丈母娘名下，就别按他老家的成分了，随他丈人家算了。我回来告诉了义生和明尧，大队户口簿上他的卡片还是陈助理员填的。这么多年都过去了，又翻腾这事干什么？”

潘忠地说：“搞个证明来也不要紧，按他这个年龄够不上地主分子，应该是子弟，属于团结的对象。”

潘秀菊说：“这又是小刘出的坏点子。既然是陈助理员同意给弄的，咱不管他那一套，他想要证明叫他自己弄去。”

张发树说：“那可不行，咱不能跟他弄僵了。那天士金叔还专门找我谈，说是工作上一定要顺着工作组，特别是县里来的他们几个，有些事就得迁就着点，不能和他们顶牛。真有想不通的事可以找找刘部长，听听他的意见。”

潘秀菊说：“那就去问问刘部长。”

潘忠地说："先别找刘部长了，朱家店还得去。不过，回来的时候路过刘集，可以到公社里问问陈助理员，像这种情况原来有没有具体的政策规定，有的话现在还执行不执行。等把事情弄清楚了咱再商量怎么办。"

张发树说："向河，春才能和你一块去不？"

李向河说："明天学校里不上课，能去。"

张发树说："那行，早一点起身，路程不近。"

潘忠地说："去了一定把事办利落，回来路过公社找找陈助理员。你可别忘了，今天晚上就去给恁姐夫说一声，千万别再做豆腐了。"

李向河说："我傍黑天就过去，叫他立即停下来，就是一包豆腐赚个金元宝也不能再做了。"

李向河、展春才回来后直接去了祠堂。大队革委会成员除了张义昌，其他人都在。这段时间，张义昌觉得犯了错误，只要不是接到通知正式开会，他不好意思到祠堂来，只能整天在坡里瞎转悠。李向河把证明材料拿出来给张发树，张发树看了看，说："这不就清楚了，家庭成分是地主，他爹长期以来老实接受群众改造，没有违法行为。不仅有大队公章，人家主任还签了名摁了手印，这下小刘该满意了。"

潘忠地问李向河："你们去找陈助理员了吗？"

李向河说："找了。我把大老爷说的情况给他说了说，他仔细想想，说是有这么回事。但是，这方面没有文件规定，都是按惯例对待。像出继的，过继给谁家就按谁家的成分，倒插门也是。不过，像这种不改姓名的，严格说不算是倒插门，当时只是看着他那头成分高，这么做是照顾他。"

潘秀菊说："那还不好办，叫茂泉赶紧改成姓李。"

李光恩说："哪有那么容易！当年讲清楚了的，不让人家改姓，要没这一条人家还不愿意来哩。"

潘忠地说："先看看小刘什么态度吧。发树哥，你拿着证明材料去工作组说说，最好让刘部长一块听听。”

张发树说：“那就凑饭时，他们人都在。向河，你和我一起去。”

中午，两个人去了工作组，工作组的人也是刚吃完饭，有几个人在拾掇碗筷。张发树把证明材料递给小刘，说：“向河他们昨天就去了，今天上午才回来。”

小刘接过去看了看，接着给了刘部长。因为这事他事前没给刘部长通气，就说：“我听说做豆腐的那个朱茂泉家庭成分是地主，他本人一直隐瞒着，村里也把他当成贫农对待，就让发树同志安排人去了解一下。怎么样，的确是地主吧？”

张发树说：“其实他这个成分不是个人隐瞒的，也不是大队定的，当时是公社民政管户口的同志给他办的。因为他是到丈人门上来落户，算是倒插门，户主是他丈母娘，就随了他丈人家的成分。”

小刘说：“谁办的也不行。家庭成分能随便改吗？别说到了恁汶水滩，就是到了天南海北任何地方，他也是地主成分，不能改。”

张发树不说话了。

刘部长说：“农村一般都是女的嫁到男方去，不论娘家成分高低，都随男方家的成分。有个别倒插门的，相当于男的嫁到女方，就随女方家的成分。他是不是倒插门？”

李向河就想解释几句，没等他开口小刘就说：“什么‘门’他的出身也不能变。再说了，重要的是看他的表现。这些年他天天做豆腐卖，靠搞资本主义赚钱发家。前些日子我让他停下来了，前天我回来一打听，又做起来了。这说明什么？说明他的思想根本没改造好，铁定了要走资本主义道路。”

李向河说：“他是因为有剩的几十斤豆子，自己舍不得吃，就又做了几包。现在已经彻底停下来了。”

小刘说：“现在停下来也不能证明他思想没问题。更严重的是，从干部到群众，对他都没有清醒的认识，没看到问题的本质。我们应该以他为反面教材，在全村掀起个批判资本主义的高潮，彻底解决走资本主义道路的问题。”

张发树听出小刘对大队干部们也不满，就不再吱声了，两眼盯着刘部长。这时许干事说：“这些年汶水滩批判资本主义搞得还是不错的，群众的觉悟也大大提高了。”

小刘说：“不是说没有成绩，但是，也不能说从根本上解决了问题。实际情况是问题不仅还存在，甚至可以说还很严重。你们是没注意观察，有一个老头，六十多岁了，也不知道是谁的个爹，每天早晨撅着屁股，担着挑子，一头是个大尿罐，另一头是个粪筐，路上遇到狗屎就捡到筐里，那尿罐子里是积攒的尿液，挑到自留地里去浇庄稼。恁说这不是走资本主义道路的表现吗？”

张发树没等小刘说完就看着李向河龇起了牙。小刘的话刚停，李向河拉着个脸起身走了。原来小刘说的这个老头就是李向河的爹。多年了，老头买了个大罐子，放在家里茅房里，把尿都攒起来，每天清晨挑到自留地里，冬天、春天浇麦子，夏天浇玉米，秋天浇蔬菜。生产队有一阵子收敛尿液搞积肥，就交给生产队。后来队干部嫌麻烦不收了，他就再浇自留地。有些人家也跟他学，浇麦子的时候行，天一热觉得味儿大，就没人这么办了。他是一年四季不停，几乎是一天不落。小刘一说这情况李向河就清楚了，听他说得这么难听，所以生气走了。当然，在场的除了张发树，其他人都不知道原因。许干事问向河怎么走了？张发树说他可能有事，没再作解释。

胡站长在一旁和王站长嘀咕：“怪不得这一段他每天一早就出去，还是为了调查这事啊。”

王站长也小声说：“狗逮老鼠，多管闲事！”

小刘没听到他两个的话，继续说：“另外，各家各户自留地里的庄稼没有长得孬的，有个别户稍微差点，也比大田里的好，这是为什么？不是一样的土地吗？怎么集体地里就长不过自留地里呢？只能有一种解释，就是人们种自留地比种集体的地责任心强，下的力气大，这是不是私心作怪呀！还有，社员养猪是对的，积了肥交集体，可有的户养得太多了，有养三四头肥猪的，有养两头母猪的，还有的喂着十几只鸡，这能不滋长资本主义吗？依我看，自留地应该收归集体，户家养猪、养鸡也要限定数量。”

小钟、小冯赞成他这个观点，小孟没态度。公社里的几个人也没插言，都等着刘部长表态。

刘部长说：“社员的自留地是个大政策，县里统一规定的。原来自留地少一些，前些年为了发展养猪，汶水滩作为试点，按人口多少分了点饲料地，后来全公社、全县都推广了。现在群众说的自留地也包括这部分饲料地。要是全部收归集体，最好请示一下县里的领导。至于养猪、养鸡，其实多点对集体有好处，因为养多了积的肥料就多，肥料绝大部分是交给集体的。”

小刘说：“那好吧，明天我就去向贾政委汇报一下，听听他怎么说。”

小刘从县里回来，对刘部长说：“贾政委非常赞同我的意见。自留地、饲料地一并收回。户家养猪、养鸡要有所限制，养肥猪的每户限定不超过两头，养母猪的就是一头，生了小猪也不能喂太长时间，要及时处理掉。养鸡每户不得超过五只，要是有养鸭养鹅的，和鸡一并计算。贾政委还说，汶水滩动作要快一些，抓紧先行一步，待总结出经验好在全县推开。”

刘部长思考一阵子，说：“那就先开个大、小队干部会，统一一下干部的思想，接着再开个群众大会。不能把这事看轻了，必须做过细的思想工作。”

在大、小队干部会议上，小刘先讲了一阵子批判资本主义的重要性，然后才把具体事说了说，并且强调，这是县革委的决定，贾政委亲自交代的，我们要迅速落实，在全县带个头。

小刘讲完后屋里静了一会儿，刘部长说：“既然这是关系到走什么道路的问题，我们就必须认真对待，落实好县革委的指示。大家一定要有大局观念，绝对服从，不能打折扣，并且要做好群众的思想工作。”

这时有个队长说：“那现时多喂的猪、鸡怎么办？”

潘忠良说：“那有什么难办的？马上到八月十五了，提前过节，杀了自己吃呗！”

有人立即反驳：“恁家里日子好，平时也舍得杀鸡宰猪啊？”

小刘说：“杀也好，卖也好，自己愿意怎么处理就怎么处理，只要三五天以内达到标准就行。”

刘部长担心议论下去怪话更多，就说：“这事不用讨论了，下午召开群众大会，都回去下好通知，散会吧。”

生产队干部们都走了，只剩下工作组和大队的人。潘忠地说：“社员的自留地多少不一，眼下庄稼生长期也过半了，还有个别户是种的菜，是让各家收了这一季还是适当给予补偿？”

小刘说：“解决资本主义的问题就得立说立行，快刀斩乱麻，不能优柔寡断，大会开过就立即收回来，不能允许户家再收。至于补偿不补偿，你们研究定。反正统一收回，有点损失也是人人有份儿，不补偿也可以。”

刘部长说：“还是有些补偿好，这样便于社员们好接受。发树，你们商量个意见，下午在会上讲下去。”

三伏天热得发狂，虽然正午已过，日头还是火辣辣地照到大地上。天空没一丝云彩，树枝儿纹丝不动，知了躲在树叶底下张开翅膀，尖声怪气地叫着。参加会议的男人们大都戴着草帽，一瞬儿遮阳，一瞬儿摘下来当蒲扇。女人们大都拿把芭蕉扇，也是两用，扑扇几下又举在头顶挡阳光。尽管这样，不少人脸上还是挂着汗水。

人差不多到齐了，张发树站起来让大伙静一下，宣布开始开会，也没说会议内容，就让小刘讲话。小刘准备了个讲话稿，从全国、全县“文化大革命”的大好形势讲起，半个多小时后才切入正题。他讲得很卖力，满头大汗，不时地掏出手绢擦脸，没大会儿那手绢就能拧出水了。当讲到自留地要收归集体时，会场里像那热油锅里泼进了冷水，立时炸了，“嗡嗡嗡”一片议论声，乱了起来。小刘讲不下去了。

这时张义昌来了精神，起来挥舞着胳膊，大声吆喝：“都不要乱说话，好好听领导讲！”他是从上午会上听小刘讲了那一套就高兴起来了，认为这是又要掀起大批判的运动，这方面正合自己的口味。种自留地干什么？还得自己出力，平常他懒得干点活，自留地里的活也很少干，为这事没少挨老婆嘟囔。家里养了一头猪还不到三十斤，总共养了三只母鸡下蛋还不勤，这次又可以当积极分子了。他咋呼了一阵子没人听，还是张发树又站起来呵斥了几声，会场才恢复了平静。

小刘本来是想接着讲限定养猪、养鸡数量的事，看到下面这阵势，突然转了话题，说：“大家可能不清楚，我们村有个人长期隐瞒家庭成分，本来是地主，却装成贫农。他骨子里当然是反对走社会主义道路的，所以很不老实，一直在搞资本主义那一套。”社员们不知道这是说的谁，急着想听下文。小刘咳嗽一声清清嗓子，喊道：“朱茂泉来了吗？给我站起来！”

朱茂泉在会场中央，老老实实地站了起来。

下面又有些人交头接耳议论起来，但声音都不大了。

小刘没有停，又把资本主义的表现列举了一通，什么做豆腐，泡豆芽，挑着尿罐浇自留地，等等。他不知道老奶奶没来参加会，怕她再闹，没有点她的名，随后宣布每户只能养几头猪几只鸡的事。最后他讲道：“从今天开始，我们要进一步掀起批判资本主义的新高潮。所有干部群众，都要认真斗私批修，既要积极投入批判，又要触及个人的灵魂，查摆自身的问题。这些年来，有没有贪占集体的便宜，有没有做过有损集体或不利于走社会主义道路的事，有没有说过不利于社会主义的话，都要深挖细找，主动交代。只要认识了主动讲出来，就说明你的思想进步了。同时，也要相互进行揭发，如果自己不讲让别人给揭出来，那性质就严重了。通过这一活动，要人人受到教育，使全体干部群众的精神面貌焕然一新！”

小刘讲话结束了，张发树问刘部长是不是还再讲讲。刘部长说我不讲了，你再强调一下积造土杂肥的事，让各生产队抓住当前的有利时机，尽量多积造些土杂肥，为秋种做好准备。张发树就按刘部长说的强调了几句，又说了说自留地补偿的事，就宣布散会了。

朱茂泉一直站着，大伙都走了他才走。

张义昌夹着领破席片，扛着把用了多年的铁锨，兴冲冲地往工作组去。路上几个社员见了，有个问：“你这是慌慌张张的干什么去？”

张义昌没停脚步，说：“去工作组，检讨问题。”

另一个说：“你这架势哪像去工作组？和死了孩子夹着去乱葬岗子差不多。”

张义昌没再搭腔，急匆匆走了。

来到工作组，他把这两件东西直接拿进了屋。刘部长问：“义昌，你这是干什么？”

张义昌说：“刘组长不是要求我们要主动检查占集体便宜的事吗？这领席片还是我当队长的时候，从生产队场院里拿家去的，用了这些年一直没再还回去。这张铁锨是那年出工修大堤，社员带的工具不够用，生产队买了几把铁锨，回来就都拿家去了，我也拿了一把，没再交集体。我想了想，这都属于公共财物，咱当干部的就得带头退回不是！”

小刘一听高兴了，说：“好啊，我就知道义昌同志不会因为那点小错误就消沉下去。你这个做法的确是带了个好头，值得表扬。我们要号召全体干部群众向你学习，在全村搞一个归还公共财物的活动。”

张义昌恣得抓耳挠腮，说：“要是早能接受领导教育，就不会犯错误了。”

小刘说：“人无完人，偶尔犯点错误不可怕，怕的是经常犯错误又不改正。改了就是好同志。退还公物这件事，你通知一下各生产队，集中搞几天，先以生产队为单位把东西收起来，最后再送到大队。小冯、小钟，恁两个负责做好登记，看看总量能收缴多少。”

张义昌说:“还得给发树说一声不？”

小刘说:“你办你的，我给发树同志打个招呼，让他也集中精力抓抓。另外，五天以后你带几个积极分子，挨家挨户检查一下，看看养猪、养鸡多的户处理了没有。”

张义昌得到表扬又接受了这么两项重要任务，志得意满，兴高采烈地走了。

小刘直接去找了张发树，对他说:“义昌同志主动把长期占用的集体财物交出来了，这种自挖自找资本主义根子的做法太好了。我叫他通知各生产队，都好好抓抓这件事。你也要亲自靠上，全面发动一下，让干部们带头，普通社员也要人人过关。过几天我们搞次检查，包括大会上部署的那几项工作，看看生产队落实得怎么样。我已经安排义昌同志，让他五天后带几个人，先到各户查一查。”

张发树听说又是张义昌干这干那的，就有些不高兴，说:“你怎么安排怎么是，我和大队的其他人都靠上也行。”

小刘没听出个好歹。

这几天全大队热闹起来了，不少社员都请了假，把多养的猪、鸡弄到集市上去卖，有的连着赶了几次集才卖掉。也有的暂时送到了亲戚家，想等过去这阵子风头再逮回来。至于收缴个人占用的集体财物，吆喝了几天，也没收起多少东西。最后集中到祠堂院里，小冯、小钟叫着李向河作了统计，总共不到一百件，无非是些破席片、烂麻袋、断绳头、木头棍子什么的，好一点的是几把镢头、铁锨。张发树想让生产队都弄回去，小刘知道了不同意，说这是批判资本主义的成果，要让领导来了看看。

张义昌叫上两个青年，到各户查看养猪、养鸡的情况。猪的数量好查，到猪圈跟前一看便知。鸡就不好办了，有的在院子里，有的跑到了街上，还有的跑到邻居家去了，只好问一声家里的人，没有说超过五只的。来到潘忠良家，正赶上王桂兰在喂鸡，他几个一进门，王桂兰就把鸡轰得到处乱跑起来。张义昌赶紧数了数，五只母鸡，还有一只大红公鸡，就说："恁家怎么还有六只鸡呀？"

王桂兰说："你不识数呀？睁开眼仔细看看，一只公鸡四只母鸡，怎么成六只了？"

张义昌又数了一遍，说："不对，是五只母鸡。"

王桂兰说："老娘我喂的鸡我还没数啊，那是有恁家的只母鸡跑来了。"

张义昌说："你别胡说八道，俺家离的这里挺远的，俺的鸡怎么能跑您家里来？"

王桂兰说："那是恁家的母鸡浪呀，来找俺家的公鸡来了。"

两个青年"嘿嘿"笑了起来。张义昌讨了个没趣，不想再和她纠缠，转身走了。王桂兰在后面大声说："回去关好恁家的大门，别让恁的鸡到处浪了！"

张义昌吃了个窝囊气，无处发泄，只能是检查起别的户来更认真了。

他几个一户不落地查完以后，就到工作组找小刘汇报，正好工作组的其他同志和张发树都在，他说："刘组长，你太有威望了，大会上你那么一讲，干部群众没有不听的，凡是多养的猪、鸡都处理利落了。"

小刘问："都检查过了？"

张义昌说："都检查了，包括鳏寡孤独，逐门逐户查的，用了一天多的时间。"潘忠良家多只鸡的事他没再提。

由于这几天的劳力不太集中，生产队田间地头的学习、演唱、大批判暂时停了。小刘说："发树同志，这几项工作先告一段落，田间的活动得抓紧恢复起来了。"

张发树说："你说的那个检查还搞不？"

小刘说：“先不搞了，过几天看看有没有反复再说。你们注意，生产队搞批判的时候要把那个朱茂泉叫上，得让他和四类分子一起接受批斗。”

刘部长说：“朱茂泉就是个地主子弟，把他和四类分子一样对待不好吧？”

小刘说：“先斗他几场，看看他的态度，如果态度好就算了，态度不好就得作为走资本主义道路的重点对象，接受贫下中农改造。义昌同志，这件事还是你具体负责。”

张义昌愉快地答应了。张发树也没再说什么。

朱茂泉接连参加了两个生产队的批判会，虽然社员们没人对他怎么样，可他觉得和那几个四类分子站在一起，太丢人了，简直是无地自容。回到家里饭也吃不下，晚上躺在床上也是一个劲地唉声叹气。他老婆李玉真看在眼里，疼在心里，劝说几句也不顶用，没办法，只好凑傍晚去找李光恩。李光恩说：“玉真呀，你叫他想开点，现在是工作组让这么搞的，其实大队里除了张义昌，其他人对茂泉看法都不错，搞运动就是一阵子，过去这段时间就好了。”

李玉真说：“大老爷，一阵子他也难熬啊。您知道，他面皮薄，心小，这样不吃不喝的几天还不就垮了！”

李光恩吸了几口烟，说：“要不这样吧，叫他回老家躲几天，避避风头。一定要傍天明以前走，别遇上人。”

李玉真说：“要是有人去找他怎么办？回来还不斗得他更厉害！”

李光恩说：“我听向河说，那里的大队干部对他没什么坏看法，让他回去给大队主任说一声，实话实说，万一有人去找让人家给遮挡遮挡。告诉他，不给他捎信去就先别回来。恁娘俩也要装作不知道，别管谁问就说是他自己想不开，偷偷走的，没说上哪去。”

就这样，朱茂泉连夜跑回朱家庙去了。

组长挨打

又轮到七队开批判会了。干活的该休息了，潘士金和几个四类分子陆续赶了来。张义昌早就来到地头等着，过了一会儿还缺朱茂泉，他问队长，朱茂泉怎么没来呀？队长对张义昌也没好看法，就戗了他一句，他是五队的社员，为什么不来我可说不清，你得问明顺去。张义昌倒是知趣，没再说什么，就到五队干活的地方去找，不在，又问展明顺把朱茂泉派到哪里干活去了？展明顺说他两口子从早晨都没出工，也没请假，他是不是病了？张义昌二话没说，扭头朝村里走去，心里话：别看这小子平时不大言语，鬼点子还不少哩，才挨了两场批斗就装起病来了。滑头也不行，就算是真病了也得把他弄出来，不能叫他轻易过关！

张义昌来到朱茂泉家，进了院子就咋呼："茂泉呢？别躲在家里了，快参加会去！"

没有人应声。他进了堂屋，看到李玉真坐在凳子上抹眼泪，她娘坐在东间屋的床沿上，低着头不吱声。到西间屋门口朝里瞅了瞅，没有人。

"茂泉干么去了？恁两个怎么都没下地呀？"张义昌发现朱茂泉没在家，问。

李玉真说："谁知道他干什么去了？昨天晚上睡觉还好好的，我天明起来做饭时他就早起来出去了，等到吃饭时也没回来。我去找他半天，问了好几个人都说没见。”

张义昌又问：“他是清身走的还是拿着东西走的？没说一声上哪去呀？”

李玉真说：“他把裤子褂子都拿走了，昨天蒸的发面卷子可能也拿了几个。他要吱一声我能让他走呀？家里老的老小的小，他走了俺这日子怎么过啊？”

张义昌恶狠狠地说：“一定是逃到外边找地方藏起来了，看来他这态度真成问题！跑了就没事了？躲过今天躲不过明天，这一跑罪过更严重，弄回来非得狠狠地斗他不可！”

李玉真一听火了，站起来两眼直勾勾地瞪着张义昌，说：“还能斗死人呀？我知道，就是有人丧良心，专门欺负老实人。朱茂泉来了这些年，是偷了还是抢了？招谁惹谁了？怎么就老是拿着他当坏人呢？头顶三尺有神灵，谁是好人谁是坏蛋，老天爷看得清！等着瞧吧，那些使坏心眼的早晚得遭报应，叫他一家大人孩子不得好死！”

张义昌听出这话是对着他来的，还骂得这么狠，也上火了，大声斥问：“别嘴里不干不净的，你这是骂谁呢？”

李玉真更不示弱，说：“骂的就是你，怎么着？整天办些没屁眼的事儿还不敢承认啊？就是因为你叫着他去挨批斗他才跑的，你得给我把人找回来去！”说着就要上前拉扯张义昌。

张义昌知道和个女人闹下去没什么好果子吃，后退了两步，说：“行，你等着，我给你把朱茂泉找回来，看怎么整治他！”说完气哼哼地走了。

张义昌出来去找小刘，一见面就慌慌张张地说：“刘组长不好了，朱茂泉跑了。”

小刘见他那沉不住气的样子，打趣说：“我吃得香睡得稳有什么不好的？好好说说，什么时候发现朱茂泉跑的？”

张义昌意识到说错话了，连忙说：“不是那意思，我是说这个事不好了。

刚才七队在地头开批判会，我去了一看，朱茂泉没到，就到五队找他，他不在，我问明顺，明顺说他从早晨就没下地。我还以为他可能躲在家里装病，接着就到他家去找他。去了一瞧，他没在家，他老婆和他丈母娘正擦眼抹泪地哭着哩。我问了问情况，他老婆说晚上睡觉的时候还在，大概半夜里偷偷起来走的，不知道上哪去了。”

小刘说：“他老婆说的是实话吗？”

张义昌说：“看样子没说瞎话，还说他拿走了几件衣裳和几个卷子。那娘们还朝我发火哩。”

小刘说：“她给你发的哪门子火？”

张义昌说：“还不就是因为她男人撇下老的小的跑了，心里急呗。女人头发长见识短，不懂个道理，咱不给她一般见识。”

小刘说：“他这一跑不是坏事，反而是好事。不是有人不同意批判他吗？这才刚开个头他就跑了，说明什么？说明他态度不老实，思想上有抵触情绪，不情愿接受贫下中农改造。他越是顽固坚持自己的反动立场，就越证明我们决定对他进行批斗是正确的。”

张义昌说：“我也这么认为，所以赶紧来给你汇报。不论跑到哪里，也得把他弄回来，狠狠批斗！”

小刘说：“你仔细分析分析，他会跑到哪里去？”

张义昌说：“可能去亲戚家，也可能回他老家。不过，他来俺村这么多年了，老家那边的亲戚早都断了，这边也没见他走过什么亲戚。所以我觉得，他跑回老家躲起来的可能性最大。他老家离这里几十里路，走着得大半天，要不他不会拿干粮。”

小刘说：“你分析得有道理。这样吧，你去告诉发树同志，抓紧开个大队革委成员会，一是通报一下这个情况，二是立即派人去朱家庙，把他抓回来。”

张义昌兴冲冲地去找张发树。

听说朱茂泉跑了，几个人都有些吃惊。李光恩心里有底，坐在那里“吧嗒吧嗒”吸烟，不动声色。潘秀菊说：“那得赶紧派人分头找找呀，这个人平时少言寡语的，不是性格开朗的那种人，别想不开寻短见。”

张义昌说：“寻什么短见，玉真说他是拿着衣裳、干粮走的，很可能跑回老家躲起来了。刘组长一听很生气，说他这是抗拒改造，让我们抓紧去把他找回来。发树，我带两个民兵去朱家庙看看？”

李光恩说：“带什么民兵？又不是抓阶级敌人，用不着兴师动众的！”

展明尧说：“这是治安主任该管的事，义昌，你得去，一个人就行。他私自逃跑，本身就是错，还怕他不成！”话是这样说，心里却想：他真要跑回了老家，你去了再拉拉扯扯的，说不定邻居们会揍你一顿！

潘忠地说：“这么老远的，义昌叔一个人去不好。要不让向河哥一块去，向河哥去过一趟了，也不用再打听路。”

李光恩说：“忠地说得对，这是去找人，不是走亲戚，两个人也好有个照应。向河，你和义昌一块去吧。”说完给李向河使了个眼色。

李向河虽没明白李光恩什么意思，但觉得让他去一定有道理，就说：“这回得骑车子去，坐汽车太不方便了，还得在县城倒车，到了王店还要再步行五六里路。”

张义昌问：“骑车子一天能到了不？”

李向河说：“咱要是提前吃早饭，傍明天动身，估计当天就能打来回。”

张发树说：“那行，恁两个今天别去了，明天一早去。见了他好好劝说劝说，让他跟着恁回来。他那个脾气能听话，不用来硬的。”

散了会，张义昌第一个走了，他要去找小刘汇报定的情况。他刚出了大门，李光恩说：“茂泉是回老家了，我安排叫他走的。这个人忒死心眼，经不得事，只让他和四类分子一块站站，就觉得丢人了，回到家里不吃不睡的。昨天玉真去找我，我一听也是担心怕出事，就叫玉真回去告诉他，偷偷回老家去躲几天，过了这一阵子再回来。”

李向河说：“那明天去了还真把他叫回来？”

李光恩说：“你憨呀，为什么叫你也去？就是得想法把这事遮掩过去，不能找着他。我给玉真说了，叫她嘱咐茂泉，回到朱家庙先给大队干部打个招呼，把事情给人家说清楚，万一有人去找，让人家就说他根本没回去。明天恁两个去了也要先找大队干部，最好你先和那里的主任说上个话，让他想想办法，别露了马脚，要是让义昌看出来就不行了。”

潘秀菊说：“忠地也知道内情呀？”

潘忠地说：“我不知道，只是觉得义昌叔这个人办事不地道，让向河哥一起去稳妥些。”

展明尧说：“还是你和恁大老爷想得周到，我只是想着让张义昌去了挨顿揍来！”

张发树说：“不可能，茂泉家是地主成分，虽然弟兄们多，也不敢揍他。”

展明尧说：“茂泉家是地主，还能全村都是地主呀！他去了一闹腾，村里人知道了情况，谁不护着本村的人？他要强制着叫茂泉回来，非挨揍不可。”

李光恩说：“你那想法不中用，那不把事情闹得更大了？好了，这事咱都得保密，千万别再扩大范围，不能让工作组的人知道了，特别是那个小刘。”

潘忠地说：“还得嘱咐嘱咐玉真姐，还有她家大婶和孩子，别说漏了嘴。”

潘秀菊说：“我傍黑到她家里坐坐去，叮嘱她两句，也看看她娘们有什么事不。”

展明尧说：“看来这个小刘是折腾起来没完了，只要他住在这里，咱多咱也安生不了。得想法把他弄回去，不能再叫他当这个工作组组长了。”

张发树说:“他是县里派来的,组长是贾政委封的,你有什么法子叫他回去?”

展明尧说:“如果贫下中农起来反对,他就待不住了。”

潘秀菊说:“怎么叫贫下中农反对他?咱还能开大会发动呀!”

展明尧说:“再不就是叫他犯个错,那样也不用咱撵他,贾政委就得把他调回去。”

潘忠地担心展明尧又出什么花花点子,惹出大麻烦来,就说:“可别没事找事了,工作组的事咱没法管,也不能管,他愿意怎么弄就怎么弄去,反正还有刘部长他们在,咱还是将就着,不出大事为原则。”

李光恩也说:“是啊,他说他的,咱干咱的,只要咱心里有数,他折腾不到哪里去。”

张发树说:“还是按士金叔说的,咱得顺着他们点。”

展明尧虽然没再吱声,心里却琢磨着事儿。

李向河、张义昌天不亮就上路了,一路上停了两次,撒撒尿吸口烟,接着赶路,紧蹬慢蹬,到了朱家庙村头已近正午。张义昌说:“咱直接上他家去,来个突然袭击,说不定进门就能逮着。”

李向河说:“咱又没去过他家,进村就得打听,万一遇上好事的或他的近门,还不就赶在咱前头把话传过去,让他藏起来了?那可就麻烦了。还是先去大队办公室,我知道地方,让大队干部领着咱去,那样有把握。”

张义昌觉得有道理,同意了。

进了大队办公室院子,李向河还一直在考虑怎么能先和主任说一声。这时张义昌还没放下车子就问厕所在什么地方,李向河指给他,独自先进了屋。又是主任和会计两个人在,主任一瞅见他两个来就明白怎么回事了,坐着也没起身,问李向河:“恁怎么又来了?”李向河赶紧小声说:“还是工作组叫俺来的,是为找俺姐夫。真知道俺姐夫回来的只有几个人,和我一块来的这个人不了解实情，他不行，跟工作组的个别人穿一条裤子。主任你得瞒哄着他，不能让他看出来了，要不然，俺姐夫就在这里藏不住了，回去还得挨批斗。”

话虽然啰里啰嗦，主任倒是听明白了，稍微一愣神，站起来说：“没问题，我知道该怎么办了。你先坐下喝碗水。”又对会计说，“过会儿我说让你到他家去时你就去一趟，一是让茂泉藏好别出来，二是回来就说他家里人根本没见他的影儿。”

会计答应着，拿起暖水瓶倒水。这时候张义昌进来了，主任问：“这位是第一次来，怎么称呼？”

李向河介绍说：“俺大队的治安主任，姓张。”

主任说：“噢，张主任，你和李会计这次来什么事啊？”

张义昌说：“朱茂泉在俺村表现不好，正在接受贫下中农批斗，可他不老实，前天晚上偷偷跑了。我们分析他可能跑回老家来了，今天就是来把他找回去。”

主任装着有些惊奇，说：“有这种事啊？一个大活人回来全村都得知道，没听说他回来呀！再说，他爹娘都被管制，他也多年没进老家的门了，还敢往家跑？不可能！”

张义昌说：“这也只是个分析，要不麻烦恁领着俺到他家去看看？”

主任装着考虑了一阵子，说：“那样恐怕不妥。恁两个直接去不好办，就算他真在家里，不等恁进家门他听到动静就躲起来了，不论在什么地方一藏，再找可就难了。不如这样，让俺会计先去瞧瞧，他家里人也不会在意，只要见了他，就把他诓到这里来，恁直接把他带走。”

李向河说：“这个办法好，我们去了还得多费些口舌。”

会计当然领会主任的意思，起身说：“那我这就去。”

主任又叮嘱：“抓紧，一定要办利落，见了就把他叫来，可别让他跑了。”

会计走了，主任就扯闲篇应付他两个，问：“听说朱茂泉在恁村里落户这些年一直表现不错，这回是办什么违法事了？怎么还批斗他？”

张义昌说：“他家庭是地主成分，可到俺村后一直隐瞒着，思想也没得到改造，不好好走社会主义道路，长期做豆腐卖。”

主任说：“哟，做豆腐就是不走社会主义道路了？问题有这么严重吗？”

张义昌说：“不只做豆腐的，还有做其他小买卖的，都是走资本主义道路，必须禁止，不听的就得挨批判。”

主任说：“要这么说俺这个大队可就没法办了。俺村历史上就是个集市，五天两个集，说起做小买卖的那就多了，不仅有做豆腐的，还有做豆腐皮的，做粉皮的，泡豆芽的，开茶馆的，卖丸子汤的，出摊卖杂货的，贩卖青菜的……数算起来怎么也得有个三五十家。如果都加以禁止，老百姓还不反了？也不能对这么多人都进行批判吧？我们可不敢这么胡来！”

李向河说：“俺大队有县里和公社的人蹲点，工作组的同志在那里抓的，就是俺那邻村的也都没这么办。”

主任说：“怪不得，恁是先进典型啊！俺朱家庙属于县里的边远村，山高皇帝远，平常公社的干部都很少来，所以我们的工作没法跟恁比，太落后了。今后要是有机会，我得带着干部们到恁大队好好取取经。对了，前些时公社还带着各大队的人去参观过，我叫个副主任去的，回来说是还要让我们组织生产队干部去，当时眼看要收麦子了，俺就没再安排。”

正说着会计回来了，主任问：“怎么着？茂泉没回来？”

会计说：“没有，他一家人都在，说根本没见他的人影。他娘一听我问他的事儿，还挺生气，说他好几年没回这个家了。”

主任说：“他算聪明，知道跑回来也藏不住，看来是跑远处去了。这几年跑到东北当盲流的不少，会不会跑东北去？这样吧，我们留意着点，只要发现他回来，就派人把他送回去。”

李向河说：“也只能这样了。主任，给恁添麻烦了，我们回去吧。”

主任说：“这都快到吃午饭的时候了，恁两个跟着我回家吃了饭再走？”

因为早饭吃得早，张义昌肚子早有些饿了，就想答应，李向河赶紧说：“不用了，俺还得急着赶路，到王店饭店吃也不算晚。”

出村上了车子，张义昌说：“向河你不饿呀，我可是肚皮贴到后背上了，你看人家主任挺实在的，咱就该跟着他吃了饭再走。”

李向河说：“就因为人家实在才不能在这里吃。你不想想，一不亲二不故的，咱不能空着手去吧？要是咱买点东西带着，多花钱不说，他怎么也得弄几个菜，那样得耽误多长时间？弄不好咱今天就回不去了。咬咬牙撑一会儿，到饭店用不了半个小时就吃完了，不影响赶路。”

张义昌说：“你说的也是。到了饭店可得多吃点，饿坏了。”

李向河说：“放心吧，我带了五斤粮票，一斤粮票买六个馍馍，你放开肚子吃就是了。”

进了饭店，先是要了两碗杂烩菜，李向河又要了二斤粮票的馍馍，并且说：“先吃着，不够咱再要。”张义昌狼吞虎咽，一气吃下去七个。这时李向河才吃了四个，又去端来两碗开水。

张义昌说：“我差不多了，你抓紧吃吧。”

李向河说：“我已经饱了，这个你再吃了，别剩下。”

张义昌也没谦让，就着开水又吃了，抹了抹嘴，接连打了几个饱嗝。李向河站起来，说：“走吧。”

张义昌说：“路还远着哩，又赶不上饭店了，你再买斤馍馍，咱带着路上饿了吃。”

李向河说：“还能饿得这么快呀！”说着还是去买了六个馍馍，递给张义昌。张义昌说：“分开拿着，饿了边走边吃，方便。”李向河就给他四个，自己装口袋里两个。

过了刘集就满天星了。张义昌下了车子，说：“歇歇吧，我快蹬不动了。”

李向河也停下来，把车子放到路边，说：“这天燥热，又没点风，回到村里更热，反正快到家了，大歇一会儿再走。”

两个人坐到路旁沟沿上，李向河掏出馍馍，给张义昌一个，张义昌接过去，说:“倒是没觉着饿，按说早到晚饭时了，那就吃一个。”

吃完这个馍馍，张义昌说:“我这里还有哩，你还吃不？”

李向河说:“不吃了，你装回家去吧。”

张义昌说:“那好。我可得躺躺了，这腿和木了似的。”说着顺斜坡躺下了，没过大会儿就响起了鼾声。

李向河也躺下睡了。不知过了多长时间，远方的雷声惊醒了他，坐起来一看，东北方向雷电交加，乌云滚滚，赶紧喊起张义昌，说:“别睡了，得赶紧走，来雨了。”

张义昌起来揉揉眼，说:“哟，还真要下雨呀，快走。”

两个人比白天骑得还快，就这样，刚进村头，风雨就一起到了。

第二天两个人到工作组说了说去朱家庙的情况，就都认为朱茂泉可能跑东北去了。全村也这么议论起来，可是，没过几天就没人再提这事了，因为人们都关心起天气来了。

接连几天的大风大雨，有些老屋、老墙撑不住劲了，有的人家墙倒屋塌，好在都没有伤着人。田里的庄稼也遭了殃，玉米大片大片倒在了地里，因为正处在授粉期，倒得厉害根部受损，也没法扶，影响产量是肯定的。地瓜、花生地里也都积了水，有些地块排水不及时，地瓜地头上又出现了酒糟味儿。

人们纷纷抱怨老天，怎么说下就下起来没完了呢？有的还说起风凉话:“再叫恁整天批这个斗那个的，老天爷发威了，让恁一气喝饱，看恁有什么本事！”

就在下大雨第三天的傍晚，文翠萍家的堂屋西南角塌下来一块，她听到动静过去一看，西山墙也裂了缝儿，立即跑出去找来几个男人，让他们帮助整治一下。人们七手八脚，把檩条的西头用木柱撑住，又搬来梯子，用席片把上面坍塌的地方盖上，再用砖头、石块压牢。有个人说：“暂时没事了，不过，这间屋先别住人了，如果继续下，这墙不保险。”

文翠萍说：“原来两个孩子住这间，叫他们上东间和我住一块去。”

又有人说：“这房子年岁太久了，翠萍，你得准备准备物料，干脆彻底翻盖吧。”

文翠萍说：“这两年我就打这个谱了，积攒了点钱，也只够买秫秸、石灰的。梁、檩还都能用，就是地基不好，得添点砖，现实买砖的钱还没有。”

有个说：“咱大队有窑场，你找明尧问问，先赊点砖。你也算是困难户，也许能照顾一下。”

文翠萍犹豫了一瞬，说：“那就晴了天找人家问问。”

这雨下下停停，停停下下，连着五六天，总算云开雾散，露了日头。文翠萍家的房子虽然维持住没再塌，可毕竟成了危房，不彻底翻盖是不行了。这天早晨，她起来一看晴天了，洗洗脸梳梳头，没做饭就去找展明尧。展明尧老婆说他没在家，一早就去窑场了。她接着去了窑场，老远看到人们都在忙活着，听说过如果正在烧着窑，女人不能近前，就犹豫了。走到附近站了会儿，看见展明尧在场子里和人说话，就大声喊：“明尧叔，我找你有点事儿。”

展明尧走过来，问：“翠萍呀，你怎么跑这里来了？什么事？”

文翠萍就把房子坏了，想翻盖，缺钱买砖，能不能赊给她千把块砖，以后一定把钱还上的想法说了说。展明尧掏出烟包，卷了支烟吸着，脑子也不停地转悠着。等文翠萍说完，他又思考一会儿，才说：“咱恢复窑场以来还没有赊欠的。不过，你家向彬走了，恁娘仨过日子也怪艰难的，本来这事大队研究一下，作为特殊情况能给你解决。可是，你也明白，这段时间以来，村里的大事小事我们都当不了家，全是工作组说了算。其实你也不用找别人，只要让县里来的那个刘组长点个头，我就能给你办。”

文翠萍说：“我一个平白社员，又是妇道人家，能找他吗？”

展明尧说："你这是说的什么话？当干部就是为贫下中农办事的，况且人家是县里的大干部，没什么忌讳。不过，这种事也不能守着人多的时候说，当着别人的面他不好表态。最好能把他约到你家去，让他看看塌了的房子，你再摆摆家庭困难，提出这个要求，他肯定能答应。你认识他吗？"

文翠萍说："是不是个头不太高，在群众大会上讲话的那个？我找他试试？"

展明尧说："就是他，工作组其他几个年轻人都没在大会上讲过话。不用试，照我说的办，保准能行。"

文翠萍回到村里，没回家就去了工作组，一看大门上着锁，知道都不在，就在附近等着，想看到小刘时就喊住他，叫他到家里去看看。工作组的同志今天一早都下了地，按照分工，到各生产队去查看灾情。第一个回来的是胡站长，他大概是回来做早饭。过了老大会儿，又回来两个人，到第四个时，文翠萍看着像是小刘，没等他走近大门，就过去叫住他，问："你是刘组长吗？"

小刘停下来，说："我就是，你有事啊？"

文翠萍说："俺家的房子下雨淋坏了，想请你过去看看。"

小刘认为这是她家遇上困难找上门来了，群众的疾苦不能不管，这正是联系贫下中农的好机会，没迟疑就答应了。

文翠萍在前面走，小刘紧跟着，到半路时他忽然问："恁家里什么成分？"

文翠萍说："贫农，俺男人死了好几年了，孩子小，就俺娘三个过日子。"

小刘想，看来去是对的，她是贫农，又是个困难户，应该关心一下。

到了家里，文翠萍领着小刘先看了看外边，又到屋里西间瞧瞧。小刘说："你这屋可有年头了，赶上这样的大雨就不行了。"

文翠萍说："这还是我没结婚的时候盖的，就是淋不塌也该翻盖了。可是，俺这样的家庭实在是一次凑不起很多钱，想请你说句话，让大队赊给俺点砖，以后有了钱就还。”

小刘想了想，说：“你这个家庭情况大队应该了解，不用我说话，你去找找发树他们，会给你解决的。”

文翠萍以为他是推托，就说：“你还是替俺说说吧，大伙都说了，大队干部们听你的，你一句话比俺跑多少趟都管用。”

小刘犹豫了一下，说：“这样吧，凑机会我给他们打打招呼，你也亲自找找他们。”

文翠萍一听高兴了，说：“太谢谢刘组长了。我这就做饭，你在俺家吃饭吧。”

小刘说：“不用了，我回去吃，他们都得等着哩。”说着就往外走，文翠萍把他送到大门外。

出门正巧遇上哑巴从这里路过。小刘本来没停脚，可哑巴“啊啊”地挥舞着胳膊挡住了他，不让他走。小刘说：“你这是干吗呀，有什么事吗？”

哑巴没管三七二十一，伸手抓着小刘的褂子，一使劲把他推了个趔趄。文翠萍赶忙上去拉哑巴，并大声说：“哑巴，你这是干什么？人家刘组长急着回去吃饭，有事以后再说。”

哑巴一甩胳膊，把文翠萍拨拉到一边，接着一拳朝小刘打去。小刘立即躲闪，打了个空。哑巴随后又是一拳，打中了，小刘鼻子立时流出了血。文翠萍一看，朝周围喊：“快来人呀，哑巴打人了！”

这时不少社员正回家吃早饭，听到动静跑了过来，几个人把哑巴拉住了。哑巴还“呜呀呜呀”地挣脱，有人说：“刘组长，你赶紧走吧，他是个哑巴，不懂事，别给他一般见识。”小刘捏着鼻子捂着脸走了，那鼻血还是从指头缝里往外流着。

有人问哑巴到底怎么回事？哑巴脸涨得通红，气呼呼回家去了。又有人问文翠萍，文翠萍说：“他又不会说话，谁知道为了么？刘组长刚从俺家里出来，他截住人家就打。”

没人再问下文，文翠萍也悻悻地回家了。

事后人们都胡乱猜疑，是不是小刘大早晨跑到文翠萍家去，做了什么见不得人的事，被哑巴发现了？哑巴这是管闲事，在门口等着打了他。

其实哑巴早就对小刘心存不满，今天是碰巧遇上了，所以动了手。还是那天开群众大会的时候，哑巴也参加了，他看到小刘点名叫朱茂泉站起来，就有些气不顺。后来看到还叫朱茂泉和四类分子一块挨批斗，就更想不通了。原来说过，别看哑巴不会说话，心眼很正，谁是好人谁是坏人，一旦在他脑子里形成定论，很难改变。在他眼里，朱茂泉就是个大好人。每次他去买豆腐，只要朱茂泉在家，给他称豆腐时那秤杆都是高高的。有一次他家里来了客人，他娘叫他去买二斤豆腐，去了以后，正好朱茂泉刚收工回来，到屋里看看，出来说卖完了。他急得直挠头皮，嘴里不停地“啊啊”，意思是来客人了，没有菜怎么办？朱茂泉见他那样子，从厨屋里端出一斤多豆腐，说这是留下自己吃的，不多了，你候客要紧，拿回去吧。哑巴留钱，朱茂泉坚决不收，说这点豆腐不值当的，以后再说。这件事让哑巴感激不尽。见朱茂泉挨整，他去找张发树，问为什么这样对待朱茂泉？当时潘忠地也在场，张发树比画半天才让他明白，不是大队对朱茂泉看法不好，是工作组的小刘叫整他。哑巴又问潘忠地是不是这么回事？潘忠地告诉他就是这么回事。两个他最信服的人都这么说，他当然就相信了。后来他又知道朱茂泉因为害怕挨斗跑了，就想，有机会见到小刘，一定为朱茂泉出出气。

今天他是从北河滩转了一圈回来，赶巧碰上了，没管小刘去文翠萍家干什么，觉得这个机会不能错过，所以上前拦住了他。开始他是想先和小刘理论理论，文翠萍一拉扯他，把他的火气进一步激了上来，立时出了拳。回去他想，文翠萍是个寡妇，小刘从她家里出来的，还护着小刘，两个人一定不清白，真是揍得他太轻了。这还得怪文翠萍，要不是她喊人来拉架，一定能狠狠地教训教训他。

组长更换

展明尧那几天日思夜想，想琢磨个整治小刘又不能出纰漏的办法，却理不出个头绪。文翠萍突然来窑场找他要赊砖，灵机一动，觉得可以利用文翠萍，让她去缠小刘。他当时考虑，这事不论小刘答应不答应，都能给他带来一定影响。如果不答应，就让文翠萍反复找他，甚至闹他一场，可以就此给他戴上个不为贫下中农办事的帽子。如果他答应了替她找大队干部更好，因为还从来没对外赊过砖，以前有个别想赊的，大队研究都没同意，怕开了这个口子今后不好办了。破这个例本身就是个问题，他又是让赊给个年轻寡妇，传出去有人攀比就可以把责任推给他，再弄出个男女作风的谣言，他跳到黄河也洗不清了。回到家里吃着早饭，他还想着这事儿，心里乐滋滋的。还没放下饭碗，有人来通知他，让他饭后到祠堂开会。他当然不会想到是因为小刘挨了打，还以为是研究雨后生产的事儿。

来到祠堂，其他人都到了，刘部长和许干事也在。展明尧坐下，刘部长说："开会吧。你们可能都知道了，今天早晨那个哑巴把刘向延同志打得不轻，鼻子出了血，半边脸都肿了。据小刘讲，有个困难户叫他到家里看塌了的房子，他走过去看了看就回工作组，刚出门遇上了哑巴，哑巴截住他就动了手，他又不能还手。幸亏有几个社员跑了过去，把哑巴拉住，他这才脱了身，不然会打得更厉害。你们说说，哑巴为什么打他？对哑巴应该怎么处理？”

张发树和潘忠地都知道哑巴为朱茂泉的事对小刘有意见，这次很可能是为朱茂泉打抱不平，动手打了小刘。刘部长一住口，张发树就想说话，潘忠地担心他说出实情，瞪了他一眼，示意不让他说，自己却说道：“哑巴这人很讲义气，也很倔强。谁要是得罪了他，他会和你没完，如果不招惹他，他也不会找你的麻烦。到了动手打人的程度，肯定是有什么前因。不过，他又不会说话，很难问清楚，还是得靠刘同志回忆回忆，到底是什么引起的？”

许干事说：“我也是这么想，虽然打人不对，可弄不清原因没法处理。哑巴不会说，小刘却说原来根本没和哑巴接触过，这不奇了怪了？就算是哑巴难缠，也不能无缘无故就动手吧？可是，他这一拳打得的确挺厉害，要是没个说法，小刘面子上过不去。”

张义昌说：“别管因为什么，反正打人不对。不行把哑巴叫来先揍他一顿，也让刘组长消消气。”

李光恩说：“闭上你那嘴！他打人不对，你再打他就对了？哪有这么处理问题的？”

刘部长也说：“那才胡闹哩，小刘当时都没还手，说明他还是有涵养的。必须先查清原因，再研究怎么处理。”

展明尧虽然不清楚事情的真相，但听刘部长的意思，小刘是去困难户家看房子，这事一定与文翠萍有关，就说：“他是去谁家看房子了？在哪里挨的打？”

潘秀菊说：“我听说了，他去的文翠萍家，就在她门口打的，还是她喊人拉的架。”

张发树说：“去把文翠萍叫来，问问她当时的情况。”

展明尧说：“最好先别问她，她算是当事人，有些话可能也不好说。不是有拉架的吗？找那些人问问，然后再给文翠萍谈谈。”

刘部长说："这个办法可以，要抓紧。发树，你和忠地、老许恁三个去，先了解个大致情况咱再商量。"

他三个到了坡里，找到那几个人，分别问了问，几乎是异口同声，大都说不知道哑巴为什么打他，只有一个说小刘是从文翠萍家里出来的，哑巴是不是看到什么事了？真要弄明白还是得找哑巴。张发树说："走，找哑巴去。"

许干事说："找他有用吗？他能说清楚啊！"

张发树说："让他比画比画，能大体了解他的意思。"

潘忠地说："他可能去河滩了，得到那里去找他。"

哑巴依然憋着一肚子气。吃完早饭去了北河滩，按往常他要先在林子里转一圈，今天来到就蹲在了河堤上，看着那群来回走动的蚂蚁发呆。张发树他们来到跟前，他站了起来，知道是为了早晨的事，就连招呼也没和他们打，低着头不说话。张发树说："哑巴，你知道惹事了不？怎么敢打工作组的人呢？"

哑巴从说话人的口型、手势，一般能分析出说的是什么事。他一见张发树这样说就急了，比比画画"啊啦"了一阵子，两眼简直冒火。许干事问："他说的什么意思？"

张发树说："他是说小刘该打。"

潘忠地说："他还说打得轻了。"

许干事说："问问他理由是什么？"

潘忠地打着手势对哑巴说："发音哥，都知道你是讲道理的人，你得说说为什么打人家呀？"

这一点是哑巴最佩服潘忠地的，全村里除了他爹叫他的名字，再就只有潘忠地了，并且还叫他哥，这是对自己的尊重。于是就想说是为朱茂泉出气。可一想又觉得有许干事在，就改变了主意，先是比画文翠萍，又比画小刘去了她家，两个人很可能办了那种见不得人的事，文翠萍是个寡妇，这事得怨小刘。最后还指了指头顶，又指了指脚底板，狠狠地甩了下手。

张发树说："好了，别说了。要记住，这事今后对谁也不能再言语。"

哑巴点了点头。

潘忠地也说："你就在这里好好看管树林子，千万不能再惹事了。"

哑巴又点了点头。

张发树对许干事说："行了，咱走吧。"

回来的路上，许干事边走边问："恁两个弄明白了？到底怎么回事？"

张发树说："他是说小刘到文翠萍家里办了男女之间那种事，被他瞅见了。"

许干事说："不可能吧？小刘虽没说去谁家，但说是一个困难户叫他，去看下雨淋塌的房子。"

潘忠地说："他是说的这么个意思。刚开始比画着长头发，指指那边的坟头，就是说的死了男人的那个女人，文翠萍。接着又指了指你，还比画脸庞比你窄，个头比你矮一点，意思是说工作组的小刘。他把两个大拇指并在一起，上下弯了好几次，又在地上画了个圈，并且跺了跺脚，表示出生气的样子，那是说他两个办了那事，他很气愤。后来他又摇了摇头，不清楚什么意思，不知道他说的是没看清楚，还是说他不该管这种闲事。"

张发树说："什么没看清楚，他怕咱熊他，后悔不该打小刘。"

许干事又问："最后他指指头顶指指脚的是什么意思？"

张发树说："那意思更好懂，是说小刘这个人头顶上生疮，脚底板上流脓，坏透了，该打！"

许干事说："哎呀，这事可怎么向刘部长汇报啊？"

张发树说："咱就照实汇报呗。"

潘忠地说："这事还是知道的范围越小越好，不能去工作组，有人在场不好说。"

许干事说："这样吧，恁两个先回祠堂，我去叫着刘部长一块过去，大队的其他人也别参加了。"

刘部长听他三个说了说情况，叹了口气，说："要真是发生这种事就难办了。如果属实，小刘必须受处分；要是处理了小刘，不仅他这一辈子完了，也有损于工作组的形象，今后还怎么开展工作！"

许干事说："平时观察小刘没这方面的毛病，怎么会做出这种事呢？"

张发树说："怎么不会？一个二十多的小伙子，一个不到三十岁的寡妇，如果小孩子再不在家，只有两个人在一起，这个有心那个有意，还不就黏糊到一块去了？人不可貌相！"

刘部长说："我从这里回去又和他单独谈了谈，他说是文翠萍在工作组门口叫住的他，看完房子后文翠萍还提出，让他说句话，叫大队赊给她部分砖，好翻盖房子。他觉得挨了打挺丢面子，想回县里待几天，我同意了。他临走还让我给恁说说，文翠萍算是困难户，最好能帮帮她。听他那口气，好像没发生什么事。"

张发树说："这种事哪有主动承认的。他这做法更对起头来了，一般情况他能为个普通社员这么挂心？我估摸，这事很可能是文翠萍为了图好处，占的主动。"

潘忠地说："文翠萍也不是那种人，她丈夫死了这些年，还没听说对她有什么闲言。也可能是哑巴胡猜疑了。"

许干事说："就算是没发生那种事，也不好处理。打人的是个哑巴，肯定不是无故动的手，怎么处理他？批他不是斗他也不是，教育他几句他也不懂。依我看，最好就此压下，等小刘回来给他解释解释，别让他计较就过去了。"

张发树说："对，这种事'民不告官不究'，我们嘱咐哑巴了，不许他再嚷嚷。文翠萍不会说，其他人又不知道，只要咱几个保密，就压下了。"

刘部长说："那样不行，如果事情没发生可以，万一真发生了，纸里包不住火，群众还会议论起来。再说，这种事有了第一回，就保不住还有第二回、第三回，出现那样的后果影响就更坏了。”

许干事说：“那怎么办？真要落实起来就得找文翠萍，一个年轻寡妇，可不好谈。”

刘部长沉了一会儿，说：“这样吧，发树，你明天跟着我，咱一块去找找贾政委，大体说说这件事，让他把小刘调回去，再换个人来。只要他不在了，人们就算是议论也只是一阵子，过几天就没事了。”

都以为这个办法好。

第二天他两个去了县城，到贾政委办公室，刘部长简要地作了汇报，最后说：“这事没再落实，也不好落实，我们分析，可能性有，但也不能肯定。可是，农村里听不得这种事，人多嘴杂，如果在群众中传扬起来，影响不好。”

贾政委说：“昨天晚上他到我家去了，谈了谈汶水滩的工作，挺正常，根本没提挨打的事。我倒是发现他嘴唇上面有点肿，还问了他一句怎么弄的，他说是最近几天上火，牙疼得厉害。老刘，你说这事怎么办好？”

刘部长说：“我们有个想法，不知道是否妥当，就是冷处理，别叫小刘回工作组了，另换个同志去当组长。只要他不回去，人们也不会再议论，事情就算过去了。”

贾政委说：“对小刘怎么办？要不要找他落实一下？真有这事还得给他个处分。”

张发树插了一句：“这样的事个人轻易不会承认。”

刘部长说：“我们又没有事实根据，还是别给他提这事了。最好用个别的理由，让他回办公室工作。”

贾政委说：“这倒好办，这几天我还考虑，汶水滩的工作很有成绩，也很有特色，应该进一步总结总结，搞出个像样的典型材料，再对上报一报。小刘写材料不行，又不能再叫老郭回去，我想让县革委办公室的副主任丁兆水同志去待一段时间，他能说会道的，文字材料也不错。这样吧，我下午安排一下，明天就让老丁去，接替小刘当组长。办公室本来人手不多，叫小刘回来也好说。不过，你们回去要做好工作，不能再出现其他问题。他两个调换，只是工作需要，不要再讲别的原因。”

刘部长答应着，两个人起身回来了。路上，刘部长说：“回去以后工作组那边我通报一下，你们也开个大队干部会，一定按照贾政委说的，丁主任来就是为了总结咱的经验，他写材料比小刘强，所以他两个换一换，其他事就不要再说了。”

张发树说：“还是你的主意高，小刘这一回去什么事都没有了。”

刘部长说：“为了减轻这场风波的影响，你们议议，如果文翠萍家庭的确困难，可以考虑赊给她点砖，让她先把房子修好，以后再还钱。”

张发树说：“没问题，千儿八百块砖好解决。”

刘部长不说话了，他在考虑另一个问题。对丁兆水的情况他了解一些，这人原来是县教育局的一般干部，“文化大革命”开始后成了教育系统的主要头头之一，嘴头子很厉害，在街上和一些群众组织的人辩论，没有能辩过他的。县革命委员会成立后，他虽然没能进班子，但当上了办公室副主任，也属于提拔重用了。他来了以后，还不知道会闹出些什么新名堂。

当张发树一说贾政委同意把小刘调回去，再派办公室的丁主任来当组长时，展明尧接过话头，说：“小刘回去好，只要没有他胡捣鼓，今后咱的工作就好办了。”

李向河说：“小刘是不怎么样，可丁主任是个什么样的人咱也不知道，别走了个猴子再来个孙大圣。以前只要一说是国家干部，咱就打心眼里尊敬，觉得都很了不起，做事一定是站得直行得正，县里的又得比公社里的水平高。现在接触这些人多了才看清楚，有的还真不是那么回事，像小刘那样的，哪里能赶得上公社他们几个？咱这些人挑出两个来也比他强。”

李光恩说：“不能那样说，小刘也不是没有本事，他这么办也是跟形势。”

展明尧说：“别管谁来也不会像小刘那样，他是既不懂农村工作，也不了解民情，就知道瞎折腾。我说过，就该想法把他弄回去。”

潘秀菊好像忽然想起了什么，说：“对了，哑巴打小刘是不是你指使的？”

李光恩说：“那还用问啊，哑巴就是杆枪，后边少不了点火的。”

展明尧争辩道：“恁可别诬赖好人，这些天里我从来没见哑巴的面，他揍小刘跟我一点关系都没有。恁爷俩可不能有点脏水就朝我身上泼，把我看成什么人了！”

潘忠地笑了笑没吱声。他以为，就算哑巴不是展明尧指使的，这事的起因肯定与他有关系，只是不好再往下问。

张发树说：“这件事到此为止，以后都别再提了。刘部长说，文翠萍是叫小刘去看坏了的房子，并提出让咱赊给她点砖，把房子翻盖了。部长的意思，让我们商量商量，给文翠萍解决这个困难。”

潘秀菊说：“我看这事该办，她娘们过日子不容易，又是贫农，房子坏了，如果不抓紧修好，万一出了大问题咱也有责任。”

展明尧说：“这事得慎重，以前有想赊砖的，咱研究后没答应，赊开头以后可就不好办了。”

张义昌听说小刘不来了，立时就生出了一种失落感，提不起精神来了。这会儿一直在想，小刘被调回去，一定与挨打有关，事情又发生在文翠萍家门口，文翠萍还在场，起因可能就是她的事。虽然是哑巴动的手，根子该是在她身上。这又要赊给她砖，心里是一百个不同意。可又不想第一个提出反对，听展明尧这么一说，立即附和道：“就是，没这个先例，不能赊给她。”

潘忠地说：“虽然没有先例，但是，像她家庭这种情况，别人也不能攀比。另外，领导发话了，咱不办不好。”

李光恩说：“孤儿寡母的，翻盖房子不是小事，得帮她这个忙。再说了，又不是白给她，先赊欠着，叫她以后还钱就是了。”

李向河也表示同意。

张发树说：“不是盖新房，也用不了多少，就这么定了吧。明尧叔，她拉砖时叫她写好欠条。向河，你去通知她。”

李向河说：“我去不好，还是叫秀菊姑去吧。”

潘秀菊说：“怎么着，你也怕挨揍啊？”

其他人都笑了。

展明尧说：“恁都别去了，我去给她说，问问她用多少，什么时候用，窑上好安排一下。”

文翠萍以为小刘挨了打，大队也不会再过问她赊砖的事了，又不好意思再去找，这事算是黄了。展明尧突然来，说大队研究同意赊给她，她就问是不是小刘给发树说了？展明尧说：“他还给谁说？因为那天和哑巴打架，接着回县里不回来了，是我们开会我提出来，集体商量决定的。你想赊多少？到时候写个欠条，摁上个手印，别管什么时候还钱我也好说话。”

文翠萍一听连忙说：“大叔，你说怎么办就怎么办，一切听你的，我只要有了钱就还上。也用不很多，就是地基和门脸用点，我问过泥瓦匠，说是一千二百块砖就够了。”

展明尧说：“那行，再待两天这窑砖就该出了，到时候你找人去拉来。别拖时间长了，咱那砖销得很快，存不住货。”他这话倒是不假。

文翠萍当然不知道小刘和刘部长说过，刘部长又和张发树交代的过程，她完全相信了展明尧的话，心里十分感激大队干部，特别是展明尧。她一个劲地说感谢的话，展明尧临出门她还说：“大叔，我得叫孩子记您一辈子的好。”

展明尧又嘱咐她一句：“别对外声张，免得别人攀你。”

展明尧觉得自己的计谋实现了，很是得意。虽然他不了解哑巴打小刘的真实原因，可有哑巴插这一杠子，让事情进展得这么顺利，这是他没有预料到的。这下好了，把小刘赶走了，虽然潘秀菊、李光恩说那话他表示反对，可当时心里很受用，觉得大伙把这件事的功劳记到了他身上。文翠萍要赊砖，虽然是小刘告诉了刘部长，刘部长又交代了发树，但现在文翠萍真正感激的也是他，真是两全其美。这事从开始到最后这个结果，只有文翠萍知道，别人都不摸底细，有他嘱咐的那句话，文翠萍也不会对外说了，永远露不了馅。

但是，他没有想到，潘忠地大体看明白了。

这天吃完晚饭，潘忠地到了展明尧家，说了几句闲话，潘忠地突然问："大叔，文翠萍叫小刘去看房子，又提出赊砖，是不是你的主意？"

展明尧猛然间听他怎么一问，脱口反问道："你怎么知道的？"

潘忠地说："你别管我怎么知道的，我还知道你主动去通知文翠萍赊给她砖，是怕别人去她说漏了嘴，并且你去了没告诉她是刘部长让我们研究办的，对吧？"

展明尧"嘿嘿"了两声，说："你个熊孩子忒灵透了，什么事也瞒不住你。"接着把文翠萍如何找他要赊砖，他当时怎么想的，怎么安排的，都详细说了，又问："哑巴掺和进来是怎么回事？我可真没给哑巴说过。"

潘忠地说："哑巴是碰巧遇上的。昨天我又找哑巴问了问，他说对小刘有意见的确是因为朱茂泉的事。他那天回家路上看到小刘，就过去拉住他，本来没想打他，可文翠萍上去保护小刘，一气之下就动了手。哑巴现在还以为是给朱茂泉出了气。"

展明尧说："原来是这样。反正把小刘弄走了，这事你知我知，千万不能对别人讲了，工作组的人要知道了可不好。"

潘忠地说："放心吧爷们，我心里有数。"

丁兆水来了。张发树在坡里老远看到有个人骑车子过来了，样子像是县里的，跑着迎上去，一问，果然是丁主任，就自我作了介绍，接过车子，领着他去了工作组。县里几个同志原来都熟悉，刘部长只把公社里的几个人介绍了介绍。喝了会儿水，刘部长让张发树去通知展明尧、潘忠地，一块来认识认识。几个人来了后，刘部长说：“丁主任，从今天开始你是我们的组长了，贾政委有什么安排，以及你对下步工作有什么想法，给大家说说吧。”

丁主任说：“昨天下午临下班贾政委把我叫过去，说让我接替刘向延同志来当这个组长。我对这里的情况可是两眼一抹黑，基层工作的经验也没有，所以具体事还得刘部长多操心，靠大家多帮助。政委说，我来了要先抓紧把汶水滩的工作总结出个典型材料，来以前我也没和向延同志接头，现在心里一点数没有。至于日常工作，我还没考虑，原来你们怎么干还怎么干。”

小冯说：“咳，你是咱办公室的大笔杆子，写个典型材料还不是破棉袄里摸虱子——伸手就来呀！”

丁主任说：“写倒没问题，指导思想政委也讲了，就是要总结落实‘五·七’指示、把大队建成毛泽东思想大学校的经验。可得有具体内容呀，怎么也得开几个座谈会，把我这脑子先充实起来。”

张发树说：“忠地写材料可棒了，叫他帮你写。”

潘忠地赶紧把话接过去：“你才胡说哩，我写个千儿八百字的小东西还将就，写这样的大材料我可不行。”

刘部长说：“丁主任是带着任务来的，心里一定有谱了。这样吧，忠地，这几天你跟上丁主任，需要开什么座谈会，好叫叫人，帮着组织一下。另外，原来有些基础材料，你也找一找，让丁主任看看。其他人按原来分工抓工作，这方面的事就别牵扯了。丁主任，这样行吗？”

丁主任说：“太好了，是得有个人帮我召集召集人。下午让忠地同志领我转转，和干部、社员们接触接触，先有点感性认识。晚上再开个大队干部会，一些大体情况让大家谈谈。”

刘部长说：“发树，中午你们通知下各生产队，生产和各项活动照常进行，让队长们都要在田间等着，丁主任去了好见见面。”

张发树说：“这两天的农活很集中，刚下了大雨，只有少数劳力在花生、地瓜地里拔草，多数劳力都在搞积造土杂肥。”

潘忠地说：“丁主任，下午咱就全面看看吧，先在村里走走，再到坡里去。”

丁主任说：“听你的，你往哪儿领我就跟着上哪儿。”

吃了午饭没待大会儿，潘忠地就去了工作组。工作组的同志们正在休息，丁主任起来喝了杯水，他们就出门了。前街后街看了看，丁主任说墙上这些大标语很好，还有写的“五·七”指示全文，就是有些太旧了，得重新用磁漆描一描。还有几处墙面还空着，应该全写上。路过小学门口，看到挂的牌子，丁主任说落实“五·七”指示学校也是重点，去通知下老师，明后天我们要来开个座谈会，让他们有所准备。潘忠地进去给宫老师说了声，出来继续往前走。前面树底下有个老头，正坐在石头上倚着树打盹儿，丁主任问那个老人家庭什么成分，潘忠地说是下中农。丁主任说过去给他拉两句。

来到跟前，丁主任大声说：“老大爷，在这里凉快呀？”

潘忠地说：“大哥，这是县里的丁主任。”

老头侧棱下身子，满脸胡子拉碴，不情愿地睁开眼，说：“噢。刚吃了饭，眯瞪一会儿。”

丁主任掏出烟，抽出一支递给他，他说：“咱不吸那个，我这里有旱烟。”说着从腰里抽出烟袋，把烟锅伸进烟包，窝扭了两下，装满了。

丁主任划着火，先给他点着，又点上自己的烟，吸了一口，说：“大爷，感觉现在的日子怎么样？”

老头“吧嗒”两口烟，说：“好啊，比前些年强多了，不用出去要饭了。”

丁主任问：“您老人家叫什么名字？”

老头说：“张发才。”

丁主任愣怔片刻，说：“张发财，这个名字不好。老大爷，你应该改一下名字，叫张为公多好！”

老头翻了翻眼皮，白瞪了丁主任一眼，不吭声了。

潘忠地说：“咱再到别处看看吧。”

丁主任边走边问：“这个老头讨过饭？”

潘忠地说：“讨过，不只他一个，别说是旧社会了，就是那三年困难时期，俺村里出去讨饭的也不少。”

丁主任说：“你统计一下，解放前有多少讨饭的，三年困难时期又有多少讨饭的，和现在的情况作个对比，很有说服力。”

潘忠地说：“那得叫光恩大老爷算算，他是贫协主任，也参加过土改，他摸得清。”

丁主任说：“不一定很精确，有个大体数就行。”

两个人又到坡里走了一圈，各个生产队都到了，八个队长和大队的其他几个干部也都见了面。他们走到哪里，都基本上没看到干活的，有唱革命歌曲的，有学习毛主席著作的，有开批判会的，还有练刺杀的，丁主任看了很高兴，一个劲地说：“真是出乎预料，汶水滩形势一片大好啊，看了很受教育。”

晚饭后，潘忠地又到工作组，叫着丁主任去了祠堂，召开大队干部座谈会。开始，张发树拿着张纸，汇报基本情况。丁主任说：“这些不用念了，忠地同志给我几份材料，饭前我翻了翻，上面都有。请大家谈谈干部群众学习、落实‘五·七’指示的主要做法，都要敞开思想，有什么讲什么。”

张发树不言语了。过了一会儿，展明尧说：“丁主任，这几年我们大队的工作就是靠‘五·七’指示指引，特别是贾政委带领工作组来了以后，从党员到团员，从干部到群众，人人学习毛主席著作，‘五·七’指示是重点。你可以考一考，不少年轻人都能背下来，有的还能背‘老三篇’，忠地就能行。”他这是想接受和小刘的教训，与丁主任套套近乎，不能再跟他闹僵了。

受展明尧的启发，张发树接着把搞的些活动说了说。其他人也都跟着说了几句，末了李光恩说："生产的事也不能误了，今年麦季收成不好，有这场灾，看来秋季的产量也得受影响。"

丁主任说："要坚持抓革命、促生产，只要革命搞好了，生产自然而然就上去了。"

没人再说话了。丁主任说："今天就到这里吧，有什么事情我再找大家谈。"

分配

丁主任安排很紧凑，接连三四天，召开了五六个座谈会，还到几户贫下中农家里看了看。潘忠地只负责召集人，领领路。提示座谈内容，中间提问，都是丁主任的。这天下午临结束时，丁主任对潘忠地说：“座谈可以了，今天晚上我理出个提纲，从明天开始动手写。明天你还得过来，给我打打下手，写出来接着誊，争取一遍成功。”

吃过晚饭，工作组的其他人都拿着马扎、蒲扇，到院子里凉快去了。丁主任一个人在屋里，趴在桌子上划拉起来。用了不到一个小时，写好了，他来到门外，说：“刘部长，我大体列了个提纲，给你们说说，都帮我参谋参谋。”

刘部长说：“好啊，天不太热了，走，回屋一块听听，也学习学习。”

都回到屋里，丁主任说：“我准备写三大部分，小标题是这样的。第一，崭新面貌；第二，成功经验；第三，乘胜前进。”接着把每部分要写的内容简要讲述了一遍。他讲得绘声绘色，嘴角都漾出唾沫。最后说：“怎么样？这样写是不是能把汶水滩的经验全面体现出来？我毕竟只是开了几个座谈会，你们在这里待的时间长，情况掌握得多，都提提意见。特别是有什么好的事例，我可以加进去。”

刘部长说:“我觉着挺好,既全面又充实。真不愧是大笔杆子,才来这几天,就掌握了这么多东西。”

再问其他人,都是说几句奉承话,没一个提出不同意见。

第二天潘忠地来了,丁主任已动起笔来。他没什么事干,在一旁翻翻报纸,过会儿就给丁主任倒倒水。丁主任写出四五页,便让他开始誊,并且嘱咐:“有不清楚的地方问我,不要轻易改动。有的人誊材料不规矩,遇到自己以为不妥当的地方就随意改,也不问问起草人,那样不好。”

潘忠地答应着接过材料。誊着誊着,潘忠地说:“丁主任,出去讨饭的这个数字太大了。”

丁主任头也没抬,说:“不大,我是把解放前和三年困难时期讨过饭的加起来一块说的。”

潘忠地说:“这样总人数就超过全村人口数了,乍一看给人的印象不真实。光恩大老爷说,数算起来,地主、富农,还有一部分中农户,从来没出去讨过饭。”

丁主任点了支烟,吸了两口,说:“那就把多少人改成人次,数字不用动了。”

潘忠地觉得改成人次也不是很确切,出去讨饭有当天回家来住的,有几天回家一趟的,也有长时间不回家的,怎么计算人次?但没再吱声。

到了下午,潘忠地发现了这样一段文字:“苦大仇深的老贫农张发财,是他爷爷为了祝愿他长大后能发财致富,从小给他起的这么个名字。但是,愿望只能是愿望,这样的名字并没有给他带来富裕,仍免不了靠讨饭度日。只到‘文化大革命’开始后,老人才过上好日子。通过学习‘五·七’指示,老人的思想觉悟大大提高,意识到好日子是集体给的,今后不能再光想着个人发财了,必须一心一意为集体,于是主动改了名字,将‘发财’二字改成了‘为公’。”潘忠地看了心里发笑,这高拔得也太离谱了。想了想才说:“丁主任,材料中发才哥这个家庭成分不对,他是下中农。名字也不是这个‘财’，是刚才的‘才’。另外……”

没等他说下去，丁主任解释道：“我知道他是下中农，这样写可以，贫农和下中农差不多，说成贫农更有说服力，要是中农或地主、富农就不能这样说了。另外，‘才’和‘财’读音完全一样，无所谓。”

潘忠地无话可说了，只好照样誊写。

丁主任接着说：“誊材料的过程也是个学习。你的字写得很漂亮，但不能只讲究字誊得好，还要用心体会内容，为什么这样写？有些段落为什么用这个例子？都是有道理的。今后你写材料也要掌握这一点，根据需要，有的内容可以适当拔拔高，只要不是没影的事儿就行。譬如群众说的一些话，不能照搬，必须变成书面语言，那样才像文章。”

潘忠地嘴里答应着，心里却想：这个说法可能有问题，和省里的陈厅长、县里的郭主任讲的翻了个个儿。这是典型材料，不是写小说，怎么能随意编造呢？想归想，但不能说出来。只到第二天下午，整个材料誊到最后，发现有些事例是移花接木张冠李戴，和实际情况差老鼻子了，可是，他都没再提，只是照抄不误。

就在刚刚誊完交给丁主任的时候，邮递员来了。这个邮递员是多年跑这一路的，村里不少人他都认识。他把自行车放到院子里，拿着几份报纸进了屋，一看到潘忠地就说：“忠地同志在这里呀，有你的封信，我还想给你放到祠堂那里，正好，直接给你吧。”说着放下报纸，回头去拿信。

潘忠地说：“把大队的报纸也一块给我吧，过会儿我捎过去。”

邮递员说：“那太好了，又省我一段路。”

潘忠地出去接过报纸和信，送走邮递员，回来一看信，是从县化肥厂寄来的，可字迹是王士霜的，有些纳闷，立即拆开看了起来。原来王士霜正式分配工作了，分到了县化肥厂，在化验室做技术员。他大体看了看，就装进信封，放到口袋里。丁主任抬起头，问：“谁来的信？”

“一个同学。”潘忠地不想多说，看起了报纸。

丁主任是想给潘忠地开个玩笑，又随口问：“什么同学？男的女的？”

“女的。”潘忠地不会说瞎话，这句一出口，脸却有些红了。

丁主任放下手中的材料，看出潘忠地好像有些尴尬，停了会儿又问：“我来这几天怎么没见你爱人啊？有孩子了吗？”

潘忠地赶紧解释：“我对象因病去世一年多了，没有孩子。”

丁主任一听认真了，说：“噢，原来是这样。是得抓紧谈一个，你这个同学怎么样？谈得差不多了吧，什么时候喝你们的喜酒？”

“根本不行。人家是大学生，刚分配工作。”潘忠地低下头看报纸。

丁主任说：“大学生怎么了？那些知识分子没什么了不起，都应该接受工人阶级和贫下中农的再教育。再说，你也算是农村有知识的青年，满能配得上她，不要有自卑感。她如果想跟你谈，说明觉悟不低，你就更不能推托。”

潘忠地说：“只是一般通信联系，都没这个意思。”

丁主任说：“谈对象就这样，总得先有个主动方。你是男同志，可以先提出来。”

潘忠地不愿意把具体情况透露给他，就没再搭腔。丁主任也就继续看他的材料。

刘部长从坡里回来了，丁主任说：“材料完成了，老刘，你看看，有什么不妥的地方再改改。”

刘部长说：“写材料我可是外行，不看了。可以把大队干部集合起来，念给他们听听，让他们提提意见。”

丁主任说：“那倒不用，忠地和我一块座谈又全部誊写的，有的地方问我了，其他人也听不出什么来。你要不看，明天我回县城，让贾政委把把关，如果需要修改，我就改完再回来。”

刘部长说：“那我也不看了，你直接送给贾政委去吧。”

潘忠地看到没自己的事了，就回家吃晚饭去了。

第二天丁主任回到县里，把材料交给贾政委。贾政委看了很满意，说："不错，你抓紧安排印刷厂，让他们加班印出来，以县革委和武装部的名义，分别报地区革命委员会和军分区。"

丁主任一看贾政委的态度，非常高兴，立即去了印刷厂。第二天下午一切办好，才回汶水滩。

他要集中精力抓抓汶水滩的工作了。吃过晚饭，他叫小孟去找张发树，让张发树通知大队革委的几个主任和会计来，有事商量。小孟走到半路就遇上张发树去祠堂，一说丁主任叫他们有事，张发树说："我这就去喊他们，马上过去。"

他几个一块来了。丁主任说："有项工作近几天你们要抓紧办一办。我和忠地同志说过了，就是村里的标语、语录，内容很好，但时间一长，风吹雨淋得太旧了，除了个别地方再增加几条，原来的要全部刷新一遍。"

李向河说："不旧啊？除个别地方被雨淋着了，大部分都很新鲜。"

丁主任说："还是普刷一遍好，那样就都和新写的一样了。"

张发树说："这好办，向河，明天你去买些磁漆，该写的写，该刷的刷。"

丁主任说："好啊，说办就办，争取三两天搞完。"

潘忠地说："人手太少，学校里没放假，老师们没空，就向河俺两个，恐怕一星期也完不成。"

丁主任说："学校里留下一个老师组织学生上课，其余的都抽出来。工作组的小冯、小孟、小钟，这几天也可以靠上。"

潘忠地说："那样两三天差不多。"

丁主任说："另外，还要打些木牌子，写上语录，插到田间地头，和红旗搭配起来，显得更红火，有声气。"

展明尧说："这几天窑上有几个木匠，正在修理砖模子，可以叫他们停下来，先打牌子。得给他们个尺寸，再就是没有木头，得现想法弄。"

张发树说："你明天派几个劳力，到河滩杀几棵树。"

展明尧说："鲜木头解板子太湿，打上日头一晒就裂了，容易变形，要等干了可得半月二十天的。"

张发树说："要想快还有个办法，看看谁家有存放的干木头，咱杀了树换他的，别让人家吃亏就是。"

丁主任说："就这么办吧。行动要迅速，时间要抓紧。明尧同志，你负责打牌子，尺寸就按八十公分乘一米半，先打二十块。忠地同志，村内标语和写牌子的事你负责。明天就分头行动，遇到什么问题咱再研究。"

回家路上，李向河说："这下子磁漆可用多了。仓库里还有少半桶，先用着，明天我去买两桶来，如果不够再买，刷子也得多买几把。"

潘忠地说："还得买两桶白磁漆，牌子得刷上白漆再写红字。"

张发树说："该买就买吧，这是丁主任来了抓的第一件大事，咱得弄好。"

潘忠地一早去了学校，说了说丁主任的意思，展春才说："这事还这么急呀，恁几个先弄着，星期天的时候俺再去帮帮忙就行了，不能让这些孩子停课啊！"

潘忠地说："丁主任要求挺死，叫两三天必须搞完，工作组县里来的他三个也帮着弄。"

宫老师说："你和长路老师去吧，这是政治任务，咱得照办。恁把课程进度告诉我，时间又不长，我先照应着。"

吃过早饭，连同工作组他们几个，去了祠堂商量如何动手。李向河从仓库提来磁漆，还拿来能用的两把刷子，接着骑车子去了刘集。潘忠地说："按照丁主任的意思，还有四处墙面需要新写，其余的就是刷新。磁漆、刷子向河一会儿就能买来，咱分下工，先分头干着。"

小冯他们三个都说没写过美术字，刷漆可以，写新的不行。展春才说："好办，忠地和长路写新的，向河回来咱五个刷漆，找梯子、搬凳子我负责，先刷旧的，他两个写出来咱再描。"

潘忠地说：“原来剩的这漆太稠了，你去机井屋灌两瓶子柴油来，稀释稀释。”

展春才说：“这活没问题，原来我就干过。”

李长路回学校拿来铅笔、尺子，和潘忠地量了量几处墙面，定下写的内容，两个人又搬来两张桌子、两个凳子，把凳子摞到桌子上，开始动手。李长路在前面打格子，潘忠地在后面写，上去刚画了几笔，就不小心歪了下来。李长路赶紧下来过去把他扶起来，问：“不要紧吧？”

潘忠地活动活动身子，说：“没事。”觉得右胳膊有点疼，挽起袖子一看，擦破了一块皮，都露血了。

李长路说：“你是不是有点心不在焉啊？桌子、凳子这么牢稳，怎么就掉下来了呢？快到卫生室抹抹去，我先写着。”

潘忠地去卫生室了。

还真让李长路说对了，潘忠地还就是有些精力不集中。自从那晚上反复看了王士霜的信，他心里一直思虑着。王士霜信上说，这次毕业分配很不理想，她本来想到农业部门去工作，可他们这一派的学生受排挤，都分到了工矿企业。她还算好的，分到国营工厂，有的去了集体厂子。化肥厂领导很好，没让她去一线当工人，直接到化验室当技术员。化验室加上她共四个人，只有一个男的，那几个同志对她都很热情，上班三天了，只让她跟着学习，还没独立工作。最后说让他最近一定去一趟，一是看看她的工作，二是商量商量两个人的事情，抓紧定下来。这两天他一直拿不定主意，是去还是不去？去了怎么说？也想先给她回封信，可这信怎么写？这事要不要给秀菊姑说一声？还有魏书记、王站长，是不是先听听他们的意见？思来想去，没拿定主意。刚才站在凳子上，脑子里又转悠起王士霜的事，没注意脚下，所以挪动时一只脚踩空了，歪了下来。

到卫生室，李庆龙看了看，说就擦破点皮，不用包扎，用红药水抹抹，先挽着袖子晾一晾，过两天就好了。回来路上，他想，和士霜这事必须先放一放，等忙过这一段再说吧。

丁主任和刘部长、张发树一块在坡里转，看到有的生产队休息的时候在唱歌，丁主任问："除了唱歌，还会别的文艺节目吗？"

刘部长说："唱歌是男女老少都行，其中有帮子人可厉害了，舞蹈、小演唱、三句半、快板书，还有小戏曲，他们会的节目能组织两场演出。"

张发树说："俺村原来还能唱大戏来，那些戏都是'四旧'，不能再唱了。现在成立了个毛泽东思想文艺宣传队，排的全是新节目，过春节的时候还到刘集演过一场。"

丁主任问："平时不表演吗？"

张发树说："平时都在各生产队干活，来参观的人多时，我们组织一部分人在试验队演过，也就是临时凑几个小节目。"

丁主任说："你这就喊几个人，去试验队演两个节目咱看看。"

张发树接着喊过来两个青年，点了八九个人的名字，让他俩分头叫着，一块到试验队集合。他三个先去了试验队，李长友迎过来，张发树说："丁主任要看几个节目，你把恁这里宣传队的他几个叫过来，其他人马上就到。"

李长友喊来三四个青年，从办公室拾掇出锣鼓家什，在饲养棚前场地上摆开了架势。没过大会儿，男的女的凑齐了十几个。张发树指挥着，先点出六个女青年，叫她们表演个舞蹈。刚要开始，张发树说；"哎呀，我马虎了个事，没叫两个伴奏的来。算了吧，其他人在一旁伴唱。"

潘忠明手里拿着笛子，在一旁说："就缺他两个拉弦子的，我吹笛子差不多能跟上趟了。"

张发树说："那行，你伴奏，大伙还得唱，开始。"

舞蹈过后，又表演了个三句半，然后是一男一女的表演唱"逛新城"。丁主任说："好了，就到这里吧，以后有时间再看。"

张发树说："要是换了服装化了妆，那才有看头哩。"

丁主任说："不化妆有不化妆的特色，这更能体现田间地头的活动。贫下中农边劳动边演出，充分体现出了落实'五·七'指示的成果，也反映出群众饱满的革命热情。依我看，水平不低，比县宣传队差不了多少。"

刘部长说："回去吧，到收工的时间了。"

他三个一块往回走，正走着，看到前面有个中年妇女，背着一筐草，走路一歪一歪的，很费劲。丁主任问："那人是谁啊？怎么这样走路呀？"

张发树说："那是展春祥的老婆，叫柳丽平，是个瘸子。别看这娘们腿不好使，干活是好样的，嘴巴也厉害，能说会道的。"

丁主任问："她家庭什么成分？演过节目吗？"

张发树说："中农。她一个残疾，又没上过几年学，能演什么节目！"

丁主任说："咱刚才看的那个三句半，第四个演员还专门装成瘸子一拐一拐的，如果让她扮演，只接那半句，好学好记，对外影响可就大了。你想想，连残疾人都登台宣传毛泽东思想，这不说明你们发动得更深入全面吗？"

张发树说："还真是这么个理儿哩。行，我回去找她谈谈，她也许能答应。"

中午张发树就去了展春祥家，一家人正准备吃饭，见他来了，忙着给他让座。展春祥说："发树啊，你可是稀客，怎么有空来了？在这里吃饭吧。"

张发树说："吃什么饭，我就找嫂子商量点事，家里饭也做好了，还等着我哩。"

柳丽平说："哎哟，什么事惊动着你这大主任亲自来呀？说吧，只要我能办的，你怎么说怎么是，要头也给你半边。"

张发树说："给头那不要你的命了？没大事，今天工作组的丁主任看见你了，觉得你是个人才，想让你参加咱大队的宣传队，也登台演演节目。"

展春祥笑了笑，说："你可别给恁嫂子瞎胡闹了，三条腿的蛤蟆不好找，两条腿的人可有的是，她要能进宣传队，咱村里男女老少没有不能进的了。"

张发树说："是真的，咱有个节目是'三句半'，需要四个人演，一人拿一样锣鼓家什，敲着转圈圈，停下后念句词儿。为了显得热闹，最后一个要装成瘸子，可他们老是装不像。要是我嫂子上去，现成的，不用装了。"

柳丽平装出生气的样子，说："都说'守着瘸子不能说短话'，你这是当面锣当面鼓地骂我了，就不怕我撕烂你的嘴！你又不是不知道，我就上了两年小学，斗大的字认不了几升，能演什么节目？叫大伙看我的哈哈笑啊！"

张发树十分认真地说："嫂子，这些年了你还不了解我？我什么时候给你胡闹过？我要是成心揭你的短处，你别说撕我的嘴，再揍我两巴掌也行。我说的是实话，丁主任说，如果像你这样有残疾的都能上台演节目，更能证明咱大队群众工作做得好。也不让你演别的，就是'三句半'，你也看过，很简单，你在最后拿着小锣，跟着他们走，随着前面的半天敲一下，停下来时，前边三个人每人说一整句词，你在后边只接半句，有的两个字，多的三个字，内容都是顺着的，好记。真要记不住他们还可以提示你一下。"

柳丽平说："真是这么回事呀，那我试试？"

展春祥说："试什么？不知道什么叫丢人，这不是专门让你出洋相吗！"

这时候儿子在一旁说话了："好啊，俺娘也能当演员了。"

张发树知道展春祥当不了他老婆的家，只要柳丽平动了心就差不多了，于是半开玩笑半认真地说："你看看，三口人两个都同意了，你还当什么绊脚石？大哥你小心点，这可是干革命的事儿，要是扯俺嫂子的后腿我就组织人开你的批斗会！"

展春祥也知道他这是玩笑话，笑着说："用不着开，你又不是不清楚，我在家里就是个磨道里的驴——听吆喝，恁嫂子怎么说怎么是。行，只要她愿意，就把她交给你了，我不管了。"

柳丽平说："这还差不多。"

张发树说："就这么定了。嫂子，你在家等着，排节目的时候我差人来叫你。"

下午张发树到祠堂给大家一说这事，都觉得这个主意不合适。潘秀菊说："本来是四个男的演的节目，换上个女的，还是个瘸子，外人看了不说咱汶水滩没人了，胡凑合呀？"

李光恩说："丽平没文化不说，还瘸瘸巴巴的，她自己不觉得难看呀！"

张发树说："这可是丁主任提议的，丽平嫂子也乐意。我通知那几个演三句半的了，一会儿叫她来，先教教，真不行再说。"

真是人不可貌相，柳丽平脑子很好使，一下午的时间，她基本上把一个节目的台词记住了。原来他们共排了三个'三句半'节目，第二天接着练了一天，她大体上都会了。表演起来，她那扮相不时变化着，一个劲地闹洋相，更惹人们发笑。张发树说："到坡里演两场，让大家看看。"结果很成功，只有一次忘了词，等着别人给她提示的时候，她机灵地扮了个鬼脸，人们只是笑了，根本没看出她是忘了词。工作组的几个人看了，都说这人有艺术细胞。

从此，只要有演出，都少不了他们这组节目。

潘忠地他们忙活了三天，把村里的标语、语录全弄完了。这时，木匠把二十个牌子也打完了，展明尧差人扛到了祠堂。潘忠地他几个接着黑白不停，全部刷上白磁漆，又用红磁漆写上语录，通知每个生产队拿去两个，试验队四个。都插到地头，衬上原来大路边上的标语牌，还有迎风招展的二十多面红旗，的确显得满坡红红火火。有的说，这可真成"红海洋"了。

总算忙过这一段去了。这天傍晚，潘忠地去了潘秀菊家。潘秀菊正在刷锅，老太太要给他倒水，潘忠地说："大奶奶你歇着吧，我刚放下饭碗，不渴，要喝我自己倒。"

小志国偎上来，拿着张纸让潘忠地给他叠飞机。老太太说："你看这孩子，别人来了他爱搭不理的，你一来他算是高兴了。"

潘秀菊在一旁说："他兄弟两个有缘分，投脾气。"

小志国听不出好歹，噘起嘴，说：“我就是愿意跟忠地哥哥玩，不行啊！”

潘忠地说：“怎么不行，哥哥也愿意和你玩。”

老太太拿着蒲扇到门口凉快去了。潘秀菊拾掇完才过来坐下，说：“没想到柳丽平还真能拉下脸来哩，一般人要是有残疾，就会觉得丢人现眼，不会答应参加演出。”

潘忠地说：“是啊，丽平嫂子脾气好，平常有人跟她闹着玩，当面喊她瘸子她也不恼。开始有些人见她演节目也说风凉话，一看她那么认真，表演得比那几个男的还好，就都夸她了。”说着叠完了飞机给了志国。

潘秀菊说：“志国，拿着找恁奶奶玩去。”

小志国瞪了他妈一眼，不动弹。

潘忠地说：“志国听话，去吧，下次我给你叠两个。”

小志国不情愿地走了。

潘秀菊问：“这一段王士霜又给你联系过吗？”

“我就是为这事来的。前几天她来信了，已经分配到县化肥厂，在化验室当技术员。她让我去一趟，你说是去还是不去？”潘忠地掏出信递给潘秀菊。

潘秀菊接过信，拿在手里没有看，说：“她叫你去干什么？说没说恁两个的事？”

“叫我去看看她的工作，说是也商量商量俺俩的事。所以我拿不定主意，不去不好，去了怎么说？”

“别去，给她回封信，回绝她。我还是那意思，人家是大学生，不论现在是当工人还是当干部，咱和她差距太大了，结了婚今后的日子怎么办？你可得考虑清楚。”

潘忠地低着头半天没吱声。潘秀菊把信还给他，突然说：“忠地，你说等过几年恁大奶奶去世了，咱一块过行不？”

潘忠地立时脸红起来，憋了一阵子才嘟囔出口：“那怎么行呢？你是姑，咱又是一家子。”

潘秀菊的脸也红了，那些尘封已久的想法，像烟雾一样，在脑子里翻滚起来。还用表白吗？两个人心里都明白。沉思片刻，还是说：“我也知道不行，可我从心里就是喜欢你。”

潘忠地说：“我知道，这些年你一直对我好，我可是把你当亲娘对待哩。你如果坚持不再找人家，等你老了，我和志国一起养着你。”

潘秀菊叹了口气，说：“还用着你给我养老了？我比你也大不了几岁，我老的时候你也不年轻了。再说，从小看大，志国以后也差不了哪去，不会不孝顺。反正我就这样了，绝不再找人了。”

潘忠地想把魏书记和丁主任讲的意思说说，可又觉得说出来潘秀菊也不会赞同，就沉默着不言语了。潘秀菊起来给她倒了杯水，说：“王士霜不合适，可你也不能就这么一个人靠下去，过不几年小民就该谈对象了，你还得先找一个。这样吧，我和一些村的妇女干部熟，让她们留意一下，有合适的抓紧给你介绍介绍。”

潘忠地说：“算了吧，人就是个命，缘分到了自然成，强求不得。真这样过一辈子也挺好，没牵没挂的，到什么时候说什么时候的话吧。”

潘秀菊站到他跟前，说：“那怎么行呢？恁姑我是单身过，跟前还有志国，你可不能单身过下去。再拖几年就难找了，看着你老这样我心里也不好受。”说着把他拉起来，用力揽到了怀里。

潘忠地也不由自主地使劲抱住了她。只一瞬儿的工夫，两个人脑子似乎都清醒了，同时松开了手。潘忠地说：“姑，我回去吧。”

潘秀菊说：“走吧。”没有送他。

潘忠地回到家里，心里翻江倒海似的，躺了一会儿，才起来给王士霜写信。他在信上只是推托这段时间工作太忙，因为工作组新换了组长，抓得很紧，最近去不了。等过去这一段，一定抽时间去看她。至于两个人的问题，他一字没提。

意外

丁主任来了十几天，从来没过问生产方面的事。他一门心思“抓革命”，决心搞出个样儿来，为自己树树形象。他说，要把汶水滩的革命活动掀起新的高潮，深入发动群众，不能留死角，人人行动起来，真正把全大队办成名副其实的落实“五·七”指示的大学校。“早请示、晚汇报”必须每人不落天天坚持。“四个首先”要恢复起来，离主席台远的生产队，可以打个木牌子，贴上主席画像，做“四个首先”时摆在前面。田间的活动要进一步规范，不论是学习、练武，还是大批判、演节目，都要认真组织，像模像样，每次不能少于半小时。社员们出工要高唱《东方红》，收工要高唱《大海航行靠舵手》，包括学校的学生，进校、放学也要排好队，分别唱这两首歌曲。人们相互见了面，不要再问那老一套，“你吃饭了吗？”“干什么去来？”回答也是“吃了”等，要用革命语言代替。譬如，见面后第一个说“毛主席万岁！”另一个可以接上“敬祝毛主席万寿无疆！”或者是“万岁，万万岁！”也可以念语录，如第一个念“下定决心，不怕牺牲”，第二个就可以接上“排除万难，去争取胜利”。为了落实这些意见，先后召开了大队干部会、生产队干部会，还又召开了全体社员大会，丁主任反复讲，提出了严格要求。

这么要求，别说群众了，干部们和工作组的其他同志也感到别扭。丁主任说：“‘砸烂一个旧世界，建立一个新世界’，这个重担就落在了我们这一代人身上。革除任何旧东西往往都是痛苦的，我们就是要痛下决心，像割掉身上的瘤子一样，废除一切旧传统、旧习俗、旧习惯，养成革命的良好风气，形成崭新的风尚。”

大队、生产队干部还是听话的，尽管心里有些不乐意，行动上还是认真组织。见面打招呼这一条难落实，特别是年长的，整天低头不见抬头见的，谁念语录？都是相互龇龇牙就过去了。年轻人见不得新鲜事儿，把这当成了玩笑，时不时就来一句，对方要是接不上来或是接错了，两个人就会争持打闹一番。当然，都不会当真的。这天上午，五队的社员在田间积肥，队长展明顺说：“二愣子，你回家挑个水挑子来，咱和点泥，把这几堆肥料封起来。”二愣子去了。他进村看到几个妇女围着货郎担子买东西，就偎过去，一看正是前几天他买烟袋嘴的那个老汉，当时因为一分钱曾经吵了一架，于是走到货郎背后，掏出语录本，放在胸前，说：“凡是敌人反对的，我们就要拥护。”货郎回头看了看他，没吱声，继续卖他的东西。几个妇女也没答他的腔。他又大声念了一遍，货郎头也没抬。他伸手抓住货郎的衣领子，把人家拉起来，拽着就走。有个妇女说：“二愣子，你这是干什么？”二愣子说：“这个人对伟大领袖不忠，得办他的学习班。”另一个妇女说：“人家的货郎担子！”二愣子说：“恁先给他看着，别少了他的东西。”

二愣子扯着货郎去了祠堂。正好李光恩和潘孝彦在院子里说话，都认识这个货郎，李光恩说：“二愣子，什么事啊？”

二愣子说：“我给他念了句语录，他别说接了，理也不理，恁老人家说怎么处理？”

潘孝彦说：“你这熊孩子可别胡闹了，什么语录呀，叫我也接不上来。”

李光恩说：“人家是外村人，不懂咱那些规矩，快干你的活去吧！”

二愣子这才松开货郎，说：“他这可是对毛主席的态度问题，就这样算没事了？”

李光恩说：“还什么事？你管人家饭呀！”

二愣子没办法，拧着脖子走了。

货郎掏出烟包，让两个老头分别装了袋烟，说：“恁大队这是弄的哪一出？那孩子过去二话没说，嘟囔了两句，我没听清是什么，就把我拉着来了，还说是要办我的学习班。”

李光恩说：“都是工作组他们瞎胡捣鼓，要求兄弟爷们见了面也得念语录，咱都这把年纪了，谁会！”

又说了几句家常话，货郎回去卖他的货去了。

近几天里，丁主任叫着张发树，到处转着检查这几项工作的落实情况。这天在三队地头，潘忠良见他两个过来，迎上去大声念道：“革命不是请客吃饭！”张发树看看丁主任，丁主任没张口，于是说：“不是画画绣花。”潘忠良笑了，说：“丁主任，发树念的不对，怎么罚他？”丁主任说：“是错了，应该这样接上，‘不是做文章，不是绘画绣花，不能那样雅致，那样从容不迫，那样温良恭俭让。’后面还有两句，可以连起来，‘革命是暴动，是一个阶级推翻一个阶级的暴烈的行动。’忠良同志，这条语录这么长，又不好记，你什么时候背过的？”

潘忠良说：“你号召我们见面要说语录，咱还不得多学几条？你说对了，这一条还真难背，昨天晚上大宝、二宝在家里念，说是老师要求不仅要背过，还得能默写，我就叫他们教我，结果费了半晚上的劲，才会了前几句。发树，你怎么还知道‘绣花’呀？”

张发树说：“那天忠地往语录牌上写的有这一条，我还念了两遍，觉得老是别嘴，哪里能记住了。”

丁主任说：“这是个问题，见面问答的语录要简单些。可以选部分好记上口的，让大家都背下来。”

张发树说：“这事让忠地办，叫他挑上十来条，抄抄发给各生产队。”

丁主任说："明白刚才念的这段语录是什么意思吗？"

潘忠良说："咱不懂什么'抱动''抱不动'的，反正知道得'革命'。"

丁主任笑了笑，想给他们解释解释。这时张发树说："丁主任，南边来了辆吉普车，是不是贾政委？"

丁主任说："可能是。走，赶紧去看看。"

他两个快步迎过去，车上下来的是县武装部田部长和刘干事。田部长说："有个紧急任务，要立即安排，抓紧通知工作组的同志和大队干部，开个会研究一下。"

张发树见田部长这么急火，认为肯定是有什么大事，就说：

"丁主任，你领着田部长先回村，我去下通知。"

丁主任说："那行，你让他们马上回去，行动迅速着点。"

张发树"唉"了一声，走了。

回村路上，田部长告诉丁主任，昨天晚上接军分区通知，省革委的主要领导明天从县里路过，分区首长提出，要顺路到汶水滩来看看。因为中午是在县武装部吃饭、休息，贾政委还要汇报工作，他今天在家里准备准备，明天一早赶过来。丁主任说："这么大的领导大概县里也没来过，可不是件小事！"

田部长说："是啊，我和刘干事来就是给你们提前说一声，因为时间太紧了，今天必须做好一切准备工作。过会儿他们集合起来，我先说说总的意思，具体需要做哪些事情，你讲。一定要考虑周全点，不能出任何纰漏。"

丁主任答应着，认真思考起来。

人到齐了，田部长简单讲了几句，然后说："这是一项重要的政治任务，虽然来看的是你们一个大队，但不只是代表你们汶水滩，而是代表全县，代表全地区。所以，一切准备工作只许搞好，不许搞坏。具体需要准备些什么，让丁主任讲一讲。"

丁主任的确动了脑子，想得很全面，一气说了若干条：第一，要用红纸再写几条欢迎的大标语，贴在村里街道两边；第二，把红旗和语录牌重新搭配，可以打破生产队的界线，全部插到主要道路两侧显眼的地方；第三，要尽量多集合劳力下地，包括一些老年人，只要能走得动的，就得全部到坡里去，并且人人要带上“红宝书”；第四，各生产队必须充分做好地头活动的准备，只要领导们一到，就都停下手中的农活，集中在地头上学习毛主席著作，唱革命歌曲，开批判会，练武，分别行动起来。宣传队的人要集合到试验队，不停地演节目，一直到领导的车离开；第五，今天傍晚要把村里所有的街道和田间的大路，全部清扫一遍，多洒些水，保证清洁卫生，车辆过去不能起尘土。另外，也要给学校里安排一下，万一领导去看，就要看同学们学毛著和学习解放军练刺杀的情况，让他们提前有所准备。

他一讲完刘部长就说：“坡里的道路就别洒水了，清理清理粪堆、杂物，别影响过车就行。”

丁主任说：“得洒，让领导一进汶水滩地界，就能感受到一种清新的感觉，看到的是一派轰轰烈烈的革命大好形势。”

许干事说：“安全保卫工作得安排安排吧？”

田部长说：“这件事不用你们管了，首长有带的保卫人员，县里也通知公安局了，让他们明天一早来。”

刘部长说：“还得做好汇报的准备，需要汇报些什么，让发树心里有个数。”

丁主任说：“汇报好办，有我写的那份材料，按那些内容说就行。”说着起身从里屋拿出来两份，分别递给田部长和张发树。

田部长说：“这材料我看过。我和贾政委分析，分区首长虽然到汶水滩来过，有印象，但这一次决定让省里的领导来，可能就是因为看了这份材料。可以按这些内容汇报，不过，领导大概没时间坐下来听，只能边看边作些介绍。”

张发树说："这么一大本子，我念也念不下来，别说边走边汇报了。"

田部长说："你先看几遍，记住大体内容，反正都是你们以往做的工作，到时候随便说就行。"

张发树说："那也不行，我一见大领导嘴就不听使唤，说得丢三落四的多不好呀！"

刘部长本来想说让忠地汇报，又觉得还是让丁主任提出来好，就说："发树说得有道理。丁主任，材料是你写的，那些事都在你脑子里装着，要是你汇报就好了。"

丁主任刚才就想毛遂自荐干这个事儿，一听刘部长这话，立即接过来："时间是太紧了，让发树同志背过那些材料的确有些为难。我也算是汶水滩的名誉社员了，不行就我汇报。"

田部长表示同意。

张发树又说："还用开个队长会安排一下不？"

刘部长说："别开了，按照分工，工作组和大队的同志抓紧到各生产队直接安排去吧。"

散会后，大队的几个人先一块出了工作组，张发树边走边说："忠地，大标语、标语牌和宣传队的事你负责，其他方面你也多考虑考虑，别误了事。明尧叔，道路清扫、洒水咱两个负责。大老爷，学校里你去安排一下。咱先分别到各生产队，把总的任务安排下去，发动男女老少出工的事让队长们认真点。"

展明尧突然说："这都好说，就是汇报应该是忠地的。刚才我想提出来，刘部长一说我就没再开口。"

潘忠地说："还是丁主任汇报好，那个材料是他写的，有些事儿咱不好说。再说，这种场面咱没经历过，出了问题可担不起。那次军分区首长来，就是小刘汇报的，咱多省心呀。"

展明尧说："也是。有田部长他们在，明天贾政委还来，这样叫咱干什么咱就干什么，出点问题也不是咱的责任。”

工作组的人午饭后刚要下地，公社派出所洪所长来了。刘部长说：“老洪你怎么来了？”

洪所长说：“县公安局通知说马局长带着干警今天下午要来，让我先来等着。估计他们也快到了。”

刘部长说：“老许，你去找找发树，恁三个等他们，我和丁主任还得陪着田部长到各生产队看看。”

许干事说：“洪所长你还喝水不？要不渴咱一块去，直接到路口等他们。”

洪所长说：“不喝了，走吧。”

出了门许干事问：“来的是哪个马局长？”

洪所长说：“就是现在的公安局革委会主任，原来的城关派出所所长，造反派。建了革委会也没人喊他们主任，都还是习惯称呼他们局长、副局长。”

到坡里找到张发树，许干事一说去迎公安局的同志，张发树说：“叫上义昌叔吧，他是治安主任，也得让他承担点具体任务。”

许干事说：“叫着他也行，不过，你得嘱咐他一句，马局长他们来了别让他胡咧咧。”

张发树就差了个青年去喊张义昌，然后三个人一起向南坡大路走去。张义昌赶过来，张发树刚给他说了句县公安局来人，安排明天的保卫工作，马局长和两个干警就骑着车子来到了。洪所长分别作了介绍，许干事说：“局长，咱是先在坡里看看，还是到村里喝点水休息休息？”

马局长说：“先回大队办公室商量个具体方案，需要到坡里来查看的时候再说。”

张义昌说：“马局长你放心，家里坡里都没问题，我们的治安状况好着哩。”

许干事瞪了他一眼。张发树拉了他一把。马局长说：“不能只看平时，这次是特殊任务。你知道我们保卫的是谁吗？是省里的主要领导，必须保证万无一失。万一出点差错，我们这些人都负不起责任。”

许干事领着他们在前面走，张发树在后面拽住张义昌，小声对他说：“人家是县里的局长，你懂什么？不要多说话，还有许干事、洪所长在，咱光听着就是。”张义昌说知道了。

来到工作组，喝着水，马局长看着张义昌问：“你们大队有多少四类分子？还有没有其他被管制对象？走资派表现怎么样？”

张义昌不吱声，张发树回答共多少地主，多少富农，被管制的就是地主、富农分子，其他方面的人没有。并且说走资派接受群众监督，也很听话。

马局长又问：“有没有别的危险人物？”

张义昌刚想说地主子弟展春旺的情况，张发树已经开口了，说：“没有。就是有个别干活调皮捣蛋的，也不要紧，‘恶人自有恶人磨，恶人面前没奈何’，队长能管住他们。”

马局长说：“你们对阶级斗争抓得紧，四类分子、走资派平常可能表现挺老实。但是，狗改不了吃屎，是苍蝇见了有缝的鸡蛋就要钻。所以我们不能麻痹，要严防他们这两天搞破坏。”

许干事说：“生产队都在田间搞大批判，轮换着天天搞，所有四类分子和走资派都集合在一起接受批判，便于管理他们。”

马局长说：“这样吧，你们排一排，今天晚上每户四类分子和走资派，都要派两个民兵监视起来。老洪，你和治安主任恁两个负责，发现可疑迹象立即报告。我们今晚都住在这里，有事及时处理。明天领导来了你们也不用靠前，负责在外围巡查，跟前的保卫有俺三个。”

洪所长说：“义昌同志，你调集民兵，通知他们傍晚在祠堂那边集合，到时候我过去。”

马局长说：“老许，县革委办公室的老丁不是在吗？”

许干事说：“他和公社的刘部长陪着田部长，到各生产队去了，这时候都在坡里。”

马局长说：“走，去找找他们，问问明天领导来了要走的路线，咱好提前走一圈，看看情况。再就是哪个生产队搞批判，也得找队长好好安排一下。”

张发树说：“还用我去吗？”

马局长说：“你得去，老洪和治安主任就别去了。”

他几个去了南坡，还没找到丁主任他们，公安局的政工科孙科长来了，老远看到他们，就慌慌张张下了车子跑过来，上气不接下气地说：“局长，出大事了，我得单独给您汇报。”

马局长走到一边，孙科长跟过去。马局长问：“什么事？这么着急。”

孙科长说：“城关派出所的赵所长开枪打死人了。”

马局长问：“具体怎么回事？打死的什么人？”

孙科长说：“打死的是化肥厂的个工人，在他家里打的，详细情况我也不清楚。他打了人以后自己到局里投的案，在家的几个局长商量一下，没收了他的枪，暂时把他看押起来了。”

马局长皱起了眉头，考虑了一阵子才说：“我现在不能回去，这里是项重要的政治任务，等明天上午省里的领导去了县武装部，就没咱的事了。你回去给局长们说，要安排几个得力干警看好他，不能让他再出现别的问题。先不要审问，等我回局里再说。另外，现场勘察取证完抓紧处理尸体，对外要注意保密，避免影响扩大。”

孙科长听完接着走了。

其他人，包括来的两个干警，都不知道孙科长说的什么事。

傍晚，全村男女老少都回家吃晚饭了。工作组的人回来歇了会儿，也开始吃饭。刚端起饭碗，公社通讯员小陶来了，刘部长问他来有什么事儿，并让他吃饭，他说就找王站长有个事，回去再吃。他把王站长叫到院子里，说："县里来电话，说恁妹妹出事了，江秘书叫你赶紧回去。"

王站长问："出什么事了？"

小陶说："江秘书接的电话，放下电话就让我来叫你，也没说什么事，反正你必须得回去。"

王站长回到屋里，给刘部长说："江秘书叫我马上回去一趟，可能是我妹妹那里有点事。"

刘部长说："吃完饭再走吧。"

王站长说："我回公社再吃，小陶说事儿挺急的。"

回到公社，王站长直接去找江秘书，江秘书说："县化肥厂来的电话，说是一个叫王士霜的女工人被公安局的同志开枪打死了，叫我们通知大队和家属，抓紧去处理。我一听这个名字，想起前一段你说过，你妹妹大学毕业分到县化肥厂了，就问是不是她哥哥在我们公社农技站工作。厂里的同志说为了弄清她的家庭住址，刚查了她的档案，她哥哥是在公社当农技站长。"

王站长听了简直是五雷轰顶，一下子瘫坐在椅子上，半天才嘟囔道："怎么会这样呢？她参加工作这才几天，能惹什么事？"

江秘书递给他一支烟，给他点着，说："具体情况我也没问，也没通知你家里，想让小陶把你叫来先听听你的意见。"回头又对小陶说，"你去伙房吃饭吧，我刚吃完。"

小陶说："王站长还没吃哩。"

江秘书说："那先给王站长打份饭来，你再去吃。"说着掏出饭票、菜票给小陶。

王站长说："我不吃了，也不饿，我得赶紧去化肥厂。"

江秘书说："不吃怎么行？人是铁饭是钢，再急再大的事也得先吃饭。"

饭打来了，王站长勉强吃了一个馒头。江秘书说:“是不是派人去给你家里说一声？”

王站长说:“先别告诉家里了，老人们担不得事，我去了看看情况再说。”

江秘书说:“那得有个人陪你去。洪所长又不在家，要不叫武装部的侯干事和你去？”

王站长说:“不用了，又不是多远的路，我自己去就行。”

江秘书说:“可不行，黑灯瞎火的。你先等等，我去找老侯。”

江秘书出去一瞬儿就把侯干事叫来了，两个人接着动了身。路上，侯干事劝王站长，一定不要太激动，天大的事也要沉住气。王站长不言语，在前面骑得车子飞快。化肥厂在县城西边还有十来里路，一个多小时他们就到了，进了大门，看到南面房子里灯光通明，就过去了。这里正是厂部办公室，十几个人正在里面争论着什么，他两个突然进去，都不说话了。侯干事介绍:“这是王士霜的哥哥王士友，我们公社农技站的站长。我是武装部干事，姓侯，陪王站长一块来的。”

几个坐着的人都起来给他两个让座，有的拿暖水瓶倒水。这时有个人说话了:“你们几个先回宿舍，我们和家属商量一下，具体怎么办明天再通知你们。”

有七八个人出去了，但是，他们没有走远，都在门口外边站着。屋里剩下的人都坐下了，刚才说话的那人又说:“王站长，侯干事，我先给你们介绍一下，这位是我们厂工会的杨主席，这位是厂武装部的方部长，那位是厂治保科的沈科长，我是厂革委会主任，叫宁方成。”宁主任每介绍到谁，谁都站了站。宁主任接着说，“王站长，这是一件非常不幸的事，太突然了，谁也预想不到。据化验室主任说，今天早饭后士霜给她请假，说是和李桂芳一起去城里，今天正好是星期天，也轮着士霜休息，那还能不答应她？李桂芳也是我们厂的工人，进厂已经三年多了，和士霜是中学同学，她姐姐家就在城里住，她姐夫是城关派出所所长，叫赵成仁。下午三点多，我们接到公安局电话，就说士霜在赵成仁家里吃饭，被误伤了，叫我们抓紧去人。杨主席立即赶了去，走到一看，人已经不行了。当时公安局的人说要把死者送火化厂，杨主席当然不能同意，回来后我们商量，就去车把士霜同志拉回来了，现停放在会议室里。”

侯干事问：“怎么伤的？当时没送医院抢救吗？”

沈科长说：“枪打的，正中头部，当场就不行了。”

王站长说：“怎么无缘无故就开枪呢？总得有个理由吧？”

这时从门外挤进来一个女的，两眼红肿着，哭哭啼啼地说：“这是阶级报复！赵成仁那个王八蛋是造反派，士霜是我们的亲密战友，俺姐姐也是我们这个观点的。吃饭的时候我们和他辩论起来，他辩不过我们，就狗急跳墙，跑到里间屋摸出了手枪，俺姐姐上去拉没拉住，他就开了枪。估计他本来是想打我的，可是叫士霜摊上了。士霜是替我死的啊！”

方部长说：“桂芳，你回去吧，怎么处理我们得听听王站长的意见。”

李桂芳没有走，倚在门上哭泣。

王站长问：“那个赵成仁呢？他怎么说？”

宁主任说：“我们把士霜同志拉回来后，部分工人听说了，就主动集合了几十口子，到公安局想找赵成仁问清楚。我们担心工人们情绪激动，闹出乱子，杨主席、方部长、沈科长都一块去了，后来我也赶了去。可是，公安局的一把手没在家，三个副局长都出面了，说是已经把赵成仁关押起来了，我们不能见，等审查清楚一定给我们答复。一直到黑了天，我们才把工人们劝回来。”

李桂芳说：“他们是包庇凶手，把赵成仁藏起来了。杀人偿命，借债还钱，我们得要求枪毙姓赵的！”

杨主席说：“是不是请王站长先去看看士霜？”

宁主任说：“也好。王站长，咱去看看吧。”

王站长站了起来。沈科长在前面领着，外面的那些人都要跟着去，方部长说："你们都不要去了，回去休息，有什么事明天早晨再说。"

会议室在厂子的西南角，里面亮着灯，门口还有两个工人看守着。沈科长打开门，王站长进去一看，妹妹躺在担架上，身上盖着床单，过去趴下掀开头部，忍不住泪水哗哗流了下来。王士霜两眼紧闭，像是睡着了的样子，很安详。身子四周摆着些冰块，有些已经融化了半边，洇得砖地面潮乎乎的。她眉头用纱布包扎着，两个短辫顺溜地摆在两耳旁。王站长想解开纱布看看伤口，方部长说："别解了，子弹正好打中太阳穴，这是回来让卫生室的同志给她擦洗了擦洗，然后包好的。"

王站长停了手。

宁主任说："这都快十二点了，这样吧，你们二位先住下。厂里有间招待室，正好两个铺，明天早晨咱再商量下步怎么处理。"

侯干事把王站长拉了起来。

他三个一起把王站长、侯干事送到招待室，宁主任说："条件差些，要去县招待所还得十来里路，只能将就着了。你们休息，明天一早我们就过来。"说完三个人都走了。

侯干事关好门，说："这事不可能这么简单，那个姓赵的还是派出所所长，怎么能因为几句话的事儿就开枪呢？就算是不同观点也不至于呀！"

王站长坐在床沿上一个劲地吸烟，什么话也不说。

侯干事又说："就算是误伤，公安局也得有个明确说法，他们不该推托。"

这时突然有人敲门，侯干事过去把门打开，进来三个人，有刚才在办公室哭泣的李桂芳，还有两个男工人。李桂芳指着个头较矮的一个介绍说："这是俺厂'工人造反指挥部'的总指挥，叫梁文玉。"又指着另一个说："这是陈卫国，我丈夫，是指挥部的副总指挥。"

侯干事让他们坐下。他三个坐下后，梁文玉说：“王站长，士霜同志出这样的事，是您家庭的不幸，也是我们的不幸。我们失去了一个好战友，大伙都很悲痛。下午我们去公安局，就是想把赵成仁揪到化肥厂来，狠狠批斗他，为士霜同志报仇雪恨。可是，公安局的那些头头们不让我们见。回来后我们研究，明天要带领所有休班的职工，带着请愿书，抬着士霜同志的遗体，到公安局去请愿，要求他们严惩赵成仁。如果他们不答应，我们就停工停产，组织全体职工，并联合县城各单位所有和我们相同观点的同志，上街游行，直到他们答应为止。什么时候枪毙了赵成仁，我们再给士霜同志开追悼会。你们来以前，我们正向厂领导汇报我们的计划，他们说要等家属来了，看看家属的态度。这不您来了，您说我们这样安排行吗？”

王站长说：“谢谢同志们对士霜的关心。她刚进厂两个来月，还没为厂里出什么力，大家就不要为她的事费心了，也不要开什么追悼会。”

陈卫国说：“王站长，你不能这样说，这不是费心不费心的事，这是两条路线的斗争。王士霜虽然来的时间不长，可是，她报到没几天就加入了我们的组织，成了我们的骨干力量。前几天召开大批判会，她的发言水平很高，博得了同志们的高度赞扬。赵成仁是什么东西？是个所谓的造反派，靠造反起家当上了派出所所长。今天是我不歇班，我要能和桂芳她两个一起去吃饭，他敢开枪打人我当场就灭了他！别看我和他是亲戚，俺两个是两股道上的火车，走不到一块去。”

李桂芳说：“昨天晚上士霜不是还让你请假一起去吗？你说班上人少，不能请假。要是有你在场，赵成仁也不敢胡来。”

梁文玉说：“过去的事就别说了，还是听听站长的，看明天怎么行动吧。”

王站长说：“你们怎么行动，还是找厂里领导商量。”

侯干事也说：“是啊，王站长来就是看看士霜，明天和厂领导商量商量怎么处理后事。至于你们搞什么行动，那是你们指挥部的事，王站长没法表态。”

梁文玉说：“您来以前我们请示厂领导了，他几个意见也不一致，宁主任说让我们听听家属的意见再定。”

陈卫国说：“他就是胆小怕事，推脱责任。依我说，咱不管他们支持不支持，王站长你也不用表态，只要不阻挡我们就行，明天就按计划行动。”

王站长说：“天气这么热，你们抬着士霜恐怕不行。”

梁文玉说：“不要紧，我们安排好了，准备了足够的冰块，保证不能让士霜的尸体出问题。”

陈卫国说：“就这样吧，还有些同志在那边等着我们哩，您也早点休息。”

三个人走了。侯干事说：“这样一来他们就把事闹大发了。”

王站长说：“闹腾大了是不好。可是，士霜也不能就这么死得不明不白，怎么也得弄清原因吧？”

侯干事说：“咱还得依靠厂领导。”

王站长说：“就是，工人们闹半天也不一定能弄出个名堂。”

侯干事说：“休息吧，天不早了。”说着先把王站长床上的蚊帐放了下来。

从驻队的同志到大、小队干部，都十分重视，忙活了一天多，方方面面都做了充分准备，可省里的领导来到只走马观花转了几个生产队，总共也就待了半顿饭时的工夫，接着上车一溜烟儿回县城去了。张发树本来想听听这么大的领导来了讲些什么，可是，只是在省领导刚下车时，贾政委把他叫到跟前，向省领导作了介绍，自看起来一直到走，他再也没能偎到前边去。军分区首长和贾政委紧跟着，丁主任不离左右边走边汇报，后面就是省里和地区来的十几个随从人员，就连田部长、刘部长都没能靠到跟前去，哪里还有他的份儿？临走时，省领导别说和大伙握手了，连个招呼也没打就钻进了车里。至于丁主任怎么汇报的，领导讲了些什么，张发树一句也没听清楚。按原来安排，工作组和大队的其他同志，都分别在各生产队盯着不准离开，他们就更不摸四至了。

县武装部的田部长和刘干事，回村坐上吉普车追赶车队去了。公安局的马局长他们，也接着骑自行车走了。刘部长让他三个吃了午饭再走，马局长说局里有急事，必须马上回去。送走他们，丁主任说："抓紧把工作组的同志和大队干部叫来，传达一下领导的指示。"刘部长说："快到吃午饭的时候了，下午再传达吧。"丁主任说："不能等到下午，得尽快传达下去，领导的指示让大家知道得越早越好。”张发树说：“恁两个先喝着水，我这就去下通知。”

张发树先找到李向河、潘秀菊，几个人再分头去通知别人，很快都来了。丁主任兴奋劲儿还没下去，满脸笑容地说：“我先给大家报告一个好消息，省领导视察后对我们的工作非常满意，临走时交代他的随行人员，回省以后立即组织个写作班子，来好好总结我们汶水滩的经验，要在全省加以推广。并且让军分区首长也派个人来，协助进行调研。”他看到大家没表现出多少高兴意思，吸了口烟接着说，“这可是省里的最高首长，他的话一言九鼎，手下人得认真落实。大伙想想，把咱的经验总结出来，一广播一登报，或是发个文件，全省都得学，咱汶水滩一下子就在全省出名了。当然，领导来视察本身就是对我们最大的支持，最大的鼓舞，最大的促进，最大的鞭策。又决定在全省推广我们的经验，说明对我们工作的充分肯定。我们可不能骄傲啊，要认真总结前段的工作，找出差距，加以改进。下一步我们的各项活动都要更加深入，要进一步上水平、上台阶。特别是落实‘五·七’指示，要继续作为重中之重，做到更全面，更广泛。您是没看到，当我汇报到这方面的情况时，领导是不住地点头，这说明什么？说明领导对这项工作很感兴趣，是充分赞许的。”这么颠三倒四地说了一通，就停下了，然后看了看刘部长，又说，“刘部长，还有发树同志，恁两个都跟着来，再补充补充。”

刘部长说：“我们在后面离得远，听不到领导的讲话内容，没什么补充的了。”

张发树也说：“是啊，那么多人在前面，根本听不清恁说了些什么。”

丁主任说：“那就先到这里吧，抽时间我们再认真讨论，研究下步具体怎么落实。”

因为省里这位领导就待了这么短的时间，只是一般地看了看听了听，从下车到上车一直绷着个脸，没什么表情，至多就是点了几次头，只有临走时说了那几句话，别的一句也没说。当然，当时丁主任的嘴一直没停。刚才他是一时心血来潮，说要开会传达领导讲话精神，张发树走后苦思冥想半天，也没想起领导还讲了什么。因此，只好就此结束了。

出门后潘忠地问张发树：“怎么没见王站长呀，昨天他不是还在这里吗？”

张发树说：“听许干事说，昨天傍晚小陶来叫他回去了，说是他妹妹那里出了点急事。对了，今天早晨许干事还说，昨天下午县公安局来人找马局长汇报，晚上听那两个干警议论，城关派出所的所长打死了化肥厂的个工人，他怀疑很可能就是王站长的妹妹。”

潘忠地说：“不可能，她刚参加工作，能干什么违法的事？怎么会打死她？”

张发树说：“我也觉得不可能是她。不就是和两个同学在咱这里住过的那个王士霜吗？看她挺文静挺老实的，怎么会办违法的事呢？小陶来叫王站长也可能是因为她病了，或是有别的事，是许干事胡猜疑，把两件事联系到一块了。”

潘忠地没再说什么。回到家里，左思右想，老是放心不下。不论王士霜是生病了还是出了别的事，叫王站长急着回去，就一定不是小事。不行，得亲自去一趟，看个究竟。放下饭碗他就去找张发树，说要进趟城，看看王站长什么事。张发树说：“我和你一起去。王站长在咱这里驻队，对咱帮助不小，她妹妹也来住过，人家有事了咱不能装不知道。”

潘忠地说：“你要去还得给工作组打个招呼不？”

张发树说：“不用了，咱去看看就回来，也就大半下午。路过明尧叔家门口时给他说一声，有什么事叫他先应付着。”

来到刘集，张发树说：“咱先到公社问问小陶，看看到底什么情况。”

潘忠地说：“也行，还不知道王站长回来了没有。”

他两个直接去了公社革委办公室，小陶和江秘书都在，张发树说明来意，江秘书说：“还真让老许猜对了，死的正是王站长的妹妹。昨天侯干事陪着老王去了，到现在还没回来，不知道什么情况。”

张发树问潘忠地："怎么着？咱还去吗？"

潘忠地说："去，看看有什么事咱好帮帮王站长。"

两个人一路无语。来到化肥厂，在大门口遇到个工人，问了问，说是都去公安局了，把尸体也抬去了。他两个立即返身去了公安局。

今天一早，梁文玉他们就组织了一百多名工人，抬着王士霜的尸体，来到了公安局。公安局的大门紧闭着，有人想砸开大门冲进去，梁文玉制止了。他清楚，"文化大革命"开始以来，不论哪派群众组织，对所有党政机关都可以随意闯随便砸，唯有公安局、检察院、法院和部队是受保护的，上头文件明确规定，不允许任何人冲击这些单位，谁违背了这一条，那就犯了天大的错误。没办法，只好让大伙在门口一遍遍地呼口号。王站长和侯干事都跟来了，厂里的杨主席、沈科长陪着他俩，蹲在一旁的路边上吸烟。折腾了大半个小时，局里没一个人露面。

这时在家的三个副局长都在办公室里，因为马局长捎信来，要等他回来才能审问赵成仁。不审问赵成仁，就弄不清开枪的真相；弄不清开枪的真相，就没法做工人们的工作。其实就是没有马局长的这个口信，他们也没人愿意插手这个案子。都知道，赵成仁一直跟着马局长干，两个人是公安系统最早起来造反的，是再亲密不过的战友。赵成仁出了这种事，肯定他要直接管，就是安排了别人负责这个案子，也得按他的意见去办，所以这时候不能出面给工人任何答复。同时也接受昨天的教训，让工人们进了院子，如果局长们不出面，他们就会情绪更加激烈，甚至有可能闯办公室，就算是只在院子里吵吵嚷嚷，也影响到所有办公室的同志办公。因此，从早晨就安排人关好了大门，把工人们挡在门外，挨时间。

就在工人们情绪越来越难以控制时，县武装部的程副部长带着四五个武警战士来了。他喊开大门，所有工人都一下子围了上来，有些人想乘机往里挤。程副部长说："请大家稍微等一等，过会儿一定让你们进去。"

这期间大家都知道，穿军装的人说话是最管用的，人们也最信任当兵的。听程副部长这么一说，工人们只好静了下来，耐心地等待。

原来昨天傍晚工人们离去后，几个局长商量，万一明天他们再来闹，或者是抬着尸体上街游行，人会越聚越多，省里的领导来了碰上影响可就大了。这事非同小可，必须去武装部向贾政委汇报，给领导作了汇报，再出事责任就小了。当时贾政委正聚精会神地看准备向省领导汇报的材料，听了听情况就让局长们回去了。贾政委看完材料后，又考虑这事，觉得应该引起重视。于是差人把程副部长叫来，让他明天务必亲自过问，密切注视化肥厂工人的动向。如果他们上街游行，就组织部分武警战士和公安干警，劝阻他们。万一劝阻不下，也要把他们引导到公安局去。因为公安局离武装部比较远，隔着好几条街道，省里的领导来了看不到就行。要是他们直接到公安局去闹，就让局长们耐心做工作，起码要先稳住他们。下午三点省领导就离开了，这之前无论如何不能让他们闹到武装部这条街上来。

今天吃过早饭，贾政委就去了汶水滩。程副部长先给化肥厂要了个电话，宁主任说有百多名工人一早就抬着尸体去公安局了。他立即召集几个武警战士，一起去了公安局。

局长们把程副部长迎进了办公室，程副部长边坐下边说：“你们关着大门不是办法，这样会更加激化矛盾。要让他们到院子里来，并且要把他们的头头叫到办公室来，好好给他们做工作，让工人们的情绪稳定下来。”

有位副局长说：“恐怕这个工作不好做。昨天下午他们就要求把赵成仁带到化肥厂进行批斗，我们担心那样会出大问题，所以一直没同意。”

程副部长说：“他们这个要求是没道理的，不答应就对了。赵成仁不论负有什么责任，都必须依法处理。如果让工人们弄去，肯定打他个半死，甚至后果更严重。但是，我们今天的任务是先稳住他们，不能让他们上街游行，更不能到武装部门口去闹。恁也知道，省领导很快就到了，中午在武装部吃饭、休息，下午三点才走。只要能把这些工人集中到你们院子里来，暂时上不了街，明天再怎么闹腾都不要紧了。现在就是想办法拖一拖，你们的态度要热情些，多做过细的说服教育工作。天气这么热，要给他们弄些开水喝，真要劝不回去，中午可以给他们提供饭吃。”

几个局长都明白了，接着派人打开大门，让工人们进了院子。同时安排伙房抓紧烧开水，多蒸馒头。如果到了午饭时他们不走，就每人发几个馒头。

工人们一哄而入，三位副局长都出来了，其中一位去了伙房。另一位大声说：“请同志们不要乱，你们谁是负责人？到办公室里来，我们好好谈谈，其他同志可以在院子里休息。最好坐到树荫凉儿底下去，天气预报今天气温很高，千万别中了暑，等一会儿伙房工人就给大家送过开水来。”

人们看到局长们这态度，立时稳定下来。杨主席叫着王站长、侯干事，先找了个树荫凉坐下，几个工人把王士霜的尸体也抬到了树荫下。梁文玉叫着陈卫国和另外两个同志去办公室，走到门口又回头喊：“杨主席，你也过来一块听听，看看他们怎么答复。”杨主席过去了。

程副部长一看这情况，就回武装部了，让几个武警战士留了下来，万一工人们闹腾好帮助维持秩序。

没多大会儿，伙房的师傅抬来两桶开水，拿来舀子和十几个大碗，并且吆喝：“同志们都来喝碗水。有事说事，这大热的天别热着。”李桂芳第一个过去舀了两碗水，端过来给了王站长和侯干事。其他人也都陆续轮换着去舀水喝。

办公室里当然谈不出什么结果，虽然杨主席一句话不说，可四个群众组织的头头轮番发言，口径一致，就是要求把赵成仁交出来，弄到化肥厂去批斗。局长们反复讲相关法律和政策，说是案子还没审理清楚，必须关押在公安局。他们进一步提出，那就要尽快枪毙他，不然，难以平民愤。局长们心里有数，尽量和他们平心静气地谈，只要不激化他们的火气来就达到了目的。

接近中午，马局长回来了，他一进大门，院子里的工人呼啦一下子就围了上来。跟随他的干警把工人们拨拉开，他才进了自己单独的办公室。王站长没有往前偎，看到他进屋后，就起身过去了，沈科长、侯干事也跟进去了。马局长让他们坐下，倒上水，说：“王站长，昨天上午局里去人告诉我，说是老赵开枪打死了个化肥厂的工人，具体情况也说不清，连男的女的也没告诉我。傍晚咱刚开始吃饭公社来人把你叫走了，并且听说是你妹妹那里出了事。你走了以后，我问你妹妹在哪里工作，老许说在化肥厂，当时我就估计死者可能是你妹妹。今天省里的人一走我就往回赶。有你在事情就好办了，你也是国家工作人员，不论案情怎样，性质如何，咱一定尽快依法处理。”

王站长说：“怎么着也得先弄清原因吧？她一个刚分配的大学生，进厂当工人时间这么短，能办什么违法的事？”

马局长说：“我也是这么想。事实真相还没调查，实在不好说。这样，恁几位先在这里喝水，我马上去提审赵成仁。”

到了中午吃饭的时候，有人端进来一盆肉片炖茄子，拿来一包馒头，让他们先吃饭。沈科长出去喊杨主席来一块吃，到院子一看，伙房师傅抬出来一大箩筐馒头，正在发给大家，每人两个馒头，一块蔓菁咸菜。有个干警喊着几个武警战士，到伙房吃饭去了。

吃完饭又过了老大一会儿，马局长才从审讯室回来，负责记录的那个干警在后面跟着。工人们一哄而上截住他，那位干警说：“局长现在还没吃饭，得让局长先吃饭啊！”

马局长说：“吃饭不慌。同志们，你们等一等，我得先和死者家属谈谈，然后再给大家答复。”

梁文玉大声说：“都让开，让局长去给王站长谈，咱听信儿。”

大伙让开了路。

三位副局长也在马局长办公室，屋里的人都听到了马局长刚才的话，马局长进来后，他几个和杨主席、沈科长想走，马局长说："别走，你们一块听听。"那位干警说去给马局长打饭，马局长叱了他一句："你是饿死的鬼托生的呀？吃饭重要还是工作重要！"他这么说是给大伙做做样子，也是给王站长显示一下他对这件事情的重视。

王站长说："马局长，你还是先吃饭吧，不差这一会儿。"

就在这时，马局长看到张发树和潘忠地站在了门口，他不认识潘忠地，就说："发树同志，你怎么来了？"

张发树说："我和忠地来看看王站长。"

马局长又问："那位是谁？"

王站长说："他是汶水滩大队的革委会副主任，叫潘忠地，士霜的同学。"

马局长说："那你们进来吧，坐下喝水。"

屋里的座位不够了，那位干警出去又搬来条凳子。

马局长开始谈案情，他说："刚才我们两个初步审了审赵成仁。这件事发生得很突然，基本属于意外事故，具体情节还有待核实。据赵成仁交代，他下班回去时家里已经包好了水饺，两个孩子都去姥姥家了，他小姨子还有王士霜坐着说话，小姨子还向他作了介绍，说她们是中学同学。他老婆正准备下水饺。起初什么事也没有，吃起饭来谈论起'文化大革命'的事，便发生了些争执，赵成仁辩不过她三个，生气地放下碗没再吃，去了里间屋想抽支烟。他刚拉开抽屉找烟，他老婆就进来了，当时手枪也在抽屉里放着，他老婆过去就抓手枪，两个人争夺起来。在争夺的过程中，手枪响了，大概他小姨子和王士霜都在门口站着，枪一响王士霜倒了下去，几个人立时惊呆了。他一看伤了人，就赶紧跑到局里投案来了。当然，这都是他的一面之词，还必须找另外两个当事人进行核对。"

王站长说："事情就这么简单？"

其他人没一个开口的。马局长又说："这只是他初步交代的情况，我刚才说了，也许这不是事实真相，还需要进一步调查审理。因为这个案子涉及我们自身的干警，我想下午就去地区公安局汇报，请求他们派人来处理，避免我们的人徇私枉法。"

王站长说："那得什么时候才能弄清楚？"

马局长说："如果案情复杂，需要时间就可能长点。这样吧，王站长，对案子我们一定尽最大努力，抓紧办案，最后会给家属一个满意的答复，现在是不是先把尸体火化了？这大热的天，时间长了可不好。"

有个副局长接上说："是啊，我看到工人们又弄来两车冰块，这也很难保证尸体不腐。"

杨主席也说："出了这意想不到的事情，大家心里都不好受。要是摊在普通群众身上，总得要先讨个说法。刚才马局长表态了，一定尽快审理，并且要请地区公安局的同志来办案。我们要相信公安局，不会袒护罪犯，是能依法秉公处理的。士霜同志的遗体是不能这样老放着，还是抓紧火化了好。"

沈科长说："死者的丧葬费用怎么办？"

马局长说："我们负全责，不仅丧葬费用，最后局里还得拿出部分钱，作为对家属的补助。至于你们化肥厂怎么安排，你们回去再研究。"

王站长不吱声，两眼红红的，强忍着没有流出泪来。

潘忠地自从在公社听江秘书证实王士霜死了，脑子立时炸开了一般，心里也像堵满了东西，呼吸都不顺畅了。一路上他脑子里乱七八糟，什么都想什么也想不清楚。进了公安局他想看看王士霜的尸体，在跟前看守的几个工人没同意。张发树问王站长在哪里。他们说在局长办公室，他两个才过来了。这一阵子潘忠地心里镇静了许多，听了刚才几个人的话，觉得有些道理。他就坐在王站长身边，侧了侧身子对王站长说："事情已经这样了，不能让他们再拿士霜的身体说事儿，让士霜好好清静清静。抓紧火化吧，反正火化了案子也不能算结束，该怎么办还得怎么办。"

张发树说："得让老人见一面再火化，是拉回家去还是叫老人来这里看看？"

王站长说："不用了，先火化了再说吧。我父亲母亲年龄都太大了，身体还不是很好，现在又没法给他们解释。可是，外面那些工人要是不同意怎么办？昨天晚上他们可是说要抬着尸体游行哩。"

沈科长说："这是个问题，来的都是他们这个组织的代表，昨天晚上他们就对厂里提出，今天要没个明确答复，他们就要停产，并且联络其他单位的人，上街大游行。局长们也知道，我们厂里百分之八十多的职工都是他们这个组织的。"

马局长说："不要紧，只要王站长态度明确，尸体处理应该尊重家属的意见。杨主席，你和老沈先做做工作，和大家讲清道理，同意更好，就是不同意，也要强行这么办。"他又对三位副局长说，"咱分下工，我吃点东西就去地区公安局，你们召集部分干警，连同那几个武警战士，一起维持好秩序。一定注意，要耐心做同志们的工作，做到打不还手，骂不还口，千万不能再激化矛盾。另外，要选派两名干警一块去火化厂，恁三个也要去一个。"

几个副局长答应着。杨主席说："马局长你吃饭去吧，这已经快四点了。我们这就去和大伙谈谈。"

马局长说："杨主席，我们局里没有汽车，恁厂里有运输队，最好能来辆汽车，那样快当些。"

杨主席说："没问题，我这就给宁主任要个电话，让他马上派辆车来。"

工人们听说要火化尸体，一个个情绪十分激动，都说这是公安局的诡计，人火化了他们就可以久拖下去，最后从轻处理罪犯，甚至不了了之。人群中乱了起来，有的喊着一些力气大的凑到尸体旁，说是要保护尸体，谁想拉走也不行。有的截住了马局长，把他围起来，让他说个明白。那边已经集合起来二十多名干警，准备强行制止工人。潘忠地一看这情况，对王站长说："王站长，你得说句话，不然大家的情绪平息不下来。"

王站长寻思一会儿，高声说："同志们，我知道你们是对士霜好，在这里我对大家表示感谢了。"接着给大家鞠了个躬，随后说，"可是，眼下天气这么热，还是先火化了吧。就是天不热，按我们老家的规矩，人死了也不能停放时间太长，以前是入殓，现在是火化，一般都不能超过两天。当然，火化了尸体也不能就没事了，如果没个明确说法，士霜不能瞑目，我们家人也不能同意。我想还是抓紧火化，至于怎么处理过后再说。"

人群静了下来。这时只听到几个女同志的哭声，特别是李桂芳，放开悲声大哭起来。

汽车来了，几个干警过来帮着把尸体抬到车上，马局长让两个干警留在了车上。张发树对潘忠地说："咱别去火化厂了。"潘忠地说："我得去，你回去吧。"张发树说："那就一块去，把咱和王站长、侯干事的车子放到车上。"这时杨主席和李桂芳先后爬上了车。有几个工人还想上车，杨主席说："你们都别上了，我和桂芳都代表了。大家都回厂，有什么事我们回来再商量。"侯干事、张发树和潘忠地都上了车。

那位副局长叫着王站长，上了驾驶室。

汽车开出了大门，梁文玉吆喝着大伙都回化肥厂了。第二天上午，满城贴出了一些大标语："为革命战友讨还血债！""公安干警无辜打死革命群众，必须严惩杀人凶手！""揪出赵成仁，血债要用血来偿！""谁和革命群众作对，就叫他灭亡！""揪出赵成仁的幕后黑手！"……这些标语有化肥厂的群众写的，也有别的单位的群众写的。紧接着，在县城广场召开了个追悼会，有四五名同志发言，声讨杀人凶手，加上围观的群众，足有上万人参加。随后连续几天，都有几千名群众上街游行，并且每天都到公安局大闹一阵子，弄得公安局简直是焦头烂额。

地区公安局的同志来到后调查了几天，公开把赵成仁押着回去了。最后结论是赵成仁武器保管不善，误伤了群众。社会上流传说，因为弄不清是赵成仁还是他妻子李桂芬扣动的扳机，所以只判了赵成仁几年的徒刑。这些都是后话。

汽车到了火化厂，已经落太阳了，工人早已下了班。副局长找到负责人，说明情况，这位负责人立即作了安排。火化结束后，副局长问王站长骨灰盒怎么办？王站长说："先存放在这里，等我回去做做老人的工作，再带回家去埋葬。两位老人要是猛然间看到骨灰盒，心里承受不了。"

李桂芳说："得把骨灰盒送化肥厂去，我们要为她开个大型追悼会。"

杨主席说："听王站长的。没有骨灰盒我们一样开追悼会。"

副局长又让他们一块回公安局吃晚饭，侯干事说："不用了，天都这么晚了，您回县城，俺陪王站长回家。"

四个人骑着自行车，沉默着往回走。到了半路，侯干事说："老王，到公社吃点东西再送你回家吧。"

王站长说："回公社，今天我也不回家了，明天再回去，还得考虑考虑怎么跟老人讲。"

来到公社门口，张发树和潘忠地不想进去了，侯干事说："已经到这时候了，恁两个来一块吃了饭再走。"

王站长也留他们。张发树说："忠地，那就吃了再走吧。"

他们直接去了伙房，吴师傅赶紧给他们炒了个菜，馏了馏馒头。张发树和潘忠地每人吃了两个馒头，起身走了。临出门王站长交代："您回去给刘部长说一声，我得在家里待几天。"

回到汶水滩，他两个先去了工作组。工作组的人都还没休息，张发树把今天的事情说了一遍，刘部长说："老许，明天你回去一趟，看看老王家里还有什么事，帮着处理处理。"

许干事说："行，我明天一早就回去。"

潘忠地说："明天我也去，看看两位老人。"

许干事说："那好，你早一点过来，咱一块走。"

许干事和潘忠地到了公社时，王站长正一个人在屋里坐着吸闷烟，跟前烟灰缸里的烟头已经冒了尖，屋里的烟雾就像失了火似的。许干事进门一看这样子，说：“老王，你妹妹碰上这种事，都感到惋惜。可是，事情已经出了，你就得想开点，老百姓都说‘事大事小，跟前就了’，个人得正确面对。你这样可不行，弄不好就把自己的身子糟蹋坏了。”

王站长站起来说：“我倒没事，就是愁着没法给两位老人讲。恁两个怎么来了？”

许干事说：“刘部长叫我来的，帮着你回家处理处理，忠地也说一块去看看老人。你吃早饭了吗？”

王站长说：“吃不下去。”

许干事说：“不吃饭怎么能行？走，咱一块到伙房去吃，我也没吃哩。”

正说着，侯干事拿着两个馒头，小陶端着一碗糊涂和一碟咸菜进来了。侯干事说：“哟，恁两个来了。老王，我们看着你没去吃饭，就送过来了，快吃吧，我们都吃了。不是还得回家吗？柳书记让我陪你回去。”

许干事说：“不用你去了，你还得在家值班。刘部长让我专门回来的，我和忠地去就行了。忠地，咱到伙房里去吃。”

潘忠地说："你去吃吧，我一早在家里吃过了。"

许干事吃完回来，王站长也吃完了。许干事说："咱走吧？"

侯干事说："恁是不是先去火化厂，带着骨灰盒回去呀？"

王站长说："先不带了，等过两天老人的心情平静下来，我再去取回来，回家埋了就算了。"

三个人起了身，王站长在前面，许干事随后，潘忠地跟在最后面。许干事说："我觉得士霜这事回去不能说实话，要是说被别人开枪打死的，不仅老人接受不了，传扬出去也不好，容易让人们误解。"

王站长说："我也是这么想。如果说出实情，两位老人根本没法理解，也不好给他们解释。我考虑就说是化肥厂出事故，不小心摊上了。就是这想法没给厂里领导说，估计他们这两天会来人，万一说漏嘴就不好了。"

许干事说："好办，今天他们要是来了，就先在外面给他们透个话。如果今天不来，下午我去厂里给他们说说。"

王站长说："还有个事，她的骨灰怎么埋呢？按老说法，女孩子年龄再大，只要没出嫁，就不能埋到林里。还能把她埋在乱葬岗子上？"

许干事说："我也知道这规矩。以前有说阴亲的，要是年龄大点的女孩子死了，孬好找个主儿，让人家把尸体娶过去，就算是男方家的人了。"

王站长说："现在哪还有这么办的？以前讲究多，有的人家里穷或是身子有缺陷，找不上媳妇，成个阴亲算是不打光棍了，不用花钱甚至女方还给点钱，说是这样到阴间好对祖宗交代，也好过继别人的儿子了。"

许干事说："现在不能论那一套了，做做老人们的工作，可以埋到林里。"

王站长说："埋到林里也不能跟着长辈的穴位，至多埋到林的边角上。那也得俺那个家族的长辈们都同意。"

潘忠地在后面仔细听着，没有搭言，心里却犯起了嘀咕。

回到家里，两个老人都在，进屋后王站长把许干事和潘忠地向老人作了介绍，老人忙着泡茶。都喝起水来，王站长才说："爹，娘，有件事给您说，您老人家得沉住气，千万不能太伤心。”

老爷子急着问：“什么事呀？”

王站长说：“化肥厂前天出了个大事故，有伤的人也有死的人，正巧让俺妹妹摊上了。”

老爷子又问：“她不是说在试验室里上班吗？就是摆弄些瓶瓶罐罐的，怎么还能摊上事？伤得重不？”

王站长说：“赶上她去车间，忒重了，抢救半天也没能救过来。”

老爷子长叹一声，说：“天意呀，才参加工作这几天，怎么就死了！”

老太太开始没听清，现在听明白了，觉得天塌地陷一般，立时放声大哭起来，差一点从凳子上歪倒。潘忠地赶紧上去扶住她，许干事、王站长也都起身站到了她跟前。许干事说：“这是意想不到的事，可事情叫咱碰上了，您老人家就得往宽处想，保重身体要紧。”

王站长说：“娘，你别哭了，人都有个寿数，命里该她这时候走，谁也拉不住。您别哭坏了身子。”

老爷子说：“让她哭两声吧，哭出来好受些。士霜临去上班还在家里待了两天，这还是眼前的事啊，现在说没就没了，她能不伤心吗？尸体在哪里？怎么没拉回来？”

王站长说：“在厂里，我没让人家往家送。她一个姑娘家，拉家来怎么办？我想直接到火化厂火化了再说。”

老爷子擦了擦眼泪，点着烟吧嗒了两口，说：“是呀，拉家来也不好停放。虽说她年龄不算小了，毕竟没嫁人，咱也不能给她发丧。搁过去还好说，托人说门阴亲，就能名正言顺地埋到人家老林里了。这事怎么办啊？”

王站长说：“你给近房的老人们说说，得把她埋到林里。”

老爷子说：“这话还真不好说，以前没有过这么办的。”

老太太已经不再大声哭了，还一个劲地啜泣。

这时潘忠地突然说：“大爷、大娘，您两位老人不知道，我和士霜从初中就是同班同学，她上了大学俺也没断联系。这样吧，我把她娶过去，在俺家里给她发丧。”

屋里人都蒙了。王站长说：“那可不行，恁两个没正式订婚。再说，你家里老人也不会同意。”

潘忠地说：“实际上俺算是订婚了，她说参加工作过一段时间就办结婚手续。前几天还给我来信，让我最近去一趟，好商量商量具体怎么办。这几天村里事情多，我还没来得及去。”

许干事拽了拽潘忠地的胳膊，叫着他出去了。来到大门外，许干事说：“忠地，这事可不能一时冲动随口答应，你得慎重考虑考虑。春莲和你结婚没几年死了，你再娶回个骨灰盒去，外人会怎么说？你父母能愿意吗？”

潘忠地说：“恁两个在路上说这事时我就考虑了。外人说什么无所谓，我回去给两个老人解释一下，也问题不大。我这样做，也算是对得起士霜了。春莲在世时也知道俺两个经常通信，真要是她的灵魂还在，也会支持我这么做。”

正说着，宁主任和杨主席骑着车子朝这边来了。潘忠地认识杨主席，说：“化肥厂的领导来了。这事就这么定下了，我知道你是好意，不用再说了。”

宁主任和杨主席来到跟前下了车子，潘忠地上去和杨主席握手，并且把许干事介绍给他们。杨主席和许干事边握手边说：“这是我们厂革委宁主任，我是厂工会的，姓杨。”

许干事说：“我和忠地同志陪王站长一块来看看，两个老人都在家里。为了让老人好接受，我们事前编了个瞎话，就说王士霜是因为厂里出事故受了重伤，没能抢救过来，现在还没火化。恁两位最好也按这个口径说，免得老人生疑心。”

宁主任说：“这个说法好。我们开会研究时，一致同意按工伤对待，因为这样丧葬费、抚恤金都好处理。”

几个人一块进了院子，宁主任、杨主席放车子的空儿，许干事先进屋给王站长使了个眼色，王站长心里就有底了。他起来迎到门口，跟宁主任、杨主席握了握手，把他们让到屋里，对两位老人说："这是化肥厂的宁主任和杨主席，来看恁老人家了。"老爷子起身给他们倒水，潘忠地过去抢过了茶壶。

宁主任坐下后说："大爷、大娘，我们的工作做得不好，出了这样的事故。士霜同志虽然到厂时间不长，表现很好，工作认真负责，也能团结同志，凡认识她的没有不夸她的，出事以后大家都很痛心。我和老杨代表全厂职工，来看看您老人家，希望您节哀保重。"

老爷子虽然不识字，可是个识大体讲道理的人，他听宁主任这么说了，就接过话头，说："这事不能怪领导，她才去这两天，还没给厂里出多大力，就让您操这么大的心，是她对不住您。您是忙公事的，还跑老远来看俺老两口子，谢您了。"

杨主席说："士霜同志没有对不住我们的地方，只能说我们对不住她。要是安全生产抓得好，就不会出事了。当然，类似事故这也不是头一次，对死者家属的各项照顾都有明确规定，厂里商量，按标准再多加二百块钱，我们把钱带来了。以后家庭有什么困难，还可以找我们。"说着从提包里拿出个鼓鼓囊囊的大信封，放到了桌子上。

王站长说："这怎么能行呢！"说着站起来走到桌子旁，想把钱还给杨主席，猛然意识到，不是说工伤吗？工伤死了人厂里拿钱是正当的，如果坚持不要就会露馅了。于是没有拿信封，而是端起茶壶给每人倒了倒水。

老爷子这时说："家里没困难，这不她哥哥还是国家干部，供她上学的时候都没困难，以后还能有什么困难？"

王站长朝杨主席努了努嘴，说："杨主席，明天我去厂里，把士霜的尸体火化了。"

杨主席说："可以，我们准备好车。"

老爷子说："快当点，天热，别让她在厂里臭了。"

王站长说："要不今天下午火化？"

老爷子说："怎么着都行，这又没什么讲究，让厂里领导看着办吧。"

杨主席说："下午也来得及，我们回去就安排。"

老太太这时候说话了："我得去再看一眼这孩子。"

王站长说："你别去了，这大热的天，你再有个好歹的怎么办？有我去就行，厂里领导和她的同事还得跟着。"

老爷子以为闺女是工伤死的，不知道尸体成个什么样子，所以儿子不让他娘去，就说："你还去干么？她不哼不唧就不管咱老两口子的事了，让她哥哥送她一程就不孬了，家里其他人也都不要去了。"

老太太一辈子不论什么事都得听老头子的，也就不再吱声了。宁主任、杨主席又说了几句安慰的话，起身要走，所有人都起身把他两个送到了大门外。

刚才许干事把潘忠地叫出去以后，老爷子问了问潘忠地的情况，觉得这事可行，担心的是潘忠地家里人不同意。送走宁主任、杨主席，都回到屋里，老爷子看着潘忠地说："年轻人，你是好人，心眼实诚，可这是件大事，你回去得先给恁父母拉拉。要是能成，咱以后就是亲戚了。不成也不要紧，俺不会怪你，按理说这种事都是老人当家，不能依你个人的主意。千万别太犟了，惹恁父母生气。"

潘忠地说："不会的，我一定好好给俺爹俺娘说，您就听我个信吧。"

许干事说："忠地，咱先回去吧。"

王站长说："我和恁一块回去，下午好去化肥厂，拉着士霜去火化。"又对老人说："爹，俺妹妹的事先不要对外人讲，等我回来再说。"

三个人一出村许干事就说："老王，你不是说在家待几天吗？怎么又急着回去？"

王站长说："我是想和忠地好好谈谈。这可不是一般的婚姻，忠地，你得仔细掂量掂量，突然把个骨灰盒娶家去，在全村影响可就大了。你还这么年轻，应该抓紧再找个对象，这事一掺和进来就不好了。”

潘忠地说：“你不用说了，我已经拿定主意了。反正我就是个‘二茬子’光棍，以后遇上合适的就找一个，找不上这样过一辈子也挺好。”

许干事说：“光你拿定主意还不行，老人们能想得通吗？万一老人坚决反对，那怎么办？”

潘忠地说：“谁反对我也得这么办。这五六年来，我和士霜的联系没断过，我们也算是有感情基础的。现在她出了这种事，我不能坐视不管，更不能眼看着她连个埋骨灰的地方都没有。”

许干事想，他是铁了心了，王站长一家更得赞成，不能再劝他了，就说：“你真要下了决心，也倒是一件好事。外人们知道了真相，也会夸你品性好，不是负义的人。要这样，我们一块去帮你做做老人的工作。火到肉烂，话到事成，只要解释清楚，老人不会不同意。”

潘忠地说：“您先别去，我要是说不通的时候您再去。”

都没话说了。到了刘集，许干事说：“老王，你先回公社吗？我直接回工作组了。”

王站长说：“我也回工作组，有什么事好跟忠地商量商量。”他心里是想，这事大概差不多了。

潘忠地回到家里，母亲已做好了午饭，弟弟也从坡里回来了。刚进屋他父亲就问：“你看谁去了？吃过早饭我遇上发树，说你一大早就骑车子走了，什么事啊？他说你上王站长家去了，王站长的妹妹死了。你认识人家呀？”

潘忠地说：“认识，中学时的同学。春莲不行了的时候她到咱家来过，和那两个女大学生一起。”

他娘说：“就是那个浓眉大眼的姑娘？”

潘忠地“嗯”了一声。他娘又说：“还上着大学，怎么好好的说死就死了？”

潘忠地说：“她两个月前正式参加工作了，分配到县化肥厂。前天碰上厂里出事故，受伤后没救过来。”

潘忠民在一旁说：“我知道她，就是经常给你寄学习材料的那个，俺嫂子给我说过，叫王士霜。怎么死了？太可惜了！”

潘忠地没理弟弟，开始给大家盛饭，直到都吃完时，他才说：“爹，娘，我跟恁商量件事。以前没给恁说过，我和我这个同学早就订婚了，本来是想等她工作一段时间以后，准备结婚时再告诉恁。这不突然出这么个事，她家里连她的骨灰都不能埋到林里去。我考虑咱不能做对不起人的事，想把她的骨灰盒娶家来，我们就算是正式成夫妻了，埋到咱老林里也能讲得过去。”

他娘愣怔一瞬儿，说：“那可不行，恁又没登记，又没有媒人，已经死了再弄家来，那算什么说法？”

潘忠民说：“要什么媒人，现在时兴自由恋爱，只要两个人私下定了，就得算数。”

他娘又说：“那也不行，头一个死了，第二个没进门又死了，传扬出去人们会说你的命忒硬了，妨媳妇，今后谁还能跟你成亲？你就一辈子独身过？”

潘忠地没接他娘的话，两眼死死地盯着他爹。他爹皱着眉头，使劲吸了几口烟，弯腰磕了磕烟灰，又长出一口气，说：“以前成亲不仅中间要有媒人，双方家庭同意后还要换订婚贴，再等着看日子过门。媳妇就是没过门，只要换了贴就算是自家的人了。现在不兴那一套了，不管老人同意不同意，两个人就可以定下来。忠地，恁两个真的说好了？”

潘忠地说：“早就说好了，就等着她毕业参加了工作再登记，前些时她给我来信，叫我抽空去趟化肥厂，好商量商量结婚的事。”

他爹说：“真要这样就得按你说的办。做人得讲德行，不能让外人指脊梁骨。人活着的时候答应了，可不能见人家出了事就不认账了。”

他娘想，怪不得有些来说媒的他都不理人家的茬，原来是心里早有人了，可还是觉得这事不妥当，就说：“也不能娶个骨灰盒来放几天呀！那算什么事？”

他爹说：“娶骨灰盒怎么了？你没听宣传呀，咱死了也得火化，今后都占不了棺材了。他们算是订了婚了，以前还有死了后说阴亲的，那就得把棺材抬家来。不过，她和春莲不一样，不能再正经八百地发丧，送来就接着去埋了。”

潘忠地知道娘当不了爹的家，只要爹点了头的事就算定了。事前没想到爹这么痛快就答应了，心里悬着的石头算是落了地，觉得也不能再强求发丧了，就顺着爹的话头说：“是呀，不能发丧，我给她家里人说说，看凑哪天，送来当天就埋。”

他爹说：“你下午就去给人家个信儿，别拖着，让她爹、娘放了心。”

潘忠地说：“我这就去找她哥哥，上午王站长和许干事一块回工作组来了。”

潘忠地到了工作组，满屋人正在议论这事，张发树也在。他们看到潘忠地进了大门，都不说话了。潘忠地一进屋，刘部长就问：“忠地，怎么样？恁爹恁娘同意吗？”

潘忠地说：“我这就是来给王站长说一声，俺爹俺娘都同意。就是俺爹提出，不能再发丧了，得接着埋。”

王站长心里也是一直忐忑不安，以为这种情况老人有可能不答应。听潘忠地这么一说，心里立时踏实了，说：“还发什么丧？定个日子，到火化厂把她的骨灰取来，埋了就是。”

张发树说：“忠地，我得去问问老人，有什么事需要准备。”

王站长说：“咱一块去吧，我也得去看看两位老人家。”

到了潘忠地家里，王站长进屋就给两位老人鞠了个躬，说：“我代表我父母谢谢您两位老人家。我妹妹没进门就让您费心，真是不知道该怎么感谢您。”

忠地爹赶忙让他坐下，说："这孩子虽然没进俺这个家门，可他两个已经定下了，就算是俺的媳妇，该这么办。"

张发树说："这样的事我可没经办过，得怎么弄呀？您说说我好提前安排。"

忠地爹说："现在时兴新事新办，又是这种情况，越简单越好。叫王站长回去给老人商量商量，定个日子送来就是。以后就是亲戚了，什么事都好说。"

王站长说："一切都听您老人家的。今天下午我就回去，明天来给您回个话。"

张发树从工作组出来就去了祠堂，大队的其他几个人除张义昌都在，他就把这事说了。人们议论一阵子，没别的事就分头下了地。来到坡里，张发树又告诉了潘士金和潘忠良。吃过晚饭，这些人都陆续来到潘忠地家。潘秀菊来得最早，她来到后跟两位老人打了个招呼，就把潘忠地叫到西屋，说："你也不好好想想，别说恁两个没正式定下来，就是定了别人又不知道，也不能揽下这事呀？这不是自找麻烦吗？"潘忠地把王士霜死的真相和这两天的情况简单说了说，然后说："你说我要不应承下这事，还能真把她埋到乱葬岗子上去？"

潘秀菊叹了口气，说："要这么说你做得有些道理。士霜是个好闺女，死得太不应该了。反正你应下了，也不能再反悔了。"

外边潘忠良来了，紧跟着潘士金也来了，他两个就去了堂屋。潘忠地泡上茶，让他们喝水。潘忠良说："忠地，你就不该应下这事。结了婚还有离婚的，定了也有退的。听说恁俩的关系是恁两个原来定的，两头家里人都不知情，她已经死了，你不承认谁知道？她家里又不能赖着你。"

忠地爹说："忠良这说法不行。要是人没事说退婚可以，人死了就不能再说那话了。这闺女没病没灾的说死就死了，她爹娘都很伤心，咱就得承担点。要是这时候不认了，那就太不厚道了，咱可不是那样的人家。”

潘士金说：“大哥说得在理，忠地这么做是对的。现在别的话别说了，就是商量商量怎么办吧。”

这时张发树、展明尧、李光恩和李向河一起来了，外间屋坐不下，潘秀菊叫着忠地娘去了里间屋，潘忠民给大伙倒上水，也去了西屋。忠地爹说：“你看这事弄的，让恁都跑来了。我想不用怎么操办，女孩子娘家什么时候把骨灰盒送来，找两个人到林上埋了就行了。”

潘忠良问：“还发丧不？”

忠地爹说：“不发了。她不能跟春莲比，是没过门就死的，还发什么丧？亲戚们也不要告诉了。”

潘忠良说：“那也得有个成亲的仪式，哪怕简单点，不然，怎么算咱家的人？”

张发树说：“忠良哥这话对，得举行个结婚仪式。”

潘士金说：“这好办，等骨灰盒送来，让忠地代表女孩子，给两个老人鞠个躬，也就是走走形式。”

李光恩说：“最好让她娘家傍黑天送来，咱凑到晚上办，这样的事知道的人越少越好。”

潘士金说：“大叔这主意好，不能对外声张，最多提前去两个人到林上把墓坑挖好。”

潘忠良说：“墓坑好挖，我再叫上个人，就埋个骨灰盒，坑又不用挖大了，要想好一点就弄十几块新砖砌砌。就是穴位得提前定好。”

展明尧说：“砖好办，我给窑上他们说好，需用多少你去拉就是。”

潘士金说：“定穴位得按规矩，有春莲的坟墓，平行着往西，中间要留出个较大的空来。”

潘忠良说：“我明白了，春莲算大的，占上手，这个王士霜是小的，占下手，中间得给忠地留出位置来。”

张发树说:“你这是怎么说话的?”

忠地爹说:“忠良说得没错。春莲的坟离她爷爷、奶奶的坟还有老远,那就是给俺老两口子留的地方。”

潘士金问:“女方那头定了吗?什么时候送来?”

潘忠地说:“还没定,王站长下午回家商量去了,明天就给个信儿。”

忠地爹说:“就这样吧,恁都忙了一老天,回去歇着吧。到时候也不用都过来,有忠良就行了。”

李光恩说:“还得叫发树过来,有什么事好跑跑腿。”

张发树答应了一声,随后都起身走了。

王站长从潘忠地家里出来,到工作组给刘部长说了说就回去了。走到刘集,天还早,就到公社坐了会儿,等到太阳快要落山才回的家。到了家里就说:“今天下午把俺妹妹火化了。人家厂里很重视,领导和她的同事都去了。骨灰盒我没带回来,先放到火化厂了。”接着又把潘忠地家里的态度说了说,然后说:“爹,你说什么时候送去?人家听咱的信儿。”

老爷子说:“日子叫人家男方定。士霜的眼力不差,这个年轻人看样子就厚道实在,家里也是忠厚人家。可惜她没这个福气,没能跟人家过几天日子。厂里送来的这钱咱不能要,这样恁妹妹算是人家的人了,你明天就送去,再添上一百二百的,也算是陪送她了。”

王站长说:“那行,除了这钱我再给忠地二百。按说忠地这么办是为难了,他爹娘答应也是为咱好,就是再多陪送点钱也应该。到送的时候还找外人去吗?”

老太太说:“那得和正常送闺女一样,要有男送客、女送客。”

老爷子说:“不能那么讲究,叫她哥哥和她嫂子送去就行,别让人家再花钱候客。另外,不能让人家发丧,恁妹妹又没过门,就是过了门,上边还有老人,送去埋了就算了。”

王站长说:“忠地他爹说了,不发丧。”

第二天一早，王站长就带着钱到了潘忠地家。忠地爹问定的哪天？王站长说："俺爹说听您老人家的，您说哪天就哪天。"说着把钱拿出来，说明了意思。

忠地爹说："钱可不能要，你都拿回去。咱简单办，花不着钱。至于日子，也不用找人查，别再拖了，就凑到今天或明天的傍黑天吧。"

王站长说："那就今天晚上，我和她嫂子吃过晚饭送来。钱您必须留下，俺爹交代的，您不收可不行。"

潘忠地说："爹，先留下吧，过后再说。"

就这么定下了，王站长接着又回了家，老爷子听了很赞成，说："人家懂规矩，乡下平常娶亲也都是凑晚上送。你下午去把恁妹妹的骨灰拿家来，得让她从家里走。再就是要买块红布买块白布，把骨灰盒包上，白布包在里边，红布包在外边。送到人家以后，临去埋就把红布揭下来。"

黑天没多久，王站长两口子带着骨灰盒来了。张发树、潘忠良都早就过来等着，潘秀菊也来了，听到动静他三个就和潘忠地弟兄俩迎了出去，潘忠地接过骨灰盒，进屋想放到八仙桌上，潘忠良说："别放这里，咱好喝水。放到西边小桌上，你和小民先给她烧几张纸，烧炉香。"张发树让王站长坐到上手椅子上，他坚决不坐，还是让忠地爹坐了，自己坐在了下手。潘秀菊叫着王站长媳妇去了里间屋，和忠地娘说话、喝水。

等三根香燃尽，张发树说："咱举行个仪式吧。"一屋人都站了起来，王站长不知道做什么，随着站到了一边。

潘忠良说："小民，你抱着骨灰盒，站到恁哥哥身边。"

张发树说："先给主席像鞠躬，再给两位老人鞠。"

王站长明白什么意思了，说："我抱着骨灰盒吧。"

张发树说："不用，要不叫嫂子抱着。"

潘秀菊她三个已经出来了，王站长媳妇接过了骨灰盒。站好后，张发树在一边喊："一鞠躬，再鞠躬，三鞠躬。"喊完后接着说："叔，婶子，恁两位老人家都坐到椅子上，再给恁鞠躬。”

仪式举行完了，潘忠良说：“这就上林吧，墓坑下午就砌好了。婶子，你准备的供呢？”

潘忠地没等他娘开口，说：“在厨屋里，我都用包袱把托盘包好了。”

张发树又说：“别忘了拿着纸和香，女孩子又不会喝酒，不用拿酒了。来，把红布解下来，光用白布包着就行。”

王站长两口子也跟着上了林，埋完点着纸和香，王站长媳妇坐到坟前放声哭了起来，潘秀菊说：“别哭了，黑更半夜的，人们听到不好。”她便不哭了。

潘忠良说：“王站长，咱回家吃点饭，俺婶子都准备好了。”

王站长说：“不家去了，过两天我再来看两位老人家。”

张发树、潘忠地又谦让了一番，王站长执意要走，于是两个人直接走了。

过了几天，忠地爹说：“忠地，你买点礼物，去看看士霜的父母，顺便把她哥哥拿来的钱带上，给人家送回去。人家养育闺女不容易，厂里给的钱咱可不能要。”

潘忠地说：“那天她哥哥说了，有二百块钱算是陪送她的，咱把这二百留下，其余的都送回去，不然的话人家也不会同意留下。”

忠地爹说：“那样也行。”

又过了一段时间，赵成仁判了，公安局通知王站长去一趟。去了后，马局长介绍了一下案情，说是地区公安局的结论。原来当时赵成仁并没有拿枪，她老婆见他生着气进的屋，过去一看他拉开了抽屉，以为他是想拿枪，就上去把枪抢到了手里。赵成仁是怕她拿着枪出事，就跟她夺，不小心枪响了。到底是谁扣动的扳机，都说不清楚了。王士霜的确是被误伤的。王站长听了没说什么。后来马局长又拿出一千块钱，说是对家庭的补助。王站长把钱带回来给潘忠地，潘忠地坚决不要，说是要了老人会生气。王站长只好把钱收了起来，回家后就说是化肥厂又给的，他爹也没再细问。

登报

省里和地区联合组成的调查组来了五个人，其中省革委两人，地革委两人，军分区一人。他们上午先到的县城，贾政委在招待所陪他们吃了一顿午饭，见他们只带了些材料、单衣和洗刷用具，就让招待所送来了蚊帐和铺盖，又安排县里仅有的两辆吉普车，下午把他们送到了汶水滩。丁主任前天回去从县革委办公室就听说了，调查组今天要来，但没说是上午还是下午，也没说几个人，所以也没做别的准备，只是让刘部长和许干事从上午就没下地，三个人一直在工作组等着。听到吉普车的动静，他三个迎出去，进屋后相互作了介绍。原来省革委的两位分别姓胡和姓车，老胡是组长；地革委一位姓廖，另一位姓刁；军分区那位姓夏，政治部的干事。胡组长当时就提出，为了便于研究材料，调查组最好能单独住在一起。本来工作组这里还闲着两张床，一下子来五个人，他们不提也得另找地方了。丁主任说把大队几个主任叫来，看看谁家有空房子。许干事说我去喊他们。

潘忠地这一段还没缓过劲来，今天下午是张发树叫着他，一块到坡里转转。李向河先看到了吉普车，就找到他两个，说来了两辆吉普车，已经进村了。张发树说咱回去看看谁来了。他三个刚到村头，许干事过来了，说：“正好，省里和地区来了五个人，搞调研的，得赶紧给他们找个住处。明尧同志呢？”张发树说：“他可能在窑场。向河，你去喊喊明尧叔，叫他来工作组，你也一块来，有些事好商量商量。”

李向河说：“刚才我遇见他从窑场回来了，说是到家里有点事，估计还在家里，我去叫他。”

他三个先回工作组去，许干事边走边问：“原来俺几个住的光恩同志那房子还空着吗？”

张发树说：“要空着就好办了。您和县里他们这次来没去住，本来那里还留了两张床，准备要是有女同志就去住那里，结果没有女的，他老人家就把床抬到祠堂去了，拾掇拾掇正式搬了家。要不叫他们住祠堂？那房子也挺大的，满能住开，也有现成的电灯和办公桌。”

许干事说：“那样的话你到哪里办公去？”

张发树说：“俺办公好说，他们又住不很长时间，随便找个地方凑合几天就行。”

潘忠地说：“住祠堂不大好，以前那是存放牌位的地方，他们知道了再有想法。”

许干事说：“也是。等会儿明尧和向河同志来了一块商量商量再说吧。”

张发树说：“光恩大老爷家的老房子还闲着，他想当时接着拆来，因为老屋墙土比一般粗肥还有劲儿，生产队让他初冬小麦追肥时再拆。就是半年多没住人了，不知道能不能行。”

许干事说：“咱顺路过去看看，能行就抓紧整理整理。”

走到一看，大门已经拆掉了，院子里满是荒草。三间堂屋房顶倒是没事，可东边的窗子下面被大雨淋得塌下来半边墙，窗子眼看就掉下来了。隔窗望望屋里，黑乎乎、脏兮兮。两间东屋是原来的厨屋，虽然好好的，可既矮又窄巴，根本放不下五张床。张发树说：“房子就这样，只要有人住着再过几年也没事，这一没人住就不像样了。人已经到了，现修也来不及。”

许干事说：“这里可不行，另想想办法吧。”

他们出去就遇上了展明尧和李向河，几个人一起去了工作组。到了后丁主任先作了介绍，接着说："调查组的同志要住一段时间，叫恁几个来就是研究一下住宿的问题，得抓紧定下房子，晚饭前必须整理好。蚊帐、被褥招待所都送来了，这里还闲着两张床，还得再找三张。"

张发树说："床好办，祠堂里还放着两张，再借一张就行了。房子是个问题，原来工作组住的那房子，光恩大老爷搬进去了，他那老房子也不能住人了。"

丁主任说："有盖了新房子还没住的吗？"

展明尧说："春天有两家盖新房的，一是李庆方家，再是潘忠孝家，都是为了给孩子娶亲用的。忠孝家前些时已经娶了媳妇住进去了，庆方家大儿子李向渠可能是年底才娶亲，新房子大概还空着。"

张发树说："房子没空着，向渠已经在那里住了。"

展明尧说："他住也不要紧，发树你去做做工作，叫他先搬回老家去。不用找庆方，给向渠说说就行。"

张发树说："嗨，我是属蛇蚤儿的，面皮子太小了，还是你去说吧。向渠在窑上干活，你的话他不能不听。"

展明尧说："那我这就去找找他。"

丁主任问："他家的成分有问题吗？"

张发树说："没问题，两家都是贫下中农。这两年地主、富农没盖房子的，想盖也不批给他们宅基地。"

老车掏出小本本，把张发树的话记了下来。

展明尧出了门，张发树跟出来，悄悄对他说："你告诉向渠，房子不白住，一天给他记一个大队工。"

展明尧说："不记工也没事儿，反正他们住不长，耽误不了他娶媳妇。"

张发树回到屋里，说："还得打听打听谁家有闲床，借一张来。"

李向河说："不用打听了，俺家里就有，我去喊个人抬过去就是。"

张发树说："先别慌，等等明尧叔回来再抬。还有桌子、凳子，从祠堂抬一张桌子、两把椅子去，不够再从附近户家借借。"

刘部长说："吃饭就别再另起伙了，在这里咱一块吃吧。"

胡组长说："吃饭怎么着都行，就是一下子增加我们五个，人多了点。"

张发树说："要不找个做饭的来帮帮忙？"

丁主任说："不用，工作组每天多留个人就行了，不能再占个社员，影响他们劳动。"他又看着调查组的人说，"你们的活动怎么安排？工作组我靠上，还要不要大队靠上个人？"

胡组长说："工作组就别参加人了，大队可以靠上一个，有些事好帮着联系联系。"

张发树说："让忠地去。还有向河，这段时间也别干别的了，每天到工作组来，帮着买买菜什么的。"

潘忠地说："我别去了，还是你去好。"

张发树说："这事你可是王婆子卖了磨——推不的了，你能写材料，丁主任还夸过你的字写得也好，我一个大文盲，又帮不上什么忙。"

胡组长说："今天晚上恁两个都过去，还有会计和出去的那位副主任，先扯扯你们大队的基本情况。下一步需用谁再叫谁。"

丁主任说："我们有过一份上报材料，有些基本情况和典型例子上面都有，先给领导们看看？"

老车说："我们看过了，材料也带来了。"

丁主任没再说什么。

展明尧到窑上给李向渠一说，李向渠答应很痛快，并且说："我收工回去就把铺盖搬回去。不过，床我也得抬家去，要不没法睡。"

展明尧说："不能等到收工，现在就回去拾掇，只要腾出房子来就可以，不用你的床。黑天前得给他们弄好，今晚就住。那屋里扯过电去了吗？"

李向渠说："扯过去了。就是只接了一个灯头，灯泡是二十五度的，不大亮。"

展明尧说："只要扯过电线去就省事了，叫电工再接几个灯头，大队办公室里有灯泡，都是六十度的。"

李向渠说："他们走了后给我留下个大灯泡行不？"

展明尧说："小事一桩，没问题，安几个都给你留下，你娶媳妇的时候也好亮堂亮堂。"

李向渠龇了龇牙，跟着展明尧回了村。展明尧先去了工作组，说："向渠去开门了，咱去瞧瞧？"

张发树说："走，顺便抬着这两张床，咱四个正好。"

许干事说："我也去，好帮着恁收拾收拾。"

夏干事问胡组长："我和他们一块去认认地方吧？"

胡组长说："去吧，除了床铺，还得安两张桌子。"

出去大门，展明尧说："向河，这床不重，让许干事替你抬着，你到坡里把电工找来。向渠那屋里有电，就是只有一个灯头，灯泡也太小，得再接两个灯头，把祠堂里那几个六十度的灯泡和电线拿来。"

张发树说："也再叫几个年轻的，直接去祠堂和恁家里抬床。别忘了带着箔和席片，省得再回去一趟。"

李向河答应着去了。

十来个人一起动手，很快就把屋子打扫干净，放好了五张床。张发树又安排去抬桌子、凳子，说："干脆，把祠堂那两张办公桌都抬来，光借几把椅子就行了。"

李向河说："我用的那张不能抬，抽屉里满满的都是东西，平时还得用。学校里有张八仙桌，他们也用不着，给宫老师说一声，先抬来用几天。"

张发树说："那行，你去看看他们还有没有闲凳子，要是有就不用再到户家借了。剩下的人再把院子打扫一下，都弄得利利索索的。"

许干事说："最好找个水缸来，打满水，洗脸、刷牙用。工作组那边脸盆多，晚饭后拿一个来。"

张发树说："祠堂那边有水缸，也有脸盆、脸盆架，忠地，你多叫着个人，还有茶壶、茶碗、暖水瓶，一块拾掇来。就是这里没炉子，没法烧开水。"

许干事说："每天吃完饭从工作组那里捎带着提来，别在这里烧了。"

由于人多，夏干事和许干事伸不上手，两个人就到大门口吸烟、说闲话。夏干事问："怎么他们什么东西都放在祠堂里呀？"

许干事说："那是原来的潘家祠堂，破四旧时把牌位都清理出来烧了。大队办公室让工作组占了，现在他们在那里办公。"

夏干事说："我说呢，他们老是祠堂祠堂的。其实也住不几天，让大伙这么忙活。"

许干事说："恁大概得住多长时间？"

夏干事说："初步定的两个星期左右。座谈搜集材料要七八天，动笔写以后还得五六天。胡组长的意思，要黑白突击，拿出成品来再回去。这就要看进度了，估计这个时间差不多。"

许干事说："安排挺紧张啊，恁这些大笔杆子也不容易。"

夏干事说："他几个才算得上大笔杆子。我这样的在分区写点东西还将就，和他们一比差远了，给他们提鞋人家也得嫌咱手指头粗，来了也就是给他们打打杂，帮帮人场。"

许干事说："哟，这几个人这么厉害？"

夏干事说："可不呗。胡组长原来是省报总编室的，现在挂着报社革委会副主任，还是省革命委员会委员。老车原来在省政府办公厅，据说是山东大学中文系毕业，文字水平也很高。他两个都被抽到了省革委写作组。地区的老廖和老刁也是一直做文字工作，老廖是宣传部的，老刁是农委的，现在都在地革委办公室，负责搞材料。你说这几个笔杆子还能弱了！"

许干事说:“这帮人聚到一块，写个材料还不得弄出花来呀！”

夏干事说:“关键还得干部、群众干得好。如果事迹不突出，再高的文字水平也不能生编硬造出来。”

这时张发树喊:“夏干事，你过来看看，办公桌这样放行吗？”

他两个回到屋里，夏干事说:“八仙桌这样放可以，三面都能坐人。这张办公桌别靠墙放了，挨到那张床跟前，床沿上能坐人，对面再放把椅子。另外，还得再找几个凳子，开座谈会的时候好用。”

李向河说:“那可得到户家借去了，祠堂里的两把椅子都搬来了，学校里这三把是他三个老师用杌子替换下来的。”

夏干事说:“不用都坐椅子，有几条板凳或马扎子也行。”

展明尧说:“好办，到就近户家借借。”

许干事说:“去几个人把蚊帐、铺盖抱来吧，都弄好晚上就省事了。”

张发树说:“还马虎个事哩，该早一点去个人到刘集供销社买几根蚊帐杆子来。现在太晚了，人家得下班关门了。”

夏干事说:“有一晚上不挂蚊帐也可以，明天再说。”

张发树说:“那可不行。你是不知道，都说城里的人嘴巴厉害，乡下的狗嘴巴厉害，其实乡下的蚊子嘴巴更厉害。‘七月十五钢钢嘴，八月十五蹬蹬腿’，这还没进八月，是蚊子咬人最狠的时候，要是没蚊帐，一夜就把人咬成疥蛤蟆了。”

满屋人都笑了。夏干事说:“我也是农村孩子当兵出来的，你可别把我当成城里人。”

展明尧说:“别听他胡咧咧。有个办法，窑上有钉子，我去拿些来，再找点细绳子，把蚊帐扯起来就行。”

张发树说:“那好吧，连找绳子都是你的事儿了。忠地，你领着他们去工作组搬东西，我和向河去借凳子。”

当天晚饭后，张发树他们四个来调查组座谈情况，基本上是胡组长和老车提问题，他们回答。由于胡组长他们几个都文绉绉的，问个事儿也是一追到底，有些不好答，张发树就让潘忠地说。结果，两个多小时都是潘忠地谈了，倒是没有回答不上来的事情，调查组的人挺满意。临散时胡组长提出，让潘忠地这几天到调查组来，帮着喊喊人，有些事也及时说说。

自从埋了王士霜的骨灰，潘忠地心里一直沉沉的，身子几乎瘦了一圈。参加大队的会议也跟以前不一样了，很少发言，不是低着头发愣就是随便翻翻报纸，别人问他话他也是心不在焉，爱搭不理的。潘秀菊看在眼里，疼在心里，可知道这时候对他说什么也没用，就个别找张发树，说："你没事叫着忠地转悠转悠，也开导开导他，别让他整天这个样子。"张发树听了潘秀菊的话，这两天没断叫着他出去，今天去北河滩，明天去窑场，再就是到各生产队看看庄稼，今天下午又是两个人一块到坡里去的。尽管张发树劝得也不少，可潘忠地的情绪就是不见好转。

靠上调查组以后，潘忠地却慢慢恢复了常态。因为他除了跑跑腿叫叫人，还想跟着这伙人学点东西。思想朝这方面集中了，王士霜的事也就在脑子里渐渐淡了。张发树看到这情况，对潘秀菊说："你看看忠地，咱怎么和他拉也白搭，这一和上边来的人在一起，人立时就变过来了。"潘秀菊说："他这是有事忙着，不知道调查组走了后怎么样。"张发树说："放心吧，人就这样，只要过去那一阵子，顺过劲儿来就没事了。他又没和那个王士霜一块过日子，还能有多深的感情！"潘秀菊说："但愿像你说的，那样他爹他娘也就不挂心了。"张发树说："你这当姑的也不用挂心了。"潘秀菊瞪了他一眼，没再说什么。当然，这些话传不到潘忠地耳朵里。可是，他的确是一门心思扑到调查组的事上了。

调查组的这几个人还真是敬业，白天找人座谈，晚上就凑情况，每天夜里都到十来点才休息。座谈的面很宽，除了工作组的全体同志和所有大、小队干部，还找了几十个普通贫下中农，包括饲养员、使役员，铁匠、木匠、泥瓦匠，老年、青壮年，还到学校去了两次，一次是和三个老师谈的，另一次找了几个学生。座谈的方式也不一样，除了第一天晚上是他五个人一块参加的，后来就分成了两组，有时是找几个人一块谈，有时只找个别人单独谈。有两天胡组长还是自己活动，只叫潘忠地跟着。他好像很随意，到这块地里和干活的拉拉家常，又到那块田里和队干部吸支烟，扯扯闲篇。第二天下午，他还在村里专门找那些不能出工的老头、老太太，问了些家长里短的事。刚开始时，丁主任还过来想参加他们的座谈，被胡组长撵回去了，胡组长说："你去忙你们的事吧，我们不能耽误太多人的精力。"丁主任自觉没趣，从此没再偎边。就这么忙活了整整十天，才算是座谈结束。

第十天晚上讨论写作提纲。胡组长先说了说想法：题目暂定"农村基层建设的榜样"，最后还得请省革委的主要领导定。材料除了导语部分，共写三大块。接着他把每部分的大标题、小标题和需要写的内容大体说了一遍，然后让大家讨论。他讲的时候其他人都认真记录着，讨论时对整体框架都同意，只是对具体内容提了些不同看法，个别问题还引起了争论。形成一致意见后，胡组长说："为了加快进度，咱分开来写，每人承担一块，最后再串起来。"

夏干事说："我那水平太差了，就别写了。真要让我写，写出来您还得再返工，更麻烦。"

胡组长犹豫了一下，说："也行，这样吧，导语和报纸发表时的按语我写，老廖负责第一部分，老刁负责第三部分，中间一块篇幅要长些，老车写。完了我负责串起来，再共同商量修改。老夏你就负责誊清吧。都抓紧一点，争取三四天完成。"

夏干事说："誊可以，不过我那字也不怎么样，歪七竖八的。"

老车说："字好孬不要紧，只要别人认识就行，反正回去就得送印刷厂，正式印出来才能让领导审改。为了快当点，等老胡润色完了，俺几个还可以帮你誊几页。"

就这么定下了，潘忠地在一旁听着一言未发。最后胡组长说：“忠地同志，这些天让你受累了。明天我们就开始坐下来写材料，你不用过来了。”

潘忠地说：“我不累，还是领导们累。这样我就不来了，有什么事您再差人喊我。”

总共用了四天时间，稿子就写完誊好了。去吃晚饭时，胡组长说：“老丁，你联系一下，明天一早来辆车，把我们送到汽车站，我们回去了。”

丁主任说：“这么快就完成任务了？贾主任有交代，说恁走的时候再派那两辆车来，直接把恁送到家。过会儿我就给他要个电话，汇报一下。现在方便了，昨天安上了电话，这也是沾了恁来的光。前几天我回去，打着恁在这里住的旗号，请示领导，领导接着决定，让邮局派人来，借用有线广播的电线杆子，两天就安好了。”

胡组长说：“到县城坐公共汽车也很方便，别麻烦司机跑那么远了。”

丁主任说：“那两辆吉普车一辆是县革委的，一辆是武装部的，平时没人用，在家也是闲着。领导都安排了，别再变了。”

就这样，他们写好的材料丁主任也没见，其他人更不了解写了些什么，第二天他们就带着回去了。张发树他们更不知情，直到临走的时候，看到两辆吉普车来了，就叫着潘忠地过去，一问是调查组要走，和工作组的同志一起到跟前送了送。他们上车走了，张发树说：“没想到他们走得这么快，我还以为得在这里过中秋节来，这才八月初十就走了。”

许干事说：“他们一来就打谱待两个星期左右，这样从来到走两头算起来已经十六天了。”

丁主任说：“可能还没形成正式材料，回去再写。要是完成了，该让我们通一通提提意见。”

潘忠地说：“写完了，他们分头写的，胡组长最后串起来，夏干事誊的。说是回去印出来再让领导看。”

许干事说：“都是些高手，还让咱提什么意见！”

就在中秋节后的第四天，也就是公历十月十九日，省报头版头条发表了一篇一万多字的调查报告，题目是《农村基层建设的一面红旗》，副题是“某某县汶水滩大队‘五·七’毛泽东思想大学校调查报告”，署名是“省革命委员会、某某地区革命委员会、某某军分区联合调查组”。潘忠地吃过午饭刚到祠堂，见到报纸，便认认真真地读起来。

他还记得胡组长当时拟定的题目，现在的题目中把“榜样”二字改成了“一面红旗”，这一下子抬高了不少。正文前面有个近千字的“编者按”，潘忠地看完这部分，就觉得有些不好理解。说汶水滩大队“五·七”毛泽东思想大学校，是贫下中农的一个伟大创举，是农村基层建设的一面红旗，方向是正确的，路子是对头的，做法是可行的。并且向全省各级革命委员会推荐这篇调查报告，建议所有农村生产大队，向贫下中农和社员宣读一遍，结合自己的实际情况，议一议汶水滩的经验，以期得到普遍推广。汶水滩哪有这么神？中央号召“全国农业学大寨”，这不把汶水滩吹得比大寨还厉害吗？

再看看正文吧。潘忠地逐字逐句仔细看着，越看越感到太离谱了。虽然从文字上挑不出什么毛病，也的确上升到了理论高度，可里面举的那些例子，几乎都和实际情况不符。在“毛泽东思想大普及”一节，说有一个五十六岁的贫农老太太，大字不识一个，为了学会“老三篇”，就叫老伴日夜教她背。后来老伴不在家，又请邻居上小学的叔伯孙女和自己一起睡，夜夜教，天天背，终于背熟了“老三篇”和百多条毛主席语录……村里哪有这么个老太太？要说能背几条语录的中年妇女还有几个，能背过“老三篇”的中年以上的男人女人没一个。

在“大破‘私’字，大立‘公’字，实现思想革命化”一节，说前几年这个大队的走资派，推行“工分挂帅”，什么都是“分”，散布什么“工分工分，社员命根，全凭这个，吃饭穿衣”。还说有的生产队锄地时，队长竟把钱埋在地头上，宣布“谁先锄到头就算谁的”。潘士金别说当了大队书记以后，就连当队长的时候说话也很谨慎，从来没听他说过那些类似的顺口溜，更不用说“散布”了。以前也从未听说过有在地头埋钱的队长啊！文章随后还点名表扬了张义昌，说通过“斗私批修”“破私立公”，大队革委会委员张义昌，主动将原来占用的生产队的铁锨、席片，退还给了集体。在他的带动下，全大队个人退还集体的物品近千件。张义昌这个事儿倒是有，可全大队退还的东西杂七杂八总共才一百来件，哪来的近千件？

在“促进了生产的大发展”一节，说过去这个大队在走资派的把持下，大搞“生产第一”“物质刺激”，从来不突出无产阶级政治，天天晚上治着社员开会，不是讲生产，就是吵工分。社员干活不起劲，就派上干部去督阵。仅挑水插地瓜秧这一项，一个生产队就有三个专人在一旁监工：一人称水，一人发牌，一人记账。结果，社员干劲越来越小，产量一直上不去，年年吃统销粮。今年这里遭到了几十年一遇的特大灾害……据初步估计，今年秋季粮食总产量，比去年的丰收年景还增产百分之三十左右。这不是胡扯淡吗！近几年不仅没吃过统销粮，每年还都上缴十几万斤粮食、几万斤花生。再说，今年是有灾害，夏粮减了产，秋粮仍要大减产，眼下正是秋收时节，干部、社员大体都这么个看法，谁说的还能增产百分之三十左右？要是估计减产百分之三十左右还差不多，弄不好有的生产队明年春天真的要吃救济了。

更可笑的是，文中还点名表扬了李向渠，说他为结婚盖了四间新房，听说大队办“五・七”红校急需房子，就主动推迟婚礼，把房子借给红校。这可是刚刚发生的事情，李向渠的房子准备结婚不假，人家原来就是想年底举办婚礼的，这次让他借出来，是因为调查组来了没地方住，不是办红校用。这些都是调查组的同志知道的，怎么能睁着眼说瞎话呢？

……

潘忠地正拿着报纸生闲气，张发树进来了，说：“走，丁主任叫全体大队干部赶紧去工作组，学习报纸上登的关于咱的文章。”

潘忠地说：“学什么！都是些胡编乱造的东西。”

张发树问:“你看过了？写得不行吗？”

潘忠地说:“我刚看了一遍，你看看就知道了。”说着把报纸给了张发树。

张发树接过报纸，说:“我这不看了，去了再学吧。这是省和地区两级领导派人来写的，咱是得好好学学。”

潘忠地没再说什么，跟在张发树后面走了。工作组的人都在，大队干部们也很快都到了，凳子上、床沿上都坐了人。丁主任说:“前段时间调查组来住了十来天，写了一篇分量很重的调查报告，昨天的省报刊登了，报社还加了一段‘编者按’。今天上午邮局才送来，接到报纸后我先认真学习了两遍，文章内容太好了，既全面总结了我们汶水滩大队的经验，又为我们指明了前进的方向。刚才我给贾政委通了个电话，他已经看到了，要求我们组织干部、社员好好学习。现在咱先初步地学学，然后再组织社员学。下面我就读一读，大家一定要认真听。”

丁主任不愧是教师出身，读起来抑扬顿挫，铿锵有力，中间连口水也没喝，直到念完才端起了杯子。他喝了两口水，清了清嗓子，说:“怎么样，听了后感触深不深？我们了不起呀，有这篇文章，汶水滩成了全省的一面红旗，我们的经验要在全省农村普遍推广。当然，我们不能骄傲自满，必须对照调查报告找差距，更加深入地贯彻落实‘五·七’指示，把‘五·七’红校办得更好。大家都谈谈体会吧。”

他的话音刚落，张义昌就抢着说:“好，这下子咱可出了大名了！”

李向河坐在张义昌旁边，小声说:“是你出名了吧？都点了你的名了。”

张义昌说:“不光点我了，也有别人。”

展明尧说:“哼，人怕出名猪怕壮，没什么好果子吃。”

丁主任大声说:“别扯别的，说正事，谈自己的体会。”

小孟说:“文章倒是很好，叫咱是绝对写不出来。不过，我听着有些例子不太真实。”

许干事说："是啊，我也觉得有些内容拔得太高了。"

丁主任说："总结经验嘛，适当拔拔高是允许的，这更证明调查组的同志有水平。我为什么说要对照文章找差距？意思就是我们做到了的要继续发扬，还没做到或做得不太好的地方，就要加以弥补，迎头赶上。"

大家都不作声了。过了老大一会儿，刘部长说："别管文章怎么样，这是对我们的促进，我们要把工作搞上去。我估计，下一步来参观的很快又得形成高潮。这次可不光是咱县的了，全省其他县也会来，我们要有这方面的思想准备。"

丁主任说："刘部长说得对，我们不仅要在思想上，而且要在行动上做好充分准备，迎接兄弟单位来参观学习。所以说要找出不足的方面，抓紧把各项工作做好。"

其他人没有再发言的了。

应付参观

根据丁主任的意见，第二天下午召开了全体社员大会，传达这篇调查报告。上午在商量这事时，刘部长说了一句："是不是别组织全体社员学习了，大家听了那些例子再瞎胡议论。"丁主任说："'编者按'要求全省各大队，都要向全体贫下中农和社员宣读一遍，我们更应该带头组织学习。出现点不同声音很正常，也不可怕，关键是我们要正确引导。学完文章我再讲讲，给大家提提要求。"张发树看了看刘部长，说："开就开吧，也就是耽误一下午的农活。"丁主任说："发树同志你这思想不对头，是干活重要还是学习重要？要摆正革命与生产的关系，只有抓好了革命工作，才能把生产搞上去。抓革命促生产嘛，革命是第一位的。"张发树赶紧说："那是，那是。我们这就去下通知，下午一定早早地集合，把干部群众都叫全。"说着起身，叫着展明尧、潘忠地走了。

出了大门，张发树说："丁主任这是怎么了？谁说话就戗谁。"

展明尧说："你见疯狗还分好人孬人呀，谁惹它就咬谁。"

潘忠地说："常言说得好，'甜言蜜语三冬暖，恶语伤人六月寒'，你说话也得注意着点。"

展明尧说："这不就咱三个人嘛，只要张义昌不在，没人去给他们舔屁股。”

张发树说：“别说了，咱分头下通知去吧。”

会上当然还是丁主任宣读。可四五百人的露天会场不同于在房间里，念文件也不同于一般讲话，一万多字的文章要一气呵成，又没有扩音设备，他必须可着嗓子大声念，没到一半就慢了下来，并且是不断地喝水。终于念完了，他稍微停了停又开始讲。他说：“省报发表的这篇调查报告，是对我们汶水滩工作的全面总结，充分说明我们落实‘五·七’指示办红校的做法是十分正确的。文章指出，我们的红校有一个指导思想，那就是战无不胜的毛泽东思想；有一个组织，那就是民兵连；有一个一元化的领导班子，那就是大队革命委员会；有两项任务，那就是抓革命，促生产。今后要注意，不要再说几队几队了，大队是民兵连，生产队就是民兵排，生产小组就是民兵班，也不要再叫队长、组长了，一律按部队建制称呼，叫连长、排长、班长。所以我建议，汶水滩这个村名也得改改了，就叫‘五·七’大队或红旗大队。”下面“嗡嗡”起来，他敲了几下桌子，接着说：“大家静一静，听我继续讲。我们不是有两项任务吗？两项任务也不是同等分量的，要分清主次，革命是头等大事，抓阶级斗争，搞大批判，学习、落实最高指示，就是抓革命。只要革命抓好了，生产自然而然就上去了。这篇调查报告，通篇体现了‘五·七’指示的精神，我们不仅今天集中学，各生产队还要组织反复学，认真领会其精神实质。当然，文章中讲到的某些地方可能我们还没做到，因为这是指导全省农村工作的，就得要求高一些，我们没做到的那就是差距，必须尽快赶上。全省所有大队都在学习我们，我们怎么能不搞好呢？对待这个问题，要持积极态度，思想要高度统一，不允许有杂音。下一步会有很多人来参观学习，不论是干部还是普通社员，不利于革命的事不能做，不利于革命的话不能说，要把我们高度的革命热情和崭新的精神面貌，充分展示出来。”

他讲的这些，张发树觉得不点名地批评了自己，好像也捎带上了刘部长，就看了一眼刘部长，发现刘部长绷着脸，没什么表情，他也就没表示什么，继续听下去。

丁主任往下又讲了些具体工作，无非是“四个首先”和“早请示、晚汇报”要更好地坚持，大批判要更加深入，全民学习最高指示要更上一层楼……这些东西，大部分人都是这个耳朵听了，那个耳朵接着冒了。

散会后，张发树对潘忠地说：“你看看，上午我那一句话，成了丁主任批判的内容了，今后当着他的面说话还真得注意着点。”

潘忠地说：“无所谓，他也就是唱唱高调。你没听出来，他还刮拉着刘部长哩。”

张发树说：“怎么没听出来，我当时瞧了瞧刘部长，他的脸色可不好看了。”

潘忠地说：“我是担心这么弄下去生产又要受影响了。眼下正是三秋大忙的关键时期，已经开耧种麦子了，有的生产队玉米还没收完，如果干部社员都整天应付参观的，生产进度肯定难以保证了。今年麦季减了产，看情况秋季还得减产，明年还能再减呀！”

张发树说：“是啊，这事得给刘部长说说。”

潘忠地说：“不用说刘部长心里也明白，可他当不了家呀！”

这时听到前边李向海和张义昌开玩笑：“义昌叔，你这下子可是窗户棂里吹喇叭——响声在外了！省里的报纸一登，在全省可就扬名了。”

砖头接着说：“这是光说了说退那把破铁锨和那领破席片，要是把退赔木头和钱的事也说上，就上北京的报纸了，那就在全国闻名了。”

潘忠良和他们几个一块走着，接上了话：“恁这两个熊孩子忒大胆了，怎么能跟大队的‘领导’瞎胡闹呢，义昌叔要是跟恁一般见识，今后非给恁小鞋穿不可！”

张义昌一句话没说，紧走几步跑到前边去了。他几个在后面“哈哈”笑了起来。张发树说：“你看义昌叔这两天那个得意样子，快不知道自己姓什么了。我还以为小刘走了，他就是椅子断了靠背儿——没倚头了，得老实起来。这下好了，又成丁主任眼里的红人了。”

潘忠地说：“他就这德性，放心吧，干不了什么好事！”

潘忠地回到家里，思考起这两天的问题，怎么也想不通。难道上头就这样树典型？且不说调查报告上那些虚假的内容，就算只是提倡这么做，能行得通吗？社员的主业就是种田，如果占用大部分精力搞那些活动，生产怎么办？不减产才怪哩！“五·七”指示要求的也不是这样啊？公社农民以农为主，包括林、牧、副、渔，这不是说的大农业生产吗？指示说也要兼学军事、政治、文化，还说在有条件的时候，也要由集体办些小工厂，也要批判资产阶级。从字面上理解，也要的，兼做的，不都是为次的吗？要这样搞下去，那不是把主次颠倒了吗？如果把大队改成民兵连，生产队叫排长、副排长、班长，那贫协主任、妇女队长、会计叫什么？丁主任还说把村名也改了，从家谱上看，明朝洪武年间老祖宗从山西移民过来，那时候就叫汶水滩，少说也有五六百年的历史了，一句话就能改了？群众接受吗？再说，改改村庄名字就显得革命了？真是心血来潮，不切实际。真要只有一个村胡来，还影响不了大局，可看这架势，全省都要这么搞了，后果会怎样？

正在潘忠地一个人在西屋苦思冥想时，王站长来了。自从两家成了亲戚，王站长除了专门带着礼品来了一次，又凑傍晚来过几次，说是看望老人。最近四五天他回公社了，是江秘书打电话叫他回去的。进门时忠地爹正在院子里，潘忠地听到他两个说话就出来了。进了堂屋，忠地爹说：“忠地，到厨屋给恁娘说，炒两个菜，你再去打斤酒来，叫恁大哥在这里喝两盅。”

王站长说：“不了，工作组他们快做好饭了。我从公社刚回来，到工作组放下车子就过来了，和忠地说句话接着回去。”

潘忠民忙着涮茶壶泡茶，王站长没让泡。

潘忠地问：“叫你回去什么事呀？”

王站长说："有几个大队缺麦种，柳书记让我到县种子公司联系，调进来一些。他又叫着我跑了十几个大队，看看三秋生产情况。今天中午遇上魏书记，他叫我给你捎个信儿，让你抽空到他那里去一趟。"

潘忠地说："我有很长时间没见魏书记了，他没说什么事吗？"

王站长说："他没说，我也没好意思问。估计是因为他长时间不下来了，想找你了解了解大队的情况。"

潘忠地说："那行，我明天上午就去。"

第二天吃过早饭，潘忠地就去了公社。他直接到了魏书记宿舍，魏书记正看着报纸，看见潘忠地来了很高兴，接着起身给他倒了杯水，说："老王叫你来的？"

潘忠地说："昨天下午王站长回去就到俺家去了，他说你让我来一趟。这么长时间没见您了，我也正想来给您汇报汇报思想。"

"你和王士霜的事我都听说了，你处理得很好。做人就得这样，不能只顾个人而不讲情义，越是在关键事上越能看出一个人的品质。怎么样？过去这么一段时间了，都处理好了吧？"魏书记关切地说。

潘忠地有些不好意思，说："当时那事太突然也太急了，没能来给您汇报。没事了，群众也没人再议论了。"

"开始我是听许干事说的，后来我又问问王站长，他说你们两家的老人都很支持你这么做。我相信，在群众中也一定反映不错。原来我赞成你们两个成婚，可中间出了这么个岔子，真是天有不测风云，人有旦夕祸福，很多事都是难以预料的。事情已经过去了，不要老背着这个包袱，思想得轻松起来。抓紧再定一个，这么个年龄了，不能老拖着。"

"俺爹俺娘也都这么说。这种事也没法强求，顺其自然吧，遇上合适的就定下来。"

"我说过，有机会就让你出来，别在村里干了。当时我是考虑，士霜毕业后要分到单位上工作，你要是长期在农村，两个人生活不方便。我给新水同志打过招呼，让他注意着点，有招工指标时能不能安排你去。前天晚上他告诉我，听说化肥厂最近要招批工人，要求是初中以上文化程度的，每个公社大概能分两三个名额。你琢磨琢磨，这次去吧？”

潘忠地一听心里热乎乎的，但犹豫了一下，说：“我还是别去了。说心里话，原来真是下决心在村里干一辈子，近来有些动摇了，特别是近两天，觉得在村里越来越不好干了。您也看到了，前天的省报刊登了俺村的调查报告，那是省里和地区来了几个人，住了半个月写成的。我实在想不通，上头怎么能这样呢？文章内容虚假成分太多不说，还号召全省农村都这么做，真要那样农村工作还怎么个弄法？与其在村里干不成事还生闲气，不如到外面省心。可是，去化肥厂不好，因为士霜是在那里工作时出的事，俺俩又是这样的关系，我去了人家会说闲话。村里人也会说，是为了顶替她当这个工人，才决定与她成亲的。”

魏书记没接他的话头，吸完手里那支烟才说：“你说的有些道理，虽然机会难得，这次就算了吧，以后再说。那篇文章我看了，柳书记也看了，前天晚上他来时我们还议论了一阵子，都觉得文章的调子是提得太高了。那些事例准确不准确我们不太清楚，可那个题目就有些问题。把汶水滩说成是‘农村基层建设的一面红旗’，还号召全省所有生产大队都要普遍学习推广你们的经验，这提法是不太妥当。”

潘忠地听魏书记和自己的看法相同，心里很熨帖，说：“我也是这么想的，大寨是全国农村的一面红旗，省里怎么能和中央对抗呢？我觉得根本问题还不在这里，关键是那些要求不符合农村实际。如果只是一两个大队这么搞，影响还小些。要是都这么搞起来，社员没法搞生产了，将会是一种什么局面！当然，对我们的影响还是最大，下一步要是都来参观，我们必须应付，干部、社员就不能集中精力搞三秋了，这可是农业生产的关键时期。”

魏书记意识到潘忠地越来越成熟了，很高兴，说：“全省的情况不用担心，就这么一篇调查报告，不能说没一点影响，但不会都跟着你们的样子做。正像你说的，那些东西不符合农村实际，广大干部群众就不可能接受。不少地方组织人来参观参观是可能的，那也只是表面文章，回去是不是照着学就是另一回事了。当然，你们大队是得坚持一段时间了，就是外边来看的人不多，那些活动也不会停下来。农闲的时候搞一搞不是不可以，不分季节整天捣鼓那一套，肯定会耽误生产。我知道你们今年的夏粮是减产的，秋季怎么样？”

“从现在收打的情况看，秋季也是大减产。如果继续折腾下去，麦子种不好，明年丰收更没指望。”

“是得想想办法。革命工作做得再好，却老是减产，怎么体现抓革命促生产？对上级和群众都无法交代。看来公社是无能为力了，因为贾政委亲自抓你们这个点，县里还有几个同志蹲在那里，柳书记他们也不能说三道四。你们大队的几个同志要统一思想，刘部长、老王他们几个在那里，也会支持你们。恁可以明确分下工，起码你和明尧同志要靠到生产方面，多和生产队干部们沟通，问题还不是太大。”

“大、小队干部都好说，公社在那里的几个人，包括县里的小孟他们，都不打紧，就是丁主任，满脑子是这活动那活动，别人一提生产的事他就不高兴。”

“尽力而为吧，争取把影响降到最低限度就不错了。”魏书记当然清楚潘忠地的处境，也知道他心里的忧虑不无道理，可有什么办法呢？

就在群众大会后的第二天下午，丁主任又提议召开个大队干部会，研究会后各项工作的落实问题。他十分严厉地讲了一通，说是上午到坡里看了看，发现有些生产队，也就是民兵排，干部根本不听吆喝，只知道低头搞生产，田间地头的活动还不如前些日子搞得好，有的甚至连红旗都不带了。照这样下去，绝不是我们一个大队工作好坏的问题，而是给省革委、地革委、县革委抹黑！今天晚上，工作组和大队的同志，要按照所包的民兵排，下去帮助他们好好研究研究，各项活动只能比前段搞得更好，不能差了，更不允许停下来。哪个排搞不上去，首先要解决排长的思想问题，让他洗洗脑子，换换思想，不换思想就换人！

他的讲话结束后，满屋没一个接话的。停了老大一会儿，潘忠地说了一句："为了抓好革命，促进生产，咱是不是分下工？采取两条线的办法，那样可以做到两不误。"

丁主任说："原来不是有分工吗？还是按原来分工办，你和明尧同志负责生产，大队的其他同志都要靠到活动上，特别是发树和义昌同志。工作组的老王和小冯也可以帮着抓抓生产，这样负责生产的人就不少了。民兵排的干部也可以分成两条线，但有一点要注意，绝不能以生产为借口而影响了革命活动。"

刚要散会，电话铃突然响了，丁主任赶紧伸手拿起了电话，原来是县革委办公室的同志，说是贾政委找他。那头贾政委接过电话，丁主任毕恭毕敬地说："政委，我是丁兆水。"

"兆水啊，那篇调查报告你们组织学习了吗？"

"学习了，工作组的同志和大队干部先学了一遍，接着又召集全体贫下中农和社员群众集中传达的。现在我们正开着大队干部会，研究下一步的落实问题。"

"很好。县革委下发了个紧急通知，要求各公社要迅速行动，掀起学习汶水滩的高潮。我们不能'墙里开花墙外香'，要在全县培养出几十个、几百个'汶水滩'。刘部长在那里吗？你告诉他，让他回公社给柳新水同志说说，刘集更要先行一步，搞得更好才行。"

"刘部长在这里，我一定把您的指示告诉他。"

"还有，紧接着去参观的少不了，不仅我们县的，估计外县的也要陆续来一些。你们要有所准备，既要把工作安排好，又要搞好接待，特别是要把汶水滩的经验全面介绍出去。"

“政委您放心，我们一定做好充分准备。”

两个人的谈话，附近几个人都听得一清二楚。丁主任放下电话，对刘部长说：“刘部长，政委叫你……”

刘部长没让他说下去，说：“不用说了，我都听到了。明天早晨我就回去找找新水同志。”

丁主任说：“那好。刚才我们研究了当前工作，完全符合贾政委的指示精神。我们再商量一下迎接参观的事吧。人家参观看什么？生产不用学，人人都会搞，再说，除了地瓜、花生，高秆作物基本收完了，一坡黄土地没什么看头。所以说，要把各项活动深入开展起来，红旗、语录牌要插遍全坡，田间地头的大批判、练武和学习主席著作不能停顿，宣传队还是要集中到试验队去，那里有场地。只要参观的一到，到处必须是搞活动的人。有的民兵排练刺杀的靶子都快散了，要重新绑几个，用白纸写好‘帝国主义’、‘修正主义’、‘走资派’的条子贴上，眼里盯着敌人练才有劲头。另外，参观的来了要热情接待。”

张发树说：“这个好办，所有活动明天就搞起来。接待也好办，这时候天热，让各生产队，不是，让各民兵排，轮流烧开水，每天烧两大锅，挑到坡里给参观的喝。”

丁主任又说：“光准备这些还不行，要有人准备好介绍。人家来了不能只是转转看看，要全面向人家介绍我们的做法，也就是经验，这也是贾政委刚才强调的。发树同志，你负责这事行不？”

张发树说：“我可不行！平常说话我都是枣胡子解板儿——拉不了几句（锯），外人面前更不中用。俺几个除了忠地，没人能担当这差事。”

丁主任说：“忠地同志不是负责生产吗？做任何事情都是通过锻炼逐步提高的，你先试试，不行再说。”

张发树还想推辞，刘部长发话了，说：“这事就别难为发树了，笨鸭子赶到架上也不会打鸣。我看你就承担起来，要论起掌握的材料来，谁也不如你心中有数。再说，这也是个门面活，干得好还得给人家介绍好。”

张发树说：“就是啊，那天省里来人，多亏了你介绍得好，要不省里领导不可能那么满意。”

丁主任皱起眉头，装作思考的样子，过了一会儿，说：“也行，这事就我负责了。小冯，明天你回县城一趟，买个高音喇叭来。就是安几节干电池，用手拿着讲的那种。”

小冯说：“那玩意儿哪里有卖的？”

丁主任说：“你到工人造反指挥部问问他们从哪里买的，我见他们用过。要是买不到就借他们的那个来，咱先用用。”

这时电话又响了，是公社的小陶要过来的，找刘部长，说是晚上公社开会，让他傍晚赶回去。

刘部长放下电话，丁主任说：“估计是研究落实县革委紧急通知的事，正好，你可以把贾政委的指示精神带回去。”

刘部长说：“也许是。我这就走吧，有事再商量。”

许干事说：“早做点饭你吃了再走呗，晚上才开会。”

刘部长说：“回去吃吧，省得急慌忙速的。”

过去两天，参观的果真上来了。开始几天都是刘集公社其他大队的，随后别的公社的也来了，再往后，外县的也陆续来了。刘部长那天回去参加会，正是研究如何落实县里的通知，开展向汶水滩学习的问题。起初有人提出，眼下正是三秋大忙，最好等种完麦子再组织参观。刘部长说了说贾政委电话提出的要求，柳新水说：“原来我也是这么想的，这时节要求都去学汶水滩，群众得说我们不识时务，也会严重影响汶水滩的生产。看来不能再等了，通知明确要求要尽快组织干部去参观学习，贾政委又专门交代，因为汶水滩是咱公社的，必须先行一步。如果我们的行动落在了兄弟公社后面，肯定得挨板子。但是，我们可以排排顺序，去得不要太集中，人也不要太多，每天去五六个大队，这次只组织大队革委主任和生产队长，其他同志三秋结束后再组织。时间也不要长了，去了参观半天就行，这样汶水滩也好应付。”

刘部长说：“眼前生产任务那么重，去参观了也不能全部照着他们的样子做，那样太影响干部社员的精力了。”

柳新水说：“对，先组织去参观，也算是表明一下我们的态度。至于他们搞的那些活动，等农闲了再说。”

这下子可忙坏了丁主任，他叫着张发树、张义昌，看到参观的来了就上去迎接，让张义昌负责准备开水，他和张发树具体安排人家看。这一伙还没送走，那边又来了一拨，张发树只是在前面领着，丁主任手里拿着高音喇叭，不停地介绍。几天下来，他的嗓子嘶哑了。他让张发树陪他去了大队卫生室，李庆龙给他拿了一包润喉片，又包了一大包青果、胖大海，叫他泡了当茶喝，并嘱咐得少说话，多喝水。出了卫生室，张发树说：“咱这个法子不行，得改变改变，不然，你这嗓子没法好。”

丁主任说：“你说怎么改？要不从明天开始你介绍？”

张发树说：“我不是那意思。我是想咱不能来一拨就领着他们看，得适当集中集中，你就能少讲点，歇歇嗓子。凡是参观的，都要从南面的大路来，并且是上午来的多，下午来的少。咱让义昌叔在路口等着，来了人就先到试验田那里喝水，几拨人凑在一起参观。那样上午最多凑两伙，下午凑一伙就行，你也不用一个劲不停地介绍了。”

丁主任说：“那就照你说的这个办法试试吧。”

没过几天，丁主任的嗓子真的不哑了。可他又发现，这两天每次搞活动都是一半生产队，就是搞活动的队人数也不多，尤其是生产队干部们，大都靠在了生产上。他想，这一定是展明尧、潘忠地捣的鬼。

丁主任的分析是对的。为了加快生产进度，展明尧、潘忠地商量后，一个个找到队长，叮嘱他们，要尽量想法少搞活动。八个生产队分成两批，这拨参观的看的时候，一、三、五、七队搞活动，下一拨来了二、四、六、八队再搞，这样就能让社员多干些活。同时，有些社员不能停下活参加活动，像浇地的、耕地的、推车运肥的，耩麦子的。展明尧还说，如果工作组的人问你们的分工情况，就说除了副队长抓生产，其他干部都是搞活动的，但实际安排要倒过来，有副队长或会计的一个人负责搞活动就行，现在都过寒露了，必须集中力量种好麦子。再就是当着他们的面就叫排长副排长，私下里还是叫队长顺口，不用改。有的队长说："丁主任还叫咱改村名来，改不改？"他说："改什么改，名字是外人叫的，他去通知人家都改过来？"有的就开玩笑说："你这不是教着我们说谎吗？"他说："不刮大风天不晴，人不说谎事不成，别管真话假话，加快种麦进度，争取明年增产是正办。"这样一来，对生产的影响减小了。

前些天只要参观的一到，满坡的干部、社员都集中到地头，有的学习，有的搞大批判，有的练刺杀，加上宣传队员在试验田那边又唱又跳，真像是全民热火朝天投入革命运动的景象。现在成什么样子了？要不是试验田里锣鼓有点动静，简直就是死气沉沉，给参观的人们会留下多坏的印象啊！于是，丁主任让张发树把展明尧和潘忠地叫来，狠狠地批评了一顿。并且于当晚召开了全体大队干部和生产队长参加的会议，提出了严格要求。他恶狠狠地说："就算种不上麦子，也要坚持把活动搞好。从明天开始，只要参观的到了，不论干什么活的都要停下来，还要发动不能出工的老人们，也到田间去参加活动。这是政治任务，是革命的需要，决不允许任何人打横炮，使倒劲。谁要是再敢胡来，就撤他的职！"

其他人一言没发就散会了。回家路上，潘忠良说："明尧叔，咱到底听谁的？"

展明尧没好气地说："听谁的？回家听恁老婆的！"

好些人都笑了。

这么一搞，生产进度接着慢下来了。况且来参观的人越来越多，每天少则几百人，多的时候上千人。队长们再急，一天也干不了半天的活。老天也不顺人意，自从中秋节前下了场雨，就瞪起眼来，一滴雨没再下。前期整好的地种上了，后期耕地都得造墒，进度就更慢了。这天晚饭后，王站长又到潘忠地家来，随后张发树也来了。泡上茶喝着水，潘忠地说："明天就霜降了，地瓜、花生得急着收刨，麦子种了还不到三分之二，怎么办？还得继续种吗？"

张发树说："还能怎么办？胳膊拗不过大腿，人家叫咱抓革命，吆喝生产就犯错误。往后是一天天变凉了，再种的麦子冬前盘不好墩，也扩不了叉了，还指望什么丰收！"

王站长说："还得尽量抓紧种，告诉队长们，适当多用点种子，弥补一下分蘖少的问题，还影响不了太多产量。就是接近立冬也得种，'土里捂'还能打三百五，种就比不种强，只有保证了麦田面积，少留春地，才能提高复种指数，争取全年总产好一些。"

张发树说："真是天意呀！要是有场透地雨，耕地、耩地都能快点。"

忠地爹磕了磕烟灰，说："还记得那年铺天盖地来那么多黑老鸹不？那就是个兆头，该着这两年天灾人祸一起来。恁看今年这事儿，麦季摊上了场雹子，秋庄稼又遭了场狂风暴雨，这种麦子了又旱起来，再加上人胡折腾，还能好了？"

张发树说："大叔，你知道蚊子为什么遭打不？坏事就坏在它的嘴上！恁老人家这话可不能到外面说，有些人听了非批斗你不可。"

忠地爹说："你以为光我说呀，恁是没听见，村里这样说的老人们可不少。"

王站长说："发树说得对，要让外人听到，会给忠地惹麻烦。"

潘忠地也说："你就好好干点活吧，别说这些迷信话。不仅你不能说，再听到别人说还得制止他们。"

老头子不吭声了，独自装上烟吸起来。

喝农药

眼看就到小雪了。霜风阵阵，草枯叶黄，树枝儿全都光秃秃的了，老人们一早一晚披上了棉袄。种得早的麦子已开始分蘖，叶片绿油油很厚实；种得较晚的那些稀稀拉拉，瘦骨嶙峋，没点精神；还有种得更晚的地块，立冬前后播的种，十多天了，麦芽儿才刚刚冒出地皮，像不足月出生的孩子，黄皮拉瘦，弱不禁风。花生算是收刨完运到场院里去了，那些辅助劳力正在一墩一墩摘花生果。地瓜有一些还没收刨，本来翠绿的叶子，经霜打日晒，全都变成了褐色，干呼啦盖满了一地。露着头的瓜块，不仅变了颜色，用手一摸软乎乎的。人们唉声叹气，说这些地瓜只能晒瓜干了，如果放到窨子里，几天就会烂掉。

参观的人依然没断，只是没有前些时那么集中了。来的人都是县、公社、大队和生产队的干部，对农业生产没几个外行的，看了坡里的现状，难免议论一番。有的说，别看他们搞这活动那活动，都是些花拳绣腿，中看不中用，到什么季节了，地瓜还没收完，不烂到地里才怪哩！也有的说，听那介绍得和花似的，还连年增产，看看种的那麦子，三类苗占了一多半，凭什么增产？还有的说，他们也就是驴粪蛋儿——外面光，那些红旗、语录牌插得满坡都是，花里胡哨的有什么用？生产可是差远了，庄稼人不好好种地，指望什么？这时又有人说，人家是省里推广的典型，县里、公社怎么也得开开小灶，多给点化肥，保证庄稼丰收……这些话都被张发树听到了，可他不能解释更不能反驳，等参观的走了后就学给丁主任听，丁主任说："别理那个，我也听到一些，有的人就是不虚心，回去也学不好。"

又过去几天的一个晚上，大队干部们来到祠堂，研究今年的年终分配。李向河先说了说会计们凑起来的情况，初步估算，全大队秋季粮食产量要减百分之二十多，和夏粮统算起来，全年总减产接近三成。多数生产队都得比去年的口粮下降，如果完成原定的粮食征购任务，留足种子、饲料，有三个队口粮就保不住三百六十斤了。

李光恩说："这可是最近四五年来收成最差的，县里和公社领导还在咱这里蹲点，传扬出去可不好。"

潘秀菊说："报纸上不是还说咱今年秋季大增产吗？最后上报这样的产量可说不过去。"

张义昌说："上报表也就是填个数，叫会计们多写点就是了。"

展明尧白瞪了他一眼，说："胡说八道！这不是'大跃进'瞎胡吹的年代了，产量数字怎么能随便填写？要是清仓查库核实起来，差个百来斤几十斤的还好说，差上几千斤上万斤地对不起头来，上哪里屙去？那不是自找着犯错误吗？"

潘忠地说："是得实事求是，有多少报多少。任务服从政策，保不住基本口粮的，就得如实向公社汇报，争取减免征购任务。如果口粮连三百六十斤都达不到，别说再卖了，还得吃统销粮，不能让社员再出去讨饭。今年大减产还有客观理由，因为是夏、秋两季连续受灾，如果明年麦季还减产，可就说不过去了。"

张发树长出一口气，说："咱这个典型算是当肮脏了，现在是关二爷卖豆腐——人硬货不硬。也难怪人家撇嘴，恁是没听到，那些参观的都说咱的风凉话，说咱是驴粪蛋儿，光表面好看，生产搞得不行，种的麦子有很多是三类苗。还说上级能支援咱化肥，这两年化肥那么紧张，分配指标越来越少，支援个屁！”

展明尧说：“你别说，这倒是个办法，咱给工作组汇报汇报，让县里给解决几十吨化肥，县化肥厂生产的氨水也行。要是年前浇冻水每亩施上几十斤，年后浇返青水再多施点，明年麦季产量还许能行。”

潘忠地说：“这事要办就得抓紧，给了指标生产队还得现凑合钱，还不知道化肥厂哪天能让咱拉。如果时间晚了，年前就施不进地里去了。”

张发树说：“咱三个这就去工作组，连同摸起来的产量情况一块给他们说说。”

张发树、展明尧和潘忠地，一起去了工作组。张发树先说了说生产队预估的粮食产量，又提出要化肥的想法。丁主任听了后说：“今年遇上这么严重的自然灾害，能夺得这样的产量就不错了。今后对外不要说大减产，就说是大灾之年，通过广大干部、贫下中农努力奋斗，坚持抓革命、促生产，仍然夺取了较好的收成。明年是不能这样了，必须保证增产。你们说要点化肥，估计问题不大，全县就我们这么个典型，领导怎么也得保一保。小冯、小钟，恁两个明天回去，到生产指挥部办公室亲自汇报一下，我再给贾政委要个电话，让他们批给点化肥指标。”

小冯和小钟回去办得很顺利，到了生产指挥部办公室，没用他们开口，值班的老孙就说：“刚才县革委办公室来电话，说是贾政委安排，单独给汶水滩大队解决部分化肥指标，现在用一部分，年后小麦追肥时再用一部分，今天恁两个来办手续。真快当，我放下电话还没一刻钟恁就来了。听说很多大化肥厂都停产闹革命了，固体化肥现时一点没有。咱化肥厂近来生产还算正常，给他们点氨水还可以。总共需要多少？”他两个说不出具体数。老孙又问：“有多少麦田？”小冯说：“接近一千四百亩。”老孙算计了算计，说：“六十吨就可以，公社还能照常分给他们点指标，这样每亩保一百斤就没问题了。我写两封介绍信，让他们最近去拉三十吨，年后再拉三十吨。”小冯说:“再多给写十吨吧，小麦返青时需要多施一些，年后按四十吨。”老孙答应很痛快。

回来后，大队干部们商量，试验田年前年后各留下一吨，其余的按麦田面积分给各生产队。大队写个证明信，把分给各队的数写清楚，连同县里的介绍信一并交给化肥厂，让生产队各自去拉。把生产队长们集合起来一说，都说，事是好事，但是，秋粮、花生还没卖，眼下没钱去买呀！展明尧说:“窑场有点钱，能借给每个生产队二百块。”有的队长说手头一分钱没有，二百块不够。张发树说:“这样吧，都报报缺多少，向河统计一下，咱去给刘部长说说，让他再给信用社要个电话，先贷点款，两个月以后还人家。”

两天后，大车小辆的都去拉氨水了。来参观的人看了，都有些眼红。有的说，这样的典型谁不会当？要是吃上小灶多照顾些化肥，没有不增产的。

潘忠良一家人正吃着晚饭，二宝不小心把手里的一块熟地瓜掉地上了，看了看没拣起来，潘忠良说:“拣起来剥剥皮吃了。”

大宝说:“别叫他吃了，都沾上土了。”

潘忠良说:“恁弟兄俩是跟着恁娘没过过苦日子，生活困难那年，掉到茅坑里个地瓜面饼子，我都拣出来又吃了。”

大宝说:“谁信啊！掉茅坑里那多臭呀，还能吃？”

潘忠良说:“真的，不信你问问恁桃花姐姐。”

大宝看着桃花，问:“有这回事吗？”

桃花说:“有。那是头天晚上剩的个饼子，早晨俺娘烤到了锅底下，吃饭时俺爹没吃，说留着中午吃，俺娘就没朝外扒。中午放学回来，俺娘叫我把锅底下的灰扒出来，好做饭，我当时没注意，连同饼子一块扒到筐里倒到茅坑里了。俺娘发现后吵了我两句，俺爹听到了，就到厕所里扒了出来，用水洗了洗，叫俺娘重新放锅底下烤了烤，吃了。”

二宝说："快别说了，我都想吐了。"

这时潘忠良已经拣起那块地瓜，剥了皮吃起来。

王桂兰说："行了，别翻腾那些陈高粱旧谷子的事了。忠良，有个正事我得给你说。恁这些人整天就知道工作，也不操心给忠地兄弟找个对象。中午我遇上他家大婶子，还说让我留心，有合适的给他介绍介绍。看来她老人家有些着急了。"

潘忠良说："能不着急吗！春莲都走这么长时间了，前些时又娶来个骨灰盒，忠地自己也不放心上。他要是和我当年那样就好了，庆富一走赶紧把你抢了过来，别人再想要你也只能干瞪眼了。"

大宝、二宝和套子都抬起头看他，王桂兰说："你那臭嘴！守着孩子们也没正形。"

潘忠良龇龇牙不吱声了。王桂兰吃了几口饭，又说："你别说，我还真想起一个人来，或许能行。"

潘忠良问："谁呀？"

王桂兰说："文翠萍。向彬也死了好几年了，论庄乡辈分，忠地和向彬也是同辈。"

潘忠良说："听说文翠萍不想再嫁人了，她能同意？"

王桂兰说："我寻思她问题不大，就怕忠地不愿意。你抽时间问问忠地，先看看他的态度再说。"

潘忠良说："行，今天晚上我就去找他。"

放下饭碗，潘忠良就去了潘忠地家，见潘忠民在院子里，问："恁哥哥呢？"潘忠民说："到祠堂开会去了，刚走一会儿。"他屋也没进，接着去了祠堂。潘忠地正一个人看报纸，其他人还没到，潘忠良进门就说："忠地，有个事我先给你拉拉。"

潘忠地放下手里的报纸，说："什么事啊？说呗。"话音刚落，潘秀菊进来了。

潘忠良说："正好，大姑也来了，我想给忠地介绍个对象，你帮着参谋参谋。"

潘秀菊说："你拙嘴笨腮的就能会说媒呀！忠地觉得行不？"

潘忠良说："我前脚进门你后脚就到了，还没说哩。也不是我当这媒人，是王桂兰想起这么个人，叫我先给忠地透透，要是忠地同意她就找女的说说，忠地不同意就算了。"

潘秀菊问："女方是哪个村的？长得怎么样？"

潘忠良说："不出咱这个村，都熟悉，就是文翠萍……"

没等他说下去，潘秀菊就截住了，说："恁两口子真会瞎琢磨，想让忠地走恁两个的路子呀？你那时候什么情况？都两个孩子了，你和桂兰也般配，年龄差不多。忠地没孩子不说，才多大年龄？明年才二十五。你知道文翠萍多大了？都三十六了，还带着孩子，人家乐意不乐意改嫁是回事，就是想嫁人，忠地也不合适，哪有女的大十多岁的？"

潘忠良说："还真没考虑两个人的年龄哩。不过，以前女的大十岁八岁的有，听说展春旺他爷爷那时候，才五六岁就娶了个十八的姑娘，开始那几年，春旺他奶奶都是当小孩搂着他爷爷睡觉。"

潘秀菊说："别胡诌八扯了，那是什么年代的事！忠地，你以为合适吗？"

潘忠地说："你别听忠良哥胡咧咧，他也就是跟我闹着玩，知道这事根本不可能。要是真有合适的，他就不操这个心了。"

潘忠良说："把恁大哥看成什么人了，你的事我还能不放心上？这个不行就算了，叫咱大姑帮你踅摸一个，跑腿的事算我的。"

潘秀菊说："算了吧，我要看中般配的，也不用你再去插一杠子。"

这时候张发树、李向河进了院子，潘忠良起身说："我刚才那话算叫大风刮跑了，咱都别再提了。恁还开会，我得走了。"

还没出去屋门，张发树进来了，说："你来什么事啊？怎么我一来你就走，怕我撵你呀！”

潘忠良朝他笑了笑，说：“找秀菊姑一点私事，用不着给你这大主任汇报。”

李向河说：“是不是桂兰嫂子想再生一个，找大姑要个娃娃票啊？”

潘忠良说：“放心吧，恁嫂子想生我也不给她下种，有娃娃票留着给你了。”说完“嘿嘿”着走了。

没大会儿大队的人都到齐了，张发树说：“丁主任下午又找我，说粮食征购任务完成得太慢了，叫咱商量商量，要加快进度。”

展明尧说：“完成多少了？有进度快些的生产队吗？”

李向河说：“到今天为止，全大队总的才完成三分之一稍多点。三队最快，还差不到一千斤就完成全年任务了。另外就是五队，完成百分之六十多了。不过，有的队才送去几百斤。”

李光恩说：“今年没有不减产的生产队，到现在公社也没说给咱减多少任务，都没个底儿，怎么能快得了！”

展明尧说：“各队的产量有个准确数了吗？”

李向河说：“差不多了，明后天就能统计出来。”

展明尧说：“发树，等把产量汇总好以后，你到公社去一趟，找找柳书记，如实给他汇报汇报。别再给那个丁主任说了，他就知道催进度，也管不了这事。”

潘忠地说：“不能只汇报大队总的产量，还得把各生产队的情况带着。昨天我问问光斗大老爷，他说完成既定任务没问题，只要不再加码让他们多卖，好了还能保去年的口粮水平。咱得给各队定个最低口粮数，再去除种子、饲料，看看每个队还能上缴多少。虽然公社分任务是按大队分的，具体算账还得落实到各生产队。”

张发树说：“先别管口粮多少了，怎么着也得完成一半的任务，口粮少的明年春天再吃救济。”

潘忠地说："那不行，国家政策规定不能征'过头粮'，任务要服从政策。"

展明尧也说："多卖了再供应咱，那就成吃返销粮了。"

张发树想了想说："那好吧，向河，你明天把生产队的会计集合起来，一个队一个队地给他们算算账，算清楚后我和忠地一块去找柳书记。"

李向河问："最低口粮按多少？"

李光恩说："这几年各队的口粮没有低于四百斤的，那几年困难时期上级还提出要保三百六，现在怎么也得保三百八十斤。"

展明尧说："按三百八可以，这样大人孩子匀和起来，俭省着点，差不多能够吃的。有保不住这个数的队吗？"

李向河说："四队、七队减产最多，只要减免他们的征购任务，保三百八十斤口粮不成问题。"

张发树说："就这么办，向河你抓紧点。"

张发树和潘忠地去了公社，江秘书说柳书记在办公室，他两个就过去了。正好柳书记一个人在，坐下后张发树说："柳书记，俺来给你汇报一下今年粮食减产的情况。"

柳书记给他们每人倒了杯水，说："不用慌，喝杯水再说。我听王站长说，今年你们的小麦种得也不太好？"

潘忠地说："是不好，拖的时间太长了。目前看，一类苗超不过三分之一。"

柳书记说："那可得加强管理了，不然，明年夏季还要减产。"

张发树说："各队都开始浇冻水了，县里给解决了三十吨氨水指标，都拉来了，正在随浇水随施。还有四十吨的指标，明年春天再拉来施上。"

柳书记说："给恁氨水的事我听说了，只要及时施进去，问题还不大。记住一条，咱干农业的，革命活动是得抓，可要是连年减产就说不过去了。

当然，你们是特殊情况，大队的恁几个也当不了家。”

张发树说：“今天俺两个就是来汇报今年减产的事，多数生产队都完不成征购任务了。”

柳书记说：“不用给我汇报了，刘部长给我讲过，大体情况都知道。另外，恁两个也不是外人，告诉恁要先注意保密，最近我的工作要变动，可能调到别的公社去。咱这里下一步可能是魏书记担任主任。所以有些具体事可以找找魏书记，先跟他汇报一下。”

潘忠地一听这话心里很高兴，问：“最近就变动吗？”

柳书记说：“估计拖不了十天八天的。县里的班子也调整了，前天我去开会时都到位了，贾政委还是主任，原来的县委书记明确为第一副主任，县长和两位副书记都进了县革委常委班子。紧接着就得调整各公社的班子了。我也是去开会的时候领导给我透了个信儿，大概不会再变了。”

潘忠地又问：“魏书记知道了吗？”

柳书记说：“我回来后给他说了说。但是，公布令不到，他还不能出来工作。”

张发树说：“那给他汇报了也没用啊？现在还是你当家，俺把各生产队的产量数都带来了，你定定，到底能给俺减多少任务，定下后就好催生产队了，抓抓紧几天就能完成。”

柳书记说：“你个发树不懂，给哪个大队增、减多少征购任务不是小事，需要集体研究，不能我一个人说了算。领导已经嘱咐我，这几天工作上的大事我不能再主持决定了。”

张发树说：“那样现在给魏书记汇报了也白搭呀？”

柳书记说：“让他心里先有个数，他上任后就可以及早研究定下来。恁反正来了，要不恁就过几天再跑一趟。”

潘忠地看了看张发树，说：“听柳书记的，魏书记这会儿还不忙，先给他汇报汇报。”

两个人去了魏书记宿舍，还没坐下张发树就说："魏书记，你又恢复原职领导我们了？"

魏书记说："恢复什么原职！你听谁说的？"

潘忠地说："俺刚从柳书记那里过来，他说他要调走，你接替他当主任。"

魏书记说："这个事是有，他前天从县里回来给我说了，昨天晚上杨县长又给我要了个电话，告诉我也是这意思，估计三两天就能发文公布。杨县长恁认识，就是原来咱公社的杨森林书记，他已经出来工作了，暂时担任县革委常委，这次对各公社班子进行调整由他负责。我就是担任主任也不能说是恢复原职，眼下各级党组织还没恢复，只能说是重新出来工作。"

张发树说："那样各公社党委书记都当主任了，回去我也得让士金叔当俺大队的主任，我还是干我的民兵连长。其实我早就觉得该这么办了，魏书记您了解，我就那点水平，当这个主任忒吃力了，幸亏有忠地他们给我撑着。"

魏书记说："你慌什么？听杨县长讲，这次解放出来的党委书记只有八个，还有三分之一没解决，新水同志去的那个公社就是。至于大队的班子怎么办，得下一步再议。"

潘忠地问："柳书记去了还是担任主任？"

魏书记说："是，现在那个公社的主任是武装部长兼着，这次凡是武装部长兼主任的都调整为副主任。"

张发树说："就算是全公社先解决一个，也得让士金叔出来当主任。别看现在整天斗他，也就是做做样子，他可是什么问题都没有。如果他有针尖似的点毛病，这么长时间也早被群众揭发出来了。"

魏书记说："你先沉住气，好好抓工作，到时候让士金同志担任什么职务，公社再研究。"

潘忠地又问："什么时候能恢党的组织呀？"

魏书记说："时间不会太久了。据说中央已经安排推荐党代表，年底前全部报上去，估计明年初要召开党的'九大'，'九大'结束后，各级党组织就会恢复起来。扯半天了，恁两个还没说今天来什么事啊？"

张发树就把今年减产的情况，和要求减少征购任务的想法，简单说了说，然后让潘忠地把给每个生产队算的细账详细说了一遍。魏书记认真听着，对一些数字还拿笔记了下来，听完后说："我听新水同志讲，全公社大概有十几个大队减产，你们可能是减得比较多的。不过，你们的想法对头，首先要实事求是地核实产量，既不要瞒产，也不能虚报，摸清底子，再逐队定定能完成多少任务。你们商量的最低保三百八十斤口粮可以，不算多，有条件的生产队应该多分点口粮。像你们说的第三生产队，只要能完成全年的既定任务，就不要再给他们增加了，让他们保住去年的口粮数。至于给你们具体减多少征购任务，得等到集体研究时一块定。但是，你们不要等，回去就先按你们这个方案，落实到生产队，该上缴的抓紧完成。按往年的做法，现在应该结束粮食收购任务了。"

张发树一听很高兴，说："魏书记您放心，如果同意俺商量的这个数，保证五天内全部送到粮所，还得说质量完全合格。"

魏书记说："除了加快送粮进度，还要抓好麦田管理，争取明年小麦有个好收成。刘部长告诉我，县里给你们解决了部分氨水指标，要注意，一定要边施肥边浇水，不然会散失更多的肥效，甚至会损伤麦苗。年前这茬也不要施得太多，每亩三十斤左右就可以，年后小麦返青时再适当多施点。"

他两个出门后，张发树说："看来魏书记不出来工作也关心着咱哩，咱的情况他心里都有数。"

潘忠地说："那是，老领导不光对咱关心，全公社的大事也一直装在他心里。"

张发树说："咱回去就开个生产队长会，把任务部署下去，这样该减的减了，都不会再等靠了，争取三天就完成。"

潘忠地说："要求三天完成没问题，不过，这事还得先给工作组汇报汇报。"

张发树说："也行，汇报完了接着开会。"

到了工作组，张发树先说了说大队商量的意见，又接着说到公社汇报的情况。当说到魏书记同意先按这个意见落实时，丁主任问："哪里的魏书记？"

张发树说："就是魏鹏程书记呀！"

丁主任说："他又没出来工作，能当什么家？他的话不能算数。"

张发树说："俺先找柳书记汇报的……"

这时潘忠地想到柳书记交代，他们工作变动的事还要保密，担心张发树说下去什么都吐露出来，就抢过他的话头，说："发树哥没说明白，俺两个去了先找的柳新水主任，给他汇报后他表示同意，正说着时魏书记过去了，柳主任给他说了几句俺汇报的事，他也没表示反对。俺看着他两个还有事，就赶紧回来了。"

张发树明白潘忠地的意思了，接着说："忠地说得对，我刚才一紧张说混了，不是魏书记，是柳主任。"

丁主任说："这样就对头了。我说呢，老魏现在还属于没解放的走资派，不会随便当家的。只要新水同志同意，就按这个意见办吧。"

张发树说："俺想开个排长会，给各民兵排明确下任务，提提要求，好争取快一点完成。领导们还参加不？"他知道如果再按习惯顺口说队长、生产队，丁主任又得给他纠正，甚至提出批评，所以就改口了。

丁主任说："让刘部长去帮你们研究，其他同志都不用参加了。最近来参观的人越来越少，这两天一伙也没来，发树同志，你们集中精力抓抓，尽快把粮食征购任务完成了，还要尽量多卖一些。给同志们讲讲，这是爱国粮嘛，得踊跃缴售，谁缴得多质量好，说明谁思想觉悟高，对国家的贡献大。”

张发树说：“那是，俺一定把你的原话给大伙讲讲，让大家照办。”

张发树、潘忠地刚要起身走，潘秀菊慌慌张张地来了，走到门口就说：“发树，郑丽珍喝农药了，我叫张发会赶紧送她去医院，张发会赌气不去，一家人还在吵吵着，你快去看看。”

张发树说：“刘部长，晚上集合起人来再来叫你，我和忠地先到发会家去，肯定是两口子吵架了。”

刘部长说：“不用来叫我，吃了晚饭我就过去。”

三个人急忙赶往张荣法家，张发树边走边问：“因为什么事呀？明顺叔没过去吗？”

潘秀菊说：“哪里问来？我在家里刚要做饭，发会他娘跑去喊我，说是她儿媳妇喝药了，我接着跟她去了。到那里一看，发会蹲在院子里不说话，他媳妇躺在里间屋床上，我喊她两声，也不吱声，伸手拉拉她，她闭着眼，满嘴的农药味儿。我出来叫发会去找排子车，快一点送她去刘集医院，他骂骂咧咧，说‘让她死去！’他娘也撵他，骂他，他就是不动，没法了我才来喊恁两个。生产队里的人大概还不知道，我出门时遇上向河，他告诉我恁两个都在工作组，我让他去找明顺了。”

他们三个来到时，大门口放着辆排子车，队长展明顺、会计李向清，还有几个邻居，都在院子里。张发树说：“怎么样？还不快点去医院？”

展明顺说：“向河把庆龙喊来了，先看看再说。他们刚屋去一会儿。”

张发树他们进了堂屋，这时李庆龙拿着听诊器从里间屋出来了，潘秀菊问：“不要紧吧？”

李庆龙摇了摇头，说：“不行了，心脏已经停止了跳动，眼珠儿都定了。”

张发树问：“她这是什么时候喝的药啊？”

发会娘哭哭啼啼地说：“谁知道呀？她这都两天没下地干活了，我是想喊她起来做饭，叫两声也不回话，过去一看，地上丢着个农药瓶子，我就赶紧去喊秀菊了。”

张发树说：“向河，你去把光恩大老爷叫来，咱商量商量怎么办。”

李光恩来了，到里间屋看了看，出来说：“反正这样了，抓紧准备后事吧。明顺，你安排个人到她娘家送个信儿，具体怎么发丧听听人家的意见。发会，得赶紧给她准备个棺材。”

张发会咬牙切齿地说：“还棺材哩，连领席片也不能让她占。”

张发树说：“到什么时候了你还胡说八道！不但要准备棺材，还不能差了。不然，她娘家的人能放过你吗？”

展明顺说：“是呀，咱得有所防备，她娘家的人来了别闹事。”

张发树说：“狗撕皮袄没反正，两口子吵架没理非，谁能问得清？丽珍娘家人要是懂事的，来了也不会闹。”

李光恩说：“明顺说得有一定道理，丽珍毕竟不是正常死亡，娘家人很有可能来出出气。发会，你也别那么犟，人家来了你要多说好话，还有三个孩子，将来还是好亲戚。明顺，你多安排几个人在这里忙活，看看来的人什么态度，真要有人闹事好制止。不论怎样，千万不能把事闹大了。”

张发树说：“棺材怎么办？是买还是打，发会你说话。”

发会娘在一旁说：“别买了，也别打了，他爹有病时一块打了两口棺材，老头子占去了个五寸的，给我留了个四寸的，这媳妇子来咱家也没少出力，让她先占了吧。”

这时张义昌来了，进门就咋呼：“怎么个事呀？好好的个大活人，怎么说死就死了？不行，得叫派出所来人处理。”

李光恩说：“别胡吆喝，家庭闹点纠纷是常有的事，她一时想不开喝农药了，叫派出所的人来干什么？”

张义昌还想争讲，张发会站起来指着他的鼻子，大声说：“张义昌你出去，俺家的事用不着你插言。”

潘忠地过去拉了拉张义昌，说:“走，咱两个去下通知，晚上在祠堂开队长会。这里叫他们处理，咱别管了。”

张发树说:“对了，恁两个下通知去吧，晚上的会照常开。明顺叔，你别去参加会了，和大老爷、秀菊姑先靠在这里，叫向清去听听，回来恁再好好研究落实。”

误会

暮色渐渐浓重起来，四野灰蒙蒙的，天空阴沉沉的，眼看要飞雪的样子。西北风虽然不大，可也刮得人冷飕飕的。刚刚栖息在麦田里的一群大雁，被路上的自行车惊动，随着站岗的两声鸣叫，都扑棱棱飞了起来，在低空盘旋一圈，发现骑车人没有招惹它们的意思，已经走远了，就又落回到原来的地里。

这个骑车人就是张义昌。他的车子快老掉牙了，骑起来动静很大。前、后车圈都有些变形，转一圈磨得车架子“嘎吱”响一下。链条老碰链子盒，“哗啦啦”响个不停。他顾不了这些，伸着脖子躬着腰，猛蹬着往郑官庄赶。对周围的一切也没有察觉，因为他正反复琢磨着，到了郑丽珍娘家，如何说才能把她的亲属煽动起来，让他们集合一帮人，到张发会家里来闹一闹。如果能把张发会揍一顿，那就更解气了。在农村这类情况不是没有过，女的在婆家受了欺负，娘家人知道了又没处说理，就找上近门一些壮实小伙子，去打闹一场，俗称“出气”。这人都死了，只要稍一挑动，一定能成。就算是不找外人，郑丽珍一个哥哥两个弟弟，弟兄三个来了也不好惹。

张义昌和张发会两家房分很近，张义昌的父亲和张发会的爷爷是叔伯兄弟。这样的关系，按理说应当经常走动，有什么事都相互帮衬着的。但是，由于当年为争老林里墓穴的位置，两家闹了矛盾，后来还动了家伙，双方都伤了人，从此成了仇家。多少年过去了，虽然没再起过风波，可那仇一代代传了下来，彼此仍不上门，还不如与外姓人家显得亲近。这次张义昌一听说郑丽珍喝农药死了，觉得这个机会不能错过，就想抓住这件事，让派出所来人，狠狠地整整张发会。没想到进门碰了一鼻子灰，幸亏潘忠地给了他个台阶下，叫着他分头给队长们下通知去了，要不他还真不好下台。

吃完晚饭，张义昌正准备到祠堂去开会，出大门就遇上了给郑丽珍娘家送信的人回来了，他截住那人问："怎么样？丽珍娘家的人来了吗？"那人说："她爹一听是喝农药死的，挺生气，说今天晚上不来了，叫她哥哥、弟弟明天一早来。"听了这话，张义昌心里又打起了小九九。来到祠堂，他对张发树说："发树，这个会我不参加了，家里有点事儿。"

张发树说："有事你去忙吧。"

张义昌刚出门，潘忠地问："义昌叔怎么走了？"

张发树说："别管他，年三十打个兔子，有他（它）过年没他（它）也过年，他参加不参加的影响不了咱开会。"

张义昌以往到外边办事，都是借辆好点的自行车。这次不行，他担心人家追问他干什么去，不好回答，只好回到家里推出自己的破车子，直奔郑官庄而去。郑官庄离汶水滩只有三里多路，西南坡的耕地都挨着地边子，加上亲戚连亲戚，张义昌的姨家、姑奶奶家都在那个村，所以比较熟悉，不用打听也能找到郑丽珍娘家的大门。郑丽珍排行老二，哥哥叫郑大山，二弟郑大海，三弟郑大河。郑大山文弱老实，从来没跟人斗过嘴吵过架。郑大河随他大哥，也是从不惹事。只有老二郑大海，性格和哥哥、弟弟相反，从小爱打架，天不怕地不怕，在家里是说一不二，在生产队干活更是挑肥拣瘦，队干部们都让他三分。"文化大革命"开始后，郑大海成了村里的造反派头头，纠集了一伙愣头青，闹大队，砸公社，县里的武斗也没少了他们。他一家人张义昌都认识，也知道郑大海是他们村的造反派头目，因为他们各自带着本村的造反派群众，一块参加过几次公社批斗走资派的大会。

弟兄三个正和老爷子商量第二天去汶水滩的事，张义昌到了。对张义昌和张发会家的矛盾，他爷们都有所耳闻，可不管他两家关系如何，来了就是客人，所以都起来给他让座，郑大山忙着泡茶。老爷子说："大兄弟怎么这时候来了？坐下喝水。"

张义昌说："我是来给恁说说丽珍的情况。送信的来也就只能说她喝药了，至于她受的那些罪是不可能说的。丽珍这孩子忒老实，就知道整天家里外头地出力，也从来没和别人生分过，街坊邻居没有不夸她的。可发会不是个东西，待她很不好，平日里不是打就是骂，吃，叫她吃剩的，穿，让她穿旧的，那叫个虐待呀！这样的事丽珍怕说出去丢人，对外人一个字也不吐露。就她那性格，回到娘家来也不会说。恁说好好的怎么就喝药走了？孩子们都还小，她能下这样的狠心，真是受罪受够了，不愿意再过这种日子了。"

爷几个听他这话，都明白是黄鼠狼给鸡拜年，没安好心。郑大海沉不住气，他话音一落就站起来说："你别说了，我学过几年的兽医，还看不透你肚子里什么病？你就是来挑拨事来，想借这事让俺去替你出口恶气。告诉你吧，不用你来说，俺也准备去找张发会，可不是为了你。俺姐姐不能就这样不明不白死了，得叫张发会说个过来过去，不行就揍他个半死，让他知道，俺这一家人也不是吃素的！"

张义昌说："你看老二这话说的，怎么能是叫恁去为我出气呢？我有什么气出？再说了，我也不能叫恁去打架，只是来说说叫恁心里明白明白。好好的一个人，突然就死了，能没个因由？要不是因为咱爷俩是一个战壕里的战友，黑更半夜的我还真不想跑这个腿哩。"

老爷子说："事都这样了，过去的事就别提了。不为死的为活的，还有三个孩子，闹僵了都不好。大兄弟你回去吧，天也不早了。"

张义昌一看这情况，只好起身走了，爷几个把他送到大门外。郑大海没接着回家，继续跟着他，到了村头，说："大叔你别生气，我也是听说俺姐姐喝农药了，气得脑子一时糊涂，那些话都是胡说八道，你千万不能和我一般见识。明天一早我就带几个小兄弟，去找张发会算账。都说好汉打不出村去，那可是恁那一亩三分地儿，到时候你可得支持我们。”

张义昌说：“要那样还真是个事儿，俺村里掌权的还是老班底，我虽然也是革委会成员，可一个人势单力弱，斗不过他们。不过你放心，工作组的人支持咱，丁主任是和我们一个观点的，你不用怕，真不行我就叫丁主任出面，他一定会替你们说话。”

走在路上，张义昌心里恣悠悠的，想：张发会你再狂气吧，明天就有你小子的好果子吃了。

展明顺安排人把棺材抬了出来，准备等郑丽珍娘家的人来了就入殓。现成的棺材，也油漆好了，不用再费事。郑丽珍的尸体已经被停放在堂屋明间中央，盖上了纸被，身前放上了一碗“倒头饭”，烧了几张纸，点上了三炷香。送信的人回来一说她娘家今天不来人了，明天一早来，李光恩说：“大伙都回去吧。明顺，晚上叫个人来和发会做做伴，其余的人明天一早再过来。秀菊，你帮着发会他娘做点饭，大人、孩子都得吃，再大的事也不能不吃饭。明天吃了早饭我叫着发树一块过来，和丽珍娘家人商量商量发丧的事。”

郑大海送走张义昌回到家里，说明天必须叫着几个棒小伙子，去给他姐姐出气。他爹听了坚决反对，他哥哥、弟弟也不同意，都说这是咱自家的事，不能叫外人插手，要是把事情闹大发了，没法收场，对双方都不好。但是，爷三个拗不过一个，他决意这么办。当天晚上，他就约好了七八个年轻人，并说好明天要早吃早饭，一块去汶水滩打一架。这些人都是跟着郑大海一起造反的，喜欢打打闹闹，更不怕把事情闹大，听到要去打架，一个个十分踊跃。

第二天郑大山刚吃完早饭，看到郑大海咋咋呼呼集合人，就去问他爹怎么办，他爹说：“你叫上您弟弟，再找大海说说，要是能劝住那些人不去更好，真要不听，恁就一起跟着去。不能让他们胡作妄为，更不能出了人命。”

郑大海领着这帮人，有几个手里还拿着棍棒，摩拳擦掌出了村。郑大山、郑大河赶上他们，一看这阵势，心里更打怵，知道劝也没用了。走了一段路，郑大山才说：“大海，你这个弄法行吗？惹出事来谁担当？万一出了人命，公安局就得找领头的说事，会法办你的。”

郑大海说：“放心吧，一人做事一人当，找不了你的麻烦。我已经嘱咐他们了，去了也就是把他家里砸个稀巴烂，逮着张发会揍一顿，不能要他的命。恁两个要怕事就别去，去了也不用您伸手，帮帮人场看看热闹就行。”

郑大河对他大哥说：“算了吧，咱也拦不住他们，跟着去了看情况再说。”

他两个走得慢了下来，逐渐与郑大海他们拉开了一段距离。

展明顺一早又叫着几个劳力，来到张发会家。正当他们吸着烟说闲话时，郑大海一帮人闯了进来，展明顺见他们那架势就是来闹事的，迎上去大声说：“你们这是干什么？”

郑大海没理他，来到院子里就吆喝：“张发会你出来，说说俺姐姐为什么死的？”

“有话好好说，先到屋里喝碗水。”展明顺说着想拉他进屋。郑大海把他拨拉了一把，继续喊张发会。这时有两个青年闯进了厨屋，其中一个把大锅揭下来，端到院子，往上举了举，然后使劲摔到了地上，“哐啷”一声，锅碎了。另一个抱出来一摞碗，“哗啦啦”摔了个粉碎。还有一个看到院子里的水缸，用棍子狠狠捣了两下，半缸水淌了一地。有几个青年要进堂屋，展明顺喊着几个本队的社员，让他们拦住，不能让来的人进去。这时郑大山、郑大河进了院子，随后张发树、李光恩也来了，都上前劝阻。就在这当儿，有一个青年抡起了手中的棍子，朝拦阻的人乱打，有个社员躲避不及，额角被打破了，血立时流了半边脸。张发树站到门槛上，大声说：“怎么着，你们是来打架了不是？我们马上集合民兵，叫你们这些小子连大门也出不去！”

打伤人的那个青年悄没声地退到了人群外边。

郑大海说："我们不用打架，你叫张发会出来说说，怎么虐待死的俺姐姐？"

这时张发会出现在门口，说："我怎么虐待您姐姐了？我没打她一指头，没骂她一句，是她自己寻死的。俺全村人都知道，我结扎这都快半年了，她怎么又怀孕了？你要不信豁开她的肚子看看，她肚子里是不是怀了个杂种？她自己觉得没脸见人了，死了怨谁啊？"

在场的所有人听了这话，都愣怔了。只有破了头的那个社员，没管他们说什么，寻摸着打他的那人，撕扯起来。双方的人都围过去，像是拉架，其实都偏向自己这一方。结果，又有几个人动起了手，院子里乱成了一锅粥。郑大海听了张发会那话，也觉得姐姐不占理，但出现了这种局面，又不能示弱，就上前想拉扯张发会。可三个孩子都护着张发会，张发树也站在张发会跟前，使他没法靠上去。李光恩把郑大山拉到一边，说："你是当哥哥的，到这时候了你得主事，快叫他们停下来，不能再闹腾了。"

郑大山使劲喊了两声："都住手，别再闹了，快点回去，这里没恁的事。"

没有一个听他的话，继续撕打着。

张发树大声说："让他们打吧，我去集合民兵。明顺，我出去后你先把大门关上，一个也不能让他们走了。"

其实张发树心里明白，绝不能再去叫人，真要喊些人来打起群架，后果就严重了。这么说说，是想做做样子，把那帮人吓唬走就没事了。正当他准备往外走时，张义昌领着派出所的洪所长进了门。在场的人大都认识洪所长，见他带着枪气势汹汹的样子，立时停了手。

洪所长站到院子中央，说："怎么不打了？我想看看谁打得厉害，好抓起来带回去。你们来的这伙人谁是领头的？"

郑大海知道这时候不能往后缩，也不想缩，理直气壮地说："是我带着人来的，怎么了？俺姐姐不明不白地死了，还不让我们来问问？”

洪所长说：“恁姐姐属于非正常死亡，如果有疑问，我们可以调查，等查清楚了，该处理谁处理谁。但是，不允许你私自带着人来打架。”

郑大海两手掐着腰，往洪所长跟前走了两步，强词夺理地说：“谁来打架了？我想打还没来得及动手哩！”

洪所长打量了他一下，说：“你就是郑官庄的郑大海吧？我那里还记着你的账哩。那次到公社院里打砸抢，你是不是主要头头之一？今天你又纠集人来汶水滩闹事，好了，咱老账新账一起算！义昌同志，你去拿根绳子，先把他捆起来。”

张义昌本来想站在郑大海一边，可听到洪所长点他的名了，只好答应着，想去找绳子。这时李光恩喊住了他，又对洪所长说：“所长，别捆他了，都是亲戚，这也算是家务事，我们调解处理吧。”

那个被打破头的社员捂着头说：“不能就这样完了，把我的头都打破了，得法办他们！”

张发树说：“你咋呼么？还不快着点到卫生室叫庆龙叔给你包包。”

李向清也来了站在后边，听到这话，过去叫着那人去了卫生室。

洪所长说：“那行，就按光恩同志说的，你们调解处理。我把话说在前头，谁要是再动手，我可就不客气了！”

李光恩说：“大海，恁弟兄三个留下，让其他人都回去吧。”

郑大海把头一拧，喊了声：“走，回去！”临走瞪了张义昌一眼。那几个人都跟着他走了。

原来张义昌一早就去了村头，在路口转悠着等郑大海他们。看到郑大海他们真的来了，他很高兴，迎上去说：“恁先到张发会家去，我到工作组叫上丁主任，马上就过去。”

张义昌来到工作组，对丁主任说：“丁主任，张发会家里打起来了，弄不好会出人命，你得赶紧去看看。”

丁主任问：“怎么回事？谁和谁打起来了？”

张义昌说：“张发会的老婆不是喝农药死了吗？她娘家弟兄们听说后，带着人来出气了，来了十几个年轻人，都拿着棍子，闹起来还能轻了？”

丁主任说：“刘部长，你给派出所要个电话，叫所长抓紧来一趟，这种情况我们去了也不好处理。”

刘部长听了张义昌的话，开始想让许干事去制止一下，丁主任这么一说，就接着给洪所长要了电话，洪所长电话里说马上就赶来。

张义昌虽然没叫动丁主任，可一听到洪所长来，也很兴奋，心里话：所长来了更好，如果把郑丽珍的死因调查清楚，说不定得把张发会逮起来，严重了还可能让这小子坐几年牢。于是说：“我去迎迎洪所长，好领着他去。”

丁主任说：“你去吧，告诉所长，要慎重处理，千万不能出人命。”

张义昌嘴里答应着，心里却想：出人命才好呢，谁死谁倒霉，要是张发树、李光恩在场，追究起来他们也脱不了干系。可没有想到，洪所长往那里一站，就都住了手。别说死人了，只有一个受伤的，看样子也不严重，只是头上破了点皮。他虽然盼着事情闹大，一看这情况，也只能站在一边干瞪眼。

郑大海带着那帮人走了，郑大山、郑大河没有走，李光恩叫他两个屋里说话。洪所长说：“有事你们商量吧，我回去个了。”

张发树说：“你跟着我到祠堂喝点水再走吧。”

洪所长说：“不喝了，我回去所里还有些事。”

张义昌说：“所长你已经来了，还不把死者的情况了解了解？”

洪所长处理这样的事情有经验，因家务闹矛盾，即便死了人也不一定亲自去处理，一般是先推给大队解决，只要没人上告就没必要深究。张义昌这是没事找事，于是没好气地说：“了解什么？大队里恁几个都在，还用我了解呀？”

张发树说："是呀，咱的事咱处理，不能再麻烦所长了。"

洪所长一走，张发树就说："义昌叔你什么意思？是不是还嫌事小啊？"

郑大河接着说："要不是他去挑唆，俺二哥他们也不会来闹。"

张义昌急赤白脸地争辩："有我什么事？恁弟兄们带着人来打架，腿在恁身上长着，又不是我绑恁来的。"

李光恩说："行了，义昌，这里没你什么事了，你也回去吧。"接着又对郑大山、郑大河说，"来，恁弟兄两个都屋来，咱一块商量商量。"

展明顺、李向清也跟着进了屋。

张发树叫张发会泡上茶，然后问郑大河："你刚才说义昌叔去挑唆，是怎么回事？"

郑大山抢着说："也不能说是他挑唆的，还是老二那熊孩子脾气孬，一听说俺妹妹是喝药死的，也不问个青红皂白，就叫着一伙子人来了。俺爹就怕他惹事，叫俺两个赶紧跟了来。"

郑大河说："怎么不是他挑唆的？昨天晚上他去了俺家，守着俺一家人说，俺姐姐受虐待，俺姐夫一直对她不好，她是不想过日子了才寻死的。俺二哥那样的脾气，还经得住他这一点火呀！"

张发树说："怪不得昨天晚上大队开会他请假，还说是家里有事，原来是办这一出去了。"

张发会说："我就知道这个坏熊不办人事！这事就是他挑起来的，我和他没完，毁坏的那些家什全得叫他赔！"

李光恩说："别吵吵了！向清，你去安排人到刘集买个锅买几个碗，中午还得给孩子们做饭吃。"李向清走了，他接着说，"恁兄弟两个都在这里，明顺是他们队的队长，要说丽珍受虐待，全村人没一个信的。发会这孩子也都了解，虽说没大本事，可人老实，为人处事出不了格。"

由于张发会刚才在屋门口吆喝那几句都听到了，郑大山听李光恩这么说，就抢过话头："恁老人家不用说了，俺一家人都知道俺妹夫是好人，就是俺妹妹不懂事，好认死理。她死了活该！这日子多好呀，过几年孩子们都大了，她还不就享清福了？是她没这个命。”

张发树说：“这人也真是，再大的事也不能撇下三个孩子就死呀。上有老下有小的，多让人伤心啊！这不，她婆婆的寿木都让给了她，昨天傍黑天就抬出来了。”

郑大山说：“可不能占老人家的寿木，就是用领席片卷卷埋了俺也没意见。”

展明顺说：“那可不行，丽珍在这个家里也出力了，还有孩子们，怎么也不能让黄土砸脸，那样外人笑话。不占旧的就得给她打新的，咱合计合计看怎么办好？”

李光恩说：“占就占吧，发会他娘乐意，现打新的也来不及，就这么定了。人也不能老这么停放着，有恁兄弟俩在，咱抓紧入殓吧。”

郑大山说：“一切都听您老人家的，您怎么定怎么是。”

展明顺说：“我这就去喊几个人来。”

外面零零星星飘起了雪花。随着孩子们的哭声，郑丽珍被抬进了棺材。

这几天张发树、李光恩靠在了张发会家的丧事上。入殓后张发会提出下午就接着去埋了，他两个不同意，做了做工作，还是发三天丧，并且雇了四个吹鼓手。郑大山回去给他爹、他娘一说这情况，也都十分满意。丧事忙完的当天傍晚，张发树对张发会说：“人家为你的事头被打破了，你得拿点东西到他家里看看。”张发会说：“当天晚上我就去了，拿去了十来个鸡蛋。他说是没大碍，就破了点皮，过三两天就好了。人家见我拿去了东西还不要，推让半天才留下。”

潘忠地、李向河他们几个一直抓交售公粮的事。由于任务明确了，各生产队都有了积极性，第三天下午就全都完成了。晚饭后，大队的几个人陆续去了祠堂，因为不是正式开会，没有通知张义昌。潘忠地说了说各队送粮的情况，张发树说："这就好了，丁主任再催咱也有话说了。"

这时展明尧问了一句："那天郑官庄的来打架，没毁坏多少东西吧？"

张发树说："毁的东西倒是不多，就刚来到时砸了点。幸亏洪所长到得及时，架也没大打起来。对了，郑大河说是义昌叔去挑唆的，咱得问问他，那天晚上开队长会他干什么去了？是不是挑事去了？怎么挑动的？"

李光恩说："这个人就是成事不足，败事有余，就这么个脾性，改不了。也别再问他了，他就是承认了也不能怎么着他。"

展明尧说："真不是个东西！亏了还是近门，遇上这种事也使坏。"

李向河说："他两家老辈里有仇，这下子仇就结得更深了。"

潘秀菊说："平时看着郑丽珍挺开通的，怎么就喝农药了？没听说他两口子闹意见呀？"

张发树说："开始我也没追问怎么回事。还是那天她娘家来人闹时，张发会说郑丽珍又怀孕了，他不是结扎了吗？肯定是怀疑丽珍有了外遇。他当时还咋呼，'恁要是不信就豁开她的肚子看看，是不是怀了个杂种'。我估计两口子就是为这事闹了矛盾，郑丽珍又说不清道不明的，还怕外人知道了丢人，就寻短见了。"

潘秀菊说："不可能，郑丽珍可不是那种人，绝不会和别的男人胡搞。再说，要是怀孕好几个月了，我们怎么没看出来？"

张发树说："咳，别看你分管计划生育，你那眼忒拙了，去年七队那个娘们都怀孕六七个月了，恁也没发现。要不是咱发动群众让邻居们相互揭发，她就成漏网的了。"

潘秀菊说："那是因为她一怀孕就跑到娘家去住着不回来，如果在家里早就发现了。"

展明尧说："郑丽珍怀孕可能是真的，不过，也不一定不是发会的孩子。"

李向河说："他都结扎了怎么还能是他的孩子？"

展明尧说："这你就不懂了。按医生的说法，结扎后前两次行房还得注意避孕，因为输精的管子里还可能有剩下的活精子。另外，也有结扎不管用的。恁没听说咱公社供销社有个外号叫'活蹦乱跳'的？他就是结扎两年后老婆又怀孕了，他心眼多，偷偷到地区医院作了检查，结果说是结扎失效，精子都很正常。回来后为了消除自己戴绿帽子的嫌疑，逢人就讲他结的扎不管用，医生说精子还活蹦乱跳的，所以人们送给他这么个外号。"

李向河说："你说的这事不靠谱，如果那女的原来就不正干，男的不结扎也照常怀别人的孩子。"

张发树说："向河你说的不对，明尧叔是结扎了的，这方面他可是有经验。"他又看着展明尧说，"你怎么不让俺婶子也给你再生一个？咱也说是你结扎的不管用。"

展明尧说："多咱把你满嘴的狗牙都拔了，你就会吐几句人话了。我就是能生也不能叫恁婶子生了，这都四个孩子了，有儿有女，还能把她累死啊！"

一屋人都笑了。

潘秀菊说："还真得给发会解释一下，要是他怀疑丽珍有问题，老是解不开这个疙瘩，以后对孩子影响也不好。"

李光恩说："是得给他说说，他两口子都是认死理的那种人，如果不让他转过这个弯子来，今后他连他丈人家的门也不会上了。"

张发树说："这个任务就得交给秀菊姑了，别人去说他不会相信。"

潘秀菊说："那行，我去给他拉拉，就说我专门找医生问了的，出现这种情况的不少。咱得统一口径，今后谁拉起来也得这么说。"

张发树说："还统一什么口径，这事以后谁也不能再提了。"

傍晚，潘秀菊去了张发会家，发会娘在厨屋做饭，她把孩子支派到院子里，单独和张发会谈了谈，并且说："发会，丽珍是个好媳妇，我了解情况，外人没一个说她闲话的。"

张发会听着流起了眼泪，潘秀菊话一停，他擦了把泪，说："这样说我是冤枉她了。大婶子，谢谢你，当初去结扎是你动员的我，没想到出事了你还为我这么操心，还亲自跑到公社医院去问医生。要不是你来说，我得怨恨她一辈子。早知道有这种情况，我也不会追问她。我要是不逼着叫她承认孩子是谁的，她也就不会寻死。我对不起她，也对不起三个孩子。世上没有卖后悔药的，我只能到阴间再给她赔礼了。"

潘秀菊说："凡事都是该着，人各有各的寿数，事情都过去了，你也别太自责了。自己心里有数就行了，今后还得拉巴着孩子们好好过日子。"

第二天，张发会就拿着礼物，叫着孩子们，去了丈人家。走到以后，他带领三个孩子，给岳父、岳母磕了头。从此，两家的走动比郑丽珍在时还要勤。

恢复党支部

这个春节汶水滩显得死气沉沉。最近几年，只要进了腊月，祠堂那边就锣鼓喧天，排练节目，从正月初三开始，隔三岔五就演一场，直到十六才结束。今年到了腊月二十三，人们张罗着过小年了，张发树才突然提议，搭个戏台，年初头再搞两场文艺演出，热闹热闹。潘忠地说又没提前排几个新节目，原来那些成天演，都嫌俗了，再演也没人看。展明尧他们也说，是啊，一老年都弄得紧紧张张的，趁着工作组的人都回去过年，也让大伙歇歇吧。大队仓库还有存的两千多斤麦子，提前给烈属、军属、五保户分了一部分，剩下的全部给了那几个麦季口粮低的生产队，并要求各生产队排一排救济吃不上白面饺子的户。往年都是写好一部分春联，敲锣打鼓给烈、军属送去并贴到门上，现在除了四类分子家庭，各家各户大门、屋门上都有现成的红漆黄字对联，这件事也免了。好在孩子们照常给大人要挂炮仗，不时放几个，算是有了点儿响声。

转眼麦子就开始抽穗了。由于年前、年后施了几十吨氨水，加上及时进行锄耧等各项管理，种的基础比较差的地块大部分也赶了上来。看着满坡随风荡漾的麦浪，干部、群众心里宽松了不少。春节过后再也没来参观的，工作组对那几项革命活动也不那么过问了，大伙议论，形势是不是要发生变化了？

这天上午，公社原来的组织委员邵志敏来了，在坡里先找到张发树，让他叫着展明尧、潘忠地，一块回村商量点事。几个人去了祠堂，张发树叫展明尧顺路回家拿来壶茶叶，潘孝彦有早晨烧好的开水，潘忠地到东屋提来暖水瓶，泡上茶。张发树说："老邵同志，你轻易不来的，今天怎么有空了？"

老邵说："是魏书记让我来的，有件事先和你们通通气，听听你们的意见。最近地区决定在一个公社搞召开党代会的试点，地区定在我们县，县里又定在我们公社。县里还准备组织工作组来帮助我们，估计近几天就到。根据要求，公社党代会召开前，各基层党支部要基本恢复建立起来。魏书记的意思，挑选十几个大队先行一步，汶水滩的工作基础比较好，放在第一批。今天一块下来我们四个人，每人跑三四个大队，了解下情况，我第一家就到你们这里来了。恁几个谈谈，有些什么想法？"

张发树说："那还不好办？俺党支部原班人马就行，士金叔还是当他的书记，明尧叔和忠地的副书记，我继续当我的支部委员、民兵连长。我们这个班子原本就符合'老、中、青三结合'的要求，也有女的。"

展明尧说："你现在是革委会主任，按理说你当书记比较合适，士金这么长时间没出来工作了，让他当副书记也可以。"

老邵说："上级的意见党支部书记和革委会主任不再分设了，要一人兼。"

展明尧说："那就更顺茬了，让发树直接兼起来。"

潘忠地说："发树哥、士金叔谁担任书记都行，不过，这事最好先听听党员们的意见。还有工作组，是不是也得看看他们是什么态度。"

张发树说："别管看谁的态度听谁的意见，得把我这个态度先亮出来。我是不能当书记，如果士金叔不行，恁两个谁当我都同意。也不是今天才这样说，老早我就跟魏书记反映过了。"

展明尧说："老邵同志说了，上头提出要书记、主任一人兼，这不是明摆着的事吗？你正当着主任，还不正好把书记兼起来！”

张发树说：“什么明摆着的事儿，主任也不是不能换人，魏书记原来也不是主任，年前不就公布成主任了？下一步公社党委书记还得让他当。咱也可以先把主任换了，再说谁当书记。”

老邵说：“发树同志这个想法魏书记给我说过，我们可以考虑。但是，忠地同志说得对，你们要开个党员会，征求一下党员们的意见。我回去也找刘部长说说，他对这里的情况熟悉，听听他是什么意思。”

张发树说：“工作组还有丁主任他们，你不找找丁主任了？”

老邵说：“老丁连个党员都不是，其他人也先不找了。我听说县里的工作组最近几天就要撤，刘部长这一段也来不了，公社要成立筹备党代会的班子，他得参加。我临来时魏书记交代，让你们把大队的各项工作主动抓起来，要通过恢复建立党支部，进一步调动干部、群众的积极性。三夏马上就要到了，不要因为这件事影响了生产。”

张发树说：“怪不得最近我发现工作组他们不大问事了，这几天连坡也不下，原来是要撤呀。县里的走了公社他们几个还留下不？”

老邵说：“我听领导那意思，他们也一块回去，因为机关上的同志也要集中一段时间学习，统一下思想。至于今后是不是还回来，得党委成立以后再定。”

送走老邵同志，他们便分头去下通知，当天下午就召开了全体党员会。好几年没开过这样的会了，二十几个党员全到了。开始张发树把老邵说的意思讲了讲，随后亮明了自己的态度，说：“大家心里都清楚，我这个本事担任党支部书记是不中用。这两年让我当主任就够难为的了，和只挂个名差不多，大量工作都是明尧叔、忠地他们干的，我再也不能占着这个位子了。咱今天都敞开思想，说说心里话，看让谁当书记最合适。会后我们要把大家的意见汇总起来，如实向公社汇报。”

展明尧说：“你也别太谦虚了，这两年你主持革委会的工作不错，我和忠地也就是个帮手。能当主任也就能当书记。”

张发树说：“让大家说说吧，咱是党员内部开会，都别掖着藏着，也不用照顾面子，怎么想的就怎么说。”

大伙发言很踊跃，原来的几个支部委员和普通党员，只有潘忠国一声没吭，其他人或多或少都说了几句。多数人同意让潘士金继续当书记，有七八个人提议让潘忠地当，还有个别的赞成张发树。展明尧听着有些不是滋味，因为没有一个人提他的名。张发树让潘士金说两句，潘士金说：“前些年我当书记，工作没有做好，大伙对我有些意见是理所当然的。我已经这么长时间没出来工作了，现在要恢复党支部，我不能再干了。如果发树执意不当，明尧和忠地他两个谁当都行。”

潘忠地说：“我不行，这些人中数我年轻，没有经验，还得跟着几个老同志好好学习。”

展明尧说：“我更不行，当个副的也很吃力，可不能占上茅坑不拉屎，让我能当个委员就不错了。”

大伙当然听得出来，他这话是有些情绪。

张发树说：“会就开到这里吧，我们说的都不算数，还是得公社一锤定音。”

散会了，张发树留下展明尧、潘忠地，说：“咱早点吃晚饭去公社吧？傍黑天好找人。”

展明尧说：“你这是屋门后边放礼花，等不得黑天了。急什么？要去也是恁两个去，我不去。”

张发树说：“我是有点急，巴不得立时就把肩上的挑子撂下来。明天上午去也行，咱三个都得去，老邵同志来了就是找咱三个谈的。”

潘忠地也说：“还是都去好，明天上午去了如果老邵同志不在家，咱就找刘部长或魏书记。”

展明尧说：“去也行，反正去了也用不着我说话。”

潘忠地回到家里，又琢磨起上午和下午的事儿。看来张发树是真心不想当书记，甚至连主任也不想当了。展明尧就是另一种态度了，他大概是真心想当书记，只是自己不好明说罢了。上午极力让张发树当，可能不是他的真意，他觉得张发树当主任就有些勉强，公社领导也明白，不会让他兼书记。只要不让潘士金当成，按资历和原来排序，这个书记十拿九稳就是他的。下午那样说，是因为没人推荐他，说的气话。到后来连去公社汇报都不想参加，那就是要态度了。可又一想，有这种想法也无可厚非，开始老邵说这事时，自己脑子里不是也露出当书记的念头吗？当时甚至还想到，如果真要明确让自己当，应该怎么表态呢。不过，这念头很快就打消了。是人就有私心，关键时候就会暴露出来。

晚上躺在床上，他脑子又转悠开了。人的命运真是难以预料。王士霜如果不出事，说不定自己现在就到化肥厂当工人了，过不多长时间就能和她结婚，以后日子也肯定是甜甜蜜蜜的。谁能想到她刚参加工作没几天就遇上了那种事？以前对这类事人们会说是天意，现在都说是碰巧了，该着她倒霉。不论怎么说，反正人是突然就走了。出去工作的事魏书记操了心，柳书记也着实放在了心上，偏偏这次招工的是化肥厂，如果是别的厂子，也就下决心去了。虽然魏书记也说以后再等机会，这机会是那么容易等的？三年两年的才在下边招次工，每次招工都有年龄限制，现在这年龄还行，再过几年就彻底没指望了。当初回村时的确是满腔热情，下决心在农村干它一辈子，并且要干出个样子来。想想这几年走过的路，遇到多少没法说甚至说不清的事啊？都说农村是个广阔天地，怎么就广阔了？也就是千来亩地的地盘，折腾来折腾去也出不了这个大队。即便当了党支部书记又能怎样？“文化大革命”还没结束，并且说以后每隔几年还要再搞一次，不论干得孬好，到头来还不是和士金叔一样，照常挨斗？不费那个脑筋了，别管今后有没有奔头，只能顺其自然，听天由命了。

突然糊里糊涂进厂当了工人，眼前是连片的车间，车间里机器轰轰隆隆，很多工人出出进进，没有一个他认识的，也没人给他打招呼。这是个什么工厂？想半天不知道，管它呢，反正穿上工作服了。到哪个车间去上班呢？好像没人告诉，看到那边篮球场上一伙青年在打球，过去问问，都不理他，没办法，只好在院子里打转转。忽然张发树过来了，说："你别做白日梦了，连个媳妇都找不上，还想当工人哩，没那好事！"他说："我这不是当上工人了？今后就和你不一样了，再也不在村里干了。"张发树说："在村里干怎么了？你命里注定就出不了咱这个村。这下好了，魏书记非让你当大队书记不可，全村千把口人，有几个能当上书记？别不知足了。"正说话间，一伙人把他拉拉扯扯弄到了会场上，全大队的群众都在，还有工作组的所有人员，虽然他身旁还站着几个四类分子，但人们只呼喊打倒他的口号。他想争辩，嘴巴却不听使唤，怎么也说不出话，急得出了一身汗。醒了，他翻了个身，想想刚才的梦境，不由得笑了。怪不得人们说，"打喷嚏是鼻子痒，做梦是心头想"，果真是这么回事啊。

第二天吃过早饭，三个人一起去了公社，邵志敏不在，问问别人，说他出发到大队去了。他们又去武装部办公室找刘部长，侯干事说："刘部长去党委办公室了，可能和魏书记他们几个在商量事。恁先在这里喝点水，等他一会儿。"张发树说："魏书记在那里更好，一块给他们汇报汇报就行了。"潘忠地说："他们要是开会，咱进去打扰不好。"张发树说："不要紧，咱就三言两语的，要是等还不知道得多长时间。"

党委办公室除了魏书记、刘部长，还有原来的社长陈兴胜，虽然陈兴胜现在还没正式出来工作，县里给魏书记打了招呼，这次党代会要把他作为副书记候选人，成立筹备小组时就让他参加。他三个正在议筹备小组的人选，张发树进来了，展明尧、潘忠地站在门口没进屋。张发树说："老邵同志昨天上午叫我们开个党员会，讨论一下建党支部的事儿，俺下午就开了，今天来给领导汇报汇报党员们的意见，领导有空吗？"

魏书记说："什么有空没空啊？恁大老远的跑来了，你就先说说吧。"

陈社长朝门外说："恁两个还在外边站着干么？进来吧。"

他两个进来了。刘部长喊小陶过来，给他们每人倒了杯水。

张发树说："党员会到得很全，基本上人人都发了言，意见也比较一致，绝大多数同意还是让士金叔担任书记，有几个人提出让忠地当书记。"

潘忠地说："也有提议发树哥兼书记的。"

张发树说："咳，不用说我了，反正我不能当。"

魏书记说："副书记、委员都推荐的谁呀？"

张发树说："老部同志只让俺推推书记，没说推副书记和委员。其实不用推，如果让士金叔当书记，明尧叔和忠地还是当副书记，委员也是原班子的人就行，有光恩大老爷、秀菊姑，还有向河和我，正好七个人。"

刘部长说："现在革委会里还有张义昌，他是党员吗？"

张发树说："他倒是党员，不过这个人可不行，千万不能让他进党支部。您是不知道，他那心眼是歪长着的，整天不干正事。"

魏书记他几个都笑了。展明尧本来不想说话，听到刘部长提张义昌的名，他是坚决反对，就说："发树说得对，义昌这人就是心眼不正，当上大队革委委员也是靠造反起家，开始是跟着雷道云、孙风雷跑，后来又只听工作组小刘的，当了委员没几天就贪污了三棵树、好几块钱。如果再让他进党支部，别说党员们了，全体贫下中农都得反对。"

魏书记说："党支部是要吸收部分新鲜血液，你们考虑考虑，还有其他人选吗？"

张发树说："好几年没发展新党员了，还真想不出来。"

潘忠地说："八队李长贵是党员，在部队入的党，年前刚复员回来。他高小文化程度，家庭成分是下中农，回来后表现也不错。"

魏书记说："这人群众基础怎么样？"

张发树挠了挠头皮，说："我怎么把他忘了！这人表现挺积极，回来第二天就下地参加劳动，平时还帮着队委会做些事，大伙没有说他孬的。叫他当个委员比张义昌得强一百倍。”

魏书记记下了这个人的名字，说：“你们回去等着吧，过几天我们就研究，第一批先研究十来个大队，包括你们汶水滩。还有件事一块跟恁说一下，县里已经通知，来驻队的他们几个都要回去参加学习班，工作组就算撤了，公社的他们几个也得回来。下步工作就靠你们自己了，要革命、生产两不误，都得下力气抓好。”

张发树说：“老邵同志嘱咐我们了，让我们特别要注意抓好三夏生产。下一步公社还得再派人去吧？没有县里的也行。”

魏书记说：“去不去得过一段再说，最近是不能去了。”

他三个起身走了。

没过一个星期，公社下文了，不仅公布了大队党支部班子，对革委会成员也作了个别调整。党支部八个人，人员及职务如下：书记，潘士金；副书记，展明尧、张发树、潘忠地；委员，李光恩、潘秀菊、李向河、李长贵。革委会成员的调整情况是：免去张发树的主任职务，改任副主任，潘士金兼任主任，增补李长贵为委员。从此，大队有事研究都是召开党支部会议，除非开大、小队全体干部会议时，才通知张义昌参加。治安工作也由李长贵为主负责，张义昌只是协助。大队的日常工作，张义昌再也偎不上边了。其实，汶水滩大队革命委员会已经是名存实亡了。

党支部的恢复建立，张义昌有一肚子意见，潘忠国心里也不受用。这天晚上，潘忠国到代销点买了盒烟，去了张义昌家，走到掏出来抽出两支，递给张义昌一支，随后把烟盒放到了桌子上。张义昌给他点着又点着自己的，撵着他老婆泡上了茶。两个人吸着烟喝着茶，潘忠国说：“义昌叔，你也忒老实了，他们这是把你当成个面团了，爱怎么拿捏就怎么拿捏。革委会其他人都转到了党支部，凭什么就剩下你一个？你也不听听，有多少人为你打抱不平呀！”

张义昌说：“你还看不出来？这伙人没有和咱一个心眼的，趁着建党支部，还不千方百计把我挤出来！”

潘忠国说：“村里是他们把持了大权，你怎么不到公社去找找？”

张义昌说：“找也白搭，公社里也没人支持咱，魏书记又成了一把手，刘部长他们和咱也不是一股劲儿，哪里有人替咱说话？”

潘忠国说：“那就到县里去找，贾政委还是主任，还有工作组里的小刘、丁主任他几个，他们可都是支持造反派的。”

张义昌老婆说：“是呀，你以前不是说过，造反就是为了捞个一官半职的吗？这两年你那么积极，整天忙得不着家，跟着他们屁颠屁颠地跑前跑后，末了连个党支部委员都没混上，你图些什么？”

张义昌瞪了他老婆两眼，说：“你这娘们懂什么，这样的话能随便说吗？”

潘忠国说：“婶子说得对。这话在外边是不能说，今天又没有外人，说也不要紧。”

张义昌老婆说：“就是，忠国是谁呀，恁爷们可是穿一条裤子的。别看我是个家庭妇女，这点事儿还看得出来。”

张义昌又说：“到县里去恐怕也不行，听说工作组撤回去以后，凡是造反派的骨干都集合起来办学习班了，不少人检讨个三遍两遍地过不了关。这种形势丁主任他们只能自己顾护自己了，还有工夫为咱说话？”

潘忠国吸了几口烟，想了想，说：“那就找潘士金，你去找他闹，只要不答应你进党支部，就天天缠磨他，不能让他们干顺当了。”

张义昌没再接他的话茬。潘忠国又喝了两口水，起身走了。张义昌独自吸着烟，想：这人出的都是些馊主意，不能再上他的当了。可以找找潘士金，但是，绝不能给他闹，如果把他惹急了，说不定连这个革委会委员也干不成了，那可就葱地里拉屎，不上算（蒜）了。

第二天上午，张义昌在坡里老远看到潘士金，见他跟前没有别人，就跑过去，从口袋里掏出昨天潘忠国扔下的那半盒烟，抽出一支给潘士金，接着给他点上，说："大哥，你这又当书记又当主任的，真够累的。今后大队有什么活儿，你安排我干就是，我可是满心支持你的工作。"

潘士金知道他是因为没当上党支部委员有想法，就直截了当地说："义昌，你是得改改以前那些毛病，又不是小年纪了，凡事动动脑子，别老是跟着别人跑，更不能胡来。只要你走正道，实实在在做人，扎扎实实做事，一定会安排你更重要的工作。按理说班子配单不配双，现在党支部是八个人，应该是还空一个位子。"

张义昌一听这话像吃了个甜枣，很高兴，想，亏了没听潘忠国的，原来还给我留着位子哩，要弄顶了不就没戏了？于是说："大哥你放心，我一定牢牢记住你的话，今后保准好好干，接受组织的考验，你就等着瞧吧。"

潘士金不想和他扯多了，说："我得到窑场看看，你一块去吧。"

张义昌不愿意和展明尧照面，说："你忙去吧，我不去了。"

潘忠国观察了几天，发现张义昌没有找潘士金闹，知道这把火没点着，就又琢磨起别的歪点子。这天也是该当出事，上午收工时，潘忠国遇上了展宝生，摸出烟包让他卷一支，说："宝生，今年还报名当兵去吗？"

展宝生边卷烟边说："当什么当，连体检都不让参加，还当兵哩！"

潘忠国说："那也得争取去，你看看咱村里这些当过兵的，到部队待不几年就娶上了媳妇，复员回来也不再是普通社员了，起码在生产队当个副队长。李长贵才回来几天？现在就成党支部委员了。你只要能当上兵，说媒的接着就得挤破门，媳妇不用愁了，回来以后也能当个干部。"

展宝生从小就缺心眼，愣了吧唧，是村里有名的半吊子、二杆子，什么事都经不住挑拨，给他个棒槌他能当针纫。听了潘忠国这话，还真动了心，说："你是说我能行？"

潘忠国说："行与不行就在一个人。"

展宝生问："在谁呀？"

潘忠国说："你说咱村里谁的官最大？"

展宝生说："这谁不知道，士金老爷呗，人家又当了书记，还当着主任。"

潘忠国说："这就对了。别看平常恁两家关系挺好，知人知面不知心，他可是巴不得地让你打一辈子光棍。你只要跟他撕破脸，狠狠地教训教训他，他就不敢对你使坏了。"

展宝生说："你说的还真对哩，那年我报名，就是他跑俺家里给俺爹说的，不让我去。"

潘忠国说："我还能给你说瞎话？只要降伏了他，这个兵你就当成了。"

展宝生信以为真了。一路上他反复琢磨，怎么才能教训、降伏潘士金，快到家门了才终于想出了个办法。进了家跑到厨屋拿出菜刀，在磨石上"霍霍霍"磨了起来。他娘看见了，说："这孩子今天怎么这么勤快了？没用支使就帮我磨起刀来了。"展宝生也不回话，低着头用力磨了一阵子，看看刀刃锋利了，提着就去了潘士金家。

他们两家是隔条胡同的邻居，一家路东一家路西，大门斜对着。平时两家的人经常走动，展宝生家来了客人，他爹都是把潘士金叫过来陪；要是潘士金家来了客人，也是把他爹喊过来，谁家有什么活也都相互帮着干。潘士金刚从地里回来，坐在椅子上卷烟，看到展宝生进了大门，怒气冲冲朝堂屋走来，手里还拿着菜刀，就站起来问："宝生，你这是干什么来了？"展宝生一步门里一步门外，二话没说，把菜刀朝着潘士金撇了过去。潘士金歪了歪身子，菜刀"哐啷"一声落在了八仙桌上。潘士金老婆正从里间屋端着一瓢子面出来去做饭，看到这情况，吓得手一哆嗦，瓢子掉在了地上，面撒了一片，她没来得及管面的事，跑到大门口咋呼起来："不好了，宝生杀人了！"不少人听到后，立即跑着来了。

这时潘士金已经把刀拿起来放到了条几上，问："宝生，你这是为么呀？"

展宝生站在门槛里边，气呼呼地说："我想当兵！"

潘士金笑了笑，说："你这孩子也真是，当兵还用得着这样啊？"

展宝生说："就是你不让我去，我得教训你。"

这时已经来了很多人，看着屋里没什么事了，都在院子里议论起来。张发树也跑来了，挤了挤进了屋。潘士金大声朝门外边说："没事，都回去吧，宝生闹着玩的。"

人们陆续走了，张发树问："到底怎么回事？"

潘士金说："宝生不知道听了谁的话，想当兵，就来找我了。"

潘士金老婆说："想当兵也不能拿刀砍人呀？"

正说着潘忠明进来了，听到他娘这话，上去就撕扯展宝生。潘士金呵斥道："住手！谁说砍人了？你看看我这不好好的吗？"

潘忠明住了手。张发树说："宝生，怪不得人家都说你是半吊子，这个时候你当的什么兵？上级要是征兵也得秋后呀！再说，你要想当兵得找我，我是民兵连长，恁大老爷说了不算，到时候我当家。"

潘士金说："是啊，别说现在没到征兵的时候，就是开始征兵，也得根据公社分给咱的指标，大队研究让谁去。咱定了也不为准，还得经过体检、政审，人家带兵的还得亲自过目，不是谁想去就能去得了的。是谁让你来'教训'我的？"

张发树说："还教训？这话是跟谁学的？一定有人挑唆你，宝生，你可不能上坏人的当啊！"

展宝生越听越拧头，似乎感到自己做的不对了，张发树这一问，随口答道："是潘忠国叫我来找大老爷的。他说只要我教训、降伏了大老爷，就能去当兵了。"

潘忠明在一旁笑了。

张发树说：“你这孩子也不好好想想，全村人都知道他是满肚子坏蛆，你怎么能听他的话呢？你以为他这是对你好呀，你琢磨琢磨，真要把恁大老爷砍伤了，派出所就得来人把你逮去，让你蹲几年公安局。你说他是对你好吗？”

这时展宝生的爹急匆匆地进来了，进门抓住展宝生，“啪啪”就是两巴掌，潘士金赶紧上去拉住了他，让他坐下吸烟。原来生产队散工后，他又转着割了一筐草，正往家走，他老婆慌慌张张跑了来，上气不接下气地说：“你快回去看看吧，宝生拿着菜刀砍人了。”他立马加快了脚步，边走边问：“怎么回事？”他老婆说：“我也不知道呀，他回来就磨刀，我给他说话他也不搭腔。也不知道他什么时候出去的，我正在厨屋里做着饭，听到明子他娘喊，‘宝生杀人了’，我听到后到大门外边一看，一些人都往明子家里跑，我也没过去，就赶紧来喊你了。”他一听能不上火吗？进来没管伤没伤人，看见展宝生在那里站着，二话没说上去就打。

张发树说：“大哥你别生气了，宝生这是受潘忠国挑唆，幸亏没伤着人，这事就算过去了。”

展宝生他爹说：“这熊孩子就是个憨蛋，这种事能听别人的？不行，我这就去找潘忠国，问问他使的什么坏心眼子，愚弄个孩子干吗？”

潘士金说：“你也别去找他，那个人什么脾性你还不清楚？咱心里有数就是了。你和宝生都回去吧，孩子已经知道错了，家去也别再数落他。”说着把菜刀拿起来递给了展宝生。

追本溯源

烈日当空，曝晒着大地，给足了庄稼制造养分的光，各类作物都尽情疯长着。谷子、高粱、春玉米一片翠绿，麦子在不知不觉间黄了梢儿，满坡一派丰收景象。人们开始忙活着麦收前的各项准备，过不几天就要开镰了。

潘忠地正在试验田与李长友查看几个小麦品种对比试验的情况，看到许干事和公社团委的小田骑着车子来了，他两个迎上去，想接过自行车让他们到试验田办公室喝水，许干事说："不过去了，恁忙吧，我们去找大队党支部的其他几个人开个座谈会，事儿挺急，中午还得赶回去汇报。"

潘忠地理解为要开党支部全体成员座谈会，说："那样恁先去祠堂，向河哥在那里，我喊着他们几个一块回去。"

许干事一脸喜色，说："你不用参加了，因为牵扯到你，本人得回避。"

李长友一听，以为又是落实人民来信的事儿，就问："又有人写信告忠地了？"

许干事说："这回可是好事儿。公社召开党代会建立党委，委员中要有部分贫下中农代表，忠地是人选之一，我们是来搞考察材料的。"

潘忠地问了一句："还有谁呀？"

许干事说："考察对象定了三个，因为公社机关上的人选年龄都偏大了，为了达到‘老、中、青三结合’的要求，从大队挑选的恁几个都是年轻的。有刘家庙大队的刘安鲁，还有刘集大队的郑成邦。”

潘忠地说：“我听说郑成邦担任大队党支部副书记了，刘安鲁现在干什么？”

许干事说：“你和他两个都认识？”

潘忠地说：“成邦是团支部书记，我们一直没断联系。安鲁是我中学的同学，和他好长时间没见面了。”

许干事说：“刘安鲁原来担任大队会计，这次建党支部成了大队书记。好了，我们得去开会了。今天是分三个组下来的，下午早晚得把恁几个的材料报到县里去。”

潘忠地说：“恁直接回村吧，我和长友哥分头去通知他们。”

许干事和小田去了祠堂，李向河给他们倒上水，没大会儿人就都来了。许干事说明来意，让大家谈谈潘忠地的情况。潘士金说：“都谈些什么呀？”

许干事说：“小田这段时间参与党代会筹备组的材料工作，让他给大家说说，需要谈哪些方面的内容。”

小田说：“主要考察他的政治表现，对待‘文化大革命’的态度，是不是经常参加集体生产劳动，个人能力、水平，在群众中的威信等方面的情况。另外，还有什么缺点。”

潘士金考虑了一瞬儿，简单谈了几点，然后说：“大伙都说说吧，有什么说什么，其实许干事对忠地也了解。”

其他几个人七嘴八舌，围绕着小田说的几个方面，讲了一些赞扬的话。小田认真听着，边归纳边记录。都谈完了，小田说：“优点谈得比较全面了，他还有什么缺点呀？”

张发树说：“哪里有什么缺点呀？他就是对个人的事太不上心了，到现在还是光棍一条，也不抓紧找个媳妇。”

展明尧说：“别胡扯，这算什么缺点？”

许干事说：“的确不能算是缺点，这说明他是一心扑在集体事业上，忘我工作。”

潘士金说：“要给忠地找缺点，一时还真想不出来。”

许干事说：“没一两条缺点不行，哪里有十全十美的人呀？小田，公社里他们几个的考查材料不都是你誊清的吗？根据那些材料的写法，你给忠地琢磨条缺点。”

小田说：“也可以。我把同志们谈的都集中了一下，等会儿念给大家听听，看看大的方面有没有遗漏的。”说完他又写了几行字，随后从头念了起来。总的不到两页稿纸，内容也大都是些官话、套话，无非是政治上可靠，能刻苦学习毛主席著作，坚决拥护伟大领袖毛主席和毛泽东思想，阶级立场坚定，敢于同阶级敌人作斗争；积极投身“文化大革命”，并能认真贯彻执行毛主席的革命路线和党的方针政策，没有打砸抢行为；能做到经常参加集体生产劳动，和贫下中农打成一片，深受群众拥护；在试验队队长、大队团支部书记、大队党支部副书记和革委会副主任等岗位上，工作成绩突出，具有较高的领导水平和较强的工作能力；一心扑在集体上，很少关心个人的私事……缺点和不足是：工作有时不够大胆泼辣；自身学习还有待于进一步加强。念完后抬头看了看大家，说：“怎么样？成绩方面还有落下的吗？特别是这两条缺点，这样说可以吗？”

潘士金说：“太好了，比我们谈的条理多了。这两条缺点也行，符合忠地的实际，也算不上什么严重问题。”

许干事说：“小田可是咱公社机关上的笔杆子，在路上我们就交谈了些忠地的情况，刚才又听听大家谈的，这个材料一遍就成功了。如果其他人没什么意见，向河你盖上公章，再让士金同志和光恩同志签个字。”

张发树突然问：“要是当上党委委员，是不是就成脱产干部了？”

许干事说：“可能不行，他们是作为贫下中农代表进党委的。”

小田说：“听县里的同志讲，属于‘三不脱离’性质，平时还在原单位工作，不转户口，不脱离生产，组织关系也不用转。如果参加党委的活动，公社可以给予一定的误工补贴。不过，党委的日常工作由常委会负责，委员们需要参加的活动不会太多。”

张发树说：“那不就是个花瓶吗？摆在那里光做做样子就是了。”

潘士金说：“可不能那样说，这是个政治待遇。全公社才选两三个人，这也给咱大队争了光。”

因为已临近麦收了，公社党代会开的时间不长，通知是三天，实际上两天半就结束了。会后第二天，召开全委会，潘忠地早吃早饭就起了身，赶到公社才七点稍多点。进了大院遇上魏书记从伙房买了饭端着回宿舍，魏书记说：“忠地来这么早呀，还没吃饭吧？我给你饭票你去吃。”

潘忠地说：“我在家里吃过了。”

魏书记说：“那就先到我宿舍来坐坐，时间还早，咱八点半正式开会。”

潘忠地跟着他去了。魏书记边吃饭边说：“前一段研究你们村党支部班子时，刘部长极力推荐你担任书记，我没同意。我是考虑，士金同志当书记期间工作不错，又没犯什么明显的错误。虽然他是全公社党支部书记中挨批斗时间最长的，但能够正确对待，没有怨言，做到这一点了不起。让他继续任书记，不论对他本人还是对工作都有利，对外影响也好一些。另外，你比较年轻，前面还有明尧同志，发树又当了两年革委会主任，如果让你当书记，说不定他们会有情绪，那样你也不好开展工作。你先好好干着，过两年士金同志退下来，你就可以接上了。”

潘忠地说：“就俺村目前的情况，士金叔不干书记也轮不到我。这样最好了，班子里除了明尧叔可能有点想法，其他人都没意见，群众也拥护。”

魏书记说：“明尧不该有什么想法了。开始有人提议恁三个副书记把发树排在前面，考虑到明尧原来是副书记、大队长，就把发树排到他后面了。”

“他也就是在酝酿书记人选时暴露出些情绪，公布以后就没事了。”潘忠地看了看魏书记，又说，“我还是不想在村里长期干下去了，到煤矿当个工人也可以。”

“这事我想着哩，等有招工指标再说吧。”魏书记吃完饭了，说着起身刷碗。潘忠地站起来想替他刷，魏书记说，“不用，我已经习惯了。”刷完碗筷坐下点着烟，又说：“忠地，你个人的问题有头绪了吗？不能老是这么单身呀！”

“算是定下来了。前些时秀菊姑介绍了一个，石家村的，叫石玉英。比我小三岁，团员，高小文化，也是在大队当妇女主任。”

“条件不错呀，你们见过面了吗？”

“见过了。听秀菊姑说，开始她一听我这种情况，有些不太乐意，毕竟人家是没结过婚的。原来给她介绍的也不少，高不成低不就的耽误下了。没想到我们见面谈了谈，相互感觉不错，她当时就表示同意了。”

“打算什么时候结婚？定下来就抓紧，恁两个年龄都不算小了。”

“这一段挺忙的，过了三夏再说吧。”

“好啊，到时候提前告诉我一声。”魏书记看了眼手表，起身说，“走，咱去会议室，开会时间快到了。”

会议安排开一天，上午讨论“关于加强党委自身建设的决定”，下午研究当前工作。中午，潘忠地、刘安鲁在伙房吃了饭，江秘书让小陶领他两个到供销社招待所休息。因为郑成邦离家近，出公社大门百多米就是他的家，直接回家吃饭休息去了。

说是招待所，其实就是饭店后边的两间屋，每间屋里安着三张床，是供销社内部接待业务人员用的。公社有时来了客人需要住下，就安排那里去。床上都铺着凉席架起了蚊帐，桌子上放着暖水瓶和茶壶、茶碗，小陶进来想去打瓶开水，一拿暖水瓶里面有水，拿开瓶盖看看，水是热的。潘忠地说：“小陶你回去吧，刚吃完饭也不想喝水。”小陶走了。

他两个躺到床上，因为都没有午睡的习惯，就攀谈起来。潘忠地说：

"安鲁，这些年你都干的什么？"

刘安鲁说："别提了，初中毕业第二年我又考了考。当时觉得考高中没把握，就想报师范或农校，我去找咱原来的班主任，他说师范和农校都不招生了，高中全县也减少四个班。结果又落榜了，从此也就死心了。咱是一辈子离不开农村的命，只能安心干庄稼活了。后来生产队安排我当记工员，那年面上'四清'，大队会计因贪污被免了职，就让我干了。这不前段时间恢复建立党支部，当了支部书记。你的情况我听说过，上了一年农校就下马了，回来干得不错，'文化大革命'前就是党支部副书记了，这次你怎么没当上书记？"

"俺大队党支部还是原班人马，就增加了个支部委员。老书记任书记，原大队长、民兵连长和我俺三个的副书记，其他人都没动。老书记五十来岁，工作水平很高，群众威信也很高。"

"还是你们这样好，基本上都是老人，工作好开展。俺那里就不行了，原来的书记因为'文化大革命'开始时挨斗，被造反派打伤了腰，很伤心，借口身体不好坚决不干了。大队长快六十岁了，是公社的意见让他退下来的。俺只配了一个副书记，也是新手，原来的团支部书记，这次突击纳新成了党员，接着进了班子。其他几个委员倒都是老的，可具体工作主要靠俺两个，挺难办的。"

"没事，你在大队干这么几年了，情况该是熟悉，只是角度变换了，不会有什么问题。"

"魏书记给我谈时也这么说。可毕竟不是一回事，原来当会计，只是管管账，大事不用咱操心。现在不一样了，大事小事都找你，娘生日孩满月地也推到你这里来，副书记暂时还顶不上去，这段时间我感到挺吃力的。"

"过段时间就好了，谁都有个适应过程。只要分好工，调动起大家的积极性来，你就能省些心了。"潘忠地停了停又说，"恁那个副书记入了党就进班子了？够快当的。"

“是呀，所以大伙对他不是很服气。原来入党还有一年的预备期，现在规定变了，写了申请报上去，批下来就是正式党员，也不用接受那一年的考验了。”

两个人说着拉着，没觉着大会儿就到了集合开会的时间，便起来去公社了。

麦收开始了。虽然没有了工作组，全大队的生产不仅没受影响，比去年还主动了很多。各生产队的场院都整平碾压，硬实光滑，苫子、席片、绳索及叉子、扫帚、木锨等工具已备齐全，碌碡安好了架子，只等着麦子进场打轧了。潘忠地一早磨好镰刀，和三队的社员一块下了地。来到地头，看到地里金黄一片，麦浪翻滚，煞是喜人。路边杨树上两只斑鸠，并肩站在枝杈上，“咕咕咕”叫个不停。王桂兰说：“忠地，看这鸟儿还成双成对的，你怎么还不快着点把兄弟媳妇娶家来？”

潘忠良说：“这才是皇上不急太监急哩，忠地都不慌，你慌什么？大叔说了，收完麦子就办喜事。对了，忠地，我听说女方和秀菊姑一样的角色，来了先让她给我当当帮手，秀花春天出了嫁，咱还没配上妇女队长哩。”

王桂兰说：“给你当帮手？人家是大队干部，你给她当帮手还差不多。”

潘忠良说：“那也行，让她当队长，我当妇女队长。”

狗剩笑着说：“太好了，我找个阉猪的来，把你的把把割了，你就成假女人了，看看俺嫂子急不急。”又对着王桂兰说，“嫂子，也不打紧，你要真想那事了，就找我去，保证叫你满意。”

众人都哈哈大笑起来，王桂兰挥舞着镰刀撵狗剩。潘忠良说：“别闹了，趁凉快赶紧动手，今天是开镰头一天，都把真劲使出来！”

几十个劳力一字儿排开，狗剩领头，第一个下了镰。

一早晨没休息，接连割了四个来回，收工回去吃早饭。饭后，来到刚割了几把，潘士金领着魏书记、江秘书来了，潘忠地、潘忠良回到地头和他们说话，其他人没有停手。魏书记问问今年小麦长势情况，潘忠良说："没说的，所有生产队都能比去年增产，俺能超过历史最好水平。"

魏书记说："增产就好，搞农业就盼着连年丰收。要抓紧收割，你们去年不就摊上雹灾了？"

潘忠良说："托魏书记的福气，今年不会下雹子了。你要是去年就当书记，俺也不会减产。"

潘士金说："你个忠良，胡闹也不分人。"

潘忠良一本正经地说："我说的可是实话。"

魏书记说："我一个人再大的能耐也不顶用，关键还得依靠群众。走吧，咱到别的队再看看。忠地，你也跟着。"

刚才是潘士金推着魏书记的自行车，潘忠地又接过江秘书的车子，一块去了。

八个生产队都开镰了。他们看了一圈，又去了试验队。试验队的麦子成熟偏晚，还得两天才能收割。他们看了准备留种的几方地块，就到办公室去喝水、休息。李长友到饲养棚提过热水瓶，说："这里没茶叶，我回家拿一壶去吧。"

潘士金说："你再跑回家去得多长时间？算了吧，让魏书记、江秘书喝杯开水。"

魏书记说："有茶壶吗？"

李长友说："庆江大老爷那边有茶壶，就是没大用过，得用开水烫烫。"

魏书记说："那就泡壶茶喝，还真有点渴了。我书包里有茶叶，忠地你拿过来泡上。"

喝着水，魏书记说："整个三夏工作要加快进度，尽量往前赶。一是预防坏天气，二是马上要开展整党建党工作了，搞起来就得集中一段时间。最近县里就要开会部署。"

潘士金问："怎么个整法啊？"

魏书记说："方法、步骤还不清楚。'九大'报告已经讲了，要把党组织建成'能领导无产阶级和革命群众对于阶级敌人进行战斗的朝气蓬勃的先锋队组织'，还要进行'吐故纳新'。具体怎么搞县里得拿出意见。"

潘忠地问："'吐故纳新'是不是就是清除个别不合格的党员，发展部分新党员呀？"

魏书记说："就这个意思。毛主席比喻很形象，说是'清除废料，吸收新鲜血液'。发展新党员要慎重，按新规定没有预备期了，报公社批回来就是正式党员。前一段个别大队为了建立党支部的需要，我们以党代会筹备组的名义批准了几个，按理说不合规矩，县里让这么办的。至于清除不合格党员，要实事求是，确实不符合党员标准又不思进取的，可以清除，对犯有这样那样错误的，还得本着'惩前毖后、治病救人'的精神，以教育为主。"

潘忠地说："像忠国大哥那样的就该清除出党组织去。"

魏书记说："是不是因搞女人被免了职，到试验队又贪污的那个？老栗同志给我说过。"

潘忠地说："就是他。这个人不接受教训，大队建立革命委员会后他又指使个别青年偷了革委会的牌子，还让他们到公社去闹。前一段还挑唆一个半憨蛋，拿着菜刀去砍士金叔。"

魏书记打量了一下潘士金，说："还发生这种事了？伤得重不重？"

潘士金说："没砍着，我躲开了。事情过去就别再提了。"

潘忠地说："你是高姿态不追究了，大伙觉得这事不能算完，得说个过来过去。"

魏书记说："这种人整党的时候就要作为重点帮助对象，看看他的态度再定怎么办。还有件事，恁心里先有个数，昨天杨县长给我要电话，说原来在这里住过的那个陈厅长最近要来。"

潘士金说："好啊，来了吃住都不成问题，工作组走了那些床铺都还没动。哪天来呀？"

魏书记说："具体哪天没说，也就这两天。不用准备吃住的事儿，还不知道来了待多长时间，到时候再说吧。行了，我们该走了。"

潘士金说："到我家里吃了午饭再走，都快到收工的时候了。"

江秘书说："魏书记说好的回去吃，下午还要到别的大队看看。"

当晚召开了个生产队长会。潘士金按上午魏书记讲的意思，对各生产队提了些具体要求，重点强调了加快三夏生产进度的问题。大伙都说，不用领导催咱也不能慢了，得接受去年的教训。会议时间很短，最后潘士金又说了几句陈厅长要来的事，就散会了。

第二天陈厅长就来了。

杨县长、田主任一早就赶到刘集，在公社里和魏书记一块吃了早饭，又叫着江秘书，四个人骑车子来到汶水滩。

早晨潘士金叫着张发树、潘忠地，到原来大队办公室那里看了看，潘士金说："把卫生打扫一下，厅长要来就不能去祠堂了。"张发树说："自从工作组走了以后，这个大门还没开过，屋里院子都得好好清扫清扫，桌子凳子也得擦，我去喊几个青年来。"潘士金说："别叫人了，都忙着收麦子，咱拾掇拾掇就行。忠地，你去打挑子水来，先泼泼地。"他三个用了一个多小时，累得满头大汗，刚整理完吸支烟歇歇，准备回家吃饭时，李向河领着杨县长他们几个进门了。

原来李向河在祠堂和生产队会计们商量夏季预分的事，杨县长他们在坡里没见着大队干部，魏书记说："他们在祠堂办公，是不是在那里开会呀？"于是，他们先去了祠堂，李向河就领着他们来了。

接过领导的车子，潘士金说："县长和主任都来了，田主任以前可是没大来过。"

田主任说："我在办公室守家的时候多，到下边来得很少。别叫主任了，早被免职了，现在没职务，只是跟着老县长服服务。"

张发树说："免了职我们也得叫主任，俺魏书记都官复原职了，你那职务还不快了？"

杨县长看到屋内屋外地面湿乎乎的，到处都很干净，像是刚打扫过，说："恁这是来整理卫生了？正好，陈厅长今天上午就来。昨天在电话里说，他不去县城了，从省城直接到恁村里来，中午也在这里吃饭，下午就赶回去。估计十点多就能到了。"

魏书记说："要不回公社去吃？"

杨县长说："他提出来就在这里吃，按领导意见办吧。"

潘士金说："那俺赶紧去吃点饭，接着就回来。"

张发树说："我先烧壶开水，让领导们先喝着水，别干坐着。"

李向河说："你也吃去吧，我烧两壶水再回去。"说着去西屋生炉子。

潘士金说："那行，茶壶茶碗都刷干净了，对了，还忘了准备茶叶哩，我回去就叫明子送过来。发树，吃完饭你喊着恁明尧叔一块过来，早晨他去窑场了。"

魏书记说："恁抓紧吃饭去吧，茶叶我有带来的。"

潘士金说："中午吃饭就在这里行不？锅碗瓢盆的都有。吃完饭叫向河到集上买点菜来。"

杨县长说："可以，那得找个做饭的来。"

潘士金说："忠地，叫恁秀菊姑来，不行叫她再找个帮忙的。"

李向河点着炉子过来了，张发树说："向河，还是你先去吃饭，我烧水，吃了饭你好赶集买菜去。"

江秘书说："恁还是都吃饭去吧，我看着炉子就行。"

魏书记说："别现去买了，老江，你给小陶要个电话，叫他到伙房拿些菜和馒头，告诉他都需要什么，没有的让老吴帮着去买点，抓紧送来。"

等潘士金他们吃完饭过来，杨县长说咱到南坡去，在那里迎迎厅长。他们还没走到边界，陈厅长的车就过来了。陈厅长下车后一一和大家握手，魏书记想把大队的几个人给他介绍一下，他说："不用介绍，他们几个我都认识，你看看我记得对不对。"

当握到张发树时，陈厅长说："你叫张发树，是民兵连长。"

潘士金说："现在也是副书记了。"

陈厅长说："噢，原来是党支部委员、民兵连长，这又提拔当副书记了。恁党支部还是原班人马？"

潘士金说："新增加了个委员，叫李长贵，是个复员军人，很年轻。"

展明尧说："厅长的记性真好，过这么些年了俺的名字还都记得。"

陈厅长笑了笑，说："不是我的记性好，是你们给我的印象深。其实光凭脑子记也不行，我有个小本本，凡是去过的单位，我就把负责人的名字记下来。你们这里我记得更全，不仅当时大队党支部的全体成员，八个生产队队长的名字也都有。我这是刚被解放出来没几天，还没安排具体工作，那天没事翻翻小本子，看到你们的名字，就想来看看，当时就给老杨要了个电话。昨天晚上我又看看恁的名单，一个一个地回忆长相，大队的几个人还能大体想起来，队长们的面目就模糊了。"说完看到站在一旁的续主任，又说，"给你们介绍一下，这是农业厅原办公室主任老续同志，差不多和我一块解放的，还没明确职务。"

续主任给大家点了点头。

杨县长说："厅长，咱先到大队办公室喝点水休息休息？"

陈厅长说："先看看，这两年光在城里学习、改造思想，很长时间没能到田间转转了。"回头又对司机说，"小唐，先把车开到大队院里去。"

江秘书说："去个人给他领领路吧？"

陈厅长说："不用，上两次来都是他开的车，他知道地方。"

一个来小时，从试验队到八个生产队，转了一大圈。陈厅长兴致很高，到哪个队都和干部、群众拉几句。回村路上，他说："我来时沿途看了看，今年的小麦普遍不是很好。这里还不错，是一片丰收景象。这才体现抓革命、促生产哩，不少地方整天吆喝闹革命，到头来粮食大减产，那能说得过去吗？”

潘士金说：“俺大队去年也是减产，原定的粮食征购任务都没完成。”

杨县长解释说：“有人的问题，也有老天的因素，去年麦季这里摊了场雹灾。”

陈厅长说：“人胡来，天捣乱，那还有不减产的！”

有几个人笑了。潘忠地没有笑。

小唐在院子里擦车，潘秀菊在西屋切菜做饭，李向河给她打下手。听到陈厅长他们来了，李向河赶紧去泡茶。魏书记叫潘忠地去端盆水，让陈厅长、续主任洗把脸。

喝起水来，陈厅长问：“你们党支部是什么时候恢复的？”

潘士金说：“才一个来月。”

陈厅长说：“恁算是早的，全省建起党支部来的大概还不是很多。”

魏书记说：“俺公社作为召开党代会的试点，会前就有百分之八十多的大队恢复建立起党支部了。还有几个大队因人选不合适，没有建起来。我们准备三夏大忙结束后派几个工作组，具体帮帮这几个大队。”

陈厅长说：“建班子一定要严格人选，特别是党的班子，必须严肃认真，宁缺毋滥，绝不能让那些既无德又无才的人进来充数。再就是要充分听取群众意见，当领导的不能颐指气使，指手画脚，尤其在对待人的问题上，不能胡乱表态。在学习班听到一个故事，说是有个县里的县革委会副主任，原来就是个普通工人，认字不多，造反上去的，有一次他出发到了一个大队，问人家革命委员会的情况，听了汇报后问怎么班子里没有女同志？大队的人说暂时没有合适人选。这时人们听说县里来了个大领导，都跟来挤到门口看，男女老少的有几十口子。这位主任想讲讲妇女工作的重要，可他想不起‘妇女能顶半边天’那句语录原话了，就说，‘妇女工作很重要啊，你们不懂吗？

妇女可是占总人口的百分之一半啊！’其实他连个百分之五十都不会说，别人又不敢笑。他又看看门外的人，看到有个姑娘，平头正脸的，上身穿一件黄地蓝花的褂子，就指着她说，‘怎么说没有人选呢？门外穿花褂子的那个青年不就很好吗？虽然我们提倡要穿一身青或一身蓝，可她敢穿花褂子，也不是大红大绿，说明她还是有点造反精神的。’大队的人说她不行。他又问为什么不行？大队的人说她是个哑巴。他这才没话说了。恁说这种选人法不是瞎胡闹吗？”

这回满屋人都笑了。

杨县长说：“类似的情况俺县里也有个例子。分管财贸工作的县革委常委，到一个公社供销社检查工作，去了后公社的人陪着。这个供销社的原主任还在停止工作挨批斗，革委会也没建起来，他问怎么还没把革命委员会建立起来？公社的同志说，没物色好当主任的人选。他们看了门市部，又看了会计室，回到办公室喝水，他突然说，怎么没有主任人选呢？会计室里那个小青年就满可以，你看他那算盘打得，哗哗啦啦多溜呀！就是他了，要抓紧落实。第二天就宣布成立革委会了，可这个小青年不愿意干，是硬公布的。也不能怨他不想干，他才参加工作不到两年，人又老实，人一多说话就不成句，见个女同志也红脸。结果干了十来天，他就找公社辞职，公社的同志不答应，他就干脆装病回家了，两三个月没回单位上班。”

陈厅长说：“这几年不仅干部路线出了问题，选人用人的规矩也搞乱了。用了些胡来的人，工作还能不乱套？去年省报头版头条报道了汶水滩的事迹，刚看了题目我也没细想，还挺高兴，看了内容我是越看越生气。生产大队怎么能那样弄呢？还搞不搞生产了？后来想想明白了，一定是上头来人让你们那么办的。士金同志，你当时干什么？”

潘士金说：“我那时还挨批斗，一天好几场。”

魏书记说：“士金同志这次恢复党支部才正式出来工作。对那篇报道，这里不少干部群众都有意见，当时忠地就找我说过，有些事都是胡编的，甚至人名、社员家庭成分都弄错了。”

陈厅长说：“通材料的时候大队的你们几个没提提？”

张发树说：“哪里通来？别说俺了，县里和公社在这里驻队的同志都没让见材料的面，省里的那个主要领导派来几个人，住了十来天，写完就带着走了。”

陈厅长问：“你说的那个主要领导来过？”

张发树说：“来过，就待了半顿饭时的工夫，当时还叫我一直跟着，也没听到他讲什么。”

陈厅长说：“这个人上台后办的坏事不少。从北京参加咱省的专题学习班回来后，没再让他工作，一直在省里学习班上反省交代问题。上次和我一块来的那个小周，被学习班秘书组抽去了，前天晚上到我家去，说是已经把这个人隔离审查了。省直机关上的同志们听说后，都拍手称快，几乎没有不拥护的。”

这时李向河过来了，说菜都做好了，馒头也馏上了，是不是这就端上来？潘士金说：“还忘件事哩，没准备酒，我这就到代销点打去。向河，先等一会儿再端菜。”

陈厅长说：“别去买酒了，前几天我在医院里查出心脏病，血压也高，医生不让喝酒了。简单吃点就行，饭后就接着回去。”

杨县长说：“那就听厅长的，不喝酒了。恁几个在这里一块吃吧？”

潘士金说：“俺都回去吃吧，人多坐不开。”

陈厅长说：“士金同志留下一块吃吧，有些话咱再边吃边交流交流。”

这半天潘忠地一句话也没说，但是，他的脑子并没有闲着。对陈厅长讲的那些话，他一直在认真思考。“人胡来，天捣乱”，“整天吆喝闹革命，到头来粮食大减产”，这些话太符合基层的实际情况了，可责任在谁呢？包括使用干部方面出现的问题，还不都是一级一级上头叫这么办的？说起来这都是近几年的事，也就是“文化大革命”以来，难道“文化大革命”搞错了？

可不能这么想，“文化大革命”可是伟大领袖亲自发动和领导的，怎么能错了呢？那问题又出在哪里呢？他实在想不明白了。回到家里，吃起饭来也没滋没味。

2011 年 12 月 22 日—2013 年 6 月 16 日完成初稿

2013 年 7 月第一次修改

2014 年 12 月第二次修改

2015 年 5 月第三次修改